HEYNE <

SYLVIA DAY

SO CLOSE

ROMAN

BAND 1 DER BLACKLIST-REIHE

AUS DEM AMERIKANISCHEN
VON JENS PLASSMANN

WILHELM HEYNE VERLAG
MÜNCHEN

Die Originalausgabe SO CLOSE
erschien erstmals 2023
bei Penguin Michael Joseph, London.

FSC www.fsc.org
MIX
Papier | Fördert
gute Waldnutzung
FSC® C014496

Penguin Random House Verlagsgruppe FSC® N001967

Deutsche Erstausgabe 04/2023

Redaktion: Anita Hirtreiter
Umschlaggestaltung: Nele Schütz Design
unter Verwendung von Getty Images/rabbit75_ist
und Shutterstock.com/goja1
nach einer Vorlage von Lee Motley//MJ
Satz: Leingärtner, Nabburg
Druck und Bindung: GGP Media GmbH, Pößneck
Printed in Germany
ISBN 978-3-453-42865-2

www.heyne.de

Für Shanna

Es gibt keine Tatsachen, nur Interpretationen.

FRIEDRICH NIETZSCHE

1

WITTE

Auf der Party ist es brechend voll, dennoch bin ich mir der Anwesenheit einer äußerst bedeutsamen Person stets bewusst – der Frau meines Arbeitgebers, die vor vielen Jahren gestorben ist. Das nächtliche Manhattan breitet sich funkelnd und glitzernd unter dem Penthouse aus. Wolken bauschen gegen die raumhohen Fenster und verdecken immer wieder den geheimnisvoll dunklen Central Park tief am Grund und seinen größten See, den Reservoir. Mit leisem Ächzen schwankt das Hochhaus leicht im böigen Abendwind, doch meist überlagern Musik und reges Stimmengewirr den klagenden Laut.

Hier im Innern, hinter den Glasfronten, herrscht knisternde Anspannung. Die Luft ist gefährlich aufgeladen, was nicht wundert bei so vielen Rivalen, zusammengedrängt auf dichtem Raum. Nur die Regeln des Anstands und die Angst vor Gesichtsverlust zügeln die Widersacher, die sich gereizt umlauern und bloß widerwillig ihre Klauen für einen Moment verbergen.

Anlass für diesen eleganten Empfang ist die Vorstellung einer neuen Kosmetiklinie. Die Gästeliste umfasst die prominentesten Vertreter unter Manhattans jungen Überfliegern, ein repräsentatives Aufgebot der Schönen und Reichen. Enge Freunde befinden sich darunter ebenso wie erbitterte Feinde. Es sagt viel über den Status von Mr. Black, dass er Menschen, die derart verschieden sind – und auch polarisieren –, unter seinem Dach zusammenzubringen versteht.

Wie Schachfiguren haben die Gäste sich möglichst vorteilhaft im Raum positioniert. Ryan Landon trennt etwa die gesamte Länge des riesigen Wohnzimmers von Mr. Blacks Geschäftspartner Gideon Cross. Die beiden Männer pflegen eine innige Feindschaft, die sie bereits von ihren Vätern geerbt haben, und so bedauerlich dieser Unfriede auch sein mag, die Klarheit dieser unverhohlenen gegenseitigen Abneigung ringt mir doch Bewunderung ab.

Ganz anders verhält es sich da mit den zentralen Widersachern von Mr. Black, seinen Halbbrüdern Darius und Ramin, die querschießen, sobald es ihnen persönlich von Nutzen ist. Außerdem wäre da noch Amy, die Angetraute von Darius, die als einzige Frau im Raum nicht ständig zu Mr. Black hinübersieht. Nicht einmal einen verstohlenen Seitenblick schenkt sie ihm.

Der Raum zwischen diesen Hauptfiguren wird aufgefüllt von Reality-TV-Prominenz, Influencern und Influencerinnen, Models und Leuten aus der Musikbranche. Unaufhörlich lässt grelles Blitzlicht die Glitzergarderoben und die breite Fensterfront aufleuchten, da eine Unzahl von Selfies aufgenommen werden muss, um diese wenig später mit Millionen von Followern zu teilen. Die meisten Firmen zahlen gewaltige Honorare für solche Netzwerbung, aber heute Abend erübrigt sich das. In dieses Penthouse eingeladen zu werden, ist ein gesellschaftlicher Volltreffer, nicht zuletzt wegen der Möglichkeit, Cross und seiner Frau Eva nahezukommen, die als Paar derzeit die Medien beherrschen wie kein anderes.

Mit einem diskreten Kontrollblick vergewissere ich mich, dass der Service aufmerksam, aber unauffällig die Gäste mit Getränken und Kanapees versorgt und zugleich alle leeren Baccarat-Gläser und Teller aus edlem Limoges-Porzellan entfernt.

Üppige Sträuße aus schwarzen Lilien der Sorte Blacklist schmücken die Tische aus afrikanischem Schwarzholz, verströmen Formschönheit und glamourösen Chic, ohne aufdringlich bunt zu sein oder zu duften. Brandaktuelle Musik pulst quirlig durch den Raum. Der Sänger ist anwesend, steht an eine Wand gelehnt da, den Arm um die Taille einer Frau geschlungen und die Lippen an ihrer Wange. Sein Blick ist auf Mr. Black gerichtet, wandert dann weiter zu mir, gerade als die Smartwatch an meinem Handgelenk vibriert, um die Ankunft neuer Gäste zu melden.

Ich begebe mich ins Foyer.

Eine schlanke Schwarzhaarige auf extravaganten Limo Heels schwebt zur Tür herein, und sofort ist mir klar, dass mein Arbeitgeber sie verführen wird. Sie mag zwar am Arm eines attraktiven Gentlemans eintreffen, aber das spielt keine Rolle. Sie wird sich Mr. Black hingeben. Das tun sie alle.

Die Ähnlichkeit der Frau mit der verstorbenen Mrs. Black ist unverkennbar: schwarzes Haar, sinnlich grüne Augen, rote Lippen. Eine Schönheit, kein Zweifel, und trotzdem nur eine fade Kopie der Frau, die auf dem Porträt verewigt ist, das Mr. Black so liebt. Doch das ist jede von ihnen.

Ich begrüße sie mit einem leichten Nicken, biete an, ihr den Mantel abzunehmen, und warte dann, während ihr galanter Begleiter die Aufgabe übernimmt.

»Danke«, sagt die Schwarzhaarige, und ihr Begleiter reicht mir ihren leicht schimmernden Mantel. Sie spricht zu mir, schaut dabei allerdings in Richtung von Mr. Black, der offenkundig bereits ihre Aufmerksamkeit erregt hat. Obwohl sich der Hausherr bewusst ganz an den Rand des Raums zurückgezogen hat, macht seine groß gewachsene Statur es unmöglich, ihn zu übersehen. In seinem Innern brodelt eine schier grenzenlose Energie, die lediglich von einer ebenso außerordentlichen Willenskraft gebändigt wird. Er ist ein Mann, der seine Bewegungen auf ein Mindestmaß beschränkt, der aus irgendeinem Grund aber zugleich den Eindruck grenzenloser Wildheit vermittelt. Mir entgeht nicht, welche Anstrengung es unseren neuen Gast kostet, den Blick von ihm abzuwenden und stattdessen das Partygeschehen einer Prüfung zu unterziehen.

Die zentrale Kommandoposition unmittelbar vor der Fensterfront hat Mr. Blacks Schwester Rosana eingenommen, eine große, dunkle Schönheit in einem perlenbesetzten türkisen Abendkleid, der das mahagonibraune Haar in glänzenden Wellen über die Schultern fällt. Sie bildet einen krassen Kontrast zu der silberblonden Eva Cross, die eher klein und kurvenreich in einem eleganten apricotfarbenen Seidenkleid neben ihr steht. Gemeinsam mit Rosana fungiert Eva als Botschafterin der neuen Produktlinie. So vollkommen unterschiedlich die zwei Frauen auch sind, sie sind beide Lieblinge der Boulevardpresse und der sozialen Medien.

Ich überprüfe schnell, wie Mr. Black auf den neuesten Gast reagiert. Wie erwartet, mustert er sie konzentriert. Sein Unterkiefer spannt sich an, während er sie genau taxiert. Auch wenn die Anzeichen kaum merklich sind, spüre ich doch seine maßlose Enttäuschung, unweigerlich gefolgt von einer Woge an Selbstvorwürfen.

Einen Moment lang hatte er gehofft, es wäre sie. *Lily.* Eine Frau, deren einzigartige Schönheit von der Aufnahme, die in seinen privaten Räumlichkeiten hängt, unsterblich gemacht wird und die so wirkmächtig ist, dass ihr Geist diese Räume und den Mann, der darin wohnt, immer noch beherrscht. Es ist erschütternd zu erleben, wie er nicht aufhören kann, in jeder Frau nach ihr zu suchen.

Als ich meinen Dienst bei ihm antrat, lebte er zwar bereits ohne Lily, daher kenne ich sie nur aus den Erinnerungen, aber in meiner Stellung hört man natürlich so einiges. Allgemeine Übereinstimmung besteht darüber, dass sie unvergleichlich gut ausgesehen hat. Viele halten sie sogar für die schönste Frau, die ihnen je begegnet ist. Obwohl ihr Vorname eher ein zartes, zierliches Wesen hätte vermuten lassen, wird sie meist als selbstbewusst, scharfsinnig und verwegen beschrieben. Darüber hinaus war sie den Erzählungen nach ein umgänglicher Mensch, der gern Mut zusprach und sowieso stark am Schicksal anderer interessiert war, eine Eigenschaft, die ich für weit wertvoller halte, als selbst interessant zu sein.

Eine Weile standen mir lediglich solch vage Eindrücke und Einschätzungen zur Verfügung – bis zu jener qualvollen Nacht, in der Mr. Black derart vom Alkohol enthemmt und halb wahnsinnig war, dass er die in ihm rasende Trauer nicht länger unterdrücken konnte. Damals wurde mir klar, wie extrem er bis heute unter ihrem Bann steht, und ich kann ihre Macht förmlich spüren, wenn ich das riesige Porträtfoto von ihr betrachte, das die Wand gegenüber von seinem Bett dominiert.

Diese Aufnahme ist das einzige Farbige im gesamten Raum, aber noch weit markanter daran ist etwas anderes: der Ausdruck in ihren Augen – so brennend vor Sehnsucht, so eindringlich.

Wer auch immer Lily gewesen sein mag, ihre Liebe zu Kane Black hatte sie beide verzehrt. Und in seinem Leben bleibt diese Obsession weiter der bedrohlichste Faktor.

Ich verfolge, wie sich unser neuester Gast durch die Menge langsam zu Mr. Black schlängelt und der Abstand zu ihrem Begleiter immer größer wird. Auch wenn sie in ihrem knallroten Kleid eine durchaus feurige Erscheinung abgibt, ist in diesem Spiel er die Flamme.

Erst kürzlich hat eine bekannte Zeitschrift Mr. Black unter die *Sexiest Men Alive* gewählt. Er wird demnächst dreiunddreißig, und dank seines Reichtums kann er sich sogar mich leisten, einen Majordomus britischer Abstammung, Butler in siebter Generation und perfekt ausgebildet, um Situationen aller Art zu meistern, von profanen Problemen bis zu extremen Lebenskrisen. Mr. Black wirkt verschlossen und unergründlich, trotzdem fühlen sich die Frauen magisch zu ihm hingezogen und vergessen in seiner Gegenwart jede selbstschützende Vorsicht. Aber sosehr sie sich auch bemühen, sie können ihn nicht haben. Obwohl er Witwer ist, bleibt er in seinem tiefsten Innern weiter unerschütterlich verheiratet.

Meist zeigt er sich mit der schlanken Blondine, die auch jetzt, mit Elfenbeinschmuck und Perlen behangen, nicht weit von ihm entfernt steht. Die Frau ist seine Mutter, was allerdings kaum jemand ahnen würde, wenn es nicht allgemein bekannt wäre. Und ihr Alter ist keineswegs das Einzige, was Aliyah geschickt zu verbergen weiß. Aufschluss über ihre wahre Natur geben allein ihre Fingernägel, die ganz modern in Mandelform manikürt sind und daher stark an Krallen erinnern.

Ich wende mich von der Garderobe ab und höre das Knallen eines Champagnerkorkens. Kristallgläser klimpern fröhlich über das konstante Gesumme der angeregten Stimmen. Ein kleines Vermögen an Designerschuhen klappert und klickert über die Obsidianfliesen, die eine solch makellose Spiegelfläche bilden, dass man unwillkürlich an einen nächtlichen See bei absoluter Windstille denkt. Mr. Blacks Wohnung ist eine Art Vorzeigeobjekt in Sachen Maximalismus: schwarzbraunes Holz, Naturstein, schweres Leder und Fell – alles so dunkel wie möglich, wodurch die Einrichtung so elegant und maskulin wirkt wie ihr Eigentümer.

Meine Tochter meint, mein Arbeitgeber sei mit erstaunlicher maskuliner Schönheit gesegnet und zugleich mit etwas verflucht, von dem sie behauptet, es fasziniere Frauen noch weit stärker: einem versengenden Feuer hinter grüblerisch aufreizender Fassade. Die Tatsache, dass er einst so absolut geliebt hat und noch heute völlig in seiner Trauer gefangen ist, besitze eine ganz eigene Anziehungskraft. Seine Unnahbarkeit ist in ihren Augen vollkommen unwiderstehlich.

Getue ist sie jedenfalls nicht. Abgesehen von seinen zahllosen sexuellen Eskapaden ist Mr. Black nämlich im wahrsten

Sinne des Wortes vergeben. Die Erinnerung an Lily macht ihn innerlich leer. Er ist nur noch eine menschliche Hülle, und trotzdem liebe ich ihn inzwischen, als wäre er mein Sohn.

Eine Frau lacht übertrieben laut. Bestimmt hat sie zu viel getrunken. Und sie ist nicht die Einzige, die des Guten zu viel hat. Einem unaufmerksamen Gast rutscht eine Sektflöte aus der Hand. Sie zerschellt auf dem Boden mit diesem unverkennbar dissonanten Klirren von zerspringendem Glas.

2

WITTE

»Haben Sie sie hinausbegleitet, Witte?«

Am nächsten Morgen betritt Mr. Black die Küche in maßgeschneidertem Business-Anzug und perfekt gebundener Krawatte. Beides zählte vor meinem Erscheinen nicht unbedingt zu seinem gewohnten Kleidungsstil. Ich erst machte ihn mit den Feinheiten erstklassiger Couture für den Gentleman vertraut, und er lernte begierig.

Rein äußerlich erinnert kaum noch etwas an den eher grobschlächtigen jungen Mann, der mich vor sechs Jahren einstellte. In jenen Tagen, unmittelbar nach dem Verlust seiner Frau, bestand meine vorrangige Aufgabe darin, mich all jener anzunehmen, die mit Nachfragen und Beileidsbekundungen an ihn herantraten. Mit der Zeit nutzte er seinen grenzenlosen Schmerz dazu, sich in der Arbeit zu vergraben und nach Erfolg zu streben. Dies und seine außerordentliche Intelligenz brachten die Pharmafirma, die sein Vater durch Unterschlagungen in die Insolvenz getrieben hatte, wieder in Schwung.

Entgegen allen Erwartungen setzte er sich durch – und triumphierte.

Ich platziere den Frühstücksteller exakt zwischen dem Silberbesteck, das auf dem schwarzen Marmor der Kücheninsel bereits ausliegt. Rührei, Speck, frisches Obst – seine Grundnahrungsmittel. »Ja, Miss Ferrari ist gegangen, während Sie unter der Dusche waren.«

»Sie heißt Ferrari?«, erwidert er leicht verwundert. »Im Ernst?«

Ich bin nicht überrascht, dass er sie nicht einmal nach ihrem Namen gefragt hat, bloß traurig. Wer die Frauen sind, bedeutet ihm nicht das Geringste. Nur, dass sie ihn an Lily erinnern.

Zeichen aufrichtiger Zuneigung gegenüber einer Frau habe ich bei ihm noch nie erlebt – von seiner Schwester Rosana einmal abgesehen. Er ist stets höflich, ja sogar charmant, wo es die Umwerbung erfordert. Aber jede Affäre bleibt auf eine einzige Nacht beschränkt. Nie hat er einer dieser Damen Blumen geschickt, sich zu einem weiteren telefonischen Kontakt hinreißen lassen oder sie gar zum Essen ausgeführt. So weiß ich nicht mal, wie er sich in einer wirklich engen Beziehung einer Partnerin gegenüber verhält, und werde diese Wissenslücke wohl auch nie schließen können.

Er greift nach dem Kaffee, den ich ihm gerade serviert habe, und geht in Gedanken offenkundig die Termine des heutigen Tages durch. Seine letzte Affäre ist bereits für immer aus seinem Kopf getilgt. Er schläft wenig und arbeitet zu viel. Neben seinen Mundwinkeln zeichnen sich tiefe Furchen ab, die bei einem Mann seines Alters nicht vorhanden sein sollten. Ich habe ihn lächeln sehen und auch schon lachen gehört, aber nie hat die Fröhlichkeit seine Augen erreicht. Er durchleidet das Leben. Wirklich leben tut er es nicht.

Ich habe ihn gedrängt, sich die Zeit zu nehmen und das Erreichte auch zu genießen. Doch er sagt nur, dass er das Leben erst richtig genießen könne, wenn er tot sei. Sein einzig wahres Ziel bestehe darin, mit Lily wiedervereint zu sein. Alles andere diene bloß dazu, sich die Zeit bis dahin irgendwie zu vertreiben.

»Das mit der Party gestern Abend haben Sie super gemacht, Witte«, sagt er geistesabwesend. »Natürlich leisten Sie immer hervorragende Arbeit, aber dennoch … Es schadet ja bestimmt nicht, wenn ich hin und wieder erwähne, wie sehr ich Ihre Dienste zu schätzen weiß, oder?«

»Nein. Vielen Dank.«

Ich lasse ihn in Ruhe frühstücken und die Zeitung lesen und gehe an den Spiegelwänden vorbei den langen Flur hinunter in den privaten Flügel der Wohnung, der für Gäste grundsätzlich tabu ist. Die hübsche Miss Ferrari hat die Nacht in einem Schlafzimmer am anderen Ende des Penthouse verbracht, in einem klinisch weiß und steril gehaltenen Studio, dessen Einrichtung betont krass vom Rest der Wohnung abweicht. Lily hätten die Räumlichkeiten mit Sicherheit nicht gefallen, und gerade diese Tatsache sollte offenbar garantieren, dass ihr Geist diesen Ort meidet und nichts mitbekommt.

Gekauft hat Mr. Black das Penthouse kurz nach meiner Anstellung, als das ganze Hochhaus noch im Bau war. Obwohl er den Innenausbau die ganze Zeit persönlich überwachte und sich von der Lage der Wände und Türen bis zur Auswahl der Materialien um alles kümmerte, ist mir unklar, ob die Räume tatsächlich seinen eigenen Geschmack widerspiegeln. Denn jedes Möbelstück und jedes Wohnaccessoire wurde unter dem Gesichtspunkt ausgesucht, ob es Lily gefallen hätte. Er wollte keinen Neubeginn, frei von allen Erinnerungen an sie. Er wollte bloß ein Zuhause mitten in der Stadt, und er sorgte dafür, dass seine verstorbene Frau darin anwesend war. Überall finden sich Anspielungen, fast alles erinnert an sie. Weshalb ich auch irgendwie das Gefühl habe, sie zu kennen.

Elegant. Leidenschaftlich. Sinnlich. Dunkel, immer dunkel.

In der Tür zu Mr. Blacks Schlafzimmer bleibe ich stehen und spüre die Feuchtigkeit, die vom Duschen noch in der Luft hängt. Die Privaträume für Hausherrin und Hausherr nehmen einen kompletten Flügel der Wohnung ein. An beide Schlafzimmer schließen sich Ankleideräume und identisch geflieste Marmorbäder an, außerdem steht ein gemeinsamer Wohnbereich zur Verfügung.

Vom Bett der Hausherrin aus reicht der Blick entweder über die Billionaire's Row genannte Hochhauszeile am südlichen Ende des Central Park bis zum Hudson oder zur Rechten über Lower Manhattan hinweg. Morgens taucht die Sonne den üppig ausgestatteten und extravagant möblierten Raum in feuriges Licht, wärmen ihre Strahlen die düstere Unterwasserstimmung, zu der auch die opulenten Blumensträuße beitragen, die ich auf Bitten meines Arbeitgebers ständig erneuere. Stets ist hier alles für sie gerichtet, in Erwartung einer Frau, die schon nicht mehr am Leben war, als das alles für sie geschaffen wurde. Und wie um Lily davon zu überzeugen, dass dies wirklich ihr Reich ist, findet sich ihr Monogramm LRB auf allem und jedem eingraviert oder eingestickt. Schränke und Schubladen quellen von ihren Kleidungsstücken über.

Selbst in ihrem privaten Badezimmer fehlt nicht das kleinste Utensil.

Natürlich sollte man annehmen, dass der Glanz dieser Räume vom trostlosen Widerhall der Leere getrübt würde, doch erstaunlicherweise wohnt ihnen eine sonderbare Energie inne, eine Art Vorbote von Leben.

Lily ist anwesend. Zwar nicht zu sehen, aber zu spüren.

Die Suite des Hausherrn wirkt im Vergleich dazu eher karg. Mr. Black schläft auf einem schmalen Podest, dessen schlichte Funktionalität einzig dazu dient, keinerlei Ablenkungen von der riesigen Fotografie auf der gegenüberliegenden Wand zuzulassen, die er unwillkürlich betrachtet, wenn er abends seinen Kopf auf das Kissen legt. Stilisierte Lilien schmücken die Griffe seiner Schubladen ebenso wie seine Bettwäsche. Früher bot sich New York ihm zu Füßen wie ein Geschenk dar, aber dann drehte er das Bett um, sodass nun der Ausblick hinter ihm ist und Lilys Foto dafür direkt vor ihm. Die Entscheidung ist ein Sinnbild für die Art und Weise, wie er sein Leben lebt: gleichgültig der Welt gegenüber und im Bann einer Frau, die längst tot ist.

So beschließt Mr. Black jeden seiner Tage mit Lily. Abends ist ihr Porträt das Letzte, was er sieht, und morgens das Erste, worauf sein Blick fällt. Allerdings wirkt sein Schlafzimmer im Unterschied zu ihrem wie eine Grabkammer – kühl, gespenstisch still und bar aller Lebenszeichen.

Ich wende mich von der Aussicht auf den Central Park ab und kann nicht anders, als das Bild dieser Frau zu betrachten, deren ewig währende Vollkommenheit niemanden unberührt lässt. Es ist eine sehr intime, natürliche Aufnahme. Eine lebensgroße Lily rekelt sich auf einem zerwühlten Bett, der Körper von einem weißen Laken eingehüllt, die schlanken Finger im langen schwarzen Haar vergraben. Ihre Lippen sind vom Küssen geschwollen, ihre Wangen gerötet, die Augen unter den schweren Lidern leuchten vor Verlangen und Besitzgier. Abgehoben vom Aschgrau der Wand hinter ihr, lockt sie sirenenhaft – mit einem Gesang voller Schönheit, manischer Leidenschaft und Vernichtungskraft.

Schon oft habe ich sie so angestarrt, fasziniert von der Makellosigkeit ihrer Züge und der machtvollen Ausstrahlung ihrer Sinnlichkeit. Bei manchen Frauen genügt bereits ihre bloße Existenz, dass die Männer ihnen ins Netz gehen.

Sie war noch so jung, gerade mal Anfang zwanzig, dennoch hat sie auf jeden, der ihr begegnet ist, einen bleibenden Eindruck hinterlassen. Und ihr Ehemann leidet seit ihrem Tod Höllenqualen, gepeinigt von Zweifel, Schuld und zermürbenden Fragen … deren Antworten sie mit in ihr nasses Grab genommen hat.

3

WITTE

Während ich den Range Rover in den Verkehr einfädele, gibt Mr. Black knappe Anweisungen über sein Handy. Es ist gerade mal acht Uhr morgens, und schon ist er hoch konzentriert damit beschäftigt, die vielen Aspekte seines wachsenden Imperiums zu managen.

Um uns herum vibriert Manhattan, brausen die Fluten an Autos und Menschen in sämtliche Richtungen. An manchen Ecken türmen sich Müllbeutel hüfthoch am Bordstein und warten darauf, aufgesammelt zu werden. In meinen ersten Tagen in New York fand ich diesen Anblick abstoßend, doch inzwischen gehört er auch für mich einfach zum Gesamtbild dazu.

Mittlerweile habe ich an dieser Stadt, die so ganz anders ist als die weite grüne Hügellandschaft meiner Heimat, Gefallen gefunden. Hier gibt es nichts, was es nicht gibt, und die Energie ihrer Bewohner, deren Facettenreichtum und Vielschichtigkeit, ist wirklich einzigartig.

Mein Blick pendelt kontinuierlich zwischen Verkehr und Fußgängern. Vor uns blockiert ein Lieferwagen eine Einbahnstraße. Links auf dem Bürgersteig dirigiert ein bärtiger Mann routiniert ein halbes Dutzend Hunde, das beim morgendlichen Spaziergang aufgeregt an den Leinen zerrt. Und zu meiner Rechten schiebt eine Mutter im Sportoutfit einen Babyjogger eilig Richtung Park. Zwar scheint die Sonne, aber das meiste Licht wird von den weit in den Himmel ragenden Gebäuden und den dicht belaubten Bäumen abgeblockt.

Der Verkehr stockt beharrlich.

Derweil lenkt Mr. Black mit souveräner Lässigkeit weiter seine Geschäfte. Seine Stimme ist ruhig und bestimmt. Langsam setzen sich die Autos wieder in Bewegung, nehmen dann aber unvermittelt Tempo auf. Eine Weile erleben wir das seltene Glück, eine grüne Welle zu haben, und nähern uns zügig Downtown Manhattan. Doch kurz vor unserem Ziel reißt die Glückssträhne ab, und eine rote Ampel zwingt mich zum Anhalten.

Dichte Fußgängerpulks kreuzen vor unserem Wagen. Die meisten Menschen laufen mit gesenkten Köpfen, und einige versuchen offenbar, sich mit Ohrhörern ein wenig Erholung von dem belastenden Lärm der pulsierenden Metropole zu verschaffen. Ich werfe einen Blick auf die Uhr, um sicherzugehen, dass wir nicht zu spät kommen.

Plötzlich höre ich einen schmerzerfüllten Laut, der mir das Blut in den Adern gefrieren lässt. Das halb erstickte Stöhnen klingt äußerst befremdlich. Ich schnelle herum und starre erschrocken zum Rücksitz.

Mr. Black sitzt vollkommen reglos da und spricht kein Wort, die Augen schwarz wie Kohle, das Gesicht blutleer. Sein Blick folgt den vorbeiströmenden Fußgängern. Suchend schaue ich in dieselbe Richtung.

Eine bildschöne Schwarzhaarige eilt zur anderen Straßenseite. Ihr glattes Haar ist zu einem kurzen Bob geschnitten, der bis zu ihrer markanten Kinnpartie schwingt. Mit der üppigen Mähne von Lily hat das zwar nicht die geringste Ähnlichkeit, aber als die Frau sich auf dem Bürgersteig um neunzig Grad dreht, könnten es tatsächlich ihre so unvergleichlichen Gesichtszüge sein.

Hinter mir wird die Wagentür aufgerissen. Ein Taxifahrer brüllt wüste Obszönitäten aus seinem geöffneten Fenster.

»Lily!«

Dass mein Arbeitgeber es auf einmal über sich bringt, den Namen seiner Frau laut zu rufen, lässt mich zusammenfahren wie bei einem Pistolenschuss. Meine Lunge erstarrt.

Sie dreht den Kopf in unsere Richtung, gerät ins Stolpern, bleibt wie gelähmt stehen.

Die Ähnlichkeit ist frappierend. Unheimlich. Nicht zu begreifen.

Mr. Black stürzt aus dem Wagen, und im selben Moment springt die Ampel auf Grün. Er reagiert instinkthaft, ich dagegen bin in meiner Verwirrung erst einmal zu keiner Aktion fähig. Ich weiß nur, dass mein Arbeitgeber gerade im Adrenalinrausch da draußen herumrast und ich hier hinter dem Lenkrad des Range Rover feststecke, während der geballte Zorn der New Yorker Pendlermassen von allen Seiten auf mich einprasselt.

Ihre Wangen, die sowieso schon bleich wie Porzellan sind, verlieren jeden Rest an Farbe. Ich kann sehen, dass ihre vollen roten Lippen einen Namen formen: *Kane*.

Das entsetzte Wiedererkennen wirkt ebenso intim wie unmissverständlich.

Unverkennbar aber auch ist die Angst, die darin liegt.

Nach einem flüchtigen Seitenblick auf den Verkehr jagt Mr. Black mit kraftvollen Sätzen zwischen den anfahrenden Autos hindurch. Das Hupkonzert schwillt zum Orkan an.

Der ohrenbetäubende Lärm scheint sie aus ihrer Lähmung zu reißen. Im Laufschritt bahnt sie sich einen Weg durch das dichte Gewühl der Fußgänger, aus dem ihr smaragdgrünes Kleid immer wieder heraussticht.

Mein Arbeitgeber, ein Mann, der für gewöhnlich bekommt, was er will, ohne dafür etwas tun zu müssen, sprintet los, doch eine schwarze Limousine nähert sich mit überhöhter Geschwindigkeit und erreicht sie vor ihm.

Eben noch war Lily ein sausender grüner Fleck im trostlosen Grau des Großstadtdschungels. Doch einen Wimpernschlag später bildet sie eine funkelnd glänzende Lache auf dem dreckigen New Yorker Asphalt.

4

AMY

»Ich nehme noch einen Manhattan«, sage ich mit betont gelassenem Lächeln zum Kellner.

»O Gott«, stöhnt Suzanne theatralisch auf und massiert sich die Schläfen, was ihre schwarzen Locken zum Tanzen bringt. »Keine Ahnung, wie du das machst. Wenn ich um diese Tageszeit schon Alkohol trinken würde, müsste ich mich gleich hinlegen und ein Schläfchen machen.«

Am liebsten würde ich ihr jetzt eine reinhauen. Aber denselben Effekt kann ich auch anders erzielen. »Wie kommst du denn mit deinem Buch voran?«

Sie windet sich getroffen, und ich grinse innerlich. Gleich wird sie darüber zu schwafeln beginnen, dass sie auf der Suche nach Inspiration ist, sobald sie sie gefunden hat, dann aber bestimmt wieder total kreativ sein wird.

»Ich bin übrigens ein Riesenfan von Ihnen«, platzt Erika Ferrari heraus.

Meint sie den Scheiß im Ernst? Ich musste mich gestern Abend bei der Party ganz schön ranhalten, um Erikas Bekanntschaft zu machen und sie zum Mittagessen einzuladen, bevor Kane sie abschleppte, um seinen Schwanz in sie reinzustecken.

Und nun stellt sich heraus, dass Erika die Einladung nur angenommen hat, um Suzanne vorgestellt zu werden. Was für eine Unverschämtheit! Hat mich diese dämliche Schnalle doch einfach benutzt!

Um dem Ganzen mehr Nachdruck zu verleihen, beugt sie sich weit vor, als sie Suzanne den Bauch pinselt.

Sofort ist alles Unbehagen bei Suzanne verflogen, und sie strahlt über das ganze Gesicht. Sie hat echt wunderschöne Lippen, voll, dazu rosig auf der Innenseite und von Natur aus ein wenig dunkler am Rand – quasi ein angeborener Lipliner. »Oh, herzlichen Dank!«, flötet sie. »Es freut mich wirklich sehr, dass Ihnen meine Arbeit gefällt.«

Mein Blick wandert über die voll besetzten Tische zur Bar. Hoffentlich sind sie schon dabei, meinen Drink zuzubereiten. Noch ein kleiner Schluck, und ich sitze bei diesem Glas auf dem Trockenen. Dieses Um-die-Wette-Schleimen zwischen Suzanne und Erika ertrage ich ohne Alkohol jedoch keine Minute. Gott sei Dank verfüge ich über die Gabe, solch dümmlichen Schwachsinn bei Bedarf schlicht ausblenden zu können. Mit ein wenig Glück werde ich mich also an unser gemeinsames Mittagessen heute Abend kaum mehr erinnern können.

Weißt du, was dir fehlt, Amy?, hat meine Schwiegermutter mit ihrer vergifteten Freundlichkeit mal zu mir gesagt. Kultur. Versuch doch, ein paar Freundinnen zu finden, die dir in dieser Beziehung weiterhelfen können. Autorinnen, Malerinnen, Musikerinnen … Leute, von denen du etwas lernen kannst.

Als hätte ich von nichts eine Ahnung. Immerhin war ich nach der Public School noch zwei Jahre auf dem Junior College und habe dann meinen Abschluss in Marketing gemacht. Doch es ist schon wahr: Dass Gabeln auf die linke Seite gehören und Wassergläser immer rechts stehen, hatte ich nicht gewusst. Aber bin ich deshalb gleich nichts wert?

Aliyah glaubt, ich wäre nicht gut genug für ihren kostbaren Darius. Wenn sie wüsste, dass ich jeden ihrer drei Söhne gefickt habe!

Die gute Suzanne hier – deren Geburtsname eigentlich bloß Susan lautet – dient also dazu, meine Kultiviertheit in Sachen Literatur voranzutreiben. Dabei schreibt sie nur kitschige Liebesromane über Milliardäre, die stets wie die Weltmeister ficken, und Frauen, denen es gelingt, ihnen die Flausen auszutreiben. Kurz gesagt: Sie ist die perfekte Stinkefinger-Antwort auf die Klugscheißersprüche meiner dämlichen Ziege von Schwiegermutter.

So verdanke ich es Aliyah – und Kane –, dass ich gerade zwei Stunden meiner Lebenszeit mit zwei Frauen, die ich nicht ausstehen kann, vergeude. Inzwischen tauschen die beiden sich über die sexuellen Heldentaten irgendwelcher fiktiven Personen aus, und das mit einem Maß an Leidenschaft, das ich meinerseits lieber der realen Welt widme. Zweifellos beschäftigt Miss Ferrari dabei noch im Hinterkopf, wie Kane sie um den Verstand vögelte, was ihr im Rückblick gewiss vorkommt, als hätte sie die Szene in einem Buch durchlebt. Immer wieder bemüht sie sich, möglichst unauffällig ihr Handy zu checken, da sie mit Sicherheit ihre Nummer zurückgelassen hatte, bevor Witte sie mit der Souveränität eines wahren Briten hinauskomplimentierte.

Wie sich solch eine Szene abspielt, steht mir noch lebhaft vor Augen. Das höfliche Klopfen an der Tür. Das auf Hochglanz polierte Silbertablett, auf dem ein elegantes Kaffeegedeck neben einer einzelnen weißen Rose thront. Im Badezimmer liegt schon ein seidener weißer Morgenmantel bereit, zusammen mit allem, was eine Frau womöglich benötigt, um den unweigerlich bevorstehenden peinlichen Abgang nach bestem Vermögen zu kaschieren. Und nachdem sie geduscht hat, würde Erika bei ihrer Rückkehr ins Schlafzimmer die Kleidungsstücke, die Kane ihr vom Leib gerissen hatte, hübsch ordentlich gefaltet auf dem weißen Samtbänkchen vorfinden, während die hastig abgestreiften Schuhe nebeneinander am Fuß des schon wieder frisch bezogenen Betts stehen.

Witte erledigt nun mal alles mit absoluter Gründlichkeit.

Und Kane. Durch und durch berechenbar. Sobald Erika auf der Bildfläche erschien, war mir klar, dass er sie flachlegt. Der gleiche Typ wie ich und seine verstorbene Frau. Ohne es zu wissen, ist sie damit in der groß angelegten Studie, die ich liebevoll *Frauen, die Kane Black vögelte und verarschte* nenne, die neueste Testperson geworden.

Bislang scheint Kane eine oberflächliche Ähnlichkeit zu genügen, um es mit einer Frau die ganze Nacht zu treiben. Völlig durchgeknallt, der Typ. Suzanne sollte ein Buch über ihn schreiben. Ich würde ihr sogar den Titel meiner Studie für ihren Roman überlassen. Ich kann nämlich durchaus großzügig sein, vorausgesetzt, ich sitze nicht unmittelbar neben einer Doppelgängerin, die gerade mit prall geschwollenen Lippen und müden Augen selig lächelt.

Herrgott, bin ich mies drauf!

Erika Ferrari. Ein derart bekloppter Name muss doch Fake sein.

Sie schielt erneut in die Chanel-Tasche, in der sie ihr Handy mit dem Display nach oben platziert hat. Suzanne schenkt mir einen wissenden Seitenblick.

Derweil suche ich das gut besuchte Restaurant verzweifelt nach einem Anzeichen für meinen nahenden Nachschub ab. Die meisten Männer sind attraktiv. Die Frauen haben zwar tolle Frisuren und tragen Designerklamotten, aber geschminkt sind die wenigsten. Weshalb sie das für passend halten, will mir nicht in den Kopf. Warum macht man sich die ganze Arbeit mit den Haaren, wenn man es anschließend für überflüssig hält, Make-up aufzulegen? Es gibt nichts Schlimmeres als Inkonsequenz.

»Wie haben Sie eigentlich Darius kennengelernt?«, fragt mich Erika und nimmt sich noch ein Brötchen aus dem Brotkorb.

»Kane hat ihn mir vorgestellt.«

Bei seinem Namen wird sie sofort hellhörig. »Und wie haben Sie Kane kennengelernt?«

Nach einer kurzen, bedeutungsvollen Pause erkläre ich: »Ich kam gerade aus einem Restaurant, da hat er mich auf der Straße angesprochen. Ich ähnele seiner Frau. Das ist sein Tick. Schwarze Haare und grüne Augen eben. Auch roter Lippenstift kommt bei ihm super an.«

»Na ja, manche Männer bevorzugen eben einen gewissen Typ«, erwidert Erika, deren Lächeln ein wenig dünner geworden ist.

Unbewusst streicht sie sich durch ihre gewellten schwarzen Haare, die bis auf den Träger ihres BHs fallen würden, hätte sie denn einen getragen. Aber das tut sie nicht und hat sie auch nicht nötig, denn sie hat ebenso kleine Brüste wie ich. Und wie Kanes Frau, die noch bis heute Macht über ihn hat und ihn einfach nicht loslässt.

Kane schert sich einen Dreck um andere. Wer nicht unmittelbar vor ihm steht, den hat er schon vergessen. Wenn es einen Menschen gibt, der wirklich nur im Augenblick lebt, dann Kane. Was gestern war, hat er längst vergessen, und was morgen sein wird, kümmert ihn einen Scheiß. Er bringt gerade mal genug Interesse auf, um den heutigen Tag gelangweilt herumzubekommen. Bloß von der Erinnerung an Lily bleibt er wie besessen.

Was für mich überhaupt keinen Sinn ergibt.

Da er nicht zu den Typen zählt, die gern leiden, bereitet es ihm womöglich nur irgendwie Freude, sich ständig in Erinnerung zu rufen, dass sie tot ist. Oder das Ganze ist lediglich ein Trick, um leichter bei Frauen zu landen, wie wenn ein affengeiler Typ auch noch mit einem süßen kleinen Hund herumläuft. Aber wie krank ist das denn?

»Bei uns stimmte eben sofort die Chemie«, fahre ich in möglichst ungezwungenem Ton fort. *Eigentlich eher die Biologie. Die dafür dann allerdings die ganze Nacht.* »Später sind wir uns noch ein paarmal zufällig über den Weg gelaufen.« *Ich habe ihn gestalkt.* »Bei einer dieser Gelegenheiten war dann auch Darius dabei.«

Woraufhin mein späterer Ehemann prompt als Lückenbüßer in meinem Bett landete. Im Grunde wäre die Sache damit beendet gewesen, doch Aliyah sorgte dafür, dass ihr mittlerer Sohn bekam, was er wollte – und zwar mich als Ehefrau. Und sie bekam, was sie wollte – mein Social-Media-Start-up Social

Creamery. Inzwischen bedauert sie den Deal. Das ist mein einziger Trost.

»Wie war sie denn so?«, erkundigt sich Erika. »Seine Frau.«

»Wir Autoren nennen so eine Überfrau eine Mary Sue«, antwortet Suzanne kichernd. »Amy nennt sie lieber Mary Poppins.«

Erika macht ein verständnisloses Gesicht.

»In jeder Hinsicht quasi ohne Makel«, erkläre ich und lache bitter auf.

»Oh.«

»Zumindest reden einem das die Leute, die sie kannten, gern ein«, ergänze ich bissig. »Mit seiner Familie lag Kane jahrelang über Kreuz, daher ist keiner von denen ihr überhaupt jemals begegnet. Aber in seinem Freundeskreis ist es stets dieselbe Leier: Sie war bildschön, hochintelligent, von faszinierender Ausstrahlung, die perfekte Gastgeberin, eben wahnsinnig toll in jeder Beziehung, bla, bla, bla. Jeder liebte sie.«

»Über Tote soll man ja auch nicht schlecht sprechen«, bemerkt Erika geziert und straft mich mit einem missbilligenden Blick.

»Poetische Verklärungen machen sie aber auch nicht wieder lebendig«, entgegne ich. »Und merkwürdigerweise verliert Kane selbst keinen Ton über sie. Ich meine, wenn in seiner Gegenwart auch nur ihr Name erwähnt wird, wird er sofort ganz verschlossen.«

»Tja, wer weiß … vielleicht kommt er ja doch langsam darüber hinweg«, sagt sie mit einem derart blasierten Grinsen, dass ich ihr am liebsten eine reingehauen hätte. Ich muss mich sehr beherrschen, um ihr nicht meine eindrucksvolle

Sammlung von Selfies mit all jenen Frauen zu zeigen, die unsere Doubles hätten sein können, und das unterlasse ich auch nur, weil ich vermeiden will, dass sie mich für psychisch gestört hält.

Stattdessen erwidere ich mit dem gleichen selbstgefälligen Grinsen: »Aus diesem Grund trägt er auch bestimmt weiter seinen Ehering. Und ist Ihnen nicht das Muster auf dem Geschirr aufgefallen? Die Blumengestecke überall? Sie hieß Lily, und auf allem, was ihm gehört, sind Lilien zu sehen.«

Sie zuckt kaum merklich mit den Schultern. Klar doch. Entscheidende Details wie diese sind ihr natürlich entgangen. Keine Ahnung, warum außer mir keiner solche Dinge registriert. Wo man hinschaut, überall ignorante Hohlköpfe, die die Welt in den Abgrund treiben. Als ich Darius gegenüber erwähnte, mit welcher Fixierung Kane all sein Zeug mit Lilien tapeziert, meinte er bloß, da würde ich etwas hineininterpretieren. *Dann mag er eben solchen Mädchenkram, na und?*

Erikas Hochnäsigkeit schwindet spürbar. Bis zum Ende unseres Lunchs wird ihr das Lachen schon vergangen sein. Sie wird sich benutzt und längst nicht mehr so besonders fühlen. Ihr Selbstbewusstsein wird noch lange angeknackst sein, womöglich für immer so bleiben. Sosehr ich es auch hasse, dass sie mit Kane geschlafen hat, so angenehm ist der Nachweis, dass nicht nur ich so selbstzerstörerisch war, seinem Charme zu erliegen.

Der hübsche, aber überforderte Kellner bekommt von mir ein aufrichtiges Lächeln geschenkt, als er mir mein neues Glas bringt. Ich nehme einen tiefen Schluck und schließe dabei für einen Moment die Augen, um das Zusammenspiel von eisig scharfem Bourbon und süßem Wermut zu genießen. Die wärmende Woge des Alkohols vertreibt abrupt die zickige Lust am Giftverspritzen, und plötzlich brennen salzige Tränen in meinen Augen.

Ach du Scheiße. Schnell ersticke ich alle Schwermut mit Wut.

Lächerlich, wie ich mir von einer Nacht mit Kane Black mein Leben bestimmen lasse. Meine Seelenklempnerin meint, das unverarbeitete Gefühl, vom Vater im Stich gelassen worden zu sein, würde bis heute in meine Entscheidungsfindung hineinpfuschen. Das fuchst mich natürlich erst so richtig. Wie kann eine Frau sich bloß derart von Männern verbiegen lassen?

Kane wird nie begreifen oder auch nur zur Kenntnis nehmen, was es bedeutet, von einem Mann seines Aussehens und seiner Statur von der Straße weg ins Penthouse katapultiert zu werden. In dieser einen Nacht hatte ich zum ersten Mal das Gefühl, in den Augen eines solchen Ausnahmemenschen vielleicht doch etwas Besonderes zu sein und dass all meine Wünsche in Erfüllung gehen könnten. Ich würde Mrs. Kane Black werden. Ich würde in diesem atemberaubend schönen Penthouse wohnen und in meinem Heim dieselben Leute als Gäste begrüßen, vor denen ich bislang katzbuckeln musste, um mit ihnen ins Geschäft zu kommen. Und ganz bestimmt hatte auch er gespürt, wie dieser Funke übersprang. Nur deshalb hatte er ausgerechnet mich angesprochen und so viel Charme versprüht, dass ich ein paar Stunden später bereits unter seinen wilden Stößen stöhnte.

Über ein Jahr später erst zeigte Aliyah ihrem Sohn Darius ein heimlich aufgenommenes Foto von Lilys Porträt, das bis dahin keiner von uns zu Gesicht bekommen hatte, weil es verborgen in Kanes Schlafzimmer hing und Witte irgendwie immer auf der Bildfläche erschien, wenn sich jemand diesem Ende des Penthouse näherte. Ich hatte es mir über Darius' Schulter hinweg angesehen, und in dieser Sekunde hatte ganz tief in meinem Schädel das Kreischen eingesetzt, das seitdem nicht mehr aufhören wollte.

Erika berührt meinen Unterarm, um meine Aufmerksamkeit zu bekommen. »Arbeiten Sie zusammen mit Kane im Crossfire Building?«, will sie wissen.

Es fällt mir auf die Nerven, dass sie ihn nicht Mr. Black nennt. Wen interessiert's, dass sie ihn gefickt hat? Er hat sie längst schon wieder vergessen. Sie sind nicht befreundet und werden es auch niemals sein.

»Social Creamery hat seine Zentrale im Crossfire«, erkläre ich und schlecke die letzten Tropfen meines Drinks von meiner Unterlippe. Immer wenn ich den Namen meiner Firma in den Mund nehme, kommt mir die Galle hoch. »Aber ich muss da nicht jeden Tag hin. Ich habe die ganze Sache so aufgebaut, dass der Laden auch ohne mich läuft.«

Und damit nur ein Rädchen im Getriebe von Baharan Pharmaceuticals ist.

Ich kann nicht über die Firma sprechen, die ich aus dem Nichts erschaffen habe, ohne dass Bitternis mir die Kehle zuschnürt. Durch Social Creamery wurde ich unabhängig, und es war der Beweis dafür, dass ich aus eigener Kraft etwas erreichen kann. Ich hatte mich eingehend mit den Entwicklungen im Bereich Social Media beschäftigt, hatte Methoden optimiert, mit denen sich Stärken und Schwächen von Plattformen ausnutzen ließen, hatte eine Schar von Influencerinnen und Influencern gewonnen, die so ziemlich alles vermarkten und verhökern konnten, hatte Texter angeheuert, die clever waren und auch mal einen fehlerfreien Satz zustande brachten – die Welt ist voller ungebildeter Idioten –, und ich hatte beim Klinkenputzen meinen Charme spielen lassen, um Account-Inhaber zu überreden, mir ihre Marken anzuvertrauen.

Dann mischte Aliyah sich ein und schlug vor, Social Creamery doch dem Hause Baharan anzugliedern, damit alle Familiengeschäfte unter einem Dach wären und mir ganz andere Mittel zur Verfügung stünden. Darius fand die Vorstellung wunderbar, künftig Seite an Seite zu arbeiten, und ich kannte Aliyah noch nicht gut genug, um misstrauisch zu werden.

Prompt dauerte es nach Abschluss der Verträge nicht lange, und sie begann, mir das Wasser abzugraben, meine Ideen zu torpedieren und meine Geschäftsprinzipien infrage zu stellen. Es gelang ihr, mir mein Team abspenstig zu machen, indem sie Sonderzahlungen und Bonusleistungen als ihre ausgab, selbst wenn sie in den meisten Fällen von mir initiiert worden waren. Eigentlich Gleichgesinnte distanzierten sich von mir aus Angst, sich ihren Zorn zuzuziehen, bis schließlich die ganze Firma gegen mich war.

Suzanne und Erika stecken die Köpfe zusammen und schwärmen verzückt von dem Kleid einer Frau, die auf dem Weg zur Toilette an unserem Tisch vorbeikommt. Das Bodycon-Teil mit dem abstrakten Muster ist tatsächlich ganz nett, würde aber mit Shapewear darunter tausendmal besser aussehen, wodurch diverse Pölsterchen kaschiert würden.

Ich genehmige mir einen genüsslichen, tiefen Schluck und schnurre vor Wonne – und Vorfreude.

Nicht mehr lange, und mein gesamtes Leben wird sich ändern. Ich werde mir Social Creamery zurückholen und auch sonst alles, was meine »Familie« mir genommen hat, plus Zinsen. Bis dahin kettet mich mein Unternehmen mehr als jedes Ehegelöbnis oder der Ring, den ich trage, an Darius, seine Brüder und Aliyah. Aber einen Teufel werde ich tun und ohne meine Firma den Abflug machen.

Der Klingelton eines Handys lässt Erika in hirnrissiger Hektik nach ihrer Tasche greifen. Innerlich muss ich lachen über ihre enttäuschte Miene, als wir alle erkennen, dass es mein Handy ist, das klingelt.

Aliyahs Name auf dem Display vertreibt umgehend jeden Anflug von Heiterkeit.

»Hallo, Mom«, begrüße ich sie, da ich weiß, wie sehr sie es hasst, wenn ich sie so nenne.

»Amy«, antwortet sie mit dieser verblüffend tiefen Stimme, die mich noch immer aus dem Konzept zu bringen vermag. »Eigentlich wollte ich nur wissen, wo dein Mann steckt. Aber heute ist ja Freitag, das hatte ich ganz vergessen.«

Die nicht sonderlich subtile Anspielung darauf, dass Darius es gerade – wie jede Woche um diese Zeit – seiner Sekretärin besorgt, verdirbt mir endgültig die Laune.

Die Sache tut weh. In guten wie in schlechten Tagen, Darius gehört *mir*. Ich glaube sogar, dass er mich liebt, und wahrscheinlich wäre er in meinen Augen sogar eine durchaus passable Partie, wenn ich bloß aus dem Kopf bekäme, wie Kane mich gefickt hat, als hinge sein Leben davon ab. Doch das gelingt mir nicht, und so vögelt mein Ehemann eben in diesem Moment seine überaus tüchtige Sekretärin, dieses hübsche Blondinchen, das mir den Kaffee stets genau so bringt, wie ich ihn mag, und das so verdammt freundlich ist, dass ich es am liebsten mit meiner Handtasche windelweich prügeln würde.

»Kann ich dir vielleicht weiterhelfen?«, frage ich honigsüß.

»Mach dir nur keine Umstände. Ich schicke ihm eine WhatsApp.« Und in plötzlich samtweichem Ton fügt sie hinzu, was meine Welt in ihren Grundfesten erschüttert: »Kanes Frau ist von den Toten auferstanden.«

5

ALIYAH

Ich mustere mein Spiegelbild, wische mir den knallpinken *Rosana* vom Mund und trage stattdessen nudefarbenen Lipgloss auf. Mit einem Schritt Abstand begutachte ich das Resultat und nicke. Zu diesem Anlass weit passender. Ich stelle mir Amys Gesicht vor, als ich einfach auflegte, und muss lächeln. In einem Punkt ist auf meine Schwiegertochter absolut Verlass, nämlich dass sie spätestens um fünf Uhr nachmittags sternhagelvoll ist. Wenn mein Anruf die erwartete Wirkung erzielt hat, dürfte sie heute schon um drei besinnungslos flachliegen.

Das Flittchen sieht gut aus, taugt jedoch zu nichts. Eine einzige Fähigkeit hatte Amy besessen, und die haben wir inzwischen aufgebraucht. Aber dass sie auf einen meiner Söhne derart fixiert bleibt, ist schmerzhaft für dessen Bruder. Schon allein aus diesem Grund hätte ich sie gern raus aus unserem Leben. Lange wird das nicht mehr dauern. Denn aus einem Glas Wein zum Abendessen wurden schnell zwei, dann eine ganze Flasche. Warum das Ganze nicht morgens durch einen kleinen Spritzer Whiskey ergänzen, bloß um richtig in den Tag zu kommen? Gefolgt natürlich von einem Cocktail zum Mittagessen. Es war alles ein Kinderspiel. Sie hätte sich sowieso am liebsten kopfüber in das Zeug gestürzt. Ich war ihr nur dabei behilflich, indem ich ihr einen kleinen Schubs gab.

»Fertig?«, fragt Darius und erscheint hinter mir im Spiegel. Er trägt bereits sein Sakko. Über seine ausgeprägte Stirn zieht sich eine tiefe Falte. Sein Parfüm duftet dezent und wohltuend, eine holzige Note, die ich speziell für ihn kreiert habe. Sie passt zu ihm. Er ist stark und fest verwurzelt wie ein Mammutbaum. Wie er geraten ist, erfüllt mich wirklich mit Stolz. Viele Mütter erziehen ihre Söhne ohne jede Achtung Frauen gegenüber.

»Hast du die Entwürfe sicher verschlossen?«, frage ich und drehe mich zu ihm um.

»Ja, klar doch. Woher sonst komme ich wohl gerade?«

Das dunkle Haar fällt ihm kunstvoll frisiert in die Stirn. Die markant ausgeprägten Züge in dem schmalen Gesicht ähneln meinen, die blassblauen Augen dagegen sind die seines Vaters. Ein enorm prägnantes Merkmal, diese Augen. Ramin und Rosana haben sie auch.

»Wir sind fast fertig«, fährt er in leicht genervtem Ton fort. »Eigentlich könnten wir das Ganze heute noch mit all unseren Anmerkungen zurück an den Architekten gehen lassen.«

»Der es sich selbst aber frühestens am Montag ansieht«, entgegne ich und streiche sein Revers glatt.

Wenn Amy wüsste, dass ihr Ehemann seine Freitagnachmittage in Wahrheit damit verbringt, mit mir gemeinsam an dem Konzept für unsere geplante Forschungsanstalt in Seattle zu arbeiten. Stattdessen traut sie ihrem Mann lieber sofort jede Gemeinheit zu. Die kleinste Anspielung genügt, schon setzt ihre Paranoia ein.

Aber Darius ist kein Fremdgeher wie mein erster Mann Paul. Den Vater von Kane hatte ich einst in Verdacht, eine Affäre zu haben, konnte es ihm jedoch nicht nachweisen. Also redete ich mir lieber ein, dass er ein Scheitern unserer Ehe gewiss nicht riskieren würde, da ich ihm zu viel bedeute – nicht nur als Ehefrau und Mutter seines Sohnes, sondern auch wegen der Firma, bei deren Aufbau ich maßgeblich geholfen hatte. Schließlich war Baharan Pharmaceuticals sein Lebenswerk, unser Lebenswerk, und er liebte Kane abgöttisch. Zumindest dachte ich das bis zu dem Moment, da ich erfuhr, dass er jeden verfügbaren Cent aus der Firma abgezogen und sich nach Südamerika abgesetzt hatte.

»Du enttäuschst mich«, sage ich zu Darius und richte seine Krawatte.

»Warum?«

»Weil du dich dagegen sträubst, deinem Bruder in solch einer persönlichen Krise zu helfen.«

»Das kann ich nicht und will es auch nicht«, ereifert er sich. »Schließlich nimmt er umgekehrt nie Anteil an irgendwas.«

»Darius.« Mein besänftigender Ton vertreibt schnell den mürrischen Anflug aus seinem Gesichtsausdruck. »Das weißt du doch gar nicht. Und wenn du es schon nicht für ihn tun willst, tu's mir zuliebe. Mich beunruhigt das immerhin auch gewaltig.«

Er schenkt mir einen sarkastischen Blick, aber mich kümmert es nicht, ob er mich für eine Heuchlerin hält. Ich tat, was ich tun musste, um zu überleben. Mein grundlegender Wandel nach Pauls Verrat war die Voraussetzung dafür, dass ich bei meiner zweiten Ehe schlauer war und alle Bedingungen des Ehevertrags durchstand, bis ich endlich bekam, was mir gebührte. Und es ist ja auch nicht so, als hätte ich Kane nicht bis zur Volljährigkeit unterstützt.

Wie dem auch sei, es ist jedenfalls müßig, Darius jetzt mit dem Argument zu kommen, dass er selbst nie große persönliche Krisen durchleben musste, da Kane, nachdem er zurück in unser Leben getreten war, entsprechende Probleme für ihn stets aus dem Weg räumte. Darius verdankt seinem älteren Bruder so einiges – keine belastenden Studienkredite mehr, einen komfortablen Lebensstil, sogar seine Frau.

Als Kane vor sechs Jahren mit der Idee an mich herantrat, Baharan Pharmaceuticals wieder zu neuem Glanz zu verhelfen, glaubte ich, wir würden zu guter Letzt vielleicht doch noch eine Familie. Mein zweiter Mann – der nicht das geringste Interesse daran hatte, den Sohn eines anderen großzuziehen – stand nicht länger im Weg, und Kane folgte meinem Rat und achtete darauf, dass seine Halbbrüder für Schlüsselpositionen in der Firma ausgebildet wurden. Ich dachte, so fänden all meine Kinder womöglich doch noch zusammen, aber nur Rosana freute sich aufrichtig über die Rückkehr ihres ältesten Bruders. Darius und Ramin missfiel die neue Situation mit Kane vom ersten Tag an, da sie sich nur wie notgedrungen geduldete Anhängsel fühlten.

Selbst wenn es ihm gelänge, Kane von der Spitze des Unternehmens zu verdrängen, würde das den Verdruss wohl kaum lindern, der an Darius nagt, seit er meint, der Rolle des Ältesten, der für seine jüngeren Geschwister verantwortlich ist, beraubt worden zu sein. Aber im Grunde ist es wahrscheinlich sogar besser, wenn die Brüder sich nicht allzu gut verstehen.

Schließlich könnte es zum Problem werden, wenn sie irgendwann eine geschlossene Front bildeten.

»Ich verstehe bloß nicht, was so schrecklich eilig daran ist«, widerspricht er mir. »Es wird doch sowieso noch eine ganze Weile dauern, bis er seine neue Lage überblickt und seine Frau behandelt werden kann wegen alldem, woran auch immer sie leidet. Wir schieben also etwas Wichtiges für etwas vollkommen Nebensächliches auf.«

»Ach? Hältst du es im Ernst für nebensächlich, wenn Kane jedem erzählt, er sei Witwer, obwohl das ganz offensichtlich nicht der Wahrheit entspricht?«

Allerdings war Lily auf der Straße nur knapp dem Tode entronnen und auch jetzt noch nicht über den Berg. Allem Anschein nach hatte der Fahrer, der sie erwischt hatte, nicht abgebremst und war vom Unfallort geflüchtet. So hatte es mir jedenfalls Witte bei seinem Anruf geschildert, als Lily gerade in den Krankenwagen geladen wurde. Darius hatte ich jedoch nichts davon erzählt, dass mir bei Wittes Worten ein kalter Schauer über den Rücken lief. Als würde jemand über mein Grab gehen.

»Dich soll überraschen, dass Kane lügt?«, stichelt mein Sohn. »Nun hör aber auf! Außerdem behaupte ich ja gar nicht, dass seine Frau uns nicht kümmern sollte. Meiner Meinung nach braucht sie uns bloß gerade jetzt nicht so dringlich zu kümmern. Kane bekommt doch seit Jahren sein Leben auch ohne uns ganz prima geregelt. Er soll seinen Scheiß gefälligst selbst regeln. Mein Problem ist das nicht.«

Er sagt das nur, weil er nicht viel von früher weiß. Er war in der Schule, im letzten Jahr der Highschool, als die Polizei von

Greenwich zu unserem Haus in Saddle River kam und sich nach meinem Ältesten erkundigte, den ich seit Jahren nicht gesehen oder gesprochen hatte.

Die Zivilbeamten erklärten, es seien reine »Routinefragen«, die sie zu Kanes Charakterzügen und seinem Temperament hätten. Mag sein. Doch es wurde schnell offenkundig, wie wenig ich über das Leben meines erwachsenen Sohnes wusste – nicht einmal von der offiziellen Änderung seines Nachnamens hatte ich etwas mitbekommen –, und sie fragten mich, warum wir nicht in Verbindung stünden, woraufhin ich ihnen die Wahrheit erzählte: Er kam nicht gut mit meinem Ehemann, seinem Stiefvater, zurecht. Sie tauschten vielsagende Blicke aus, dankten mir für das Gespräch und verschwanden.

Ich weiß bis heute nicht, ob dieser Besuch etwas mit seiner Frau zu tun hatte. Zum damaligen Zeitpunkt hatte ich gar keine Ahnung, dass er überhaupt verheiratet war. Gesprochen habe ich über diesen Besuch mit niemandem, selbst mit Kane nicht, der nur wenige Tage später an meiner Haustür erschien, um über den Wiederaufbau von Baharan zu reden.

Unsere Beziehung ist heikel, um es vorsichtig zu formulieren, und ich werde ganz sicher kein Zerwürfnis riskieren, nicht, bis ich Baharan übernehmen kann.

»Natürlich ist das auch dein Problem«, lasse ich nicht locker. »Das ist ein Problem für jeden von uns. Warum kehrt sie ausgerechnet jetzt zurück? Was hat sie all diese Jahre gemacht?«

»Warum sie zurück ist, kann ich dir sagen. Diesem dämlichen Gefasel vom Sexiest Man Alive kann doch keiner entgehen. Kane beutet das doch noch stärker aus als Dwayne

Johnson! Sie bekommt die Berichte mit, hält ihn nun, da er reich ist, für eine bessere Partie und kehrt nach Hause zurück. Ich bin nicht blöd, Mutter. Ich sehe in ihr bloß keine Bedrohung, solange sie das nicht definitiv überlebt hat *und* für Ärger sorgt.«

Auf mein Betreiben hin hatte Social Creamery die Kampagne zu Kanes Aufnahme in die Liste der Sexiest Men Alive viral gehen lassen. Bekanntheit bedeutet nun mal Geld. Dabei hatte ich zu meinem Leidwesen allerdings nicht mit all den ehemaligen Freundinnen und Geliebten – und schon gar nicht mit angeblich toten Ehefrauen – gerechnet, die plötzlich aus der Versenkung auftauchten, um sich in seinem Glanz zu sonnen. Aber wie hätte ich so etwas auch vorausahnen können?

Lily. Ich kenne nicht einmal ihren Mädchennamen. Es gab keinerlei Gedenkveranstaltung nach ihrem Tod – ihrem *angeblichen* Tod. Zumindest keine, zu der ich eingeladen worden wäre oder von der ich irgendwo eine Anzeige entdeckt hätte. Zudem weigerte Kane sich beharrlich, über sie zu reden. Wenn ich einmal vage auf das Thema seiner Ehe zu sprechen kam, ging er sofort an die Decke, also ließ ich es lieber bleiben. Und letzten Endes hatte ein Collegeschwarm, dem ich nie begegnet war, ja auch nichts mit mir zu tun.

»Vermutlich hat sie ihn verlassen«, fährt er fort, »und er lügt uns allen die ganze Zeit etwas vor, um das Gesicht zu wahren.«

»Meinst du nicht auch, das wäre ein bisschen sehr extrem?«

»Nicht extremer als dieses Penthouse! Oder die bescheuerte Anstellung von Witte. Kane übertreibt eben in jeder Beziehung gern maßlos. Du regst dich also völlig überflüssigerweise auf.«

Die Wut lässt mir das Blut in den Adern gefrieren. Niemand behandelt mich von oben herab, niemand sollte kleinzureden wagen, was ich fühle oder denke. Bei der Sache mit Paul hatte ich meinen Instinkten nicht vertraut und einen hohen Preis dafür bezahlt, das werde ich nie vergessen. »Diesen Ton verbitte ich mir, Darius. Ich bin vorsichtig, nicht hysterisch. Mir geht es vor allem darum, Baharan und unsere Familie zu beschützen, und dafür brauche ich mich nicht zu entschuldigen.«

»Genau, in dieser Reihenfolge«, brummt er.

»Vergiss nicht den Ethikcode in unserem ECRA+-Vertrag mit Cross Industries. Sobald wir in einen Skandal hineingeraten – und den wird der vorgetäuschte Tod eines Familienmitglieds ganz sicher auslösen –, kann das verhängnisvoll sein. Wir können es uns nicht leisten, unsere Investitionen zu verlieren oder womöglich gar irgendwelche Entschädigungen zu zahlen, die Gideon Cross verlangt.«

Pauls Unterschlagungen standen seinerzeit in direktem Zusammenhang mit dem Namen Cross, obwohl Gideon diesen Punkt nur allzu gern vergessen würde. Sein Vater, Geoffrey Cross, hatte nämlich ein berüchtigtes Ponzi-System ins Rollen gebracht, bei dem die Investoren Milliarden verloren. Wenn heute jemand den Namen Cross hört, denkt er jedoch zuerst an Gideon, und der wird es unter keinen Umständen zulassen, dass irgendwer oder irgendwas das erfolgreiche Image des integren Geschäftsmanns beschmutzt, an dem er so sorgfältig gefeilt hat.

Darius runzelt die Stirn, und an seinen Augen kann man ablesen, wie er die möglichen Folgen durchspielt. »Nun lass uns doch erst mal in Ruhe abwarten! Bislang läuft alles exakt nach Plan. Rosana ist das Gesicht der neuen Kosmetiklinie, und Eva Cross möchte ihrem Mann gern beweisen, dass sie in der Lage ist, eine Zusammenarbeit von der Größenordnung ECRA+ Cosmeceuticals verantwortlich zu leiten. Solange Rosana die Lust nicht verliert, wird Eva das Projekt weiter vorantreiben. Wir brauchen lediglich eine halbwegs glaubhafte Story, um Kanes Ehestatus aus der Schusslinie zu nehmen, das ist alles. Also werden wir uns etwas ausdenken.«

»Na, das klingt aber reichlich selbstsicher, wenn man bedenkt, dass du nicht das Geringste über Lily weißt oder darüber, was in der Vergangenheit zwischen ihr und Kane gelaufen ist.«

»Du tust so, als wäre sie das Problem, obwohl uns bislang allein Kane Ärger einbrockt.«

Ich funkele ihn warnend an.

»Wie auch immer, jetzt fahren wir erst mal ins Krankenhaus, oder?«, beschwichtigt er schnell und grinst. »Es wird sich schon alles irgendwie aufklären.«

Obwohl er sich für seine anfängliche Weigerung, mit zu seinem Bruder zu gehen, nicht entschuldigt hat, bedränge ich ihn nicht weiter. Aber vergessen werde ich sein Verhalten nicht.

Keines meiner Kinder wird jemals erfahren, welche Opfer es mir abverlangt hat, von den Geschäftspartnern, die Paul in den Ruin getrieben hatte, die Rechte an den Chemiepatenten zurückzubekommen. Und wegen dieser Unkenntnis werden sie auch nie nachvollziehen können, was Baharan mir bedeutet. Eines Tages werde ich es vielleicht Rosana erzählen. Sie sollte wissen, worauf wir Frauen in dieser Welt gefasst sein müssen, wie schutzlos wir sind, wie schnell wir raubtierhaften Männern zur Beute fallen.

Keine Ahnung, was mein Ältester getan oder nicht getan hat. Kane ist schließlich ein Mann, da muss man mit allem rechnen. Aber ich werde nicht den gleichen Fehler machen wie bei Paul. Ich werde nicht am Ende mit leeren Händen dastehen. Baharan wird weiterexistieren, und ich habe es schon längst mehr als verdient, selbst die Leitung des Unternehmens zu übernehmen.

»Das Ganze hat auch etwas Positives«, sagt Darius. »Der Unfall war schwer, oder? Eine komplette Woche hat Kane sich bereits freigenommmen. So etwas hat es bislang noch nie gegeben. Vielleicht zieht er sich ja für längere Zeit zurück, und wir haben Gelegenheit, dem Verwaltungsrat unsere Pläne für den neuen Ableger in Seattle schmackhaft zu machen.«

Anschließend sorgen wir dafür, dass ausgerechnet die Baufirma den Auftrag erhält, an der wir selbst stark beteiligt sind. Die Entwürfe haben wir wohlweislich mit genügend unnützen Posten aufgebauscht, die sich problemlos streichen lassen, um so mit Sicherheit das günstigste Angebot einzureichen. Mit dem Profit aus den Baumaßnahmen kann ich weitere Firmenanteile erwerben, und wenn deutlich wird, wie gewinnbringend die neue Abteilung ist, werden alle sich an Kanes allzu zögerliche Haltung erinnern.

Ich gehe an Darius vorbei, um meine Handtasche vom Konsolentisch an der gegenüberliegenden Seite zu holen. Das schmale Tischchen im Stile der Nachkriegsmoderne ist mein absolutes Lieblingsstück im Büro und passt hervorragend zu dem darüberhängenden Jasper Johns. Da ich bei Baharan das größte Büro habe, einen Eckraum mit einem eindrucksvollen Blick über Midtown aus zwei Fensterfronten, ist der Weg lang genug, um meine Frisur aufzulockern und den Sitz meiner Ohrringe zu überprüfen. Mein Besuch soll einen möglichst ungezwungenen Eindruck machen.

»Wenn die Verletzungen so richtig schwerwiegend sind, stirbt sie vielleicht«, spekuliert Darius weiter. »Dann hast du dir vollkommen grundlos Sorgen gemacht.«

Ich klemme mir die Tasche unter den Arm und erhasche in der Scheibe noch einen Blick auf meine weiße Zigarettenhose und das goldfarbene Seidentop. Der unentbehrliche Aromaspender verbreitet Azaleenduft im Raum.

»Im Ernst, Mom. Mach dir keinen Kopf deswegen. Es gab noch nie jemanden, an dem Kane lange Interesse hatte.« Vor dem glänzenden Walnussholz der Tür hebt Darius' Gestalt sich groß und dunkel ab. »Er will jagen, sonst nichts. Sollte sie diesmal bleiben wollen, wird er sich schnell langweilen und sie ausbezahlen.«

Liebe und Schönheit vergehen. Treueschwüre bedeuten nichts. Aber Familie ist das Wichtigste. Meine Kinder sind noch jung, doch das werden sie gewiss noch lernen.

Darius hält mir die Tür auf.

Auf der Schwelle bleibe ich stehen und berühre seinen Unterarm. »Schreib Ramin noch mal und mach ihm klar, dass wir uns im Krankenhaus treffen.«

»Ich rufe ihn an«, erklärt Darius und nimmt sein Smartphone aus der Tasche.

Ich ziehe meine Hand wieder fort und schreite mit aufrechtem Gang durch die Tür.

6

LILY

Als ich wach werde, höre ich das Geräusch meines eigenen Herzschlags. Er ist langsam und regelmäßig – untermalt von einem steten elektronischen Piepen. Tief und schwer war die Schwärze, aus der ich auftauche. Aus weiter Ferne dringen Stimmen an mein Ohr, aber durch die große Distanz und das dröhnende Hämmern in meinem Kopf bleiben die Worte unverständlich.

Der Krankenhausgeruch verrät mir, wo ich gelandet bin. Mit aller Kraft gelingt es mir, die Augen zu öffnen und den verschwommenen Film fortzublinzeln, der mir die Sicht behindert. Irgendwas verstopft mir die Kehle, und ich kämpfe gegen die Kräfte an, die meine Arme davon abhalten, mich an Hals und Kinn zu kratzen. Prompt beschleunigt sich das Wummern meines Herzens, und ich muss husten. Meine Fingernägel zerren an dem Stück Tape, das den Schlauch fixiert, durch den Sauerstoff in meine Lunge geführt wird.

»Nicht, *Setareh*!«

Deine Stimme … dein Kosewort für mich …

Mein Blick schnellt durch den dunklen Raum und über die blassblauen Wände, bis deine groß gewachsene Gestalt sich in einer düsteren Ecke abzeichnet. Schnell gleitet sie zur Tür.

»Pfleger, kommen Sie! Sie ist aufgewacht.«

Das Tape löst sich von meinen Lippen, der Schlauch rutscht, und in meiner Luftröhre reibt etwas so heftig, dass der Schmerz meinen ganzen Körper durchfährt. Ein gequälter Aufschrei zerreißt Kopf und Brust.

»Nicht!«, befiehlst du. Diese geliebte Stimme, deren Klang meine Qual noch steigert. Du trittst ins Licht, und jetzt schwemmen die Tränen meinen Blick klar.

Du bist es, mein Liebster! In welchem Traum bin ich?

Falten klammern deine festen, vollen Lippen ein. Deine Augen, so dunkel wie früher, sind blutunterlaufen. Alle jugendliche Schlaksigkeit ist fort. Schultern und Brustkorb sind jetzt breiter, die Haare kürzer, du bist ein ausgewachsener Mann. Und wie ein edler Whiskey bist du mit den Jahren nur kräftiger und ausdrucksvoller geworden.

Du packst mich an den Handgelenken und hältst mich fest. Die Berührung fährt wie ein elektrischer Schlag durch meinen Körper. Deine Haut ist warm wie Rohseide und deine Kraft schmerzhaft zärtlich. Nach Luft ringend, atme ich tief durch die Nase ein und rieche dich, diesen berauschenden Duft, den ich nie vergessen konnte. Sinnlich, erdig und ungeheuer maskulin.

Mein Herz zieht sich zusammen, und das Piepen der Monitore schwillt zu einem Sirenengeheul an.

»Treten Sie zurück, Sir!«, bellt eine Männerstimme.

Du lässt mich los und machst Platz für den Pfleger. Kurz darauf eilt die Ärztin, die sich als Dr. Hamid vorstellt, hinzu, und nun wird es endgültig zu eng.

»Mr. Black«, sagt sie, und ich sehe, wie sie Latexhandschuhe überstreift, »lassen Sie uns doch jetzt bitte unsere Arbeit tun. Ihre Frau ist in den besten Händen.«

Ohne auch nur für eine Sekunde den Blick von mir abzuwenden, weichst du zurück und verschmilzt mit der Dunkelheit. Und während ich in köstliche Besinnungslosigkeit eintauche, spüre ich deinen Blick weiter – so durchdringend und feurig.

7

WITTE

Mr. Black verlässt das Krankenzimmer, schaut jedoch sofort noch einmal durch das kleine Kontrollfenster in der Tür. Er reibt sich mit der Hand über das Gesicht, dann fällt sein Arm zur Seite herab, und er ballt die Hände zu Fäusten, als würde er sich gegen einen Angriff wappnen. Begleitet wird das alles vom nervösen Stakkato, das sein Fuß auf die Fliesen trommelt.

Als wir uns kennenlernten, war er ständig in Bewegung. Mit schier endloser Energie lief er hin und her und setzte sich kurz, nur um gleich wieder aufzuspringen. Mit den Jahren wurde er allerdings ruhiger.

Nur ein einziges Mal habe ich erlebt, wie er einen Rückfall erlitt. Das war die Nacht, in der er mir von Lily erzählte. Aufgewühlt marschierte er in der Bibliothek auf und ab. Ohne Pause. Es war wohl irgendein Jahrestag, entweder von Lilys Sterbedatum oder von einem Schlüsselmoment in ihrer Beziehung, und er konnte einfach nicht aufhören, von ihr zu sprechen.

Heute im Krankenhaus präsentierte er dann zu meiner Überraschung den Führerschein seiner Frau, womit es ihm möglich war, als nächster Angehöriger sein Recht auf Mitsprache in allen Behandlungsfragen geltend zu machen. Ich hatte keine Ahnung, dass er ihr Ausweisdokument ständig in der Brieftasche mit sich trägt, obwohl es mich rückblickend auch nicht sonderlich überrascht, denn er will sie ja immer und überall bei sich haben. Der Ausweis ist sogar noch zwei Jahre gültig, da er unmittelbar nach der Hochzeit auf ihren neuen Familiennamen umgeschrieben worden war. Wie das Schicksal so spielt, erweist sein sentimentaler Hang sich nun als Vorteil.

Sein Kopf schnellt zu mir, als hätte er meine Anwesenheit gerade erst bemerkt. »Witte!«, ruft er mit erregter Stimme.

»Sir.«

»Sie ist bei Bewusstsein.« Sein Blick wandert zum Kontrollfenster zurück, und er starrt endlos hindurch, ohne einmal zu blinzeln.

Ich sehe noch genau den Gesichtsausdruck von Lily vor mir, als sie ihn auf der Straße entdeckte. Das blanke, abgrundtiefe Entsetzen war so gewaltig, dass es sie dazu trieb, direkt in den anrauschenden Verkehr zu rennen. Ich vermag diese Reaktion mit dem Mann, den ich kenne, einfach nicht zusammenzubringen.

Verloren habe ich sie, wo ich sie fand. Nie werde ich diese Worte vergessen, ebenso wenig wie die Art, wie er verzweifelt durch den Raum tigerte, als er mir schließlich von ihrem Tod erzählte. Angesichts seines grenzenlosen Kummers wunderte es mich nicht, wie verlockend es für ihn war, ihr in den Tod zu folgen, wie es ihm gefiel, mit jedem Tag tiefer in alles erstickender Dunkelheit zu versinken. Doch jetzt beschleichen mich erste Zweifel, sickern tückisch wie schwarze Nebelfäden aus winzigen Rissen.

Mir fällt wieder ein, dass er mir nie den Auftrag gab, eine Beerdigung oder eine Gedenkveranstaltung zu organisieren. Da ich seine unermessliche Trauer ja spürte, rechnete ich lange damit, dass er irgendwann den Anstoß zu einem solch öffentlichen Abschiednehmen geben würde, aber in all den Jahren hat er dieses Thema kein einziges Mal erwähnt. Und ihrer wurde nicht einmal mit einem Ehrenmal gedacht, weil eine Grabstätte schließlich leer geblieben wäre.

Seite an Seite durchstehen wir gemeinsam das Warten in diesem trostlosen, verschrammten Gang, durch den unablässig die Menschen hetzen. Selbst den überall in die Nase steigenden Desinfektionsmitteln gelingt es nicht, den darunterliegenden Geruch nach Siechtum und Krankheit zu kaschieren. Ganz in der Nähe stößt ein Mann vor Schmerzen wüste Verwünschungen aus.

Andere Angehörige, die sich um Lily kümmern könnten, gibt es nicht. Weder Eltern noch Geschwister oder sonstige Verwandte. Niemanden. Zumindest hat sie das meinem Arbeitgeber in ihrer gemeinsamen Zeit so erzählt. Auf jeden Fall hat sich in den Folgejahren auch kein vermeintliches Familienmitglied nach ihr erkundigt. Nur die Polizei stellt jetzt Fragen, aber deren Interesse konzentriert sich einstweilen auf Beschreibungen des Fahrers, der vom Unfallort flüchtete. Durch Zeugenaussagen und die Aufzeichnungen der Verkehrskameras werden sie natürlich auch den Rest erfahren: Eine Frau ignoriert sämtliche Gefahren um sie herum, weil sie blind vor Angst versucht, ihrem Mann zu entkommen. Dann wird Mr. Black ganz andere Fragen beantworten müssen.

Zufällig hatte ich unter einem am Bordstein geparkten

Sportwagen die schmale Handtasche von Mrs. Black erspäht und konnte sie unbemerkt unter meine Jacke schieben. Es ist sicherlich besser, wenn die Polizei von dem in Nevada ausgestellten Führerschein, den ich darin fand und auf dem das Foto von Mrs. Black neben dem falschen Namen Ivy York prangt, nichts weiß. Schon die Handtasche selbst würde nur weitere Fragen aufwerfen, handelt es sich doch um das minderwertige Plagiat einer Luxusmarke. Gewiss fänden die Ermittler es höchst merkwürdig, dass die Frau eines offenkundig schwerreichen Mannes mit solch einer billigen Kopie statt mit dem Edelsten überhaupt herumläuft.

Sofern Mrs. Black sich von diesem Martyrium jemals erholt, werden die Polizisten Fragen an sie haben. Und von ihren Antworten wird das Schicksal des Mannes abhängen, für den ich alles tun würde, um ihn zu schützen.

»Wir müssen dafür sorgen, dass im Penthouse das notwendige medizinische Gerät und Fachpersonal für eine Versorgung rund um die Uhr zur Verfügung stehen«, erklärt Mr. Black und verschränkt die Arme vor der Brust.

Unzählige Fragen schießen mir durch den Kopf. »Wie schnell?«, ist die einzige, die ich ausspreche.

»Sobald ich die Ärzte davon überzeugt habe, dass es das Beste für sie ist, und wir den Papierkram erledigt haben. Ich möchte, dass sie rund um die Uhr betreut wird.«

Körpersprache kann sehr ausdrucksstark sein. Bei seiner bekomme ich eine Gänsehaut. Es macht derzeit nicht den Eindruck, als würde der Zustand von Mrs. Black eine Entlassung aus dem Krankenhaus in naher Zukunft erlauben. Wäre mit einem solchen Schritt nicht eine Gesundheitsgefährdung verbunden? Die Frage muss erst geklärt sein. Zwar zählt zu meinen umfänglichen beruflichen Qualifikationen auch die Versorgung medizinischer Notfälle sowie die Patientenbetreuung, doch entspringt der Wunsch meines Arbeitgebers tatsächlich dem Wissen um meine Fähigkeiten oder eher einer nicht ganz so dringlichen Sorge um das Wohlergehen seiner Frau?

Es bestürzt mich, dass ein einziger Blick von Lily genügt hat, um meine tief empfundenen Überzeugungen zum Wesen dieses Mannes, der mir wie ein Sohn ist, im Mark zu erschüttern. Ich habe fest daran geglaubt, dass kein Mann eine Frau je so sehr liebte, wie Mr. Black dies tat – und noch tut. Aber wäre es denkbar, dass es gerade seine Liebe ist, vor der sie sich fürchtet?

»Ich kümmere mich sofort darum«, erkläre ich und beginne, an all meine Kontakte, die mir bei der Umsetzung von Mr. Blacks Wunsch helfen können, Anfragen zu verschicken.

»Und besorgen Sie zwei Sicherheitsleute, die am Fahrstuhl vor dem Eingang zum Penthouse postiert werden. Keiner kommt oder geht, ohne dass ich darüber informiert bin.«

Ich sehe ihn verwirrt an. Lily soll also nicht nur Patientin sein, sondern auch Gefangene.

Ein weiterer Arzt eilt auf Mrs. Blacks Zimmer zu. Das medizinische Personal trägt hier meist blaue Kittel und Sport- oder Gesundheitsschuhe. Die Füße dieses Mannes stecken dagegen in eleganten Slippern, und seine Hose ist von gehobener Qualität. Die grauen Schläfen stehen in Kontrast zu den jugendlichen Gesichtszügen.

Mein Arbeitgeber versperrt ihm den Weg. Er überragt den Mann bedrohlich um mindestens eine Kopflänge.

Der Arzt stellt sich als Dr. Ing und behandelnder Neurologe vor und erklärt etwas. Ich entferne mich diskret außer Hörweite. Das Gespräch ist nur kurz, dann betritt der Arzt das Zimmer von Lily und zieht die Tür leise hinter sich ins Schloss.

»Sie ist desorientiert und zeigt Anzeichen von Verfolgungswahn«, teilt Mr. Black mir mit und schaut dabei unverwandt durch das Kontrollfenster in den Raum. »Das CT zeigt keine Hirntraumata, aber die Symptome bleiben besorgniserregend.«

Eine Schwester nähert sich im Laufschritt und verschwindet ebenfalls in Lilys Zimmer.

Es dauert eine Ewigkeit, bis die beiden Ärzte wieder herauskommen.

»Mr. Black«, sagt Dr. Hamid und ringt sich ein erschöpftes Lächeln ab, »unterhalten wir uns doch einen Moment in Dr. Ings Büro.«

»Wie geht es ihr?«

»Sie ist stabil. Wir haben ihr etwas zur Beruhigung gegeben, und jetzt schläft sie.«

»Lassen Sie sie nicht aus den Augen«, weist Mr. Black mich an und blickt dabei kurz zur Tür, die ihn von seiner Frau trennt. Sein Kiefer arbeitet vor Anspannung, dennoch folgt er den Ärzten den Flur hinunter zu den Fahrstühlen.

Ich schaue ihm noch nach, als mit dem Aufzug neben dem, der ihn gerade verschluckt hat, seine Mutter und seine Halbbrüder eintreffen. In einem eng anliegenden weißen Hosenanzug, der ihre üppigen Körperformen betont, schreitet Mrs. Armand so energisch durch die Tür, dass die langen blonden Haare um ihre Schultern wippen.

Bei meinem Anblick vollführt sie geschickt eine knappe Neunzig-Grad-Wende, während ihre Söhne mit fast militärischer Präzision unmittelbar hinter ihr die Flanken besetzen. Die Familienähnlichkeit der drei ist augenfällig, doch von dem dunklen Teint und den schwarzen Anzügen ihrer Söhne hebt sie sich ab wie eine hell strahlende Perle.

Beinahe unmerklich mildert Aliyah ihr Auftreten, verlangsamt den Schritt und entschärft den entschlossenen Gesichtsausdruck. Ohne sichtbare Anstrengung gelingt es ihr, im Handumdrehen ganz die besorgte Mutter zu geben. Die Vorstellung gilt dem Personal und den Besuchern, die vor dem Stationszimmer zusammenstehen, und tatsächlich ist ihr Publikum beeindruckt. Köpfe drehen sich. Blicke folgen ihr.

Ohne mich zu beachten, tritt sie an die Tür von Lilys Zimmer und schaut prüfend ins Innere. Bevor das Pflegepersonal noch reagieren kann, wendet sie sich ab und verzichtet darauf, an Lilys Bett zu treten, da sie denjenigen, den sie sucht, nicht entdeckt hat. »Wo steckt er, Witte?«

Der genervte Unterton soll mich bestimmt dafür strafen, ihr die gewünschte Auskunft nicht bereits freiwillig gegeben zu haben.

Ich stecke mein Handy fort, da die vorrangigsten Aufgaben erledigt sind. »Er bespricht mit den behandelnden Ärzten die Prognose für Mrs. Black.«

»Was weiß man denn?«, fragt sie und schaut mich nun direkt an.

»Danach hoffentlich mehr.«

Ramin stößt ein sarkastisches Lachen aus und blafft: »Geht's nicht noch ein wenig ausweichender?«

»Gewiss doch«, antworte ich ruhig.

»Sollen wir hier jetzt bloß herumhocken und warten?«, kommentiert Darius das Ganze und stemmt die Hände in die Hüfte, wodurch seine Sakkoschöße zur Seite geschoben werden und der schlanke, muskulöse Oberkörper unter dem eng geschneiderten Hemd sichtbar wird. »Lieber würde ich mir die Zeit mit *meiner* Frau vertreiben.«

»Ich mir auch«, pflichtet ihm Ramin mit einem boshaften Leuchten seiner blauen Augen bei. Da er selbst nie geheiratet hat, ist die Anspielung eindeutig.

»Fick dich«, schnauzt Darius zurück.

»Was denn? Amy macht hervorragende Martinis.«

»Du bist so ein Arschloch.«

»Es reicht!« Ein Fingerschnippen von Aliyah bringt den Zwist zwischen den Brüdern zumindest zum Verstummen. »Ramin, besorg uns einen anständigen Kaffee. Darius, erkundige dich nach den Namen der Ärzte, na los!«

Die Brüder entfernen sich in unterschiedliche Richtungen, und Aliyah widmet ihre Aufmerksamkeit wieder mir. »Wir beide sind die Einzigen, denen das Wohlergehen von Kane wirklich am Herzen liegt. Wir müssen die Augen offen halten und ihn wo immer nötig beschützen.«

»Wie Sie meinen«, sage ich. Meine Gedanken gelten jedoch der Frau dadrin, um deren Wohlergehen sich nun allein ein Mann kümmert, vor dem sie sich allem Anschein nach fürchtet.

8

AMY

»Eine reizende Geste, Mrs. Armand.«

Witte nimmt mir den Riesenstrauß gelber Rosen ab, den ich zu meinem Besuch im Penthouse mitgebracht habe. Mein kostspieliges Mitbringsel dürfte in krassem Kontrast zu allem anderen in Lilys Zimmer stehen und damit selbst für Kane nicht zu übersehen sein – sofern er sich überhaupt die Mühe macht, sie in ihrem kleinen Reich aufzusuchen. In den drei Wochen, die sie inzwischen zu Hause ist, bin ich mehrmals die Woche vorbeigekommen und weiß bis heute nicht, ob Kane meine Anstrengungen auch nur bemerkt hat.

Witte weist einladend Richtung Wohnzimmer und schließt die Eingangstür hinter mir. »Machen Sie es sich doch bitte bequem, während ich die hier schnell ins Wasser stelle.«

Begleitet vom leisen Klicken meiner hohen Absätze, dringe ich tiefer in Kanes Heim ein. Nur mit Müh und Not kann ich den Drang bezwingen, schneller zu laufen. Immer dieses dämliche Nervenflattern!

Verfluchter Witte! Keine Ahnung, wie er das fertigbringt, aber der verkniffene Sack kann einen noch besser zusülzen als Aliyah. Wäre ich minderbemittelt, würde ich auf sein freundliches Gesäusel vielleicht sogar reinfallen, aber ich bin doch nicht blöd! Ich weiß genau, dass er mich nicht ausstehen kann.

»Wie geht es ihr denn?«, frage ich im Weiterlaufen nach hinten und halte dabei die Schlaufe meiner Tote Bag fest. Eine Ewigkeit habe ich eben nach diesem bescheuerten Teil gesucht. Langsam wird es wahnsinnig schwierig, ständig neue Outfits zu finden, die lässig genug sind für den Besuch bei einer Frau, die im Koma liegt, und die trotzdem noch genug Chic und Pep haben, um Wirkung zu erzielen, sollte ich Kane dabei über den Weg laufen. Wenigstens habe ich es hergeschafft, ohne nass zu werden. Ein Sommergewitter zieht nämlich auf. Es ist furchtbar schwül, puh!

»Mrs. Blacks Zustand ist unverändert.«

»Tut mir leid, das zu hören«, sage ich und kann mich einfach nicht entscheiden, ob ich das wirklich so meine oder nicht, und das stinkt mir noch am meisten. Die ganze Zeit liegt sie da bloß rum wie eine Leiche. Soll sie doch entweder richtig sterben oder endlich aufwachen. »Immer positiv bleiben, das ist das Wichtigste.«

Im Wohnzimmer bestaune ich mal wieder kopfschüttelnd, wie verdammt sauber alles ist. Nicht das kleinste Staubkörnchen irgendwo. Der Boden glänzt makellos wie ein Spiegel.

Ich schlüpfe aus meinen High Heels und drücke meine verschwitzten Fußballen auf das polierte Schwarz. Statt der erwarteten Kühle spüre ich aber nur perfekt temperierte Wärme.

Ein wollüstiger Schauer durchfährt mich. Dass er sich im gesamten Penthouse eine extravagante Fußbodenheizung leistet, ruft mir einmal mehr Kanes kein Maß kennende Sinnlichkeit in Erinnerung.

Herrgott, bin ich peinlich!

Der Feuchtigkeitsfilm, der den Umriss meiner Zehen nachzeichnet, ist schnell verdunstet. Zurück bleibt nur die vage Andeutung eines Flecks. Es ist so still, dass ich mich atmen höre. Das Penthouse wirkt düster, voller Geheimnisse, die ich allesamt zu lüften beabsichtige. Auf die eine oder andere Weise.

So viele Fragen. Und diejenige, die sie beantworten könnte, ist nicht ansprechbar.

Ich ziehe meine Schuhe wieder an, und in diesem Moment erscheint der Mann, nach dem ich mich Tag und Nacht verzehre. Als hätte ich ihn in einem Fiebertraum herbeigezaubert. Wie kann ein so hünenhafter Kerl sich bloß so leise bewegen?

Und groß ist er wirklich! Ihm muss doch alles um ihn herum einfach viel zu winzig vorkommen.

»Amy.«

Ich zittere. Seine wundervoll tiefe Stimme ist wie ein Messer, das mit sorgsam geschliffener Klinge glatt durch mich durchfährt. Ich drehe mich um, erblicke schwarze Lederhalbschuhe, die wie der Boden auf Hochglanz poliert sind, und darüber eine Hose, bei deren Schnitt es den Schneidern mit irgendeinem Trick gelingt, den mächtigen Prügel zwischen seinen Schenkeln diskret zu verbergen. Bestimmt hat er diesen riesigen Schwanz von seinem Vater geerbt, denn weder Darius noch Ramin sind derart spektakulär bestückt.

Vielleicht ist Aliyah ja deshalb so biestig. Immerhin hat sie es früher mal selbst von so einem Ausnahmeteil besorgt bekommen, aber dann hat Kanes Vater das Interesse an ihr verloren und sich aus dem Staub gemacht.

Während ich den Kopf hebe, überlege ich, welches Lächeln das richtige ist. Ich entscheide mich für aufrichtiges Mitgefühl, sobald ich ihm allerdings in die Augen sehe, schaltet sich mein Verstand aus. Der Typ ist ohne jeden Fehl und Tadel, wie Witte sagen würde. Unglaublich, doch an ihm ist wirklich alles perfekt. Das ist so was von unfair. Sein Dreiteiler scheint frisch gebügelt, schmiegt sich aber trotzdem besitzergreifend sanft an diese Muskeln, von denen ich weiß, wie hart und wohldefiniert sie sind. An Manschettenknöpfen und Krawattennadel glitzern Lilien aus Saphiren. Der Windsorknoten sitzt so mustergültig, als wäre er mit Photoshop optimiert worden, und ich hätte größte Lust, ihn mit den Zähnen aufzureißen.

Das dunkle Haar würde in glänzenden Wellen fallen, wenn es denn lang genug wäre. Doch er wirkt stets, als käme er direkt vom Friseur, da Witte das Rasieren und Kürzen höchstpersönlich übernimmt – und Gott weiß was sonst noch alles. Ich spüre bis heute, wie seidig und voll sich die schwarzen Strähnen in meinen Händen anfühlten. Der kräftige Unterkiefer ist kantig und charaktervoll, ebenso wie das Kinn, und die markanten Wangenknochen lenken die Aufmerksamkeit unweigerlich auf diesen grausamen, sinnlichen Mund.

Andere Männer wären durch die wundersame Wiederauferstehung ihrer Frau von den Toten physisch und psychisch zu aufgewühlt, um auf ihr Äußeres zu achten. Nicht so Kane. Nein, der Kerl sieht so scharf wie nie aus. Und das, obwohl er nur noch von zu Hause aus arbeitet, seit er vor drei Wochen dafür sorgte, dass sie aus dem Krankenhaus entlassen wurde, um hier in den eigenen vier Wänden gesund zu werden. Aliyah regt sich schrecklich darüber auf. Sie erträgt es einfach nicht, dass eine andere Frau in Kanes Leben eine größere Rolle spielt als sie. Für mich ist das fast ein Grund, das Wiederauftauchen von Lily zu begrüßen.

»Hi.« Ich hätte gern mehr gesagt, bringe jedoch kein weiteres Wort heraus. Da überlege ich mir stundenlang, was ich tun werde, wenn sich eine Gelegenheit ergibt, allein mit Kane zu sein, aber sobald es so weit ist, verweigert mein verfluchtes Plappermaul den Dienst.

Es führt kein Weg daran vorbei: Kane Black jagt einem Angst ein. Er strahlt dieselbe Faszination aus wie ein außer Kontrolle geratenes Feuer, das einen verhängnisvoll in seinen Bann zieht, und bevor man überhaupt merkt, dass man in Gefahr schwebt, ist man bereits zu Asche verbrannt. Er besitzt die Fähigkeit, rätselhaft reglos zu verharren und zugleich den Eindruck zu erwecken, als fege er um einen herum wie ein Tornado. Ich bin zwar keine Psychologin, aber ich würde darauf wetten, dass viele Frauen – mich eingeschlossen – die Angst, die er einem einjagt, mindestens ebenso stark erregt wie seine körperlichen Reize. Diese Art Sex-Appeal verspricht wohlgemerkt noch etwas anderes als schieres Vergnügen, nämlich Verwüstung.

Sein Blick streicht über mich. Kanes Augen erinnern mich immer an Kohle. Leblos, hart und von undurchdringlichem Schwarz.

Ob ihm mein Haar aufgefallen ist? Es hat exakt *ihre* Farbe, entspricht im Ton absolut präzise dem Original, von dem ich mir bei meinem ersten Besuch ein kleines Musterbüschel abgeschnitten hatte. Bislang hat niemand den winzigen Unterschied zu meinem normalen Ton auch nur bemerkt, doch Kane besitzt für so etwas ein außergewöhnliches Gespür. Statt des Bobs, den sie jetzt trägt, habe ich meine Haare jedoch lieber im Stil der alten Aufnahme von ihr gelassen, die Kane seit Jahren vom Bett aus anstarrt.

Damit ähnele ich mehr der Lily, nach der er verrückt ist, nicht der Version, die sie jetzt ist, was hoffentlich dazu dient, Boden gutzumachen.

Unvermittelt entspannen sich seine Züge, und mir schnürt es die Kehle zu. Ich glaube, seit meiner Hochzeit mit Darius hat er mich nicht mehr richtig angesehen, aber nun tut er es definitiv. Mein Puls beschleunigt sich, und ich trete von einem Fuß auf den anderen. In meiner Tasche steckt ein Flachmann mit Wodka. Schon beim Gedanken daran läuft mir das Wasser im Mund zusammen. Ist mir doch egal, was die anderen reden. Manchmal muss man sich eben Mut antrinken.

Mit einem Ausdruck absoluter Lässigkeit schiebt er eine Hand in die Hosentasche und wirkt dadurch sofort noch begehrenswerter, vor allem aber auch zugänglicher. »Wie Witte mir erzählt hat, kommst du mehrmals die Woche, um Lily Gesellschaft zu leisten.«

Ich will das bereits mit einem Achselzucken abtun – ganz die gute Seele, die nur eine gute Tat verrichtet –, finde dann jedoch, dies würde unter den gegebenen Umständen zu gleichgültig wirken. »Ich wünschte, ich könnte mehr tun«, sage ich stattdessen.

»Du liest ihr vor.« Es ist eine Feststellung, keine Frage.

»Ich habe keine Ahnung, was sie mag, daher versuche ich es mit den unterschiedlichsten Sachen«, sage ich und hole aus meiner Tote Bag einen E-Reader und ein paar Zeitschriften, die ich am Kiosk unten an der Ecke gekauft habe.

»Liebesromane«, erwidert er bloß, wobei sich seine Mundwinkel zu einem Anflug von Lächeln verziehen, seine Augen jedoch kalt bleiben.

»Oh …« Lily wird doch nicht etwa ein weiterer Fan von Suzanne sein? Ich konnte mich eben noch davon abhalten, die Augen zu verdrehen. »Gut zu wissen. Na, den einen oder anderen hatten wir schon dabei. Dann werde ich noch welche besorgen.«

Außerdem habe ich Lily ausführlich von all den Doppelgängerinnen erzählt, die Kane in den letzten Jahren so gevögelt hatte, und bin dafür mit akribischer Genauigkeit die Liste der Teilnehmerinnen meiner Studie durchgegangen. Wenn es stimmt und das Unbewusste stets aufnahmebereit ist und Informationen abspeichert, dürfte ich Lily mit ausreichend schlüpfrigen Details für jedes etwaige Scheidungsverfahren versorgt haben.

Allerdings muss sie ihn ja schon aus irgendeinem triftigen Grund verlassen haben. Vielleicht war ihr da bereits klar, was für einen Mann sie geheiratet hatte. In diesem Fall ist sie aber womöglich auch zurückgekommen, weil sie genauso wenig ohne ihn sein kann.

Verfluchte Scheiße! Es macht mich verrückt, ihre Sicht der Dinge nicht zu kennen.

Kane tritt einen Schritt näher, und ich schnappe vor Überraschung kurz nach Luft. Ich rieche seinen Duft, diese einzigartige Mischung aus Zedernholz und Meeresbrise. Auf ihn zugeschnitten, wie Witte meinte, als ich mich danach erkundigte. Und süchtig machend. Ich atme gierig ein, nur um mehr davon zu bekommen, und bemühe mich, nicht allzu auffällig zu schnaufen.

So lange habe ich es vermieden, in seine Nähe zu kommen oder ihn anzuschauen, und mich statt mit dem leibhaftigen Mann lieber mit meinen Erinnerungen an ihn begnügt, denn nur so konnte ich verhindern, mich lächerlich zu machen.

Nichts ist mehr sicher, wenn man so dicht neben ihm steht. Adrenalin flutet meine Adern. Dagegen ankämpfen oder die Flucht ergreifen? Am besten wäre allerdings, ihn gleich hier zu ficken. Meine Brustwarzen treten so hart hervor, dass es schmerzt, meine Klitoris schwillt an und beginnt zu pochen.

»Ich weiß das zu schätzen«, sagt er mit leiser Stimme, jedes Wort betonend. Seine Hand umschließt sanft meinen Unterarm und fährt den Ärmel meiner Seidenbluse hinab, um ganz sacht mein Handgelenk zu drücken.

Die Berührung ist intim. Sinnlich. Dominant. Und genau das, wofür ich gekommen bin. Absolut. Seit fast zwei Jahren habe ich von diesem Augenblick geträumt. Ich neige mich ihm in eindeutiger Einladung entgegen. Ich will meine Fänge in ihn schlagen, will diese gebräunte Haut aufreißen, bis knallrote Tropfen zum Vorschein kommen. Es wird ihm gefallen. Er mag Sex, der grob und animalisch ist. Eine wilde Bestie in brünstiger Gier, für die ein Orgasmus dieselbe Befriedigung bringt wie das Töten eines Beutetiers.

Sein Blick wandert hinab auf meine Brust, und einen kurzen

Moment lang blitzen seine Zähne zu einem Lächeln auf. Einem jungenhaft schelmischen, restlos entwaffnenden Lächeln.

»Manchmal tut es gut, eine Verwandte an seiner Seite zu wissen«, murmelt er abwesend. Und ohne weitere Vorwarnung nimmt er seine Hand fort, lässt den Arm sinken und zieht sich zurück. Ich bin von jetzt auf gleich verabschiedet.

Eine Verwandte?!

Mit spöttischer Belustigung registriert er, wie ich vor Entsetzen erstarre. Der Ausdruck huscht nur für den Bruchteil einer Sekunde über sein Gesicht, dann ist er wieder fort.

»Mr. Black«, sagt Witte, der plötzlich auf den beiden Stufen steht, die in die tiefer liegende Ebene des Wohnzimmers führen, »Dr. Hamid ist nun hier.«

Erregung wandelt sich in Wut und kocht hoch in meinen Eingeweiden, bis sie mir die Kehle verbrennt. Ich würde gern laut schreien, bezwinge mich aber. Dass ich ihm begegnet bin, ist schuld an allem, was in meinem Leben schiefgelaufen ist.

»Bitten Sie sie in mein Büro«, weist Kane Witte an und wendet sich von mir ab.

Für ihn, diesen sadistischen Dreckskerl, ist das alles bloß ein Spiel. Die Welt besteht für ihn nur aus Menschen, die Spielzeuge oder Mittel zum Zweck sind, Dinge eben, die man einfach nach Bedarf benutzt. So imposant seine körperliche Statur auch ist, er setzt diese Physis nicht als Waffe ein, und er brüllt auch nicht herum oder ballt die Fäuste. Nein, seine bevorzugte Strategie, andere zu vernichten, ist weit heimtückischer: ein genüsslicher Mindfuck, so macht er das am liebsten.

Schön. Er will Spielchen spielen. Mein ganzes Geschäftsprinzip basiert auf Algorithmen und Reizwahrnehmungen in

Spielsituationen, mit deren Hilfe ich meinen Kunden Vorteile verschaffe. Wenn ich Kane schon nicht um den Verstand vögeln kann, bringe ich ihn eben um sein schönes Leben. Letzteres hatte ich sowieso geplant, mich hatte nur die Erinnerung daran, wie gut Ersteres gewesen war, vorübergehend etwas abgelenkt.

Wenn ich bloß begreifen könnte, was er an Lily findet, weshalb sie ihm so viel bedeutet. Ist sie eine Schwachstelle? Falls nicht, kann ich sie zu einer machen? Seine Besessenheit von ihr wäre ein Angriffspunkt, aber worin genau besteht sie? Mir ist scheißegal, ob sie ihm nun das Herz bricht oder lediglich sein öffentliches Ansehen in den Dreck zieht. Mir ist scheißegal, ob sein Privatleben vor die Hunde geht oder Baharan Schaden nimmt. So oder so wird er bluten. Und wenn ich Lily gleich mitbluten lassen kann, nehme ich das als kleinen Bonus. Als hochverdienten kleinen Bonus.

Bei der Vorstellung, wie Kane gezwungen wird, von seinem hohen Ross herunterzukommen, muss ich lächeln.

Noch ganz in Gedanken, mache ich mich auf den Weg zu Lilys Zimmer.

»Amy!«, ruft er hinter mir.

Ich bleibe stehen, wende mich um und begegne seinem Blick. Schon meldet sich das erwartungsvolle Kribbeln zurück, das ich doch gerade erst mit dem Schwur, es nie wieder freizulassen, tief in mir verschlossen hatte. Fragend hebe ich die Augenbrauen.

»Vielen Dank«, sagt er. Es klingt ehrlich, und auch seine Miene wirkt aufrichtig.

Ich kaufe es ihm nicht ab. Nicht einen Moment.

9

AMY

Lily Black liegt in einem opulenten Bett, dessen enorme Maße ihre groß gewachsene Gestalt fast kindhaft aussehen lassen. Der Raum ist derart riesig, dass selbst die ringsum sich türmenden medizinischen Geräte nicht das geringste Gefühl von Enge verursachen. Da der samtweiche Damast an Wänden und Kopfteil in tiefem Kobaltblau gehalten ist, sorgen nur die blasse Komapatientin und ihr Bettzeug für helle Farbtupfer in der bedrückenden Düsternis.

Auf den eisblauen Seidenkissen wirkt Lilys frisch frisiertes Haar pechschwarz. Ein dünner, durchsichtiger Beatmungsschlauch zerteilt ihr Gesicht, aber ihre Lippen sind in demselben satten Rot angemalt wie die perfekt manikürten Nägel.

Richtig unheimlich, meinte die Kosmetikerin, als ich sie einmal bei einem Besuch antraf. Als würde man an einer Leiche arbeiten.

Genau, unheimlich. Und verrückt. Der ganze Raum sieht wie ein Mausoleum samt aufgebahrter Toten aus. Draußen hat der Himmel sich inzwischen stark verdunkelt, wodurch der Eindruck entsteht, es wäre Abend statt zwölf Uhr mittags. Gedämpftes Licht dringt durch die dunkelblauen Schirme der silbernen Tischlampen, während von der Decke die Kristallprismen des Kronleuchters feine Muster auf die dunklen Wände streuen.

Ich habe mich gefragt, ob Kane sie vögelt, während sie im Koma liegt, aber Darius, dem gegenüber ich es ansprach, meinte bloß, es sei krank, überhaupt auf solche Ideen zu kommen. Wie auch immer. Die ganze Familie ist komplett geistesgestört, von denen werde ich mich doch nicht kirre machen lassen.

Hauchdünne Gardinen hängen von brünierten Messingstangen. Schwere Samtvorhänge in derselben Farbe wie die Wand rahmen die Fenster ein und fallen bis zu den glänzenden Sodalithfliesen. In einem navyblauen Ohrensessel mit silbernen Polsternägeln sitzt Frank, der Krankenpfleger, reglos mit einem Tablet auf dem Schoß. Als ich näher komme, schaut er lächelnd auf und erhebt sich. Mittlerweile sind wir eingespielt. Wenn ich da bin, kann er Pause machen.

Sobald er den Raum verlassen hat, hole ich den Flachmann heraus und drehe mit zitternden Fingern den Deckel auf. Ich bin noch immer so sauer auf Kane, dass ich am liebsten irgendwas kaputt schlagen würde. Während ich das kühle Aluminium an die Lippen führe, mustere ich Lily, dann schließe ich die Augen und kippe den Kopf nach hinten. Wohlige Wärme breitet sich in meinem Magen aus. Der Stoffbeutel rutscht mir von der Schulter und knallt dumpf auf den dunkelblauen Teppich. Der zweite Flachmann ist noch voll. Gott sei Dank.

Ich kicke mir die Schuhe von den Füßen, mit deren unverschämt hohen Pfennigabsätzen ich etwa Lilys Körpergröße erreiche, schlendere Richtung Bett und genehmige mir dabei noch einen Schluck. Beiläufig streifen meine Finger auf dem Weg über dieses oder jenes Möbelstück.

Mit seinen dunklen Farben passt sich der Raum dem restlichen Penthouse an, doch es gibt besondere Texturen und wiederkehrende Merkmale in diesem Gefüge. So ein bisschen fühlt es sich an, als wäre man tief unter Wasser, wenn das Sonnenlicht zu einem vagen Schimmer in der Ferne wird. Lilien, schwarze und rosafarbene Stargazer, verströmen einen intensiven Duft, der sich von der restlichen Wohnung, in der Kanes Note dominiert, deutlich abhebt.

Auf den ersten Blick könnte man die Innenausstattung für maskulin halten, aber im Gesamtbild wirkt sie eher sinnlich und verspielt. Alles ist pompös. Aufwendig gestaltet. Kunstfelle sind über Stühlen drapiert, gläserne Obelisken zieren marmorne Tischplatten. Auf dem Schminktisch vor einem der Fenster liegt ein silbernes Set aus Handspiegel und zwei Bürsten mit eingraviertem *LRB* und wartet darauf, dass seine Besitzerin jetzt endlich aufwacht und es benutzt. Stift und Notizbuch auf dem Nachttisch sind ebenfalls mit ihren Initialen versehen.

Derjenige, der diesen Raum eingerichtet hat, hat sich dabei sehr viele Gedanken gemacht. Ausgeschlossen, dass dies über Nacht geschehen ist oder auch nur innerhalb einer Woche, was mich zwangsläufig zu weiteren Fragen führt: Hat Kane ihn für sie so durchgestylt, oder ist es Witte gewesen? Oder wurde vielleicht doch ein Profi für die Ausgestaltung angeheuert? Ich hoffe sehr, dass Letzteres zutrifft und Kane es nicht so wichtig war, alles selbst in die Hand zu nehmen.

In der Ferne brummt es bedrohlich aus dem dunklen Wolkenhimmel.

Ich betrachte die leblose Gestalt im Bett und bemerke an ihrer linken Hand, in sicherem Abstand zur Infusionsnadel, die sie mit Flüssigkeit und Nährstoffen versorgt, den Ring. Beim ersten Anblick hatte ich über diesen popeligen Ehering, den Kane seiner kostbaren Lily geschenkt hatte, noch die Nase gerümpft.

Ein Rubin. Ernsthaft jetzt?

Wie fett der Klunker ist, den eine Frau zur Hochzeit bekommt, ist mir zwar scheißegal, aber ein Diamant sollte es verdammt nochmal schon sein. Natürlich nicht bloß so ein paar Ministeinchen, die dann um den Ring herumgesetzt werden, sondern ein ordentlich großes Teil, das *Du bist die Liebe meines Lebens!* schreit. Sogar Darius hatte das begriffen.

Erst als ich den Ring mir dann selbst an den Finger gesteckt hatte, war mir aufgefallen, dass der Stein im Licht die Farbe wechselte.

Ein Alexandrit, wie ich bei näherem Hinsehen feststellte. Weit seltener als ein Diamant, vor allem wenn er so groß war wie der, den Kane ihr geschenkt hatte. Pro Karat erheblich wertvoller als so ziemlich jeder andere Edelstein der Welt.

»Du bist so ein Arsch, Kane«, murmele ich und lecke mir die letzten Wodkatropfen von den Lippen. »Und du bist ein Miststück«, sage ich, zu ihr gewandt.

Ich stopfe den leeren Flachmann zurück in den Beutel und nehme eine Zeitschrift heraus. Da die Gelegenheit günstig ist, werfe ich einen Blick in ihre Nachttischschublade und finde dort ein Fläschchen mit dem Nagellack, den die Kosmetikerin bei ihr benutzt hatte. Aus meinem Grinsen wird ein lautes Auflachen, als ich erkenne, dass der Farbton aus Rosanas neuer ECRA+-Linie stammt: *Blood Lily.*

Was sonst?

Ich setze mich auf den Bettrand und streiche durch Lilys glänzendes, kräftiges Haar, das elastisch durch die Finger gleitet und sanft auf das Kissen fällt, sobald ich es loslasse. Ihre Haut ist wie weißer Satin. Makellos glatt, weich wie Daunen und ohne die kleinsten Schädigungen durch die Sonne, mit denen sonst alle Frauen – ich eingeschlossen – zu kämpfen haben.

Irgendwo hängt ein Plastikbeutel, der den Urin aus ihrem Katheter auffängt. Und sie trägt Windeln für ihre Scheiße. Tja … also doch nicht ganz so verflucht perfekt, was?

»Ich habe beschlossen, dass du jetzt aufwachen sollst«, verkünde ich ihr im besten Plauderton. »Ich muss unbedingt erfahren, wie du ihn dermaßen zugrunde richten konntest.«

Ich möchte ihm nämlich mindestens genauso übel zusetzen.

Die schmalen Träger ihres roten Negligés lassen Schultern und Arme unbedeckt. Ihre Fingernägel bilden leuchtend rote Punkte auf dem eisblauen Seidenbezug ihrer Bettdecke und lenken meinen Blick unwillkürlich zu der mit Tape fixierten Infusionsnadel in ihrer Hand. Ich sehe, wie die Vene pulst, diese direkte Verbindung zu ihrem Herzen und ihrem Hirn. Ich berühre sie und spüre, wie kalt die Flüssigkeit ist, die in sie tropft. Kalt genug, um ihre Haut zu kühlen.

»Du fühlst dich an wie eine Leiche«, sage ich ihr.

Doch sie riecht nicht wie eine. Ich beuge mich tiefer und erschnüffele einen Hauch von Parfüm. Irgendetwas Blumiges mit Andeutungen von schwerem Moschus und tropischen Meeresbrisen. Es gefällt mir. Mein Gesicht ist nur wenige Zentimeter von ihrem entfernt, und meinen Augen entgeht nicht das winzigste Detail. Ihre Wimpern ruhen wie zarte Fächer aus schwarzer Spitze auf ihren Wangen.

Ein Donner zerreißt den Himmel, das Penthouse bebt. Ihre Augen öffnen sich, und aus den Schlitzen strahlt ein leuchtendes Grün voll schlangenhafter Grausamkeit.

Schreiend taumle ich rückwärts zu Boden.

10

ALIYAH

»Virtuelle Bearbeitungen begegnen uns überall, und wir haben dieses Tool mit einer Reihe von Filtern optimiert.« Ryan Landon drückt auf einen Knopf der Fernbedienung in seiner Hand, und das Foto von Rosana verwandelt sich sofort von hell ausgeleuchtet zu dunkel und geheimnisvoll. »Durch die Option, unmittelbar zu überprüfen, wie die jeweilige Auswahl bei Tageslicht, Kerzenschein, mehrfarbiger Klubbeleuchtung, bei Neonröhren oder LED, bei bewölktem Himmel oder strahlendem Sonnenschein und unter zahllosen anderen Bedingungen aussehen würde, steigern wir die Variationsmöglichkeiten für unsere Kundinnen erheblich.«

»Und da wir individualisierte Schminkpaletten anbieten, können sie sich ihr ganz persönliches Kit für Arbeit und Feierabend oder für Trauung und Hochzeitsfeier zusammenstellen«, ergänzt Eva Cross lächelnd.

»Die Kombinationsmöglichkeiten sind endlos!«, ruft Rosana begeistert aus.

Ryan lächelt, und alle im Raum sind entzückt. Kanes engster Freund ist ein gut aussehender Mann mit dunklen Locken und braunen Augen. Die beiden kennen sich schon seit dem

College. Eigentlich ist Ryans Firma LanCorp eher für Videospiele bekannt, aber Kane wollte sie und keine andere, als jemand gesucht wurde, um eine App zur neuen Kosmetiklinie zu entwickeln.

Eva hatte sich gegen Ryan ausgesprochen. Rosana ebenso. Immerhin gilt Evas Unternehmen Cross Industries, das ihr Ehemann Gideon aufgebaut hatte, als Schwergewicht in der Branche und verfügt dank seiner immensen Größe über weit mehr Ressourcen als LanCorp. Viele Stimmen bei Baharan schlossen sich dieser Meinung an.

Doch wir bestanden auf Ryan und setzten uns am Ende durch, was auch eine Retourkutsche für den von den Crosses erzwungenen strengen Ethikcode war. Zwar sind solche Klauseln in Kooperationsverträgen nichts Ungewöhnliches, aber die Wortwahl ist in diesem Fall schlicht vorverurteilend. Pauls Unzuverlässigkeit klingt darin ebenso unmissverständlich durch wie das, was sie von meiner Familie und von der Art, wie ich meine Kinder erzogen habe, halten. Ob nun begründet oder unbegründet, jedenfalls ärgerte mich die Sache dermaßen, dass ich Ryan ins Spiel brachte, um es Gideon und Eva damit heimzuzahlen. Außerdem garantiert uns sein Mitwirken, dass die federführende Kraft in diesem Projekt dazu neigen wird, den Einfluss der Crosses zu minimieren und unseren zu maximieren.

Schon im Namen ECRA+ rangieren Evas Initialen an erster Stelle: EvaCrossRosanaArmand. Das Pluszeichen steht für den entscheidenden Beitrag von Baharan, dank deren erstklassiger Grundsubstanzen Alltagskosmetika auf das Niveau von Seren und Elixieren angehoben werden. Eva mag aktuell der große Liebling der Medien sein, und natürlich bringt sie auch eine Menge Kapital ein, aber das ist dennoch längst nicht so maßgeblich wie die Forschungsleistungen, die Baharan zu dieser Partnerschaft beisteuert. Und auch wenn die Idee, in den Markt für Schönheitsprodukte zu expandieren und Eva mit ins Boot zu holen, ursprünglich von Kane stammte, so bin doch ich diejenige, die den Erfolg dieser Kooperation bis ins kleinste Detail ständig überwacht. Ryan ist inzwischen Anteilseigner bei Baharan, verzichtet allerdings darauf, Vorstandsmitglied zu sein, weil er in seiner eigenen Firma viel zu eingespannt ist.

Ich versuche, das ungute Gefühl zu vertreiben, und konzentriere mich auf Amy und Lily. Beide Schwiegertöchter sind Unsicherheitsfaktoren. Jede von ihnen könnte für die Erschütterung sorgen, die das von uns so sorgsam aufgebaute Kartenhaus zum Einsturz bringt.

Ryan schaut mich fragend an, und ich nicke. In seiner Begleitung sind etwa ein halbes Dutzend Angestellte, die hinter den Kulissen die technische Umsetzung für die App verantworten. Unter normalen Umständen würde Ryan es ihnen überlassen, eine solche Präsentation zu leiten.

»Hervorragende Idee«, schwärme ich. »Exzellent implementiert.«

»Vielen Dank«, antwortet er. »Nun, viele Ihrer Kundinnen werden ihre Kaufentscheidungen danach treffen, wie die Farbtöne bei Rosana und Eva aussehen.« Er drückt auf die Fernbedienung, und die Side-by-Side-Porträts der beiden wechseln erneut. »Ein kurzes Tippen auf ihr Display genügt, und die Anwenderinnen der App erleben die unterschiedlichsten Kombinationen.«

»Es ist sicher lustig, den Anwenderinnen zu erlauben, uns selbst zu schminken«, sagt Eva und fügt mit einem unterdrückten Lachen hinzu: »Das kann allerdings auch zu verdammt unvorteilhaften Ergebnissen führen, die keiner will.«

»Auch daran haben wir gedacht«, versichert Ryan ihr. »Sobald eine Anwenderin versucht, einer von Ihnen beiden ganz bewusst ein unvorteilhaftes Aussehen zu verpassen, etwa so« – er demonstriert eine Kombination –, »schaltet die App automatisch zur Standardeinstellung mit ungeschminkten Fotos von Ihnen zurück. Und wenn die Skincare-Linie von ECRA+ auf den Markt kommt, werden wir diese Produkte ebenfalls in die Standardeinstellung integrieren.«

»Wow, das ist ja fantastisch!«, jubelt Rosana begeistert.

»Und dieser Algorithmus ist auf jede von Ihnen individuell zugeschnitten. Denn manche Kombinationen mögen bei Eva unvorteilhaft wirken, während sie bei Rosana der Hammer sind, und umgekehrt. Sehen Sie?«

Die Fotoserie wechselt zwischen Aufnahmen der beiden Gesichter, und Eva meint nickend: »Sehr eindrucksvoll.«

»Sie dürfen nicht vergessen, dass wir überall auch thematische Beispielfotos von Ihnen bereitstellen und darüber hinaus fünfzig von Ihnen ausgewählte Models andere Hautfarben, ethnische Merkmale und Altersgruppen repräsentieren. Letztere Option war übrigens bei uns im Haus der Hit. Mir war gar nicht bewusst, wie stark grauhaarige Kundinnen im Schönheitsbereich übersehen werden. Da gibt es eine echte Marktlücke, und genau die werden Sie füllen.«

»So war es gedacht«, sagt Eva, gibt sich aber noch nicht

zufrieden. »Wer hat denn eigentlich darüber entschieden, was bei uns jeweils gut aussieht und was nicht?«

»Wir haben unserem hauseigenen Team aus Ästhetikspezialisten, das auch bei der Gestaltung unserer Avatare hilft, alle denkbaren Variationen vorgespielt.«

»Für den Anfang nicht schlecht«, erklärt sie ruhig. »Aber ich würde mir all diese denkbaren Variationen lieber selbst noch einmal ansehen, wenn Sie nichts dagegen haben.«

»Natürlich nicht. Ihr Bild ist Ihre Marke, das verstehen wir. Sie werden beide an der Testphase beteiligt und haben uneingeschränkten Zugang zu allen Funktionen. Sie werden sämtliche Kombinationen sehen, die von uns zur Streichung ausgewählt wurden, und können diese Liste nach Belieben erweitern oder kürzen.« Ryans Lächeln bleibt unverändert, doch er fixiert Eva nun sichtbar intensiver. »Allerdings ist unsere Software Firmengeheimnis, daher müssen wir Sie bitten, die App vor Ort zu testen.«

»Das ist aber höchst unbequem. Und angesichts der vielen denkbaren Kombinationen außerdem vermutlich äußerst zeitintensiv.«

»Es handelt sich um eine unerlässliche Vorsichtsmaßnahme, die letztlich uns beiden als Schutz dient.«

Ein unbedarfter Beobachter hätte aus der Eindringlichkeit, mit der er sie mustert, womöglich geschlossen, dass er scharf auf Eva ist. Immerhin ist das blonde Geschöpf mit den tiefgrauen Augen ja auch eine attraktive Frau. Klein, schlank und von der Figur her genau im Trend liegend: voller Busen, schmale Taille und ausgeprägt runder Po. Ob diese Kurven allerdings alle so echt sind wie ihre Haarfarbe, bezweifle ich.

Eva verströmt darüber hinaus eine ungeheure Sinnlichkeit – jede ihrer Bewegungen, das lustvolle Lachen und dazu diese tiefe kehlige Stimme. Alles in allem wirklich ein bisschen zu viel des Guten.

Aber Ryan ist glücklich verheiratet. Was zwischen ihm und Eva Cross köchelt, ist Feindschaft.

Es macht *so* viel Spaß zu sehen, wie die beiden zusammenarbeiten.

»Wir wollen Userinnen jedoch nicht dazu verleiten, endlos mit Bildern von Ihnen herumzuspielen«, fährt er fort. »Wir wollen, dass sie kaufen, daher fordert die App sie nach jeweils drei Kombinationen auf, ein eigenes Foto hochzuladen, um damit zu experimentieren. Wie das funktioniert, sehen Sie hier.« Er studiert die erste Reaktion der beiden und schaut dann zu mir. Eva und Rosana mögen zwar die Gesichter von ECRA+ sein, doch Ryan ist clever genug, um zu verstehen, dass ich der entscheidende Machtfaktor hinter meiner Tochter bin. Rosana macht stets, wozu ich ihr rate.

»Sobald sie der Aufforderung folgen, geben wir ihnen eine detaillierte Anleitung für das Hochladen der Selfies«, erklärt er weiter. »Anschließend führt die Software ihnen kurz die Bearbeitungstools vor. Bei ihren eigenen Fotos können sie alle denkbaren Optionen wählen. Da sind keine Grenzen gesetzt.«

»Sie haben ja wirklich an alles gedacht!«, schwärmt Rosana erneut und hüpft vor Begeisterung auf dem Polster einer meiner türkisfarbenen Ledersessel.

Farblich ist mein Büro in Strandtönen gehalten – blaugrün, taupe und cremeweiß –, die Inneneinrichtung entspricht dem Mid-Century-Stil. Getäfelte Wände und Vintage-Möbel entschärfen das ansonsten ausgesprochen moderne Bürodesign. Erweckt wird ein eher maskuliner Eindruck, was Besucher eben genug irritiert, um mir einen Vorteil zu verschaffen. Zudem streicht es so meine Weiblichkeit nur noch mehr heraus, was nie schaden kann.

Ein Sofa gibt es nicht. Die Innenarchitektin hatte sogar zwei empfohlen mit dem Argument, einzelne Sitzgelegenheiten würden leicht die klare Ordnung stören. Von Einrichtungsfragen verstand sie etwas, aber nicht von mir. Allein von der Vorstellung, in meinem Büro ein Möbelstück zu haben, auf dem man sich gemütlich ausstrecken kann, bekomme ich Schüttelfrost.

Der Himmel verdunkelt sich, und erste Tropfen schlagen gegen die Fenster.

»Wir glauben, schon«, stimmt Ryan ihr zu. »Aber man kann nie vorsichtig genug sein. Nachdem wir die Betaversion monatelang selbst getestet haben, wäre jetzt der Moment, in dem Sie beide die Sache ausprobieren sollten. Sobald Sie dann Ihr Einverständnis signalisieren, werden wir ein Soft-Launch innerhalb der Influencerszene durchführen, die uns auch in der Entwicklungsphase beraten hat. Dann verarbeiten wir noch einmal deren Feedback und schalten das Ganze komplett frei.«

»Bleiben wir damit im Zeitplan?«, frage ich. Da alle möglichen Promis derzeit laufend neue Kosmetiklinien auf den Markt bringen, wird der Konkurrenzdruck von Tag zu Tag stärker.

»Das hängt davon ab, wie lange es dauert, bis uns Ihre Einschätzung vorliegt, und als wie aufwendig sich die Berücksichtigung etwaig gewünschter Änderungen erweist.«

»Ich bin jetzt schon hin und weg«, erklärt meine Tochter mit strahlendem Gesicht und drückt vor Glück Evas Hand.

Ich seufze innerlich. Sie hatte noch zu wenige Rückschläge erleben müssen, um misstrauisch zu sein. Ihr fehlt die Fähigkeit, sich abzeichnende Konflikte, unterschwellige Differenzen oder gegenläufige Zukunftspläne zu erkennen. Ich hätte ihr in jungen Jahren mehr Hürden in den Weg legen sollen, wie ich es bei ihren Brüdern getan habe. Aber dann begann Kanes Wiederaufbau von Baharan, Wellen zu schlagen – und Profit abzuwerfen –, und ich musste meinem Ältesten zur Seite stehen, um dafür zu sorgen, dass die Firma als Familienunternehmen geführt wird. Auf gar keinen Fall durfte ich riskieren, Baharan ein zweites Mal zu verlieren.

Daher neigt Rosana zu naivem Optimismus. Eva macht zwar einen ähnlich zuversichtlichen Eindruck, steht jedoch unter dem Schutz dieses Raubtiers, das sie geheiratet hat.

Ich muss Rosana einfach härter rannehmen. Auch wenn bislang meine Versuche, bei ihr heimlich die Saat eines gesunden Misstrauens zu säen, keine Früchte getragen haben, werde ich nicht aufgeben. Eine gute Mutter bewahrt ihre Kinder nicht vor Schaden, sie wirft sie lieber ins Schlachtgetümmel, damit die davongetragenen Narben ihnen ein Schutzpanzer sind.

Ein grelles Leuchten schreckt mich auf und lenkt meine Aufmerksamkeit auf das Gewitter draußen. Mächtig aufgewühlte graue Wolkenberge verdecken jeden Sonnenstrahl und tauchen die Stadt in trübes Dämmerlicht. Es ist erst Mittag, wirkt aber wie viel später am Tag.

Ich wende mich zurück zur Präsentation und bemerke, dass mein stumm geschaltetes Handy eine WhatsApp anzeigt. Ich lege den Daumen auf den Fingerabdruckscanner, und die Nachricht erscheint:

Sie ist wach.

11

WITTE

Mit einem leisen Klopfen an Mr. Blacks Bürotür kündige ich den Tee an, für den ich vor Dr. Hamids Eintreffen bereits alles vorbereitet hatte. Auf das Nicken des Hausherrn hin schiebe ich den Teewagen hinein, mache mich an die Arbeit und messe die Menge Nilgiri-Tee ab, die exakt für eine Kanne kochend heißes Wasser passt.

Mr. Black sitzt hinter seinem eleganten Yakisugi-Schreibtisch, dessen Holz dank der kunstvoll verkohlten Oberfläche in tiefem Schwarz schimmert. Es handelt sich um eine Maßanfertigung, die auf seine Körperlänge abgestimmt ist. Der Stuhl, auf dem er sitzt, ist ebenfalls ein Einzelstück, mit Lehnen aus dem gleichen Holz wie der Schreibtisch und cognacfarbenem Lederbezug. Er starrt die Ärztin gebannt an, während er jedem Wort ihrer Ausführungen konzentriert folgt.

Der Knoten seiner Krawatte ist gelockert, die Nadel hängt ein wenig schief. Seine Haare müssten mal wieder gekürzt werden, und ein dunkler Anflug von Bart umschattet seine Wangen. Für gewöhnlich erledige ich zu regelmäßigen Terminen alle Friseurarbeiten, aber im Moment ist er einfach zu ruhelos, um sich die dafür nötige Zeit zu nehmen. Einerseits missfällt es mir, dass er in Videokonferenzen einen solch ungepflegten Eindruck macht, andererseits hat es offenkundig den unbeabsichtigten Vorteil, die Einschätzung der Polizisten zu beeinflussen. Alle paar Tage kommen sie vorbei, um persönlich zu überprüfen, ob Mrs. Black vernehmungsfähig ist. Dabei treffen sie auf einen Mann, den Angst und Sorge um seine Frau auffressen und der kurz davor ist, den Verstand zu verlieren.

Dr. Hamid besitzt gewiss reichlich Erfahrung im Umgang mit verzweifelten Angehörigen und tritt betont ruhig und entspannt auf, auch wenn ihre melodische Stimme nicht frei von Bedenken klingt. Ihr schwarzes Haar trägt sie kunstvoll hochgesteckt, die schlanke Gestalt ist in einen prächtigen hellblauen Salwar Kamiz gehüllt, ein traditionelles südasiatisches Ensemble aus Tunika und Hose, verziert mit glitzernden Goldstickereien.

Als sie fertig ist, steht Mr. Black auf und schaut kurz durch die Panoramascheibe auf die Stadt, die im grauen Regenschleier verschwindet. Große Bananenstauden rahmen die schmucklose Fensterfront ein und bringen ein wenig Central-Park-Grün hier zu ihm hinauf in die Wolken. Er reibt sich den Nacken. Frust und Angst sind unverhohlen zu spüren. Es findet sich einfach keine Antwort auf die Frage, die er ständig wiederholt: Warum wird sie nicht wach?

Seit sie am Tag ihres Unfalls für wenige Sekunden das Bewusstsein wiedererlangte, schläft Lily ohne Unterlass. Und mit jedem Tag, der vergeht, steigt die Unruhe bei Mr. Black.

Ein Donner zerreißt dröhnend die Luft, als wollte der Himmel damit die anmaßende Höhe des Towers verdammen, in dem wir leben. Der Knall ist so heftig, dass er den entsetzten Schrei einer Frau fast überlagert hätte.

Flink wie ein Wiesel schnellt Mr. Black im Vollsprint um mich herum und demonstriert dabei die Athletik und Explosivität, die ihn schon als Point Guard im Basketball ausgezeichnet haben sollen. Ich warte, um Dr. Hamid den Vortritt zu lassen, und folge dann ihrem eiligen, unhektischen Schritt, während ich im Kopf bereits die möglichen Szenarien und alle daraus resultierenden Aktionen durchgehe. Durch die offenen Türen sehe ich die Regentropfen wie Tränen die großen Fensterscheiben herunterlaufen.

Beinahe zeitgleich treten wir ins Schlafzimmer von Mrs. Black und bleiben abrupt stehen.

Amy Armand lehnt, die Arme um den Oberkörper geschlungen, an der Wand. Mein Arbeitgeber ist schon am Bett und stemmt die Fäuste neben den schlanken Hüften seiner Frau auf die Bettdecke. Lily sitzt aufrecht, ihre blassen Arme liegen um seine Schultern, und ihre Wange drückt sich an seine. Tränen funkeln in den tiefschwarzen Wimpern. Ihre leuchtend roten Fingernägel schimmern wie Blutspritzer durch sein dunkles Haar.

Hier in dieser Umgebung ist Lily Black gerade der strahlendste Vollmond in schwärzester Nacht.

Ich sammle Mrs. Armands Umhängetasche, eine Zeitschrift und ihre Schuhe vom Boden auf und fasse sie respektvoll am Oberarm.

»Ich begleite Sie noch zur Tür, Mrs. Armand«, sage ich leise.

»Was?«, erwidert sie und blickt weiter fasziniert zum Bett.

Ich kann den Alkohol in ihrem Atem riechen und seufze insgeheim. So eine hübsche junge Frau und so talentiert, aber sie kämpft gegen irgendwelche inneren Dämonen, von denen ich keine Ahnung habe.

»Die Frau Doktor wird Mrs. Black untersuchen müssen«, murmele ich und führe sie behutsam aus Lilys Schlafzimmer. »Da sollten wir die Privatsphäre respektieren.«

Sie sträubt sich, als ich den Druck ein wenig erhöhe, und starrt unverwandt mit weit aufgerissenen Augen Richtung Bett. Ich würde mir das auch gern ansehen, denn der Anblick ist so außergewöhnlich – Mr. Black in engster Umarmung, den Kopf tief vergraben, die Knöchel weiß vor Anspannung. Ein widerwillig Flehender.

Mr. Black zeigt seine Gefühle nur ungern. In der Öffentlichkeit reduziert er jeden körperlichen Kontakt auf das, was Höflichkeit und standesgemäßes Benehmen als Minimum verlangen. Ich habe mir dann oft vorgestellt, dass ihn eine unsichtbare Mauer umgibt, die alle anderen auf sichere Distanz hält.

Aber es gibt offensichtlich keinerlei Schranken, die ihn vor Lily zu schützen in der Lage wären.

Der Himmel öffnet seine Schleusen, und Sturzfluten prasseln herab.

12

LILY

Ich presse meine Wange an deine und atme aus. Ein Schauer durchläuft deinen Körper, sobald mein Atem dein Ohr umspielt. Wie deine Finger sich immer wieder aufs Neue in die Bettdecke verkrallen, lässt mich erzittern, und wenn ich erst damit anfange, kann ich nicht mehr aufhören. Der Drang, in dich zu kriechen, mich wieder mit meinem Herzen zu vereinen, ist überwältigend. In deinen Armen zu liegen, ist alles, was ich je gewollt oder gebraucht habe.

Du schmiegst deine Nase an meinen Hals und saugst begierig den Geruch meiner Haut tief in deine Lunge. Beim Ausatmen berührst du mich sanft. Meine Umarmung erwiderst du nicht, aber das ist auch nicht nötig. Du markierst mich wie ein Tier und nimmst im Gegenzug meine Markierung an. Ich spüre, wie du mich erneut einatmest und noch einmal, als wärst du untergetaucht und zu lange ohne Sauerstoff gewesen. Als hättest du keine Luft bekommen.

Ich kenne das Gefühl, Liebster. Kenne es nur zu gut.

Dein Körper an meinem ist hart und zugleich glühend heiß – wie eine Steinsäule, die stundenlang in sengender Sonne gestanden hat. Du vibrierst, reagierst mit jeder Muskelfaser noch auf die kleinste Bewegung meines Körpers. Wenn ich einatme, werden all meine Sinne von deinem Geruch erfüllt, und der Duft versetzt mich zurück zu dem Abend, an dem wir uns kennenlernten: Lagerfeuer und salzige Luft, eine schneidend scharfe Gewitterböe, die der Abendwind mit sich führte.

Ah, auch Lilien. Ich unterdrücke das Schluchzen, und meine Brust schmerzt.

Du hast Lily nicht vergessen.

13

WITTE

Ich warte bei der jungen Mrs. Armand, bis sie benommen und mit leerem Blick in den Aufzug steigt. Bevor die Türen sich schließen, beginnt sie, aufgeregt in ihrer Handtasche zu kramen. Kein Abschiedsgruß, kein letztes Aufsehen.

Ich nicke im Vorbeigehen den beiden Sicherheitsleuten am Penthouse-Eingang zu und schließe geräuschlos die Tür. Endlich unbeobachtet, kann ich offen zeigen, wie tief mich das eben Erlebte erschüttert hat.

Mir will es einfach nicht gelingen, die Frau, die im Herzen von Midtown vor Mr. Black weggerannt ist, mit der Ehefrau unter einen Hut zu bringen, die sich gerade im Schlafzimmer so liebevoll an ihn klammert. Die Reaktionen sind derart konträr, was überhaupt nicht zusammenpasst.

Ich verdränge mein Unbehagen und kehre durch den langen verspiegelten Flur zu Mrs. Blacks Schlafzimmer zurück. Inzwischen hat mein Arbeitgeber ganz hinten in der dunkelsten Ecke Position bezogen, von wo aus er die beiden Frauen, die sich in gedämpftem Ton unterhalten, derart aufmerksam fixiert, dass er mein Kommen überhaupt nicht zur Kenntnis nimmt. Breitbeinig und mit vor der Brust verschränkten

Armen steht er da und starrt. Gebieterisch. Aggressiv. Unmittelbar hinter der Ärztin hält der Pfleger Frank sich bereit, bei Bedarf zu helfen. Dank meiner langjährigen Erfahrung bereitet es mir keine Probleme, diskret mit der Umgebung zu verschmelzen.

Dr. Hamid bewegt ihren ausgestreckten Zeigefinger von einer Seite zur anderen, und Lilys Blick folgt ihm. Es wirkt irritierend, dass Mrs. Black mit so viel Sorgfalt zurechtgemacht ist, fast als wäre sie gerade aus einem kurzen Mittagsschlaf erwacht und nicht aus wochenlanger Bewusstlosigkeit.

Sie ist ohne Frage das atemberaubendste Geschöpf, das mir in meinem Leben je begegnet ist. Das Foto, das Mr. Black so liebt, zeigt nur eine dürftige Ahnung der Dynamik, die das Original ausstrahlt.

Abgesehen von ihrer umwerfenden Schönheit, beeindruckt die beinahe schon beängstigende Selbstbeherrschung, mit der Lily auf eine Situation reagiert, die so ziemlich jeden in Angst und Schrecken versetzen würde. Sie erwacht an einem ihr unvertrauten Ort, inmitten ihr nicht bekannter Personen, und selbst ihr Ehemann muss ihr doch wie ein Fremder vorkommen, wenn man die Länge ihrer Trennung und sein dramatisch verändertes Erscheinungsbild bedenkt. Dennoch kam der einzige Entsetzensschrei, der zu hören war, von der jungen Mrs. Armand.

»Wie viele Finger sehen Sie?«, fragt die Ärztin.

»Zwei.«

»Und jetzt?«

»Noch immer zwei. Wo bin ich?«

»Zu Hause. Können Sie mir Ihren Namen nennen?«

»Lily Rebecca Yates. Wessen Zuhause?« Sie sieht zu Mr. Black. »Kane …?«

»Unseres«, brummt er schroff.

Ein überraschter Ausdruck huscht über ihr Gesicht, in ihren Augen schimmern Tränen. »Unseres«, wiederholt sie kaum hörbar.

Genau wie ich hat Dr. Hamid gestockt, als Lily ihren Mädchennamen nannte. Verblüfft bin ich auch über ihre Stimme. Ihrem Aussehen entsprechend, hatte ich den rauchigen Klang nach zu viel Zigaretten und Scotch erwartet. Stattdessen spricht sie mit hoher, mädchenhafter Stimme, in der nur eine winzige Spur Rauheit mitschwingt. Ich habe so etwas noch nie gehört, finde es aber erstaunlich fesselnd. Ich möchte ihr gern länger zuhören, um die verschiedenen Nuancen dieser Stimme, die entzückt, obwohl sie doch eigentlich unangenehm sein sollte, herausfiltern zu können.

»Geben Sie immer Ihren Mädchennamen an?«, fragt die Ärztin.

Nach einem schier endlosen Wimpernschlag hebt Lily die linke Hand und betrachtete den Ring an ihrem Finger. Sie schluckt sichtbar und antwortet dann: »Ich bin nicht verheiratet.«

Ein tiefes Knurren entfährt der Brust meines Arbeitgebers.

»Schon okay«, erklärt Dr. Hamid entschieden. »Es gibt keine falschen Antworten. Wie alt sind Sie, Lily?«

»Siebenundzwanzig.«

Mr. Black erstarrt neben mir. Die Ärztin wirft Frank einen kurzen fragenden Blick zu, woraufhin dieser nickt.

Die Ärztin rutscht von der Bettkante etwas weiter auf die Matratze. »Erinnern Sie sich an den Unfall?«, fragt sie.

»Unfall?«

»Sie sind vor ungefähr einem Monat von einem Auto angefahren worden.«

Lily bleibt eine ganze Weile viel zu still. »Welches Datum haben wir?«, fragt sie schließlich.

Die Ärztin antwortet, dreht sich zu Frank, und ich kann ihren Gesichtsausdruck sehen. Die vollen Lippen sind aufeinandergepresst, die Stirn gerunzelt. Alle Blicke wandern zu Mr. Black. Er ist aschfahl und derart angespannt, dass die Luft um ihn herum förmlich zu vibrieren scheint.

Auch Lily betrachtet ihn. Dann streckt sie ihrem Ehemann ihre zitternde Hand entgegen, und der ungeheuer wertvolle Edelstein an ihrem Finger, der im Sonnenlicht denselben Grünton hat wie ihre Augen, leuchtet hier im Zimmer im tiefsten Purpur. »Kane …«

Eine grauenhaft lange Minute verharrt er ohne eine Regung. Endlich sinken seine Arme herab, und er macht ruckartig einen Schritt vor, als wäre die Verlockung einfach zu groß, um ihr zu widerstehen.

Fassungslos verfolge ich dann, wie er abrupt umschwenkt und mit langen Schritten aus dem Zimmer stürmt.

14

WITTE

»Tja«, sagt Lily, und ihre feingliedrige Hand schwebt sacht wie ein Schmetterling aufs Bett zurück. Einen kurzen Moment ruht mein Blick auf dem etwa drei Finger breiten Skorpion, der auf die Innenseite ihres Handgelenks tätowiert ist. »Wie es scheint, müssen wir an unserem Eheglück noch arbeiten.«

»Erinnern Sie sich nun wieder daran, verheiratet zu sein?«, fragt Dr. Hamid sofort.

»Nein. Habe ich Weiß oder Schwarz getragen?«

»Wann?«

»Bei der Hochzeit.«

»Keine Ahnung. Sie sind zwar inzwischen bereits fast einen Monat meine Patientin, aber wirklich kennengelernt haben wir uns erst jetzt.«

»Waren Sie dabei?«, fragt Mrs. Black und richtet ihre smaragdgrünen Augen auf mich, deren Bann man sich nicht entziehen kann. »Bei der Hochzeit, meine ich.«

»Nein, Madam. Dieses Vergnügen war mir leider nicht vergönnt, da es vor meiner Anstellung lag.«

»Sind wir etwa in London?«, erkundigt sie sich mit verwunderter Miene und schaut zum Fenster.

»Nein, in Manhattan«, erkläre ich. »Aber ich bin Brite, wie Sie ganz richtig vermutet haben.«

Sie unterzieht den Raum einer sorgfältigen Prüfung, als wollte sie jedes Einrichtungsdetail katalogisieren. Vom Alter her dürfte sie meiner Tochter entsprechen, doch in ihren wunderschönen Augen liegt eine Härte, die man bei meinem Kind glücklicherweise vergeblich sucht.

»Mrs. Black …«

Lily bricht unvermittelt in ein Lachen aus, das schnell hysterische Züge annimmt. Tränen treten ihr in die Augen, laufen wie flüssige Diamanten über die Wangen. Verzweiflung raubt ihr die Kräfte, wirft einen beunruhigenden Schatten auf ihre strahlende Schönheit. Sie schließt fest die Augen und rutscht unter die Bettdecke. »Ich will jetzt bitte aufwachen.«

»Was macht der Krankenwagen, Frank?«, fragt die Ärztin, ohne ihre Patientin aus den Augen zu lassen.

Mit angespannter Miene kontrolliert der Pfleger sein Handy. »Ist da«, antwortet er. »Sie sind mit der Trage bereits auf dem Weg nach oben.«

»Wir werden Sie nun ins Krankenhaus bringen, Lily«, erklärt Dr. Hamid ruhig. »Nachdem Sie aus dem Koma aufgewacht sind, müssen wir noch ein paar Tests durchführen. Ich werde dabei stets an Ihrer Seite sein.«

»Entschuldigen Sie mich, bitte«, sage ich zu Mrs. Black, die ich gerade nur höchst ungern allein lasse, da ihr Zustand sehr labil ist. »Ich zeige den Sanitätern den Weg.«

Ich eile aus dem Raum und wäre im Flur beinahe mit Mr. Black zusammengestoßen, der dort offenbar hin- und hergelaufen ist. Seine dunklen Augen sind ebenso feucht wie Lilys, und ihr Ausdruck ist genauso wild.

»Sie sollten drinnen bei Ihrer Frau sein«, sage ich. »Sie braucht Sie.«

»Das ist nicht meine Frau.«

Etwas Eisiges und Glitschiges schlängelt sich durch meine Eingeweide. »Mr. Black …«

»Sie sieht aus wie Lily. Hat ihre Stimme. Ihre Haut. Ihren Duft.« Er fährt sich mit beiden Händen in die Haare und krallt die Finger in die Kopfhaut. »Aber irgendwas stimmt mit ihren Augen nicht … Erkennen Sie das denn nicht auch?«

Ich schaue ihn erschüttert an. Die erlesenen Gesichtszüge seiner Frau sind unverwechselbar. Vor allem aber betrachtet sie ihn mit genau derselben glutheißen Liebe und Besitzgier im Blick wie auf dem Porträtfoto. Nun schläft er schon so viele Jahre mit diesem Ausdruck unmittelbar über ihm. Wie kann er ihn nicht wiedererkennen?

Seine Hände fallen schlaff herab. »Organisieren Sie einen Sicherheitsdienst im Krankenhaus«, befiehlt er in rauem Ton. »Keine Besucher. Wer sich nach ihr erkundigt, wird verfolgt, bis seine Identität geklärt und überprüft ist.«

»Ich kümmere mich noch schnell um die Notfallsanitäter, dann sorge ich für den Sicherheitsdienst«, sage ich mit einem bestätigenden Nicken. »Möchten Sie hier auch weiter Wachleute rund um die Uhr?«

»Ja.«

»Begleiten Sie sie ins Krankenhaus?«

»Natürlich«, blafft er unwirsch. »Was halten Sie denn von mir? Glauben Sie etwa, ich würde sie allein gehen lassen?«

Die Gewitterböen schlagen gegen das Gebäude, lassen es knarzen und stöhnen wie ein Schiff auf tobender See. Bevor ich in der Eingangshalle verschwinde, blicke ich mich noch einmal um.

Mein Arbeitgeber läuft weiter unruhig vor der Schlafzimmertür seiner Frau hin und her. Schon sonderbar, dass ihm ihre Wiederkehr stärker zusetzt, als es die Erinnerung an sie je getan hat.

15

AMY

»Wir müssen los, Babe.«

Darius' Stimme lässt mich zusammenschrecken. Er schlingt von hinten die Arme um meine Taille, und ich muss den Impuls unterdrücken, herumzuschnellen und ihm eine zu knallen.

»Herrgott, schleich dich gefälligst nicht so an!«, sage ich stattdessen nur mit hämmerndem Herzen und halte meine Wut im Zaum.

Sein Körper drückt sich warm an meinen. Der Duft seines für ihn designten Parfüms erfüllt die Luft in meinem Ankleideraum. Für mein absolutes Lieblingszimmer in unserer Wohnung habe ich einfach den Flurzugang zu einem einstigen Gästezimmer verschließen und stattdessen eine Verbindung zu unserem großen Schlafzimmer herstellen lassen. Alles ist in Weiß gehalten, überall hängen Spiegel, Regalflächen voller Handtaschen und Schuhe, voller Wäsche und anderer Kleidungsstücke, alles streng geordnet nach den Vorgaben einer professionellen Organizerin. Das Ganze ist das Kleiderreich meiner Träume, bloß finde ich nichts zum Anziehen darin.

Meiner festen Überzeugung nach klaut unser Hausmädchen und arrangiert dann meine Sachen irgendwie um, damit weniger schnell auffällt, was sie genommen hat, aber Darius meint, ich würde mir alles nur einbilden. Ich habe die Schnauze dermaßen voll davon, dass keiner ernst nimmt, was ich sage. Mit Ausnahme von Suzanne. Wie verrückt ist das nun wieder? Den einzigen Menschen, der zu mir steht, kann ich nicht leiden! Allerdings kann ich ihr wenigstens vertrauen.

»Bist du aber nervös heute«, schnurrt mein Ehemann und berührt mit seinen vollen Lippen meine Schulter.

»Was zum Teufel soll ich nur anziehen?«, fauche ich. Ich muss es unbedingt genau richtig hinbekommen. Schließlich wird Aliyah da sein und mich kritisch beäugen. Und Kane. Aber vor allem ist Lily nach mehrwöchiger Reha aus dem Krankenhaus zurück und könnte kommen. Ich habe ihre Kleidersammlung bestimmt ein Dutzend Mal durchstöbert und weiß, dass ihr Stil dunkel, lasziv und dramatisch ist, wohingegen Aliyah es gern hell, körperbetont und klassisch elegant hat.

Also … wie steche ich Lily aus, ohne mir noch mehr schön passiv-aggressiv vergiftete Komplimente von dieser Bitch von Schwiegermutter anhören zu müssen? Ich stelle mir vor, wie ich ihr altes Schandmaul mit viel breitem Klebeband versiegele, und hätte fast laut losgeprustet. Das kühle Grau von Duck Tape wäre der perfekte Kontrast zu ihren warmen Neutrals. Und wie wundervoll erst ihre blonden Haarsträhnen am Klebstoff hängen bleiben würden, wenn sie sich das Tape mit ihren Krallenfingern herunterreißt!

»Völlig egal, was du aussuchst«, haucht Darius mit tiefer Reibeisenstimme und schiebt seine Hände unter die Körbchen meines BHs. »Du wirst immer die schönste Frau im ganzen Raum sein.«

Ich betrachte uns im großen Spiegel, der die gesamte Stirnwand des Raums einnimmt. Das smaragdgrüne Dessous-Set mit schwarzen Trägern und schwarzer Spitze ist eine Neuanschaffung, nachdem ich kürzlich einen Großteil meiner Unterwäsche und Nachthemden ausgemistet und die Creme- und Goldtöne durch schwermütigere Farben ersetzt habe. Kane wird nicht enttäuscht sein, sollte ich mich noch einmal vor ihm ausziehen.

Ich verfolge, wie die Fingerspitzen von Darius meine Brustwarzen finden und zärtlich drücken, was sofort einen Widerhall zwischen meinen Beinen erregt. Seine Lippen liegen jetzt an meinem Hals. Ich spüre den feuchten Atem an meiner Haut.

Hatte mein Mann auch seine Sekretärin mit der gleichen Masche flachgelegt? War sie eines Tages mit all den klassischen *Nimm-mich!*-Signalen in sein Büro getänzelt? Wie schnell und widerstandslos war er bereit gewesen, ihr den Rock hochzuschieben und sie über den Schreibtisch zu legen? Hatte alles mit einem Blowjob angefangen, oder hatte er sofort seinen Schwanz in sie reingesteckt?

Aber warum sollte sie ihn auch nicht begehren, denke ich verdrossen. Er ist groß gewachsen, dunkel und verflucht attraktiv mit diesem tollen Lächeln. Wenn dann seine Stimme vor Lust eine Tonlage tiefer rutscht und dieser wohlgeformte Körper vor Verlangen zu glühen beginnt, ist er unwiderstehlich.

Und mein Ring an seinem Finger steigert den Reiz vermutlich noch.

Das Paar, das ich vor uns im Spiegel sehe, passt jedenfalls super zusammen. Meine nach Lilys Vorbild gefärbten Haare sind fast schwarz im Vergleich zu seinen und wirken deutlich kühler. Sein goldbrauner Teint unterstreicht die blauen Augen, dieses unverkennbare Familienmerkmal der Armands. Seine Schultern sind so breit, dass sie meine überragen und mich fast zartgliedrig erscheinen lassen. Hier, inmitten dieser Sammlung aus allen nur denkbaren Beige- und Weißtönen, sticht er markant hervor und bringt das Blut in meinen Adern zum Rauschen.

»FaceTime doch mal deine Mutter und check, was sie trägt«, sage ich, bevor mir der Atem stockt, weil seine Finger langsam meinen Bauch hinabstreichen.

»Wen interessiert's?«, antwortet er und drückt strafend meine Hüfte.

»Sie interessiert's! Sie macht ständig blöde Kommentare darüber, wie ich aussehe oder was ich tue, was ich esse oder trinke, wohin ich gehe und mit wem ich befreundet bin!«

»Schhh, Amy«, raunt er beschwichtigend. »Ich wäre der Letzte, der bestreiten würde, wie herrisch und rechthaberisch sie ist. Aber die Familie ist eben das Wichtigste für sie.«

Meine Zähne malmen hörbar. Blind wie die Maulwürfe, jedes einzelne ihrer Kinder. Kane ist der Einzige, der wirklich begreift, wozu sie fähig ist, weil sie ihn schon einmal vor die Tür gesetzt hat, als ihr zweiter Ehemann nichts mit diesem Balg von einem anderen zu schaffen haben wollte. »Sie betrachtet mich doch gar nicht als Familie.«

»Aber sicher tut sie das. Du bist doch meine Frau.«

»Du wirst sie nie so sehen, wie sie in Wahrheit ist«, sage ich und kreise rückwärts mit den Schultern, um ihn abzuschütteln.

»Oh, ich sehe sie genau«, entgegnet er und hält mich mit der Hand auf meiner Brust gefangen. Er begegnet im Spiegel meinem Blick, schiebt die andere Hand in meinen Slip und teilt mit dem Finger meine Schamlippen. »Ich sehe, wie sie sich darum bemüht, dass all ihre Kinder für dasselbe Ziel arbeiten und gemeinsam durchs Leben gehen. Sie möchte uns alle hübsch eng zusammenknoten, damit sie bei Bedarf nur an einem Faden ziehen muss und ihr keiner mehr entkommen kann.«

Ich drücke unwillkürlich den Rücken durch, als sein Finger meine Klitoris findet und ganz langsam zu kreisen beginnt. In meinen Adern schäumt die Wut. »Die blöde Kuh kann mich am Arsch lecken. Und du auch, wenn du denkst, ich würde diese Scheißnummer auf Dauer mitmachen.«

Seine Zähne sinken in die zarte Haut zwischen Nacken und Schulter. »Die nächste Nummer werden wir beide schieben, und zwar hier und jetzt, ob du nun mitmachst oder nicht.«

»Darius …«

Zwei lange Finger dringen in mich ein und finden mich feucht dank der gekonnten Verwöhnung meiner Brüste und des düster drohenden Untertons in seiner Stimme. Er kennt meine Schwächen genau, weiß sie perfekt zu nutzen. Dafür hasse ich ihn. Ich stelle mir vor, wie ich den Kopf nach hinten ramme, ihm die Nase breche und das Blut heiß auf meine Haut spritzt.

»Glaubst du vielleicht, Kane wäre der Einzige, der den Vertrag rückgängig machen und dir die Kontrolle über deine geliebte Firma wiedergeben könnte?«, zischelt er in mein Ohr. Seine Finger stoßen nun sanft und rhythmisch. »Meine Mutter tut zwar, als wären wir alle eine große glückliche Familie, doch in Wahrheit erträgt sie es nicht, dass Kane an der Spitze von Baharan steht. Und sie treibt ihre Spielchen, Babe. Heimliche Spielchen, bei denen sie so tut, als ginge es um Unternehmensentwicklung, die aber eigentlich nur den Zweck verfolgen, sie an die Macht zu bringen.«

Ich ergebe mich in den Griff seiner Arme, beuge die Knie, um diesen talentierten Fingern den Zugang zu erleichtern. Mit jedem Stoß und jedem Rückzug reibt und drückt seine Hand meinen Kitzler und bringt mich dem Orgasmus immer näher.

»Ich kann ihr alles haarklein nachweisen«, haucht er erregt. »Jeder Schritt von ihr persönlich abgezeichnet. Alle Spuren führen eindeutig zu ihr.«

Ein leises Stöhnen signalisiert meine endgültige Aufgabe. Seine Finger haben mich stimuliert, und seine Worte haben mich richtig scharfgemacht. Jetzt genügt das nicht länger.

»Zieh das aus und beug dich vor«, befiehlt er und beraubt mich seiner Hände.

Ich streife meinen Slip ab und verfolge, wie er den Gürtel und den Reißverschluss seiner hellgrauen Anzughose öffnet. Meine Hände greifen nach dem Counter, der in der Mitte des Raumes steht. Ich spüre den kalten Marmor an meinen Handflächen und drücke den Rücken durch, um mich ihm anzubieten.

Darius packt seinen Schwanz und knurrt genüsslich, während er die Spitze an meinem nassen Geschlecht reibt. Dann lehnt er sich vor und dringt quälend langsam in mich ein. Ich halte den Atem an und schließe die Augen, und sofort tauchen in meinem Kopf die erregenden Bilder von einer anderen sexuellen Begegnung mit einem anderen Mann auf. Kane war weder zärtlich noch zurückhaltend gewesen. Er hatte mich auf den Bauch geworfen, ans Bettende gezerrt und seinen mächtigen Schwanz hart und schnell in mich gerammt.

Mein Mann vergräbt die Finger in meinen Haaren und hebt meinen Kopf. »Schau hin, wie ich dich ficke«, verlangt er mit heiserer Stimme, als hätte er gewusst, wohin meine treulosen Gedanken gerade gewandert sind.

Ich starre in den Spiegel, sehe, wie er hinter mir steht – die blaue Krawatte lehrbuchhaft gebunden, das blütenweiße Hemd frisch gebügelt. Würde man nur seinen Oberkörper betrachten, hätte man ihn für einen Geschäftsmann bei der Arbeit gehalten. Stattdessen ist er ein Mann, der seinen angeschwollenen Schwanz in eine lüsterne Frau stößt, die jeden Moment kommen wird. Ich beobachte die Szene, als stünde ich neben mir. Der Anblick ist so erotisch, dass ich vor Begehren zittere.

»Sobald der richtige Zeitpunkt da ist, werde ich alles, was ich gegen sie in der Hand habe, dazu benutzen, die noch existierenden Teile von Social Creamery aus Baharan auszugliedern«, presst er hervor und unterstreicht seine Worte mit regelmäßigen Stößen. »Dann sorg ich dafür, dass Kane von ihren Plänen erfährt. Und wenn sie aus dem Weg ist, kann ich mir überlegen, wie es weitergeht.«

Ich ringe um Atem und sperre den Mund weit auf. Seine Hand hält mich noch immer an den Haaren gepackt, damit er mich besser dirigieren kann, und das ständige Ziehen an meiner Kopfhaut raubt mir die Sinne. Der Wechsel von Stößen und Zurückziehen in meinem Innern fühlt sich köstlich an. Alles in mir spannt sich an, presst, klammert und sehnt sich nach Erlösung. Mehr, immer noch mehr. Fester. Härter.

Ich will mich bewegen, will das Tempo beschleunigen, aber er lockert seinen Griff nicht, benutzt mich weiter allein dazu, an mir die eigene Euphorie über sein eifersüchtiges Vorhaben auszulassen. Doch im selben Maß, in dem Darius bei der Vorstellung, es Kane und seiner Mutter zu zeigen, härter als Stahl wird, turnt es mich genauso an, auf diese Weise benutzt zu werden.

Befeuert von seinen Wunschträumen, seinen Halbbruder zu vernichten, fickt mein Mann mich zu einem rauschhaft bebenden Orgasmus.

16

LILY

Ich schlendere durch die verspiegelten Flure des Penthouse, auf dem eine Anspannung lastet wie bei angehaltenem Atem. Nach der wochenlangen Reha im Krankenhaus ist es himmlisch, sich ins Dunkel dieses verführerischen Zufluchtsorts zurückzuziehen. Das Penthouse umfasst die gesamten achthundert Quadratmeter der perfekt quadratischen Etagenfläche, wobei die zentralen Versorgungsstränge – Fahrstuhl, Müllschlucker, Treppenhaus und Lüftungskanäle – alle in der Mitte münden, sodass die Zimmer sich an der Außenseite aneinanderreihen und alle über eine atemberaubende Aussicht verfügen.

Ich laufe durch die Totenstille, umrankt von Lilienduft, der sich von dort, wo meine nackten Füße die erwärmten Fliesen berühren, zu meiner Kehle hochwindet, die er wie ein eifersüchtiger Liebhaber umspielt. Unter diesem Duft spüre ich dich in diesen belebenden Noten von Zedernholz und Meeresbrise. Ich atme tief ein und seufze glücklich. Eine anregende Woge, die am ehesten an Angst erinnert, erfasst mich und beschleunigt meinen Puls.

Obwohl in der Bibliothek ein halbes Dutzend Menschen

bei dir versammelt ist, herrscht Grabesstille im Penthouse. Nichts hallt wider, nichts trägt den Schall. Nur die Geräusche des Penthouse selbst sind hörbar. Ein leises Stöhnen bei sanften Böen. Ein ächzendes Knarren, wenn der Tower sich wie ein Tänzer im Wind wiegt. Die Bewegung selbst nehme ich nicht wahr, doch das Gebäude erzählt von seinem Kampf. Ein schlankes Schilfrohr, dem die Naturgewalten zusetzen und das mich trotzdem sicher umfängt und vor all dem wilden Toben schützt.

Einstweilen jedoch liegen die größten Bedrohungen für mich nicht außerhalb dieser Wände, sondern innerhalb.

Hast du dieses Penthouse womöglich zu deinem neuen Zuhause gemacht, weil dich die Geräusche an ein Boot auf stürmischer See erinnern? Lily ist mit ihrem Boot untergegangen. Hast du nachts wach gelegen, ihr Bild angestarrt und dir beim Klang des Towers ausgemalt, wie ihr gemeinsam an Bord der *La Tempête* seid? Und wenn das Meer euer Boot mitreißt, reißt sie auch dich mit.

Die Idee hat etwas morbid Romantisches, das für unergründlich tiefe Liebe spricht. Dennoch meidest du mich.

Ich bin schlicht nicht in der Lage, diese neue Wirklichkeit zu begreifen. Das Penthouse ist allem, was ich mit dir verbinde, so fremd. Brauchtest du diese hohe Warte vielleicht, um an dich zu glauben, um dich zu beweisen? Die Architektur des Gebäudes hindert einen daran, den Boden zu sehen – ein geschickter Trick, der die aus Wachs und Federn geformten Schwingen der Milliardäre vor Schäden bewahrt, in dem Fall wohlgemerkt nicht, weil sie der Sonne zu nahe kommen, sondern weil ihnen so der sichere Abstand zum Dreck und zur Plackerei des Lebenskampfs dort unten garantiert ist.

Womit ich nicht sagen will, dass mir missfällt, was diese Wände hier umfangen. Im Gegenteil: Dieser goldene Käfig ist so wundervoll dunkel! Am liebsten würde ich die Tür von innen zusperren, sodass es keiner grapschenden Hand möglich ist, mich zu packen und fortzuziehen. Oder mich zum Fenster hinaus in die Tiefe zu stoßen.

Das Ganze ist surreal, genau wie du. Oft höre ich im Kopf meine eigene Stimme, nur jünger und sanfter, die mir erzählt, dass dies alles bloß ein luzider Traum ist. Ich schwenke die Hand und befehle den Obsidianfliesen, sich in Glas zu verwandeln, unter dem tiefschwarzes Wasser fließt. Ich berühre die Wand und sage, sie solle die Farbe wechseln. Nichts, was ich tue, denke oder sage, verändert zwar meine Umgebung, doch es scheint einfach unmöglich, dass ich mich wirklich hier befinde, in einem Zuhause, das nach meinem dunkelsten Verlangen aussieht, ohne es zu sein, und mit einem Ehemann, der wie meine große Liebe aussieht, es aber nicht ist.

Sei bloß vorsichtig, was du da sagst.

Ist das im Grunde nicht genau, was ich mir immer gewünscht habe? Du hast die Kontrolle über Baharan zurückgewonnen, deinem Geburtsrecht. Ich trage deinen Ring und deinen Namen. Wir wohnen in diesem atemberaubenden Penthouse. Ich bin einen Pakt mit dem Teufel eingegangen, um dieses Leben mit dir führen zu können, und wozu hat es geführt? Du hast Baharan, doch damit auch die Familie am Hals, die dich verstoßen hat. Wir sind verheiratet, aber Fremde füreinander. Und wir haben diesen grandiosen Adlerhorst hoch über den Wolken, doch er ist bar von Liebe und

Lachen. Ich träumte davon, dir die Welt zu Füßen zu legen. Stattdessen finde ich mich in der Hölle wieder.

Ich erreiche den eigentlichen Wohnbereich, und hier bieten die Fenster eine weite Bilderbuchansicht von New York City. Einen Moment sauge ich die Atmosphäre des Raums auf. Nächtlicher Wald, denke ich, der Vollmond glänzt im satten Moos, dazu ein abgeschiedener, beschaulicher Teich. Alles extrem geheimnisvoll und schamlos sinnlich.

Hinter dem offiziellen Esszimmer mit dem großen Baumkantentisch und den mit grünem Leder bezogenen Stühlen biege ich in die Küche, die wie aus der Zeit gefallen scheint.

Für die Kochinsel ist ein antikes Möbelstück aus dunklem Holz umgebaut worden. Mit seinen vielen Schubladen und den Messinggriffen stammt es wahrscheinlich aus einer alten Apotheke oder einer Bücherei. Die Kratzer und Kerben verleihen ihm Charakter, während die Platte aus schwarzem, mit Goldadern durchzogenem Granit für Extravaganz sorgt. Der riesige Herd ist technisch hochmodern, erinnert mit seinem mattschwarzen Finish und dem Vintage Design aber an Gusseisen. Die Hängeschränke sind passend zur Insel aus gebeiztem Altholz, die unteren Schränke dagegen wurden glänzend schwarz lackiert. Kräuter und Gewürze stehen in einheitlichen und mit Tafeletiketten beschrifteten Bügelverschlussgläsern auf Holzregalen an der Wand.

Ich drehe den Knauf einer geschlossenen Tür und erkenne sofort an dem maskulinen Geruch, dass dies Wittes Zimmer sein muss. Ohne einzutreten, schließe ich die Tür wieder. Dem gut aussehenden Butler mit dem scharf musternden Blick gilt im Moment nicht mein vorrangigstes Interesse. Dass ihr allerdings beide offenbar der Meinung wart, er würde besser hier direkt im Penthouse wohnen statt auf einer der Personaletagen weiter unten, ist schon bemerkenswert.

Der nächste Raum ist ein Gästezimmer. Seine kräftigen Grün- und Goldtöne stellen intuitiv einen Bezug zum Central Park draußen vor der Fensterfront dar. Das folgende Gästezimmer betont violette Farben zwischen Lavendel und Amethyst, und erst in dieser schnellen Folge rufen die Räume eine vage Vermutung in der hintersten Ecke meines Hirns wach. Beide ähneln nämlich verblüffend Lilys Gästezimmern in ihrem Strandhaus in Connecticut beziehungsweise in ihrer Wohnung im West Village. Dass sie als Vorbild dienten, ist unübersehbar. Sind deine Erinnerungen wirklich noch so lebhaft? Oder sind es eher meine Träume?

Wo bist *du* in diesem mondänen Heim? Ich entdecke nicht die geringste Spur von dir.

Wenn deine große Gestalt durch die Flure schreitet, habe ich den Eindruck, dass selbst die Wände vor dir zurückweichen, da sie die ruhelose Energie nicht mögen, die in deinem Kielwasser wirbelt. Hat mein Hirn dich gelöscht? Ist es allein meiner Obsession geschuldet, dass ich noch winzige Momentaufnahmen von dir erhasche, eingehüllt in eine dichte Rauchsäule, die sich schnell verflüchtigt?

Hat dich die Liebe, die im Innersten meiner Seele gleich einer dornenreichen Wurzel eingegraben ruhte, in diese wunderliche Existenz getrieben?

Die nächste geschlossene Tür führt in einen Raum, in dem es streng nach Farbe riecht. Ohne über die Schwelle zu treten kann ich Abdeckplanen, Leitern, Eimer und Rollen ausmachen.

Die blendend weißen Wände werden einst in sattem Saphirblau leuchten. Doch der unfertige Zustand verwirrt mich. Wenn das alles die Ausgeburt einer Fantasie ist, warum dann ein halb fertiggestellter Raum? Was will ich mit so etwas?

Ich gehe am Fitnessbereich vorbei, ohne hineinzuschauen, verspüre aber beim Betreten deines Büros endlich das Gefühl, dich gefunden zu haben. Hier hat es Farbe und Zeichen von Leben. Das verkohlte Finish des Schreibtischs übernimmt zwar die sonst im Penthouse herrschende Düsternis, aber es ist das einzige Möbelstück, das sich problemlos auch an einem anderen Ort einfügen würde. Das auf schmalen Messingfüßen stehende Sofa ist mit rostrotem Samt bezogen, die Beistellsessel mit Leder in einem warmen Cognacton. Ich muss lächeln, als ich den über einem Papierkorb angebrachten Minibasketballring entdecke.

Beim Rundgang um deinen Schreibtisch fallen mir die mit Lilien verzierten Griffe auf. Auf der Ecke steht ein Foto von ihr. Eine Nahaufnahme, auf der ihr der Wind die Haare ins Gesicht weht. Ihre Augen lachen, ihr Mund ist zu einem breiten Lächeln verzogen. Selbst hier verfolgt sie dich.

Ich spüre ihren kalten Atem im Nacken, wage es aber nicht, mich umzudrehen.

Vielleicht bin ich nicht allein im goldenen Käfig.

Vielleicht gehört der goldene Käfig ja ihr, und du bist derjenige, der darin gefangen ist. Zusammen mit mir.

17

ALIYAH

Über den Rand meines Martiniglases hinweg beobachte ich verstohlen meinen Mittleren und seine Frau.

Die Vertrautheit zwischen den beiden beunruhigt mich. Normalerweise sitzen Darius und Amy dicht nebeneinander, vermeiden dabei jedoch eisig jede Berührung. Heute hockt er neben ihr auf der Armlehne, und ihre Schulter liegt an seiner Hüfte.

Er hat die Arme vor der Brust verschränkt und einen gelangweilten Ausdruck in seinem schönen Gesicht. Sie wirkt irgendwie nüchtern, obwohl sie auch einen Martini in der Hand hält. Ihr ärmelloses navyblaues Etuikleid hat eine schickliche Länge und als besonderen Clou kunstvoll verdrehte Träger. Die dunklere Farbe steht ihr besser als die neutralen Töne, mit denen sie mich ständig nachgeäfft hat. Die langen Haare hängen ihr offen und leicht gewellt über eine Schulter.

Die meisten Menschen würden denken, sie hätte Klasse, aber das weiß ich besser. Eine Kanalratte in Louboutins bleibt immer noch eine Kanalratte.

Ramin sitzt am anderen Ende des Sofas und scrollt auf seinem Handy. Seine Haare sind zu lang, was allerdings gar nicht schlecht aussieht, auch wenn er sich die dunkle Tolle ständig zurückschieben muss, die ihm vor die Augen fällt. Im Unterschied zu Darius, der einen elegant geschnittenen hellgrauen Anzug trägt, ist Ramin in dunklen Jeans und Camouflage-T-Shirt mit Knopfleiste erschienen.

Rosana, meine Jüngste, hat einen trägerlosen Einteiler gewählt, der ihre wohlgeformten Arme und Beine zur Geltung bringt. Das Modell ist Teil unserer neuen Capsule-Kollektion, die wir in Kooperation mit einem der weltweit führenden Onlinehändler entworfen haben. Mit ihren Nudetönen und dem frechen Look war sie in kürzester Zeit ausverkauft. Die Sportschuhe, die Rosana dazu trägt, sind offiziell noch nicht erhältlich. Sobald wir nachher Fotos meiner Tochter mit ihnen ins Netz stellen, werden die Vorbestellungen in die Höhe schnellen.

Nie eine Gelegenheit vergeuden, habe ich ihr beigebracht. Einfluss wächst, schwindet jedoch auch wieder. Mit Kooperationen wie mit ECRA+ – das sie ebenfalls gerade trägt – und einigen Modelabels will ich dafür sorgen, dass sie ihren Lebensstandard auch in Zukunft beibehalten kann. Nie soll sie in Abhängigkeit von irgendwas oder irgendwem geraten.

»Wo zum Teufel bleibt er?«, fragt Ramin. »Ich habe doch nicht den ganzen Tag Zeit, hier herumzusitzen.«

»Schon klar, du musst uns nicht daran erinnern, dass du jetzt lieber irgendwo auf der faulen Haut liegen würdest«, erwidert Darius, steht auf und bietet Amy mit einer Handbewegung an, ihr inzwischen leeres Glas nachzufüllen. Mein Sohn ist ein unverbesserlicher Problemlöser und hofft offenbar, seine Ehe mittels Co-Abhängigkeit retten zu können.

»Leck mich doch.«

Ich bin genauso ungeduldig wie Ramin. Irgendetwas ist anders in diesem Penthouse. Es sieht zwar noch genauso aus wie zuvor, aber nun birgt seine gläserne Hülle eine fiebrige Energie. Ein erwartungsvolles Surren an der Kippe zum Crescendo. Wir alle spüren, wie es uns das Rückgrat hinaufkriecht. Die Anspannung macht einen verrückt. Liegt es daran, dass Kane derzeit ständig zu Hause ist und seine dynamische Tatkraft sich aufstaut? Oder liegt es an ihr?

Lily. Ihre Gegenwart ist beunruhigend, selbst wenn man sie nie zu Gesicht bekommt.

Seit einem Monat spreche ich mit meinem Ältesten nur in Videokonferenzen. Meine Angst, dass etwas – oder jemand – für meinen Sohn wichtiger sein könnte als Baharan, hat sich nicht bewahrheitet. Was die Arbeit betrifft, hat er keinen Deut nachgelassen. Der labile Gesundheitszustand seiner Frau hat seinen geschäftlichen Ehrgeiz nicht tangiert. Dennoch gibt sein völliger Rückzug ins Penthouse natürlich Anlass zur Sorge. Die Angestellten in der Firmenzentrale haben einfach mehr Drive, wenn er die Leute mit seiner Energie ansteckt.

Im Shaker klappern die Eiswürfel, als Kane in dunkelgrauem Anzug, weißem Hemd und silberfarbener Krawatte die Bibliothek betritt. Sein Schritt ist energisch, seine Haltung eindrucksvoll. Sofort beherrscht er den Raum, und diese dunklen Augen – Pauls Augen – sind undurchdringlich.

Kane ist ein harter Knochen, emotionslos und distanziert. Seine attraktiven Züge verbinden das Beste von mir und seinem Vater, ohne einen unserer Schönheitsfehler. Diese

Kombination aus körperlicher Präsenz und Unnahbarkeit hat uns immer sehr genutzt. Jeder kleine Stich des Bedauerns, dass ich zu dieser grausamen Gleichgültigkeit beigetragen habe, verpufft daher stets schnell. Baharan stünde nicht auf dem Sprung zu solcher Größe ohne seine gnadenlos berechnende Art.

Wie ein Schatten folgt Witte einen Schritt hinter meinem Sohn.

Der Butler in seiner Uniform aus weißem Hemd, schwarzer Weste und schwarzer Hose ist groß und gut gebaut. Das volle schlohweiße Haar ist fachmännisch zu einem hoch auslaufenden Undercut rasiert, was ihn durch den oben voluminös nach hinten gekämmten Schopf noch größer erscheinen lässt. Der Vollbart ist einige Graustufen dunkler und makellos gestutzt. Bei jeder Bewegung ist unter seinem aufreizend korrekten Outfit das verlockende Spiel seiner Muskeln zu erkennen. Er ist äußerst attraktiv und ungeheuer sexy.

Aber er ist ohne Servierwagen in den Raum gekommen und macht auch keine Anstalten, jemanden nach seinen Wünschen zu fragen, was bedeutet, dass Kane ihn nur zur persönlichen Unterstützung hinzugebeten hat. Schon allein, dass mein Sohn es für nötig hält, sich bei einem Dienstboten Beistand gegen die eigene Familie zu holen, treibt mich zur Weißglut.

»Tut mir leid, dass ihr warten musstet«, erklärt Kane ohne jedes spürbare Bedauern, lässt sich in einen ledernen Ohrensessel sinken und schaut bemüht ungezwungen in die Runde.

»Nein, tut es dir nicht«, kommentiert Ramin gedehnt, ohne von seinem Handy aufzusehen. »Aber da du nun endlich da bist, bringen wir es doch hinter uns. Worin besteht denn der große familiäre Notfall?«

»Ein Notfall ist es nicht«, erwidert Kane. »Wir überblicken jetzt bloß den Zustand meiner Frau genauer, und es macht die Sache einfacher, die Situation einmal für alle zu erklären statt jedem von euch einzeln.«

»Du meinst, es macht dir die Sache einfacher«, sagt Ramin, steckt sein Handy ein und beugt sich vor, die Ellbogen auf die Beine gestützt. Plötzlich wirkt er ganz konzentriert und geschäftsmäßig. »Wen kümmert schon, was die anderen hier vielleicht geplant hatten?«

Er mag sich über damit verbundene Beschwernisse beklagen, aber wenn es um die Familie geht, ist Ramin der Erste, der mit der Schaufel auftaucht, um irgendwelche Leichen zu begraben. Diese Loyalität ist vor allem meiner Erziehungsarbeit zu verdanken.

»Du weißt, dass wir alle für dich da sind«, plappert Amy sinnentleert.

»Sehr schön gesagt, Amy«, bemerke ich betont liebenswürdig. »Vollkommen überflüssig, aber sehr schön.« Mein Lächeln wird noch breiter, als sie mir einen giftigen Blick zuwirft.

»Werden wir unsere neue Schwägerin denn kennenlernen?«, fragt Ramin. »Oder muss es *verstorbene* Schwägerin heißen? Wurde sie nicht für tot erklärt? Oder in Abwesenheit geschieden?«

»Sie bringt noch ihren Besuch zur Tür, wird aber in Kürze zu uns stoßen«, antwortet Kane. »Und nein, weder neu noch tot oder geschieden. Wir sind seit über sechs Jahren verheiratet.«

»Welchen Besuch?«, will ich wissen.

In den Tagen nach dem Unfall mit Fahrerflucht waren auf allen lokalen Sendern die Videoaufnahmen der Verkehrskamera gezeigt worden, und die Polizei hatte um Hinweise zur Identifizierung von Fahrer und Fahrzeug gebeten, da die Nummernschilder des Wagens zu einer anderen Zulassung gehörten. Glücklicherweise war Lilys Name nicht veröffentlich worden. Das Wichtigste ist jetzt, sie so lange vor den Augen der Öffentlichkeit zu verstecken, bis wir etwaige hochexplosive Enthüllungen entschärft haben. Ich habe mit Kane über die Notwendigkeit strengster Diskretion sprechen wollen, aber privat erreicht man ihn kaum, und wenn, ist er kurz angebunden.

»Jemand, der für sie ein paar Dinge besorgen soll«, tut er meinen besorgten Einwurf mit einer verärgerten Handbewegung ab.

»Warum kann Witte das nicht erledigen?«

»Warum überlässt du es nicht mir, wie ich meinen Haushalt führe?«, kontert er ruhig.

Mein Puls rast. Bei so viel beschützender Abwehrhaltung dürfte es schwer werden, ihn mit rationalen Argumenten zu überzeugen. Sollte er zur Überzeugung gekommen sein, dass sie wichtiger ist als Baharan oder seine Familie, werde ich ihn eines Besseren belehren müssen. »Dürfte ich fragen, wo Lily die ganze Zeit gesteckt hat?«, versuche ich es erneut.

Darius kehrt zu seinem Platz neben Amy zurück und bildet mit ihr wieder eine geschlossene Front.

»Das wissen wir nicht«, antwortet Kane mit einem beiläufigen Achselzucken, als wäre diese Frage ohne jeden Belang.

»Was soll das heißen, ihr wisst es nicht?«, bohre ich nach. »Will sie es nicht erzählen?«

»Die Diagnose bei ihr lautet auf dissoziative Amnesie.«

»Und was bedeutet ›dissoziativ‹?«, fragt Rosana vom Sofa und umschlingt ihre hochgezogenen Beine.

Kane spielt an seinem Ehering, dreht ihn immer wieder um den Finger. Zu solchen Zeichen von Unruhe neigt er sonst nicht. Früher mal, ja, aber nicht seit unserer Wiederbegegnung.

»Man nimmt an, dass ihr in dem Zeitraum, als sie fort war, jede Erinnerung an ihr Leben davor fehlte. Jetzt weiß sie zwar, wer sie ist, und kann sich auch wieder an fast alles aus der früheren Zeit erinnern, dafür ist nun die Phase ausgelöscht, die sie als jemand anderes verbracht hat.«

»Mit anderen Worten: Sie hat einen Hirnschaden«, sagt Ramin und setzt sich auf.

»Eloquent wie immer, Ramin«, sagt Kane und misst seinen Bruder kurz mit einem vernichtenden Blick. »Wir sprechen hier über einen psychischen Zustand, bei dem die autobiografischen Erinnerungen eines Menschen beeinträchtigt sind und der für gewöhnlich durch ein Trauma hervorgerufen wird.«

»Na ja, der Spruch stammt ja wohl wortwörtlich aus dem Mund der behandelnden Ärzte«, leiert Ramin wieder in schleppendem Ton. »Soll heißen, ihr Hirn ist okay, sie hat bloß einen Knall. Schon kapiert.«

»Ramin«, sage ich mit warnendem Unterton.

»Was?«

»Verstehe ich das richtig?«, erkundigt sich Rosana unsicher. »Lily ist etwas zugestoßen, das so schrecklich war, dass es ihr

Gehirn dazu gebracht hat, dich und euer ganzes gemeinsames Leben zu vergessen? Warum hast du überhaupt geglaubt, sie wäre tot, wenn es keine Leiche gegeben hat?«

Kanes Augen funkeln wild.

»Entschuldige«, sagt sie schnell. »So war das nicht gemeint.«

»Schon gut, Rosana«, erklärt er mit Verzögerung, da er erst seinen Zorn besänftigen muss. »Lily ist mit ihrem Segelboot rausgefahren und nicht zurückgekommen. Das Wetter war an diesem Tag zuerst wunderschön, nachmittags sollte es allerdings stürmisch werden, und das tat es auch. Die Küstenwache startete eine aufwendige Suchaktion, die sich über Tage hinzog, und schließlich wurden Trümmerteile gefunden, aber mehr auch nicht. Nach einer ausgiebigen Untersuchung erklärte man sie offiziell für *Auf See geblieben.*«

»Wow, mitten in einem Unwetter allein weit draußen auf dem Meer …«, sagt Rosana schaudernd. »Entsetzliche Vorstellung. Kann sie sich daran erinnern?«

»Das Letzte, woran sie sich erinnert – bis sie vor ein paar Wochen das Bewusstsein wiedererlangte –, geschah ein paar Tage vor ihrem Verschwinden«, antwortet Kane und schweigt einen Moment, bevor er anfügt: »Da waren wir noch nicht verheiratet.«

»Sie kann sich nicht an eure Hochzeit erinnern?«, entfährt es Amy. Sie beugt sich vor. »Weiß sie etwa nicht mal, dass sie deine Frau ist?«

»Inzwischen weiß sie das natürlich, aber nein, an die genauen Umstände kann sie sich nicht erinnern.«

»Wow«, sagt Rosana erneut. »Wie irre ist das?«

»Absolut durchgeknallt«, bekräftigt Ramin, lehnt sich zurück auf dem schwarzen Ledersofa und schlägt die Beine übereinander. »So was Bekloppptes habe ich ja selten gehört.«

Ich bin dabei, im Kopf anhand seiner Angaben eine Zeitschiene zu erstellen. »Sie ist also wenige Tage nach eurer Hochzeit verschwunden?«

»Ja«, bestätigt er. Mit jedem Wort, das er sich abgerungen hat, ist er härter und unzugänglicher geworden.

»Warum warst du nicht bei ihr?«, fragt Amy.

»Ich hatte den ganzen Tag Seminare und anschließend Training. Es war auch nicht ungewöhnlich, dass sie allein mit dem Boot hinausfuhr. Sie segelte viel.«

»Oh, das bricht einem ja das Herz!«, ruft Rosana ergriffen aus. »Ihr hattet gerade erst geheiratet. Bestimmt warst du wahnsinnig glücklich, und dann war sie plötzlich weg. Das ist so unendlich traurig, Kane! Es tut mir furchtbar leid, dass du das alles erleben musstest. Tut mir für euch beide leid.«

»Danke«, sagt er leise. »Mir auch.«

Ich bin kurz sprachlos vor Schock, dass uns beiden etwas so Merkwürdiges widerfahren ist – ein Ehepartner, der mit einem Schlag verschwindet.

»Womöglich können ihre Erinnerungen durch eine Therapie zurückgewonnen werden«, fährt er fort. »Oder sie kommen von selbst nach einer Weile wieder zurück … von entscheidender Bedeutung für diesen Heilungsprozess ist jedoch, dass sie möglichst wenig Stress und Anspannung hat. Ich bitte euch daher, sie während ihrer Genesung von Irritationen aller Art zu verschonen.«

»Hast du uns etwa aus diesem Grund einbestellt?«, wirft Darius ungläubig ein. »Weil du dir um *ihren* Schutz Sorgen machst? Was ist mit dem Schutz deiner Familie? Oder zumindest dem Schutz von Baharan?«

»Genau meine Meinung«, stimmt ihm Ramin mit energischem Nicken zu. »Gibt es einen Ehevertrag? Falls nicht, sollten wir schnell wenigstens eine nachträgliche Regelung besprechen.«

»Hört auf!«, fauche ich. Meine Nerven sind zum Zerreißen gespannt, und die Atmosphäre im Hause erhöht den Druck nur noch. »Jeder von euch. Kane, du hast gesagt, Lily sei viel gesegelt … Hat das Boot ihr gehört?«

»Ja, das gehörte ihr«, sagt er und durchbohrt mich mit seinem Laserblick.

»Nicht dass es in dem Zusammenhang eine Rolle spielen würde, aber … war sie reich?«

Abrupt wird es in der Bibliothek totenstill. Das Gebäude knarrt im Wind, ein Geräusch, das ich zu überhören gelernt habe, das mir heute jedoch irgendwie schrill in den Ohren schmerzt.

»Extrem reich«, antwortet er barsch. »Hat sich keiner von euch je gefragt, wie Baharan zu dem werden konnte, was es heute ist?«

Abgesehen von Kane, erstarrt jeder im Raum. Amy gewinnt zuerst die Fassung zurück und kippt den Rest ihres Martinis herunter.

»Oh, wow!«, haucht Rosana tonlos.

»Aber wir haben doch Investoren«, erwidere ich, als ließe sich durch Trotz an den Tatsachen etwas ändern. »Ich selbst habe investiert. Ryan zufolge hast du schon im College angefangen, Geschäftskontakte zu knüpfen …«

Nachgefragt hatte ich allerdings nie. Mich hatte nicht interessiert, woher das Geld stammte. Ich wollte nur Baharan zurück. Ich wollte so viel wie möglich von dem zurück, was Paul mir genommen hatte. Meine Seele habe ich dafür verkauft.

»Lily ist die tragende Säule von Baharan, Punkt«, macht Kane mir mit einem entschiedenen Kopfschütteln klar.

Und da Kane einundfünfzig Prozent der Anteile hält, kann Lily als seine Frau nach Belieben schalten und walten.

Der Raum gerät ins Schwanken. Ich packe die Lehnen meines Sessels fester. Niemand hat für diese Firma so große Opfer gebracht wie ich, und niemand wird je größere bringen. Dafür haben sie einfach nicht das Format. Sie verdienen es nicht.

»Das wird ja immer besser«, brummt Ramin.

»Und um deine Frage zu beantworten, Ramin«, wendet sich Kane an ihn. »Nein, zwischen Lily und mir gibt es keinen Vertrag, und den wird es auch nie geben. Sie setzte mich damals als Geschäftsführer jener GmbH ein, die ihr Vermögen verwaltete und die inzwischen auch das Aktienpaket an Baharan hält. Ohne sie gäbe es die Firma nicht, und auf ihren Anteil davon hat sie natürlich Anspruch.«

»Will sie denn nach all den Jahren überhaupt noch mit dir verheiratet sein?«, fragt Ramin und lacht bitter auf. »Vielleicht will sie dich ja gar nicht zurück, sondern bloß ihr Geld.«

»Manchmal bist du echt ein Arschloch, weißt du das?«, bemerkt Rosana mit einem Kopfschütteln.

»Ja, weiß ich.«

Mir ist so schlecht, dass das brennende Gemisch aus Gin und Wermut wieder hochzukommen droht. Lily ist ihrem nassen Grab entstiegen, um meinem Sohn und mir die Früchte unseres Lebenswerks zu entreißen. Das darf ich nicht zulassen. Und das werde ich auch nicht.

»Sorry, ich bin zu spät.«

Die Stimme ist so unvertraut und verblüffend hoch, dass wir alle zusammenfahren. Sie klingt in ihrer gehauchten Art zweifellos sexy, zugleich jedoch unangenehm nach kleinem Mädchen.

Kane springt sofort auf. Darius und Ramin folgen seinem Beispiel, sobald sie den ersten Schreck verdaut haben. Witte ist sowieso stehen geblieben und dreht nur den Kopf.

Mein Ältester starrt seine Frau mit einer solch maßlosen Begierde an, dass es mir Angst einjagt. Um ihn und um uns alle. Er ist ihr offenkundig verfallen. Seine Geschwister verfolgen die Szene ebenso gebannt. Amy schleckt das Martiniglas aus.

Mein Blick kehrt zurück zu der grazilen Gestalt, die jetzt näher schwebt, und wandert von den blutrot lackierten Zehennägeln bis hinauf zum glänzenden Schwarz ihres schicken Bobs. Die Haut der nackten Arme und Schultern ist von makellosem Marmor. Nicht ein Fleck oder Fältchen trüben das perfekte Bild.

Ihr hoch aufgeschossener, schlanker Körper wird von einer Mischung aus schwarzem Samt, Seide und Spitze umspielt. Und wie ihre Namenspatronin blüht sie unter der leidenschaftlichen Glut, mit der mein Sohn sie betrachtet, auf.

Der Druck, der auf dem Penthouse lastet, komprimiert sich nun in der Bibliothek. Ich massiere mir den Hals, denn ich habe das Gefühl, gleich zu ersticken.

Lily entspricht nicht dem, was ich erwartet hatte, vor allem wenn man bedenkt, wie gut ich ihr Foto kenne. Und wie gut ich meinen Sohn kenne. Er mag sich geändert haben, aber früher war er mal wie sein Vater. Und wie Paul hätte es auch ihn zu einer Frau hingezogen, die Wärme und Zärtlichkeit ausstrahlt. So wie ich früher mal. Doch so bin ich schon lange nicht mehr.

Und Lily ist es auch nicht.

18

LILY

Der Mann, den ich am Strand von Greenwich kennenlernte, und der Mann, der du jetzt bist, sind nicht dieselben. Das war offensichtlich in dem Augenblick, als ich im Krankenhaus erwachte. Du bist ein ganz anderer Mensch geworden. Mächtig. Autorität ausstrahlend. Niemandem Rechenschaft schuldig. Du wohnst hoch über dem Rest der Bevölkerung, in der Spitze eines Turms, der als höchstes Wohngebäude der Erde gilt.

In dir laufen alle Drähte deiner Welt zusammen.

Ich schlendere betont ungezwungen in den Raum, so als hätte ich gar nicht gelauscht, seit du deine Familie begrüßt hast.

Schwarze maßgefertigte Regalreihen voller farbenprächtiger Bände nehmen die Seitenwände der Bibliothek ein, an beiden Enden verbunden von riesigen Fensterfronten, die einen Ausblick auf den Central Park beziehungsweise auf das Empire State Building bieten. Auf dem Weg zu dir fällt mir über dem in Calacatta-Marmor eingefassten Kamin die große Fotografie eines nackten Frauenrückens auf. Von der Hüfte des schlanken Models rankt sich ein außergewöhnliches

Tattoo die blasse Haut bis zur Schulter hinauf: ein Phoenix, der aus Flammen emporsteigt. Auch in diesem Raum gibt es Blacklist-Lilien die wunderbar zu den schwarz glänzenden Bücherregalen passen.

Es ist erstaunlich, was du alles in solch kurzer Zeit erreicht hast, auch wenn es mich bei dir nicht wirklich wundert. Du warst schon immer äußerst ehrgeizig, wolltest ständig noch mehr erreichen. Dir habe ich stets zugetraut, Imperien zu errichten. Aber selbst diese Erwartung hast du übertroffen, indem du dieses Reich in den Wolken erschaffen hast.

Allem Anschein nach sollen wir beide aus Lilys Asche aufsteigen.

Du stehst reglos und in verstörender Schönheit da wie eine Statue, die den Händen eines völlig vernarrten Künstlers entsprungen ist. Ein wissender Schauer durchläuft mich. Du zählst zu jenen Männern, denen Sex und Wildheit aus jeder Pore ihres Körpers strömen. Deine animalische Anziehungskraft ist dunkel, begierig und viel zu dominant, um jemals gezähmt zu werden. Dein Blick ist wie flüssige Lava, die mich überzieht und dabei keine Stelle unberührt lässt.

Schnell wie ein Peitschenhieb schlägt die Begierde zwischen uns in brennendes Sehnen um.

Ich halte das Leben, wie wir es hier führen, nicht länger aus. Wir sprechen nur über Witte miteinander. Du bist ein Fremder, der mich meidet, und ohne dich treibe ich ziellos umher.

Stumm verfolgt deine Familie, wie ich zu dir gehe. So wie du dort stehst, erinnerst du an einen Löwen, der sich in einer Arena den versammelten Gladiatoren zum Kampf stellt. Witte ist Schiedsrichter, Rosana das Publikum. Und ich, mein Liebster, bin gekommen, um dir zur Seite zu stehen.

Wer hat eigentlich den Mythos in die Welt gesetzt, dass die Familie einen stets lieben und verteidigen wird, koste es, was es wolle? Warum heißt es, nur wegen ein paar Genen müsse man selbst die größten Gemeinheiten verzeihen? Egal, du brauchst jedenfalls diesen oder jeden anderen Kampf nicht mehr alleine auszufechten.

Und in mancherlei Hinsicht muss man mich tausendmal mehr fürchten als dich.

Keine Ahnung, wie oder warum du am Ende wieder in einem Nest mit dieser Schlangenbrut gelandet bist, aber um auf dich losgehen zu können, werden sie jetzt erst an mir vorbeikommen müssen.

Ich lege eine Hand auf deine Brust, neige den Kopf nach hinten und biete dir meinen Mund zum Kuss.

Während deine linke Hand mich mit demonstrativem Besitzanspruch an der Hüfte packt, schmiegt sich deine rechte an meine Wange, sodass die Fingerspitzen schon meinen Nacken berühren. Mit sanftem Druck beugst du meinen Kopf in die richtige Position, verharrst so einen Moment und lässt deinen Blick herausfordernd über mein Gesicht wandern. Es verschlägt mir den Atem. Der lang gehegte Traum, in deinen Armen zu liegen und genau so von dir angeschaut zu werden, erfüllt sich gerade.

»Bei dir«, sagst du leise mit tiefer Reibeisenstimme, »lohnt sich das Warten doch immer.«

Dein Duft steigt mir zu Kopf, gemeinsam mit deinen Worten bringt er mein Blut in Wallung, bricht mir von Neuem das

Herz. Dein Daumen streicht zärtlich meinen Wangenknochen entlang, dann senkst du ganz langsam den Kopf, als wolltest du nach so langer Zeit jeden Kuss besonders auskosten.

Wie du das machst, ist grandios und bringt alle hier angebrachten Gefühle hervorragend zum Ausdruck. Vertrautheit. Zuneigung. Leidenschaft. Unser Publikum wird glauben, dass wir äußerst glücklich und erleichtert darüber sind, uns wiederzuhaben. Du bist wirklich ein ausgezeichneter Schauspieler. Am Ende muss ich mich selbst daran erinnern, dass alles nicht echt ist.

Deine Lippen streichen leicht über meine. Die keusche Geste steht in krassem Kontrast zu dem erotischen Verlangen, das dein imposanter Körper zur selben Zeit signalisiert und das auf meine Sinne einstürmt wie ein Orkan, der auf die Küste prallt. Du beginnst, dich zurückzuziehen, und sofort schäumt in mir die Wut hoch, denn das ist nicht genug. Die unerfüllte Sehnsucht erzeugt eine qualvolle Leere. Und die Rolle, die du so meisterhaft deiner Familie vorspielst, steigert meine Gier nach dir nur noch mehr.

Verzweifelt lasse ich meine Zunge über deine volle Unterlippe schnellen, um wenigstens zu ahnen, wie du schmeckst. Unter meiner Hand spüre ich, dass dein Herz einen Satz macht. Dies ist der Motor, der die wohlabgestimmte Maschine deines Körpers antreibt, und ich kann ihn dazu bringen, schneller zu laufen. Ich habe gar nichts dagegen, das mitzunehmen, was ich kriegen kann. Bin ich nicht genau aus diesem Grund hier?

Ich bin ein wenig unsicher auf den Beinen, als ich mich den anderen zuwende. Überhitzt.

Du legst mir den Arm um die Schulter, und deine Finger ruhen auf meinem Hals, während mir dein Daumen den Nacken hoch- und runterfährt. Meine gespielte Gelassenheit schmilzt bei dieser Liebkosung schnell dahin. Ich komme mir nackt und verletzlich vor. Mein Puls gehorcht mir nicht länger, rast unter deiner Berührung.

Ich muss unbedingt stärker werden, wenn ich diese Scharade noch eine Weile aufrechterhalten soll. Aber vielleicht wartest du ja auch bloß darauf, dass ich wieder ganz gesund bin und wir der Sache ein Ende bereiten können.

Nur wenige Sekunden sind vergangen, seit ich hereingekommen bin und wir uns umarmt haben, und dennoch bin ich wie ausgewechselt.

»Hallo, zusammen. Ich bin Lily.«

Der stets so ernste und wachsame Witte will mir schon einen Stuhl bringen.

»Ich bleibe nicht lange, Witte«, lehne ich ab und schenke ihm ein kurzes Lächeln, damit es nicht zu harsch wirkt.

Ich mag ihn. Sein filmreif gutes Butler-Aussehen täuscht, denn dahinter steckt reichlich Tiefgang, so viel ist sicher. Er hat den scharfen Blick eines Cops, dem nichts entgeht. Und es sagt schon einiges über dich, dass ein solcher Mann bereit ist, sein Leben auf deines hin auszurichten.

Während du mir deine Familie vorstellst, habe ich Zeit, alle der Reihe nach zu studieren. Rosana hockt mit angezogenen Beinen an einem Ende des schwarzen Sofas und sieht mich mit großen Augen an. Sie ist hübsch und betrachtet mich mit der arglosen Neugier eines Menschen, der von Kummer keine Ahnung hat. Ihr gegenüber, auf der zweiten Couch, sitzt Amy mit übergeschlagenen Beinen und wippt sichtlich nervös mit dem Fuß. Eine Weile schauen wir uns an, aber sie erträgt meinen Blick nicht lange und wechselt die Sitzposition. Erst wendet sie sich zu ihrem Mann, dann zu Aliyah. Schließlich huscht ihr Blick nur flüchtig über dich, aber ich erkenne in dem kurzen Moment dennoch, was in ihr vorgeht. Diese Frau verzehrt sich nach dir, genau wie ich.

Deine Brüder sind aufgestanden. Sie ähneln einander sehr und dir überhaupt nicht. Darius in seinem schicken grauen Anzug wirkt mürrisch, beinahe aufsässig. Ramin grinst großspurig. Beide sind auf ihre dunkle Art attraktiv, verblassen jedoch neben dir, schrumpfen im direkten Vergleich.

Rosana empfängt mich mit einer zögerlichen Umarmung, aber ihr Lächeln ist herzlich. Darius und Amy unterziehen mich einer kritischen Prüfung, während sie mir nüchtern die Hand schütteln. Ich ziehe Amy an mich und lege den Arm um sie. Während unsere rechten Hände zwischen uns eingeklemmt sind, streiche ich ihr mit meiner linken tröstend über den Rücken. Ich kenne ihre Qualen und fühle mit ihr. Zu Beginn ist sie noch ganz steif, doch dann erwidert sie die Umarmung mit der Heftigkeit von jemandem, der sich nach Liebe und Geborgenheit sehnt.

»Frank sagt, du hättest mich oft besucht«, flüstere ich ihr ins Ohr, bevor ich den Arm löse. »Ich würde mich freuen, wenn wir das zur festen Gewohnheit werden ließen.«

Sie läuft rot an, und ich wende mich Ramin zu. Sein Handschlag ist ein dreister Akt der Verführung. Sein Daumen fährt sanft über meinen Handrücken, und als ich meine Hand zurückziehe, streicheln seine Fingerspitzen die Innenseite. Er ist eindeutig der unverschämte Frechdachs, der ständig Grenzen auslotet, um zu testen, ob sie unverrückbar sind. Der jüngste Sohn, der seinen Platz nicht findet, stets im Schatten der älteren Brüder und vernachlässigt, da die kleine Schwester alle Aufmerksamkeit bekommt.

»Lily«, sagt deine Mutter und erhebt sich nun auch. Sie trägt eine eng anliegende cremefarbene Hose und einen im Farbton passenden Sweater, dessen weiter Schnitt eine Schulter frei lässt. Ihre Haare haben die helle Farbe von Weizen, aber Augenbrauen und Pupillen sind dunkel, ihr Ausdruck berechnend. »Du hast so viel durchmachen müssen. Nimm Platz.«

Auf gar keinen Fall werde ich bleiben. Der Effekt ist weit größer, wenn ich bald wieder verschwinde.

»Mh-mh«, sage ich leise und schüttele den Kopf. Sie hat genau gehört, wie ich eben schon einen Stuhl ablehnte, konnte allerdings dem Machtspielchen nicht widerstehen, mir in meinem eigenen Heim einen Sitzplatz anzubieten, so als wäre nicht deine Frau die Hausherrin hier, sondern sie. Die Lily an deiner Wand würde jetzt bezaubernd und liebenswürdig auftreten. Sie hätte für Erfrischungen gesorgt, leise Musik würde unaufdringlich im Hintergrund spielen, und jeder bekäme eine kleine Aufmerksamkeit.

Aber ich bin nicht deine erste Frau, und dieses Traumleben funkelt am Rande eines Albtraums.

»Wenn gerade über einen selbst geredet wird, sollte man besser nicht stören«, sage ich und blicke ihr unverwandt in die Augen. »Anderenfalls führt das bloß zu höchst peinlichen Gesprächen.«

»Aber gestört hast du ja nun bereits«, erwidert sie in freundlichem Ton.

»Nur kurz unterbrochen«, verbessere ich sie mit breitem Lächeln. Worte sind Waffen. Es ist wichtig, stets genau die richtigen zu benutzen. »Und da ich jetzt alle kennengelernt habe, werde ich nun wieder gehen und mich vor dem Abendessen noch ein wenig hinlegen.«

Deine Hand kehrt an ihren Platz in meinem Nacken zurück. Kleine eisige Schauer durchlaufen mich, sobald deine Finger den Druck leicht erhöhen. Meine Brustwarzen werden hart, und parallel zu deiner Stimme senkt sich auch dein Blick.

»Ist die Stylistin fort?«, fragst du.

»Ja, aber sie wird bestimmt schon bald mit Bergen von Tüten zurückkommen«, sage ich und schaue weiter zu dir hoch, um dich zu einem weiteren Kuss zu zwingen.

»Die Stylistin?«, erkundigt sich Aliyah spitz.

Ihr verärgerter Gesichtsausdruck bringt mein Lächeln zurück. Sie hat Angst, ich würde das Geld verpulvern. Die Frau kann einfach nicht aus ihrer Haut. »Kane hat all meine Sachen aufbewahrt«, erkläre ich. »Restlos alles. Nicht in Kisten weggepackt, sondern in Schränken und Schubladen einsortiert. Was natürlich äußerst romantisch ist, aber einem zugleich auch das Herz zerreißt. Dennoch fehlen mir noch ein paar Dinge.«

Du klemmst mein Kinn zwischen Daumen und Zeigefinger, drehst meinen Kopf und drückst deinen Mund auf meinen, bevor ich noch begreife, was du damit bezweckst. Aber was kümmert es mich, ob es nun für die Zuschauer ist oder meinetwegen. Diesmal geschieht es mit Druck, mit spürbarer Glut und mit dem sanft liebkosenden Gleiten deiner Zunge an der Innenseite meiner Lippe. Meine Seele seufzt vor Glück, ihre verwandte Seele zurückzuhaben.

»Du kannst mir gern dabei helfen«, flüstere ich, als wir uns voneinander lösen.

Mit wildem Ausdruck in den Augen verfolgst du, wie ich dir mit dem Daumen den Lippenstift von der Unterlippe wische. Mit einem Seitenblick versichere ich mich, dass deine Mutter auch tatsächlich zusieht.

Sie beobachtet aber auch mich genau.

Du wirfst einen langen Schatten über sie und die anderen Mitglieder deiner Familie. Und allem, was im Schatten herumkriecht, ist nun einmal nicht zu trauen.

»Wir sollten mal zusammen zu Abend essen«, sage ich in den Raum hinein. »Ich freue mich schon darauf, euch alle besser kennenzulernen.«

Dein Gesichtsausdruck ist undurchdringlich.

Ich bin so ausgehungert nach dir. Dich so dicht an mir zu spüren, wühlt mich auf. Oder die erste Begegnung mit deiner Familie bringt mich derart durcheinander, all die neuen Teilnehmer in diesem trügerischen Spiel. Vielleicht liegt es auch einfach an beidem.

Ich wende mich zum Gehen und fühle deinen Blick im Rücken. Eine beklemmende Stille breitet sich hinter mir aus.

19

AMY

Ich kreuze Arme und Beine, um so wenig Platz wie möglich zu beanspruchen, denn ich sitze eingequetscht zwischen Darius und Ramin in der Limo eines Chauffeurdienstes. So breitbeinig, wie die beiden dahocken, nehmen sie den gesamten Fußraum ein. Keiner spricht ein Wort, beide haben den Kopf stumm zum jeweiligen Seitenfenster gewendet.

Hatte ich wirklich geglaubt, Lily ausstechen zu können, bloß indem ich mir die Haare färbe und dunklere Klamotten anziehe? Allein die Vorstellung ist inzwischen lachhaft, obwohl der Kloß in meinem Hals und die brennenden Augen sich eher anfühlen, als würden mir gleich die Tränen kommen.

Ich spüre noch immer, wie sich ihre Fingernägel in meinen Nacken graben, als sie mich an sich presste. Sie mag gertenschlank sein und zerbrechlich wirken, aber ihre Hand kann zupacken wie eine Klaue, und in ihrer piepsigen Kleinmädchenstimme schwingt unverhohlen etwas Bedrohliches mit. Mir hat es vor Angst fast den Magen umgedreht. Dennoch hätte ich liebend gern wie Kane meine Lippen auf ihre gedrückt, nur um zu prüfen, ob sie wirklich so seidenweich waren, wie es den Anschein machte.

Ein nervöses Lachen bleibt mir im Hals stecken. Im Vergleich zu ihr sind Kanes Fähigkeiten, mich einzuschüchtern, geradezu harmlos.

»Mit der dürfte Kane alle Hände voll zu tun haben«, sagt Ramin vergnügt. »Die Frau ist verdammt scharf.«

»Zu mager«, brummt Darius, und ich hätte ihn küssen können.

»Mager wie ein Model«, verbessert ihn Ramin. »Mit der kannst du garantiert die tollsten Fotos machen. Wir müssen sie unbedingt bei ECRA+ einbauen. Am besten mit einer exklusiven Werbekampagne, und sie dann auf die eine oder andere Verpackung nehmen.«

»Das kann doch nicht dein Ernst sein«, erwidert Darius und blickt seinen Bruder ebenso ungläubig an wie ich.

»Sie hat uns in der Hand«, erklärt Ramin. »Also können wir auch gleich dafür sorgen, dass sie mitmacht und Eigeninteresse am Erfolg der Firma entwickelt.«

Ich balle die Hände zu Fäusten, und die Nägel bohren sich tief in meine Haut. Da legt diese Schlampe einen zehnminütigen Auftritt hin, und schon will Ramin ihr Gesicht auf die Produkte kleistern, die Baharan in eine andere Liga katapultieren sollen? Und meine Firma, die ganze Arbeit, die ich dort hineinstecke, soll dazu dienen, aus ihr das beneidete Vorbild, die Inspiration für Frauen weltweit zu machen?

Das kommt überhaupt nicht infrage!

»Der Schuss könnte nach hinten losgehen«, sage ich spitz. »Immerhin ist sie nicht ganz richtig im Kopf.«

»Aber hallo«, pflichtet mein Mann mir bei.

»Ich rede davon, sie für Fotoaufnahmen zu benutzen«, leiert

Ramin in seinem gedehnten Ton, »nicht davon, sie als Rednerin auf Tournee zu schicken.«

»Noch wissen wir nicht einmal, welchen Status ihre Beziehung genau hat«, werfe ich ein.

»Und ob wir das tun«, kontert er lüstern. »Du hast die beiden doch zusammen gesehen. Hast *sie* gesehen. Sie ist das Original, dem jede andere Frau nur als fade Kopie diente. Ich fresse einen Besen, wenn er sie nicht bereits auf jedem freien Flecken im Penthouse flachgelegt hat. Und das gleich mehrfach.«

Ich verschließe die Augen schnell vor der Flut an Bildern, die bei dieser Vorstellung auf mich einstürmen, was es jedoch nur noch schlimmer macht. Also starre ich lieber unverwandt nach vorn und konzentriere mich auf all die Autos und Taxen, die pausenlos auf unserer Spur ein- und ausscheren. Der Eisbrocken in meinem Magen ist geschmolzen, und an seiner Stelle brodelt nun eine wild schäumende Wut. Ich male mir aus, wie ich Lily Säure ins Gesicht schütte, wie die qualmende Haut sich in Fetzen löst, zwischen denen schmale Rinnsale aus Blut und rotem Lippenstift laufen.

Ich möchte sehen, wie sie schreit und heult vor Entsetzen, diese makellosen Züge zu verlieren, die Kane so anbetet. Aber die Lily in meinem Kopf fixiert mich bloß aus grausamen grünen Augen, die tief und wimpernlos in den Augenhöhlen liegen. Dann stürzt sie mit übermenschlicher Geschwindigkeit auf mich zu …

Ich schrecke hoch auf meinem Sitz. Mein Herz rast.

»Er hat nun einmal auch seine Bedürfnisse«, sagt Darius und tätschelt mir beiläufig das Knie, als würde mich das beruhigen.

»So war er doch schon in der Highschool, Ramin. Ständig hat er die Mädchen mit irgendwelchen Tricks rumgekriegt, nur um sofort zur Nächsten weiterzuziehen. Diese besaß halt zusätzlich noch eine Menge Geld, das er in die Finger bekommen wollte, aber dafür braucht er sie ja inzwischen nicht mehr. Also dürfte sein Interesse an ihrer Muschi bestimmt bald einschlafen, und er wird sie gegen eine andere austauschen. Er will sie eben alle rumkriegen, sonst nichts.«

»Wir wollen aber doch gar nicht, dass sein Interesse einschläft. Und ihres genauso wenig. Wie hat er es formuliert? Sie ist die tragende Säule von Baharan. Wir brauchen die beiden als Paar. Solange er und die Firma davon profitieren, wird Kane sich mit ihr arrangieren. Fallen lassen wird er sie ganz sicher nicht, solange sie ihm Geld einbringt.« Ramin drückt mein nacktes Knie. »Hast du deinen Flachmann dabei? Ich könnte jetzt einen Schluck gebrauchen.«

Ich werfe ihm meine Handtasche in den Schoß.

»Danke, Babe«, sagt er und beginnt, darin herumzukramen.

Ich hätte ihn gern gefragt, warum er *mich* noch nie für eine ECRA+-Kampagne vorgeschlagen hat. Und ich hasse meinen Ehemann dafür, dass es ihm noch nie in den Sinn gekommen ist. Ich nehme all meinen Mut zusammen, um mich selbst als Model ins Gespräch zu bringen, aber die Angst, damit nur höhnisches Gelächter zu ernten, ist zu groß.

Ich ziehe den Saum meines Kleids nach unten und denke daran, was Lily getragen hat. Bei meiner Ankunft war ich noch so selbstsicher gewesen, so felsenfest überzeugt davon, genau die richtige Mischung zwischen Aliyah und Lily ausgesucht zu haben. Und beim Anblick meiner Schwiegermutter hatte mir meine Wahl sogar noch besser gefallen, da ich in meinem Outfit eindeutig jünger und stilvoller aussah. Dann kam Lily herein und trug eine schwarze Seidenhose und eine schwarze Spitzencorsage mit Cups aus schwarzem Samt. Demonstrativ sexy. Lässig elegant. Absolut selbstbewusst. Der flotte Bob, die auf Smokey Eyes geschminkte Augenpartie und die knallroten Lippen waren dann noch die Krönung dieses absolut coolen und unverschämten Looks.

Kane hatte sie mit den Augen verschlungen, wie er das bei jeder Frau tat, die ihrem Typ ähnelte, aber diesmal hatte in seinem Blick etwas Besonderes gelegen. Ein Leuchten statt der für gewöhnlich so leblosen Undurchdringlichkeit. Etwas Dunkles und Glühendes. Entweder war es eine Begierde von solcher Gewalt, dass sie ihn zu ihrem Sklaven machte, oder blanke Wut.

Unser Chauffeur tritt plötzlich so heftig auf die Bremse, dass wir nach vorn geworfen werden. Es gelingt ihm, sich rasch zu entschuldigen und zeitgleich auf die Hupe zu drücken und leise vor sich hin zu fluchen. Der Verkehr ist ein einziges Chaos. Ringsum wechseln Fahrer ständig die Spur in der Hoffnung, schneller als alle anderen an ihr Ziel zu kommen.

Lily fehlen diverse Jahre ihres Lebens, und doch ist da keine Spur von Zaghaftigkeit, kein Verlust an Entschlossenheit oder Kontrolle, nicht das geringste Zeichen von wachsamer Vorsicht. Ich habe mich in den Jahren, die ich Kane nun kenne, nicht ganz so gut geschlagen. Es fühlt sich an, als wäre ich in ein Gruselkabinett aus dem Jahrmarkt geraten, und die vielen Spiegel darin zeigen mir mein Leben, das genau dem entspricht, was ich mir immer erträumt habe, bloß vollkommen verzerrt. Ich bin mit einer fantastisch aussehenden, beruflich erfolgreichen Sexmaschine aus einer eng miteinander verbundenen Familie verheiratet. Mit meiner Arbeit verändere ich das Leben der Menschen. Ich habe ein grandioses Zuhause und kann mir kaufen, was immer mein Herz begehrt. Trotzdem ist alles verkehrt. Ich habe mich selbst nicht zu voller Pracht weiterentwickelt, wie Lily das getan hat. Ich bin vielmehr zur Bedeutungslosigkeit geschrumpft. Weder bin ich kühn, noch besitze ich Macht. Nicht einmal mein eigener Körper gehört mir.

Wie kann Lily, nachdem ihr Jahre fehlen, sofort alles haben, während ich jahrelang ein Traumleben führe und am Ende nichts habe?

Ramin kippt den Kopf zurück und trinkt. Sobald er den Arm senkt, schnappe ich mir den Flachmann und genehmige mir einen großen Schluck. Dann biete ich ihn Darius an.

»Spinnst du, es ist noch helllichter Tag!«, schnappt er.

Achselzuckend gönne ich mir noch einen.

Am liebsten würde ich mir die Haare abschneiden. Mehr Lidschatten auflegen. Mir einen Schlitz ins Kleid reißen, um mehr Bein zu zeigen. Früher bin auch ich einmal wie Lily durch das Leben geschwebt, fand mich atemberaubend schön und sexy, glaubte, alles im Griff zu haben. Marschiert sie doch einfach geradewegs zu Kane hin, legt ihre Hände auf ihn und schaut ihm direkt in die Augen, als er sie in den Arm nimmt. Keine Angst, kein Zögern.

Ich weiß auch nicht, was ich zu sehen erwartet hatte. Grob gesagt, muss ich wohl vermutet haben, dass er sich Lily gegenüber irgendwie anders geben würde. Offener statt so verschlossen. Zärtlich und zuvorkommend. Zu Neckereien aufgelegt. Aber vielleicht sieht Liebe bei Kane einfach immer so aus. Rückhaltlos, feurig und beängstigend.

»Ihr zieht ja nicht einmal die Möglichkeit in Betracht, dass sie einander tatsächlich lieben könnten«, presse ich mit heiserer Stimme hervor, als würden Tonnen auf meiner Brust lasten. Kane hat nie mir gehört, im Grunde mag ich ihn nicht einmal, dennoch bleibt der Gedanke, er könnte eine andere lieben, äußerst qualvoll.

»Das würde auch nichts ändern«, meint Ramin gelangweilt.

Nein. Kane kann nicht alles haben. Eine bezaubernde Frau, das Penthouse und ein exzellent bewertetes Unternehmen kurz vor der Umsatzexplosion.

Die Limo gerät leicht ins Schaukeln, als ein Taxi von hinten die Stoßstange antippt. Unser Chauffeur streckt den Arm in die Lücke zwischen den beiden Frontsitzen und zeigt dem Drängler den Stinkefinger.

Was zum Teufel macht Lily bloß dermaßen verwegen und unerschütterlich? Wie kann sie sich Kane auf solch sorglos entspannte Art nähern, wenn der sie dabei anstarrt, als würde er sie mit Haut und Haaren begehren? Und wie er sie dann an sich gezogen hat, mit so viel Dominanz und Besitzgier … Und sie hat das alles nicht im Geringsten eingeschüchtert, während es die anderen Frauen, die Kane gevögelt und verarscht hat, stets gehörig aus der Bahn geworfen hat. Erst glückselig, dann hoffnungsvoll, schließlich verwirrt und am Ende mit angeknackstem Selbstwertgefühl.

Hatte er womöglich die ganze Zeit nicht nur nach äußerlicher Ähnlichkeit gesucht, sondern auch danach? Nach diesem provokanten sexuellen Auftreten? Diesem furchtlosen Selbstbewusstsein? Hatte er diese Eigenschaften in mir entdeckt, als wir uns zum ersten Mal begegneten?

Ich denke an Erika in ihrem eng anliegenden roten Kleid, den Rücken durchgestreckt, das Kinn erhoben. Sie hatte genau gewusst, wie begehrenswert sie wirkte, und war geradewegs auf ihn zugesteuert.

Sie hatte mich in der Zwischenzeit anzurufen versucht, aber ich hatte sie immer auf der Mailbox landen lassen. Eigentlich will sie Kane sprechen, nicht mich, doch der rückt seine Privatnummer nie heraus und ist nur über sein Büro oder über Witte zu erreichen. Ich weiß aus eigener Erfahrung, wie es Erika geht. Sie ist jetzt längst nicht mehr so selbstbewusst und wird es auch nie wieder in dem Maße sein wie früher.

»Für Lily dürfte es allerdings auch nicht einfach sein«, denke ich laut. »Dein Bruder ist nicht mehr der Student, der sich mit seinem Sportstipendium und ein wenig Kellnern über Wasser hält. Damals war sie reich und er arm. Da ließ sich Kane noch besser lenken.«

»Eingewöhnt hat sie sich immerhin schnell«, sagt Ramin und zwinkert mir zu, als hätten wir ein gemeinsames Geheimnis. »Sie wirft mit Geld um sich, erweitert ihre Garderobe, scheucht Witte herum und stellt Mutter in den Senkel.«

Meine anfängliche Freude daran, den beiden Frauen dabei zuzusehen, wie sie ihre Krallen ausfahren, ist bereits abgeklungen. Von Aliyahs spitzen Bemerkungen und vergifteten Komplimenten ist über die Jahre bereits so manche Narbe zurückgeblieben. Dagegen hatte Lily sie gekonnt abgefertigt und dabei noch den Eindruck gemacht, als würde sie es notfalls ohne Zögern auch mit der ganzen Sippschaft aufnehmen.

»Happy wife, happy life«, bemerkt Darius und nimmt meine Hand, als ob das auf unsere Ehe zutreffen würde. Ich drücke mit aller Kraft zu, was ich nicht lange durchhalte, aber es fühlt sich trotzdem gut an, ihm zumindest ein wenig wehzutun.

Mir kommt wieder der Blick in den Sinn, mit dem Kane verfolgt hatte, wie Lily den Raum betrat. Dieses wilde Starren, so glühend wie eine Klinge, die ein Schmied gerade feurig heiß und biegsam aus der Esse genommen hat. Sechs Jahre hatte er als Witwer jede gevögelt, die er haben wollte, hatte Geld nach Belieben verbraten. Jetzt hat er auf einmal eine ebenso anspruchsvolle wie eigenwillige Ehefrau, die umsorgt sein will. Eine Weile zumindest dürfte er damit zu tun haben, was mir Zeit geben sollte, meinen Scheiß auf die Reihe zu bringen.

Mittlerweile ist mir nämlich klar geworden, was meinen Plänen noch gefehlt hat – *ich*. Höchste Zeit, die Rummelplatzspiegel zu den Armands hin umzudrehen, damit sie auch einmal sehen, was ich sehe, wenn ich sie anschaue.

Vielleicht werden sie ja dann begreifen, warum sie alle vernichtet werden müssen.

20

WITTE

Ich trage weiße Handschuhe und stelle die Warmhalteplatte mit dem Teller für das Abendessen auf das Set, das ich auf Mr. Blacks Schreibtisch gelegt habe. Auf der ledernen Schreibunterlage bemerke ich einen Bogen von Lilys Briefpapier mit ihrem Monogramm. In ihrer energischen femininen Handschrift mit den nach links gerichteten Buchstaben ist darauf sein Name geschrieben. Ihre Unterschrift ist ein überdimensionales gerades L mit Kringeln an beiden Enden, in das sich die anderen Buchstaben hineinlehnen. Einen Text gibt es nicht, nur den Abdruck ihrer Lippen in ihrem markanten knallroten Lippenstift. Das gerahmte Foto von ihr liegt umgedreht daneben.

Mein Arbeitgeber nimmt auch heute das Essen allein in seinem Büro ein. Seine Frau wollte schon ablehnen, etwas zu essen, doch es gelang mir, sie zu einem Teller Suppe zu überreden, bei deren Zubereitung sie mir selbst zur Hand ging.

Wie ich feststellen konnte, ist Lily eine Frau mit einer beeindruckenden Bandbreite an Fähigkeiten, in großen wie in kleinen Dingen. Sie erinnert mich in vielerlei Hinsicht an meine Tochter. Schönheit und gelassene Souveränität, Selbstbeherrschung – ebenso wie Leistungsbereitschaft und zäher Wille, wie man es häufig bei Kindern findet, deren Mütter selbst eher Geschwister als Elternteil sind. Keine Ahnung, ob das auf Lily zutrifft, denn ich weiß nicht, wie früh in ihrem Leben sie zur Waise wurde. Womöglich hatte sie sich auch schlicht selbst erziehen müssen.

Sie gibt mir weiterhin Rätsel auf, doch da geht es dem Mann, mit dem sie verheiratet ist, nicht anders. Sie ist ein Mensch, der lieber zuhört als redet, vor allem über sich selbst, und so hat sie ihm lediglich zu Beginn ein paar spärliche Einzelheiten mitgeteilt, bei denen er aus Angst, alte Wunden aufzureißen, kaum nachzufragen gewagt hat.

»Wie geht es ihr?«, fragt Mr. Black, der zum Fenster hinausschaut, ohne etwas wahrzunehmen. Sein Rücken zeichnet sich als dunkle Silhouette vor der funkelnden Skyline Manhattans ab. Das Lichtermeer der Großstadt färbt den Nachthimmel aschgrau. Auch wenn Mr. Black völlig reglos dasteht, hat man das Gefühl, er würde gerade alles im Raum kurz und klein schlagen. Wie aufgewühlt sein Inneres ist, zeigt er nach außen nie, dennoch höre ich nur allzu gut den Phantomlärm von berstendem Glas und splitterndem Holz. Dazu wütendes Heulen und Schmerzlaute selbst beigebrachter Höllenqualen.

Seine Frau hat die Energie im Penthouse wie ein einschlagender Blitz aufgeladen und Mr. Black aus seinem Gelangweiltsein gerissen. In kürzester Zeit ist sie für diesen Haushalt unentbehrlich geworden. Zu unserem früheren Leben zurückzukehren ist für mich nicht weniger unvorstellbar, wie das Porträt im Schlafzimmer meines Arbeitgebers zu entfernen. Es ist ein fester Bestandteil, etwas, das immer schon da war. Genauso fühlt sich ihre Anwesenheit im Penthouse an. Physisch gibt es sie erst jetzt, aber *da* war sie bereits die ganze Zeit.

»Die Befragung scheint sie nicht sonderlich mitgenommen zu haben«, antworte ich in beiläufigem Ton, obwohl ich beunruhigt bin. Die Ermittler erschienen ohne Vorankündigung, um sich weiter mit ihr zu unterhalten. Obwohl sie ihnen doch bereits Auskunft gegeben hatte, als sie zur Reha im Krankenhaus gewesen war. Beide Male hatte sie den Vorschlag, einen Anwalt hinzuziehen, mit der Bemerkung weggewischt, dies sei unnötig. »Ich konnte sie lachen hören, und beim Abschied machten die Detectives einen gut gelaunten Eindruck.«

»Noch zwei, die auf sie reingefallen sind«, sagt er und klingt müde. »Sie hat sie mit ihrem Charme um den Finger gewickelt. Das ist so ihre Art, und sie ist sehr, sehr gut darin. Sie haben es ja am eigenen Leib erfahren.«

»Wie meinen?«

Mein Arbeitgeber wendet sich zu mir um und lacht leise. »Bei Ihnen hat sie bloß eine andere Masche benutzt, Witte. Aber rumgekriegt hat sie Sie genauso.«

»Sir?«, erwidere ich nur und weiß nicht, ob ich gekränkt sein soll oder nicht.

»Eben war sie noch eine Fremde, und schon im nächsten Moment ist man vernarrt in sie«, sagt er und dreht mir wieder den Rücken zu. »Es gibt Menschen, die einen ganzen Raum aufleuchten lassen können. Bei ihr gehört zu diesem Talent aber auch, dass sie alles Licht mitnimmt, wenn sie geht.«

Ich verstehe sofort, wie treffend seine Äußerung ist. Nicht

allein ihre unmittelbare Ausstrahlung macht Mrs. Black so außergewöhnlich, sondern vielmehr, wie schwer es fällt, sich aus ihrer Gesellschaft zu verabschieden, und wie stark man sie vermisst, sobald sie abwesend ist.

Er schlendert zum Messingwagen mit der kleinen Bar, entfernt den Stopfen aus einer Kristallkaraffe und gießt zwei Fingerbreit Macallan Fine & Rare in ein Glas. Wortlos hält er mir den Whisky hin.

»Nein danke, Sir«, antworte ich und füge nach einer kurzen Pause hinzu: »Ich habe mir erlaubt, Mrs. Black eins der Tablets zu geben, damit sie sich ein wenig die Zeit vertreiben kann.«

Keiner von ihnen hat je davon gesprochen, ihr ein Handy zur Verfügung zu stellen. Mr. Black mag einfach nicht darüber nachgedacht haben. Weit seltsamer ist allerdings, dass seine Frau nie den Wunsch geäußert hat, sich mit ihrem alten Freundeskreis in Verbindung zu setzen.

»Schon in Ordnung«, sagt er. »Sie weiß sich richtig zu benehmen.«

Ich mache hinter seinem Rücken ein verständnisloses Gesicht. Direkt nachzufragen steht mir aber nicht zu. Ihn beraten, ja, aushorchen, nie und nimmer.

Er trägt sein Glas zum Schreibtisch und nimmt mit routinierter Eleganz dahinter Platz. Nachdem ich erlebt hatte, dass er sich plump wie ein Kartoffelsack in jeden Stuhl fallen ließ, haben wir monatelang an der lässig stilsicheren Haltung gearbeitet, die er inzwischen ganz selbstverständlich beim Sitzen einnimmt.

Während er langsam trinkt, sehen seine Augen Dinge, die nur er sieht.

Gestern Nacht habe ich per Zufall mitbekommen, wie er Hände und Stirn gegen die Tür drückte, die von ihrem gemeinsamen Wohnzimmer in Lilys Ankleideraum und ihr dahinterliegendes Schlafzimmer führt. Ich kann seine Faszination nachvollziehen. Seine Frau ist hinreißend und betörend, würde der jungen Elizabeth Taylor, Vivien Leigh oder Hedy Lamarr Konkurrenz machen – all den klassisch zeitlosen Schönheiten mit berauschender Sinnlichkeit und mädchenhaftem Lächeln.

Ich habe den Verdacht, dass er sie in den Nächten zuvor mitunter heimlich im Schlaf beobachtet hat. In der Ecke des Raums stand nämlich ein Stuhl, den jemand vor das Bett gerückt haben muss. Wobei es zu dieser Veränderung erst kam, als sie wieder bei Bewusstsein war. Während ihrer Zeit im Koma hatte er ihren Raum nur mit größter Zurückhaltung aufgesucht, da er fürchtete, anwesend zu sein, wenn sie erwachte. Ein durchaus umsichtiges Verhalten, bedenkt man ihre Reaktion auf das erste Wiedersehen in Downtown Manhattan.

Sein Verlangen quält ihn wirklich furchtbar. Oder ist es eher Schuld? Die Frau, die ihm nicht aus dem Kopf gehen wollte, wartet ebenfalls, und doch verweigert er sich beidem. Sie ist nicht die Frau, die vor uns die Straße überquerte, die kreidebleich und mit entsetztem Blick vor ihm davonrannte. Die Lily hier im privaten Flügel des Penthouse würde ihn mit offenen Armen empfangen. Daran lässt der Ausdruck in ihren fast unwirklich grün glühenden Augen keinen Zweifel. Sie lockt ihn mit aufreizendem Lächeln und provozierenden Schreiben. Jeder kann spüren, wie sexuell aufgeladen es zwischen den beiden prickelt, sobald sie sich nahekommen. Die

Hausmädchen musste ich schon ermahnen, nicht darüber zu tuscheln, und auch Mr. Blacks Familie ist das beeindruckende Phänomen bereits aufgefallen.

Ich räuspere mich, um die Anspannung ein wenig zu lockern. Manche Menschen heilt die Liebe, für andere ist sie eine Qual. »Vielleicht würde es Ihnen beiden guttun, wenn Sie mal zu ihr gingen«, schlage ich behutsam vor.

»Lily hat mir noch nie einfach bloß gutgetan, Witte. Sie schafft Glücksmomente, ja. Ekstase. Jede Sekunde mit ihr hat etwas Euphorisches. Aber ich weiß eben auch, dass die Frau hinter diesem Rausch eine Sucht bedeutet, die mich bei lebendigem Leib auffrisst. Ständig werde ich nach dem nächsten Schuss verlangen und mit allem einverstanden sein, nur um ihn zu bekommen.«

Mir ist natürlich bewusst, dass ein Mann, der von etwas – insbesondere von einer Frau – besessen ist, zu allem fähig ist. Mein Arbeitgeber ist ein Mensch, dem zeit seines Lebens Liebe verwehrt geblieben war, bis er Lily begegnete. Er war mit einem Vater gestraft, der ihn in Armut zurückließ, mit einer Mutter, die ihn ihrem zweiten Ehemann zuliebe verstieß, und mit Geschwistern, die von Neid zerfressen sind. Lilys Liebe ist für ihn daher der kostbarste und seltenste Schatz überhaupt. Doch sie flüchtete bei seinem Anblick. Warum? Ich kann einfach nicht aufhören, mir diese Frage zu stellen.

Die Antwort auf alles dürfte in den sieben Tagen vor ihrem Verschwinden liegen, eine Woche, in der sie heirateten und Mr. Black Anspruch auf ihr Vermögen erhielt, sollte ihr etwas zustoßen.

Er betrachtet ihren Lippenabdruck und trinkt dabei.

Trotz der stummen Aufforderung zu gehen, wollen meine Beine sich nicht rühren. Seine Tatenlosigkeit lässt uns beide in unserer Haltung erstarren wie in Bernstein eingeschlossene Insekten. Ewig kann es so nicht weitergehen. »Sie sollten wissen, dass sie mit jeder Mahlzeit weniger isst. Ich habe sie heute nur mit größter Mühe dazu bewegen können, wenigstens einen Teller Suppe zu essen, bevor sie sich zur Ruhe begibt.«

Sein Blick wird klar und richtet sich auf mich. »Sie kommt nicht zu Kräften, wenn sie nichts isst«, sagt er besorgt.

»Vielleicht würde es ja helfen, wenn Sie ihr dabei Gesellschaft leisteten.«

»Nein.«

Sein Starrsinn verführt mich dazu nachzufragen: »Strafen Sie sich damit oder sie?«

»Herrgott, sie ist doch weggerannt, als ich sie fand! Ich werde mich ihr nicht aufzwingen. Wenn sie mich will, weiß sie, wo ich bin. Sie kann ebenso leicht zu mir kommen wie ich zu ihr.«

Mir stockt kurz der Atem. Noch nie hat Mr. Black ihre Reaktion auf seinen Anblick erwähnt, weder mir noch den Ärzten gegenüber – bis jetzt.

Beunruhigt starre ich ihn an. Wut ist bekanntlich eine Stufe von Trauerarbeit, und manchmal wendet sich diese Wut gegen die verstorbene Person, weil sie die anderen allein mit diesem Schmerz zurückgelassen hat. Aber in die Umstände ihres Verschwindens eine persönliche Zurückweisung hineinzudeuten, ist schon krankhaft. »Sie dürfen ihr das nicht zum Vorwurf machen«, sage ich.

»Warum nicht?«, erwidert er. Seine Augen sind kalt und abweisend.

»Das wäre nicht fair.«

»Fair?«, wiederholt er. »War es fair von ihr, aus mir einen Menschen zu machen, der uns ein solches Leben aufzubauen vermag, nur um dann zu verschwinden und mich allein damit zu lassen? Wenn Sie der Meinung sind, dass ich sie nicht fair behandle, dass ich sie von aller Verantwortung für die Entscheidungen, die sie getroffen hat, freisprechen sollte, nun … Das kann ich nicht.«

Er spricht so selten über seine Frau. Es gibt so viel, von dem ich nichts weiß. Über sie und über den jungen Mann, der damals an ihrer Seite war.

»Kennengelernt haben wir uns in ihrem Strandhaus in Greenwich«, beginnt er unaufgefordert in einem sonderbar nüchternen Ton, als würde ihn selbst diese Erinnerung nicht länger berühren. »Sie gab eine Party, und da Ryan und sie zu der Zeit ein Paar waren, bekam auch ich eine Einladung. Habe ich Ihnen das eigentlich schon mal erzählt? Dass sie zuvor mit ihm zusammen war?«

»Ja, Sie erwähnten es«, bestätige ich.

»Im Grunde war mir die Anfahrt viel zu weit, aber da ich kurz vor dem Abschluss meines Studiums in Betriebswirtschaft stand und Firmenconsulting mein Schwerpunkt war, hat mich Ryan überredet, die Gelegenheit zu nutzen, um Leute zu treffen, deren Bekanntschaft mir später einmal von Nutzen sein könnte. Ich werde niemals vergessen, wie ich aus dem Gemeinschaftstaxi stieg, das ich am Bahnhof genommen hatte, und vor mir ein halbes Dutzend Angestellte emsig damit beschäftigt war, Luxuswagen im Wert von einigen Millionen Dollar zu parken. Ich hätte nie gedacht, mal jemand kennenzulernen, der so lebte, der Freunde hatte, die sich alle solche Autos leisten konnten. Das Ganze kam mir vor wie eine Filmszene.«

Um meine Arbeit mit größtmöglicher Effizienz zu erledigen, darf es keine Geheimnisse geben, keine unbekannten Leichen. Die Führung eines Haushalts kann nicht gelingen, wenn es Angehörige dieses Haushalts gibt, die ich nicht einzuschätzen weiß. Bislang kam alles, was ich über Lily Black erfuhr, einer Enthüllung gleich, und die schockierendste darunter war, dass Mr. Black allein ihr seinen Reichtum zu verdanken hatte.

Ruhelos steht er auf und kehrt zu seinem Platz an der Fensterfront zurück. »Das Wetter schlug um«, nimmt er den Faden wieder auf. »Ich sehe noch den Himmel vor mir. Wolkenverhangen und ganz dunkel. Ich fand sie am Strand, wo sie mit wehenden Haaren im aufkommenden Sturm tanzte. Sie wirkte wie eine heidnische Göttin, die das Gewitter heraufbeschwor. Noch bevor sie mir ihr Gesicht zuwandte, wusste ich, dass ich sie haben musste.«

Verloren habe ich sie, wo ich sie fand.

»Sie war unerreichbar für mich, Witte, und sie war Ryans Freundin. Mir war klar, dass ich mich besser von ihr fernhielt, aber dann war sie es, die mich auswählte. Schon kurz nachdem wir uns kennengelernt hatten, liefen wir Arm in Arm über den vom Wind gepeitschten Strand, und sie setzte mir die wildesten Ideen in den Kopf. Es war wie ein Fiebertraum. Die atemberaubendste und schärfste Frau, die mir je begegnet war, wusste aus irgendeinem Grund bestens über mich Bescheid, kannte meine familiäre Situation, wusste, dass mein Vater abgehauen war und es schlecht um Baharan stand. Ein paar Worte von ihr genügten, und sie hatte meine Welt vollkommen auf den Kopf gestellt. Als sie fertig war, hatte sie mich so weit, dass ich Baharan als mein Geburtsrecht betrachtete. Ich verließ ihr Haus an diesem Tag mit neuen Lebenszielen, die ich unbedingt erreichen wollte. Ich wollte dieses Strandhaus und all diese Luxusschlitten. Ich wollte Baharan. Und am meisten wollte ich sie. Stärker, als ich je etwas gewollt hatte.«

Mr. Black steckt eine Hand in die Hosentasche und trinkt erneut ganz langsam. Er rollt den Single Malt im Mund herum und schluckt dann energisch. »In den Tagen danach rief sie mich an. Traf sich mit mir. Sie hatte nicht nur die Vorstellung, wie es einmal sein sollte, sie hatte auch einen Plan. Sie war mein Svengali, mein Pygmalion. Eine Zauberin, die mit einem Abrakadabra mein gesamtes Leben verwandelte.«

»Sie erkannte Ihr Potenzial«, erkläre ich, obwohl dieser trockene Begriff die mitreißende Ausstrahlung meines Arbeitgebers nur unzureichend beschreibt. Ich hatte ihn damals eigentlich bloß aus reiner Höflichkeit aufgesucht, da solch ein tiefer Ernst in seiner Anfrage gelegen hatte und ich die mir angebotene Stelle deshalb persönlich absagen wollte. Aber als ich ging, hatte ich den Vertrag unterschrieben. Er besitzt die Fähigkeit zu bekommen, was er will, und dabei den anderen noch das Gefühl zu geben, sich glücklich schätzen zu dürfen, auf seine Linie eingeschwenkt zu sein.

»Sie ist eine Muse, Witte«, fährt er unbeirrt fort. »Eine

Königsmacherin – oder wie es heute so fantasielos heißt: ein *Business Angel.* Wie auch immer man es nennen mag, sie verfügt über ein frappierendes Talent, ihr unbekannte Menschen zu durchschauen und diejenigen zu erkennen, aus denen sie Titane formen kann. Ich war selbstsüchtig genug, mir einzubilden, der Einzige zu sein, aber es gab immer andere. So ist sie nun mal, und das ist, was sie tut.«

Er verstummt, doch das Gefühl von tobender Unruhe und Zerstörungswut, das den Raum beherrscht, schwillt nur noch bedrohlicher an. Genau in diesem Moment ächzt das Gebäude vernehmlich, und es hat den Eindruck, als kämen die Kräfte, gegen die es ankämpft, diesmal nicht von außen, sondern von innen.

»Sie zweifeln an ihrer Liebe zu Ihnen?«, frage ich leise.

»Liebe?«, erwidert er gleichgültig und dreht sich zu mir um. »Wir reden hier über Fairness, Witte. Nicht über Liebe.«

»Ich verstehe bloß nicht, wie Sie Ihrem Ziel näher kommen wollen, ohne mit ihr zu sprechen.«

»*Sie* hat doch selbst keine Erklärung oder Antworten«, höhnt er scharf. »Ich weiß weder, wie ich mit ihr umgehen soll, noch, wie ich sie überhaupt erreiche. Sie ist nicht sie selbst und schon gar nicht die Frau, die ich geheiratet habe.«

»Und Sie sind nicht der Mann, den sie geheiratet hat«, gebe ich zu bedenken. »Sie müssen einander wiederentdecken, sich womöglich sogar noch einmal ganz neu kennenlernen und verlieben. Mit Liebe wird Vertrauen zurückkehren, und durch Vertrauen werden Sie Ihre Antworten bekommen.«

»Sie gehen immer davon aus, dass Sie mich will, nicht Baharan oder das Geld«, entgegnet er mit wild funkelnden Augen.

Die Vermutung allein erschreckt mich. Sich deshalb das Hirn zu zermartern, scheint völlig unbegründet.

»Wie bereits gesagt, es war extrem verwunderlich, was sie alles über Baharan wusste. Und nicht bloß öffentliches Zeug. Sie wusste Dinge, von denen ich keine Ahnung hatte. Zum Beispiel, dass meine Mutter die Rechte an den Chemiepatenten und sogar an dem beschissenen Logo besaß. Glauben Sie mir, Witte. Lily muss Baharan von Anfang an genau im Blick gehabt haben.«

»Welches Interesse sollte sie denn an einer Pharmafirma haben, noch dazu an einer mit solchem Ruf?«, frage ich.

»Die Frage beschäftigt mich noch am wenigsten«, antwortet er. »Unsere Hochzeit traf mich völlig unvorbereitet. Ich kam nach Hause wie immer, und da wartete sie schon mit einem Standesbeamten, den Nachbarn als Trauzeugen und einem Smoking für mich. Die Schriftstücke, die mir Zugriff zu ihrer GmbH und ihren Konten gewährten, hatte sie zwischen den Hochzeitsdokumenten versteckt, sodass ich sie unwissentlich mitunterzeichnete. Und ein paar Tage später segelte sie mitten in ein angekündigtes Unwetter hinein. Denken Sie doch mal darüber nach, Witte, was all diese Zusammenhänge vermuten lassen. Seit sechs Jahren kann ich nicht aufhören, über diese Fragen nachzudenken.«

»Ich …« Mir fehlen die Worte.

»Genau«, sagt er mit versteinerter Miene. »Sie schuldet mir Antworten, aber ich kann und werde sie deshalb nicht bedrängen und ihr damit nur noch mehr Stress verursachen. Sie kennt mich besser als jeder andere Mensch. Sie weiß, was ich brauche und wo ich bin. Ich kann bloß abwarten.«

So viel Angst und Leid ist mit ihrer Liebe verwoben. Ganz gleich, ob sie sich dessen bewusst sind oder nicht, ob sie es sich eingestehen oder nicht, die drohende Gefahr spüren sie instinktiv.

Was tat es mit Lily? Oder würde es tun?

»Ich könnte sie umbringen dafür, dass sie mich dazu bringt, sie so zu brauchen«, flüstert er und starrt dabei in sein Glas, als könnte er dort etwas finden, das ihm weiterhilft.

Sein Geständnis macht mich schaudern.

Spielt Habgier eine Rolle, dieses gefräßige Untier? Oder ruft ihre unfassbare Schönheit einfach Eifersucht hervor und ein überwältigendes Besitzverlangen? Vielleicht ein wenig von beidem. Vielleicht war ihr Geld eine Art Entschädigung für all das, was er von ihr nicht bekommen konnte.

Diese Zweifel nicht loszuwerden, zehrt an mir.

Mr. Black leert sein Glas und blickt zum Barwagen. Wortlos strecke ich die Hand nach seinem Glas aus. Er verzieht zwar spöttisch das Gesicht, drückt es mir aber in die Hand. Ich bin erleichtert, ihn von weiteren Drinks abgehalten zu haben. Er ist auch so schon viel zu sprunghaft und seine Frau viel zu verwundbar.

»Sie sollten etwas essen«, ermahne ich ihn.

»Schönen Abend noch, Witte«, sagt mein Arbeitgeber und wendet sich wieder dem Fenster zu. »Ich werde Ihre Dienste heute nicht mehr benötigen.«

Beim Verlassen des Raums signalisiert meine Uhr den Eingang einer Nachricht.

Auf dem Weg zur Küche werfe ich einen Blick auf mein Handy.

ID bestätigt Midtown West. Setzen Aktion fort.

An der Tür zum Wohnzimmer bleibe ich kurz stehen und überlege, ob ich zum Büro meines Arbeitgebers zurückgehen und ihn von der Neuigkeit unterrichten sollte.

Wie sich herausgestellt hatte, gehörte die Adresse auf Mrs. Black gefälschtem Ausweis zu einem Weinlokal in Gramercy. Tagelang wurden Nachforschungen im Viertel angestellt, während die Suche über die Gesichtserkennung auf Kameras an und um das Crossfire Building beschränkt blieb, wo Baharan seine Geschäftszentrale hat und wir Lily begegnet waren. Dabei fand man heraus, dass Lily Black regelmäßig an diesem Gebäude vorbeigekommen war, und es gelang, ihren Weg weiterzuverfolgen.

Vertrauliche Ermittlungen haben inzwischen auch zu jemandem geführt, der sie auf einem Foto wiedererkannte. Schon bald werden wir wissen, wo und wie sie gelebt hat, was hoffentlich neue Ansätze für weiterführende Nachforschungen eröffnen wird. Es geht nur langsam voran, weil Diskretion über allem steht. Wenn die Suche nach verborgenen Geheimnissen verlangt, dass auch die Suche selbst im Verborgenen abläuft, ist eben Geduld gefragt.

Ob eine solche Untersuchung tatsächlich zu Antworten führt, die Mr. Black am Ende Frieden schenken? Ich fürchte, dass dies lediglich durch Lilys Geständnis gelingen kann.

Bereits so ist es schwer, die verwirrenden Umstände ihrer Rückkehr zu durchschauen, aber das Ganze wird noch komplizierter durch die Fragen, wie und auch warum sie überhaupt damals verschwunden ist. Bis heute fehlt eine Erklärung für die Angst, die ich auf ihrem Gesicht ablesen konnte, für das entsetzte Wiedererkennen und die sonderbare Art, wie sie seinen Namen ausstieß. Kein Zweifel besteht für mich daran, dass es sein Anblick war, der sie in Panik versetzte und blind für jede Gefahr davonstürzen ließ. Wieso streunte sie aber dann regelmäßig um das Crossfire herum und riskierte damit fast täglich, entdeckt zu werden?

Am Ende stecke ich das Handy weg und laufe weiter. Morgen ist früh genug, die letzten Neuigkeiten mit meinem Arbeitgeber zu besprechen. Für diese Nacht hat er schon genug Dämonen, mit denen er ringen muss.

21

LILY

Leise klopft es an meiner Schlafzimmertür, die ich immer einladend einen Spalt offen lasse, was bislang jedoch nicht den gewünschten Effekt hatte. Der diskrete Rhythmus verrät mir, dass du es auch jetzt nicht bist.

Auf der anderen Seite meiner riesigen Panoramafenster hat die Nacht sich über Manhattan gesenkt und den Betondschungel in ein Sternenmeer verwandelt. Ich habe den Überblick verloren, wie viele Tage seit meiner Entlassung aus dem Krankenhaus vergangen sind, aber durch die Trennung von dir fühlt es sich wie eine Ewigkeit an.

»Ja, Witte?«, sage ich und trete aus dem Ankleideraum. Obwohl ich bereits ein kleines Vermögen für Klamotten und Accessoires ausgegeben habe und du von Lily ja jedes Kleidungsstück, jede Handtasche und jedes Paar Schuhe aufheben musstest – was praktisch, aber auch überaus schmerzlich ist –, sind noch immer viele Meter Regalfläche frei.

Galant wie eh und je bleibt Witte in der Tür stehen. Du hast dir in den letzten Jahren immerhin so viel von seiner kultivierten Extraklasse abgeschaut, dass du dich inzwischen problemlos in sämtlichen gesellschaftlichen Kreisen zu bewegen verstehst. Allerdings sind deine rauen Kanten nicht völlig geglättet. Du bist weiterhin ein gefährlicher Mensch. Du bist nur jetzt auf andere Weise gefährlich, als du es früher warst.

»Morgen Vormittag um zehn steht ein Ausflug für Sie auf dem Programm. Mr. Black wird Sie zu dem Treffen mit den Ärzten begleiten.«

»Einen Arztbesuch zum ›Ausflug‹ zu erklären, macht die Sache gleich viel charmanter. Geschickte Wortwahl, Witte.«

»Vielen Dank«, sagt er, und ein kurzes Schnurrbartzucken verrät das unterdrückte Lächeln.

Ich brauche diesen Small Talk, diesen unbeschwerten Ton, sonst würde ich nun in Tränen ausbrechen. Es ist grauenvoll, dass nicht einmal so alltägliche Informationen persönlich zwischen uns ausgetauscht werden, als ob du keine Sekunde in meiner Gegenwart ertragen könntest.

Dennoch vernehme ich natürlich mit größtem Vergnügen, dass wir morgen etwas Zeit miteinander verbringen werden.

Wir leben mittlerweile seit Wochen zusammen, umkreisen einander innerhalb der Wände des Penthouse und schaffen es dabei, nie zur selben Zeit am selben Ort zu sein. Einmal abgesehen von deinen mitternächtlichen Besuchen, wenn du dich in mein Schlafzimmer stiehlst und ich zu schlafen vorgebe. Als ob mein Körper nicht jedes Mal unweigerlich mit einem sehnsüchtigen Prickeln erwachen würde, wenn du in seine Nähe kommst.

Wie habe ich gelitten, von Verlangen gepeinigt, meine Brustwarzen hart und schmerzend, die Spalte zwischen den Beinen feucht und pochend. Alles unwillkürliche Reaktionen, die ich nicht kontrollieren kann. Mein Körper spürt einfach genau, wenn du in der Nähe bist, und macht sich bereit, bestiegen und geritten, herangenommen und verzückt zu werden. Deine heimliche Anwesenheit ist die perfideste Folter, der ich je ausgesetzt war, aber wie habe ich danach gelechzt. Bewegungslos musste ich daliegen und meine Atmung im Griff behalten, während deine Blicke meinen Körper verschlangen.

»Werden Sie das Abendessen heute im Wohnzimmer einnehmen?«, fragt Witte und holt mich damit in die Gegenwart zurück.

Ich verschränke die Arme vor der Brust. Im Penthouse hat es wie immer genau die richtige Temperatur, dennoch friere ich plötzlich. »Isst Kane heute Abend wieder in seinem Büro?«, frage ich zurück.

»Mr. Black lässt sich entschuldigen, da er noch so viel zu erledigen hat«, antwortet Witte mit einem Nicken.

»Aber gewiss doch«, bemerke ich und lächele schwach. »Haben Sie schon gegessen?«

»Noch nicht. Sobald ich für Ihr Essen gesorgt habe, werde ich dazukommen.«

»Wie wäre es, wenn wir zusammen essen? In der Küche, wenn es Ihnen recht ist.«

Sollte ihm mein Vorschlag irgendwie unangenehm sein, lässt er es sich jedenfalls nicht anmerken. »Mit dem größten Vergnügen«, sagt er lediglich. »In zehn Minuten?«

»Wunderbar«, stimme ich ihm zu und verfolge, wie er mit eleganter Drehung Richtung Küche davonschwebt und ich dort, wo er gestanden hatte, jetzt auf einmal mein Abbild in der verspiegelten Flurwand sehe. Aber ich selbst bin es gar nicht, die ich dort sehe. Die Haare sind zu lang, ein pechschwarzer

Vorhang, der seidig glänzend bis zur Taille reicht. Die Gesichtszüge unterscheiden sich nur wenig. Die Kinnpartie etwas kantiger, die Wangenknochen markanter hervortretend und die Augen nicht ganz so tief in den Höhlen. Sie lächelt.

Ein Wimpernschlag später, und sie ist fort. Nun bin bloß noch ich da.

Ich berühre mein Haar und bedaure den neuen Schnitt. Der Bob ist zwar chic, aber er macht mich älter. Wobei die ins Land gegangenen Jahre dazu natürlich auch ihren Beitrag leisten.

Zurück im Ankleideraum, suche ich nach etwas, das ich über mein knöchellanges Stufenkleid ziehen kann. Mein Blick wandert über all die Schubladen voller Dessous, Negligés und Pyjamas. Keine Ahnung, ob du Lilys Unterwäsche irgendwo anders aufhebst. Alles, was ich bislang getragen habe oder noch tragen könnte, ist jedenfalls neu, frisch gewaschen und mit *LRB* bestickt. Die üppige Auswahl ist von exquisiter Qualität und vom Stil her eher provokant als sittsam. Du dürftest die Kollektion über einen langen Zeitraum zusammengestellt haben, und sie war, wie die Initialen darauf beweisen, stets für Lily gedacht. Das Monogramm dient darüber hinaus als eine Art Brandzeichen, das deinen Besitzanspruch markiert. Es ruft mir in Erinnerung, dass du bei Lily natürlich reflexhaft an das Schlafzimmer denkst. An dein Bett. Nackte Haut. Sex.

Prompt kommt mir in den Sinn, wie *ich* damals war, als ich in die Schuhe eines Geisterwesens schlüpfte, einer Frau, deren Bild, Stil und Vorlieben sich wie ein bösartiges Geschwür in dir ausbreiten sollten und die den Mann, der du einmal warst, inzwischen völlig unterworfen haben.

Du traust mir nicht, und du traust dir selbst nicht, wenn es um mich geht. Verbirgt sich hinter deiner Unnahbarkeit in Wahrheit Begierde? Bist du auf mich genauso scharf wie ich auf dich? Oder kann ich wirklich nicht mit deiner ersten Frau mithalten, die deine Gedanken auch sechs Jahre nach ihrem Tod noch beherrscht?

Warum nur meidest du mich?

Ich streife einen tiefgrünen Blazer aus Knautschsamt über und mache mich auf den Weg zur Küche.

»Es duftet verführerisch«, sage ich zu Witte und nehme auf dem Barhocker Platz, den er mir anbietet.

Plötzlich habe ich auch Heißhunger auf etwas anderes als auf dich.

»Das allein zählt noch nicht«, erwidert er und breitet eine schwarze Serviette auf meinem Schoß aus. »Wollen wir sehen, wie es schmeckt.«

Er entnimmt dem Gastronomie-Kühlschrank zwei angerichtete Salate. Hinter den verglasten Doppeltüren kann ich akkurat gefüllte Regale ausmachen.

Mit routiniertem Schwung verteilt Witte das Dressing im Zickzackmuster. Rotwein und Mineralwasser hat er schon eingeschenkt, und ich frage mich, wie er all die Vorbereitungen in solch kurzer Zeit erledigen konnte.

Als er den Teller mit der handgemalten Lilie auf mein schwarzes Leinenset stellt, berühre ich sein Handgelenk, und er verharrt in seiner Bewegung. »Vielen Dank, dass Sie sich so um Kane kümmern«, sage ich.

Er blickt mich einen Moment stumm an, als würde er seine Antwort abwägen. »Dafür werde ich bezahlt«, antwortet er schließlich.

»Sie werden *außerdem noch* dafür bezahlt«, stelle ich richtig und greife nach meiner Gabel.

Er nimmt auf dem Barhocker an der Ecke rechts von mir Platz.

»Aber es bedeutet Ihnen eindeutig mehr.« Die fruchtige Säure der mit Zitrone angerührten Salatsoße schmeckt vorzüglich. »Mhm«, schnurre ich genüsslich.

Witte nimmt zufrieden meine Reaktion zur Kenntnis und befreit sein Besteck aus der zusammengerollten Serviette. »Ihr Scharfsinn trügt Sie natürlich nicht«, gibt er zu. »Ebenso wenig wie er Sie neulich in der Bibliothek getrogen hat.« Er legt eine kurze Pause ein. »Mrs. Armand bevorzugt es, im Recht zu sein.«

Ich lache laut auf. »So höflich formuliert habe ich noch nie gehört, dass jemand es hasst, wenn ihm widersprochen wird.«

Das vielsagende Zucken seiner breiten Schultern verstößt in seiner Lässigkeit auffallend gegen sein sonst so streng formales Auftreten und macht ihn mir sofort noch sympathischer.

»Ich weiß diese diplomatische Warnung zu schätzen«, fahre ich fort. »Aber sie erübrigt sich. Ich verstehe auch so, was für eine Art Frau seine Mutter ist. Wie oft ist sie Ihnen denn schon auf die Pelle gerückt oder hat Ihnen sonst wie sexuelle Avancen gemacht?«

Er ist sichtbar verblüfft, fängt sich jedoch schnell wieder. »Sie sind eine aufmerksame Beobachterin«, bemerkt er nur.

»Weiß Kane davon?«

»Ich bin durchaus in der Lage, derartige Dinge allein zu regeln.«

Ich lege meine Gabel ab. »Soll heißen, Sie erzählen es ihm

nicht, und er macht den Fehler, seine Familie nicht genau genug im Auge zu behalten«, sage ich. »Also vermute ich mal, dass er nichts davon weiß.«

»Und ich halte Sie eher für jemanden, der Schlussfolgerungen zieht, nicht Vermutungen anstellt«, erklärt Witte und tupft sich mit der Serviette den Mund.

Ich grinse breit vor Begeisterung. Es ist toll, wenn jemand etwas treffend auszudrücken versteht. Darin liegt der große Unterschied. Und dass Witte sich so darauf einlässt … Das macht Spaß und ist zugleich unverzichtbar. Ihm liegt dein Wohlergehen am Herzen, und ich muss ihn davon überzeugen, dass wir in diesem Ziel vereint sind.

Ich widme mich erneut dem Salat, der höchst ungewöhnlich mit Orangen- und rubinroten Grapefruitstückchen, kandierten Pekannüssen und Blauschimmelkäse durchmischt ist. »Kompliment, Witte«, schwärme ich. »Das ist der beste Salat, den ich je gegessen habe.«

»Danke schön«, sagt er, trinkt von seinem Rotwein und lässt ihn vor dem Schlucken genussvoll im Gaumen wirken. »Mr. Black hat große Anstrengungen unternommen, sich in vielerlei Hinsicht den letzten Schliff zu geben. Jetzt verstehe ich auch, warum.«

»Weil ich Salat mag?«, erwidere ich. »Oder weil ich so scharfsinnig bin und so genau beobachte?«

»Weil alle diese Qualitäten – zusammen mit anderen – Sie so bemerkenswert machen.«

»Ah … Nun fühle ich mich auch noch geschmeichelt.«

Bevor ich die Gabel ablege, klemme ich sie zwischen die Lippen und streife die letzten Tropfen Dressing ab. Ich schaue mich in der Küche um, bemerke rechts von mir einen kleinen Tisch für zwanglose Zwischenmahlzeiten und in den Scheiben der Hängeschränke die sich spiegelnden Lichter der Großstadt hinter mir.

»Eigentlich dürfte es doch schon so fast unmöglich sein, sich unerlaubt Zugang zum Penthouse zu verschaffen«, sage ich beiläufig. »Trotzdem stehen vor der Eingangstür zwei bewaffnete Sicherheitsleute.«

Er studiert mich über den Rand seines Weinglases hinweg und wirkt keineswegs überrascht davon, dass meine Erkundungsgänge mich bereits nach draußen geführt haben. »Ja, die stehen da«, bestätigt er knapp.

»Im Krankenhaus waren auch welche.«

Witte nickt ruhig, obwohl ich es gar nicht als Frage formuliert hatte. Doch seine Gelassenheit ist jetzt einer interessierten Erwartung gewichen.

»Wird Kane beschützt, wenn er das Penthouse verlässt?«

»Wir minimieren alle Risiken.«

»Wie, zum Beispiel?«

Er lüftet seinen Wein mit einer gekonnten Drehung des Handgelenks, aber ungeachtet dieser verträumt anmutenden Bewegung bleibt sein Blick scharf und wachsam. »Warum diese Fragen, Mrs. Black?«, gibt er zurück.

»Offenbar scheint er in Gefahr zu schweben.«

»Und Sie?«, kehrt er flugs den Spieß um und bedeutet damit, dass wir nicht länger Höflichkeitsfloskeln austauschen.

Wir taxieren einander. Vom dienstfertigen Butler fehlt nun jede Spur. Der Mann mir gegenüber ist ein völlig anderer. Mit einem Schlag wirkt alles an ihm einschüchternd. Seine Statur, die eben noch wohltrainiert aussah, ist jetzt Furcht einflößend. Sein Blick ist nicht mehr nur aufmerksam, sondern bohrend und verunsichernd. Die Tatsache, dass er sich bei Bedarf beinahe unsichtbar machen kann und seine Anwesenheit kaum bemerkt wird, wenn in ihm doch in Wahrheit ein solch gefährlicher Kern schlummert, beruhigt mich enorm.

»Wie sollte ich?«, sage ich und lächele, da seine Reaktion meine wesentlichen Bedenken zerstreut hat. »Ich stehe doch ebenfalls unter Bewachung.«

»Vorsicht ist immer gut.«

»Tja … Auf jeden Fall ist es eine große Erleichterung zu wissen, dass er in Sicherheit ist«, erwidere ich und schaue ihn vielsagend über den Rand meines Wasserglases hinweg an. »Und dass Sie bereitstehen.«

»Wofür?«

»Na, für alles eben«, antworte ich achselzuckend und gebe mich wieder betont unbekümmert. »Einfach alles.«

Ohne den Blick von mir abzuwenden, stellt er das Glas ab, faltet seine Serviette ordentlich zusammen und legt sie auf die Kücheninsel. »Mr. Black ist um Ihre Sicherheit besorgt.«

»Darum die ganze Aufregung? Ich schätze, ich könnte in den vergangenen sechs Jahren tatsächlich in so mancher verfänglichen Situation gesteckt haben.« Auch wenn ich meinen Tonfall bewusst locker und amüsiert halte, ist er doch clever genug, um die sorgsam gewählten Worte als die Warnung zu verstehen, die sie sein sollen, was ihn dann hoffentlich noch vorsichtiger sein lassen wird. »Und ich hatte insgeheim schon gehofft, er wollte mich nur nicht gehen lassen.«

»Das würde er sicherlich nicht ertragen.«

»Doch, würde er«, kontere ich schnell. »Hat er bereits. Wenn er bloß aufhören könnte, mich als großes Ziel zu betrachten, als Siegespreis für alles, was er geleistet hat, und stattdessen seinen Erfolg genießen würde, schlicht weil er ihn sich verdient hat. Zumindest ich würde ihn gern so sehen.«

»Da ist etwas Wahres dran«, sagt Witte und dreht sein Weinglas am Stiel langsam im Kreis. Er ist kein Mensch, der gedankenlos an etwas herumfingert, daher tut er es ganz bewusst in der Absicht, für mich eine ungezwungene Atmosphäre zu schaffen. »Wie ich hörte, sind Sie in Ihrem vorletzten Collegejahr ins Honours Program für Psychologie an der Columbia aufgenommen worden.«

»Stimmt. Vom tiefsten Südwesten hoch in den Nordosten – was für eine Umstellung!«

»Meines Wissens werden dort an der Columbia aufgrund der hohen Verbleibquote nur zehn Prozent aller Wechselanträge bewilligt. Sie waren eine dieser Auserwählten.«

»Wer hätte nicht gern den Abschluss einer Eliteuni?«, erwidere ich fröhlich. Weiter würde ich bloß ungern in Lilys Vorleben eintauchen. Ich lege erneut die Hand auf seine. »Es gibt lediglich zwei Dinge, die Sie von mir wissen müssen, Witte: Ich habe nur sein Bestes im Sinn, und mein Leben ist ganz darauf ausgerichtet, die Frau zu werden, die er verdient.«

Er studiert mich eine ganze Weile. Dann hellt sich seine Miene auf und nimmt wieder den gewohnt liebenswürdigen Ausdruck an. Er tätschelt meinen Handrücken, steht auf und bringt unsere Teller zur Spüle. Nachdem er sich Handschuhe übergestreift hat, öffnet Witte den Ofen. Der Duft, den die austretende heiße Luft verströmt, lässt einem das Wasser im Mund zusammenlaufen.

Ich verfolge, wie er jeweils eine Portion Beef Wellington, Kartoffelgratin und grüne Bohnen mit Mandeln auf zwei Teller verteilt. »Wie kommt es, dass Sie noch ledig sind, wenn Sie die Frage gestatten?«, wechsele ich das Thema.

»Das habe ich nie behauptet«, erklärt er und kehrt lächelnd zur Kücheninsel zurück.

»Ach …«, sage ich und bemerke den verschmitzten Schalk in seinen Augen. »Erzählen Sie.«

»Sie erinnern mich sogar an sie. Schön und verführerisch wie eine Schlange, aber auch genauso gefährlich.«

»O Witte«, rufe ich aus und lache lauthals darüber, dass wir einander jetzt verstehen, »etwas Netteres hat noch nie jemand zu mir gesagt!«

Ich nehme noch einen Schluck Wasser. Die Weingläser sind ganz leicht beschlagen, was mir verrät, dass der Syrah perfekt gekühlt ist. Natürlich weiß er, dass es schändlich ist, Rotwein bei Zimmertemperatur zu servieren. Aber ihn so zu kühlen, dass er im passenden Moment genau richtig temperiert ist … nun, das ist eine Kunst.

»Witte.«

Mein Herz macht einen Satz beim Klang deiner tiefen, kraftvollen Stimme. Mit deinem leeren Teller samt Besteck und einem Glas trittst du vom Esszimmer in die Küche. Bei meinem Anblick bleibst du wie angewurzelt stehen.

»Was tust du hier?«, fragst du mit finsterer Miene.

»Was tue ich wohl vor einem so lecker gefüllten Teller?«, gebe ich zurück und werfe dir über die Schulter hinweg einen tiefen Blick zu. Ich spiele das möglichst cool, auch wenn mich dein unvermitteltes Erscheinen reichlich ins Schleudern gebracht hat.

Deine Nasenflügel beben. Ich hebe herausfordernd die Brauen, weil ich nur zu gut weiß, dass solch kleine Provokationen dein Blut höchst vorteilhaft in Wallung bringen. So zeige ich dir, wie stark und dringlich mein Verlangen nach dir ist. Und das sollst du unbedingt wissen.

Im Innern bin ich weit weniger gefasst. Du siehst atemberaubend gut aus. Dein Teint ist von Natur aus leicht gebräunt, was hervorragend zu deinem schwarzen Haarschopf und diesem grüblerischen Dunkel deiner samtig braunen Augen passt. Das leichte Runzeln zwischen deinen Brauen ist neu, doch diese Altersfältchen stehen dir bestens. Ein abendlicher Bartschatten liegt über den angespannten Kiefern, deren ausgeprägte Form die kräftige Kinnpartie solide einfasst und die Sinnlichkeit deiner prallen, vollen Lippen perfekt ausgleicht.

Du bist ein wahres Meisterwerk.

»Darf ich Ihnen das abnehmen?«, bittet Witte.

»Ich mache das schon, Witte«, sagst du und reißt Teller und Glas aus seiner Reichweite, wodurch jedoch das Besteck ins Fallen gerät.

Meine Hand schießt hervor und schnappt die Klinge des Messers zwischen Daumen und Zeigefinger. Synchron dazu hat Witte die Gabel mit der Schnelligkeit einer Kobra in der Luft gefangen. Einen Wimpernschlag lang taxieren wir die Gewandtheit des jeweils anderen. Dann lege ich das Messer ab, stelle mein Glas daneben und wische mir die Finger an der Serviette ab.

»Was zum Teufel sollte denn das nun wieder?«, blaffst du und wirfst Teller und Glas mit weit weniger Sorgfalt in die Spüle, als es das feine Geschirr verdient hätte. »Du hättest dich verletzen können!«

»Reiner Reflex«, wiegele ich ab. »Hätte doch jeder gemacht.«

Du nimmst meine Hand und untersuchst sie eingehend. Du massierst Handballen und Finger, um zu testen, ob irgendwo Blut austritt.

Die unschuldige Berührung übt eine heftige Wirkung bei mir aus. Ein hoffnungsvolles Prickeln wandert meinen Arm hinauf. »Nichts passiert, Liebling.« Meine belegte Stimme verrät, dass das so nicht ganz stimmt. »Hat zufälligerweise geklappt, das ist alles.«

Ich streichele mit meiner freien Hand über deine Wange. Du erstarrst, verschlingst mich mit deinem Blick. Ich wische eine seidig weiche Tolle aus deiner Stirn und fahre dann mit den Fingerspitzen deine Braue entlang. Es ist so schön, dich zu berühren, und niederschmetternd, wenn du dich nur viel zu kurz in meine Handfläche schmiegst.

Sofort schnellst du zurück. Der Blick, mit dem du mich betrachtest, würde Asphalt zum Schmelzen bringen.

»Hätten Sie Lust, uns zum Dessert Gesellschaft zu leisten?«, fragt Witte und legt dein Besteck in die Spüle. »Ich habe indischen Pudding gemacht.« Er spricht ruhig und gelassen, während er ein frisches Weinglas aus dem Regal nimmt und es auf den Platz neben mir stellt. Wie auf allen Kristallgläsern ist eine Lilie darauf eingraviert.

Dein Rücken verspannt sich, da offenbar einfach davon ausgegangen wird, dass du das Angebot schon annehmen wirst.

Deine Kiefer malmen so heftig, es ist ein Wunder, dass deine Zähne unter dem Druck nicht abbrechen. Aber am Ende ziehst du doch den Barhocken neben mir heraus, setzt dich und schiebst das frische Glas zur Seite. Ohne deinen sengenden Blick nur eine Sekunde von mir abzuwenden, nimmst du dir stattdessen meinen Wein.

In stummem Tadel heben sich Wittes grau melierte Brauen. »Lily trinkt keinen Wein«, erklärst du ihm und schaust dabei weiter bloß mich an.

»Aber einen Toast kann ich dennoch ausbringen«, werfe ich ein. »Weißt du noch, wie er geht, Liebling?« Ich hebe meinen Arm und proste euch beiden zu. »Auf dich.«

Du schnappst kurz nach Luft, dann machst du mit. »Auf mich.«

»Nie streiten sollen du und ich.«

»Wenn doch« – deine Stimme wird tief und rau –, »blut ich für dich.«

»Auf mich«, beende ich den Spruch und stoße mit dir und Witte an.

Das helle Klingen des feinen Kristalls verhallt schnell, dann bleibt Schweigen zurück.

22

ALIYAH

»Fuck, kommst du jetzt, Babe?«, schnauft er, und der Schweiß tropft ihm vom Gesicht auf meine Schenkel. Der Duft seines Rasierwassers, irgendetwas Sanftes, Moschusartiges, hängt zwischen uns in der Luft.

»Mach weiter! Genau so!«, fauche ich durch zusammengebissene Zähne.

Rogelio stöhnt auf und beginnt, noch härter und schneller zuzustoßen. Ich werde meinen Orgasmus wohl trotz, nicht wegen seiner Bemühungen bekommen müssen, aber das ist nichts Neues. Ich habe schon immer für mein eigenes Vorspiel sorgen müssen, wenn ich bei ihm kommen soll. Der Sicherheitschef von Baharan könnte vom Alter her zwar mein Sohn sein und hat reichlich überschüssige Energie, doch ihm mangelt es an Finesse.

Ich halte mich weiter mit einer Hand an der Schreibtischkante fest und greife mir zwischen die Beine, um meine Klitoris zu stimulieren, während er seinen Steifen in mich rammt. Der lustvolle Reiz, den meine kreiselnden Finger produzieren, strahlt aus, und mein Geschlecht packt zu. Rogelio brüllt auf.

»Noch nicht!«, keuche ich und spüre, wie der Druck sich aufbaut. Ich massiere mich fieberhaft, mein Unterleib spannt sich erwartungsvoll an.

»Großer Gott, du presst mich aus wie eine Faust!«, stöhnt er. »Ich komme.«

»Warte …!«

Sein Kopf kippt nach hinten, seine Finger krallen sich in meine Hüften. Dann verändert sich sein Rhythmus, und mit einem tiefen Röhren gibt er den Widerstand auf. Das Tempo verlangsamt sich zu zwei, drei wuchtigen letzten Stößen, während denen er sich in mir entleert.

Der animalische Laut, der ihm beim Höhepunkt entfährt, genügt, um mich ebenfalls so weit zu bringen, und mit einem leisen Aufstöhnen entwindet sich all die Anspannung in einen Rausch von Endorphinen.

Während ich noch heftig keuche, taumelt er ein paar Schritte zurück und plumpst in seinen Schreibtischstuhl. Sein in schimmerndes Latex gehüllter Penis ist noch auf halbmast. Hinter ihm blinken in der Dämmerung die unzähligen Lichter von Midtown.

»Verdammt, du bist echt eine heiße Nummer, Aliyah!«, sagt er und wischt sich den Schweiß von der Stirn. Dabei starrt er demonstrativ auf meine Vagina.

Ohne mir anmerken zu lassen, wie sehr mir seine Stillosigkeit missfällt, schließe ich die Beine und rutsche vom Schreibtisch. Nachdem sie fast dreißig Minuten weit gespreizt waren, müssen meine Beine sich erst an die neue Haltung gewöhnen, und ich stütze mich sicherheitshalber mit der Hand am Tisch ab.

»Hast wohl weiche Knie von mir, was?«, neckt er mich, rollt den Stuhl vor und schmeißt das Kondom in seinen Papierkorb.

»Spar dir das Eigenlob, Rogelio! Es macht dich nicht attraktiver.«

»Nur gut, dass dafür mein Schwanz sorgt«, entgegnet er ohne jede Spur von Verärgerung.

In Wahrheit ist sein Penis eher Durchschnitt. Andere Dinge an ihm sind da weit anziehender. So trägt er die dunklen Haare kurz geschoren, was nicht unbedingt der umwerfendste Stil ist, aber sein fein geschnittenes Jungengesicht gut zur Geltung bringt. Dunkle Brauen und Augen, ein markantes Kinn, straffe Wangen und volle Lippen, die stets zu einem Lachen verzogen sind. Seinen Körper hält er gewissenhaft in Schuss, alles ist muskulös, ohne protzig zu wirken.

Aber letztlich sind seine Augen der Grund, weshalb ich ihn gern vögele. Dieser leicht verächtliche und ungeheuer sexhungrige Ausdruck, mit dem sie mich anschauen. Ich finde diesen Blick zugleich unverschämt und lasziv. Es lohnt jedenfalls die Mühe, ihn sich als Deckhengst vom Dienst zu halten.

Er steht auf und dehnt sich, ohne sich wegen seiner Nacktheit auch nur im Geringsten unbehaglich oder unsicher zu fühlen. »Dann mach ich mich mal frisch«, sagt er und geht am Schreibtisch vorbei zur Tür hinaus, um das gespenstisch stille und dunkle Großraumbüro bis zu meinem Privatbad zu durchqueren.

Gibt es etwas Befremdlicheres als solch einen riesigen Raum, der ohne jedes Leben und jede Energie ist?

Rogelio hatte mich dazu überreden wollen – schon allein der Versuch eine Anmaßung –, es auf meinem Schreibtisch zu treiben, mit dem Argument, dass es von dort nicht so weit ins Bad sei. So muss er die Videoaufzeichnungen von seinem Hin- und Rückweg später löschen, was ihm allerdings keine großen Schwierigkeiten bereitet. Trotz all seiner Fehler ist er hochintelligent und verfügt über ausgeprägte Jagdinstinkte. Er ist nicht nur für das gesamte Sicherheitspersonal und den Schutz von Baharan vor Industriespionage verantwortlich, er hat das dafür installierte System auch mitentwickelt und hält es laufend auf dem neuesten Stand. Wie Amy hatte er früher mal eine eigene Firma. Inzwischen arbeitet er für Baharan, obwohl ich ihn im Verdacht habe, manchmal aus einer puren Laune heraus auch noch Nebenjobs anzunehmen. Finanziell darauf angewiesen kann er bei den Summen, die wir ihm zahlen, nicht sein.

Ich warte, bis die Tür hinter ihm zufällt, dann öffne ich die mittlere Schublade seines Schreibtischs, wo er seinen Log-in-Code aufbewahrt. Weil er ihn so häufig ändert, kann er ihn sich nicht mehr merken und notiert ihn stets auf einem Klebezettel. Ich schreibe mir die Zeichenfolge mit einem Kuli auf den Oberschenkel und ziehe mich rasch an. Zwischen meinen Beinen ist es feucht, aber das kümmert mich jetzt nicht.

Seit Kane nicht mehr ins Büro kommt, macht Darius eine Menge Überstunden. Unerledigtes übernehmen muss er nicht, denn Kane arbeitet alles ab. Mein Ältester steuert alles von zu Hause aus, hält Meetings online ab oder, falls nötig, persönlich in seinem Homeoffice. Darius führt also etwas anderes im Schilde, und ich muss herausfinden, was. Da jede Tasteneingabe und jedes Telefonat, das über die hauseigene Anlage läuft, bei Baharan gespeichert wird, brauche ich lediglich

Rogelios Passwort, um nachzuprüfen, was mein mittlerer Sohn in den letzten Wochen so getrieben hat. Natürlich könnte ich auch mein eigenes verwenden, aber dann würde die Spur ja zu mir führen. Das darf nicht sein.

Von Kopf bis Fuß nackt und vor Feuchtigkeit glänzend, kehrt Rogelio zurück. Ich gerate in Versuchung und sehe, wie ihn meine interessierten Blicke zu erregen beginnen.

»Meine Frau wartet«, sagt er. »Es muss schnell gehen.«

Auch wenn mich die Vorstellung, dass seine Frau sich unten die Beine in den Bauch steht, während ich es mir hier oben von ihrem Mann besorgen lasse, tatsächlich anturnt, lässt die Erregung bei der Erwähnung der nötigen Eile gleich wieder nach. Außerdem würde es mir kaum gelingen, eine überzeugende Erklärung für sein Passwort auf meinem Oberschenkel zu finden.

»Ein andermal«, sage ich und tätschele ihm die Wange wie einem kleinen Kind. »Ich muss auch nach Hause.«

Noch größere Freude wird es mir nämlich bereiten, die Sicherheitsdateien durchzusehen. Eine schöne Dusche, ein Glas Wein, mein privater Laptop … klingt nach einem gelungenen Abend.

Ich gehe in mein Büro, um meine Handtasche zu holen, und überlasse es Rogelio, alle Spuren unseres Schäferstündchens zu verwischen.

23

LILY

Da ich weiß, dass du stets vor und nach dem Schlafen duschst, stehle ich mich in dein Schlafzimmer, sobald ich das Wasser rauschen höre. Auf dem Weg zu deinem Bett nehme ich mir die Zeit, alles sorgsam zu erfassen und einzuordnen. Selbst in deinem privaten Reich entspricht nichts deinem persönlichen Stil. Ich seufze.

Steriler könnte dein Zimmer wirklich nicht sein. Einzig das Foto von Lily bringt ein wenig Farbe hinein.

Ich betrachte das gigantische Porträt. Die Leinwand ist so groß, dass sie sicher erst hier im Zimmer auf den Rahmen gespannt werden konnte.

Verübelst du mir, dass ich mich zwischen euch stelle, zwischen dich und diese idealisierte Lily, die du weit länger hier anhimmelst, als ihr je zusammen wart? Wieso hast du ausgerechnet diese Aufnahme gewählt? Ich glaube, ich weiß, warum. Sie hält darauf ihr Handgelenk genau so, dass der auf ihre Pulsader tätowierte Skorpion zu sehen ist. Verschafft dieser Anblick, der Anblick deines Sternzeichens, dir ein wenig Linderung, oder verstärkt er die Qualen nur noch?

Ich schiele durch die offene Tür ins Bad, wo kein Dampf

die Sicht auf deinen herrlichen Körper in der voll verglasten Dusche behindert. Heißes Verlangen durchströmt meine Adern. Wohlausdefinierte Muskelstränge wölben sich an deinen Armen und Schultern, während du das Shampoo in die Haare reibst. Schaum gleitet deinen durchtrainierten Rücken hinab, über stramme Pobacken und entlang der kräftigen Oberschenkel und Waden, bis er sich zu deinen Füßen im Abfluss dreht und verschwindet.

Eifrig trage ich die Unterschiede zwischen dir und der jüngeren Version von dir, deren Körper ich so wild begehrte, zusammen. Schon damals warst du eine Naturgewalt. Ich frage mich, ob ich dieser neuen, noch mächtigeren Wucht überhaupt gewachsen wäre oder ob ich in deinen Armen einfach nur zu Asche verbrennen würde.

Du stöhnst unter dem eisigen Wasserstrahl auf.

Und ich stehe hier in Flammen. Du folterst uns beide.

Witte hat dein Bett bereits aufgedeckt. Ich schlüpfe nackt hinein und wälze mich so lange, bis der Duft meiner Lotion und meines Parfüms all deine Laken und Kissen durchdrungen hat. Jede Nacht kommst du in mein Schlafzimmer, und heute darf auf keinen Fall eine Ausnahme werden. Ich hoffe sogar, dich so noch ein wenig anzutreiben. Es ist bereits kurz vor Mitternacht. Nach so vielen Wochen sollte man zwar denken, dass ein paar zusätzliche Stunden auch keinen Unterschied mehr machen, aber nachdem du derart sehnsüchtig auf meine Berührung reagiert hast, kann ich einfach nicht länger warten.

Ich verschwinde auf demselben Weg, den ich gekommen bin, durch deinen Ankleideraum ins Wohnzimmer. Wahrscheinlich ist das mein absolutes Lieblingszimmer im ganzen Penthouse.

Dieses verborgene Juwel kann man bloß über deinen oder meinen Ankleideraum erreichen, und so eingebettet zwischen uns, bietet es einen unvergleichlich schönen Blick auf die Stadt. Die Wand gegenüber der Fensterfront ist mit Fliesen in fleckigem Vintagestil verspiegelt, die auch den offenen Kamin einfassen. Über dem Kamin, wo normalerweise ein Sims wäre, hängt ein Fernsehbildschirm, der ausgeschaltet ebenfalls zum Spiegel wird. Auf diese Weise ziert die gesamte Wand ein einziges großes Spiegelbild von New York, das durch die antik anmutende Trübung ständig ein Unwetter anzukündigen scheint.

Den Sitzbereich dominiert eine u-förmige, mit dickem saphirblauem Samt bezogene Wohnlandschaft, die nicht nur schön, sondern auch bemerkenswert bequem ist. Ihre üppigen Maße erlauben es problemlos, gemütlich eingekuschelt ein Buch zu lesen oder sich für einen kurzen Mittagsschlaf, einen Quickie zwischendurch oder einen entspannten Fernsehabend zu zweit auszustrecken. Als Tisch dient ein identisch bezogener Polsterquader, auf dessen verspiegelter Platte aktuelle Zeitschriften, Notizblöcke mit unseren Initialen, ein kristallener Stiftehalter und verschiedenfarbige Quarzkugeln auf Messingständern platziert sind. Würde ich den sternenförmigen Sputnik-Kronleuchter einschalten, wären Wand und Decke mit unzähligen Lichtsplittern überzogen.

Neben den Türen zu deinem und meinem Ankleideraum stehen verspiegelte Konsolentische mit Tischlampen, passend zur Deckenleuchte. Darüber hängen an saphirblauen Bändern und Schleifen weitere Spiegel, die im Stil des Bildschirms gerahmt sind. Ich bleibe vor dem Spiegel neben deiner Tür einen Moment stehen und betrachte mich darin.

Im barmherzigen Schein des Mondlichts könnte ich als die Frau durchgehen, die du begehrst. Zu dünn, ja, dazu die schärfer hervortretenden Fältchen um den Mund. Die Smokey Eyes kaschieren das Tieferliegen der Augen ganz gut, aber am zu wenig entrückten Ausdruck darin lässt sich nun mal nichts ändern. Die langen schwarzen Haare kringeln sich um die Unterseite meiner Brüste.

Ich wende mich ab und nehme den schwarzen Peignoir von der Lehne des Sofas, wo ich ihn abgelegt hatte. Ich schlüpfe in das hauchdünne Chiffon, binde den Gürtel zu und schüttele die Straußenfedern auf, die sich am knietiefen Saum bauschen. Dann arrangiere ich die Haare, die mir über den Rücken bis zu den Hüften fallen.

Mein Herz hämmert beständig gegen meinen Brustkorb. Was tue ich, wenn du mich abweist? Werde ich das ertragen?

Ich hocke mich auf den Rand des Sofas und spiele mit dem Gürtel meines Morgenmantels. Vielleicht ist es zu früh, alles auf eine Karte zu setzen. In ein paar Stunden unternehmen wir unseren »Ausflug« zu den Ärzten, das heißt eine gemeinsame Autofahrt hin und eine zurück. Da könnte sich eine Chance auftun, die Möglichkeit, ein Gespräch zu beginnen, vielleicht der Vorschlag, zusammen in der Stadt noch zu Mittag zu essen. Wenn mir nur dieser erste Schritt gelingt, könnte ich dich umgarnen, betören, verführen. Zumindest könnte ich es versuchen.

Aber möglicherweise wartest du auch bloß darauf, von den Ärzten zu hören, dass ich wieder ganz gesund bin. Vielleicht lässt es dein Gewissen nicht zu, eine labile Kranke mit Themen wie Trennung und Scheidung zu belasten. Womöglich begleitest du mich ja nur aus diesem Grund. Du willst aus erster Hand erfahren, dass du dieser Farce von Ehe gefahrlos ein Ende bereiten kannst. Wenn dem so ist, sind die Stunden jetzt die einzigen, die mir noch bleiben, ehe du mich vor die Tür setzt, und ich muss sie nutzen.

Keine Ahnung, wie lange ich hier schon sitze. Es kommt mir wie eine halbe Ewigkeit vor. Mir wird kalt. Gern hätte ich den Kamin angemacht, scheue aber davor zurück, die Dunkelheit zu vertreiben, die mich so schützend umgibt.

Endlich wird die Tür deines Ankleideraums aufgerissen, und du stürmst wie eine Feuersbrunst ins Wohnzimmer. Dein lodernder Blick ist starr auf meine Tür gerichtet, und deine langen Beine überwinden die Distanz mit wenigen energischen Schritten.

Im ersten Moment bin ich wie erstarrt. Die schwarze Hose deines Seidenpyjamas hängt tief auf deinen Hüften. Oberkörper und Füße sind nackt. Dunkles Brusthaar zieht sich über deine straffe Brust, bevor es spitz zuläuft und in einem seidigen Streifen unter dem Kordelzug deiner Hose verschwindet. Die Hände an deinen Seiten sind zu Fäusten geballt, was die kräftigen Bizepse heraustreten lässt. Deine Bauchmuskeln bilden markant definierte Reihen, die sich zu dem tief eingeschnittenen Adonisgürtel, der deine schmale Taille betont, hin verjüngen.

Du bist schon halb an mir vorbeigerast, als ich hektisch aufspringe und dabei ängstlich den Atem anhalte. Wie vom Donner gerührt bleibst du stehen und schnellst den Kopf in meine Richtung. Deine Brust pumpt in schnellem Rhythmus.

Ich hebe das Kinn und verlagere das Gewicht in einer

wohlvertrauten Bewegung auf die Fersen, was meinen Körper einladend nach vorne wölbt. Deine Züge spannen sich nur noch mehr an.

»Wer bist du?«, raunst du und fixierst mich anklagend.

Deine rauchige Stimme klingt sengend heiß. Wie ein höllisches Inferno bringst du den ganzen Raum zum Glühen. Eben noch habe ich gefroren, jetzt vergehe ich vor Hitze.

»Ist das wichtig?«, frage ich ebenso leise und rau zurück. Mein Mund ist trocken, meine Kehle wie zugeschnürt. »Ich bin, wer immer du willst.«

Endlos lange Sekunden hält dein durchdringender Blick mich gebannt. Deine Hände arbeiten ununterbrochen, und das ständige Fäusteballen lässt Muskeln überall auf deinem Oberkörper spielen. Du bist ein erotisches Kunstwerk, und du brodelst vor Leidenschaft.

Mit einem leisen Fluch setzt du dich wieder in Bewegung, langsam und zielstrebig. Ein geschmeidiges Raubtier, konzentriert auf seine Beute. Du umkurvst die Ecke der Couchgarnitur, und ich will mich schon instinktiv mitdrehen, um dich nicht aus den Augen zu lassen, aber dann gebe ich mich lieber mutig und selbstbewusst und halte dir den Rücken entgegen. Ich löse den Gürtel meines Peignoirs und lasse ihn bis zu den Ellbogen herabfallen. Du atmest scharf ein.

Mein Puls rast. Ich ringe nach Luft, meine Lippen teilen sich. Vor Erwartung und Angst läuft es mir heiß und kalt den Rücken hinab. Ich kann dich hinter mir spüren. Dich hören. Dich riechen – verführerisch frisch und ungeheuer männlich. Es ist eine echte Folter, dich nicht anzusehen.

»Es gibt nur eine, die ich will«, erklärst du mit Reibeisenstimme, hebst eine Strähne der dunklen Lockenpracht von meinem Rücken und reibst sie zwischen den Fingern. Ich spüre, wie du das Naturhaar an die Nase führst, und höre dich tief einatmen. Deine Hand entzieht sich wieder. »Nimm die Perücke ab!«

Dein Ton ist eisig. Die Hitze, die meine Haut durchstrahlt hatte, ist mit einem Schlag verschwunden.

Meine Kehle ist nun komplett dicht und versperrt der Luft, die ich so dringend brauche, den Weg. Genüge ich denn nicht einmal, selbst wenn ich wie sie aussehe? Ärgert dich mein Versuch, oder enttäuscht dich mein Versagen?

»Nimm sie ab, *Setareh*«, sagst du nicht mehr so scharf, aber ebenso bestimmt.

Die zerstörte Hoffnung entreißt mir einen leisen Klagelaut. Verhängnis. Bestimmung. Die Bedeutung des Kosenamens, den du gewählt hast. Ich schließe meine brennenden Augen und versuche, der überwältigenden Flut an Gefühlen standzuhalten. *Ja, mein Liebster. Ich bin deine Bestimmung.* Die Götter haben dich mit mir gestraft.

»Das ist nicht so einfach«, erkläre ich. Es dauert einige Zeit, den Kleber zu lösen, und noch länger, meine Haare wieder in einen flotten Bob zu frisieren.

Mit einer kurzen Handbewegung wirfst du die langen Locken über meine Schulter, legst meinen Rücken bloß. Deine Fingerspitzen zeichnen die Flügel des Phoenix nach, der über meine Schulterblätter tätowiert ist. Prompt beginne ich zu zittern. Jeder Muskel verkrampft vor Schreck und Vorahnung. Deine Lippen pressen sich fest auf meine nackte Schulter. Die

Glut deines Kusses strahlt in sämtliche Winkel meines sehnsüchtigen Körpers.

Dann ist deine Wärme, dein Duft, deine Energie wieder fort. Ich drehe mich um und sehe zu meinem ungläubigen Entsetzen, wie du zu deinem Zimmer zurückgehst.

»Kane …?«

Du erstarrst mitten im Schritt, die Hände erneut zu Fäusten geballt, dein Atem ebenso schnell und flach wie meiner. »Wenn du mich willst«, sagst du, ohne dich umzuwenden, »versuch es mit der Wahrheit und lass deine Lügen gefälligst. Von denen habe ich die Schnauze voll.«

Deine Tür fällt zu. Das Einschnappen des Riegels hallt wie ein Pistolenschuss.

24

LILY

Ich stehe an der Ecke 5th und 47th im tiefsten Schatten, denn Licht und Wärme der Morgensonne werden von den dicht gedrängten Hochhäuserzeilen in Midtown Manhattan, diesem Wald aus Glas, Stein und Stahl, verschluckt. Gänsehaut überläuft meine nackten Arme und Beine. Das Frösteln kommt allerdings aus meinem Innern und strahlt von dort erst nach außen. Nicht weit von hier habe ich dich einmal entdeckt, glaube ich. Ganz flüchtig nur, und schon warst du wieder weg, als hättest du dich in Luft aufgelöst, während ich mit schwirrendem Kopf wie gelähmt auf der Straße stand. Ein Albtraum, den ich weder vergessen noch verdrängen kann.

Bei jedem Verlassen der Wohnung bin ich mir bewusst, dass du mich entdecken kannst. Selbst in einem Viertel, das an Werktagen von bis zu vier Millionen Menschen bevölkert wird, bleibt die Gefahr, dass irgendeine Gesichtserkennung meine Anwesenheit verrät.

Aber verschwendest du überhaupt noch irgendeinen Gedanken an mich? Du selbst rangierst andere aus, ohne mit der Wimper zu zucken, reagierst allerdings erbost, wenn andere sich zuerst von dir trennen. Du hast mich also entweder vollkommen aus deinem Leben gestrichen, oder du bist fanatisch darauf fixiert, mich zu finden, und blind für alles andere. Dem Zufall hast du noch nie gern etwas überlassen, und angetrieben wirst du von einem tödlichen Hunger nach Geld und Reichtum. Hast du mich jemals wirklich geliebt? Vielleicht in dem Maß, in dem du dazu fähig bist. Vielleicht insofern, als ich zu dir gehörte. Schließlich war ich eine gute Partie.

Unmittelbar vor mir verstopfen schäbige gelbe Taxis und schwarze SUVs die Straßen. Hinter mir auf dem Bürgersteig stauen sich ungeduldige New Yorker zu einer Masse auf, die darauf wartet, endlich wie ein Schwarm Rotaugen über den dampfenden Asphalt auf die andere Seite huschen zu können. Ringsum plärrt Verkehrslärm, doch mein Herzschlag übertönt alles. Noch ein kurzer Moment, und ich laufe direkt am Eingang eines Gebäudes vorbei, zu dem es mich gegen alle Warnsignale meines Selbsterhaltungstriebs magisch zieht.

Natürlich könnte ich diesem saphirfarben schimmernden Tower ausweichen und einfach den nächsten Überweg nehmen. Ich könnte die Stadt verlassen, den Bundesstaat, das Land. Aber aus einer perversen Obsession heraus suche ich das Risiko. Es ist einfach unwiderstehlich. Ich verstecke mich nun seit Jahren und werde langsam immer unvorsichtiger. Ein neues Leben hatte mir die Flucht nicht ermöglicht. Ich bin tot in jeder Hinsicht, die zählt, außer der, dass ich noch atme.

Vielleicht habe ich schlicht keine Lust mehr, auf dieses letzte Abschiednehmen noch länger zu warten.

Die Ampel springt um. Ich gehe los, ohne nachzudenken. Meine mörderischen High Heels bleiben an jeder kleinen Unebenheit hängen und nötigen mich, buchstäblich auf Zehenspitzen zu laufen. Die Frauen um mich herum sind da meist vernünftiger und tragen Ballerinas oder Mules mit Blockabsätzen. Das Gemisch aus Autoabgasen und Ausdünstungen der Imbissstände dreht mir den Magen um. Nirgends werden Blicke gewechselt. Nirgends wird sich angelächelt. In einer Stadt, die so lebendig ist, dass ihr Puls unsere Sinne bestürmt wie eine Dampframme, sind wir nur Automaten.

Mein Name knallt durch die Luft wie ein Peitschenhieb. Schockwellen überspülen mich. Ich kann nicht atmen, nicht denken.

Wer trotzig alle Vorsicht missachtet, zahlt den Preis – er fliegt auf.

25

LILY

Noch vor Sonnenaufgang erwache ich aus einem traumlosen Schlaf. Ich greife nach dem Tablet, das neben mir im Bett liegt – dort, wo ich gehofft hatte, dass du heute liegen würdest –, und schalte die Weckfunktion aus. Keine Ahnung, wie ich eingeschlafen bin. Ich weiß nur, dass ich weinen musste, bis meine Brust schmerzte, derart am Boden zerstört war ich von dem abrupten Ende deiner Berührung und Begierde. Ich habe gespielt und verloren, und doch quält mich die Vorstellung, dass du mich womöglich gewollt hättest, wäre ich dir als ich selbst gegenübergetreten. Jetzt ist Morgen, und ich habe mein Verlangen zur Waffe gemacht. Das treibt mich aus dem Bett.

Sekunden später stehe ich unter einem harten Duschstrahl, um mich herum mächtige Marmorplatten, mit denen Wand und Boden gefliest sind. Die schwarze Äderung erinnert an die kahlen Äste eines Geisterbaums, die von Spinnweben umfasst sind. Es ist traumhaft schön.

Dein Badezimmer ist eine exakte Kopie von meinem. Ich kann deine Entscheidung nicht verstehen, das zentrale Schlafzimmer in zwei Hälften zu teilen, steht diese Trennung doch in Widerspruch zu deinem Bedürfnis, stets mit Lily im Blick einzuschlafen und aufzuwachen. Es ist mir unbegreiflich, wie du lieber am anderen Ende des Penthouse wohnst, wenn doch alles in dieser Wohnung ihrem Andenken dient.

Mit ein paar schnellen Griffen mache ich mich für den Tag fertig. Dass dies so problemlos funktioniert, ist dir zu verdanken. Du bist Lilys Vorlieben bis ins kleinste Detail genau nachgekommen, von ihren bevorzugten Hygieneartikeln bis zur Geschmacksrichtung ihrer Zahncreme. Die Naturhaarbürsten sind von edelster Qualität und wurden, wie die abgenutzten Griffe bezeugen, von ihrer Vorbesitzerin gern und ausgiebig benutzt. Einzig das Make-up fällt aus der Reihe, da es sich ausschließlich um ECRA+-Produkte handelt. Immerhin jedoch haben die von mir am häufigsten getragenen Tönungen Namen, die eindeutig von Lily abgeleitet sind.

Ich fühle mich hier so zu Hause, als hätte ich immer schon in diesen Räumen gewohnt. Das ist sowohl frappierend und wundervoll als auch unheimlich.

Wahrscheinlich wären normale Frauen von einer solch rückhaltlosen Besessenheit, wie du sie zeigst, überfordert, aber ich bin nicht normal. Die Absolutheit deiner Liebe ist alles, was ich will und brauche.

Ich bin fertig angezogen und betrachte gerade unentschlossen meine bescheidene Auswahl an Schmuck, als ich das für Witte typische Klopfen an der Tür vernehme, zweimal kurz hintereinander.

»Ich bin hier drin, Witte!«, rufe ich. Seine schlanke, muskulöse Gestalt füllt den Durchgang zu meinem Schlafzimmer aus.

»Frühstück steht bereit, wann immer Sie so weit sind.«

Da der Ankleideraum in einer Flucht mit dem geräumigen Schlafzimmer liegt, besitzt er dieselbe Breite, und so bleibt selbst jetzt eine beträchtliche Distanz zwischen uns.

Er kommt ein paar Schritte näher, nimmt mein Kleiderangebot in Augenschein und studiert eine der linierten Karteikarten, die von den Bügeln herabhängen.

»Vielen Dank, dass Sie mir alles bestellt haben«, erkläre ich.

»Ungewöhnliches Ordnungssystem«, murmelt er und liest einen weiteren der postkartengroßen Anhänger.

Es gibt zwei Versionen. Eine für den Tag mit der Abbildung einer Sonne, eine für den Abend mit einem Mond. Auf die Vorderseite notiere ich, mit welchen Kleidungsstücken sich das jeweilige Teil gut kombinieren lässt, und auf der Rückseite, welcher Schmuck und welche Schuhe, Gürtel und Handtaschen dazu passen würden. Glücklicherweise habe ich Lilys Karten fein säuberlich verstaut in einer Schublade gefunden, sodass ich sie nur noch den richtigen Stücken zuordnen musste. Um auch meine letzten Neuanschaffungen entsprechend zu kennzeichnen, habe ich Witte gebeten, sich mit der Druckerei in Verbindung zu setzen, deren Logo ich auf einem Karton entdeckt habe.

Mittlerweile gibt es zwar auch Apps, um den Kleiderschrank richtig zu organisieren, aber diese Methode ist ja quasi bereits vorinstalliert und hat sich bewährt.

»Meine Mutter hat ihre Kleidung all die Jahre so organisiert«, gestehe ich. »Sie hielt es für eine gedankenlose Unart, erst im letzten Augenblick ein Outfit zusammenzustellen. ›Gute Kleidung und gepflegtes Aussehen sind der Schutzpanzer einer Frau‹, sagte sie immer.«

»Soso, ihr Schutzpanzer«, wiederholt er leise und betrachtet weiter die handbeschriebenen Karten.

»Sie war der Meinung, dass es keineswegs in der menschlichen Natur liegt, schöne Dinge freundlich zu behandeln, denn wir wollen sie entweder besitzen oder zerstören. Daher erzog sie mich dazu, stets wachsam zu sein und mich auf unterschiedliche Weisen zu schützen. Eine davon war die richtige Kleidung.«

»Da hatte sie wohl leider recht«, bemerkt Witte. »Erzählen Sie mir von ihr, sofern es Ihnen nichts ausmacht.«

Ich schließe einen Moment lang die Augen und rufe mir ihr Bild ins Gedächtnis. Der lange, gelenkige Körper. Das tief fallende, dichte schwarze Haar. Die Katzenaugen, voll scharfem Verstand und sagenhaft grün. Der breite, bewegliche Mund mit den knallrot angemalten Lippen. Ich kann mich nicht einmal mehr daran erinnern, wie mein Vater ausgesehen hat, da ich nur meine Mutter vor mir sehe, wenn ich in den Spiegel schaue. Als kleines Kind dachte ich sogar, sie wäre ganz allein für meine Erschaffung verantwortlich, und es machte mir überhaupt nichts aus, dass ich nicht wie die anderen Kinder einen Vater hatte. Ich brauchte keinen. Ich hatte sie.

»Für mich war sie die schönste Frau auf der Welt«, beginne ich leise und öffne die Augen. An meiner Hand glänzt der prächtige Stein, den du mir einst geschenkt hast. Ich entscheide, dass ich keinen anderen Schmuck benötige. Dazu würde sowieso nichts, was ich habe, passen.

Ich wünschte, ich könnte dich betören, mein Liebster, könnte dich mit dem gleichen Stolz erfüllen, den ich für dich empfinde. Vielleicht bekomme ich ja eines Tages Gelegenheit dazu. Ich kann es bloß hoffen.

»Es wirkte bei ihr vollkommen mühelos, derart atemberaubend auszusehen«, fahre ich schicksalsergeben fort, da ich hier in mancherlei Hinsicht nicht mithalten kann. »Aber in Wahrheit hat sie hart dafür gearbeitet. Sie hat sich alles selbst beibringen müssen. Jeder, der sie kannte, schwärmte davon, wie geistreich sie war, und das zu Recht.«

»Klingt, als hätte sie ihrer Tochter in nichts nachgestanden«, bemerkt Witte und studiert die nächste Karte.

»Sie war tatsächlich eine extrem beeindruckende Erscheinung«, sage ich und drehe nervös an meinem Ehering. »Schönheit öffnet Türen, meinte sie zu mir. Dass ich gewisse Vorteile haben würde, allein aufgrund meines guten Aussehens, und dass ich die Vorteile nutzen solle.«

»Es tut mir wirklich sehr leid, dass Sie sie bereits verloren haben«, erklärt Witte und schaut mich an.

»Danke.«

Sein Blick begutachtet meine gewählte Garderobe, von der ärmellosen moosgrünen Schluppenbluse und dem Lederrock in gleicher Farbe bis zu den Valentino-Rockstud-Pumps aus hellem Lackleder. »Wie wäre es mit dazu passendem Schmuck?«

»Schön, aber da muss ich noch an meiner Auswahl arbeiten«, antworte ich und schließe die mit Samt ausgelegte Schublade. Ich komme mir ohne Ohrringe zwar nackt vor, aber dann ist das eben so.

»Wenn Sie gestatten, würde ich Ihnen gern etwas zeigen«, erklärt Witte und hebt den Arm einladend Richtung Wohnzimmer.

Ich zögere einen Moment, schon so bald wieder den Ort meiner nächtlichen Demütigung und meines Versagens aufzusuchen, aber da ich Witte nichts davon erzählen möchte, hole ich tief Luft und gehe voran.

Sobald wir im Wohnzimmer sind, lasse ich ihm den Vortritt. Er geht zum Konsolentisch neben meiner Tür und legt seinen Daumen leicht auf einen im Spiegelrahmen eingelassenen Fingerabdruckscanner, den ich bislang gar nicht bemerkt hatte. Der Spiegel gleitet geräuschlos nach oben, womit ans Tageslicht kommt, dass die Bänder nicht der Aufhängung dienen, sondern pure Staffage sind, und dass sich hinter dem Spiegel ein Safe befindet. Einen weiteren Fingerabdruckscanner später zieht er drei mit schwarzem Samt bespannte Fächer heraus. Das oberste Fach klettert beim Ausziehen dank einer Scharnierfunktion eine Etage in die Höhe, bevor es in mehreren Reihen mit Edelsteinen besetzte Ohrringe präsentiert. Das mittlere Fach zeigt Tennisarmbänder mit umlaufenden Steinen in allen möglichen Farben. Das dritte Fach klappt eine Etage nach unten auf und bringt Halsketten von filigran bis Statement zum Vorschein.

Ich atme hörbar aus. Vor mir funkeln Juwelen im Wert von mehreren Millionen Dollar.

»Das ist … eine ganz schöne Sammlung«, stammele ich mit belegter Stimme. Ich kann nicht anders. Die Kollektion, die du hier zusammengetragen hast, ist einfach sensationell.

»Zur Feier jedes Geschäftserfolgs hat Mr. Black ein Schmuckstück erworben«, erklärt Witte, und sein Gesichtsausdruck verrät, wie stark seine Zuneigung zu dir ist. Es schmerzt ihn für dich. »Dies alles wurde für Sie ausgesucht.«

»Da hatte er aber so einige Geschäftserfolge«, sage ich und möchte gern betont locker klingen, was mir jedoch ebenfalls misslingt. Ich bewege mich keinen Zentimeter. Ich kann nicht. Ich kann nur meinen schmerzenden Hals umklammern und gegen weitere Tränen ankämpfen. Was könnte das Ausmaß deiner hingebungsvollen Verehrung für Lily überzeugender unter Beweis stellen?

Mit deiner ersten Frau kann ich einfach nicht konkurrieren. Sie wird für uns beide auf immer und ewig unerreichbar bleiben.

»Nimm die Smaragde.«

Da mich die Emotionen sowieso schon zu überwältigen drohen, erschüttert mich der Klang deiner Stimme mit ungeheurer Wucht. Ich drehe mich um. Du näherst dich mit derselben unverwechselbaren Geschmeidigkeit eines Raubtiers, die du auch heute Nacht im Mondlicht gezeigt hast. Dein sengender Blick streicht langsam und besitzergreifend über meinen Körper. Ich fühle mich so nackt wie ein paar Stunden zuvor.

Du versetzt mein tiefstes Inneres in Aufruhr. Nervosität und Hoffnung flattern in meiner Seele erregt. Du trägst ein graues Hemd zu schwarzer Anzughose und Hosenträger und Krawatte im selben Farbton wie das Hemd. Dein Sakko hast du draußen irgendwo gelassen. Absolut stilsichere Kleidung, perfekt sitzende Frisur und glatt rasierte Wangen bringen die Ungezähmtheit deiner Sexualität nur noch stärker zur Geltung.

Die Hülle mag hübsch und adrett sein, aber in diesem reizenden Käfig lauert eine Bestie – wild und gefährlich.

Der Raum besitzt die eisige Klarheit eines Diamanten, und auch die Art, wie du dich kleidest, wirkt kühl, doch du selbst brennst wie Feuer. Die Temperatur im Zimmer steigt sofort. Ich habe schon oft erlebt, wie deine mitreißende Sinnlichkeit die Menschen in deiner Umgebung beeinflusst. Frauen fühlen sich unweigerlich zu dir hingezogen, angelockt von dieser potenten Männlichkeit. Die Götter haben einen immensen Energieaufwand betrieben, dich so perfekt zu erschaffen und durch deine Unwiderstehlichkeit zugleich zu gewährleisten, dass diese Gaben an die nächste Generation weitergegeben werden.

Du trittst neben mich. Mein Körper reagiert sofort, und zwar vehement. Ohne dass es sich verhindern ließe, wird er warm und weich. Ich kann den Blick nicht von deinem Gesicht abwenden, gebannt von diesem unverschämt guten Aussehen, das du mit einer solchen Lässigkeit zu zeigen weißt.

»Sie sind fast so schön wie deine Augen«, sagst du und greifst nach einem Paar rechteckiger Smaragde, deren Klappverschlüsse mit Brillanten besetzt sind.

Das Kompliment macht mich vor Erleichterung ganz schwindlig. Mir doch egal, solltest du es nur wegen Witte gesagt haben. Nach letzter Nacht ist noch das kleinste freundliche Zeichen von dir Leben spendend.

Du streichst mir die Haare hinter das Ohr, hängst einen der atemberaubend schönen Ohrringe ein und klappst den Verschluss hoch. Lust lodert in mir auf, denn sobald deine Fingerknöchel meine Wange oder meinen Hals auch bloß streifen, fühlt sich das so intim an, als läge deine Hand zwischen meinen Beinen. Du bist mir jetzt so nah, dass dein Gesicht mein gesamtes Blickfeld ausfüllt. Es existiert nichts anderes auf der Welt. Nur du.

Du wiederholst das Ganze auf der anderen Seite, und nun kitzelt dein Atem zärtlich meine Kopfhaut. Dein Duft steigt mir zu Kopf. Mir wird schwach vor Rausch.

Es ist ein merkwürdiges Gefühl, sich den Schmuck einer anderen Frau zu borgen. Das Zuhause einer anderen Frau. Den Ehemann einer anderen Frau. Merkwürdig, und doch ist mir das alles so extrem vertraut, bist du mir so vertraut. Wahrscheinlich ähnelt es am ehesten einem Traum. Zwar ist an diesem Ort alles neu, aber nach einem flüchtigen Moment der Irritation nehme ich die mir zugewiesene Rolle an.

»Und das Armband«, sagst du und nimmst es von dem Haken, an dem es hängt.

»Oh, warum nicht?«, erwidere ich, und aus irgendeinem Grund gelingt mir plötzlich der ungezwungene Ton, an dem ich zuvor gescheitert war.

Du legst es mir ums Handgelenk, und wieder durchströmen mich Hitzewellen, sobald du mich dabei berührst. Dein Daumen streicht über das Skorpion-Tattoo, das über meinen Pulsschlag wacht, und ich erschauere. Atemlos verfolge ich, wie du die Hand löst und den Kopf senkst, um deine Lippen auf das präzise gestochene Spinnentier zu pressen. Deine neckende Zunge schnellt schamlos über dein Symbol, diese immerwährende Erinnerung an dich.

Ich habe das Gefühl, als würde die Zunge im selben Moment über meinen ganzen Körper spielen. Meine Brustwarzen werden hart und zeichnen sich, vom weichen Seidenstoff meines BH kaum behindert, deutlich sichtbar ab.

»Kane …«, beginne ich. Würdest du doch jetzt bloß mein Gesicht in deine Hände nehmen und mich küssen. Mich fest an dich drücken. »Vielen Dank. Ich liebe Smaragde.«

Ich liebe dich.

Du schaust mir lange in die Augen. Es ist ein forschender Blick, durchdringend und düster. »Du verleihst ihnen Leben, *Setareh*.«

Dann wendest du dich von mir ab, durchquerst den Raum und gehst durch deinen Ankleideraum in dein Schlafzimmer dahinter.

26

AMY

Ich stehe neben meiner geöffneten Eingangstür, als eine schokoladenbraune Löwenmähne wie ein Wirbelwind an mir vorbeirauscht.

»Oh, wow!«, ruft die kleine, schlanke Frau. Lilys Stylistin hat ein strahlendes Lächeln und ein schwindelerregendes Übermaß an Energie. An einer Schulter baumelt eine Kleidertasche, an der Hüfte gegenüber klemmt eine Chanel-Sporttasche, deren Tragegurt diagonal über den Oberkörper läuft, und in der Hand hält sie einen Einkaufsbeutel von Bergdorf's. »Sie und Lily sind Schwestern, das sehe ich direkt! Sie sind beide der Hammer!«

»Nur Schwägerinnen«, korrigiere ich sie trocken und lecke mir die letzten Tropfen Kaffee mit Baileys von den Lippen.

»Echt jetzt?! Sie sind nicht Schwestern? Sie sehen sich aber irre ähnlich!«

Es kotzt mich an, dass ich die Bemerkung auch noch als Kompliment verstehen muss, da Lily tatsächlich eine dieser atemberaubenden Schönheiten ist, wie man sie im wahren Leben nicht zu treffen erwartet. In gefilterten Bildern auf Instagram? Klar. Auf mit Photoshop bearbeiteten Zeitschriftencovern und Werbeplakaten? Unbedingt. Aber aus Fleisch und Blut, direkt vor deiner Nase? Niemals.

Ich fresse einen Besen, wenn ihr Gesicht nicht schon bald auf sämtliche ECRA+-Werbung geklatscht wird.

»Ich bin Tovah«, stellt sie sich vor und streckt mir die Hand entgegen. »Eine tolle Wohnung haben Sie.«

»Danke«, sage ich und gebe ihr die Hand. »Und ich bin Amy. Möchten Sie einen Kaffee? Ein Wasser? Ein Schnäpschen?«

Eigentlich ist es selbst für mich noch etwas früh, mit dem Trinken anzufangen, doch als ich heute Morgen in meinen E-Mails auf die Nachricht von Google Alerts stieß, schien die Welt auf einmal stillzustehen. Ich hielt den Atem an, und mein Herz setzte einen Schlag aus. Keine Ahnung, wie lange ich dort im Dunkeln gesessen und die Betreffzeile angestarrt habe: Google Alerts – »vincent searle«. Manchmal schreckt mein Hirn einfach mitten in der Nacht auf, und dann ist es mir unmöglich, noch einmal einzuschlafen. Ich hätte ein Buch lesen sollen, statt meine E-Mails zu checken. Eine von Suzannes Rammelorgien wäre vielleicht sogar in der Lage gewesen, mich in den Schlaf zu langweilen.

Wie viele Idioten auf der Welt heißen genau wie mein Vater? Genug immerhin, um mir mit diesem Alert zu einem vollkommen anderen Vincent Searle aus Daytona, der in irgendeinem bescheuerten Lokalblatt etwas über das örtliche Bibliothekssystem loswerden musste, den Tag zu versauen. Hier ging es weder um meinen Vater, noch war es seine Todesanzeige. Was nicht bedeuten muss, dass mein Vater nicht tot ist, bloß dass es in seinem Leben keine Menschenseele gibt, die ihm ein paar freundliche Worte hinterherschicken würde.

Meine Eltern kennen nur Streiten oder Ficken, mit extrem seltenen Anfällen eines friedlichen Miteinanders zwischendurch, was sie zur unangenehmen Gesellschaft für Angehörige und Freunde macht.

Ich habe immer damit gerechnet, dass meine Mutter diejenige sein wird, die meinen Vater ins Grab bringt, entweder indem sie ihm den Schädel mit einer schmiedeeisernen Pfanne einschlägt, oder indem sie ihn so weit über die Belastungsgrenze fickt, dass er einen Herzinfarkt erleidet. Beide Varianten sind bei ihr quasi täglich denkbar und hängen nur davon ab, wie manisch sie ist oder wie betrunken mein Vater. Auf jeden Fall rechne ich damit, dass die beiden diese Welt auf ebenso brutale Art verlassen, wie sie ihr Leben darauf gelebt haben.

Gleich mit solch einem beschissenen Fehlalarm in den Tag zu starten, rechtfertigt einen kleinen Aufmunterungstrunk allemal.

»Ach Gott, ein Schnäpschen würde ich jetzt liebend gern annehmen«, antwortet Tovah lachend, und ihre dunklen Augen leuchten. »Aber ich muss nachher noch zu einer anderen Kundin, daher geht das nicht. Und Wasser habe ich selbst dabei, also alles okay. Ich habe mir kürzlich eine von diesen Aluflaschen besorgt und mir vorgenommen, mehr Wasser zu trinken und zugleich etwas für die Umwelt zu tun. Soll ich das hier ablegen, oder gehen wir weiter in Ihren Ankleidebereich?« Sie klappt den Kleidersack über ihren Unterarm.

»Mein Zimmer ist da hinten«, erkläre ich und bedeute ihr voranzugehen, damit ich besser einschätzen kann, ob ihr die Inneneinrichtung meiner Wohnung tatsächlich gefällt. »Letzte Tür rechts.«

Während ich ihr folge, trinke ich meinen Kaffee und mustere ihre Kleidung. Abgeschnittene Jeans, Riemchen-Heels und geknotete weiße Hemdbluse unter pastellfarbenem Chanel-Blazer. Sie betrachtet die Bilder links und rechts an den Wänden, schnörkellose abstrakte Werke aus Goldfarbe auf weißer Leinwand. Ich hätte die Wohnung ja lieber vom Stil her wie das Penthouse in dieser düsteren Sinnlichkeit voller strukturierter Stoffe und Bohemian Gothic Style gehalten. Aber Darius wollte nichts davon hören. Letztlich hat er überhaupt kaum tiefere Farbtöne zugelassen. Unsere Wohnung besteht überwiegend aus Nuancen von Weiß, Cremefarben und Gold. Auf meinen Widerspruch hin hat er bloß gesagt, dass so viel Weiß nur betont, wie wunderschön ich bin. Wie zum Teufel hätte ich dagegen noch Einwände erheben können?

Jetzt stecke ich also in einem Heim fest, in dem alles an Aliyah erinnert. Hier und da konnte ich etwas Eigenes hinzufügen – ein paar Juteteppiche, Pelzdecken und Makrameekissen –, solange es im von Darius vorgegebenen Farbspektrum blieb. Irgendwie muss er sich so weit wie möglich von Kane abgrenzen. Bloß bei Frauen vögelt er genau den gleichen Typ. Ich seufze frustriert.

Es gibt Tage, da habe ich das Gefühl, eingesperrt zu sein.

Mit ein wenig Zufriedenheit erfüllt mich nur, dass Tovah sichtlich überrascht wirkt, als sie mein eigenes Zimmer betritt. Dieses Reich habe ich erst vor Kurzem ganz nach meinem eigenen Geschmack umgestaltet. Auf dem Bett liegt eine Tagesdecke aus dunkelgrauem Pelz, das Kopfteil ist mit schwarzem Leder bespannt und von silbernen Zierstiften eingefasst. Den Boden bedeckt ein schwarzer Teppich mit Rankenmuster, und über dem Bett hängt das Foto eines Panthers vor pechschwarzem Hintergrund. Der Raum ist extrem sexy, und das, obwohl die Wände noch taubengrau sind und nicht in einem tieferen Grauton, für den ich mich noch entscheiden muss. Trotz all seiner Vorliebe für vornehmes Beige zieht selbst Darius es inzwischen vor, mich hier drin zu vögeln.

»Was für ein Ankleideraum!«, sagt Tovah und legt den Kleidersack über die Insel. »Der Traum jeder Frau! Und neutrale Farben sind natürlich der Grundstock jeder guten Garderobe. Nun fehlen dann bloß noch einige neue Farbtupfer und frische, im Trend liegende Teile, die wir am besten jährlich austauschen. Das wird gar nicht besonders …«

»Mir gefällt Lilys Stil«, unterbreche ich sie, weil sie sonst vermutlich noch ewig weiterquasseln würde. »Zum Beispiel dieses Corsageteil, das sie an dem Tag getragen hat, als Sie auch im Penthouse waren. Das will ich.«

Der Ausdruck auf Aliyahs Gesicht, als Lily die Bibliothek betrat, war einfach unbezahlbar. Ich hätte mich beinahe an meinem Gin verschluckt. Stunden nachdem ich mit Darius gegangen war, kam mir die Komik der ganzen Situation erst so richtig wieder zu Bewusstsein, und ich musste so lachen, dass mir der Bauch davon noch Tage später wehgetan hat. Darius dachte schon, ich hätte einen psychotischen Anfall, weil mein ausgelassenes Johlen gar kein Ende fand.

Es ist mir sogar fast egal, dass an diesem Tage jeder Mann im Raum – vom ewig stocksteifen Witte einmal abgesehen – solche Stielaugen machte, als wäre ihnen allen in ihren armseligen Existenzen noch nie eine Frau über den Weg gelaufen. Ich bin ja froh, dass Lily lang genug aus dem Koma erwachte, um Aliyah den Schock ihres Lebens zu verpassen. Doch damit hat Lily nun auch ihre Aufgabe erfüllt und kann in Ruhe dahinscheiden. Im Grunde könnten sie beide die günstige Gelegenheit nutzen und abtreten.

»Ach, ich weiß, was Sie meinen«, sagt Tovah mit andächtigem Seufzer. »Sie trug das allerdings schon bei meiner Ankunft, daher war das leider nicht mein Verdienst, aber es war wirklich ein absoluter Blickfang. Die Corsage war original vintage. Im Grunde handelt es sich bei ihren Kleidungsstücken meist um alte Designerstücke, die entweder noch von ihrer Mutter stammen – die bereits verstorben ist, schrecklich traurige Geschichte, nicht? – oder die sie irgendwo secondhand erworben hat. Sie weiß echt genau, wo und wie man die besten Teile bekommt. Hat ein tolles Auge. Sie erkennt auf den ersten Blick, was ihr gut steht, und ihre Kleidersammlung ist der Traum jeder Fashionista. Und sie sieht absolut mega aus, diese Größe und dann dazu so dünn. Ein echtes Supermodel. Bei so einer Figur sieht einfach alles super aus. Genau wie an Ihrer! Bloß dass Lilys Stil, dieses eher Bohemian-Gothic-mäßige gerade nicht wirklich angesagt ist.«

Ich presse einen Finger auf mein linkes Auge, das wie verrückt zu zucken begonnen hat. Ach du Scheiße, legt die dämliche Quasselstrippe auch irgendwann mal eine Pause ein? Wie hält Lily das bloß aus? Ich glaube nicht, dass ich das schaffe. Und da Tovah gar keinen Hehl daraus macht, wie wenig sie für Lilys Stil kann, und vor allem, wie wenig sie ihn kopieren kann, werde ich das wohl auch nicht brauchen.

»Sie hat nur ein paar der Teile gekauft, die ich ihr vorgeschlagen hatte«, fährt Tovah fort und beginnt, im Kleidersack zu wühlen. »Aber das hier ist aktuell nun wirklich hot, Millennial Pink – Pantone sagt dazu Rosenquarz, und es ist zur Farbe des Jahres gekürt worden. Mit Ihrem Teint stellen Sie darin bestimmt alle anderen in den Schatten.«

»Pink?!«, frage ich ungläubig. Ich habe jeden Fummel in Lilys Kleiderschrank in der Hand gehabt, und da war kein Hauch von Pink irgendwo.

»Schauen Sie sich bloß diese bezaubernde Kombination an«, macht Tovah unbeirrt weiter und zeigt mir stolz einen pinken Blazer über einem dunkelgrauen Seidenmieder mit Spitzenbesatz, zu dem ein schmales Halsband aus schwarzem Samt gehört, das um den Hänger des Bügels drapiert ist.

»Das darf doch wohl nicht wahr sein!«, schnaube ich und spüre, wie mein Gesicht zu glühen beginnt. Die linke Hand wird zur Faust, die rechte spannt sich so fest um den Henkel meines Bechers, dass er abzubrechen droht. Am liebsten würde ich ihr den kochend heißen Kaffee ins Gesicht schütten und ihr anschließend den Becher noch um die Ohren hauen. Da zahle ich diese dauerschnatternde Schlampe dafür, mich auf Lily umzustylen, und dann kommt sie mit Klamotten an, die Kanes Frau nie und nimmer tragen würde!

Tovah kramt derweil weiter in ihrem Kleidersack und hält mir dabei den Rücken zugewandt. »Sag ich doch!«, ruft sie aus und hält die passende Hose zum Blazer hoch. »Einfach mega, der Anzug! Und Halsbänder sind gerade voll in. Ich habe auch noch eine Clutch und schwarze Samt-Heels mitgebracht. Die sind drüben in der Tasche.« Sie hängt den Bügel an einen Kleiderhaken und tritt bewundernd ein paar Schritte zurück. »Die Farbe ist wahnsinnig feminin, aber der Schnitt des Anzugs ist betont männlich und ganz auf Business.«

Ich atme tief durch. Das Pink hat tatsächlich einen schönen Ton. »Ich kann mir nicht vorstellen, dass Lily so etwas tragen würde«, sage ich dennoch skeptisch. »Auf gar keinen Fall.«

»Den Farbton? Nein. Vielleicht nicht einmal den Anzug, aber sie ist ja auch keine Geschäftsfrau wie Sie.« Sie dreht sich zu mir um, und die langen Locken wirbeln um ihre schmalen Schultern. Sie ist wirklich klein, dass ich mich neben ihr so riesig wie Lily fühle. »Durch den schwarzen Samt, die Seide und die Spitze sorge ich für einen leichten Gothic-Touch, aber die wichtigste Botschaft, die wir damit senden wollen, bleibt natürlich, dass Sie eine Frau sind, die das Sagen hat. Als ich Lily fragte, was sie so tut, meinte sie nur, ihr Job sei, ihren Mann gut aussehen zu lassen. Nicht, dass er in dieser Hinsicht viel Hilfe nötig hätte. Ich habe ihn im Vorbeigehen gesehen … boah! Zu unser aller Leidwesen rollen Männer mit solcher Luxusausstattung nicht allzu oft in der Produktion vom Fließband. Er ist doch Ihr Bruder, oder?«

»Mein Schwager«, verbessere ich sie und spüle den schalen Geschmack, den dieses Wort für Kane in meinem Mund hinterlässt, schnell mit Kaffee runter. Seine Angehörige will ich ganz sicher nicht sein.

»Oooh, dann sind Sie also mit seinem Bruder verheiratet. Sie Glückliche. Hat er vielleicht noch einen?«

»Allerdings«, schnaube ich.

»Verheiratet?«, fragt sie nach und hebt interessiert die Brauen.

»Bisher nicht.«

»Ach, zu schade, dass ich es bin«, erwidert sie grinsend. Ihre Augen sind mandelförmig und an den äußeren Winkeln leicht nach oben gebogen. Ihrem Gesicht verleihen sie etwas Fuchsähnliches, was überraschend hübsch wirkt. »Wie dem auch sei, bei ihr jedenfalls zählt dieser dramatische sexy Look eben zur Jobbeschreibung, während Sie es eher mit Angestellten und Kunden zu tun haben dürften. Die sollen Sie zwar als die wunderschöne Frau wahrnehmen, die Sie sind, aber zugleich auch Respekt vor Ihnen haben und auf den ersten Blick begreifen, dass Sie kompetent, dynamisch und führungsstark sind.«

»Genau so hat Lily auch gewirkt, als sie dieses Outfit trug«, werfe ich ein.

»Nein, nein, nein«, widerspricht sie mir sofort. »Lily hat das *trotz* dieses Outfits ausgestrahlt. Nichts macht eine Frau sexier als Selbstbewusstsein. Und das hat sie im Überfluss. Genau wie Sie. Für mich ist der Grundgedanke: Sie arbeiten im Bereich Social Media. Bei Ihnen geht es darum, Trends zu setzen und den Zeitgeist zu verkörpern. Lily steht für Vintage. Sie hingegen für das, was gerade angesagt ist.«

Ich schürze nachdenklich die Lippen. Vielleicht hat diese Tovah in ihrem Job ja doch etwas auf dem Kasten. Wer hätte das gedacht?

Scheiße. Wäre ich inzwischen gar nicht mehr fähig, ein solches Unternehmen aufzuziehen? Die letzten drei Jahre sind in gefühlten drei Wochen vorbeigerast, und jetzt ist Millenial Pink die verdammte Farbe des Jahres, und ich habe keinen Schimmer, was in ist. Schluss mit dem Rumgejammer, ich muss meinen Arsch schleunigst ins Büro hieven und Gas geben, damit meine Leute überhaupt noch wissen, für wen sie arbeiten! Anderenfalls werde ich den Laden voll gegen die Wand fahren, wenn Darius Social Creamery von Baharan losgeeist und mir auf dem Silbertablett serviert hat. Und diese Genugtuung gönne ich Aliyah ganz sicher nicht.

Noch besser aber ist die Vorstellung, wie der Vergleich mit Lily dann ausfällt. Ich sehe es direkt vor mir, wie Lily und ich nebeneinander auf einer von Kanes Partys stehen und die Gäste alle hinter dem Rücken über uns tuscheln.

Sind das Schwestern?

Bloß Schwägerinnen.

Was macht die Langhaarige so?

Das ist Amy. Eigentümerin und kreativer Kopf von Social Creamery. Da verschaffen sie Marken zum großen Durchbruch.

Und die, die angezogen ist wie Morticia Addams?

Das ist Lily. Die arbeitet auf Knien oder im Liegen daran, Kanes Schwanz an- und abschwellen zu lassen.

Ich kichere. Meine Schwägerin als wertloses Anhängsel.

»Probieren Sie es doch mal an«, drängt mich Tovah. »Wenn es Ihnen gar nicht gefällt, habe ich immerhin für künftige Empfehlungen etwas gelernt. Aber ich glaube, Sie werden begeistert sein, nicht zuletzt, weil garantiert vor Ihnen noch nie eine Geschäftsfrau zugleich so sexy und knallhart ausgesehen hat. Und für weniger formelle und ganz lockere Anlässe stelle ich Ihnen dann noch ein paar Looks in Schwarz zusammen.«

Ich kippe den Rest Kaffee herunter und strecke achselzuckend den Arm nach dem Anzug aus. So pink. So schön. So gar nicht Lily. Einen Versuch ist es wert.

27

LILY

Mit einem leisen Sirren rauscht der Fahrstuhl vom 96. Stock in die Tiefe. Ich verfolge, wie die Nummern in rascher Folge umspringen, aber mir entgeht dabei keineswegs, dass du dich in die entfernteste Ecke zurückgezogen hast, wo du auf dem Handy E-Mails liest. Du bist wieder ganz hinter deiner wunderschönen leblosen Schale verschwunden. Bedauerst du die freundliche, warmherzige Geste mir gegenüber womöglich schon?

Es schmerzt, und unweigerlich wie die Flut nach der Ebbe steigt die Wut wieder an. Treibst du Psychospielchen mit mir? Dass der Mann, der einen so romantischen Juwelenschatz für seine Angebetete hortet, und der Mann, der nicht einmal mit mir zusammen ein Essen einnehmen will, ein und derselbe sein sollen, fällt mir noch immer schwer zu glauben. Offenbar erträgst du es ja nicht einmal, neben mir im Fahrstuhl zu stehen.

An deinem Ringfinger steckt ein Ehering aus Platin, in deine Manschettenknöpfe und Krawattennadel sind Lilien eingraviert. Du willst der Welt gegenüber unmissverständlich zum Ausdruck bringen, dass du vergeben bist, bloß mir gegenüber hast du diese Bindung bislang nicht unter Beweis gestellt. Und ich beginne auch zu bezweifeln, dass du das je tun wirst. Schlimmer noch, ich beginne, mich damit abzufinden.

Die Fahrstuhltüren öffnen sich in der Tiefgarage, wo der livrierte Fahrer mit dem Range Rover bereits auf uns wartet. Er will mir die Tür aufhalten, aber du bestehst darauf, mir selbst beim Einsteigen zu helfen. Notwendig ist das Ganze nicht, da beim Öffnen der Tür automatisch ein Tritt aus der Karosserie fährt. Du lieferst bloß eine weitere Theaterszene ab, und ich spiele brav meine Rolle, lächele erst dich dankbar an, dann den Fahrer. Kaum erwidert der Fahrer mein Lächeln auf die höfliche Art, die bei hübschen Begleiterinnen bedeutender Männer angemessen scheint, schon musterst du ihn so strafend, dass er schnell nach vorne zu Witte flüchtet.

Du gehst um das Heck des Wagens herum und setzt dich neben mich. Zwischen unseren Plätzen ist der Getränkehalter heruntergeklappt, sodass wir voneinander getrennt sind. Einen Unterschied macht das nicht. Unsere Nähe reicht allemal, um die Spannung in der Luft anzuheizen. Es knistert zwischen uns, unsichtbare Blitze schlagen Bögen und elektrisieren meine Sinne.

Wir verlassen die Tiefgarage und fädeln uns in den Verkehr ein. Du konzentrierst dich schon wieder auf dein Handy und tippst geschickt mit beiden Daumen. Ich schaue aus dem Fenster, sauge die Stadt in mich ein. Die Straßen sind wie immer verstopft, wobei es morgens um diese Zeit besonders schlimm ist. Taxis und große Limousinen beherrschen das Bild, spielen Fangen mit Bussen, deren Seiten mit Werbung für Fernsehshows und Kleidung vollgepflastert sind. Fußgänger aller Art, von Läufern bis zu Geschäftsleuten im edlen Zwirn, bevölkern die Bürgersteige. Pylonen warnen vor einer geöffneten Kellerklappe, wo ein Mann mit Schürze Kisten aus einem Lieferwagen die Treppe hinunterträgt.

Es gibt Musik da draußen. Lachen. Menschen, die zusammen etwas essen. Geschichten, die vertraulich ausgetauscht werden. Verliebte, die allein mit sich beschäftigt sind. New York pulsiert, produziert in jeder Millisekunde Abertausende von Erinnerungen. Aber ich bin weit weg von allem. Noch vor Kurzem habe ich davon geträumt, das Penthouse nie zu verlassen und dort mit dir auf ewig von der Welt abgesondert zu leben. Inzwischen glaube ich nicht, dass ich es noch lange ertragen kann.

Mit einem tiefen Seufzer wende ich mich vom dynamischen Treiben der Stadt ab. Vor mir in der Netztasche am Vordersitz stecken Zeitschriften – *Forbes, Robb Report, duPont Registry* und *People*. Letztere passt so wenig in die Sammlung, dass ich sie herausziehe. Es handelt sich um die Sexiest-Man-Alive-Ausgabe. Das Cover ziert Dwayne Johnson in weißem T-Shirt und Jeans. Er sieht zwar toll aus, aber ich stimme trotzdem nicht mit der Wahl der Zeitschrift überein. Der Sexiest Man Alive sitzt neben mir und möchte lieber nichts mit mir zu tun haben.

Ich überfliege die Seiten, lese Hochzeitsankündigungen von Paaren, die nach meiner letzten Erinnerung noch mit anderen Menschen liiert waren, Werbung für neue Staffeln von Serien, von denen ich noch nie etwas gehört habe, und für Sequels im Kino, die auf mir unbekannten Blockbustern basieren.

Ich bin so darauf fixiert, wie stark ich doch den Kontakt zum Leben verloren habe, dass ich dein Foto in dem Bericht erst auf den zweiten Blick bemerke. Du sitzt in einem deiner hervorragend geschnittenen Maßanzüge an einem Konferenztisch. Die Aufnahme konzentriert sich auf dein Gesicht. Deine Augen haben diesen glühenden Blick, dein sinnlicher Mund ist entspannt, aber ohne den Anflug eines Lächelns.

Ich schlage die Zeitschrift zu und stopfe sie zurück in die Netztasche. Dann lasse ich den Kopf gegen die Rücklehne sinken und schließe die Augen.

»Vom Lesen im Auto ist dir immer schon schlecht geworden«, bemerkst du geistesabwesend.

Es ist das erste Mal, dass du die Gegenwart mit der Vergangenheit in Verbindung bringst. Ich unterdrücke die alberne Hoffnung, die sofort in mir aufkeimt. Du kannst nicht beides auf einmal haben: sichere Distanz und intime Nähe. Du wirst dich entscheiden müssen.

»Ich habe nur schlecht geschlafen und bin müde«, erwidere ich. »Eine anständige Trainingseinheit hätte mir gutgetan. Mal richtig ins Schwitzen kommen und mich körperlich voll verausgaben, das wär's gewesen.«

Ich halte die Augen noch immer geschlossen, kann aber dein scharfes Einatmen hören. »Die Ärzte sagen, du sollst dich schonen«, entgegnest du, und deinem beiläufigen Ton ist nichts anzumerken.

»Ich habe jetzt wochenlang nichts anderes gemacht. Ausgeruht bin ich wirklich genug.«

»Das war doch kein harmloses Nickerchen, du hast im Koma gelegen!«, gibst du erregt zurück. Es folgt eine Pause, dann hast du dich wieder im Griff und ergänzt betont freundlich: »Und wenn ich dich daran erinnern darf, wir haben auch einen Fitnessraum.«

»Nicht ganz dasselbe, findest du nicht?«

Dein Schweigen ist eisig.

»Und selbst?«, piesacke ich dich und drehe meinen Kopf betont gelassen zur Seite, um dich anzuschauen. »Geschlafen wie ein Baby?«

»Wie schlafen Babys denn?«, fragst du zurück und starrst wieder auf das Display deines Handys.

»Keine Ahnung. Sollen wir eins machen und es herausfinden?«

Ein Muskel an deinem Unterkiefer zuckt. »Ich habe gut geschlafen«, behauptest du.

»Lügner«, gebe ich grinsend zurück.

»Sei nicht so biestig, *Setareh*!« Du klingst beherrscht, lediglich eine winzige Spur Ärger schwingt in deiner Stimme mit. Dieses Maß an Selbstkontrolle kenne ich gar nicht von dir, und es turnt mich genauso an wie deine ungebremste Leidenschaft.

Durch die eintretende Stille dringt die gedämpfte Stimme von Janis Joplin, die ihren Geliebten anfleht, sich doch einfach *another piece of my heart* zu nehmen. Ich taste nach der Fernbedienung und erhöhe die Lautstärke.

Den Rest der Fahrt verbringe ich damit, mir meine Optionen zu überlegen. Zeit ist ein Luxus, den ich mir nicht leisten kann. Ein wenig davon habe ich mir geborgt, aber der Vorrat geht langsam zur Neige.

Ich bin so mit meinen zwiespältigen Gefühlen beschäftigt,

dass ich von unserer Ankunft im Krankenhaus und dem Weg zum Beratungszimmer kaum etwas mitbekomme.

»Schön, dass es Ihnen offensichtlich gut geht, Lily«, begrüßt Dr. Hamid mich mit einem herzlichen Lächeln.

Sie nimmt auf einem der Drehstühle an einem schwarzen Konferenztisch mit Chrombeinen Platz. Ich setze mich ihr gegenüber. Du bleibst lieber stehen und lehnst Dr. Hamids freundliche Einladung mit einem kurzen Kopfschütteln ab.

Stattdessen beginnst du, mit der berechnenden Entschlossenheit eines jagenden Raubtiers auf und ab zu laufen. Auf uns Sitzende wirkst du nun sogar noch größer, und deine Unruhe erfüllt den Raum sofort mit Spannung.

Fürchtest du dich etwa vor Ärztinnen, mein Liebster? Oder vor Krankenhäusern? Bereitet der Geruch nach Krankheit und Verfall dir Übelkeit? Gefriert dir das Blut in den Adern, wenn die Spitze einer Nadel durch weiche Haut fährt?

Das zählt zu den Dingen, die ich nicht über dich weiß. Einer der unkalkulierbaren endlosen Fäden, aus denen dein innerster Kern gewoben ist. Denn es sind diese Fäden, von Phobien bis zu manischen Leidenschaften, die in ihrer Verknüpfung den Einzelnen ausmachen.

Mittlerweile habe ich mich damit abgefunden, dass es unfair wäre, eine Erwiderung meiner Liebe einzufordern. Du liebst dich nicht einmal selbst. Und ich mich selbst auch nicht.

Was für ein Paar wir doch abgeben! Beide total kaputt und doch an den anderen gekettet durch Verlangen und Tod.

»Bitte entschuldigen Sie die Verspätung«, sagt Dr. Goldstein beim Eintreten, was angesichts seiner gemächlichen Ruhe nicht ganz glaubhaft erscheint. Er ist der Psychologe, der die Untersuchungen und Tests bei mir durchgeführt hat. Mit einem Stuhl Abstand nimmt er neben Dr. Hamid Platz.

Dr. Goldstein ist eine eher unauffällige Erscheinung mit ungepflegtem rötlichem Dreitagebart und fast kahlem Schädel. Sein oliv-grau karierter Anzug ist eine Nummer zu groß und bildet einen krassen Kontrast zu Dr. Hamids Salwar Kamiz, der in einem lebendigen Tiefrot unter dem weißen Kittel hervorleuchtet. Während sie für die Gesundung meines Körpers verantwortlich ist, versucht Dr. Goldstein, aus meinem Kopf schlau zu werden.

Ich mag ihn nicht, ganz und gar nicht. Sein akademischer Grad mag höher sein als meiner, aber er gründet lediglich auf trockenem Wissen aus Fachbüchern, wenn überhaupt. Er fixiert mich wie ein Insekt, das er liebend gern unter sein Mikroskop legen würde, doch aus mir wird er niemals schlau werden. Er verfügt weder über die Fähigkeiten noch über die Kraft, es mit meinen Dämonen aufzunehmen.

»Herzlichen Dank, dass Sie es einrichten konnten, Dr. Goldstein«, sagt Dr. Hamid und zeigt ihr gewohnt freundliches Lächeln, aber in ihren Augen liegt ein missbilligendes Funkeln, das ich zu schätzen weiß. Hinter all der Fürsorglichkeit und bunt schillernden Femininität steckt eine Ärztin, die ihre Arbeit ausgesprochen ernst nimmt und die das auch von anderen erwartet.

So unruhig du bislang warst, so reglos stehst du nun plötzlich hinter mir und umklammerst die Rückenlehne meines Stuhls mit beiden Händen.

»Die Aufnahmen der diversen Scans, die wir gemacht haben«, beginnt Dr. Hamid an mich gewandt, »sind von einer

Reihe Neurologen begutachtet worden, und deren Meinung lautet durchweg, dass Ihr Gehirn nicht die kleinste Beschädigung oder Beeinträchtigung aufweist.«

»Physisch betrachtet«, merkt Dr. Goldstein an.

»Ja, natürlich«, räumt Dr. Hamid ungehalten ein. »Wir sprechen hier über das Gehirn, nicht über die Psyche. Darüber hinaus sind die Berichte des Physiotherapeuten exzellent ausgefallen. Für eine Frau von Ihrer grazilen Statur verfügen Sie seinen Worten zufolge selbst nach dreiwöchiger Immobilität noch über verblüffende Körperkräfte. Alles in allem sind Sie schlicht eine bemerkenswert gesunde junge Frau.«

»Physisch betrachtet«, schränkt Dr. Goldstein erneut ein.

Unvermittelt ziehst du den Stuhl neben mir heran und lässt deine stattlichen Maße mit einem eleganten Schwung darauf nieder. Diese Macht, die du über dich selbst ausübst, ist schon überaus sexy.

Erst als ich höre, wie heftig du atmest, und sehe, wie verzweifelt dein Körper sich in den viel zu kleinen Stuhl quetscht, begreife ich endlich. Es ist gar nicht die Umgebung, die dich so nervös macht. Du ergreifst meine Hand und drückst sie viel zu fest.

»Ah, Sie waren offenbar besorgt«, bemerkt Dr. Hamid und blickt ihn teilnahmsvoll an. »Das tut mir leid, ich dachte, ich hätte deutlich zum Ausdruck gebracht, wie positiv die Prognose ist. Wir waren zu Beginn nur sehr vorsichtig, vielleicht etwas übertrieben vorsichtig.«

Dein Brustkorb hebt und senkt sich, deine Nasenflügel beben bei jedem Atemzug. Wir warten alle darauf, dass du etwas sagst, aber dann wird mir klar: Du kannst nicht.

»Klingt ja alles sehr beruhigend«, sage ich mit breitem Lächeln, um die Situation zu überspielen.

»Bestehen bei ihr irgendwelche Einschränkungen, was physische Aktivitäten betrifft?«, fragst du, und deine Finger spannen sich an.

Prompt kommt mir wieder deine Bemerkung über den heimischen Fitnessraum in den Sinn und worauf du damit reagiert hattest. Mein Lächeln schwindet aus meinem Gesicht, und ich versuche, meine Hand freizubekommen, aber dein Griff wird so fest, dass ich schon eine Szene machen müsste, wenn ich darauf beharren wollte.

»Nein, derartige Einschränkungen gibt es nicht«, versichert ihm Dr. Hamid mit einem Kopfschütteln.

»Ganz direkt gefragt«, bohrst du nach. »Ich kann also vollkommen bedenkenlos mit meiner Frau Sex haben?«

Ich erstarre. Sollte dich das etwa zurückgehalten haben? Könnte es so einfach sein?

Nein. Das erklärt nicht, warum du mir so entschieden aus dem Weg gegangen bist.

»Ich würde sogar sagen, dass die Wiederaufnahme sexueller Kontakte nach einer solch langen und schmerzhaften Trennung für Sie beide nur von Vorteil sein kann«, erklärt sie mit freundlichem Lächeln.

»Sexuelle Dysfunktion ist eine von vielen Komplikationen, die eine dissoziative Amnesie nach sich ziehen kann«, ergänzt Dr. Goldstein und trommelt dabei mit den Fingern auf der Tischplatte. Er hat die Beine übereinandergeschlagen und die Rückenlehne weit nach hinten gedrückt. »Ich kann nicht stark genug betonen, von welch entscheidender Bedeutung es ist, dass Sie umgehend mit einer Therapie beginnen. Bislang verhalten Sie sich da sehr abwehrend. Ich kann natürlich nachvollziehen, dass es für Psychologiestudierende besonders schwierig sein kann, in eine Selbsterforschung unter professioneller Anleitung einzuwilligen, da sie leicht dem Glauben verfallen, sich selbst auch ohne fremde Hilfe analysieren und diagnostizieren zu können. Allerdings sind Krankheitsbilder wie in Ihrem Fall überaus selten und ein deutliches Anzeichen für ein schwerwiegendes emotionales Trauma.«

»Dessen bin ich mir bewusst«, sage ich und grabe die Finger meiner freien Hand in die Handfläche.

»Ich nicht«, mischst du dich ein. »Würden Sie bitte erklären, welche Befürchtungen Sie haben?«

»Unser Gehirn funktioniert nicht wie eine VHS-Kassette, die man immer wieder löschen und überspielen kann«, fängt Dr. Goldstein an. »Kennen Sie überhaupt noch VHS-Kassetten, Mr. Black?«

»Ja, selbstverständlich«, antwortest du trocken. »Ich bin Jahrgang 83.«

»Ah, jetzt fühle ich mich richtig alt«, sagt er mit einem schiefen Lächeln, das ungekünstelt wirkt. »Ihre Frau hat ihr Trauma abgespalten. Es ist nicht gelöscht, nur abgeschottet. Ihr Unbewusstes weiß, was sie erlitten hat, und wird beim passenden Trigger entsprechend heftig reagieren. Wir wissen nicht, was mögliche Auslöser bei ihr sind. Ein Unwetter. Der Anblick eines Segelboots. Etwas Harmloses wie ein Lied, das sie womöglich gehört hatte. Irgendetwas, das ihr Unbewusstes mit dem Trauma verbindet.«

Während Dr. Goldstein ausschließlich dich beim Sprechen anschaut, beobachtet Dr. Hamid allein mich.

»Im Allgemeinen wird eine solche Amnesie meist bei Kriegsveteranen und Opfern sexueller Gewalt diagnostiziert«, fährt er fort. »In diesen Fällen lassen sich zumindest Vermutungen über bestimmte Trigger anstellen. Hier aber wissen wir nicht, ob ihr Gedächtnisverlust im Zusammenhang mit dem extremen Stress beim Überlebenskampf steht oder mit etwas vollkommen anderem. Vielleicht wurde sie ja auch erst nach Erreichen des Festlands traumatisiert oder während der Rettungsaktion, also in einem Moment besonders ausgeprägter Schutzlosigkeit. Wir wissen einfach nicht, was geschehen ist, bloß dass die Erfahrung das, was ihr Gehirn zu verarbeiten imstande war, weit überstiegen haben muss.«

Du drückst meine Hand so fest, dass mein Ehering sich in den Finger schneidet. Deine Augen spiegeln den Horror, den dein Kopf sich gerade ausmalt. Ich möchte nicht, dass du zu Selbstquälereien getrieben wirst, aber wahrscheinlich tust du nichts anderes, seit du mich wiedergefunden hast, und dieses Gespräch befeuert nur noch einmal deine schlimmsten Befürchtungen.

Dr. Goldstein spricht immer lebhafter, seine Augen leuchten vor eifriger Wissbegier. Ein seltener Fall ist ihm ins Visier geraten, und er ist versessen darauf, ihn ausgiebig zu studieren.

»Die letzten sechs Jahre ihres Lebens sind das, was man eine dissoziative Fugue nennt«, erklärt er. »Mit anderen Worten: Ihr Trauma war derart schwerwiegend, dass ihr Gehirn ein komplettes Reset durchgeführt hat. Zu dem bis dahin gewohnten Leben zurückzukehren, wurde als nicht zu bewältigende Option verstanden.«

Du räusperst dich und sagst: »Es gab keine Anzeichen, dass ihr die Situation zu Hause oder die Beziehung zu mir Unwohlsein verursacht hätte.«

»Das demonstrative Desinteresse, das Ihre Frau nach einer solch extremen Erfahrung zeigt, ist eine häufig anzutreffende Reaktion«, übergeht er deinen Einwurf achtlos und setzt seine Beurteilung unbeirrt fort. »Sie ist ebenso geläufig wie Disstress oder Verwirrung. Auch ohne die Ursachen ihres Traumas zu kennen, lassen sich einige der wahrscheinlichsten Folgen absehen. So könnte sie Albträume und Flashbacks haben. Ess- und Schlafstörungen könnten sich einstellen. Sie könnte Anzeichen von selbstverletzendem Verhalten zeigen. Depressionen und Suizidgedanken sind durchaus reale Gefahren, vor allem wenn sie das Trauma nicht in der geschützten Umgebung einer professionellen Therapie wieder zum Vorschein bringt.«

»Nichts von alldem ist bislang aufgetreten«, wende ich ein.

Dr. Goldstein richtet abrupt den Oberkörper auf und beugt sich über den Tisch. »Kam es Ihnen vor, als wären Sie losgelöst von sich selbst und Ihren Emotionen? Erschien Ihnen die Art, wie Sie Ihre Umgebung oder die Menschen um Sie herum wahrnehmen, irgendwie unwirklich oder verzerrt? Haben Sie das Gefühl, als würde Ihre Identität nicht ganz zu Ihnen passen, als wäre sie verrutscht oder unklar?«

Eine eisige Kälte erfüllt mich. Angst sinkt in meine Magengrube wie ein zentnerschwerer Felsbrocken.

»Mir fehlen sechs Jahre, Herr Doktor«, sage ich so ruhig

wie möglich. Ich bin doch nicht so blöd, jetzt erregt zu kontern und sofort für hysterisch erklärt zu werden. »Die Welt hat sich in vielerlei Hinsicht verändert. Ich komme mir vor wie eine Zeitreisende, aber ich wage zu behaupten, dass das keineswegs unverständlich oder überraschend so ist.«

»Wie behandelt man denn so etwas?«, willst du wissen.

»Wir versuchen, ihre Erinnerung mithilfe von Hypnose wiederzuerwecken. Medikamente können ebenfalls verabreicht werden, um das Vorgehen zu erleichtern. Dann arbeiten wir gemeinsam daran, das Trauma freizulegen, und behandeln es.«

Ich lache innerlich. Mit welch mittelalterlichen Methoden sich doch um die psychische Gesundheit gekümmert wird! Kein Wort darüber, *wie* er mich zu behandeln gedenkt, als wäre ich gar nicht anwesend oder sowieso unfähig, sein Vorhaben zu verstehen. Dr. Goldstein wird nicht zu seiner eigenen Erbauung in meinem Kopf herumwühlen.

Du schaust mich an. Ich wende dir meinen Blick zu und lasse dich meine Gedanken durch die Fenster meiner Seele lesen. Dein schraubstockartiger Griff lockert sich, dann drückst du noch einmal beruhigend zu, und das Blut strömt prickelnd zurück in meine Finger.

»Schönen Dank für die Erläuterungen, Herr Doktor«, sagst du. »Und vielen Dank Ihnen, Dr. Hamid, für die hervorragende medizinische Betreuung meiner Frau. Ich stehe tief in Ihrer Schuld.«

»Ja«, bestätige ich. »Tausend Dank.«

»Von Zeit zu Zeit begegnen wir tatsächlich kleinen Wundern«, erklärt sie lächelnd. »Dass Sie sich nichts gebrochen und auch sonst keine inneren Verletzungen davongetragen haben, ist sicherlich eines davon. Ich habe Ihnen mit dem größten Vergnügen geholfen, soweit es in meiner Macht steht, Lily, und freue mich sehr, Sie nun wieder so fit vor mir zu sehen.«

»Wann würden Sie denn gern mit der Behandlung anfangen?«, drängt Dr. Goldstein. »Ich könnte heute Nachmittag noch einen Termin freischaufeln. Wir sollten wirklich keine Zeit verlieren.«

Du erhebst dich mit lässiger Eleganz und bietest mir deine Hand an. Ich kann die Hilfe gut gebrauchen. Meine Beine sind wacklig, meine Gedanken überschlagen sich. Nichts von dem, was hier gesagt wurde, war neu für mich. Bislang hatte ich nur die Konsequenzen daraus gemieden, aber das geht jetzt nicht länger.

»Wir verlassen die Stadt für eine Weile«, erzählst du ihm. »Wir werden uns bei Ihnen melden, sobald wir wieder zurück sind.«

Dr. Goldstein verzieht den Mund. »Ich kann nur wiederholen, dass ich Ihnen und Ihrer Frau davon abraten würde zu versuchen, ohne eine unterstützende Therapie zurechtzukommen«, sagt er in kühlem Ton. »Menschen mit dem Krankheitsbild Ihrer Frau haben enorme Schwierigkeiten, Beziehungen zu unterhalten. Den Intimverkehr wieder aufzunehmen könnte einer erneuten emotionalen Bindung in Ihrer Ehe eher im Weg stehen als ihr nutzen.«

»Zur Kenntnis genommen«, erwiderst du knapp, bevor du den Ärzten noch einmal dankst, ihnen die Hände schüttelst und mich aus dem Beratungszimmer führst.

Du sagst nichts, während wir auf den Fahrstuhl warten, obwohl wir allein sind. Immerhin hältst du mich fest an dich gedrückt, während du mit der freien Hand schnell eine Nachricht in dein Handy tippst. Sobald wir in der Kabine abwärtsgleiten, schlingst du von hinten deine Arme um mich. »Er ist ein aggressiver Typ«, flüsterst du. »Seine Art hat dir Unbehagen bereitet. Es tut mir leid, dass ausgerechnet er all diese Tests durchgeführt hat, denen du dich unterziehen musstest. Du hättest etwas sagen sollen.«

Mein Körper spannt sich an, meine Atmung wird flach. Dich jetzt so nah zu spüren, nachdem du eben im Fahrstuhl zur Tiefgarage noch so distanziert gewesen warst, verwirrt mich. »Das ist kein Thema, über das ich gern mit Witte rede«, sage ich nur.

Deine Hitze brennt in die eisige Kälte in mir. Dein extrem männlicher Duft umhüllt mich und bewahrt mich so vor dem feindseligen Geruch nach kraftvollem Desinfektionsmittel und angsterfüllter Krankheit.

Du greifst mich so fest, dass deine Brust gegen meinen Rücken drückt. »Ich habe auf ganzer Linie Fehler gemacht, was?«, hauchst du. »War übervorsichtig.«

»So könnte man es auch nennen«, erwidere ich und versuche, mich aus deiner Umklammerung zu befreien, aber du lässt es nicht zu.

»Ich durfte doch nicht riskieren, dich zu schnell zu weit zu treiben, vor allem da alle Mediziner mich davor gewarnt haben, dich Stress auszusetzen. Und verhalten sind meine Gefühle für dich nun ganz bestimmt nicht.«

»Vielleicht hast du auch einfach gar keine für mich.«

»*Setareh*«, raunst du und presst deine Lippen auf meine Schläfe, während du mich fest umfasst. »Ich will dich viel zu sehr. Das habe ich immer. Es tut mir leid.«

Nicht zu wissen, ob du es ehrlich meinst, ist die heimtückischste Form von Folter. »Du hättest dir deine Lüge vom Verreisen ruhig sparen können«, erkläre ich. »Ich wollte ihm gerade klarmachen, dass er nicht die geringste Chance hat, mein Hirn mit Medikamenten, Hypnose oder was weiß ich noch anzuzapfen. Er will bloß eine Fallstudie, die er veröffentlichen und für irgendwelche Vorlesungen benutzen kann. Ich werde nicht zulassen, dass jemand aus meinen Erinnerungen persönlichen Profit schlägt.«

»Das war gar keine Lüge«, korrigierst du mich. »Und ich stimme ganz mit dir überein, dass der Mann ein aufgeblasenes Arschloch ist. Allerdings«, fügst du amüsiert hinzu, »ist uns seine Arroganz auch sehr zu Diensten gewesen, als er von der Polizei befragt wurde. Denn die Richtigkeit seines Befunds wird er bis ans Ende seiner Tage verteidigen.«

Ich beiße mir auf die Unterlippe. War Dr. Goldstein nun für mich die beste Wahl oder nur die vorteilhafteste unter diesen Bedingungen? Wissen wird man es wohl nie, selbst wenn du bereit wärst, mir darauf zu antworten.

»War seine Erklärung zutreffend?«, erkundigst du dich.

Ich frage gar nicht erst nach, welchen Teil du meinst, denn eigentlich war alles zutreffend, und außerdem platze ich gerade vor Neugier. Und Hoffnung. Wohin verreisen wir? Wie lange ist *eine Weile*? »Ja«, antworte ich bloß.

»Wärst du bereit, jemand anderen aufzusuchen?«, fragst du weiter, und deine tiefe, bedächtige Stimmlage besänftigt mich auf der Stelle. Schon früher hast du mich damit verzaubert. »Ich halte es für unerlässlich, dass du es zumindest versuchst.«

»Warum?«, entgegne ich. »Soll das etwa der Versuch sein, unsere Ehe zu retten? Oder hoffst du nur, ein bisschen Psychoanalyse könnte mich dazu triggern, dich zu vergessen und erneut von der Bildfläche zu verschwinden? Schließlich hast du bislang ja durch nichts angedeutet, dass du mich gern in deiner Nähe hättest.«

Eine hoch aufgeladene Stille setzt ein.

»Du bist Jahre weg gewesen«, zischelst du in mein Ohr. »Willst du überhaupt nicht erfahren, was in dieser Zeit geschehen ist?«

Der Fahrstuhl erreicht das Erdgeschoss und bremst sanft ab. Du nimmst meine Hand, und wir durchqueren die Eingangshalle zum Vordereingang. Du verkleinerst deinen Schritt, damit wir im gleichen Rhythmus laufen. Köpfe drehen sich um, Blicke folgen uns. Wie sollte es auch anders sein? Du bist so groß und attraktiv, und auch ich bin dank meiner High Heels knapp eins fünfundachtzig groß.

Du strahlst Selbstbewusstsein aus und eine Energie, die sich aus deinem inneren Feuer speist. Aus vielerlei Gründen und in vielerlei Hinsicht ist es ein leidvolles Vergnügen, an deiner Seite zu laufen.

Draußen drängst du mich in eine Nische neben dem Eingang, um dem Besucherstrom an den automatischen Schiebetüren auszuweichen.

»Ich habe dich etwas gefragt, *Setareh*. Gib mir eine Antwort.«

»Wen kümmert's, woran ich mich erinnere? Viel zu retten

scheint es bei unserer Ehe doch nicht zu geben. Was willst du von mir, abgesehen davon, dass ich deine Schmuckkollektion zur Schau tragen soll?«

Deine markanten Wangenknochen treten heraus.

Verbittert fahre ich fort: »Du willst meine Gesellschaft nicht. Du willst mich nicht vögeln. Nicht einmal das Schlafzimmer willst du mit mir teilen. Hast du vor, lieber andere Frauen zu ficken? Wo wir gerade dabei sind: Wie hat das eigentlich geklappt, wenn ich ständig von diesem gigantischen Foto aus zusehe? Oder ist das der Witz daran? Magst du es, wenn ich zuschaue? Ist das den anderen nicht unheimlich? Wahrscheinlich nicht. Du bist ja dermaßen toll, sexy und reich, dass sie sich von dir vermutlich auch mitten auf dem Times Square flachlegen ließen.«

Wütend erwidere ich deinen ruhigen Blick. »Fertig?«, fragst du nach einer Weile.

»Stehen mir eigentlich dieselben sexuellen Freiheiten zu?«

Jetzt wird dein Blick schon hitziger. Doch du zügelst dich und bleibst beherrscht.

Die Tatsache, dass ich dich nicht einmal mit der Vorstellung, ich würde mit anderen Männern schlafen, aus der Fassung bringen kann, sagt mir alles, was ich wissen muss. Nur eine Sache wäre da noch … »Warum bittest du mich nicht einfach um die Scheidung? Du kannst all mein verfluchtes Geld haben. Inklusive Baharan und allem. Ich will bloß meinen Frieden.«

Ich mache einen Schritt um dich herum und jaule schmerzerfüllt auf, als du mich unvermittelt am Arm zurückreißt wie ein widerspenstiges Kleinkind, das diszipliniert werden muss.

Du schlingst deine Arme fest um mich. Dein mächtiger, muskulöser Körper strahlt Wildheit und Gewalt aus. Und ich stelle mit Vergnügen und einiger Verblüffung fest, dass du eine eindeutige – und ziemlich eindrucksvolle – Erektion hast.

»Ist das wirklich alles, was du willst?«, hauchst du mit tiefer, drängender Stimme, und dabei sind deine festen, sinnlichen Lippen nur einen Fingerbreit von meiner Stirn entfernt.

»Ich weiß gar nicht, was Frieden ist, Kane, weiß also nicht einmal, was ich mir da wünschen sollte. Alles, was ich brauche, bist du. Daran hat sich nie etwas geändert.«

»*Setareh*«, stöhnst du auf und presst deine Lippen auf meine Stirn. Die Geste ist so schlicht, und dennoch spüre ich, wie alle Spannung aus meinem Körper fließt. »Darauf habe ich gewartet – aus deinem Mund zu hören, dass du mich noch willst.«

»Du schienst so wütend auf mich zu sein.«

»Und ob«, knurrst du zurück. Du löst dich von mir und grinst teuflisch. »Du hast eine Entscheidung gefällt, die für mich *sechs Jahre ohne dich* bedeutete! Da war ich auf dich sauer, das stimmt!«

Die eisige Kälte in meinen Adern schwindet. Die Abdrücke deiner Finger werde ich zwar noch tagelang auf meiner Haut tragen, aber das ist mir egal. Kaum sträube ich mich nicht mehr in deinem Griff, lockert der sich auch schon.

»Beschissen habe ich heute Nacht geschlafen«, sagst du in sanfterem Ton. »Wie jede Nacht, die ich ohne dich verbringen musste. Wenn du ein Baby möchtest, werden wir eins bekommen. Wenn du keine Therapie machen möchtest, werden wir es lassen. Wir haben getrennte Schlafzimmer, weil ich deine Sachen nicht wegwerfen konnte, es aber auch nicht ausgehalten hätte, sie tagtäglich zu sehen, zu riechen und zu berühren.«

Du legst die Hände um mein Gesicht und lehnst die Stirn gegen meine. »Wir haben bei der Hochzeit gelobt, uns treu zu sein, und das werden wir. *Du* wirst es sein. Und *ich* werde es mit absoluter Sicherheit sein. In meinem Schlafzimmer ist nie eine andere Frau gewesen. Und dass wir uns scheiden lassen, kommt weder jetzt noch irgendwann jemals infrage. Habe ich etwas vergessen?«

Dein Daumen streicht immer wieder sanft und anregend über meinen Oberarm. Die zärtliche Geste geschieht unwillkürlich, aus einem bloßen Instinkt heraus.

»Was, wenn es besser wäre, gar nicht zu wissen, was ich die letzten sechs Jahre so getrieben habe?«, frage ich. »Was, wenn es schreckliche Dinge waren?«

»Mir egal. Das ändert gar nichts.«

»Was, wenn ich auf den Strich gegangen bin?«, lege ich nach. Es schmerzt, dich zusammenzucken zu sehen. »Was, wenn ich mit Waffen oder Drogen gedealt habe? Leute ausgeraubt oder umgebracht habe? Wer zum Teufel weiß das schon?«

»Wen zum Teufel schert's?«, erwiderst du mit wiedererwachtem Temperament. »Wie gesagt, es ist mir egal. Du warst damals jemand anders. Du warst Ivy York.«

»Aber Ivy York steckt in mir«, entgegne ich. »Sie ist kein abstraktes Wesen. Sie hat existiert. Sie existiert noch. Wenn ich perfekt sein muss, damit du mich liebst, ist die Sache schon gestorben.« Ich wende den Blick ab und sehe gerade, wie der Range Rover am Bordstein anhält. »Wäre dir das lieber? Die Sache gleich hier und jetzt zu beenden, und du bist frei?«

»Du musst nicht perfekt sein, und ich will nicht frei sein«, stellst du klar. Deine Finger umklammern mein Kinn und drehen den Kopf zu dir. »Dass du überhaupt auf die Idee kommen kannst, ich würde dich nicht wollen, beweist nur, was ich hier für einen Riesenscheiß gebaut habe.«

Du nimmst meine Hand und führst mich zum Wagen.

Witte wartet an der geöffneten Tür und behält dabei mit geübtem Blick die Straße in beiden Richtungen im Auge. Der Schnitt seiner Jacke ist so exquisit, dass lediglich ein geschulter Betrachter die Schusswaffe im Schulterholster bemerken würde.

Der Himmel ist strahlend blau. Die aufsteigende Sonne spiegelt sich gleißend in den kilometerlangen Glasbändern, die die Stahlgerippe der Hochhäuser umlaufen. Der Tag ist viel zu schön, viel zu makellos, um so zu bleiben.

Mein Atem geht schnell und flach, mein Herz rast. Du warst du selbst, wenigstens einen Moment lang. Ich konnte dich sehen. Dich hören. Konnte spüren, wie du mich berührst.

Ich will gar nicht unbedingt Sex, obwohl ich auch nicht unbedingt etwas dagegen hätte. Was ich brauche, ist deine Zärtlichkeit. Deine Zuneigung. Ich würde alles dafür tun, dich zu mir zurückzubringen. Sogar das.

»Wenn wir jemand finden, dem ich vertraue, mache ich es«, biete ich an, da ich einfach unfähig bin, der Hoffnung auf mehr zu widerstehen. Dabei ist da inzwischen womöglich gar nichts übrig, was du mir über deine bloße Lust und die Insignien deines Erfolgs hinaus geben könntest. Verlust ist eine Keule, die dein Ich zerschmettert und ein neues hervorbringt. Wer solch ein Leidenstal durchlaufen hat, ist nie wieder derselbe. Hält Lily dein Herz so fest gepackt, dass es nie mir gehören wird? Vielleicht wirst du in mir stets die Quelle des Leids sehen und in ihr die Quelle des Glücks.

Kann ich damit leben, alles zu haben, außer Liebe? Bleibt mir eine Wahl? Ohne dich fehlt mir der Anker.

»Danke«, sagst du, als wir einsteigen.

»Möchten Sie vorab noch beim Penthouse vorbei?«, fragt Witte.

»Nicht nötig«, antwortest du. »Wir werden bei unserer Ankunft alles vorfinden, was wir brauchen.«

Ich hätte gern gewusst, was du vorhast, wohin wir fahren, aber wenn du es mir verraten willst, wirst du es schon sagen. Die Vorstellung einer stationären Einweisung geistert mir kurz durch den Kopf, aber ich weigere mich, daran zu denken. So etwas würdest du mir nicht antun. Niemals. Oder?

Ich gleite auf die Rückbank, und du betrachtest mich mit einem vagen Lächeln. »Würdest du dir gern noch die Zentrale von Baharan ansehen?«, fragst du. »Bevor es losgeht.«

Wenn ich eines im Leben gelernt habe, dann, dass man die kurzen Augenblicke des Glücks weidlich auskosten sollte, sobald sie sich endlich einmal einstellen. »Mit Vergnügen schaue ich mir an, was du aufgebaut hast.«

»Was *wir* aufgebaut haben«, verbesserst du mich und schließt die Tür. Sofort dämpfen die getönten Scheiben das strahlende Sonnenlicht.

28

AMY

Vor dem Eingang des Crossfire Building sehe ich mich im verspiegelten Saphirglas und lächele. Gleich werde ich durch die Revolvertür mit dem Kupferrahmen rauschen und mir die Kontrolle über meine Firma und mein Leben zurückholen.

Ich summe *Into you* von Ariana Grande vor mich hin. Auch so ist heute schon einer der besten Tage meines Lebens. Aufgewacht bin ich mit dem Gesicht im Kissen und dem Schwanz von Darius in mir. Zwei Orgasmen später war er wieder in seinem Schlafzimmer, um zu duschen, und ich gönnte mir meinen ersten Becher Kaffee. Dann kam Tovah vorbei, und jetzt ist es an der Zeit, die Schritte vorzubereiten, von denen Darius gesprochen hatte. Ich muss meinen Teil dazu beitragen und ihn unterstützen. Und dafür sorgen, dass seine verfluchte Sekretärin gefeuert wird.

Zum gebieterischen Klicken meiner eispickelspitzen Stilettos auf dem goldgeäderten Marmorboden geht es vorbei an den Sicherheitsleuten und nach einem kurzen Zücken meiner Karte weiter durch das Drehkreuz. Reihenweise blicken sich die Menschen nach mir um. Mein Kinn wandert nach oben. Warum komme ich eigentlich nicht öfter ins Büro? Ich komme mir vor wie eine Göttin. Eine Scheißkönigin. All die fleißigen Bienen, die hier in der Lobby herumschwirren, haben ja keinen Schimmer, was es heißt, tatsächlich einen Unterschied in dieser Welt zu machen, denn schließlich ist Social Creamery der Grund dafür, dass Baharan heute so profitabel dasteht und den Menschen hilft, schlank zu werden, wenn sie zu fett sind, und einen hochzubekommen, wenn es nicht mehr so recht klappen will.

Ich habe mit Social Creamery dafür gesorgt, dass Baharan in der Öffentlichkeit engagierter, fortschrittlicher und kundenorientierter wirkt als jedes andere Unternehmen in der Pharmabranche. Früher hat Big Pharma sich beim Marketing immer auf die eigene Forschungsarbeit konzentriert und ist mit dem Bild hausieren gegangen, dass sie ständig mit der Entwicklung neuer Heilmittel beschäftigt ist. Die Menschen wollen aber gar nicht hören, welche Wundermittel es irgendwann in ein paar Jahren vielleicht einmal geben wird. Sie wollen sofort Hilfe, und sie wollen das Gefühl vermittelt bekommen, dass sich jemand tatsächlich für ihren Schwachsinn interessiert.

Das Crossfire ist zwar noch eine relativ neue Ergänzung der Skyline von Manhattan, doch die Saphirnadel ist schon jetzt eine Sehenswürdigkeit, die in keinem Film- und Fernsehdreh in der Innenstadt fehlen darf. Seine Zentrale hier zu haben ist also ein Statement und dürfte die einzige Sache sein, für die ich Aliyah, wenn auch widerwillig, dankbar bin.

Ich winke kurz zu den Sicherheitsleuten in ihren schwarzen Uniformen hinüber. Einer von ihnen runzelt ein wenig die Stirn, als würde er mich nicht kennen.

Na gut, ich kenne den Schwachkopf auch nicht. Aber sein Job ist es zu wissen, wer ich bin.

Die Lobby ist so kurz vor dem Mittag voller Menschen.

Nachdem ich mit einem schnellen Wink meiner Karte durch das Drehkreuz gestürmt bin, steuere ich die Reihe von Fahrstühlen an. Ich drücke den Knopf für die zehnte Etage und klopfe beim Warten ungeduldig mit dem Fuß. Links von mir öffnen sich die Fahrstuhltüren und spucken, wer hätte es gedacht, Gideon und Eva Cross aus. Er legt ihr die Hand tief in den Rücken, als sie die ansonsten leere Kabine verlassen. Das ist einer von vielen Vorteilen, wenn einem das Gebäude gehört und man das oberste Stockwerk für sich hat: Man kann mit dem Fahrstuhl von ganz oben bis nach ganz unten rauschen, ohne unterwegs für irgendwelche Normalsterblichen anhalten zu müssen.

Ich recke schnell die Schultern, um meine Lily-Haltung anzunehmen, und setze ein strahlendes Lächeln auf. »Hi! Na, geht's zum Mittagessen?«

»Amy«, sagt Gideon nur zur Begrüßung. Er steht wie immer unmittelbar hinter seiner Frau und schaut ihr über die Schulter, was ihm nicht besonders schwerfällt, da er sie um Längen überragt. So bilden die beiden stets eine geschlossene Front, eine einzelne Einheit statt zwei getrennter Personen. Co-Abhängigkeit wie aus dem Lehrbuch, würde ich sagen.

Die in einem glänzenden Nude-Ton geschminkten Lippen von Eva formen ein breites Grinsen, da sie es sich von diesem geilen Arsch hinter ihr besorgen lassen kann, wann immer sie will. Lucky Bitch. »Ja, wir haben einen Mordshunger«, flötet die Schlampe. »Du siehst übrigens wirklich toll aus! Schicker Anzug.«

»Danke.«

Ich pose ein wenig, da ich tatsächlich hammermäßig aussehe. Sie ist allerdings auch top angezogen, wie immer eigentlich. Heute hat sie sich für ein schwarz-weiß-goldenes Blusenkleid von Versace mit schwarzem Gürtel und dem klassischen Medusa-Logo entschieden. Er trägt passend dazu einen schwarzen Dreiteiler, ein weißes Hemd und eine weiße Krawatte mit Goldstreifen. So stimmen sie sich immer aufeinander ab. Einfach ekelhaft. Lord und Lady von New York mit ihrer ach so witzigen Namensverschmelzung GidEva und ihrem süßen Hündchen.

Draußen wartet schon eine Horde Paparazzi auf ihr Erscheinen. Wenn ich in ein paar Minuten am Empfangstresen von Baharan vorbeikomme, werden die neuesten Aufnahmen von Mr. und Mrs. Cross bereits um die Welt gehen. Style-Gurus werden von Evas Kleid und ihren Accessoires schwärmen. YouTuberinnen werden den hohen, langen Pferdeschwanz kopieren, auch wenn sie diesen perfekten Blondton niemals hinbekommen. Der Hersteller der Sieben-Zentimeter-Goldhoops, die von ihren Ohren baumeln, wird mich auf sämtlichen Social-Media-Plattformen mit Werbung bombardieren, die ihr Foto benutzt. Nicht auszuschließen, dass sogar Social Creamery für den Account dieses Schmuckproduzenten verantwortlich ist.

Gideon, dessen maßgeschneiderte Anzüge für neunundneunzig Prozent der Weltbevölkerung unbezahlbar sind, lässt sich nicht so leicht vermarkten, aber trotzdem himmeln sie ihn genauso an. Sein schwarzes Haar hängt ihm in einer üppigen Mähne bis auf den Hemdkragen, eine Frisur, die zum absolut orgiastischen Kreischen sexy ist, die allerdings bei jedem anderen Mann, der nicht gerade Hugh Jackman oder Keith Urban heißt – die es beide ähnlich lang tragen –, vollkommen lächerlich aussehen würde. Seine Augen haben eine wirklich irre Farbe, ein Himmelblau, das viel strahlender ist als das wässrige Blau der Armands. Und offen in ihnen lesen, was sein geniales Unternehmerhirn so denkt, kann man allenfalls in den Momenten, in denen er seine Frau anschaut.

Ich halte es für komplett ausgeschlossen, dass ihr ganzes bescheuertes Superleben nicht fake ist. Keine Frau hat von Natur aus solche Titten und so einen Arsch. Kein Mensch sieht immer wie aus dem Ei gepellt aus, wenn er seinen Hund Gassi führt, selbst im unwirtlichsten New Yorker Schneesturm. Kein normales Paar hat ein dermaßen edles Zuhause, dass sogar Architekturmagazine darüber berichten, oder macht Urlaub auf Superjachten, die *Angel* oder *Ace* heißen. Und kein Ehepaar sucht permanent den Körperkontakt zu halten, so wie sie es tun. Vielleicht in den Flitterwochen noch, aber nicht, wenn man wie sie seit vier Jahren verheiratet ist. Der Reiz sollte schon längst verloren sein.

Egal. Während ich einen Schritt auf die offene Fahrstuhltür zumache, verfolge ich mit einem Seitenblick, wie sie in Richtung Ausgang verschwinden. Gideons Hand ruht inzwischen auf Evas wiegender Hüfte.

Bestimmt hat er einen Schwanz, der nicht größer ist als mein kleiner Finger, und ihre Brustimplantate schwappen wie ein Wasserbett, wenn er sie mit seinem winzigen Pimmel rammelt.

Die Vorstellung bringt mich zum Lächeln.

Ja, jetzt fühle ich mich schon besser.

Noch besser fühle ich mich, als ich im Empfangsbereich von Baharan ankomme. Vier Fahrstuhlschächte führen zu dieser Etage, eine neben mir, zwei weitere gegenüber. Rechts bietet eine große Fensterscheibe einen weiten Blick über die Stadt mit ihren Wolkenkratzern, ihren hochquellenden Dampfschwaden und dem endlosen Strom der charakteristischen gelben Taxis. Links ist ein modern geschwungener Edelstahltresen, an dem an drei Plätzen Gespräche entgegengenommen werden. Von der Decke hängt an dünnen Stangen das Baharan-Logo, dessen Schriftbild betont feminin und flüssig gehalten ist, nur das Wort »pharmaceutical« steht in nüchternen Druckbuchstaben.

Ich bleibe einen Moment stehen, um alles in Ruhe zu betrachten. Eine Abtrennung aus Milchglas sorgt dafür, dass in den vielen Cubicles hinter dem Empfangsbereich ungestörter gearbeitet werden kann. Die gesamte Etage gehört uns. Aber eines Tages wird Darius und mir ein noch viel großartigeres Gebäude als das Crossfire gehören, und alle Firmen werden darum kämpfen, dort ihre Zentrale einrichten zu dürfen. Wer einen Film oder eine Fernsehserie dreht, der wird Ansichten von unserem Gebäude verwenden, um klarzustellen, dass man sich in Los Angeles befindet. Keiner wird sich mehr für GidEva interessieren.

Wie wird man uns nennen? DarAmy? AmDar? Ich muss lachen, und die drei Brünetten hinter dem Tresen – zwei Frauen und ein Mann – blicken auf. Ich erwidere ihr Lächeln. Schließlich arbeiten diese Menschen für mich.

Mit lässigen Schritten mache ich mich auf den Weg zu meinem Büro. Ich hatte mir ein Eckzimmer ausbedungen, doch Aliyah war dagegen. Sie meinte, die Eckzimmer seien ihr und ihren drei Söhnen vorbehalten. Aber Kane arbeitet sowieso in einem gewöhnlichen Cubicle, daher hätte ein Eckzimmer für mich übrig sein sollen. Immerhin gehöre ich auch zur Familie.

»Natürlich tust du das«, hatte sie gesäuselt. »Aber wir können doch einer Social-Media-Beraterin nicht gleich ein Eckbüro geben.«

Als hätte Baharan nicht erst das, was ich beigesteuert habe, so richtig zum Durchbruch verholfen. Es war nicht leicht, in der seit Ewigkeiten von ein paar Schwergewichten dominierten Pharmabranche seinen Platz zu finden. Mehr als genug Start-ups hatten sich auf das Geschäft mit der Direktvermarktung gestürzt, indem sie potenzielle Kundinnen und Kunden auf die Seiten zahlender Firmen lockten, wo sie dann ein Schwung Mediziner online beriet und ihnen Medikamente verschrieb, die anschließend zur sofortigen Zustellung geordert werden konnten.

Es erfordert Fachwissen, Erfahrung, Geschick und bestens eingespielte Strukturen, um genau zu wissen, wen man anvisieren muss: Man muss exakt die Zielgruppe eingrenzen, um dann die Nachrichten und Werbeanzeigen gezielt auf sie abstimmen zu können. Das alles habe ich erst bei Baharan eingebracht. Ich war es, die dafür gesorgt hat, dass man diesen Namen wahrnahm, ihm vertraute, ihn zu schätzen begann. Vor mir hatte die Firma bloß eine Handvoll von Produkten, deren Verkauf sie gerade so über Wasser hielt.

Nicht mehr lange, und Aliyah wird offen eingestehen müssen, dass sie es ohne mich nicht geschafft hätte. Ich habe mir diesen Augenblick schon in unzählig vielen Varianten ausgemalt. Jede ist mir recht. Letztlich ist es mir egal. Hauptsache, sie kriecht vor mir im Staub und fleht mich an, sie nicht in die Wüste zu schicken. Und ich werde ihr ins Gesicht lachen.

Ich steuere mein Büro an, das direkt neben dem von Darius liegt. Einige der gesenkten Köpfe in den Cubicles recken sich, als ich vorbeirausche. Hier und da ernte ich ein fahriges Lächeln. So manche, mit der ich schon mal was trinken war und demnächst wieder auf die Piste gehe, winkt mir zu. Vielleicht gleich heute Abend. Warum eigentlich nicht? Ich bin in Feierstimmung und sehe, wie Eva so richtig festgestellt hatte, einfach toll aus. Manche schauen schnell weg, wenn ich ihren Blick erwidere. Starrt ruhig, ihr armen Tröpfe. Schon klar, ich bin atemberaubend.

Ich schiele kurz durch die offene Bürotür von Darius, kann ihn jedoch nicht entdecken. Seine Sekretärin ist ebenfalls nicht an ihrem Schreibtisch. Rasender Zorn schießt wie eine Stichflamme in mir hoch und treibt mir den Schweiß aus allen Poren. Suchend schaue ich mich um, vollführe eine komplette Drehung. Ich überlege, meine Sekretärin zu fragen, doch die sitzt auch nicht an ihrem Platz vor meinem Büro. Dort telefoniert vielmehr gerade ein Angestellter, den ich noch nie zuvor gesehen habe.

Ich beschließe, Darius von meinem Büro aus anzurufen, um zu erfahren, wo er steckt. Mit einer energischen Bewegung stoße ich die Tür auf, marschiere hinein und erwische drinnen einen Kerl, der an meinem Schreibtisch hockt und meine Schubladen durchwühlt.

»Was zum Teufel soll das?«, belle ich. »Was haben Sie in meinem Büro verloren?«

»Wie bitte?«

»Stellen Sie sich nicht taub und nehmen Sie gefälligst Ihre dreckigen Pfoten aus meinen Schubladen!«, blaffe ich ihn an und sehe mich um. »Was haben Sie mit meinen Bildern gemacht? Und wo sind meine Pflanzen?«

Er steht auf. Der Mann ist klein, und sein hellbraunes Haar zeigt schon erste Anzeichen einer beginnenden Glatze. Seine hässlich gemusterte Krawatte sitzt schief und endet an der fetten Wampe, die ihm über den Gürtel schwappt. Auf dem Schreibtisch steht ein Namensschild. *Stephen Hornsworth, Vice-President of R & D.*

Der Raum kippt zu einer Seite. Ich versuche, mich zu konzentrieren.

»Entschuldigen Sie«, bringt er hastig heraus. »Aber wer sind Sie?«

»Das hier ist mein Büro!«

»Äh«, beginnt er und benetzt die Lippen, »sind Sie vielleicht auf dem falschen Stockwerk ausgestiegen?«

»Wollen Sie mich hier verarschen!?«, schreie ich. »Sehe ich etwa wie eine Vollidiotin aus?«

»Amy!«

Der Klang von Aliyahs Stimme lässt mich zusammenfahren. Ich schnelle herum und sehe, wie sie an den Cubicles vorbei auf mich zueilt. Sie trägt ein golden schimmerndes Strickkleid mit einer klotzigen Goldkette, goldenen Ohrringen und goldenem Armband. Ihre blonden Haare sind zu einem wirren Chignon hochgesteckt und die Augen mit reichlich Kajal geschminkt.

»Liebes, was machst du denn da?«, sagt sie in beunruhigtem Ton.

Die Frau hat wirklich ihren Beruf verfehlt. Ihr Talent als Schauspielerin ist oscarreif. Das Gesicht ist von Sorgenfalten zerfurcht, in ihren Augen liegt eine Zuneigung, die sie ganz sicher nicht empfindet. Alle Blicke sind auf uns gerichtet. Telefone klingeln, aber niemand hebt ab.

»Was hat Stephen in meinem Büro zu suchen?«, presse ich hervor und balle die Hände zu Fäusten.

»Du hast dein Büro doch schon letztes Jahr abgegeben, Amy«, sagt sie und wirft Stephen, der mit dem Finger an seinem Hemdkragen spielt, einen entschuldigenden Blick zu.

»Einen Scheiß habe ich!«, schreie ich und kämpfe gegen die in meinen Augen brennenden Tränen an.

»Es ist sogar schon über ein Jahr her«, erklärt sie ganz bedächtig, als wäre ich ein uneinsichtiges Kind. »Wir haben darüber geredet, und du hast wörtlich zu mir gemeint: ›Wofür brauche ich ein Büro, wenn ich in der Firma eh nichts mehr zu sagen habe?‹ Also haben wir es Stephen gegeben.«

»Ich lass mich von dir doch nicht kirre machen, Aliyah!«, gebe ich zurück. »Diesmal nicht. Es ist kein Jahr her, seit ich das letzte Mal im Haus war.« Ich wende mich Stephen zu. Auf meine Brust drückt eine zentnerschwere Last, und ganz vage nehme ich ein erstes Züngeln von Panik wahr. Ein beängstigendes Gefühl. »Wie lange sind Sie bereits hier drin?«, frage ich nervös.

»Ich bin erst vor ein paar Monaten eingestellt worden«, antwortet er, und sein Blick huscht unsicher zwischen uns beiden hin und her. »Seitdem habe ich dieses Büro.«

»Was sagst du jetzt, Mom?«, rufe ich aus und blitze Aliyah triumphierend an.

Für einen flüchtigen Moment erkennt man die wahre Aliyah, die sich hinter all dem Getue verbirgt. »Stephens Vorgänger hatte das Büro vorher«, verteidigt sie sich.

»So ein Schwachsinn!«, fauche ich und beiße die Zähne so fest zusammen, dass sie unter dem Druck knirschen. »Wo steckt Darius?«

Sie tut betreten und schaut einen Moment zur Seite, dann sieht sie mich wieder an. »Er hat etwas mit seiner Sekretärin zu erledigen.«

Mein Backenzahn gibt unter dem gewaltigen Druck nach und bricht mit einem derart lauten Knall, dass unsere gebannte Zuschauerschaft erschrocken auffährt. Ein gleißender Schmerz schießt von meinem Kiefer hinauf ins Hirn. Heißes, metallisch schmeckendes Blut strömt über meine Zunge, füllt meinen Mund.

Ich schreie vor Schmerzen auf, und blutroter Schleim sprüht über Aliyahs selbstgefällige Visage.

29

ALIYAH

»Hör auf, mich anzubrüllen, Darius!«, sage ich scharf und kann das Verlangen nach einer Dusche kaum noch bezähmen. Alles an mir scheint nach Blut und Alkohol zu stinken, als hätte ich gerade eine Kneipenschlägerei hinter mir. Mir wird beinahe übel davon. »Hat unsere Familie heute nicht schon genug Aufsehen erregt? Ist dir eigentlich klar, wie viel Glück wir haben, dass hier auf der Etage Handyverbot herrscht?«

Mein Sohn läuft in meinem Rücken auf und ab, während ich in meinem persönlichen Bad versuche, mir mit einem nassen Handtuch das Blut aus den Haaren zu wischen. Wie gut, dass ich sämtliche Produkte und Farbtöne aus unserer aktuellen ECRA+-Linie im Büro vorrätig habe und so mein Make-up schnell ausbessern konnte. Ich hatte gehofft, nach Hause flüchten und mir Amy vom Körper waschen zu können, doch Darius kam zu früh zurück.

»Es wäre ja wohl ein Leichtes gewesen, ihr zu erklären, dass ihr neues Büro auf der anderen Seite von meinem liegt«, giftet er. »Ein wenig kleiner, ja, aber mit einem besseren Blick. Ihr hätte es gefallen.«

Am liebsten hätte ich die Augen verdreht, hielt mich allerdings zurück. Was für eine schreckliche Raumverschwendung! Und er hatte Tage damit verbracht, ihn für sie einzurichten, hatte noch neue Sachen zu ihren alten angeschafft. »Natürlich habe ich ihr das gesagt«, besänftige ich ihn. »Ich habe sogar versucht, ihr den Raum zu zeigen. Sie wollte einfach nicht hören.«

»Mutter.«

»Sprich nicht in diesem Ton mit mir«, sage ich ruhig, doch meine Augen im Spiegel verengen sich. »Wenn du da draußen herumfragen willst, blamierst du uns zwar nur noch mehr, aber bitte schön …« Ich deute auf das Meer an Arbeitsplätzen vor meinem Büro. »Wenn du mir nicht glaubst, die haben das ganze Trauerspiel alle genau verfolgt.«

Darius stößt einen leisen Fluch aus und fährt sich durch die Haare. Seine attraktiven Züge sind von Wut und Sorge verzerrt. »Wohin hat Ramin sie gebracht?«

»Keine Ahnung«, sage ich. »Ich war schließlich von Kopf bis Fuß voll Blut und daher ein wenig abgelenkt. Ein Glück, dass er heute im Haus war und sie rausschaffen konnte. Sei bloß froh, dass du das nicht mitansehen musstest! Blut und Speichel sind ihr regelrecht aus dem Mund geschäumt. Es war ekelerregend.«

»Schön, dass du dich so um meine Frau sorgst«, sagt er kühl und nimmt sein Handy aus der Tasche.

»Ich fände es schön, wenn sich mal jemand um mich sorgen würde!«, erwidere ich. »Schau dir nur mein Kleid an! Du hast ja gar keine Vorstellung, wie traumatisch es ist, mit Blut vollgespuckt zu werden.«

»Ich hätte hier sein sollen«, brummt er und tippt auf seinem Handy herum. »Warum zum Teufel hast du mich mit Alice zu Cross hochgeschickt? Sie waren sowieso schon zum Mittagessen.«

»Wir müssen uns ins rechte Licht setzen, das ist wichtig«, erkläre ich. »Wir haben intensiv an dieser Werbekampagne gearbeitet, und da die Firma deiner Frau nun einmal bei ECRA+ für die Social-Media-Werbung zuständig ist, fand ich es passend, wenn du ihnen die Sachen persönlich vorbeibringst.«

Das Problem hier ist seine Frau, ich dachte, das hätte er mittlerweile begriffen. Als ich Amy durch das Drehkreuz rauschen sah, schien das die Gelegenheit zu sein. Ich schickte Darius mit seiner Sekretärin zu Cross Industries hoch und drückte die Daumen.

»Bei ihrem Eintreffen war Amy bereits so betrunken, dass sie sich kaum auf den Beinen halten konnte«, erzähle ich, schmeiße das Handtuch ins Waschbecken und drehe mich zu ihm um. »Dann erlitt sie einen Zusammenbruch. Einen richtigen psychotischen Schub. Sie war vollkommen irre! Du tust ihr wirklich nicht den geringsten Gefallen, indem du das Problem vor deinen Augen einfach ignorierst. Sie sollte zur Beobachtung eingewiesen werden und anschließend in eine Entzugsklinik gehen, um wieder einen klaren Kopf zu bekommen.«

»Du verschweigst mir doch etwas«, sagt er mit versteinerter Miene. »Ich lebe mit ihr zusammen, verdammt nochmal. Keiner kennt sie besser als ich.«

»Schön. Mach dir ruhig etwas vor, bis sie eines Tages –

genau wie die von Kane – direkt vor ein Auto läuft und dabei draufgeht.«

»Hallo.«

Bei dieser mädchenhaft hohen Stimme verkrampfen sich all meine Rückenmuskeln. Ich drehe den Kopf und sehe meinen Ältesten mit seiner Frau in der Tür zu meinem Büro stehen. Sie geben ein atemberaubendes Paar ab. Kane im schwarzen Anzug mit grauem Hemd und grauer Krawatte und Lily in Smaragdgrün, was ihre Schlangenaugen nur noch stärker zur Geltung bringt. Neben seiner großen Gestalt wirkt ihre irgendwie noch schlanker. Eine seiner Hände liegt demonstrativ auf ihrer schmalen Hüfte, während an seiner anderen eine schwarze Aktentasche aus Leder baumelt. An ihren Ohren und an ihrem Handgelenk funkeln erlesene Juwelen, was ihre fast majestätische Erscheinung noch unterstreicht.

Ist der heutige Tag nicht eh schon schlimm genug?

»Meine Sekretärin hat uns informiert«, sagt Kane, dessen Miene ebenso abweisend ist wie die seines Bruders.

Lily geht durch den Raum auf Darius zu, als würde ihr der ganze Laden gehören, und fragt: »Kann ich irgendetwas tun?«

»Keine Ahnung, was *kannst* du denn?«, schießt er zurück, aber als sie ihn nur weiter ruhig und mit freundlichem Blick anschaut, sacken seine Schultern herab. »Ich weiß nicht, wo meine Frau ist. Ich muss Ramin anrufen.«

»Ich erledige das für dich«, sagt sie und streckt den Arm nach hinten aus. Sofort tritt Kane näher und gibt ihr sein Handy. Sie geht ein Stück zur Seite und tippt seinen Code ein, um das Gerät zu entsperren.

Halten die beiden denn einfach nichts voreinander geheim? Irgendwelche Heimlichkeiten muss es doch geben, anderenfalls wird es mir nie gelingen, sie wieder auseinanderzubringen.

Kane und Darius tauschen einen Blick aus und drehen sich dann beide zu mir. Das Gesicht meines Ältesten ist wie immer unergründlich, aber der Ausdruck, mit dem Darius mich mustert, ist neu, und er gefällt mir ganz und gar nicht.

»Was glotzt ihr beiden mich so an?«, entfährt es mir. Ich bemühe mich darum, meinen Ärger unter Kontrolle zu bekommen.

Lily telefoniert leise in einer Ecke des Raumes. Auf irgendeine Weise ist sie innerhalb von Sekunden zur Heldin geworden und ich zum großen Bösewicht, obwohl ich doch diejenige bin, die diese Familie und dieses Unternehmen seit Jahren zusammenhält. Wo zum Henker hat *sie* da gesteckt?

Die können mich alle mal, denke ich und hebe den Kopf.

»Ramin hat sie zu einer zahnärztlichen Notfallpraxis an der Madison gebracht«, erklärt Lily und kehrt zu Darius zurück. »Er schickt dir die Adresse.«

»Danke«, sagt er erleichtert, nickt ihr zu und verschwindet, ohne sich von mir zu verabschieden.

»Kann ich etwas für dich tun?«, fragt Lily plötzlich an mich gewandt. »Dir etwas besorgen? Ein Glas Wasser oder einen Kaffee vielleicht?«

»Nein danke, Lily«, antworte ich steif, da es mich ankotzt, hier wie eine dämliche Besucherin behandelt zu werden. »Im Moment nicht.«

Womit habe ich es bloß verdient, gleich mit zwei Schwiegertöchtern wie Amy und Lily geschlagen zu sein? Sollte Ramin bei irgendeiner schlanken Schwarzhaarigen mit grünen Augen auch nur einen zweiten Blick riskieren, blende ich ihn höchstpersönlich.

»Ich warte draußen«, sagt sie zu Kane und macht einen Schritt, aber er hält sie an der Hand fest, um ihr einen Kuss zu geben. Wie in der Bibliothek, als ich sie kennenlernte, ist auch dieser Kuss ein eher züchtiges Berühren der Lippen, das für meine Augen gedacht ist. Allerdings dauert es einen Wimpernschlag zu lang für einen flüchtigen Kuss, und sofort heizen die sexuellen Anziehungskräfte zwischen den beiden die Atmosphäre auf, und als sie sich trennen, tauschen sie verheißungsvolle Blicke aus, die nur bestätigen, wie schwierig es sein wird, diese Frau wieder loszuwerden.

Sie schließt die Tür hinter sich, und Kane starrt ihr nach, als könnte er es nicht ertragen, sie aus den Augen zu verlieren.

Er dreht sich zu mir um und wappnet sich, seinem harten Gesichtsausdruck nach zu urteilen, nun für eine eher unangenehme Aufgabe. »Es tut mir leid, dass keiner von uns dreien im Büro war und du das allein regeln musstest.«

»Mich regt bloß Amy auf«, sage ich und presse eine Hand auf die Stirn. Die Kopfschmerzen fühlen sich an, als würde jemand ein Messer durch meine Schläfe treiben. »Vor allem natürlich ihr Gesundheitszustand. Dein Bruder will einfach nicht begreifen, wie dringend sie Hilfe benötigt. Kannst du nicht vielleicht mal mit ihm reden? Zu dir schaut er doch auf. Wenn du eine Entziehungskur für Amy empfiehlst, wird er das ernst nehmen.«

»Es widerstrebt mir stark, mich in seine persönlichen Angelegenheiten einzumischen.«

»Er ist dein Bruder!«

Er zieht die Augenbrauen hoch, als verwahre er sich gegen diese Feststellung.

Ich gehe zu meinem Aromaspender, fächele mir den Azaleenduft ins Gesicht und nehme einen tiefen, beruhigenden Atemzug. Für eine Auseinandersetzung über Kanes Verhältnis zu seinen Geschwistern fehlt mir heute die Kraft. »Schön«, lenke ich ein, »dann denk bitte wenigstens darüber nach. Vielleicht kann ja auch Lily einmal Amy direkt darauf ansprechen.«

»Mal sehen«, sagt er kühl. »Kann ich denn jetzt gleich etwas für dich tun? Soll ich irgendwelche Termine übernehmen, damit du nach Hause gehen und dich umziehen kannst?«

Die Verärgerung, die mir die Kehle zuschnürt, lässt ein wenig nach. Dass er versteht, welch hohen Beitrag ich für Baharan leiste, beruhigt mich. Schließlich kann es einen zur Weißglut bringen, ständig selbst daran erinnern zu müssen. »Nein, das erledige ich von zu Hause aus«, antworte ich und atme noch einmal tief durch. »Lily scheint es besser zu gehen. Kommst du jetzt ins Büro zurück?«

»Noch nicht. Wir waren nur zufällig in der Nähe, da wollte ich ihr zeigen, was wir hier so haben.«

»Weißt du denn schon, wann du wieder zurückkommst?«, frage ich, während in meinem Innern Hoffnungslosigkeit und gespannte Erwartung miteinander ringen.

»Anvisiert habe ich Montag in einer Woche, aber das kann sich ändern.«

»Du fehlst bereits fast zwei Monate im Haus.«

»Ich weiß selbst, wie lange ich Homeoffice mache«, erwidert er unwillig und wendet sich zum Gehen. »Ich werde ihr jetzt ein wenig die Firma zeigen.« Es klingt, als hätte er damit seine Pflicht erfüllt und wollte nun möglichst schnell fort. »Hoffentlich fühlst du dich bald besser.«

»Ja, ganz bestimmt.«

Sobald die Tür ins Schloss fällt, schlage ich mir die Hände vor den Mund, um mich davon abzuhalten, laut auszusprechen, was mich innerlich zerreißt. Ich torkele zum Sofa und lasse mich wie ein Stein darauf fallen. Jetzt ein Drink! Die Sehnsucht nach einem Glas ist so mächtig, dass mir schon das Wasser im Mund zusammenläuft. O nein … ich werde zu Amy.

Der Gedanke allein genügt beinahe, dass ich hysterisch werde.

Nicht noch einmal. Ich schüttele energisch den Kopf. Ich verliere nicht noch einmal die Kontrolle. Dies ist eine Chance, und die werde ich nicht vermasseln. Ich werde weiter daran arbeiten, ein Unternehmen aufzubauen, wie es sich Kane nicht einmal in seinen kühnsten Träumen ausmalen kann. Und dann wird er schon sehen. Sie alle werden sehen.

So ekelerregend es ist, mit den Körperflüssigkeiten eines anderen Menschen besudelt worden zu sein, einstweilen überwinde ich das Unbehagen und setze mich an meinen Schreibtisch. Schließlich ist es nicht so, als würde ich das Gefühl nicht kennen. Ich rufe die Überwachungsbilder für unser Stockwerk auf und warte ab. Meine absolute Reglosigkeit führt dazu, dass die mit einem Bewegungsmelder gekoppelte

Beleuchtung nach einer Weile ausgeschaltet wird, so als hätte ich das Büro verlassen. Wer draußen vorbeikommt, wird nun denken, ich wäre für heute nach Hause gegangen. Bei allen weiteren Büros bestehen die flurseitigen Wände aus Milchglas, was zum einen besser zu den Einfassungen der Cubicles passt und zum anderen dafür sorgt, dass das durch die Fensterfront einfallende Tageslicht die gesamte Etage erhellt.

Ich sitze also da und beobachte, wie Kane seine Lily durch die Büros der Firmenleitung führt. Keine Ahnung, wie lange das so geht, aber der Ablauf bleibt stets der gleiche: Erst erstarren sie in Ehrfurcht vor ihrer blendenden Schönheit, dann der erschrockene Ausdruck, ihn plötzlich mit seiner Frau zu erleben, und am Ende fühlen sich alle restlos beglückt von der Begegnung, die sie mit ihr haben durften. Kane hat offenbar keine Probleme damit, nur als Beiwerk zu dienen und sie im Mittelpunkt stehen zu lassen. Nicht für eine Sekunde wendet er den Blick von ihr ab, und nicht für eine Sekunde schwindet dieses zärtliche Lächeln, das so unmissverständlich Stolz und männliches Wohlgefallen signalisiert.

Die Idee, mein Ältester wäre weiterhin unbefangen in seinem Urteil, kann ich mir wohl abschminken.

Sie halten an Kanes Cubicle. Kane, seines Zeichens CEO und Vorstandsvorsitzender, besitzt kein eigenes Büro. Er leitet die Geschäfte von einem Arbeitsplatz aus, der mitten unter seinen Angestellten steht und sich in nichts von deren Arbeitsplätzen unterscheidet. Es ist ein absolutes Unding. Den richtigen Eindruck würde es machen, wenn wir alle die gleichen Büros hätten. So aber verleiht dieser egalitäre Stil seiner Führungskraft etwas Ungezwungenes, was mich zwangsläufig aussehen lässt, als müsste ich mir und anderen etwas beweisen.

Ich straffe die Schultern. Ich *versuche* nicht, mächtig zu wirken. Ich *bin* es. Und dass meine Söhne für die Wahl ihrer Ehefrauen offenbar kein Händchen haben, wird daran nicht das Geringste ändern.

Kane räumt Unterlagen von seinem Schreibtisch in seine Ledertasche. Lily lächelt dem Mitarbeiter auf der anderen Seite der Glasabtrennung zu. Sie wechseln ein paar Worte. Es dauert nicht lange, und sie hockt auf dem Rand seines Schreibtischs, die langen Beine übereinandergeschlagen, und alle haben sich um sie geschart. Mit lebhafter Gestik und Mimik erzählt sie anscheinend eine Geschichte. Alle lauschen ihr sichtlich amüsiert, und kein einziger verfluchter Angestellter tut mehr seine Scheißarbeit, mit Ausnahme des Empfangs, wo noch ein Rezeptionist sitzt, während die anderen beiden Lily zuhören.

»Ich durchschaue dich«, zische ich ihr mit zusammengekniffenen Augen zu. Sie hat gar nichts Liebenswürdiges oder Einnehmendes an sich. Diese Frau versteht ihre Wirkung höchst geschickt einzusetzen. Sie ist aufmerksam. Sie verteilt Komplimente zu Schmuck oder Uhren. Sie erkennt persönliche Vorlieben aus Gegenständen auf Tischen oder an Trennwänden. Sie lächelt viel und sucht ständig den Kontakt zu Kane, berührt alle paar Sekunden seinen Unterarm. Für mich ist so eine Vorstellung nichts Neues. Jede attraktive Frau mit ein wenig Hirn durchschaut diese Masche sofort.

Endlich hauen sie ab, und ich richte meine Aufmerksamkeit auf Julian, Kanes rechte Hand. Wenn Julian keine Mittagspause macht, habe ich meine Zeit vergeudet. Die Minuten vergehen, und ich rechne schon damit, dass es genau so ist. Aber dann steht er unvermittelt auf, dehnt sich, streift das Sakko über und verschwindet Richtung Fahrstühle.

Ich sende eine Aufstellung meiner Termine für die nächsten beiden Wochen zum Drucker und gehe hinaus, um den Ausdruck im Kopierraum einzusammeln. Auf dem Weg komme ich am Pausenraum vorbei und stelle erleichtert fest, dass Julian nicht drinsitzt. Wenn er das Gebäude verlassen hat, eröffnet mir das ein noch größeres Zeitfenster. Ich nehme die Blätter aus dem Druckerfach, stopfe sie in eine Aktenmappe und steuere entschlossen Kanes Schreibtisch an.

Das Ganze wäre viel einfacher, hätte er bloß ein verdammtes Büro! Doch sein Cubicle ist für alle bestens einsehbar, was ein diskretes Vorgehen unmöglich macht. Ich kann also bloß so tun, als hätte ich selbstverständlich das Recht, mich hier an seinem Terminal einzuloggen. Immerhin ist das ja meine Firma, um die es geht. Ich bin deren leitende Geschäftsführerin.

Die Etage ist weitgehend verwaist, nur eine Handvoll Mitarbeiter essen an ihrem Schreibtisch. Ich setze mich vor Kanes Computer und werfe die Aktenmappe, die meine Anwesenheit rechtfertigen soll, in den Eingangskorb. Ich schalte das System ein und logge mich mit seinem Passwort ein, das ich auch aus der Datenbank habe, die jede Tasteneingabe und jedes Telefonat eines Baharan-Terminals speichert. In der Pharmabranche wird mit harten Bandagen gekämpft, und wir müssen äußerst wachsam gegen Wirtschaftsspionage und Cyberdiebstahl sein.

Sobald ich drin bin, schaue ich mir seinen Kalender an. Sämtliche Termine sind entweder per Videokonferenz oder telefonisch. Für heute Vormittag war ein Arztbesuch vermerkt, was erklärt, warum er im Augenblick nicht von zu Hause aus arbeitet.

Ich öffne den Browser und dann sein persönliches E-Mail-Konto. Dort hineinzukommen ist mir bislang noch nie geglückt und wird es womöglich auch nie wieder. Heute passt einfach alles zusammen, denn er ist selbst im Büro gewesen, aber vor mir fort, und sein wichtigster Mitarbeiter ist zum Mittagessen außer Haus. Wird Kane, sofern er in fast zwei Wochen die Sicherheitsprotokolle kontrollieren sollte, sich wirklich noch daran erinnern können, ob er damals noch seine E-Mails gecheckt hat? Wird er noch wissen, um wie viel Uhr genau er gegangen ist? Ich denke, nicht.

Ein steter Adrenalinstrom pulst durch meine Adern, treibt meinen Herzschlag an und sorgt für feuchte Handflächen. Meine Füße wippen, um die überschüssige Energie loszuwerden. Zügig scrolle ich durch die Liste. Mein Blick schnellt hin und her, während ich Betreffzeilen und Absender im Eiltempo erfasse. Fast am Ende stoße ich auf eine ungelesene Mail, die meine Aufmerksamkeit erregt und nicht mehr loslässt. Absender ist Rampart Protection & Investigative Services, und der Betreff lautet: *Abschlussbericht und Fallbeendigung.*

Mein Herz hämmert so stark, dass es schon wehtut. Meine Finger schweben zitternd über der Tastatur.

Lässt er mich etwa überwachen?

Clever genug wäre er. Warum sonst sollte er eine außenstehende Firma beauftragen statt Baharans hauseigenen Sicherheitsdienst? Vertraut er unseren Leuten nicht? Könnte er ihnen – angesichts meiner Stellung in der Firma – überhaupt bei Ermittlungen gegen mich vertrauen? Es würde mich wundern, wenn er davon wüsste, dass ich unseren Sicherheitschef bisweilen dazu ermuntere, mich auf seinem Schreibtisch zu vögeln. Rogelio ist zu schlau, um sich erwischen zu lassen. Allerdings hat Kane auch schon oft genug bewiesen, dass er von mehr Dingen Kenntnis hat, als er haben sollte, und dass Skrupel ihn nicht aufhalten.

Es sei denn, es geht um seine Frau.

Ich hasse diese Nervosität, die um und zwischen meinen lebensnotwendigen Organen krabbelt wie ein Heer von Ameisen, das in meinen Körper eingefallen ist. Betrugsanzeichen würden erst auf Darius deuten, dafür habe ich gesorgt. Dennoch könnte ich bei einer frühzeitigen Warnung natürlich uns beide besser schützen.

»Erst das Problem identifizieren«, trainiere ich mich selbst und öffne die Mail. »Dann analysieren.«

Ich bemerke den Schweißfilm auf meiner Haut, hervorgerufen durch dieses Schuldgefühl, das mich nicht zuletzt erst zu solch wilden, völlig unfundierten Schlussfolgerungen verleitet. In Wahrheit bin ich viel zu vorsichtig gewesen und Kane viel zu beschäftigt mit sich selbst.

Sehr geehrter Mr. Black,

anbei finden Sie den abschließenden Bericht unserer Untersuchungsarbeiten für Ihre Unterlagen. Er beinhaltet einen zusammenfassenden

Überblick und die Analyse unserer Ermittlungsergebnisse, die wir beide ja bereits vorab besprochen haben. Ihrem Wunsch entsprechend ist der Auftrag damit beendet.

Wir bedanken uns für das erwiesene Vertrauen und würden uns freuen, auch künftig für Sie tätig zu werden.

Mit freundlichen Grüßen
Giles Prescott
Inhaber/Leitender Ermittler
Rampart Protection & Investigative Services

Die spitzen Fingernägel bohren sich in die weiche Haut meiner Handfläche. Der Schmerz erdet mich, ruft mir in Erinnerung, dass ich alles überstehen kann. Ich habe bereits das Schlimmste überlebt, was einer Frau widerfahren kann. Was jetzt noch kommt, kann allenfalls ein Ärgernis sein, nicht mehr.

Ich öffne den Anhang und überspringe das Deckblatt. Das flaue Gefühl im Magen wird stärker. Ich bin wie erstarrt, kann kaum atmen.

Lily.

Kane hat Nachforschungen über seine Frau anstellen lassen. Und nicht erst kürzlich. Ramparts Bericht beginnt mit einer genauen Erfassung des Ermittlungsrahmens und mit dem Auftragsbeginn, der unmittelbar nach dem Datum liegt, an dem sie offiziell für tot erklärt wurde. Sechs Jahre. Die Dimensionen dieser Überprüfung wollen mir nur schwer in den Kopf. Wofür in aller Welt braucht man sechs Jahre, um es herauszufinden?

Ich bemühe mich, die völlig verkrampften Muskelgruppen zu entspannen. Mein Mund verzieht sich zu einem breiten Grinsen. Um Amy muss ich mich gar nicht weiter kümmern, sondern um Lily. Der Instinkt zu flüchten verwandelt sich flugs in den zu kämpfen.

Jetzt bin ich nicht mehr die Beute, ich bin die Jägerin.

Ich sende den Bericht zum Drucker, schließe die Mail und markiere sie als ungelesen. Womöglich sollte ich ein Treffen mit Rogelio veranlassen, um die verräterischen Tasteneingaben zu löschen. Wäre unser Sicherheitschef ein aufmerksamerer Liebhaber, würde ich das nicht lange aufschieben.

Ich schließe alle Seiten, die ich geöffnet hatte, und schalte den Computer aus.

Mit einem tiefen Atemzug stehe ich auf und lege eine Hand an meinen Kopf. Ich komme mir vor, als wäre ich einen Marathon gelaufen, und nach dem Adrenalinhoch kämen nun das Zittern und die Atemnot. Ich schiebe den Stuhl wieder unter den Tisch und kontrolliere noch einmal, dass alles an seinem Platz liegt. Dann laufe ich in den Kopierraum.

Ist alles nur Theater, Kanes große Liebe für Lily bloße Show? Vielleicht ist sie ja nicht die Einzige, die hier lediglich eine Rolle spielt. Wenn ihn jedenfalls etwas an ihr misstrauisch genug macht, um Nachforschungen über sie anzustellen und ihren Anteil an Baharan abzuwägen, dann habe ich das Recht zu erfahren, was es ist und welche Gefahren dem Unternehmen deshalb drohen.

Im Kopierraum spuckt der Drucker noch immer Seiten aus. Am Ende ist der Stapel daumendick. Ich klopfe den Stoß gerade, verstaue ihn in einem braunen Umschlag und gehe ins Büro zurück, um meine Handtasche zu holen. Dann mache ich hier für heute Schluss.

Zu Hause ist noch eine Menge zu erledigen.

30

LILY

Lange bevor wir die I-287 erreichen, ist mir klar, dass es nach Connecticut geht. Das glückliche Kribbeln in meinem Bauch macht es sich dort gemütlich. Maßgeblichen Anteil an der freudigen Erwartung hat die Besetzung des Range Rover: nur du hinter dem Steuer und ich auf dem Beifahrersitz. Witte wurde von einem anderen Fahrer am Crossfire abgeholt.

Vor unserem Aufbruch aus der Stadt hast du rasch noch einige Anordnungen gegeben, denen ich kaum zuhören konnte, da du gleichzeitig damit begonnen hast, dich auf dem Bürgersteig direkt vor dem Crossfire auszuziehen.

Erst hast du das Sakko abgestreift, was deine schmale Taille erst so richtig zur Geltung brachte. Es folgte das Aufhängen über den Bügel, der als Sonderausstattung am Kopfteil des Fahrersitzes befestigt ist, wobei sich deine wohldefinierten Rückenmuskeln anspannten. Dann kam die Krawatte an die Reihe. Nadel und Manschettenknöpfe verschwanden in der Sakkotasche. Beim Aufknöpfen des Kragens und Hochkrempeln der Ärmel dehnten deine Bizepse für einen kurzen Moment den feinen Hemdstoff.

All das geschah schnell und geschickt, die Handlungen

mochten alltäglich sein, doch dein Körper führte auch sie mit bemerkenswerter Kraft und sinnlicher Geschmeidigkeit aus. Du bist einfach wahnsinnig attraktiv, wirkst ungeheuer cool und souverän. Außerdem war es amüsant zu beobachten, wie vollkommen blind du für die zahllosen begehrlichen Blicke warst, die du bis zu deiner Verabschiedung von Witte auf dich zogst.

Mein bewunderndes Starren war dir allerdings keineswegs entgangen. »Wenn du mich weiter so anschaust, schaffen wir es nicht einmal bis zur Stadtgrenze«, meintest du und halfst mir beim Einsteigen.

»Wenn du weiter so heiße Sachen machst, bist du daran selbst schuld.«

In erster Linie ist es natürlich schöner Schein, professionelles Blendwerk. Du musst mit grenzenloser Hingabe daran gearbeitet haben, Kane Black eine derart perfekte Fassade zu geben. Aber du warst immer schon versessen darauf, zu lernen und aufzusteigen. Was du für diese Verwandlung brauchtest, war lediglich die Chance – und das nötige Geld.

Jetzt endlich kann ich dich nach Herzenslust studieren. Der innerstädtische Verkehr liegt längst hinter uns. Bäume säumen den Highway, und Stevie Nicks singt von *water closing around me*. Der Fahrersitz ist ganz nach hinten geschoben, damit deine langen Beine Platz haben. Du hältst das Lenkrad mit der linken Hand, während deine rechte locker auf deinem Oberschenkel ruht. Du wirkst gelassen und hast dennoch das hoch motorisierte Fahrzeug voll unter Kontrolle.

Eine Uhr trägst du nicht. Vom Ellbogen bis zu den Fingerspitzen nur goldbraune Haut, ein paar dunkle Härchen und der Ehering, der deutlich macht, dass du mir gehörst. Im Grunde nichts Spektakuläres, zwei entblößte Unterarme und minimalistischer Schmuck, aber ich finde einfach alles an deinem Auftreten ungeheuer erotisch. Und das habe ich immer schon.

Wir unterhalten uns über ein paar der Leute, die ich in der Zentrale kennengelernt habe. Man merkt an den amüsanten Geschichten, die du von ihnen erzählst, wie stark dein persönliches Interesse an deinen Mitarbeitern ist. Dass sie ganz ungezwungen mit dir lachen und auch Privates teilen, sagt viel über deinen Führungsstil aus.

»Warum hast du deine Familie mit zu Baharan genommen?«, frage ich.

»Wie du weißt, blieb mir bei Mutter gar keine Wahl, da ihr die Rechte am Markennamen Baharan gehörten«, antwortest du. »Sie erklärte sich bereit, diese an das Unternehmen als Gegenleistung für einen Anteil abzutreten, den sie später noch einmal mithilfe der Lizenzeinnahmen aus den chemischen Patenten meines Vaters vergrößerte, die noch nicht abgelaufen waren. Außerdem brauchte die Firma – um ganz ehrlich zu sein – dringend noch jemanden, der genauso erfolgshungrig war wie ich.« Du schaust mich an und fährst fort: »Ich habe gerade noch so funktioniert, nachdem ich dich verloren hatte, und die Firma bestand aus kaum mehr als einem Logo, das dringend aufgepeppt werden musste, und einer Handvoll demotivierter Mitarbeiter.«

Ich stoße einen tiefen Seufzer aus, doch mein Mitgefühl gilt nicht der jungen Frau, die ich einst war, sondern dir als jungem Mann. Die emotionale Unreife deiner Mutter hat deine Selbstachtung beschädigt. Du hast schon immer gegen das Gefühl des Ungenügens ankämpfen müssen. Jetzt mit ihr zusammenzuarbeiten ist daher das Schlimmste, was dir passieren konnte. Wie sollst du jemals heilen, wenn dir ständig neue Wunden zugefügt werden?

»Aber warum hast du alle deine Geschwister mit dazugenommen?«

»Die sind Angestellte, keine Anteilseigner«, erklärst du mit einem Achselzucken. »Meine Mutter meinte, Familienmitglieder in Führungspositionen würden es mir erleichtern, meine Pläne zu realisieren, und damit hatte sie recht. Darius schießt schon mal quer, zieht aber letzten Endes mit uns an einem Strang. Ramin gibt gern den Müßiggänger, doch das ist bloß Show. Er ist Rechtsvorstand der Firma und hasst nichts mehr, als unrecht zu haben, was für einen Anwalt eine äußerst vorteilhafte Charakterschwäche ist.«

Hinter den alten Bäumen, an deren abgestorbenen Ästen sich Kletterpflanzen ranken, werden hier und da Häuser sichtbar, die all den Optimismus verloren haben, mit dem sie einst errichtet worden waren. Farbe blättert von der verzogenen Holzverkleidung, Fenster sitzen schief in ihren Rahmen. Strom- und Telefonkabel baumeln über durchhängenden Dächern; letzte Versorgungsadern, die den amerikanischen Traum vom eigenen Heim am Leben zu halten suchen. Tagtäglich huschen Tausende von Blicken über diese Häuser, dennoch könnten sie genauso gut unsichtbar sein.

Die Landschaft beginnt zu verschwimmen, und ich schließe die Augen. Ich glaube zwar zu wissen, wohin wir fahren, doch ich habe Angst, meine Hoffnung darauf zu setzen.

Im Radio singt Kansas über den *wayward son*, und ich singe leise mit, dann stimmst du mit ein. Unwillkürlich verzieht sich mein Gesicht zu einem strahlenden Lächeln. Es folgt Creedence Clearwater mit ihrer Ode an *Suzy Q*, und sofort werden unsere Stimmen lauter. Ich öffne das Fenster, um den Fahrtwind zu spüren, hebe das Kinn an und lasse die Luft über mein Gesicht strömen.

Dein Lachen klingt tief und echt. Du greifst nach meiner Hand, verschränkst unsere Finger und führst sie zu deinem Mund. »Ich habe dich vermisst, *Setareh*«, sagst du und küsst meine Knöchel. »Irrsinnig vermisst.«

Ich habe keine Ahnung, warum du auf einmal so umgänglich und liebevoll bist. Keine Ahnung, wie lange diese Stimmung bei dir andauern wird. Du bist wie die Sonne, warm und Leben spendend, wenn du auf mich scheinst, aber vergänglich. Ich habe meine Hoffnungen über die letzten Wochen hinweg zu oft anwachsen und prompt wieder zerplatzen sehen. Die schlichte Wahrheit ist, dass du von Lily einfach nicht loskommst, nie aufhören konntest, sie zu lieben, während es dir nicht sonderlich schwerfiel, mich auf Distanz zu halten. Ich dachte, ich könnte in ihre Haut schlüpfen und ihren Platz in deinem Leben einnehmen – einen Platz, den du frei gelassen hattest. Aber das gelingt mir nicht, und ich bleibe bloß mein unzureichendes Selbst.

Der Ausblick hat sich geändert. Die Städte sind nun größer, die Häuser nicht länger marode und mitleiderregend. Schon bald stehen sie weiter auseinander, werden größer und schlechter einsehbar, da der Abstand zu den Anliegerstraßen wächst. Ich halte Ausschau nach Unvertrautem und

Merkwürdigem, neuen Bauten, die ich noch nicht kennen kann.

»Sind wir bald da?«, frage ich.

»Ja. Es dauert höchstens noch eine Viertelstunde.«

»So lange?«, hake ich in gespieltem Quengeln nach.

Du schenkst mir einen schrägen Blick, und ich registriere mit großer Freude, wie viel Wärme in deiner Belustigung liegt.

Meine Stimmung steigt weiter, sobald wir die Interstate verlassen. Mit jeder Kurve steigt mein Puls. Kurz darauf biegen wir in die Einfahrt eines zweigeschossigen Cottages, dessen Zedernschindeln mittlerweile grau verwittert sind. Die Verkleidung leuchtet in strahlendem Weiß. Der Vorgarten ist wunderschön angelegt. Riesige Hortensien und dicht gesetzte Stauden in allen möglichen Farben und Höhen rahmen den Plattenweg ein. Das Haus fügt sich in die Nachbarschaft ein, ohne den umliegenden Bauten zu gleichen. Ich spüre seine Anziehungskraft, konnte sie bereits die ganze Fahrt lang spüren.

»Kane«, sage ich atemlos, »hast du etwa die ganze Zeit die Miete dafür bezahlt?«

»Inzwischen gehört es uns«, sagst du und schaltest den Motor aus. »Als dein Immobilienanwalt meinte, es sei nur gemietet, konnte ich das gar nicht glauben. Und es aus der Hand geben konnte ich auch nicht. Fast zwei Jahre habe ich gebraucht, die Vorbesitzer zu überreden, aber dann haben sie es mir doch verkauft.«

Dein geliebtes Gesicht beginnt zu verschwimmen, und erst da merke ich, dass mir die Tränen in den Augen stehen.

»Hier haben wir uns kennengelernt«, sagst du und löst unsere Sicherheitsgurte. »Hier haben wir geheiratet. Sollten wir einmal Kinder haben, möchte ich, dass sie hier ihre Sommer verbringen. Ich konnte es einfach nicht aufgeben.«

Meine Kehle schmerzt wie eine klaffende Wunde. Ich bringe kein Wort heraus. Das Haus bannt mich so durch sein unverwandtes Anstarren, dass ich erschrocken zusammenfahre, als du die Beifahrertür öffnest und mir deine Hand anbietest.

Du legst den Arm um meine Taille und führst mich die Stufen hinauf zum Eingang, wo du an einem Keypad einen Zahlencode eingibst. Diese Neuerung ist mir unbekannt. Du weichst einen Schritt zurück, als wolltest du mir den Vortritt lassen, hebst mich dann aber plötzlich hoch und trägst mich auf den Armen über die Schwelle wie eine frischvermählte Braut.

Ich schmiege mich in deine Umarmung und stelle fest, wie viel muskulöser dein Körper geworden ist, mit welcher Leichtigkeit du mich trägst und mir Geborgenheit vermittelst.

Die Vorhänge im Wohnzimmer sind weit aufgezogen und lassen das helle Sonnenlicht ungehindert einfallen. Alles ist genau wie früher, als wäre die Zeit stehen geblieben. Alles ist sauber und glänzt, nicht ein einziges Staubkörnchen schwebt in der Luft, und dennoch ist da ein Gefühl von Leere, von tiefgreifender Verlassenheit.

»Wann warst du zuletzt hier?«, frage ich.

»Nachdem die Küstenwache die Suche aufgegeben hatte, bin ich am nächsten Tag im Morgengrauen gegangen«, antwortest du. Deine Stimme klingt ruhig und unbeschwert, aber deine dunklen Augen verraten düstere Empfindungen. »Seitdem war ich nicht mehr hier.«

Du setzt mich ab und schlingst die Arme von hinten um mich. Die Wände sind mattschwarz gestrichen, mit einem leicht glänzenden Zierstreifen in derselben Farbe. Vor dem Kamin stehen zwei mit grünem Samt überzogene Sofas neben einem stark gebeizten Holztisch mit außergewöhnlicher Maserung.

Überwurfdecken und Kissen aus dunkelgrauem Fell oder grünem Häkelbezug liegen auf den Polstern. Topfpflanzen und Kristalle in allen Größen und Formen stehen ringsum auf Regalen oder Beistelltischen aus grauem Rattan.

Die komplette Rückfront des Hauses läuft zur Veranda hinaus und besteht aus faltbaren Glastüren, die sich über die gesamte Breite aufschieben lassen. *Don't let anyone steal your magic* warnt ein gerahmter Spruch an einer Wand, während gegenüber ein Druck im gleichen Stil einräumt: *Lily was 100 % that witch.*

Draußen verläuft zwischen hohen Strandgräsern der Weg zum öffentlichen Strand.

Ich lege meine Finger über deine und lehne mich an dich. Anders als im Penthouse stehen hier überall persönliche Fotos, auf jedem Regal und jedem Tischchen. Nur über dem Kamin fällt mir eine Veränderung auf. Ein einziges großformatiges Bild ersetzt das Sammelsurium an Kunstgegenständen, das früher auf dem Sims gestanden hat.

Das Aquarell zeigt eine Meerjungfrau, die an einer felsigen Küste auf einem Stein sitzt. Ihr Gesicht bleibt verborgen, da sie dem Betrachter den Rücken zugewandt hat. Das lange schwarze Haar reicht bis zum Fels herab und weht im Wind. Ihr Fischschwanz verdunkelt sich vom Hellrosa an den Hüften über tiefe Rottöne bis zu den Flossen, die schließlich pechschwarz wie ihr Haar sind. Mit ihrer linken Hand lockt sie einen Dreimaster mit schwarzen Segeln und Rumpf, während sie mit der rechten den Sturm herbeiruft, der das Schiff zerstören soll.

Ein reichlich fantastisches Bild für deinen Geschmack. Ich wüsste gern, was dir an ihm so gefällt, obwohl ich zugeben muss, dass es eindrucksvoll ist und perfekt an diesen Platz passt.

»Ich habe ein Meeting in ein paar Minuten und muss mich noch darauf vorbereiten«, sagst du und berührst mit den Lippen meine Schläfe. »Kommst du zurecht?«

»Natürlich«, versichere ich dir und wappne mich dafür, allein zu bleiben, auch wenn es nicht allzu lang sein sollte. Dass ich insgeheim gehofft hatte, wir wären schon einen Schritt weiter, verschlimmert die Sache nur.

Ich sammele alle Kraft und löse mich von dir. Du trittst um mich herum, starrst mich aus feurig lodernden Augen an. Abwartend und ein wenig ängstlich sehe ich dich an. Einige Sekunden vergehen. Deine Augenlider werden schwer, dein Kopf neigt sich herab, und dein Mund kommt näher. Ich fasse nach deiner Taille.

Hier ist keiner, der zuschaut. Dies ist nicht bloß Theater.

Dieser Moment gehört mir. Gehört uns.

Deine Lippen streichen über meine. Die Berührung ist federleicht und ungeheuer zärtlich. Ein leises Stöhnen des Verlangens entfährt mir, und deine Hand an meiner Hüfte spannt und entspannt sich in unregelmäßigen Abständen.

Sanft streift deine Zunge die Fuge zwischen meinen Lippen. Ich öffne sie für dich, vergrabe die Finger im feinen Gewebe deines Hemds. Der tiefe Kuss, mit dem du mich belohnst, lässt mich erzittern.

Lust durchflutet mich mit einer betäubenden, alles versengenden Wucht. Jede Anspannung schmilzt dahin, erschlafft.

Du greifst fester zu, ziehst mich ganz gegen deinen harten, muskulösen Körper.

Mmh … Du schmeckst wie mit Honig versetzter Whisky. Köstlich und berauschend. Ich bin bereits süchtig, will unbedingt mehr. Meine Lippen umschließen deine Zunge, und ich sauge behutsam nach dieser rauchigen Süße. Von der Brust bis zu den Schenkeln sind unsere Körper lückenlos verbunden. Dein tiefes Knurren vibriert an meinen Brüsten.

Ich lasse nicht zu, dass du damit aufhörst, und halte dich mit einer Hand am Nacken und mit der anderen am Hinterkopf fest, aber du versuchst es erst gar nicht. Ich trinke von dir, gierig nach mehr folgt meine Zunge deiner bis in die erhitzten Tiefen deines Munds. Deine Arme umschlingen mich fester, dein Körper beginnt zu beben … aber vielleicht kommt das Zittern auch von mir. Leise, drängende Schreie strömen aus mir, mein Hunger ist so gewaltig, dass ich nicht aufhören kann.

All meine Sinne werden von dir beherrscht. Die Begierde hat deine Haut aufgeheizt. Dein Duft ist stärker geworden, und ich inhaliere, so tief ich kann. Ich stelle mich auf die Zehenspitzen, reagiere instinktiv und rückhaltlos auf all deine stummen Wünsche.

Deine Hand wandert von meiner Hüfte hinab zur Pobacke und drückt mich gegen die Erektion, die deine Hose spannt.

Ich spüre deinen Schwanz hart und dick an meinem Unterleib. Alles in mir verlangt danach, dass dein Körper in meinem versinkt, so wie meine Zunge in deinen Mund eintaucht. Deine Honignote wird intensiver, kräftiger. Du erwiderst den Kuss heftiger. Deine Zunge ist nun ein samtener Peitschenhieb, der mit wilder Lust in meinen Mund schnellt und sich vergeblich bemüht deinen Heißhunger zu stillen. Wir ficken den Mund des anderen, lassen unsre Zungen umeinandergleiten, sich verwickeln.

Du löst dich zuerst. Wir schnaufen beide heftig. Meine Finger graben sich in dein dichtes, seidenweiches Haar, während deine Stirn gegen meine sinkt. Dein keuchender Atem belegt, dass auch dein Vermögen, sich unter Kontrolle zu halten, seine Grenzen hat.

»Kane …«

»Du zerreißt mich, *Setareh*«, stößt du hervor, jedes Wort glühend vor Erotik. »Zerfetzt mich in Stücke.«

Du legst deine Hände auf meine und zwingst meine Finger auseinander, sodass du dich lösen kannst. Du küsst meine Hände lange und zärtlich. Dann lässt du mich abrupt los und wendest dich ab.

Ich sehe, wie du mit ein paar eiligen Schritten durch den Flur zu dem einzigen Schlafzimmer läufst, das im Erdgeschoss liegt. Ich schaue mich um und überlege, was ich jetzt tue. Ich fühle mich aufgewühlt, ruhelos, angetrieben von überbordender Energie. Ich stehe in Flammen, lichterloh. Am liebsten würde ich rennen, tanzen, schreien, mich wild im Kreis drehen und dich vögeln, bis ich mich nicht mehr rühren kann, bis ich nicht mehr denken und mich selbst weiter quälen kann.

Ich schleudere die Schuhe von den Füßen, löse die Schleife meiner Bluse und gehe barfuß zu den Terrassentüren. Als ich sie öffne und aufschiebe, wird die abgestandene Luft im Zimmer rasch durch die salzgetränkte Meeresbrise vertrieben, und das Haus scheint einmal tief durchzuatmen.

Hier an diesem Ort sind wir ein Paar. Im Penthouse gibt es nur mich ohne dich.

Ich schlendere weiter zum Bücherregal und betrachte der Reihe nach jedes Foto. In einem großen Silberrahmen stecken Hochzeitsfotos. Lily trug bodenlange rote Spitze, deren hoher Neckholder von drei Perlenknöpfen gehalten wurde. Das offene Rückenteil war tief eingeschnitten und endete in einer kurzen Schleppe. Die Haare hatte sie hochgesteckt und zwischen das Schwarz ein wenig Schleierkraut gesteckt. Kunstvolle Perlenohrringe baumelten von ihren Ohren. Der Brautstrauß bestand aus schwarzen Lilien und roten Rosen.

Und dann du, mein Liebster. Kein Mann hat jemals im Smoking eine traumhaftere Figur gemacht. Selbst auf dem Foto raubt mir dein Anblick den Atem.

So jung, so strahlend verliebt. Nicht das kleinste Anzeichen für die Geheimnisse hinter euren Lächeln.

Ich stelle den Rahmen wieder an seinen Platz und schaue mir die restlichen Fotos an. Ich höre das Lachen, das durch das Haus hallt, Bruchstücke von Unterhaltungen, sinnliche Schreie durchmischt mit wohligem Stöhnen. Keine Frage, aus genau diesem Grund bist du nie zurückgekehrt. Du hörst die Geister auch.

An der Treppe steige ich nach oben. Zwei Gästezimmer mit Bogenfenstern führen nach vorne heraus, während das große Schlafzimmer einen weiten Blick über den Long Island Sound bietet. Es riecht nach dir, und deine bunte Kantha-Decke liegt zusammengefaltet über dem Bettende.

Im Schrank hängen noch immer Lilys Kleider, und als ich in deinem nachsehe, finde ich auch dort noch alles beim Alten. Es ist nicht die maßgeschneiderte Garderobe des Kane Black, in dessen Wohnung ich heute Morgen aufgewacht war, sondern die gebrauchte Kleidung, die der Mann trug, den ich einst hier kennenlernte.

Ich ziehe mich bis auf den Slip aus und schlüpfe rasch in ein rotes Strandkleid, das mir ein wenig zu groß ist, was mich daran erinnert, dass es Nachmittag ist und du seit dem Frühstück nichts gegessen hast.

In der Küche werfe ich einen Blick in Vorratskammer und Kühlschrank und stelle fest, dass sie – wie bei Witte nicht anders zu erwarten – gut gefüllt sind. Nach kurzer Überlegung entscheide ich mich dafür, dir eine kleine Vorspeisenplatte mit verschiedenen italienischen Wurstsorten, Oliven, Peperoni, gehobeltem Käse und Crackern zusammenzustellen. Ich tröpfele noch ein wenig Honig auf den Käse und spritze etwas mit Chili und Knoblauch gewürztes Olivenöl über die Wurst. Dann lege ich noch eine Cocktailgabel samt Leinenserviette dazu, damit deine Finger sauber bleiben, und runde das Ganze mit einem Glas Mineralwasser ab.

Ich trage alles auf einem Weidentablett zu dir ins ehemalige Schlafzimmer. In der Tür bleibe ich stehen, um den Raum zu betrachten, habe aber erst lange Zeit nur Augen für dich. Du sitzt zurückgelehnt in einem mit dunkelblauem Leder bezogenen Schreibtischstuhl und lässt einen Basketball auf der

Fingerspitze rotieren, während du in dein Headset sprichst. Du wirkst selbstsicher und gelassen, sprichst in bestimmtem Ton und hörst zwischendurch aufmerksam zu. Ich lächele.

Dein antiker Schreibtisch im Mid-Century-Stil weist starke Gebrauchsspuren auf. Auch der Teppich mit seinen kahlen Stellen ist eindeutig vintage, und das abgewetzte Ledersofa in Avocadogrün dürfte tonnenschwer sein. Selbst die Kunstwerke an der Wand und die Dekoartikel sind durchweg secondhand. In einer Ecke stehen Ständer mit Hanteln, Medizinbällen und Kettlebells, daneben hängen Springseil und Powerbänder, und an der Wand ist ein TRX-Schlingentrainer befestigt.

Ich bin auf Anhieb verliebt in diesen Raum, der so ganz nach dir aussieht.

Er unterscheidet sich sogar stark von deinem Büro im Penthouse, das zwar dort noch der unbeschwerteste und farbenfroheste Raum ist, dabei jedoch stets betont extravagant und nobel bleibt. Die einzigen Übereinstimmungen zwischen den beiden Arbeitszimmern sind die hellen Wände und die Mini-Basketballhoops, die auf den Papierkörben angebracht sind.

Du bemerkst mich, und ruckartig strafft sich deine Gestalt, als hätte ich dich bei etwas Verbotenem erwischt. Ohne dich von deinem Gespräch ablenken zu lassen, deponierst du den Ball auf einer Ablage aus durchsichtigem Acryl und winkst mich herein. Ich trete neben dich und stelle das Tablett ab. Neben deinem Bildschirm steht ein Schnappschuss von Lily, auf dem sie schallend lacht und ihre Augen nur durch die gespreizten Finger zu sehen sind, so als hätte sie ihr Gesicht verbergen wollen, um nicht beim Lachen fotografiert zu werden.

Du packst mich am Handgelenk, ziehst mich auf deinen Schoß, und ich kreische überrascht auf. Mitten im Satz drückst du auf eine Taste an deinem Headset und küsst mich kurz und hart.

»Danke«, sagst du dann, hebst mich wieder von deinem Schoß und entlässt mich mit einem Klaps auf den Po. Einen Knopfdruck später fährst du genau an der Stelle fort, wo du aufgehört hast.

Ich betrachte dich über die Schulter hinweg und bin noch so verdutzt, dass ich über meine eigenen Füße stolpere und ins Taumeln gerate. Das gerade hatte sich angefühlt wie ein Fremder. Eine plötzliche Beklommenheit überfällt mich, ich friere und reibe mir mit den Händen die Gänsehaut von den Armen.

Neben dem Kleiderschrank hängt eine kleine Version des Bilds von der Meerjungfrau an der Wand. Der Raum ist deiner in jeder Hinsicht. Allein du wirkst merkwürdig anders und unheimlich, als hätte die Meeresbrise einen Zauber vertrieben und etwas Dunkles dahinter zum Vorschein gebracht.

Dr. Goldstein spinnt dir im Hirn herum.

Zitternd verlasse ich eilig den Raum.

Ich hatte gehofft, der Ortswechsel könnte uns von Lilys unwiderstehlichem und allumfassendem Bann über dich befreien. Doch stattdessen sind wir in ein Haus gezogen, das etwas noch weit Schlimmeres birgt.

Hier ist es nicht Lilys Geist, der die Räume mit wilder, zügelloser Wut erfüllt.

Es ist deiner.

31

LILY

Im Wohnzimmer entzünde ich den Kamin mit der Fernbedienung auf dem Couchtisch, mache es mir auf der tiefen Sofafläche gemütlich und lege mir eine der Kunstfelldecken über die Beine. Es dauert eine Weile, bis mir klar wird, dass es sich mit dem Bild der Meerjungfrau genauso verhält wie mit dem verspiegelten Bildschirm im Wohnzimmer des Penthouse. Ein Tastendruck genügt, und das vermeintliche Aquarell wird zum Bildschirm.

»Hey.«

Beim Klang deiner Stimme wende ich den Kopf zum Flur, wo du lässig an der Wand lehnst. Einen Herzschlag lang sehe ich den jüngeren Mann vor mir, den ich einst gekannt hatte und der überlagert, was inzwischen aus ihm geworden ist. Sein schlaksiger Körper ist schmaler als deiner, die Haare länger, sein Lächeln offen und frech. Schalk, Witz und Liebe leuchten in seinem Blick. Ich blinzele, und er ist verschwunden.

»Hey«, gebe ich zurück.

»Was machst du so?« Deine dunklen Augen sind wachsam.

Ich trauere nicht länger über den jungen Mann, den ich einst kannte, und konzentriere mich auf dich. »Na ja, offenbar habe ich einen neuen *Jack Ryan*-Film verpasst, dazu zwei James Bonds und eine Folge von *Mission Impossible*«, sage ich. »Vielleicht sollte ich mal anfangen, die Sachen aufzuholen.«

»Was dagegen, wenn ich dir dabei Gesellschaft leiste?«, fragst du mit nachsichtigem Lächeln.

»Nichts wäre mir lieber.«

»Oh, da bin ich mir nicht so sicher«, sagst du und stößt dich von der Wand ab. »Hast du Lust auf Pizza?«

»Wann hätte ich das denn nicht?«

»Wenn ich in dir bin«, erwiderst du und grinst breit, als du meine verblüffte Reaktion auf deinen dreisten Spruch bemerkst. Dass der Ort einer langen intimen Bekanntschaft zu solchen Schamlosigkeiten animieren kann, liegt allerdings nahe. »Dann bestelle ich uns was«, sagst du. »Ich bin gleich wieder da.«

Ich schaue dir nach und spüre, wie der Abend um mich herum bleischwer herabsinkt, da du beim Weggehen das Licht ausgeschaltet hast. Die Aufmerksamkeit wieder auf den Bildschirm gerichtet, scrolle ich durch das Angebot, bis ich auf *Jack Ryan: Shadow Recruit* stoße. Ich starte den Film, halte ihn sofort wieder an und lausche lieber deiner Stimme, die in der Ferne die Bestellung durchgibt.

Die ersten Wochen habe ich mir nur gewünscht, dass du mich mit offenen Armen annimmst. Heute haben wir den toten Punkt endlich überwunden, und es scheint, als würde mein Wunsch in Erfüllung gehen. Dennoch bin ich viel zu nervös, um zur Ruhe zu kommen. Eigentlich bin ich jemand, der andere Menschen gut zu lesen versteht, aber du bist mir gerade ein Rätsel, so vollkommen anders als der vergrämte

Witwer, mit dem ich noch bis heute Morgen zusammenwohnte.

Es gibt nur eine, die ich will, hast du gesagt. Bin *ich* das? Oder ist *sie* es?

Dieser ständige Wechsel von Ekstase und Elend, von Begierde und Grauen begann bereits, lange bevor wir uns kennenlernten. Erzogen wurden wir beide von Frauen, die schwer gezeichnet waren von den Männern in ihrem Leben, untaugliche Mütter, die gar nicht dazu fähig waren, ein stetes Maß an Fürsorge und Zuwendung aufzubringen. Ihretwegen erwarten und begehren wir unerwiderte Liebe. Keiner von uns besaß emotionale Reife. Hätten wir die, wären wir wohlweislich auf Distanz zueinander geblieben. Wir hätten uns nach Verlässlichkeit gesehnt, nicht nach diesem Wahnsinn, den wir jetzt mit unseren Herzen und Köpfen treiben.

Klar, es sollte sich nicht anfühlen, als würde man von einer Klippe stürzen, wenn man sich verliebt, aber keiner von uns hat in seinem Leben jemals festen Boden unter den Füßen verspürt. Würden wir einander überhaupt noch innerhalb eines geschützten Rahmens haben wollen, oder würde uns dann dieser schwindelerregende Dauerwirbel unserer Besessenheit fehlen?

Du kommst die Treppe herunter und gehst in Richtung Küche. »Ich hole mir ein Bier«, rufst du. »Möchtest du auch etwas? Ein Wasser vielleicht? Limo, Cola?«

»Nein danke.«

Ich höre, wie du dich mitten durch unser Heim bewegst, aber ich drehe mich nicht um. Wir sind Fremde in so mancherlei Hinsicht. Ich kann meine Beklommenheit einfach nicht abschütteln. Wir sind hier vollkommen allein. Das Strandhaus hüllt uns beide fest ein, sperrt die Welt aus.

Du läufst von hinten ums Sofa herum und lässt dich mit einer Flasche Bier in der Hand geschmeidig in das tiefe Polster sinken. Du hast dich umgezogen, trägst nun eine gestreifte Pyjamahose und ein schwarzes T-Shirt. Du bist barfuß, dein einziger Schmuck ist der Ehering. Mein Körper gerät in wohlige Anspannung, erregt vom vagen Duft deines Parfums, von der verlockenden Kraft, die du ausstrahlst, von meinem femininen Gespür für deine überbordende Männlichkeit. Du neigst den Kopf zurück, um einen Schluck zu nehmen, nur dein Kehlkopf arbeitet, während du entspannt dein Bier trinkst und ich bloß wenige Zentimeter von dir getrennt sitze und vor Verlangen nach dir vergehe.

Du hast dich zum zweiten Mal für heute rasiert. Die Zuvorkommenheit, die darin zum Ausdruck kommt, kann ich im Moment von all den Dingen, die keinen Sinn ergeben wollen, am wenigsten nachvollziehen. Sie zeigt, welchen Verlauf die Nacht in deinen Augen für uns nehmen wird, und möchte vermeiden helfen, dass meine Haut an empfindlichen Stellen unnötig gereizt wird. Mein Atem geht schneller.

Du stellst die Flasche auf einen Untersetzer. Deine finstere Konzentration verrät, wie tief du in Gedanken versunken bist.

»Woran denkst du?«, frage ich.

»An dich. Wie immer.«

Deine Ellbogen liegen auf den Knien, deine Hände sind verschränkt. Du schaust zum Fernseher. Es ist kaum auszuhalten, wie schön du im Profil bist, wenn der rötlich braune Schein der Flammen dich umspielt, die Schatten deine prägnanten

Wangenknochen betonen und deine wohlgeformten Bizepse sich im Gegenlicht abzeichnen.

Du drehst dich, um mich direkt anzuschauen, legst ein angewinkeltes Bein auf das Polster und einen Arm über die Rückenlehne des Sofas. »Du bist der Grund, warum ich atme«, erklärst du ernst. »Und nichts, was andere sagen oder tun oder was du sagst oder tust, vermag an meinen Gefühlen für dich etwas zu ändern.«

Lange Zeit herrscht nur Stille. Dann rutscht mir ein leises Schluchzen heraus. Ich schließe die Augen, da mich der Schwall qualvoller Freude kurz schwindlig macht.

Du nimmst meine Hand, spielst mit dem Ring an meinem Finger. »Ich bin dir nicht von der Seite gewichen, seit ich dich wiedergefunden habe«, fährst du fort. »Ich bin stets in deiner Nähe gewesen und habe auf dich gewartet.«

Wäre es womöglich tatsächlich so einfach gewesen? Hätte ich dich bloß im Penthouse aufsuchen und etwas sagen müssen? Irgendetwas?

Nein. Du willst Antworten, nicht nur reden. Enthüllungen, die alles zwischen uns ändern würden. Aber wünsche ich mir das nicht selbst insgeheim? Geliebt zu werden, wie ich bin, nicht wie sie war?

Ich atme rasch aus. Kann es etwas Schlimmeres geben, als sich einer Wahrheit stellen zu müssen, die unerträglich ist? Du schaust mir stumm in die Augen.

»Wie konntest du mich auf Distanz halten?«, frage ich hitzig. »So lange?«

»Du antwortest zuerst«, entgegnest du. »Schließlich gilt das auch für dich.«

Ich erstarre verblüfft. Ich war derart mit meinem eigenen Leid beschäftigt gewesen, dass ich gar nicht auf den Gedanken gekommen war, du könntest die Situation ähnlich empfinden. Aber so ist es wohl gewesen. »Ich habe es doch versucht«, sage ich.

»Mich zu ficken, ja«, gibst du zurück. »Nicht, mit mir zu reden.«

»Das ist nicht fair«, widerspreche ich, doch dann verlässt mich alle Streitlust. Ich möchte nicht, dass wir uns streiten, und ich muss lernen, mir die eigenen Schwächen einzugestehen. Meine Augen brennen, dann verschwimmt mein Blick. »Ich habe nicht gewusst, was ich tun sollte, wie ich den Graben zwischen uns überwinden kann. Du bist so … anders. Meine Gefühle sind gleich geblieben, aber du bist es nicht.«

Du wischst mir mit deinen kalten Fingerspitzen die Tränen von den Wangen. »Dieser Anblick, wie du von dem Auto angefahren wurdest … Den Aufprall habe ich am eigenen Leib gespürt. Wie ich dich da auf der Straße in den Armen hielt und von allen Seiten Hunderte von Menschen auf uns eindrängten, begann ich selbst zu zerbrechen. Ich dachte, meine Strafe würde darin bestehen, dich immer wieder aufs Neue zu verlieren.«

»O Kane«, hauche ich.

»Ich war allein mit Vergangenem beschäftigt, mit der Frage, wer du gewesen bist, mit all den Dingen eben, die ich nicht weiß und nicht begreifen kann … Ich meine, du schuldest mir Antworten, das musst du ja wohl zugeben, und aus den verschiedensten Gründen möchte ich gern vermeiden, sie zu erzwingen. Allerdings war es idiotisch von mir, Antworten von dir zu erwarten, ohne dir zuerst ein Gefühl der Sicherheit zu geben. Aber nachvollziehen kannst du es doch, oder? Immerhin bist du nicht freiwillig zu mir zurückgekehrt. Ich habe dich …«

»Gefunden«, unterbreche ich dich. »Du hast mich gefunden, und nun sind wir zusammen. Ist nicht alles andere egal?« Kann ich dich dazu bringen, die Vergangenheit hinter dir zu lassen, oder hält sie dich zu sehr gefangen?

Du streichelst meine nackte Schulter mit ehrfürchtigen Fingerspitzen. »Auch wenn diese Antworten für mich wirklich wichtig sind, ist mir doch das Entscheidende bereits jetzt klar – dass ich ohne dich tot bin. Ich bin tot gewesen ohne dich.«

»Nein!«, rufe ich. Nein, nein, nein. Wie kann etwas bloß solche Schmerzen verursachen, und man überlebt es doch? Es scheint unmöglich.

Du presst mich so fest an dich, dass ich kaum Atem bekomme, aber das ist egal. »Lass uns ganz neu anfangen«, sagst du. »Versprich mir nur, dass ich mir sicher sein kann bei dir, alles andere wird sich finden.«

Einige quälend träge Herzschläge lang lasse ich die Worte auf mich wirken. Die ausgesprochenen wie die verschwiegenen. Ich schaue dich an, und in deinem Blick liegen Hoffnung, Liebe und Traurigkeit.

Ich nehme deine Hände und drücke sie. »Du kannst dir sicher sein«, verspreche ich. »Ich werde dich glücklich machen.«

Du musterst mich genau, und deine Züge werden sanfter. Und mit jeder Sorgenfalte schwindet auch meine Furcht.

»Es tut mir leid, Kane. Alles. Es tut mir leid, dass ich dich …«

»Schluss!«, unterbrichst du mich und küsst meine Stirn. »Ich will keine Entschuldigungen. Ich will dich, sonst nichts.«

Ich senke den Kopf und drehe den Ehering an deinem Finger. Die Haut darunter ist so hell, dass sie seit Jahren kein Sonnenlicht gesehen haben kann. »Lass mich nie wieder los.«

»Niemals«, sagst du und umschließt meine Hände. »Das kann ich gar nicht.«

Du neigst den Kopf und legst deine Lippen auf meine. Erst ganz sanft, vorsichtig tupfend. Dann schmeckst du mich, und die Begierde schießt mit solcher Gewalt hoch, dass es mir den Atem raubt. Deine Zunge dringt durch den Spalt, den ich dir öffne, und spielt mit meiner. Dein würziger Honiggeschmack füllt meinen Mund.

Ich beuge mich dir entgegen, doch noch immer hältst du meine Hände fest. »Ich will dich berühren.«

»Noch nicht.«

Ich will meine Finger durch deine Haare streichen, die Wärme deiner Haut spüren.

»Kane, ich muss …« Das Schrillen der Türklingel lässt mich hochschrecken.

»Pizza?«, fragst du, und dein grinsender Mund schwebt einen Fingerbreit über meinem.

Du stehst auf und verschwindest im Flur. Meine Lippen pochen. Meine Brustwarzen sind hart, meine Haut glüht. Jetzt, da wir beide es wollen, kann ich an nichts anderes mehr denken.

Ich höre deine Stimme und eine Antwort, dann fällt die Tür zu, und der Sicherheitsriegel wird vor die Tür geschoben. Du reichst mir im Vorbeigehen den Karton mit den daraufliegenden Papptellern und Servietten, schließt die Terrassentüren und ziehst die schweren Vorhänge zu, sodass wir nun völlig ungestört sind. Es folgt eine kurze Codeeingabe an der Alarmanlage, und wir sind komplett abgeschlossen von der Welt.

Als du dich zu mir umdrehst, halte ich den Karton noch immer vor mir.

Du betrachtest mich scharf, deine Körperspannung wächst. »Also wenn du mich fragst«, sagst du betont ruhig. »Ich hätte auch nichts gegen kalte Pizza. Eigentlich esse ich sie kalt sogar lieber. Am liebsten erst nach Stunden.«

Das erwartungsvolle Prickeln zwischen uns steigt.

Du wirst mich endlich lieben.

Nachdem ich es wochenlang für unmöglich gehalten habe, durchläuft mich bei der Erkenntnis, dass es jetzt doch unvermeidlich geschehen wird, ein Zittern. Endlich werde ich dich überall spüren. In mir. Ich beauftrage einen Winkel in meinem Gehirn damit, sich die nächsten Stunden in jedem Detail möglichst plastisch einzuprägen. Jedes Stocken des Atems, jeder wohlige Schauer, jeder harte Stoß deines muskulösen Traumkörpers muss in maximal hochauflösender Klarheit gespeichert werden, um später noch einmal alles auskosten zu können. Gut möglich, dass mir mehr nicht bleiben wird.

»Wenn du mich nicht auf der Stelle weiterküsst«, krächze ich mit plötzlich trockener Kehle, »überlebe ich das nicht.«

»Falsch«, erwiderst du und näherst dich mit dieser verbotenen Geschmeidigkeit. »Beim Abtreten bin ich das nächste Mal zuerst dran.«

Ich werfe den Pizzakarton auf den Couchtisch. Die Teller und Servietten rutschen noch ein Stück und hängen gefährlich über der Kante, aber das kümmert keinen von uns. Du sinkst aufs Sofa und ziehst mich zu dir. Ich werfe den Kopf flehentlich in den Nacken, umklammere deine schmale Taille und führe den Mund zu deinem.

Deine Lippen schließen sich über meinen, und im selben Moment packt meine Hand den weichen Stoff deines T-Shirts. Langsam gleitet deine Zunge tief in mich und setzt mich in Flammen.

»*Setareh*«, raunst du und presst die Lippen an meinen Mundwinkel, »unsere Liebe kann alles überstehen, sogar den Tod. Sag mir, dass du das weißt.«

Ich küsse dich.

Du umfasst meinen Kiefer mit beiden Händen, befiehlst meinem Mund mit einem sanften Druck deiner Daumen, offen zu bleiben. Deine Zunge taucht mit kurzen, lockenden Schlägen ein. Ich zerre an der inzwischen viel zu warmen Decke, die noch immer um meine Hüften geschlungen ist. Ohne für eine Sekunde den Kuss zu lösen, drücke ich mich auf die Knie und besteige breitbeinig deinen Schoß. In deinen Armen bin ich weder gut noch schlecht, habe weder recht noch unrecht. Es ist so wohltuend, diesen Kampf einmal nicht führen zu müssen – und sei es nur für ein paar Stunden.

Deine Hände rutschen auf meine Hüften, und nun ist es an mir, dich mit meiner begierigen Zunge auszukosten. Du stöhnst auf, und deine Finger bohren sich in meine Haut. Ich streife dein T-Shirt hoch und fahre mit den Händen darunter, um dich zu spüren.

Keuchend beugst du dich mir entgegen. »Ja … Berühre mich überall.«

Meine Fingerspitzen fahren die harten Wülste deiner Bauchmuskeln hinab, wandern um dein Becken herum. Deine Hände gleiten über meine Oberschenkel, deine Daumen tauchen in die Furchen neben meiner Scham.

»Zieh das aus«, fordere ich dich auf und zupfe an deinem T-Shirt.

Du greifst über deine Schulter, reißt dir das Oberteil mit einem Ruck über den Kopf und wirfst es über die Rückenlehne.

»Kane«, keuche ich und fahre mit den Händen über seine breiten Schultern, »du bist so verdammt schön.«

Dein Lachen ist laut und ungezwungen. Auch du hast den inneren Kampf aufgegeben. Ist das nicht das Wunderbare an der Liebe? Sie erlaubt uns, ganz aus uns herauszugehen, da wir wissen, dass der andere blind für unsere Fehler ist.

Ich mache mich auf Entdeckungsreise, ertaste all die Linien deines herrlichen Körpers. Mein Mund folgt den Händen, meine Lippen pressen sich an deine Kehle und wandern langsam tiefer.

»Du bist dran«, sagst du mit rauer Stimme und schiebst mein Kleid hoch, bis es sich um meine Taille bauscht.

Aber ich kann meine Hände einfach keine Sekunde von dir lassen, und so kommen meine Arme deinen in die Quere, als du das Kleid weiterschiebst. Ich strecke die Arme zur Decke, um es dir leichter zu machen, und presse mich an deinen Körper, sobald du das Kleid in Richtung deines T-Shirts geworfen hast. Ich erzittere, stoße einen leisen Seufzer aus. Deine Haut fühlt sich an meinen Brüsten so warm an, die Haare auf deiner Brust so weich und schmiegsam. Deine gespreizten Hände massieren meinen Rücken und biegen ihn leicht, sodass wir ganz eng aneinander sind.

»Warte«, sagst du und hebst mich hoch.

Der Raum dreht sich kurz, dann liege ich unter dir. Die Smaragde an meine Ohren schwingen hin und her, erinnern mich daran, dass sie noch da sind. Gekauft hast du sie für eine andere, aber jetzt gehören sie mir. *Du* gehörst mir.

Du kauerst zwischen meinen Beinen. Deine prächtigen Züge mit den markanten Falten und dem vollen erotischen Mund sprühen vor Lust. Heißes männliches Begehren glüht in deinen Augen, und mir wird einmal mehr bewusst, wie gut du dieses raubtierhafte Leuchten und dein animalisches Wesen zu verbergen verstehst, wann immer es dir passt.

Du krümmst die Finger um den Bund meines Slips, und ich hebe die Hüfte an und strecke die Beine zur Decke.

»Von diesen langen Beinen habe ich geträumt«, flüsterst du, küsst mein Knie und züngelst in die Kehle. Ich erschauere. »Und von diesen Sommersprossen, genau hier.«

»Ich habe von allem an dir geträumt.«

Du streifst den Slip langsam bis über meine Zehen und schleuderst ihn über die Rückenlehne zu den anderen Kleidungsstücken.

»Mein Herz hämmert wie verrückt«, gestehst du, und in deinen Augen spiegeln sich die züngelnden Flammen des Kaminfeuers.

»Meins auch.«

Du streichelst die Seiten meiner Brüste, wanderst hinunter bis zur Wölbung meiner Beckenknochen. Die hauchzarten Liebkosungen kitzeln und bringen mich zum Kichern.

Dein Mund verzieht sich zu einem Lächeln. Es ist nur ein schlichter Ausdruck von Freude, aber sein Anblick bricht mir das Herz.

»Bei mir kannst du auch sicher sein«, sagst du leise und senkst den Kopf zu meinem Busen.

Erneut treten mir Tränen in die Augen.

Die feuchte Hitze deines Munds umschließt sengend meine empfindsame Brustwarze. Mein Rücken wölbt sich, das teuflische Spiel deiner Zunge entringt mir ein raues Keuchen. Der Nippel, der schon vom Kontakt zu deinem glühenden Körper erregt ist, wird noch härter. Dein tiefes Stöhnen vibriert von der Brust durch mich hindurch und stimuliert die vor Verlangen gequälte Spalte zwischen meinen Beinen weiter. Ich spüre dein flammengleiches Züngeln wie ein Echo in meinem Geschlecht. Meine Finger sind in deinem seidenweichen Haar vergraben.

Du wechselst zu meiner anderen Brust, stülpst deine saugenden Lippen über die straff gespannte Spitze, lässt die Zunge gierig darübergleiten. Deine Hand taucht zwischen meine Beine hinab, und deine rauen Fingerspitzen finden mich bereits geschwollen und schlüpfrig. Ohne jede Scham stöhne ich deinen Namen.

Zwei lange, kräftige Finger dringen tief in mich ein, während dein Mund rhythmisch an meinem Nippel saugt. Langsam und gekonnt beginnen sie, sich zu bewegen. Bei jedem Eintauchen und Zurückziehen massiert der Ballen deines Daumens meine Klitoris. Du triffst mit viel Geschick eine äußerst sensible Stelle in mir, fährst immer wieder mit gnadenloser Meisterschaft über diesen besonders stark erregbaren Punkt.

Ich schnaufe wohlig wie im Rausch. Dass du über bemerkenswerte und außergewöhnliche sexuelle Erfahrung verfügst, war mir natürlich klar. Das sieht man dir schließlich auf den ersten Blick an. Die raubtierhafte Geschmeidigkeit deiner Bewegungen. Die eindeutigen Verheißungen, die ich in deinen Augen lesen kann. Die unerschütterliche Überheblichkeit, mit der du zur Verführung übergehst. Du weißt genau, was dein Körper einer Frau antun kann, und das merkt man dir an.

Worauf ich nicht vorbereitet war, ist die Ehrfurcht, die du dabei zeigst, die zärtliche Bewunderung, die uns beide weit über puren Sex hinaus eine körperliche Form von Liebe in überwältigender Weise erfahren lässt. Oder ist es Dankbarkeit? Welch ein Geschenk es ist, in den Augen eines anderen perfekt zu erscheinen.

Zu spüren, wie dein Brustkorb, deine Bizepse und deine Schultermuskeln sich wölben und wieder senken, während du deine inzwischen glitschig gewordenen Finger in mich stößt, ist unglaublich erotisch.

Der Orgasmus kommt näher, spannt meinen Körper.

Es ist rein physisch, und es ist rein gar nicht so, denn hier zittert mein Wesenskern, hier windet sich mein verzehrendes Herz.

Du verfolgst mit feurig strahlenden Augen, wie ich mich verliere. »Das ist längst noch nicht alles, *Setareh*«, sagst du mit heiserer Stimme. »Gib mir das, und ich gebe dir mehr.«

Die geheimnisvolle Verheißung spornt meine Lust nur noch mehr an. Meine Hüften schnellen vor und zurück, ficken deine pumpenden Finger mit meinem begierigen Geschlecht.

Du erhöhst den Druck, konterst meine wilden Stöße, erregst mich, bis mir die Sinne zu schwinden beginnen.

»Kane …«

Du legst deinen Mund auf meinen, presst Daumen und Finger zusammen und drückst damit plötzlich von innen und außen auf meine Klitoris. Die abrupte Wucht der aufschießenden Ekstase bringt meinen Körper kurz zum Erstarren, dann krümme ich mich aufstöhnend, während mein Geschlecht deine Finger umklammert. Der Orgasmus ist gewaltig und mitreißend. Dann höre ich das tiefe sanfte Knurren deiner Stimme, das beruhigend wirkt, auch wenn ich wegen des Rauschens in meinen Ohren kein Wort verstehe.

Atemlos sacke ich schlaff auf die Felldecke unter mir. Du bedeckst meinen Körper mit deinem, der so heiß ist, dass deine Haut mich zu versengen droht. Dein Gewicht wirkt beruhigend und beschützend. Ich klammere mich an dich, habe meine Hände überall, küsse dich, wo immer ich hinkomme.

Dein Mund senkt sich für eine selige Minute auf meinen, dann stemmst du dich auf einen Unterarm und streifst den Bund deiner Pyjamahose nach unten. Du nimmst deinen Penis in die Hand, fährst mit geballter Faust von der Wurzel zur Spitze. Deine Erektion schwillt noch weiter an, wird länger und dicker. Ich unterdrücke ein Stöhnen. Alles an dir ist überdimensioniert, als wären die Götter von deinem Potenzial so fasziniert gewesen, dass sie dir gleich extra viel mitgaben.

Deine Hand schnellt noch einige Male ruckartig und hart, um dich für mich vorzubereiten. Dabei starren deine animalisch leuchtenden Augen mich unverwandt an, als wollten sie mich herausfordern, dich in maximaler Größe aufnehmen zu müssen. Es ist ungeheuer erregend, dir zuzuschauen, wie du dich massierst, dich stimulierst. Du gehst rauer zu Werke, als ich es tun würde. Deine Knöchel sind weiß vor Anspannung, dein Bizeps wölbt sich im Rhythmus deiner kraftvollen Bewegungen.

Die Kiefer entschlossen aufeinandergepresst, beginnst du, mit der breiten Spitze deiner Erektion die Lippen meiner Scham zu teilen. Du bist so erregt, dass dich die ersten Spermaspritzer bereits schlüpfrig werden lassen und wir gemeinsam für Gleitmittel sorgen. Du führst den mächtigen Kopf in meine Spalte, und deine Augenlider sinken tief herab, als hätte der Kontakt dich narkotisiert. Die Wucht deines Eindringens ist beängstigend. Und köstlich.

»Du nimmst mich ganz«, versicherst du mir mit leicht wackliger Stimme. »Wir sind schließlich füreinander gemacht.«

Ich drehe die Hüften in den richtigen Winkel und werde umgehend damit belohnt, dass die ersten zehn Zentimeter mich ausfüllen. Mein Rücken biegt sich dir entgegen, mein Körper ersehnt die Empfindung.

»Oh«, stöhne ich, »du fühlst dich so gut an!«

Dein leises, tiefes Knurren vibriert durch mich.

Du schiebst eine Hand unter meine Hüfte, hebst mich an und dringst mit kurzen, behutsamen Stößen langsam tiefer in mich ein. Weil du wie angegossen passt, streicht deine dicke Eichel ausschweifend über extrem empfindsame Schamlippen, verursacht eine Reibung, die hochgradig süchtig macht. Deine Bizepse arbeiten im gleichen Rhythmus, in dem du meine Hüften in diesen langsamen, gefühlvollen Stößen drehst, mit denen du meinem Geschlecht einen rauschhaften Höhepunkt in Aussicht stellst und gleich wieder entziehst. Die wiedererwachte Erregung macht mich beben, bringt mein Innerstes zum Anspannen, und plötzlich knurrst du so animalisch und wild, dass auch ich alle Hemmungen verliere.

Sexuelle Lust wummert in meinen Adern, durchströmt sie dick und heiß. Ich hätte mich gern gedreht, hätte meine Kurven am liebsten noch stärker in deine brettharten Muskelflächen gedrängt, um deinen brunftigen Instinkten zu signalisieren, dass ich vor Hitze vergehe. Aber du bist ein Hüne von Mann, und mir fehlt die Kraft, dich zu bewegen.

Mein Trost sind die Laute, die du von dir gibst, das tiefe Knurren, die stockenden Atemzüge. Dein Genuss treibt meinen fiebrigen Rausch zum Höhepunkt. Ich will unbedingt erreichen, dass all dein Schmerz von wilder, gedankenloser, überschwänglicher Freude hinweggefegt wird.

Du nimmst dich komplett zurück, bis der rot geschwollene Kopf deines Penis an meinen Schamlippen glüht, dann stößt du zu, tauchst ihn mit einem triumphierenden Brüllen bis zur Wurzel in mich hinein. Dein druckvolles Eindringen ist überwältigend, und ich halte die Luft an, um das unbekannte Gefühl, deinen Puls so tief in mir zu spüren, auszukosten. Du ziehst raus, rammst hinein, alles geschieht jetzt fließend und ist wahnsinnig köstlich. Die Lust spannt sich wie eine Feder immer weiter, so lange, bis sie an ihr Limit kommt, bereit und ungeduldig. Mein Geschlecht schließt sich zitternd um dich, stimuliert jetzt nur von deiner schieren Größe und der überwältigenden Euphorie, so vollständig mit dir vereint zu sein.

Du beißt dir auf die Unterlippe, während mein hämmernder

Puls seinen Rhythmus an deinen harten Schwanz trommelt. Mit einem tiefen Stöhnen voll gequälter Lust schiebst du deine Hüfte vor. Mein Orgasmus explodiert mit einer Gewalt, dass ich laut aufschreien muss. Du stößt ein triumphierendes Brüllen aus und fängst an, mich zu ficken.

Meine Hüften bäumen sich verzweifelt hoch, wollen dein Zurückziehen verhindern, denn ich kann es einfach nicht ertragen, dich gehen zu lassen. Dein Becken stößt hart in meinen Schambereich, dein Körper eine kraftstrotzende Sexmaschine, die einzig und allein auf meinen Genuss ausgerichtet ist. Der Moment reißt dich mit, macht dich unersättlich und erbarmungslos. Du hältst den Atem an, erstarrst einen Augenblick, bevor du wollüstig aufstöhnst und mit unbändiger Lust mein im Höhepunkt zuckendes Geschlecht zu reiten beginnst. Dein Orgasmus ist lang und aufwühlend. Heftige Zitteranfälle schütteln deinen mächtigen Körper im Takt der nicht enden wollenden Ergüsse.

Keuchend und schweißnass küsst du mich, als stündest du kurz vor dem Tod, und nur mein Mund könnte dich retten. Wir teilen jeden Atemzug. Deine Lunge saugt mein erregtes Ausatmen ein, und du keuchst deinen Atem in mich hinein.

Ich drücke dich an mich und streichele deinen schwer arbeitenden Rücken besänftigend, während die letzten Beben deinen Körper durchlaufen. Dein volles Gewicht ruht auf mir, und etwas anderes habe ich nie gewollt. Mit jeder Faser fühle ich mich köstlich ausgefüllt, spüre dich heiß und tief, wie du mich auf geradezu urmenschliche Weise besitzt.

Lange Minuten verstreichen. Was geht dir durch den Kopf? Solltest du an jemand denken müssen, bin ich diejenige? Ich fahre mit dem großen Zeh deine Wade entlang und rede mir ein, dass es keine Rolle spielt.

»Ich hatte recht«, murmelst du endlich und reibst mit der Nase den Schweiß in meine Haut.

»Womit?«, frage ich.

»Du hast keinen Gedanken an Pizza verschwendet.«

Lachend schließe ich dich fest in die Arme und spüre an meiner Schulter, wie deine Lippen ein Lächeln formen.

»Komm, wir heiraten noch mal«, murmelst du und küsst meinen Hals.

Mein Körper reagiert sofort auf deinen Antrag und schließt sich vor Begeisterung wieder besitzergreifend um deinen Penis. Du brummst wohlig.

»Aber nur, wenn wir danach monatelang auf Hochzeitsreise gehen«, verlange ich. »Wohin, ist mir egal, Hauptsache, es ist sonst niemand da.«

»Abgemacht«, sagst du und hebst den Kopf.

Dein Gesicht ist errötet, und Schweiß steht dir auf deiner Stirn. Mir fällt auf, wie unglaublich gut du aussiehst, und dann bewegst du deine Hüften, und mir fällt auf, wie hart du bist. Wenn ich es nicht besser wüsste, könnte man auf die Idee kommen, du wärst nicht gekommen.

»Eindrucksvoll«, kommentiere ich mit einem Lachen.

»Lächerlich«, erwiderst du. »Ich bin schließlich ein Mann in den Dreißigern und kein sexgeiler Jungspund mehr. Da vögele ich gerade mal zwei Minuten meine Frau und kann mich schon nicht mehr bremsen. Das sollte nicht passieren. Und ein wenig längere Erholungspausen sollten mir auch zustehen.« Du gibst mir einen eindringlichen, fordernden Kuss, und als du wieder den Kopf hebst, leuchten deinen dunklen Augen hungrig. »Ich kann zwar meine Beine nicht spüren, aber mein Schwanz wäre einsatzfähig für die nächste Runde.«

Du stemmst dich auf einen Unterarm und fährst mit der Hand zwischen uns zu der Stelle, wo ich mich für dich bereit mache. Du beginnst, dein Sperma, vor dem ich triefe, in meine Haut zu massieren, reibst in langsamen Kreisbewegungen über meine Klitoris. Der Bund deiner Pyjamahose scheuert sanft über die Innenseite meiner Schenkel, was mir in Erinnerung ruft, dass du zu scharf darauf warst, in mich zu kommen, um sie überhaupt auszuziehen.

Du beißt dir auf die Unterlippe, als meine inneren Muskeln sich zusammenziehen. Dein Daumen streicht unentwegt mit federleichtem Druck weiter. Du stöhnst, sobald du spürst, wie mein Geschlecht sich anspannt.

»Wenn du mich weiter so auspumpst, *Setareh*, wird das eine kurze Nacht.«

»Oh!«, raune ich und fange an, mich zu winden, weil ich diesmal deine Erektion unbedingt reiten will, aber dein Körpergewicht hält mich unten.

Du massierst und streichelst, stimulierst mich pausenlos. Als du dann plötzlich die Geschwindigkeit erhöhst, erfasst mich ein Zittern. Bei deinem Kuss verliere ich schließlich völlig die Kontrolle, das zärtliche Spiel deiner Zunge ist einfach zu viel. Der Höhepunkt bricht sich in einem prickelnden Schwall Bahn, durchflirrt mich, bis das Kitzeln selbst meine Finger- und Zehenspitzen erreicht.

Schwer atmend blinzele ich dich durch verschleierte Augen an.

»Du bist so wunderschön«, hauchst du und streichst mit den Lippen über meine. »Das Bezauberndste, was mir je begegnet ist.«

»Dann schau bloß nicht in den Spiegel.«

Mit einem frechen Grinsen löst du dich von mir. Ich wimmere unglücklich, als du mich verlässt, und mein Geschlecht zuckt protestierend. Im Licht des Kaminfeuers stehst du auf und streifst deine Pyjamahose ab.

Oh, was für ein Anblick!

Du arrangierst mich nach deinen Wünschen, setzt dich rittlings auf mein Bein, legst das andere mit der Wade an deine Schulter und ergreifst dann deinen noch immer harten Schwanz.

»Kane, das meinst du doch jetzt nicht im Ernst!«

»Sechs Jahre«, erwiderst du grimmig und dringst mit einem rauen Knurren erneut in mich ein. »So lange habe ich mich nach dir verzehrt, und noch ist mein Verlangen nicht befriedigt.«

Ich ringe kurz nach Luft. Mein Geschlecht ist von deinem Sperma inzwischen zwar so schlüpfrig, dass es dich leichter aufnimmt, aber deine Größe ist dennoch fast zu gewaltig. Die Position, in die du mich gebracht hast, erlaubt es dir, noch tiefer vorzustoßen. Ich stöhne und drehe mich dir entgegen, koste diese grandiose Fülle aus.

Eine kurze Hüftbewegung von dir lässt deinen Penis leicht zucken, doch in mir ist alles so angeschwollen und hochempfindlich, dass selbst dieser kleine Reiz eine immense Wirkung hat. Du ziehst rasch zurück, spielst nur mit der Spitze in mir. Dann packst du mit beiden Händen die Rückenlehne des

Sofas über meinem Kopf und gleitest so tief wie möglich zwischen meine weit gespreizten Beine. Es ist berauschend, und ganz plötzlich bettele ich stöhnend um mehr.

Du starrst auf mich herab, deine Züge vor Wollust verzerrt, und erklärst: »Ich liebe dich noch immer.«

Ich mache die Augen fest zu, um deinen und meinen Schmerz nicht sehen zu müssen.

»Schließ mich nicht aus«, befiehlst du barsch. »Lass die Augen auf.«

Dich dabei zu beobachten, wie du mich liebst, ist ebenso erotisch, wie es zu spüren. Der Anblick deiner angestrengt arbeitenden Muskeln und deines kraftstrotzenden Körpers, dem einzig daran gelegen ist, meinen zu erregen und zu befriedigen, ist allein schon eine Provokation, und das weißt du genau. Du setzt deine physische Vollkommenheit auf geradezu schamlose Weise ein. Für dich ist das eine weitere Waffe in deinem umfassenden sexuellen Arsenal.

Du ziehst zurück und stößt schnell wieder zu, wetzt dich genüsslich tief in mir drin, bevor du erneut schnell zurückziehst und wieder zustößt. Dieser unregelmäßige Wechsel von blitzschnellem Rückzug und Eindringen befeuert zusammen mit der ständigen Penetration ein rasendes Verlangen.

Du hast mich so positioniert – das eine Bein an deiner Schulter, das andere zwischen deinen beiden eingeklemmt –, dass ich keine Möglichkeit habe, dich zu berühren. Ich kann nur daliegen und die perfekt getimten Stöße deiner atemberaubenden Erektion hinnehmen. Die breit angeschwollene Eichel deines Penis massiert den empfindsamen Kanal meines Geschlechts. Das Gefühl, in immer größer werdender Geschwindigkeit bis zum Bersten voll und entsetzlich leer zu sein, macht mich verrückt. Mein Körper schwingt vor und zurück, immer wieder hinein in diese überlegten, teuflisch gekonnten Stöße, und das Fell unter mir sorgt für zusätzliche Erregung.

Die Empfindungen überwältigen mich. Die Lust wird unerträglich. Ich stöhne, kann nicht aufhören, da du dich einfach so wundervoll anfühlst. Das alles ist zu viel. Dann drehst du dich ein wenig, und beim nächsten Eindringen streichst du über eine Stelle, die mir endgültig die Sinne raubt.

»Kane«, rufe ich und kralle die Hände in das Fell unter mir, als könnte ich damit den nahenden Höhepunkt irgendwie abmildern, »ich … ich komme!«

»Ich weiß«, sagst du. Deine Konzentration gilt mit feuriger Leidenschaft allein mir, deine Augen sind pechschwarze Kreise, deine Wangen rot gefärbt. Während deine Zunge in demonstrativ aufreizender Weise über deine volle Unterlippe fährt, arbeiten deine Hüften unermüdlich, werden die Muskeln an deinem Unterleib bretthart. Mitleidlos und erregend fokussiert dringst du immer wieder in mich ein. Dein erster Orgasmus hatte dich überrumpelt und das Raubtier in dir urplötzlich freigesetzt. Dieses Mal steuerst du den ekstatischen Höhepunkt ganz bewusst an. »Ich folge dir sofort.«

Zwei weitere deiner präzisen Stöße genügen, um mich zum nächsten Orgasmus zu treiben. Ich stöhne deinen Namen, während mein Körper von heftigem Zittern erschüttert wird und meine Beine vom Übermaß an lustvollen Glücksgefühlen zu flattern beginnen. Ich höre dein Knurren, dann neigt sich dein Kopf wie bei einem Bittsteller zwischen deine ausgestreckten Arme, und deine schweißnasse Stirn sinkt auf meine. Zischend saugst du die Luft ein, während der Höhepunkt dich packt, deinen Körper ein Beben durchläuft und deine Hüften sich weiter rhythmisch aufbäumen.

Eine Weile später sackst du gegen mich. Dein Atem geht schwer.

»Herrgott«, schnaufst du, noch immer nach Luft ringend. Deine Stimme klingt zugleich ergriffen und missmutig, was mich zum Lachen bringt.

»Hör auf damit!«, befiehlst du schroff. »Wenn du so unter mir wackelst, bekomme ich sofort wieder einen Ständer, und das wäre definitiv mein Tod.«

Du rutschst mit deinem schweren, glitschigen Körper von mir, hievst dich zwischen meine Hüfte und die Rückenlehne des Sofas und wirfst uns gemeinsam um die eigene Achse, sodass ich auf dir zum Liegen komme.

»Selbst du würdest es nicht gleich noch einmal schaffen«, sage ich und werfe schnell einen prüfenden Blick auf deinen Unterkörper, da ich mir nicht ganz sicher bin.

»Wenn du mich heute Morgen gefragt hättest, ob ich mir vorstellen kann, uns beide zu Tode zu vögeln, hätte ich gesagt, dass diese Zeiten für mich vorbei sind«, erwiderst du mit erstaunter Miene. »Inzwischen ist mir klar, dass mein Schwanz kein Teamplayer ist. Es schert ihn einen Dreck, ob er mich umbringt. Und obwohl von dir zu Tode gevögelt zu werden, natürlich exakt der von mir bevorzugten Abgangsart entspricht, stehen derzeit noch viel zu viele Dinge auf der Wunschliste, die ich erst noch mit dir abarbeiten muss.«

»Ach ja, und was wäre das?«, hake ich nach und lege das Kinn auf meine gekreuzten Arme.

»Die letzten Folgen von all diesen Agententhrillern nachholen, die du so liebst, und dazu kalte Pizza essen.«

»Du hast dir nichts davon angesehen?«

»Ohne dich?«, fragst du zurück, und ein Schatten huscht über deine vom Feuer beschienenen Augen. »Schon der Versuch hätte mir den Rest gegeben.«

Meine Hand legt sich flach über dein Herz. Ich betrachte dein Gesicht, die Art, wie deine Züge nach diesem erlösenden Schritt sanfter geworden sind, und die Liebe, die sich im Glanz deiner Augen spiegelt. Am liebsten würde ich diese Haut, die sich wie Rohseide anfühlt, überall gleichzeitig berühren, würde noch das kleinste Fleckchen als mir gehörend markieren.

»Ein Kuss, meine Königin«, murmelst du und benetzt die Lippen. »Mein Königreich für einen Kuss.«

»Und was, wenn ich nur den König will?«, flüstere ich und reibe meine Nasenspitze an deiner.

»Der gehört dir doch bereits. Hat er immer schon.«

Also nehme ich mir deinen Mund. Meine Haut fühlt sich heiß und gereizt an, als hätte ich Sonnenbrand. Das kommt davon, wenn man sich dem Feuertanz in deinen Armen aussetzt.

Hierfür, für dich, bin ich gestorben.

Und jetzt werde ich auch noch töten müssen.

32

AMY

Eine heiße, nasse und ekelhaft stinkende Zunge leckt über mein Gesicht. Meine Arme schlagen wild um sich, erwischen etwas Schweres, Muskulöses, das stark behaart ist. »Was soll der Scheiß?«

O Gott, mein Kiefer schmerzt, als hätte mir jemand einen Eispickel in den Knochen gerammt.

Die Zunge leckt meinen Oberarm. Ich reiße die Augen auf und kneife sie angesichts des grellen Sonnenlichts sofort wieder zu. »Verflucht. Hau ab, lass mich in Ruhe!«

Ich drücke mich auf die Ellbogen und erkenne, dass ich auf dem tiefen Sofa einer cremefarbenen Wohnlandschaft liege. Ich brauche eine Weile, um mich zu orientieren und zu erkennen, dass es sich um Suzannes Wohnzimmer handelt. An den in fröhlichem Gelb gehaltenen Wänden hängen geschnitzte Masken und Wandteppiche mit Landschaftsbildern. Ein hohes Jaulen lenkt meine Aufmerksamkeit auf den blonden Labrador, der erwartungsvoll und ungeduldig neben mir hockt.

»Oh, Scheiße, tut mir leid, Ollie«, sage ich und kraule ihm entschuldigend den Kopf. »Ich bin nun mal kein Morgenmensch. Außerdem riecht dein Atem wirklich grauenhaft. Aber ich habe dich trotzdem wahnsinnig lieb.«

»Es ist schon mitten am Nachmittag«, bemerkt Suzanne trocken und tritt durch die Küchentür. Ihre schwarze Lockenpracht ist von einem bunten Head Wrap gebändigt, das Gesicht ist ungeschminkt, und ihre kurvenreiche Figur steckt in einem fantastischen Seidenkaftan. »Und Ollie bekommt regelmäßig die Probiotika, die die Tierärztin gegen seinen Mundgeruch empfohlen hat. Es ist eindeutig besser geworden.«

»Ugh«, sage ich erschrocken. »Na, wenn das besser ist, muss es vorher echt nach Verwesung gerochen haben.« Ich setze mich auf und reibe mir den Schlaf aus den Augen. »Was zum Teufel mache ich auf deinem Sofa? Und wo ist meine Handtasche? Ich brauche meine Pillen.«

Sie nimmt meine Gucci Dionysus von einem verspiegelten Konsolentisch neben der Eingangstür und bringt sie mir. »Was nimmst du denn? Und wogegen?«

»Ich hatte vor ein paar Tagen eine Wurzelbehandlung, ein Notfall«, antworte ich. »Sie haben mir Hydrocodon und eine Megadosis Ibuprofen gegeben.« Ich schleudere die Decke fort und setze die Füße auf den Boden. Ich trage den Pyjama, den ich am Morgen zuvor angezogen hatte, weil die weit geschnittene Hose dem am nächsten kam, was Lily bei dem Familientreffen in Kanes Bibliothek angehabt hatte. Zu meinem Lingerie-Set gehört allerdings ein passendes Top mit einem Schnürteil im Rücken, was ganz wunderbar meinen flachen Bauch betont. Im Ernst: Mein Ensemble ist tausendmal sexier und bequemer als das, was Kanes Bitch damals getragen hat.

Ich stehe auf und schenke mir an Suzannes Barwagen aus

Messing und Glas einen Gin Tonic ein. Ich halte den Kopf gesenkt, um meinen erschrockenen Gesichtsausdruck zu verbergen. Zwischen meinen Beinen fühlt es sich wund und klebrig an. Kein Zweifel, ich muss Sex gehabt haben, aber erinnern kann ich mich an nichts.

Bitte, bitte, lieber Gott, lass es meinen Mann gewesen sein.

»Du solltest keinen Alkohol trinken, wenn du Schmerzmittel nimmst«, erklärt Suzanne mir.

Ich drehe mich um, schaue ihr direkt in die Augen und spüle die Tabletten mit meinem Drink herunter. Eigentlich sollte Gin Tonic in Raumtemperatur eine Zumutung sein, aber für mich schmeckt er wie Ambrosia. »Darius hat zu Hause den gesamten Alkoholvorrat rausgeschmissen«, sage ich. Zumindest das, was er finden konnte. »Und ich brauche jetzt einfach einen Schluck.«

»Du brauchst vor allem etwas zu essen. Wenn du solche Medikamente auf leeren Magen nimmst, bekommst du Brechdurchfall.«

Ich werfe ihr einen finsteren Blick zu, doch sie hat mir bereits den Rücken zugekehrt und ist wieder in der Küchentür verschwunden. Mit einer raschen, routinierten Handbewegung kippe ich den Rest meines ersten Cocktails herunter, mische mir einen zweiten und trinke davon so viel ab, dass das Glas genauso voll ist wie zuvor und Suzanne nichts bemerkt.

Nachdem ich meinen Drink auf der als Couchtisch dienenden Truhe abgestellt habe, suche ich das Bad auf, um meinen Körper zu inspizieren. Mein Atem geht stockend. In meinem Slip befindet sich eine beträchtliche Menge Sperma, vermischt mit vagen Spuren von Blut. Der Geruch bringt mich zum Würgen. Ich rieche an mir, aber ich stinke nicht wie eine Nutte. Irgendwann muss ich also geduscht haben, und womit ich jetzt durchtränkt bin, muss danach aus mir gelaufen sein. Ekel kriecht in endlosen Wellen über meine nackte Haut.

Meine ausgetrockneten Augen brennen so stark, dass sogar das Blinzeln schmerzt. Ich pinkele, und anschließend ist das Wasser in der Toilette rosafarben.

»Kommt schon vor, dass Darius so grob ist«, flüstere ich vor mich hin. So hitzig und dominant, wie er als Liebhaber ist. Nach Sex mit ihm war ich schon häufig wund.

Ich benutze Suzannes feuchtes Toilettenpapier, um mich sauber zu machen, stopfe das Spitzenhöschen – eine meiner neuen wunderschönen Boy Shorts – ganz unten in ihren Mülleimer und bedecke es mit den gebrauchten Tüchern und anderem Abfall.

Beim Händewaschen betrachte ich mich im Spiegel. Tiefe Furchen fassen meine Mundwinkel ein. Und auch auf meiner Stirn beginnen sich deutliche Falten abzuzeichnen. Meine nächsten Botox-Injektionen wären längst fällig gewesen, aber ich habe einfach keine Zeit dafür gefunden. Was mich jedoch am meisten schockiert, sind meine Augen. Sie haben breite Ränder, und das Grün der Iris hat sich so verfinstert, dass sie wie rein schwarze Höhlen aussehen, hinter denen ich ein seelentiefes Grauen erblicke, das mir das Blut in den Adern gefrieren lässt.

Ich reiße das Handtuch vom Ständer, presse es vor meinen Mund und schreie in den Frotteestoff, bis ich schwarze Punkte vor mir sehe.

Ein paar Minuten später trete ich mit gestrecktem Rücken und erhobenem Kopf aus dem Bad. Ich nehme meinen Drink und gönne mir noch einen tiefen Schluck, um das dumpfe Pochen in meinem Kiefer zu betäuben, das nach meinem Minizusammenbruch schlimmer geworden ist. Es lässt sich nicht länger aufschieben, ich muss überall in unserer Wohnung versteckte Kameras installieren. Ein Dutzend dieser winzigen Dinger liegen bereits seit über einem Jahr gut versteckt in einer meiner Kleiderschubladen. Ich hatte zwar den Mut aufgebracht, sie anzuschaffen, aber nicht, sie auch zu benutzen. Dafür war meine Angst vor dem, was ich dann womöglich sehen würde, zu groß.

Inzwischen habe ich mehr Angst vor dem, was ich nicht sehe.

»Komm, damit du wenigstens etwas im Magen hast«, sagt Suzanne und stellt ein Croissant auf den Esstisch.

Ich setze mich zu ihr und betrachte sie über den Rand meines Glases hinweg. Ihre Haut ist makellos. Anders als bei mir, keinerlei Runzeln, keinerlei Falten. Ihre dunklen Augen wandern in den Winkeln leicht nach oben, wo sich auf der Stirn in diesem Moment zumindest Sorgenfalten abzeichnen.

»Wann bin ich überhaupt gekommen?«, frage ich.

»Heute Morgen kurz nach fünf.«

»O Gott, zu so einer unchristlichen Zeit! Tut mir leid.«

»Schon okay«, sagt sie und schürzt die Lippen. »Darius hat dich gesucht und so gegen sieben angerufen. Ich habe ihm gesagt, du seist die ganze Zeit hier gewesen.«

Ich atme erleichtert auf. »Danke.«

»Er ist auf dem Weg. Alles in Ordnung zwischen euch?«

»Klar doch«, antworte ich und füge, da mich ihre Augen unter den dichten Wimpern immer weiter anstarren, erklärend hinzu: »Er macht seit Monaten ständig Überstunden, seit Kane nicht mehr ins Büro kommt. Und nun ist Kane mit seiner Angetrauten auf Reisen gegangen, und Darius klotzt noch mehr ran.«

Allerdings will er nicht, dass Kane – oder dieses Satansweib von Mutter – davon erfährt, wie sehr er sich *um die Geschäfte kümmert*. Und wahrscheinlich seine Sekretärin mittlerweile gleich täglich vögelt statt bloß freitags. So spät, wie er immer nach Hause kommt, muss da neben Arbeit auch Vergnügen im Spiel sein.

»Echt?«, wird Suzanne plötzlich munter. »Wo sind die beiden denn hin?«

»Das weiß niemand so genau, aber Lily hat angerufen, um zu hören, wie es mir geht, und die Nummer hatte eine Vorwahl aus Connecticut. Ich habe nachgesehen, aber sie steht nicht im Verzeichnis.« Ich breche ein Stück vom Croissant ab und stopfe es mir in den Mund. »Witte weiß ganz bestimmt, wo die beiden stecken«, fahre ich kauend fort, »allerdings ist der auch verschwunden.«

»Mit ihnen?«

»Womöglich«, antworte ich. »Vielleicht haben sie ja eine Ménage-à-trois.«

»Das meinst du doch nicht ernst.«

»Warum nicht?«, erwidere ich und beiße ein großes Stück vom Croissant ab. Es schmeckt wundervoll buttrig, und ich stelle fest, dass ich einen Bärenhunger habe. »Witte ist doch so ein Arschkriecher, da kann ich mir alles vorstellen.«

»Um Gottes willen, hör auf!« Suzanne stößt ein schnaufendes Lachen aus und lehnt sich in ihrem Stuhl zurück. Die Kupfer- und Türkistöne des hübschen Blumenmusters auf ihrem Kaftan unterstreichen ihren milchschokoladenfarbenen Teint. Sie hat irgendetwas Majestätisches an sich, das mir zutiefst verhasst ist. Eine vor stiller Unerschütterlichkeit triefende Vornehmheit, die vollkommen mühelos wirkt.

»Sieht Lily wirklich so umwerfend aus?«, fragt sie.

»Absolut irre«, erkläre ich und wische mir den Mund ab. »Wenn sie vor einem steht, hält man ihre Schönheit fast für unwirklich. Als wäre sie eine Androidin oder so was.«

»Mögen die anderen in der Familie sie?«

Als ich lache, fällt mir selbst auf, dass es eine Spur hysterisch klingt. Ich erinnere mich noch an das Gefühl, als Lily die Arme um mich legte, und an den Ton, mit dem sie mir ins Ohr flüsterte. Sie hätte mich beinahe zum Weinen gebracht, und ich kann bis heute nicht begreifen, warum. Aber ich hasse sie dafür.

»Ramin hat sie schon um den Finger gewickelt«, antworte ich kauend. »Er schwärmt unablässig davon, dass man sie als Model für die neue Make-up-Linie nehmen muss. Was Darius von ihr hält, weiß ich gar nicht richtig. Er traut ihr nicht, aber er traut ja den meisten Leuten nicht. Rosana sieht in Lily die große Heldin einer tragischen Liebesgeschichte. Aliyah wäre es bestimmt am liebsten, wenn sie wieder sterben würde, da bin ich mir sicher. Aliyah erträgt einfach keine Frauen, die im Leben ihrer Jungs eine wichtigere Rolle spielen als sie.«

»Deine Schwiegermutter scheint ja ein echter Albtraum zu sein.«

»Der Teufel in Person. Die fleischgewordene Hölle auf Erden.«

»Und was hältst du von Lily?«

Ich schaue aus dem Fenster in den strahlend blauen Himmel, der sich über den niedrigen Gebäuden auf der gegenüberliegenden Straßenseite ausbreitet. Irgendwo da draußen hat Lily nun schon seit Tagen Kane allein für sich. Wie ich Kane kenne, dürfte sie sich inzwischen ebenso aufgeschwollen und wund fühlen wie ich mich. Nach meiner Nacht mit ihm konnte ich tagelang nicht normal laufen.

Der Gedanke an Sex löst die mentale Sperre, die den Drang zu schreien bislang gebändigt hat. Ich kämpfe gegen die Tränen an, bis meine Kehle schmerzt, und würge den Rest des Croissants runter, das auf einmal nach Karton mit Sägespänen schmeckt. »Sie ist ganz in Ordnung«, bringe ich heraus. »Ich kenne sie aber nicht wirklich. Immerhin bringt sie Aliyah zur Weißglut, was allein schon für sie spricht.«

»Wo bist du heute Nacht eigentlich gewesen?«, bohrt Suzanne nach. »Ich meine, bevor du hier aufgetaucht bist.«

»Ich musste nur mal raus«, erzähle ich. »Und ich brauchte etwas zu trinken. Also bin ich in eine Bar, wo ich ein paar Mädels kennengelernt hab, die grad hier Urlaub machen, und später bin ich mit ihnen in deren Hotel, um Gras zu rauchen.« Die Lügen kommen mir leicht über die Lippen, und sobald sie ausgesprochen sind, bilden sie auch schon die Wahrheit. Die Nacht hat eine Neufassung erhalten, in der alles Unbekannte aus meiner Sicht der Dinge dauerhaft gelöscht wurde. »Ich schätze, Kiffen plus Alkohol plus Schmerzmittel haben mich am Ende umgehauen.«

»Du trinkst zu viel, Amy«, sagt sie leise und blickt mich dabei missbilligend an. »Ich sage dir das als gute Freundin.«

»Nun, als meine gute Freundin könntest du dich einfach um deinen eigenen Scheiß kümmern«, erwidere ich. »Ich habe mich amüsiert. Die Mädchen waren super. Aus Minnesota, haben sie gesagt, glaube ich. Oder war's Michigan? Irgend so was jedenfalls.« Ich hole mein Smartphone aus der Handtasche. Dutzende verpasste Anrufe und unbeantwortete Nachrichten von Darius.

Es klingelt an der Tür. Sobald Suzanne fort ist, springe ich auf und laufe erneut ins Bad. Ich spritze mir Wasser ins Gesicht und kneife mich in die Wangen, um ihnen ein wenig Farbe zu verleihen. Die stets fürsorgliche Suzanne hält für ihre Gäste einen Korb mit Hygieneartikeln in Reisegrößen vorrätig, darunter auch Mundspülung, die ich mit einiger Mühe öffne und benutze, damit Darius meine Alkoholfahne nicht riecht.

Als ich aus dem Bad trete, wartet Darius schon in dem kurzen Flur, den allein seine große, durchtrainierte Statur bereits auszufüllen scheint, auf mich. Sofort bekomme ich Platzangst. Meine Atmung wird flach und angestrengt.

»Hast du eine Ahnung, welche Sorgen ich mir um dich gemacht habe?«, blafft er und reißt mich an den Oberarmen zu sich heran. Er schäumt vor Wut, dämpft seine Stimme jedoch trotzdem so weit, dass Suzanne nicht hören kann, was er sagt. »Worüber bist du denn jetzt schon wieder so sauer? Was auch immer es sein mag, sich einfach zu verpissen und auf keinen meiner Anrufe zu reagieren, ist jedenfalls scheiße.«

»Tut mir leid.« Ich bedauere die Entschuldigung, kaum

dass sie mir herausgerutscht ist. Warum kann ich nicht auch tun, was mir gefällt? Aber dann bemerke ich diesen Ausdruck in seinen Augen, dieses grimmige Verlangen, und mir wird mulmig. Wenn Darius das Gefühl hat, dass ich aus dem Ruder laufe, fickt er mich jedes Mal mit seinem meisterhaften Schwanz, bis wir auf demselben Kurs sind. Sollte er diese Taktik auch jetzt einschlagen, dürfte mich das angesichts des Zustands meiner Vagina im Wortsinn den Verstand kosten. »Es hat nichts mit dir zu tun«, versichere ich ihm rasch. »Du arbeitest nur ständig, und ich hatte einfach das Gefühl, mal mit einem anderen vernünftigen Menschen reden zu müssen, verstehst du? Ich habe meine Tage, mein Scheißmund tut höllisch weh, dazu all die Tabletten gegen Schmerzen und Eisenmangel und so … Da bin ich auf Suzannes Couch eingeschlafen. Das ist alles.«

Er mustert mich, die Augen misstrauisch zusammengekniffen. Der Schrei, den ich in meinem Innern hinter diese wacklige Sperre zurückgedrängt habe, droht wieder durchzubrechen. Die Anstrengung, nicht gleich hier und jetzt in dieses schön geschnittene, zornige Gesicht zu kreischen, ist so groß, dass mir die Tränen in die Augen treten, und das gereicht mir prompt zum Vorteil.

»Babe«, sagt er seufzend und schließt mich in die Arme.

Sein Geruch ist so angenehm und beruhigend, dass ich die Tränenflut nicht länger zurückhalten kann. Erst fließen sie in zwei dünnen Rinnsalen, dann bricht es in herzzerreißenden Schluchzern aus mir heraus.

Seine Umarmung wird enger. »Warum redest du denn nicht mit mir über solche Sachen?«, fragt er leise. »Ich arbeite für uns so viel, für unsere Zukunft, wie du weißt, aber für dich habe ich doch trotzdem immer Zeit.«

Ich weine mich an seiner harten, muskulösen Brust aus, bis ich so erschöpft bin, dass ich kaum noch die Augen offen halten kann.

Wir verabschieden uns von Suzanne und Oliver. Ich schließe Suzanne so fest in die Arme, wie Lily es bei mir getan hatte, und sie ist spürbar überrascht davon. Auch wenn ich sie verabscheue, ist sie mir dennoch eine gute Freundin.

Darius und ich gehen hinaus und über den Treppenabsatz zum Aufzug. Erst als es bei jedem Schritt unter meinen Fußsohlen scheuert, bemerke ich den Sand in meinen Mules.

33

ALIYAH

Die Büroräume von Rampart Protection & Investigative Services liegen im ersten Stock eines fünfgeschossigen Backsteingebäudes in Tribeca. Ich sehe ein Boutiquehotel, ein Café, einen Friseur und eine Markenagentur. Letztere ist vermutlich für die Anhäufung verdächtig gleichartiger Firmenlogos verantwortlich, die sich eigentlich nur im gewählten erdfarbenen Ton und der variierenden Blätter- und Blütenverzierung unterscheiden. Dieses Viertel Manhattans scheint komplett auf eine Kundschaft ausgerichtet zu sein, der es primär um Ökofreundlichkeit und natürliche Inhaltsstoffe geht. Wie eine Privatdetektei in dieses Umfeld passt, erschließt sich mir zwar nicht recht, aber es soll mir auch egal sein.

Kleidung und Frisuren der Passanten entsprechen den letzten Modetrends. Eine bunte Mixtur an musikalischen Stilrichtungen dringt leise aus den Läden, und im Großen und Ganzen wirkt die Atmosphäre jung, lebensfroh und kreativ. Zwischen diesem Viertel der Start-ups und der Gesetztheit des etablierten New Yorks liegen Welten.

Ich drücke einen der beiden Flügel der massiven, orangerot

lackierten Eisentür auf und trete in einen winzigen Vorraum mit einer unbeschrifteten Tür auf der linken und einem Treppenaufgang samt Fahrstuhl auf der rechten Seite. Ich nehme das Kopftuch ab und stecke es in die Handtasche. In einer Ecke des Fahrstuhls sitzt ein bedrohlich wirkender Schwarzer mit breitem Kreuz und unterkühltem Blick auf dem Rand eines Hockers, neben sich griffbereit einen Baseballschläger. Ausdruckslos mustert er mich und wartet.

Eigentlich macht das Viertel nicht unbedingt den Eindruck, dass es solch eines eindrucksvollen Fahrstuhlführers bedürfte, aber wenn es dunkel wird, sieht auf dieser Welt eben so manches plötzlich ganz anders aus.

»Erster Stock, bitte.«

Er zieht kurz an einer Kette, und sofort fahren eine Gitterhälfte von oben und eine von unten zu, als würde ein riesiges Maul zuschnappen. Ein Knopfdruck, und wir setzen uns in Bewegung.

Auf der ersten Etage lande ich in einem Vorraum, den man zutreffender als Treppenabsatz bezeichnen würde, und öffne die Metalltür, hinter der sich dem Aufkleber zufolge Rampart verbirgt.

»Hi!«, begrüßt mich eine hübsche Rothaarige mit Statement-Brille in knalligem Blau. »Kann ich Ihnen helfen?«

Sie sitzt an einem alten Metalltisch, der aussieht wie ein ehemaliges Lehrerpult, das man in den Eingang gequetscht hat. Hinter ihr weitet sich das Ganze allerdings zu einem üppigen Großraumbüro mit Fenstern zu allen Seiten, abgesehen von der in meinem Rücken, und Säulen zur Stützung der Decke. Von den insgesamt vier Schreibtischreihen verlaufen zwei entlang der äußeren Backsteinwände und zwei vis-à-vis durch die Mitte.

Anders als bei Baharan hat hier niemand einen Cubicle für sich. Es ist ein Shared Workspace, bei dem man die Tische mit den Holzfurnierplatten durch verstellbare Halter in Stehpulte verwandeln kann. Auf der Stirnseite trennen große Glaselemente ein Konferenzzimmer ab. Die Fenster stehen alle offen, sodass die Geräusche und Gerüche der Großstadt ungehindert eindringen können.

»Ich bin mit Giles Prescott verabredet«, antworte ich.

»Miss Armand?«, fragt sie nach einem kurzen Blick auf ihren Bildschirm.

»Ja. Tris, habe ich recht?«

»Genau«, sagt sie und strahlt vor Begeisterung darüber, dass ich mich an den Namen, den sie am Telefon genannt hatte, noch erinnere.

Sie springt mit überbordender Energie vom Stuhl auf und umkurvt ihren Schreibtisch. »Ich zeige Ihnen mal den Konferenzraum und werde Giles wissen lassen, dass Sie da sind«, erklärt sie. »Wie geht's Ihnen denn heute so?«

»Ganz okay«, erwidere ich. Ich kann mir nicht vorstellen, dass die Leute, die zu Rampart kommen, Anlass zu bester Laune haben.

»Tolles Kleid, übrigens, gefällt mir sehr.«

»Danke.« Das feuerwehrrote Rüschenkleid wirkt nicht zuletzt wegen des One-Shoulder-Schnitts vage griechisch und gehört zu den wenigen Stücken in meinem Kleiderschrank, die nicht neutral gehalten sind. Es ist stark tailliert und betont meine Kurven. Zusammen mit den Goldhoops an meinen

Ohren und den nudefarbenen Riemchenpumps mit Kitten Heels ergibt das genau den richtigen Look – auf lässige, unangestrengte Weise sexy.

Bevor ich ins Büro gehe, werde ich mich lieber umziehen, aber für mein erstes Treffen mit Mr. Prescott ist es perfekt. Bei meinem Anblick soll er ruhig eine Portion Sex-Appeal spüren, das dürfte mir den Umgang mit ihm erleichtern. Die vielen jungen Männer im Großraumbüro sind zwar alle so alt wie meine Söhne oder jünger, doch selbst ihre Augen leuchten auf, als ich mich auf den Weg durch die Reihen mache, und ihre Köpfe drehen sich, um mir hinterherzuschauen.

»Darf ich Ihnen etwas zu trinken anbieten?«, fragt sie. »Kaffee, Wasser, Cola? Ich kann Ihnen auch die Karte des Smoothie-Ladens von gegenüber zeigen.«

»Haben Sie Mineralwasser mit Kohlensäure?«

»Ja. Ist Perrier okay?«

»Wunderbar«, antworte ich und entscheide mich gegen meinen natürlichen Impuls für einen der seitlichen Stühle, und zwar für den unmittelbar vor dem Kopf des Tischs, sodass er entweder neben mir oder direkt mir gegenüber Platz nehmen muss. Bei solchen Runden ist es immer wichtig, die machtvollste Position einzunehmen, daher würde ich normalerweise am Tischende Platz nehmen. Aber in diesem Fall dürfte es günstiger sein, einen eher hilfsbedürftigen Eindruck zu machen.

Giles Prescott ist Polizist im Ruhestand und somit darauf gedrillt, den Helden zu geben. Eine holde Jungfer in Not sollte diesen Beschützertrieb problemlos auslösen können. Wenn ich dabei zugleich auch seinen Paarungstrieb auslösen kann, umso besser. Bislang hatte das rote Kleid jedenfalls eine hundertprozentige Trefferquote.

Ich nutze die Zeit, um meine E-Mails zu checken, aber es dauert nicht lang.

»Miss Armand«, reißt mich eine tiefe Stimme von meinem Handy, »Ihr Mineralwasser. Ich bin Giles Prescott. Tut mir leid, dass Sie warten mussten. Ich hatte noch einen Termin außer Haus, und die Rückfahrt ins Büro war dann doch zeitraubender als gedacht.«

Eine kräftige Hand stellt ein Fläschchen Perrier und ein Glas samt Papierserviette vor mich. Das dicke Handgelenk schmückt eine goldene Rolex. Aus den hochgekrempelten Ärmeln ragen imposante Unterarme, unter deren milchkaffeebrauner Haut die Muskeln zucken. Nachdem ich auch die breiten Schultern begutachtet habe, erlaube ich mir, den Kopf zu heben und ihm in die Augen zu sehen. Ich hatte schon damit gerechnet, weibliches Interesse heucheln zu müssen, doch das erübrigt sich hier. Giles Prescott ist ein attraktiver Mann.

»Danke schön«, sage ich. »Und das Warten war nicht weiter schlimm. Ich bin viel zu froh, dass Sie mir Zeit einräumen konnten.«

Sein jungenhaftes Lächeln mildert das derb Maskuline an ihm. Auch wenn er nicht unbedingt dem klassischen Schönheitsideal entspricht, ist er alles in allem ein äußerst verlockender Typ. Ein geschickter Friseur stutzt ihm das krause Haar ebenso präzise wie den Bart. Das Schuhmodell ist ansehnlich, die Anzughose zwar von der Stange, aber immerhin gut geschnitten. Auf Sakko und Krawatte hat er verzichtet, der Knopf am Hemdkragen ist offen. Er trägt einen Ehering, was allerdings nicht heißen muss, dass er nicht zu haben ist …

Ich warte, bis er sich neben mich ans Kopfende des Tischs gesetzt hat. »Mr. Prescott, ich bin die Mutter von Kane Black.«

»Ich weiß«, sagt er mit einem Nicken. »Ich habe mich heute Morgen kurz über Sie informiert. Nur um besser vorbereitet zu sein. Kommen Sie auf seine Empfehlung hin?«

»So ungefähr«, hebe ich an. »Ich würde gern die Ergebnisse besser verstehen, zu denen Ihre Ermittlungen in Bezug auf seine Frau gekommen sind – sofern sie im juristischen Sinne überhaupt verheiratet sind, schließlich hat sie ja einen anderen Namen angenommen. Ich habe Ihren Abschlussbericht gelesen, der mir jedoch nicht vollständig zu sein scheint. Die ersten Decknamen, auf die Sie stießen, stammten aus der Zeit, als sie volljährig wurde. Was war denn davor?«

»Davor war ein Elternteil oder ein Vormund für sie verantwortlich. Sie …«

»Ihre Mutter.«

»Vorausgesetzt, ihre diesbezügliche Aussage entspricht der Wahrheit«, verbessert er mich, und plötzlich ist alle charmante Lockerheit weg, und ich schaue in den ausdruckslosen Blick eines Cops. »Und sie hat zu selten die Wahrheit gesagt, um ihr irgendetwas unbesehen zu glauben. Soweit wir wissen, könnte sie genauso gut zwei Elternteile gehabt haben, die heute noch leben. Wir müssen davon ausgehen, dass jede Information, die von ihr kommt, bloß erfunden ist.«

»Bei ihr wurde eine dissoziative Amnesie diagnostiziert«, erkläre ich. »Und sie hat noch unter anderen Decknamen gelebt. Kann es sein, dass die vielen Identitäten nur Symptome ihrer psychischen Erkrankung sind? Kurz gesagt, lässt sich entscheiden, ob sie Opfer oder Täterin ist?«

»Um zu klären, *warum* sie so ist, müsste man einen Psychiater fragen. Ich kann Ihnen nur sagen, *wie* sie ist.«

»Das ergibt Sinn«, erwidere ich und trommele mit den Fingern. »Kane hat Ihre Ermittlungen beendet. Kamen Sie einfach nicht mehr weiter, oder hat er da voreilig gehandelt? Hätten Sie womöglich noch mehr ans Tageslicht bringen können?«

»Hat er denn nicht mit Ihnen darüber gesprochen?«, fragt er zurück und mustert mich aufmerksam.

»Um ganz ehrlich zu sein, Mr. Prescott, weiß ich überhaupt nicht mehr, was ich noch glauben kann, wenn es sie betrifft. Er ist seit Jahren regelrecht besessen von ihr, in einem inzwischen höchst bedenklichem Maß.«

Er nickt, als würde ihn diese Bemerkung nicht überraschen. »Ich denke, wir hätten noch mehr herausbekommen können, das stimmt«, gibt er zu. »Sie hinterlässt bleibende Eindrücke und ist nur schwer mit jemand anderem zu verwechseln. Sobald wir es örtlich eingrenzen konnten, fanden sich stets Leute, die sich erstaunlich gut an sie erinnern konnten.«

»Ja, ich habe sie selbst in Aktion erlebt«, sage ich. »Sie kann enorm bezaubernd sein, was dazu beiträgt, sie für Kane zu einer Unwägbarkeit zu machen. Einer womöglich gefährlichen Unwägbarkeit, wenn ich das richtig verstehe. Ihr Bericht erwähnt Verbindungen in die Unterwelt …?«

»Sie lebt eben auf großem Fuß«, erwidert er. »Wer wie sie gern Multimillionen teure Immobilien anmietet, muss ausgiebige Backgroundchecks bestehen. Wie Sie gesehen haben, sind stets Kopien ihrer Ausweisdokumente angefertigt worden, aber das allein hätte nicht gereicht. Sie ist gewiss einer genauen Überprüfung unterzogen worden, die ihre Angaben offenbar bestätigt haben. Irgendjemand – womöglich sogar sie selbst – muss in der Lage sein, falsche Informationen in staatliche Datenbanken zu speisen und diese später auch wieder zu löschen, wenn die betreffende Identität nicht mehr benötigt wird.«

Da seine Berichte sehr detailliert gewesen sind, war mir das alles bereits bekannt. Ivy, Lily, Daisy … sie stand echt auf botanische Namen. Und sprach nicht gerade diese Ähnlichkeit für vorsätzliches Handeln? Aber vielleicht traf auch das genaue Gegenteil zu. So oder so, es offen ausgesprochen zu hören machte die Sache nur noch beängstigender.

»Ich begreife nicht, wie Kane das alles wissen kann und es einfach so hinnimmt.«

»Er nimmt es nicht einfach so hin«, entgegnet er und lehnt sich in seinem Stuhl zurück. »Er nimmt bloß unsere Dienste nicht mehr dafür in Anspruch. Wir glauben, dass er eine andere Firma beauftragt hat.«

»Er hat jemand anderen beauftragt?«, wiederhole ich ungläubig und frage geradeheraus: »Warum sollte er das tun? Haben Sie Mist gebaut?«

»Nein, Miss Armand«, antwortet Prescott mit einem gequälten Lächeln. »Ich habe meinen Laden hier bei Rampart voll im Griff. Mein Team besteht aus ehemaligen Angehörigen der Sicherheitsbehörden und rekrutiert sich aus den unterschiedlichsten Abteilungen bei Polizei, Militär und Bundesbehörden. Ich beschäftige zudem einen Haufen Anwälte und fest angestellte studentische Praktikanten aus einer breiten Mischung von Fachbereichen. Uns unterlaufen keine Fehler, Miss Armand.«

»Sagen Sie ruhig Aliyah zu mir.« Das Heulen einer Krankenwagensirene zerreißt unvermittelt die Luft. Das durchdringende Jaulen und Piepen, geschaffen dazu, unmöglich ignoriert werden zu können, zerrt an meinen Nerven und steigert meine Unruhe. Das hektische Warnsignal schwillt weiter rasch an, während das Fahrzeug sich nähert.

»Wir arbeiten hier eher bodenständig«, erklärt er über den Lärm hinweg mit erhobener Stimme. Sein Lächeln wird breiter, und an den Augenwinkeln bilden sich Lachfältchen. »Wir klopfen an Türen, stellen Fragen, bohren nach. Ich dokumentiere alles minutiös, und wir bewegen uns streng im Rahmen der Gesetze. In meinem Team besitzen zwar einige auch Erfahrung in Undercover-Arbeit, aber verdeckte Ermittlungen zählen nicht zu unseren Schwerpunkten.«

Ich greife nach der Flasche und versuche, den Deckel abzuschrauben, doch meine Hände sind zu unsicher. Prescott streckt den Arm aus, nimmt mir zuvorkommend das Öffnen ab und gießt den Inhalt ins Glas.

»Warum sollte Kane verdeckt ermitteln müssen?«

»Man kann auf zwei Wegen zu Geld kommen: ehrlich und unehrlich«, hebt er an. »Wenn eine junge Frau wie Ihre Schwiegertochter ein derartiges Vermögen hat, würde ehrlich bedeuten, dass sie es entweder geerbt hat – wofür es schriftliche Nachweise geben würde – oder aber verdient, und solche Summen verdient man nicht einfach, ohne dass jemand davon erfährt, nicht zuletzt die Finanzbehörden. Wir haben jedoch nichts finden können, das sie oder ihr Vermögen legitimieren würde.«

Einen Moment lang dreht sich alles um mich, und ich atme langsam ganz tief ein. Gideon Cross würde niemals Geschäfte mit Gesetzesbrechern machen, vor allem nicht mit jemandem, der Geld gestohlen oder veruntreut hat. Schon über Pauls Vergehen hat er nur hinweggesehen, weil er selbst für die Sünden seines Vaters hatte leiden müssen und deshalb Mitgefühl mit Kane empfand. Aber bei Lily? Eine Frau, der gemeinsam mit Kane der Löwenanteil an der Firma gehörte? Wenn Cross sich zurückzog, wären all unsere Investitionen in ECRA+ futsch. Für Baharan ein existenzbedrohender Schlag.

»Ihr Sohn hat mithilfe ihres Vermögens sein Unternehmen aufgebaut«, fährt er fort. »Wenn diese Gelder mit illegalen Machenschaften in Verbindung stehen, würde es zu Rückforderungen kommen. Sobald nun jemand Nachforschungen über ihre Vergangenheit anstellt, findet er heraus, dass sie gesucht wird. Je mehr Nachforschungen, desto mehr Menschen wissen Bescheid. Sie wechselt ihre Identitäten schon seit vielen Jahren. So etwas tut man nur, wenn man sich verstecken muss, weshalb ein eher verdeckter Ansatz – womöglich sogar etwas außerhalb der Gesetze, was wir hier bei Rampart eben nicht machen – das Risiko mindern würde, irgendwann den falschen Stein umzudrehen und etwas wirklich Gefährliches ans Tageslicht zu bringen.«

O nein … Gallensäure steigt mir in die Kehle, greift ätzend das Weichgewebe an. Ich schlucke heftig und presse eine Hand auf den Magen, um ihn zu besänftigen.

Hier steht nicht nur die Partnerschaft mit Cross auf dem Spiel, sondern Baharan selbst. Einfach alles.

»Das ist ein Albtraum.«

»Es gibt da eine Menge Aspekte, die eine Rolle spielen«, erklärt er. »Und auf vieles sucht Ihr Sohn noch immer nach Antworten. Er probiert es jetzt eben bloß im Geheimen. Er folgt dem Geld, verfolgt seine Spuren zurück zu den Quellen. Wenn er weiß, woher es stammt, weiß er zugleich, was oder wem alles er künftig besonderes Augenmerk schenken sollte.«

»Und wenn ich Sie nun dafür bezahlen würde, Ihre Nachforschungen fortzusetzen?«

»Warum sollten Sie dieses Wagnis eingehen?«

Ich reiße die Augen auf und kontere: »Er ist mein Sohn. Ich kenne ihn. Und ich weiß genau, dass er unfähig ist, objektiv zu urteilen, sobald es um diese Frau geht.«

Alles, was ich besitze, jedes Mitglied dieser Familie ist bedroht – die Erkenntnis bringt meine Wut zum Kochen. Es raubt mir den Verstand.

Ich springe vom Tisch auf, und die Beine des zurückschnellenden Stuhls kratzen schrill wie Fingernägel auf einer Tafel, was jedoch in der unmittelbar vor dem Fenster heulenden Sirene ein wenig untergeht.

Arbeitet Kane daran, die Firma zu retten? Gilt sein Fokus womöglich weiterhin Baharan? Habe ich ihn falsch eingeschätzt? Die Art, wie er sie angestarrt hat, war jedenfalls nicht misszuverstehen, es sei denn, das Ganze ist bloßes Theater. Der geschickteste und schnellste Weg, eine Lösung zu finden, bestünde darin, erst einmal ihr Vertrauen zu gewinnen. Ist er deshalb mit ihr verschwunden? Will er die Beziehung so intensivieren, dass er an die nötigen Informationen herankommt?

Ihm bleibt die Wahl zwischen Baharan und dieser Frau, wie immer sie auch heißen mag. Wofür wird er sich entscheiden? Oder arbeitet er daran, beide behalten zu können?

Gedankenverloren trete ich ans Fenster und schaue auf die schmale Straße hinab, wo der dichte Verkehr den Krankenwagen nur zentimeterweise vorwärtskriechen lässt. Irgendwo in der Stadt wartet jemand auf Hilfe, und es dürfte noch eine Weile dauern, bis sie eintrifft. Vielleicht wird sie sogar zu spät kommen.

Baharan kann es sich nicht leisten zu warten, bis es zu spät ist.

Ich stelle erste Überlegungen an, wie ich das Geld aufbringen könnte, um Lily auszuzahlen und gemeinsam mit ihren Problemen loszuwerden. Keine Ahnung, wie man einen Buyout dieser Größenordnung auf die Beine stellt, aber wenn es mir gelingt, wäre Kane nicht länger Mehrheitseigner. Ich muss nur darauf achten, dass kein anderes Vorstandsmitglied mir dazwischenfunkt und die Kontrolle übernimmt. Ryan werde ich ins Vertrauen ziehen. Kane ist sein Freund. Er würde nie etwas unternehmen, das Kane schadet, und bei ihm kann man sicher sein, dass alles im Sinne der Familie geregelt wird.

Mein wachsender Hass auf Kane beruhigt meine Nerven und spendet mir Kraft. Eigentlich sollte er das Geld besorgen. Er könnte seiner Pseudo-Gattin einfach das Penthouse überschreiben, das würde wahrscheinlich schon genügen. Er könnte sie auch einweisen lassen – zu ihrem eigenen Besten, natürlich. Nach allem, was ich so über Dr. Goldstein erfahren und in seinen Vorträgen auf YouTube von ihm selbst gehört habe, würde er einen solchen Schritt mit Feuereifer unterstützen. Und wenn man Lily und Amy zusammen irgendwo unterbringen würde, könnten sie sich sogar Gesellschaft leisten.

Stattdessen müssen wir uns auf die Loyalität von Bekannten verlassen, um Baharan nicht zu verlieren. Ich muss die nötigen Schritte einleiten und mich dann mit Lily zusammensetzen, um sie in die Wüste zu schicken.

Prescott greift an mir vorbei und schiebt das geöffnete Fensterelement nach unten, was den Lärmpegel aber bloß geringfügig senkt.

Inzwischen bebe ich vor animalischer Energie, die ein Ventil braucht. »Ein paar Häuser weiter gibt es ein Hotel«, sage ich und schaue ihn an.

Er runzelt die Stirn, dann sehe ich, wie der Groschen fällt. »Ich bin verheiratet«, antwortet er nur.

»Herzlichen Glückwunsch. Das Angebot steht.«

»So verlockend das Angebot auch ist, ich liebe meinen Mann und betrüge ihn nicht.«

»Ah«, sage ich und gehe zum Tisch zurück, um meine Handtasche zu holen. »Zu schade.«

»Darf ich davon ausgehen, dass Sie sich gegen eine Fortsetzung der Nachforschungen entschieden haben?«

Ich halte inne und überlege.

»Miss Armand«, fährt er fort und verschränkt die Arme vor der Brust, »Sie sind zweifellos eine beeindruckende Frau, die gewohnt ist zu bekommen, was sie will. Dennoch würde ich Ihnen dringend empfehlen, Ihren Sohn diese Sache selbst regeln zu lassen. Die Frau, die Sie als Lily kennen, hat sich über viele Jahre mit äußerstem Geschick auf extrem gefährlichem Niveau zu behaupten vermocht. Was immer Sie glauben, als Druckmittel gegen sie zusammentragen zu können, dürfte nicht annähernd den Widerständen entsprechen, mit denen diese Frau bislang schon fertiggeworden ist. Ehrlich gesagt können Sie sich einfach mit ihr nicht vergleichen.«

»Ich weiß Ihre Offenheit zu schätzen, Mr. Prescott«, erwidere ich. »Ist Ihnen bekannt, welchen Gesamtumfang die Vermögenswerte von LLC hatten, als mein Sohn sie erbte?«

»Fahrzeuge und Immobilien hat sie stets geleast oder gemietet. Was ihre Konten betrifft, da habe ich auf alte Daten keinen Zugriff, nur auf den derzeitigen Stand.«

»Dann muss ich sie wohl einfach selbst fragen«, erkläre ich knapp und wende mich zum Gehen. Flink ist er vor mir an der Glastür und hält sie mir auf. »Wirklich zu schade«, sage ich noch mal.

Durch die Schreibtischreihen eile ich in Richtung Ausgang, um gleich mit der Organisation der Abwehrmaßnahmen zu beginnen.

34

LILY

Der Strand von Greenwich ist ins warme Licht der Morgensonne getaucht, die auf dem Wellengang des Long Island Sound glitzert. Gänsehaut überzieht meine nackten Arme und Beine, als ich dort stehe. Das Frösteln kommt aus meinem Innern und strahlt nach außen.

Von all den Fehlern, die mir im Leben unterlaufen sind, hat sich das Jawort, das ich dir gab, als schlimmster erwiesen. Wie hatte mir das Ungeheuer, das in dir schlummerte, entgehen können?

Das ist gelogen. Ich hatte von seiner Existenz gewusst. Aber ich fand den Gedanken beruhigend, dass diese beschützende, wilde Macht ganz in meiner Nähe schlief. Mein Fehler war zu glauben, dass deine Liebe diese Bestie verlässlich davon abhalten würde, sich gegen mich zu wenden.

Ich habe nie gelernt, an Märchen zu glauben. Mir wurde von Anfang an eingebläut, dass Prince Charming bloß die bevorzugte Verkleidung der gemeinen Bestie ist. Es gibt keine Schlösser auf lichten Höhen, keine Ritter in glänzender Rüstung. Irgendwo Wurzeln zu schlagen, ist etwas für Langweiler. Beziehungen sind für die, denen es an der nötigen Kraft fehlt, sich alleine zu behaupten. Und trotzdem stehe ich jetzt hier mit diesem schmalen goldenen Ring am Finger. Und nun muss jemand sterben.

Ich bin nicht länger blind. Ich weiß, was ich tun muss.

Das Salzwasser leckt an meinen Füßen, besänftigend und erregend wie die zärtliche Berührung eines Liebhabers. Als Reaktion regt sich etwas tief in meinem Innern – etwas, das zu flüchten versucht.

Ein Zittern durchläuft meinen Körper. Unser Streit geht mir wie in Dauerschleife durch den Kopf. Deine zischende Stimme, das Glühen in deinen Augen. Dein stets so leicht entflammbares Temperament, das außer Kontrolle gerät.

Die verbalen Schläge, die du ausgeteilt hast, waren furchtbar gewesen. Hättest du mich mit deinen Fäusten traktiert, es hätte weniger geschmerzt als diese vernichtenden Worte, dieser aggressive Abscheu.

Die Geldgier hat mich nicht überrascht. War es nicht stets dein sehnlichster Wunsch gewesen aufzusteigen, deine Stellung im Leben zu verbessern, Macht und Kontrolle zu erlangen, etwas aus dir zu machen? Du hast deinen Ehrgeiz nie geleugnet. Und hat mir nicht gerade das an dir gefallen? Doch die Erkenntnis, dass deine Zärtlichkeiten nur vorgetäuscht waren, hat meine Seele entzweigerissen. Von Liebe nicht die geringste Spur. Wie hatte ich mir je etwas anderes einreden können?

Unfassbar, dass ich mich zur Annahme hinreißen ließ, du wärst gar nicht am Geld interessiert. Ich war so fest davon überzeugt, dass du mich liebst. Aber war ich das wirklich? Im Nachhinein muss ich mir wohl eingestehen, dass ich mir selbst etwas vorgemacht habe.

Du hast den Kopf in den Nacken geworfen und nur schallend dein finsteres Lachen gelacht. »Ich, nicht an Geld interessiert?«, hast du gehöhnt. »Ich habe mich in Secondhandklamotten lächerlich gemacht, rund um die Uhr geschuftet, herumgevögelt, bloß um einen Vorwand zu haben, einen fremden Kühlschrank zu plündern, habe gebuckelt für ein paar neue Kontakte und mich auf tausend weitere Arten erniedrigt. Geld bedeutet, dass ich all das nie wieder tun muss. Geld bedeutet Macht. Wenn du es nicht zu schätzen weißt, so einen Haufen davon zu besitzen … nun, ich schon.«

Es hat ein unnatürliches Leuchten in deinen Augen gelegen, das mir in die Eingeweide schnitt wie eine tödliche Klinge. All der Charme, die bezaubernde Attraktivität und die unbeschwerte Zuneigung waren fort, als hätte es sie nie gegeben. In diesem Augenblick habe ich dich gesehen. Dein wahres Ich. So falsch und fremdartig. Tollwütig. Zu allem fähig.

Wenige Tage zuvor erst hatte ich geschworen, bis dass der Tod uns scheide, ohne zu bemerken, wie sich die Sanduhr sofort nach meinem Jawort drehte und ungebremst zu entleeren begann.

Ich höre meinen Namen und wende mich vom Wasser ab. Das Strandhaus wartet. Seine Fenster und Türen umrahmen ein tiefes Schwarz, als würde man beim Eintreten unwillkürlich ins Nichts tauchen. Mit jedem Schritt fällt mir das Gehen schwerer. Meine Füße versinken immer tiefer im Sand. Die Brandung umspült mich. Hinter mir tost der Sound wie ein vom Sturm aufgepeitschtes Meer, und ein mächtiger Schatten zieht auf. Ich kann meine Füße nicht bewegen, während das Unwetter sich zusammenbraut, kann nicht an gegen diesen Tsunami, der mich im Wasser gefesselt hält.

Schreiend strecke ich die Hand aus Richtung Haus und höre noch dieses schallende finstere Lachen, bevor das Meer mich umschlingt.

35

LILY

Der geliebte Klang deiner Stimme weckt mich ein zweites Mal. Schon einige Zeit zuvor hatten mich deine heißen Küsse und begierigen Hände aus dem Schlaf geholt, bis zur zitternden Erschöpfung getrieben und betäubt vor orgasmischer Wonne wieder einschlummern lassen.

»Bei dir würde der Teufel höchstpersönlich schwach werden«, murmelst du, reibst die Nasenspitze an meiner Schläfe und streifst die Bettdecke von mir.

Blinzelnd drehe ich mich auf den Rücken, und du setzt dich rittlings auf mich. Den durch die Fenster einfallenden Sonnenstrahlen nach zu urteilen, ist es noch früher Morgen.

Mein schlaftrunkener Blick wandert über deinen nackten Körper. Du bist ein blendendes Traumbild aus glatten Linien und spielenden Muskeln. Deine Haare sind feucht vom Duschen, und der Wasserdampf hängt auch noch schwer in der Luft. »Du musst gerade reden«, erwidere ich.

Dein Grinsen erinnert an früher, lässt die überhebliche Belustigung deines jüngeren Ichs wieder aufblitzen. Du verjüngst dich hier Stunde um Stunde, deine Züge werden sanfter, deine Haltung wird lockerer. Sexuelle Exzesse bekommen dir sichtlich gut. Dein Elan wächst von Tag zu Tag, als ob du überhaupt keinen Schlaf benötigen würdest, nur Orgasmen.

Deine Haut ist kühl, genau wie es meine ohne die wärmende Decke langsam wird. Deine Wangen sind glatt und weich. Es ist zu einem täglichen Ritual geworden, dass du vor mir aufstehst, um dich taktvoll zu rasieren, bevor du zurück unter die Bettdecke und in die empfangsbereiten Tiefen meines Geschlechts schlüpfst. Der erste Liebesakt noch vor dem Duschen ist inzwischen vorgemerkt, ein fester Programmpunkt deiner täglichen Aktivitäten und so obligatorisch wie Händewaschen. Mit welcher Formulierung würdest du es in deinem Kalender notieren, mein Liebster? *Kooperation Ehefrau sichern*? Oder vielleicht *Ehefrau schwängern*? Du tust auf jeden Fall alles Menschenmögliche, um zu gewährleisten, dass ich stets von deinem Sperma durchtränkt bin.

Ich beschwere mich nicht, schließlich komme ich dabei nicht nur selbst voll auf meine Kosten, deine animalischen Wesenszüge entsprechen zudem ganz den meinen. Wenn man ohne absichernde elterliche Unterstützung aufwächst und sich allein seinen Platz in der Welt erkämpfen muss, kann man sich den Luxus geschliffener Umgangsformen nicht immer leisten. Du hast instinktiv in mir die Seelenverwandte erkannt und kostest es nun genussvoll aus, dass du nach Herzenslust wild sein kannst und mir es auch noch Spaß bereitet.

»Gestehe«, sage ich und betrachte deinen unverschämt perfekten Körper, dein wunderschönes Gesicht. »Du bist in Wahrheit ein Inkubus, der sich nachts an mir vergeht.«

Dein tiefes, raues Lachen fährt in mich und liebkost zärtlich diesen geheimnisvollen stillen Ort, von dessen Existenz ich erst weiß, seit es dich gibt. Dieses Gefühl, im tiefsten Kern meines Wesens von dir berührt zu werden, entfacht mein Begehren stärker als alles, was du sonst tust oder sagst.

»Das ist auch der Grund, warum du ständig jünger wirst und ich nur ständig weiche Knie habe«, fahre ich lächelnd fort.

»So gefällst du mir eben am besten«, sagst du, beugst dich herab und küsst mich mit einer solchen Glut, dass es sogar in meinen Zehenspitzen prickelt.

Ich versuche noch immer zu verarbeiten, dass wir inzwischen eine ganze Handvoll solcher Tage hatten, dass wir uns gemeinsam austoben konnten, bis gefräßige Gier allmählich in unersättliches Schwelgen überging. Du bist liebevoll und albern, verkörperst mustergültig den vernarrten Liebhaber.

Aber mich täuschst du mit dieser Vorstellung keine Sekunde. Dummköpfe konnte meine Mutter nicht ausstehen.

Hinter dieser charmanten, lässigen Fassade verbirgt sich ein berechnender Jäger. Ich bemerke deine durchdringenden Blicke, wenn du denkst, ich würde nicht aufpassen. Und auch wenn du von Natur aus ein der körperlichen Liebe überaus zugeneigter Mensch bist, ist mir doch klar, dass die hohe Frequenz, mit der wir es treiben, viel mit Kontrolle zu tun hat, und genau die hast du seit unserer ersten Begegnung stets schmerzhaft vermisst. Du erfasst genau, wie ich auf unterschiedliche Berührungen und Stellungen reagiere, und verfeinerst bei jedem nächsten Mal deine Technik. Exzellent im Bett warst du schon früher, aber nun ist deine gesamte Konzentration darauf gerichtet, alles genau auf mich abzustimmen.

Aber auch wenn mein Verstand deine Absicht durchschaut, bleibt mein Körper dir hilflos ausgeliefert. Gestern kamst du in die Küche, sahst mir über die Schulter dabei zu, wie ich Sandwiches machte, und alles wirkte vollkommen unschuldig. Dann legten sich deine Lippen auf meine nackte Schulter, deine Hand glitt zwischen meine Beine, und keine fünf Minuten später wand ich mich zuckend im Orgasmus, wurde mein Körper nur noch von deiner Hand an meiner Brust und deinen Fingern in mir aufrecht gehalten. Und ebenso plötzlich, wie du gekommen warst, verschwandst du im nächsten Moment wieder in deinem Arbeitszimmer, während ich entkräftet über der kühlen Granitplatte hing und versuchte, zumindest so weit zu Sinnen zu kommen, um die Brote fertig zu schmieren.

Es ist eine Art Belagerung, und ich frage mich, worauf du letzten Endes abzielst. Ich schätze, es ist eine Mischung aus Stolz und Bestrafung. Du kannst es einfach nicht lassen, Lily gegenüber deine einzigartigen Qualitäten unter Beweis zu stellen, selbst wenn du sie im selben Moment dafür strafen willst, dass sie dich verlassen hat. Dabei bemühst du dich zweifellos, deine Besessenheit allein auf den Bereich der sexuellen Begierde zu beschränken. Zwischen Arbeit und Sex bist du noch kaum dazu gekommen, dir zu überlegen, was dich tatsächlich an mich bindet und wie extrem schreckenerregend es ist.

Jetzt betrachtest du mich mit so viel Liebe, dass es mir den Atem verschlägt. Freude flutet mein Herz wie Sonnenlicht, das einen Raum erstrahlen lässt. Ich werde von einem wahnsinnig tollen Mann geschätzt, angebetet und begehrt.

So viel Vollkommenheit kann nicht von Dauer sein. Wir leben in einer Blase, die wir selbst erschaffen haben, doch jenseits der Hülle, deren schillernder öliger Film den aufkommenden Horror kaschiert, breitet sich die Wirklichkeit aus. Die Ahnung des Abschieds wird immer zwischen uns sein, ein kaum hörbar geflüsterter Verweis darauf, dass wir diese Momente gerade nur stehlen.

»Du bist vollkommen«, rühmst du mich in einer spiegelverdrehten Version meiner Gedanken. Deine Hände streichen über meine Flanken, und ich dehne und winde mich in deine warmen Handflächen. »Ich werde mein Glück, dich zu haben, wohl nie wirklich begreifen können.«

Du senkst den Kopf und verschließt meine Lippen mit deinen.

Beim zärtlichen Spiel deiner samtweichen Zunge muss ich vor Genuss seufzen. Ich vergehe im köstlichen Vergnügen deiner sinnlichen Küsse. Deine Lippen sind fest, aber zugleich weich. Deine Zunge schmeckt mich mit tiefen, bedächtigen Bewegungen. Ein wohliges Brummen dringt aus deiner Kehle, ähnlich dem Schnurren eines großen Katers. Du umschließt meinen Kopf mit den Händen und küsst mich, als bräuchtest du für immer und ewig nur noch meinen Mund und nichts anderes mehr.

Wie dankbar ich für deine Liebe bin, zeigen dir meine aufmerksamen Hände, die bewundernd über jedes kleinste Stück deines herrlichen Körpers streichen, das in ihrer Reichweite liegt. Du beugst dich meinen Berührungen entgegen, klemmst meine Unterlippe zwischen die Zähne und zupfst leicht daran.

Behutsam legst du dich auf mich, rollst dann zur Seite und nimmst mich mit, sodass meine Wange auf deiner Brust zu ruhen kommt. Deine Finger spielen mit meinen Haaren. »Wenn ich nicht bald aufstehe und zu arbeiten anfange, verbringe ich am Ende den ganzen Tag mit dir im Bett.«

»Einen Moment noch«, sage ich und schnappe mir dein Handy vom Nachttisch. Ich kuschele mich in deine Schulterbeuge und halte das Handy hoch über uns.

Du lachst schnaubend. »Ich bin überrascht, dass überhaupt noch Speicherplatz frei ist bei all den Fotos, die du gemacht hast.«

Ich fotografiere uns, wie ich deine Wange küsse. Dann schaue ich hoch und lächle breit, nicht nur für die Nachwelt, sondern weil du diesen geilen erfüllten Ausdruck eines Mannes hast, der gerade grandiosen Sex hatte, und schon steigerst du die Sache noch mit einem solchen vor Glück strahlenden Lächeln, dass mein Herz zu jauchzen beginnt. Ich knipse pausenlos, worüber wir beide in lautes Lachen ausbrechen.

»Ich gehe mich anziehen«, erklärst du schließlich. »Und du wirfst mal einen kritischen Blick in den Kampagnenentwurf für ECRA+ und teilst mir dann beim Mittagessen mit, was du davon hältst.«

Eine Frage ist das nicht. Wenn du in den letzten Tagen gesättigt genug warst, um deinem Körper eine Pause zu gönnen, brachtest du mich in kleinen wie in großen geschäftlichen Dingen auf den laufenden Stand. Eine Flut an Informationen stürzte auf mich ein, und es fühlte sich an, als würde ich für einen Test büffeln, den ich in deinen Augen unbedingt bestehen sollte.

»Dazu habe ich mich bereit erklärt«, räume ich ein, »allerdings warte ich noch immer auf die Erklärung, warum dir an meiner Meinung gelegen ist. Du hast doch Angestellte, die sich ums Marketing kümmern. Du hast deren Instinkten doch bislang vertraut. Außerdem ist es das Projekt deiner Schwester. Und sie hat ganz bestimmt einen super Job gemacht. Dafür wird deine Mutter schon gesorgt haben, könnte ich mir denken.«

Deine Brust hebt und senkt sich schwer unter meiner Wange. »Ich hätte gern, dass du dich bei Baharan engagierst«, erwiderst du. »Es gehört dir ebenso wie mir.«

»Ich will es nicht.«

»Das hast du aber gar nicht zu entscheiden«, konterst du und ziehst mich amüsiert an den Haaren.

»Und warum nicht?«

»Weil das dein Plan war, für den du mich zurechtmodelliert hast. Du …«

»Also ›modelliert‹ würde ich jetzt nicht sagen«, bemerke ich amüsiert.

Du schaust mich kurz von der Seite an. »Bevor ich dich kennenlernte, habe ich nie auch nur einen einzigen Gedanken an Baharan verschwendet«, erklärst du ernst. »Du hast damit angefangen und vorgeschlagen, ich solle die Marke neu aufleben lassen.«

»Ich habe dich bloß gefragt, ob du dir das noch nie überlegt hast.«

»Wortklauberei.«

»Präzisierung.«

»Es nervt, sonst nichts!«

»Du weißt doch, wie viel Wert ich darauf lege, die richtigen Worte zu wählen«, sage ich lächelnd, kreuze die Unterarme auf deiner Brust und lege mein Kinn darauf. »Verkauf doch deinen Anteil, wenn du ihn nicht willst.«

»*Unseren* Anteil«, verbesserst du mich. »Und ich habe nie davon gesprochen, dass ich ihn nicht will. Ich möchte dich nur auch dabeihaben.«

»Und ich habe abgelehnt, und du meintest, das hätte nicht ich zu entscheiden.«

Deine Hand fährt durch meine Haare und packt mich am Genick. »Was hast du denn dagegen, mit mir zusammenzuarbeiten?«, fragst du. »Keiner kann das besser als du – Menschen einschätzen, ihr Potenzial ausmachen, erkennen, wozu sie in der Lage sind. Warum willst du diese Talente nicht bei mir einbringen?«

»Ich bringe bei dir alles ein, was ich habe, Kane. Was meins ist, ist deins. Im Guten wie im Schlechten. Das mit dem Schlechten musst du entschuldigen. Es ist bloß …«

»Hör auf zu witzeln«, unterbrichst du mich. Deine Gesichtszüge sind hart. In das Gesicht dieses Mannes habe ich vor Wochen beim Erwachen aus dem Koma geblickt. »Komm auf den Punkt.«

»Du brauchst mein Einverständnis nicht«, erkläre ich ruhig. »Es gibt Millionen von Gründen, warum ich stolz auf dich bin, und die haben allesamt weder mit deinem Job noch mit deinem Bankkonto zu tun. Du machst das ganz hervorragend auch ohne mich.«

»Scheiß auf hervorragend, ich will gar nichts ohne dich tun«, blaffst du zurück. »Und fängst du jetzt im Ernst an, mich hier zu analysieren? Ich bitte dich bloß, mit mir zu arbeiten, und du spielst gleich die Psychologin. Aber meinetwegen.«

Du machst dich los und stehst auf. Ich hindere dich nicht, drehe mich auf den Rücken und starre zur Decke.

Auf halbem Weg zum Kleiderschrank hältst du an. Ich schaue zu dir. Einen Moment verharrst du reglos, die Hände an den Seiten zu Fäusten geballt. Auch wenn ich weiß, dass du wütend bist, kann ich nicht anders, als deinen wunderbar knackigen Hintern zu bewundern.

Mit einem leisen Fluch kehrst du zurück und setzt dich auf die Bettkante. »Warum ich?«, fragst du, und die asketische Strenge in deinem Gesicht ist atemberaubend.

Es ist eine der zentralen Fragen, ich weiß, und die erste, die du mir gestellt hast. Dass du dich überhaupt fragst, warum jemand so viel Potenzial in dir sehen kann und in deine Träume investiert, bricht mir das Herz. Sie bringt mich zudem in eine schreckliche Lage.

»Du hast immer hart gearbeitet«, beginne ich. »Du wusstest im Rahmen deiner Möglichkeiten zu bleiben. Du warst nie nachlässig in irgendwas – weder in der Art zu leben, zu wohnen oder dich fit zu halten, noch wie du all die Frauen behandeltest, mit denen du ins Bett gestiegen bist. Du zeigtest dich nie eingeschüchtert oder überwältigt von der Gegenwart erfolgreicher Leute wie Ryan Landon, dessen Freunden oder mir. Du hast stets gute Ideen. Die Menschen holen gern deine Meinung ein. Ich könnte immer weiter fortfahren, aber du siehst schon, was ich meine.«

Dein konzentrierter Blick strahlt inzwischen eine bedrohliche Ruhe aus. »Wie ich Frauen behandelt habe, mit denen ich im Bett war, solltest du schwerlich beurteilen können, da ich seit meiner ersten Begegnung mit dir mit keiner anderen mehr geschlafen habe«, erklärst du. »Ich habe keine andere gewollt.«

Ich presse die Lippen kurz zusammen und richte den Blick wieder zur Decke. »Du weißt, was ich meine.«

»Nein, tue ich nicht«, erwiderst du und beugst dich direkt in mein Blickfeld. »Wie lange, bevor ich überhaupt wusste, dass es dich gibt, hattest du dich schon entschieden, mich allein für dich haben zu wollen?«

Meine Wachsamkeit ist geweckt. Ich verharre so reglos wie du. Du bist einfach zu clever. Der kleinste Ausrutscher von mir genügt, und sofort ziehst du daraus weitreichende, aber durchaus zutreffende Schlussfolgerungen. Deine Miene wirkt jetzt gespannt wie die eines Scharfschützen, der sein Ziel im Visier hat. »Ist das von Bedeutung?«, antworte ich ausweichend. »Darum geht es doch nicht.«

»O Liebste«, schmachtest du gefährlich, »da irrst du aber gewaltig. Jede Minute, die wir hätten zusammen sein können, es jedoch nicht waren, ist von Bedeutung. Denn das sind alles Momente, die du mir schuldest. Zeit, die du gestohlen hast, und ich führe Buch über jede einzelne Sekunde, damit ich bekomme, was mir zusteht.«

Ich fühle mich auf einmal zu nackt und streife mir die Decke über. »Ich bin eben eine eher praktisch veranlagte Investorin«, beginne ich. »Bloß am Schreibtisch Papiere zu studieren, bringt einen oft nicht weiter. Wenn mich Leute interessieren, kundschafte ich sie gern persönlich ein wenig aus, nur um zu sehen, wie sie sich benehmen, wenn sie nicht gerade Eindruck schinden wollen.«

»Du hast mich gestalkt?«, fragt er verblüfft.

»So würde ich das nicht formulieren.«

»Na, dann mal los!«, sagst du und musterst mich weiter mit diesem ungewissen Blick. »Wie lautet denn dein bevorzugtes Wort dafür, dass du mir heimlich auf Schritt und Tritt gefolgt bist?«

»Scouting.«

»Ach ja … okay. Und wobei hast du mich überall gescoutet?«

»Bei deinem Arbeitgeber McSorley's. Bei deinen Spielen. Solche Dinge eben.«

»Solche Dinge eben …«, wiederholst du. Deine Augen sind jetzt pechschwarz. »Und was hast du gesehen?«

»All deine Eroberungen und Groupies«, sage ich und muss lachen, als du zusammenschreckst. »Wolltest du nicht eigentlich an deinen Schreibtisch?«

»Wie lange bist du mir gefolgt?«

»Nicht lange«, antworte ich seufzend. »Ein paar Wochen, bevor du hier auf der Party vorbeigekommen bist. Mir war vom ersten Moment an klar, dass ich in Schwierigkeiten steckte. Du hast mit einer jungen Frau an der Bar geflirtet und über irgendwas gelacht, das sie gesagt hat, und ich war nur … wow. Dieser Blick – so lässig, sexy und selbstsicher – hat mich einfach umgehauen. Ich wollte unbedingt, dass du mich auch so ansiehst, jeden Tag, für den Rest meines Lebens.«

Ich drehe mich fort, um vom Bett herunterzurutschen, aber du reißt mich zurück unter dich.

Dein Gesichtsausdruck bricht mir das Herz. »*Setareh* … Was fange ich bloß mit dir an?«, seufzt du. »Hättest du dich bemerkbar gemacht, hätte ich auf der Stelle damit begonnen, dich so anzusehen.«

»Das habe ich befürchtet«, antworte ich. »Du hast mir eine Riesenangst eingejagt.« Ich streiche dir die Haare aus der Stirn. »In einer perfekten Welt wäre ich einfach vor dich getreten und hätte alles Weitere den wundersamen Launen des Schicksals überlassen. Baharan hättest du dann nicht. Wir hätten unsere Sachen gepackt und wären ausgewandert. Aller Wahrscheinlichkeit nach wärst du inzwischen Vater. Vielleicht würden wir irgendwo an der Küste leben, und du würdest nur von zu Hause aus arbeiten, da dein sexueller Appetit etwas anderes schlicht nicht zulässt.«

Die Neckereien sollen die Stimmung ein wenig auflockern, und es scheint zu funktionieren. Deine Züge werden weicher, dein Blick wird wärmer.

»Und was würdest du tun?«

»Ach, du weißt schon, deine amourösen Avancen abwehren, weil ich viel zu viel damit zu tun habe, den kleinen Replikaten von dir hinterherzujagen.«

»Du würdest durchdrehen«, sagst du und legst die Stirn auf meine. »Dafür ist dein Ehrgeiz viel zu ausgeprägt.«

»Genau wie deiner.«

»Nein. Ich habe nie die ganze Welt haben wollen. Ich will Antworten, und ich will dich, das ist alles. Ich bin gar nicht der wahnsinnig anspruchsvolle Mensch, für den du mich gern hältst.«

Da bin ich anderer Meinung, verkneife mir aber, es zu sagen. Du bist der Sohn einer Narzisstin und deshalb darauf bedacht, alles besonders gut zu machen. Du wirst stets danach streben, so erfolgreich und perfekt zu sein, dass du die Anerkennung einer Mutter findest, die heute vor Stolz strahlen und morgen vor Enttäuschung ihr ätzendes Gift versprühen kann. Darüber hinaus macht dir seit Jahren die komplizierte und labile Schwärmerei für eine Chimäre zu schaffen. Diese in Unsicherheit wurzelnde Obsession hat dich aufgefressen. Doch sobald unser Schicksal entschieden ist, wirst du neue Herausforderungen finden. Denn die brauchst du.

»Hätten wir doch bloß all die Zeit zusammen verbracht«, murmelst du.

»Hast du dir denn niemals gewünscht, dass wir uns besser überhaupt nicht begegnet wären?«

»Nie, und du hättest es auch nie anders haben wollen«, antwortest du sofort und betrachtest mich aufmerksam. »Eben hast du gesagt, ich hätte dann Baharan nicht. War das ernst gemeint? Wäre dir das wirklich egal, wenn ich unsere Anteile verkaufen würde?«

»Nicht, wenn die Firma dich glücklich macht. Das ist alles, was ich will. Sollte der Wiederaufbau von Baharan dir kein Glück gebracht haben, schaff dir das Ganze vom Hals.«

Du küsst mich hart und lässt mich los. »Wenn ich dir jetzt nicht widerstehe, verpasse ich noch all meine Vormittagstermine. Und die vom Nachmittag womöglich gleich mit.«

»Na los«, sage ich und schüttele amüsiert den Kopf. »Erobere die Welt. Ich mach solange Kaffee.«

Du springst voll unerschöpflicher Energie aus dem Bett und gehst mit deinen langen, federleichten Schritten zum Ankleideraum. »Der Entwurf ist im Tablet«, wirfst du über die Schulter zurück. »In der File-Sharing-App. Du findest ihn schon. Und achte darauf, dass du dir sowohl die Datei für Marketing als auch die für Social Media anschaust.«

»Warum sind die getrennt?«, frage ich und stemme mich auf die Ellbogen. »Sollte Social Media nicht unter Marketing fallen und aus Kohäsionsgründen demselben Entwurf folgen?«

Du bleibst auf der Schwelle stehen, schaust zu mir und lehnst dich gegen den Türrahmen. Du bist vollkommen ungeniert in deiner Nacktheit. Und warum auch nicht? Perfekter können männliche Formen nicht sein. Du bist ein wahr gewordener Traum.

»Zwei verschiedene Abteilungen«, erwiderst du. »Marketing ist inhouse, Social Media nur irgendwie auch. Die Firma gehörte mal Amy, aber wir haben sie Baharan angegliedert, als sie meinen Bruder heiratete. Soweit ich weiß, haben wir die Übernahme noch nicht ganz abgeschlossen, daher gibt es einstweilen getrennte Entwürfe.«

»Soweit du weißt?«, frage ich erstaunt.

»Das liegt im Zuständigkeitsbereich meiner Mutter«, antwortest du mit einem beiläufigen Achselzucken. »Es dürfte dir doch bekannt sein, dass Name und Logo bei Baharan von ihr stammen, daher überlasse ich alles ihr, was mit Markenmanagement zu tun hat.«

Ich erinnere mich an die eisigen Blicke zwischen den beiden Frauen in der Bibliothek und später dann an Aliyahs Reaktion auf Amys Verletzung im Büro. »Sie hat eine Schwäche für dich.«

Sofort überzieht eine ausdruckslose Maske dein Gesicht und verbirgt deine Gedanken. »Meine Mutter?«, fragst du. »Darüber lässt sich streiten.«

»Du weißt genau, dass ich nicht von deiner Mutter spreche«, gebe ich bissig zurück.

Du fährst dir mit der Hand über das Gesicht.

Ich warte ab, ob du noch etwas sagst oder dich einfach abwendest. Drängen will ich dich nicht. Das ist überflüssig, schließlich habe ich gesehen, wie Amy auf dich reagiert.

»Für den Bruchteil einer Sekunde«, erklärst du unwillig, »hat sie mich an dich erinnert.«

Auch wenn ich es schon wusste, trifft der Schlag, es ausgesprochen zu hören, mich unvorbereitet. Ich lasse mich auf den Rücken fallen und starre wieder zur Kassettendecke hoch. Die makellose Symmetrie gibt dem Chaos in meinem Kopf ein wenig Halt. »Du schuldest mir keine Erklärung, Kane«, sage ich in den Raum.

»Mir ist sie nach einem harten Tag irgendwie aufgefallen«, fährst du fort. »Es war einer dieser Tage, an denen ich ständig an dich denken musste. Es war nur eine Nacht. Nicht mal eine Nacht. Am Ende hat sie auf diesem Weg Darius kennengelernt.«

Meine Enttäuschung ist gewaltig. Allerdings nicht aus dem Grund, den du vermutlich annimmst.

»Du hast völlig recht, wenn du sauer bist.«

»Nein, habe ich nicht.«

»Mich überkommt Mordlust, wenn ich mir dich mit jemand anderem vorstelle«, platzt es hart und leidenschaftlich aus dir heraus.

Wir bleiben beide lange Zeit stumm. Es fühlt sich an wie eine Ewigkeit, in der meine Gedanken mit meinen Dämonen tanzen.

»Kannst du mir vergeben, *Setareh*?«, fragst du leise.

»Kane«, sage ich kopfschüttelnd, »da fragst du die Falsche. Bei ihr solltest du dich entschuldigen.«

Du atmest hörbar aus. »Da hast du recht«, räumst du ein.

»Ich kann dich zwar nicht von irgendwas freisprechen, aber deine Frau war tot, und du warst einsam«, fahre ich fort. »Sei gnädig mit dir – du bist auch nur ein Mensch. Davon abgesehen solltest du jedoch nie vergessen, dass du auf Frauen betörend wirkst. Sei also vorsichtig.«

»Ich verstehe, was du meinst.«

Ich nicke und sage: »Überhaupt ein Wunder, dass du nicht verheiratet bist und Kinder hast.«

»Ich hätte nie noch einmal geheiratet oder eine Familie gegründet.«

»Das weiß man nie.«

»Und ob ich das weiß«, erwiderst du und verschränkst die Arme vor der Brust. »Ich hätte mich nie mit weniger zufriedengegeben. Und ich hätte mit einer anderen auch nie ein Kind haben wollen.«

Es versetzt mir einen Stich. Dabei ist es gar nicht die übliche Form von Eifersucht, die uns quält. Wir fürchten keine Umorientierung der Gefühle, denn dafür ist unsere Bindung viel zu stark. Eifersüchtig sind wir allein darauf, dass hier sinnliche Freuden verschenkt und empfangen werden, während unsere Beziehung von Schmerz geprägt ist.

Mein Mund bemüht sich um ein Lächeln. »Du könntest jetzt mit einer anderen zusammen sein, aber stattdessen bin ich bei dir«, sage ich. »Das macht mich glücklich. Alles andere ist egal.«

»Ich würde nie eine andere Frau hierherbringen oder wohin auch sonst«, erklärst du. »Es gab nie jemanden von Bedeutung. Wer hätte schon mit dir konkurrieren können?«

Ich schaue schnell fort, um meine Tränen zu verbergen, und schüttele den Kopf.

»Ich war innerlich wie gelähmt vor Sehnsucht nach dir«, fährst du fort. »Ich habe gelernt, damit zu leben, aber manche Tage waren einfach der Horror.« Die Erinnerung an die Leiden lässt dich kurz innehalten. »An manchen Tagen habe ich wie unter Zwang nach dir gesucht, habe in jeder Frau, die mir begegnete, gehofft, dich zu finden. Und wenn es ihnen gelang, dass ich zweimal hinsehen musste, dass wenigstens eine Sekunde lang dieser Funke Hoffnung aufglühte, dann brachte mich das um den Verstand. Prompt drehte ich durch vor Enttäuschung … und habe sie gefickt.«

Ich schnappe laut nach Luft und lege mir die Hände über die Augen. Als ich dich kennenlernte, wärst du solcher Rohheiten nicht fähig gewesen. Nein, das stimmt nicht. Fähig dazu sind wir alle, du wärst einfach zu nett gewesen, um dich so grausam zu verhalten. Ein gebrochenes Herz hat dich zu einem anderen werden lassen.

»Wütender Sex kann reinigend sein«, fauchst du erregt nach einer kurzen Pause. »Anschließend hasste ich mich selbst für meine Schwäche. Ich hasste dich dafür, dass du mich schwach gemacht hattest, dass ich mich nur deinetwegen mit Frauen abfinden musste, die nicht wie du rochen, nicht wie du schmeckten, sich nicht wie du anfühlten. Frauen, die in mir niemals das sehen konnten, was du gesehen hast. Also habe ich sie noch einmal gevögelt, gerade weil mir davon schlecht wurde, weil ich es verdient hatte, von Ekel aufgefressen zu werden. Es widerte mich so an, dass ich keine danach noch einmal wiedersehen wollte.«

Ich drehe mich von dir fort, ziehe die Beine an meine Brust. Kurz darauf spüre ich, wie die Decke angehoben wird und die Matratze nachgibt. Dein Körper nimmt die gleiche Embryonalstellung an, und deine kühle Haut schmiegt sich an meine. Dein kräftiger Arm umschlingt mich und zieht mich zu dir heran, während deine Lippen sich reuevoll auf meine Schulter pressen. Du wolltest mir wehtun, wie dir wehgetan wurde, wolltest mich strafen, wie du das Gefühl hattest, gestraft zu werden. Das ist das Verrückteste an der Liebe: Sie ist von innen nach außen gestülpter Hass.

Der Mann, den ich einst kennenlernte, wäre nicht zu solch demonstrativer Grausamkeit fähig gewesen. Die Liebe zu Lily hat dich entstellt, und dafür übernehme ich die Verantwortung, das ist das Mindeste. Ich ergreife deine Hand und verschränke unsere Finger.

Keiner spricht ein Wort. Die Umarmung allein wirkt auf uns beide beruhigend. Lange Zeit liegen wir so da. Die Sonnenstrahlen auf Wand und Decke wandern weiter.

»Bist du okay?«, fragst du schließlich.

Ich nicke. »Und du?«

»Ich komme mir wie der letzte Dreck vor. Abgesehen davon kann mir nichts passieren, solange zwischen uns alles gut ist.«

»Alles wird gut zwischen uns.«

»Ich gebe Julian Bescheid und nehme mir den Tag frei«, sagst du und beginnst, dich zu bewegen.

Ich drehe den Kopf und schaue dich an. »Tu das nicht.«

»Warum nicht?«

»Weil alles okay ist bei mir«, betone ich noch mal. »Alles okay ist bei uns. Im Ernst. Und du musst möglichst viel vom Tisch schaffen, damit wir die Flitterwochen machen können, die du mir versprochen hast.«

Du studierst fragend mein Gesicht, scheinst aber zufrieden zu sein mit dem, was du darin liest, denn du drückst mir schnell einen festen Kuss auf die Lippen und sagst: »Ich liebe dich.«

Ich hole tief Luft und seufze. »Ich weiß.«

Es ist eine verrückte, erdrückende, grausame Form von Liebe. Du bist eigentlich für zartere, sanftmütigere Empfindungen geschaffen, doch du hast dich angepasst. Ich trauere dem einfühlsamen jungen Mann von früher nach, aber ich bin von einer wahnsinnigen, atemlosen und brutalen Liebe für den Mann erfüllt, der aus ihm geworden ist.

»Nichts ist in jeder Hinsicht vollkommen.«

HORAZ

36

LILY

Während du unter deiner Kleidung nach etwas Passendem suchst, höre ich die Bügel hin- und hergleiten. Ich stehe auf und muss mich mit einer Hand an der Matratze abstützen, da meine Beine noch zu wacklig sind. So nimmst du mich nun mal mit, und die Gründe dafür sind nicht nur körperlicher Natur, sondern reichen weit tiefer.

Ich schlüpfe in einen roten Seidenkimono, binde den Gürtel zu und mache mich auf den Weg nach unten. Mitten auf der Treppe lässt mich das Schellen der Türklingel zusammenfahren.

»Ich gehe schon«, rufe ich nach oben. »Lass dir Zeit.«

Sofort ist meine Wachsamkeit erregt. Ich husche die letzten Stufen hinab und schiele kurz um die Ecke, um durch das in der Tür eingelassene Fenster zu schauen. Überraschungsgäste haben für uns eine ganz andere Bedeutung als für andere Menschen. Und sollte eine Gefahr drohen, muss derjenige erst einmal an mir vorbeikommen, bevor er dir etwas tun kann.

Ich bleibe still auf der letzten Stufe stehen und analysiere das Bild, das ich bei dem flüchtigen Blick erhalten habe.

Draußen auf der Veranda steht ein imposanter Kerl, der in seinen mächtigen, vernarbten Händen eine Vase mit einem riesigen Strauß roter Rosen hält. Er ist zwar nicht so groß wie du, aber deutlich über eins achtzig und breit wie ein Linebacker im Football. Sein rotblondes Haar ist militärisch kurz geschnitten, und die Augen sind hinter einer verspiegelten Pilotenbrille verborgen. Mit den kantigen Gesichtszügen und der Aufmachung aus schwarzem T-Shirt und schwarzer Anzughose muss man ihn unweigerlich für einen Bodyguard halten. Sollte der Blumenstrauß zur Tarnung dienen, misslingt das jedenfalls gründlich.

Ich verfluche die Tatsache, dass ich so unpassend angezogen bin. Außerdem wird es zunehmend feucht zwischen meinen Oberschenkeln, da deine letzten Freudenergüsse den Gesetzen der Schwerkraft folgen. Alles in allem eine keineswegs ideale Situation. Ich wäre weder für Kampf noch für Flucht gerüstet, bin mir inzwischen allerdings auch sicher, dass der Mann zu dir gehört. Wenn es jemand ernsthaft auf uns abgesehen hätte, wäre er gerissen genug, uns in einem unerwarteten Moment abzupassen.

Ich stapfe barfuß in die Halle und lächle durch die Scheibe.

»Na, so eine nette Überraschung!«, rufe ich fröhlich und bemerke den abfahrenden Lieferwagen des Blumenversands. »Könnten Sie den Strauß bitte einfach auf die Veranda stellen?«

Er folgt meiner Bitte und richtet sich wieder auf. Sein Blick bleibt hinter den Brillengläsern vollkommen unlesbar. »Ist Mr. Black zu sprechen?«, fragt er.

»Arbeiten Sie für uns?«, frage ich zurück, obwohl ich die Antwort längst kenne. Für eine Frau ist es aber bisweilen leider noch immer von Vorteil, sich ihre Intelligenz nicht anmerken zu lassen, und mittlerweile bin ich eine Meisterin im Verstellen.

»Jawohl, Ma'am.«

»Ich werde meinem Mann Bescheid geben, dass Sie warten«, sage ich. »Ich würde Sie ja gern hereinbitten, um drinnen zu warten, aber ich bin nicht entsprechend gekleidet, wie Sie sehen.«

»Kein Problem.«

Ich verfolge, wie er die Veranda verlässt. Trotz seiner Größe und der dicken Sohlen seiner Armeestiefel läuft er fast geräuschlos. Ein zweiter, ähnlich markant gekleideter Mann erscheint im Eingang unseres Gästehauses auf der anderen Seite der Straße.

Wir werden also auch hier bewacht. Interessant, dass du es gar nicht erwähnt hast. Soll das Leute abschrecken oder mich festhalten?

Ich ziehe den Gürtel fester um meine Taille und richte meine Aufmerksamkeit auf die Lieferung. Kaum habe ich die Tür geöffnet, jauchze ich leise vor Begeisterung. Der Strauß ist traumhaft schön. Der opulente, sinnliche Duft der Rosen umfängt mich sofort. Ich finde es hinreißend, dass du mir Blumen schickst. Sie sind ein bezaubernd charmantes Symbol der Zuneigung.

Der Strauß ist so groß und schwer, dass ich ihn mit beiden Händen aufheben und ausbalancieren muss. Ich trete die Tür hinter mir zu und trage die Kristallvase zur Kücheninsel. Eine Weile betrachte ich bewundernd, wie makellos jede einzelne Rose ist. Insgesamt sind es mindestens drei Dutzend. Das Rot ist tief und satt, die Blütenblätter weicher als Seide. Ich löse die angeheftete Karte, öffne den Umschlag und ziehe das gefaltete Blatt heraus. Die Nachricht ist in Zierschrift aufgedruckt.

Du gehst mir nie aus dem Sinn.

Mein Lächeln ist so breit, dass die überdehnten Lippen schon schmerzen. Ich lege die Karte zur Seite und umfasse die zarten Blütenkelche mit den Händen. Der weite Glockenärmel meines Kimonos streift dabei die Karte, die prompt zu Boden fällt. Beim Aufprall trennt sich die Karte vom Umschlag, und als ich mich bücke, um beides aufzuheben, fällt mein Blick auf den Namen des zugedachten Empfängers. Fassungslos erstarre ich in meiner Bewegung.

Die Blumen stammen gar nicht von dir, und sie sind auch nicht für mich gedacht.

Ich unterdrücke ein Schluchzen. Mit zitternden Fingern ergreife ich erst den Umschlag, dann die Karte. Meine Beine sind zu schwach, mich zu tragen, und so lasse ich mich nach hinten auf den Boden sinken und lese noch einmal im Sitzen den Begleittext. Es ist kalt im Haus, eisig wie der Atem eines Geists, und abrupt stockdunkel. Der sonnenbeschienene Strand draußen gehört zu einer anderen Welt, einem reinen Fantasieort aus Wärme und Licht.

Keine Ahnung, wie lange ich dort auf den kühlen Küchenfliesen gehockt habe. Bei den vielen Dingen, die mir durch den Kopf schwirren, wäre ich womöglich den ganzen Tag sitzen geblieben, hätte ich dich nicht die Treppe herunterkommen hören. Ich will nicht, dass du mich so kraftlos und erschüttert antriffst.

Mit einer Hand am Fuß der Kücheninsel gelingt es mir, mich hinzuknien. Anschließend packe ich die Platte des Counters und ziehe mich auf die Beine.

Rasch wende ich mich von dem Strauß ab und wäre beinahe mit dir zusammengestoßen.

In dunkelgrauem T-Shirt und ausgeblichenen schwarzen Jeans ragst du vor mir auf. Da deine Kleidersammlung bereits einige Jahre alt ist und von dem Mann erworben wurde, der du früher einmal warst, spannt das T-Shirt, sobald deine Bizepse sich wölben oder dein Brustkorb einatmet. Ich habe mich zwar über die vergangene Woche an diesen Anblick gewöhnt, dennoch ist es nach wie vor irgendwie unheimlich, dich in den Klamotten deines einstigen Ichs zu sehen. Auf einmal komme ich mir vor, als hätte ich mich all die Jahre gar nicht verändert, wäre mein Leben nie unterbrochen worden, und du bist – losgelöst von der Zeit und mir – der Doppelgänger des Mannes, den ich so liebe.

»Gib das mal her!«, sagst du und nimmst mir Karte und Umschlag aus den schlaffen Fingern.

Du liest zuerst den Begleittext, und deine Miene verfinstert sich. Als du auf Ivy Yorks Namen stößt, kneifst du vor Zorn die Augen zusammen. Deine Faust zerknüllt die Nachricht zu einem winzigen Ball, den du angeekelt auf den Counter fallen lässt.

»Geht's?«, fragst du und schließt mich fest in die Arme.

»Mir geht's gut«, antworte ich und sinke in deine Wärme und Kraft.

Im Nachhinein sind die roten Rosen eine Visitenkarte, die leicht zuordenbar ist, auch wenn der Absender es vorzieht, anonym zu bleiben. Dass jemand um den Namen Ivy York weiß, ist beängstigend, aber ansonsten lautet die versteckte Botschaft dieser Blumensendung: Du bist im Visier.

»Ich liebe dich«, sagst du und küsst mich auf den Scheitel. »Bei mir bist du sicher.«

Dein Versprechen bewegt mich zutiefst. Es ist fast wörtlich, was wir uns zuvor zugesagt haben, aber diesmal meinst du damit meine körperliche Sicherheit, und die hoch konzentrierte Wachsamkeit, mit der ich schon so lange lebe, lockert sich einen Hauch. Bislang war ich stets selbst dafür verantwortlich, meine Sicherheit zu garantieren. Ich musste lernen, mich zu schützen und zu verteidigen, und habe beides ganz gut hinbekommen, aber zu wissen, dass ich jetzt deinen Rückhalt genieße … na ja, das ist ein Geschenk, so wertvoll wie der Schmuck in deinem Safe.

Du löst dich, streichst mir über die Wange und landest gleich den nächsten Wirkungstreffer: »Früher konnte ich dir nicht weiterhelfen«, sagst du. »Heute schon.«

Du presst deine Lippen auf meine, dann weichst du zurück. Deine Kieferknochen treten deutlich hervor, in deinen Augen lodert der Zorn. Du schnappst dir deine Schlüssel von der Ablage im Flur und gehst zur Tür hinaus. Durch das große Küchenfenster kann ich sehen, dass der Sicherheitsmann auf dem Fußweg auf dich wartet. Ihr überquert gemeinsam die Straße und verschwindet im Gästehaus.

Zuflucht in deiner so aufmerksamen Liebe zu finden hat mein Leben verändert. Dir nicht umgekehrt dieselbe Sicherheit geben zu können, ist mein größtes Versagen.

Meine Vergangenheit hat mich eingeholt. Schlimmer noch,

sie hat mich an meinem Schutzort aufgespürt und bringt nun dich in Gefahr. Mein Blick wandert zu den Terrassentüren, die zum Strand hinausführen. Ich könnte jetzt abhauen. Verschwinden.

Ein Dorn sticht mich schmerzhaft, und ich schaue auf meine Hände herab. Ich kann mich zwar nicht daran erinnern, eine Müslischüssel aus dem Küchenschrank genommen zu haben, aber es steht eine vor mir neben der Vase, und sie ist halb gefüllt mit Blütenblättern. Blut quillt aus meinem Daumen und fällt auf den üppigen Haufen, wo es wie ein Tropfen Morgentau aussieht. In Gedanken habe ich sämtliche Rosen geköpft und die dornenbesetzten Stängel ordentlich daneben gestapelt. Der Duft ist betörend, ein sinnliches Versprechen von Glück, das mich mit einem Fantasiebild verhöhnt, dem jeder Bezug zur Realität fehlt.

Was tue ich hier? Wie viel Zeit ist vergangen?

Ich muss mich duschen. Anziehen. Bereit machen.

Bereit machen worauf?

Der kraftvolle Motor des Range Rover brüllt auf und reißt mich aus meinen Gedanken. Ich verfolge, wie du rückwärts aus der Einfahrt setzt und auf der Straße davonfährst. Ohne die Rosen noch länger zu beachten, laufe ich schnell die Treppe hoch. Zum ersten Mal habe ich das Gefühl, in der Falle zu sitzen. Nervös löse ich den Knoten meines Gürtels. Im Schrank steht eine kleine Reisetasche. Es dürfte nicht lange dauern, das Nötigste zusammenzupacken.

Aus den Augenwinkeln nehme ich eine Bewegung wahr, wende mich dem Garderobenspiegel zu, der an der Wand hängt … und verharre gebannt.

Mein Gesicht ist aschfahl, meine Augen liegen blutunterlaufen in tiefen schwarzen Höhlen. Ich mustere das Bild dieser gequälten Frau, dann das Bett, das hinter ihr steht. Ich wechsle das Bettzeug jeden Morgen, und du hast die Decke bereits am Fuß akkurat zusammengefaltet und die Bezüge der Kopfkissen entfernt. Offenbar wurdest du beim Abziehen von der Nachricht unterbrochen, dass die Sicherheitsleute eine Sendung entgegengenommen hatten. Dennoch ist es bemerkenswert, wie wir zusammenarbeiten und uns auf halbem Weg treffen. Was wir sind, ist unvergleichlich und kostbar. Wir sehen das Beste im jeweils anderen, was uns sofort danach trachten lässt, uns selbst weiterzuentwickeln, um aus uns selbst auch das für unmöglich Gehaltene herauszuholen. Und dabei nehmen wir sogar die Seiten von uns in Kauf, die Dritte eigentlich besser nicht zu sehen bekommen sollten.

Meine Knie geben wieder nach. Ich lasse mich auf das Bett sinken und kralle die Hände ins Laken. Dein Geruch hängt in der Luft. Und unser Geruch.

Alles, was ich mir wünsche, ist genau hier. Meine Nähe stellt einerseits eine Bedrohung für dich dar, erlaubt es mir andererseits jedoch, dich möglichst effektiv zu schützen. Außerdem gibt es Versprechen zwischen uns, die eine Trennung womöglich nicht überstehen würden. Die entscheidende Frage aber ist: Wirst *du* es überstehen, wenn ich bleibe?

Sechs Jahre sind vergangen, und du strotzt vor Leben, dir geht es bestens. Ist das nicht ein überzeugendes Argument dafür, mich aus dem Staub zu machen?

Ein tiefer Seufzer lässt meine Schultern erschlaffen. Bestens ging es dir nicht, du warst erfolgreich, das ist längst nicht dasselbe. Das Feuer in deinem Inneren erstickte allmählich, da du zu Stein wurdest und die leidenschaftliche Flamme keinen Sauerstoff mehr bekam. Noch ein oder zwei Jahre, und du wärst vollkommen ausgebrannt gewesen. Deshalb hat es auch so lange gedauert, den Graben zwischen uns wieder zu überbrücken. Du warst in dir selbst eingekerkert, lebendig, ohne zu leben. Und ich kam nicht an dich heran.

Ich kann dir – oder uns – das aus allerlei Gründen nicht antun, vor allem jedoch, weil es vermutlich keinen Unterschied machen würde. Ich bin bei dir. Deine Bedeutung für mich steht gerade außer Zweifel.

Nachdem ich geduscht habe, schlüpfe ich in ein bis zu den Knöcheln reichendes, gerade geschnittenes Kleid aus schwarzem Satin. Es hat Spaghettiträger und ist im Rücken so tief ausgeschnitten, dass ich nichts darunter anziehen kann. Schminken könnte ich mich inzwischen mit geschlossenen Augen. Da ich jeden Tag Make-up auflege, brauche ich dafür nur noch ein paar rasche Handgriffe. Auch diese Angewohnheit stärkt meinen Schutzpanzer, und sie wurde mir ebenfalls von meiner Mutter anerzogen.

Sobald ich mich bereit fühle, den Tag in Angriff zu nehmen, beziehe ich das Bett frisch und schmeiße die alten Laken in die Waschmaschine. Ich bin unruhig, habe das Gefühl, etwas unternehmen zu müssen. Aber was kann ich tun?

Die Schieferplatten der Terrasse sind viel zu heiß für meine nackten Füße, doch schon bald umspielt angenehm warmer Sand meine Zehen. Das glitzernde Wasser wirkt verlockend, und ich kann seinem Ruf nicht widerstehen. Die salzige Brise streicht wie ein unsichtbarer Liebhaber über meinen unbedeckten Rücken, und Geisterfinger fahren mir durch das Haar. Kurz vor dem Wasser wird der Sand feucht und fest. Wellen schwappen über meine Füße, locken mich immer tiefer. Hinter mir spüre ich, wie das Strandhaus mich anzieht und zur Umkehr drängt.

Aufgewühlt drehe ich ab und gehe ein Stück, um den Kopf frei zu bekommen. Du bist dank deiner Bodyguards in Sicherheit, und ich war nie diejenige, die in Gefahr schwebte.

Der Wind ist erfrischend und trägt die über mir segelnden Möwen, deren heiseres Schreien aus meinem Innern stammen könnte. In der Ferne pflügt ein großes Schiff hinaus, und das Meer um es herum ist mit unzähligen glitzernden Punkten übersät, die wie im saphirblauen Wasser wippende Dolchspitzen aussehen.

Ich bleibe vor dem hübschesten Haus am Strand stehen. Es ist in einem ganz zarten Pink mit hellgrauen Umrandungen gestrichen. Der Balkon im ersten Stock hat dieselben Maße wie die gepflasterte Fläche darunter, wodurch eine überdachte Terrasse entsteht, auf der zwei Schaukelstühle und ein schmiedeeiserner Tisch mit vier Stühlen Platz finden. Ein Mann sitzt an dem Tisch, eine vertraute, heiß geliebte Gestalt.

Ich winke. Langsam und schwerfällig erhebt sich Ben. Es tut weh, Zeugin seines Zerfalls zu werden, der besonders deutlich ist, da wir uns schon eine Ewigkeit nicht mehr gesehen haben. Ich laufe zu ihm.

»Hey, Ben«, sage ich, steige die Stufen hoch und umarme ihn. »Ich habe dich vermisst.«

»Bist du gekommen, mein Engel, um mir den Himmel zu

zeigen?«, fragt er und zittert, während er meine Umarmung erwidert.

Ich schiebe ihn auf Armlänge zurück. Sein Gesicht ist zerklüfteter als früher, seine Augen liegen tiefer. Er trägt seine alte Schiebermütze, deren grauer Tweed stark nachgedunkelt ist. Den Rücken zu einem Buckel gekrümmt, wirkt er mittlerweile kleiner.

»Na, hör mal, Ben …«, erwidere ich. »Ich bin verheiratet, und du bist für solche Sprüche doch eigentlich viel zu galant.«

»Tja, dann willst du mich ja offenbar zu diesem anderen Ort bringen«, sagt er und nickt traurig. »Wirklich überraschen kann mich das nicht. Höchstens, wenn ich so darüber nachdenke, dass du nicht ebenfalls dort enden solltest. Immerhin haben wir beide die eine oder andere Sünde genossen, stimmt's?«

»Ein oder zwei. Was dagegen, wenn ich mir eine Zigarette schnorre und mich kurz zu dir setze?«

»Engel rauchen nicht«, erklärt er stirnrunzelnd.

»Woher willst du das wissen?«

Seine wässrigen Augen mustern mich zweiflerisch, dennoch deutet er einladend zum Tisch, und ich nehme Platz. Er setzt sich ebenfalls und verfolgt, wie ich mir eine Zigarette klaue und sie mit seinem Feuerzeug anzünde. Der erste Zug ist tief, und der altbekannte und ersehnte Schwindel lässt mich die Augen schließen.

»Ah, tut das gut. Du bist hier der Engel, Ben.«

»Bin ich das wirklich?«, fragst du sofort ungläubig.

Ich öffne die Augen und betrachte ihn. »Du weißt, dass ich nicht tot bin, oder?«

Obwohl ich es selbst sage, bin ich mir nicht sicher, ob ich es auch glaube. Es kommt mir vor, als würde ich in einer Schneekugel stecken, gefangen in einer künstlichen Momentaufnahme.

»Es heißt, du wärst es«, antwortet er. »Angeblich untergegangen und ertrunken in deiner süßen kleinen Nussschale. Es hatte mir immer schon Sorge bereitet, dass du ständig alleine damit hinausgefahren bist. Als Robby mir erzählte, du kämst nicht zurück, war ich am Boden zerstört.«

»O Ben«, sage ich und lege meine Hand über seine. Seine Knöchel sind dick, die von Altersflecken besprenkelte Haut fast durchsichtig. »Verzeih.«

»Und dann dein armer Mann«, fährt er kopfschüttelnd fort. »Um ihn habe ich mir auch große Sorgen gemacht. Ich glaube, er hat in all den Tagen, die sie nach dir suchten, keine einzige Minute Schlaf gefunden. An dem Abend, als Robby es mir sagte, saß ich hier am Tisch und habe geweint, aber Kane … Der Junge marschierte raus in die Brandung und hat aus Leibeskräften geschrien.«

Mein Liebster, was musstest du leiden nur wegen meiner Schwäche für dich!

»Es klang wie ein Zwischending aus Wolfsgeheul und einem Schrei beim Bungee-Jumping«, erklärst du und reibst dir nachdenklich das Kinn. »Etwas Unheimlicheres habe ich in meinem ganzen Leben noch nicht gesehen oder gehört. Ein Mann, der im hellen Mondlicht steht und so komplett zusammenbricht. Hast du ihn nicht bis da oben hin hören können? Er hat nach dir gerufen, da bin ich mir sicher.«

Ich habe eine Hand über den Mund geschlagen. Der Schmerz

in meiner Brust fühlt sich an, als hätte ich einen Herzschlag erlitten, und wahrscheinlich habe ich das auch. Wahrscheinlich erträgt mein Herz einfach nicht das Bild, das Bens Worte gerade in meinem Kopf ausgemalt haben.

Sollte ein Teil von dir mich ewig hassen für das, was du erdulden musstest, so geschieht mir das völlig recht. Jeder, der dir wehtut, sollte dafür zahlen, das gilt auch für mich.

Die Fliegengittertür schwingt quietschend auf, und Robert, Bens Enkel, tritt auf die Terrasse. »Ach du meine Güte«, entfährt es ihm. »Lily?«

»Siehst du sie etwa auch?«, erkundigt sich Ben mit Panik im Gesicht.

Ich klemme meine Zigarette in den Aschenbecher und wische mir über die Wangen, da ich weiß, dass mein Make-up nach den vielen Tränen grauselig verlaufen sein muss.

»Hi, Robby«, sage ich, stehe auf und strecke ihm die Arme entgegen.

»Wie geht's dir?«, fragt er über meine Schulter, während er mich fest an sich drückt. »Wo hast du gesteckt?«

Durch Robert kann ich mir vorstellen, wie Ben früher einmal gewesen sein muss. Er ist schlaksig, etwa so groß wie ich und hat ein quadratisches, ernstes Gesicht. Um die Nasenwurzel herum tanzen ein paar Sommersprossen. Er ist zwar beinahe so alt wie ich, wirkt jedoch viel jünger. Wie sein Großvater so ist auch Robert ein liebenswerter Schwerenöter, der nie lange bei einer bleibt, aber so nett ist, dass es deshalb trotzdem nie Ärger gibt.

»Das ist eine lange Geschichte«, antworte ich, nehme wieder Platz und rauche weiter. Meine Finger zittern, aber ich fühle mich, als hätte ich Marihuana statt normalem Tabak geraucht. Alles ist verschwommen und sonderbar, vage und wie im Traum.

»Und du bist echt nicht tot?«, fragt Ben mit ungläubiger Miene.

»Ich denke, nicht«, erkläre ich, doch die beiden schauen mich sehr merkwürdig an. »Was denn?«

»Wohnst du wieder drüben in dem Haus?«

»Ja, da sind wir wieder«, antworte ich. »Wir wohnen in der Stadt, aber derzeit sind wir hier, und wir hoffen, jetzt häufig kommen zu können.«

»Ich brauche was zu trinken«, sagt Robert und fährt sich durch das kastanienbraune Haar. »Du auch, Pop?«

»Ja, bitte«, antwortet sein Großvater.

Robert verschwindet im Haus.

Ben lehnt sich zurück und schüttelt den Kopf. »Wenn du wirklich am Leben bist, solltest du besser wissen, dass es in eurem Haus spukt.«

Mir stockt beim Rauchen der Atem, und der Qualm sitzt kurz in meiner Lunge fest. »Woher weißt du das?«

»Wir haben dich beide dort gesehen«, erzählt er. »Zuerst Robby. Er läuft häufiger über den Strand als ich. Er sah, wie du ihn durch die Terrassentür angestarrt hast. Ich meinte, da haben ihm das Licht und die Trauer nur einen Streich gespielt. Eine ganze Weile ist er bloß noch mit einer Taschenlampe raus. Aber dann sah er dich ein paar Jahre später im Fenster im ersten Stock stehen.« Er zündet sich eine Zigarette an, nimmt einen tiefen Zug und fährt fort: »Ich habe dich letztes Jahr gesehen. Es war dunkel, und das Licht im oberen

Stockwerk war an. Du standst am Fenster, dein Kopf umrahmt von Licht wie bei einem Heiligenschein. Robby hat dein Anblick jedes Mal einen Mordsschrecken eingejagt, aber ich fand ihn eher beruhigend. Als würde jetzt alles irgendwann wieder in Ordnung kommen.«

Robert kehrt mit einem Tumbler in jeder Hand und einer unter den Arm geklemmten Flasche Wasser zurück. Die Tür schlägt hinter ihm zu, und obwohl das Geräusch alltäglich und vorhersehbar ist, schrecke ich auf. Von einer nervösen Energie getrieben, komme ich ihm zu Hilfe, nehme ihm mein Wasser und einen Drink ab, den ich vor Ben auf den Tisch stelle.

»Puh«, schnauft Robert und betrachtet mich erstaunt. »Warum hast du dir eigentlich die Haare abgeschnitten?«

»Keine Ahnung«, antworte ich und drücke energisch meinen Zigarettenstummel aus.

»Als ich dich letztes Jahr sah, hattest du noch lange Haare«, erklärt Ben.

»Wo wir gerade dabei sind ...«, sage ich und richte mich an Robert, da seine Erinnerung noch nicht vom Alter getrübt wird. »Kannst du mir mehr darüber erzählen, was genau ihr gesehen habt?«

Er nimmt einen großen Schluck Whisky und lehnt sich zurück. »Was soll ich sagen?«, beginnt er achselzuckend. »Außer Pop habe ich nie jemandem davon erzählt, weil es verrückt klingt.«

»Du hast eine Frau im Haus gesehen. Warum glaubst du, dass ich es war?«

»Sie war groß, genau wie du«, erklärt er. »Schlank, genau

wie du. Ich war zwar am Wasser und habe sie daher nicht aus der Nähe sehen können, aber sie war der Hammer, genau wie du.« Verlegen zuckt er noch einmal mit den Schultern.

»Du warst es«, beharrt Ben. »Ich würde dich überall sofort erkennen.«

Deine Worte hallen mir noch im Kopf. *Seitdem war ich nicht mehr hier.*

»Lily!« Der Wind trägt deine Stimme zu mir, bereitet meinen konfusen Gedanken ein Ende. Dass du nach Lily rufst, erschüttert mich bis ins Mark, da du mich bislang noch nie mit ihrem Namen angesprochen hast, seit ich aus dem Koma erwacht bin.

Ich schiebe den Stuhl zurück und springe auf. Am Strand sehe ich dich laufen. »Kane!«

Dein Kopf wirbelt herum, und du sprintest mit derselben verblüffenden Schnelligkeit und Eleganz los, wie ich sie früher beim Basketball so an dir bewundert habe. Deine Füße fliegen förmlich über den Sand. Dein schönes Antlitz ist aschfahl. Deine Augen ähneln dunklen Münzen, dein Obolus für den Fährmann Charon, damit er dich über den Styx zu mir in deine Hölle bringt. Schuld nagt an meinen Eingeweiden. Ich renne dir entgegen, du reißt mich hoch und hältst mich so fest, dass du mir beinahe die Rippen brichst. Dieser Schmerz tut mir gut.

Deine Hand fährt in mein Haar und drückt mich an dich, während meine Füße noch über dem Sand baumeln. Du zitterst heftig, und ich umschlinge dich mit aller Kraft, halte dich zusammen. Mir steht noch deutlich das Bild aus Bens Erzählung vor Augen, wie du voller Verzweiflung am Strand geschrien hast. Jetzt bei deiner Rückkehr ein leeres Haus vorzufinden, hat diese Qual natürlich in dir wieder aufleben lassen.

»Verzeih mir«, sage ich mit einem Schluchzen in der Kehle. »Ich hätte einen Zettel schreiben sollen.«

»Du kannst doch nicht einfach so verschwinden! Ich muss wissen, wo du bist.«

»Ich weiß«, flüstere ich und streichele deinen Rücken mit meinen Händen. »Es tut mir leid. Ich habe nicht nachgedacht.«

Mein Blick sucht den Strand nach möglichen Gefahren ab. Es macht mir Angst, wenn du dich so ungeschützt im Freien bewegst. Der Blumenstrauß war ein höhnischer Verweis darauf, dass nicht nur unser Aufenthaltsort bekannt ist, sondern auch meine jüngste Vergangenheit. Wir sind in jeder Hinsicht bloßgelegt, und du bist das Ziel.

»Du hast keine Totenfeier abgehalten, mein Junge«, ist Bens schroffe Stimme zu hören. »Jetzt steckt sie im Fegefeuer fest, gefangen zwischen dieser Welt und der nächsten.«

Deine Brust dehnt sich bebend, während du tief Luft holst. »Dann werde ich sie nicht mehr aus den Armen lassen, Ben«, brüllst du zurück. »Damit sie bleibt.«

37

WITTE

Mit freiem Oberkörper und barfuß lehne ich am Balkongeländer. Während der Schweiß von der körperlichen Anstrengung langsam in der Nachmittagsluft trocknet, lese ich die letzte Nachricht auf meinem Handy.

> Bezahlung bar. Ohne Namen. Kein Nummernschild. FIN nicht zu erkennen. Komplettes Video per Mail als Anhang. Range Rover hat Peilsender am Fahrgestell.

Ich betrachte die körnige Schwarz-Weiß-Aufnahme einer Überwachungskamera, auf der ein Mann beim Verlassen eines Blumenladens in Greenwich zu sehen ist. Kopf und Wangen sind glatt rasiert, die Augen verborgen hinter dunklen Brillengläsern. Er ist groß und muskulös – manche würden sagen, wie ein Schläger –, und er trägt einen eleganten Anzug, dessen Sakko weit genug geschnitten ist, um eine Waffe zu verbergen.

Eine Bewegung hinter den schwarz gerahmten Balkontüren lenkt meine Aufmerksamkeit auf Danica, die dabei ist, meine über ihren weißen Teppich verstreuten Kleidungsstücke aufzusammeln. Meine langjährige Geliebte räumt hinter mir auf, bekocht mich und umsorgt mich. Natürlich ist das alles vollkommen unnötig, aber trotzdem reizend. Meine Tochter meint, es sei schon ein Wahnsinnszufall, dass ich eine Frau gefunden hätte, die bereit sei, sich mit den Anforderungen meines Berufs zu arrangieren. Dass Danica zudem bildhübsch ist und mich mit ihrem scharfsinnigen Witz und ihrem unkomplizierten Wesen zu bezaubern weiß, setzt dem Ganzen die Krone auf.

Ich rieche sie auf meiner Haut, und urtümliches Verlangen regt sich in mir.

Ich öffne die E-Mail, überfliege den Bericht und schaue mir das Video an. Es beginnt mit dem Blickwinkel einer Kamera auf der gegenüberliegenden Straßenecke. Der Mann fährt in einem schwarzen Bugatti vor, und die Wahl eines derart auffallenden Fahrzeugs macht schon deutlich, dass es ihm egal ist, ob sich jemand an ihn erinnert. Er steigt aus und knöpft in aller Ruhe das Sakko zu, bevor er in den Laden geht. Auch wenn er wegen seiner Massigkeit nicht besonders flink erscheint, wirken seine fließenden Bewegungen und die Art, wie er seine Umgebung abschätzt, ehe er vom Wagen tritt, doch gewandt und bedrohlich.

Ich leite die E-Mail weiter und rufe Mr. Black an. Er meldet sich sofort, und ich erspare mir lange Vorreden. »Mir scheint eine Rückkehr ins Penthouse geboten«, sage ich. »Das Strandhaus bietet zu wenig Schutz.«

»Ich werde mit Lily darüber sprechen.«

Danica hat einen reinweißen Kimono übergestreift, der die perfekten Formen ihres nackten Körpers mit größter Deutlichkeit wiedergibt. Sie bewegt sich mit der sinnlichen

Geschmeidigkeit einer Katze, während das platinblonde Haar ihr bis zur Taille fällt.

Selbst nach all den gemeinsamen Jahren begehre ich sie noch immer wie verrückt. Gerade erst haben wir es auf dem Boden getrieben, wie sie es in dem Moment von mir verlangt hat, als wir lachend durch die Eingangstür stürzten und die Hände nicht voneinander lassen konnten. Fick mich jetzt!, hatte sie mir befohlen und mich in einem Gewirr aus Armen und Beinen nach unten und auf sich gezogen. Nichts hätte mich davon abhalten können, dieser Anweisung Folge zu leisten. Und als ich mich rasch von ihrem gesättigten Körper löste, um an mein Handy zu gehen, zeigte sie keinerlei Groll darüber, dass ich mich kurz nach dem Orgasmus mit etwas anderem beschäftigte.

»Ich habe mir die Aufnahme der Überwachungskamera angesehen«, erkläre ich. »Der Mann ist zweifellos ein Profi.«

»Natürlich ist er das«, schnauft mein Arbeitgeber gereizt.

»Sie sollten die Aufzeichnung bereits haben.«

Er bleibt stumm, während er das Video aufruft. »Der Bugatti sollte leicht aufzuspüren sein«, murmelt er beim Zuschauen vor sich hin.

»Wir arbeiten daran«, versichere ich ihm.

»Er hat meinen Wagen getrackt?!«, ruft er aus, gefolgt von einem wilden Fluch, als er im Bericht auf die entsprechende Information stößt. »Wie konnte das passieren?«

»Wir überprüfen noch die Aufnahmen aus der Penthouse-Tiefgarage, aber vermutlich war es leichter, den Sender während einer der diversen Fahrten in der Stadt unbemerkt anzubringen.«

»Warum treiben sie ihre Spielchen mit ihr?«, fragt mein Arbeitgeber, und nun schwingt Hilflosigkeit in seiner Stimme mit. »Erst wird sie getrackt. Dann verhöhnt mit diesem Blumenstrauß.«

»Eine Botschaft«, antworte ich. »Nur sie weiß, was sie bedeutet und an wen von Ihnen beiden sie gerichtet ist.«

Danica nähert sich, und die vollen Brüste und schlanken Hüften schwingen verführerisch. Sie drückt die Tür auf, schenkt mir ein katzenhaftes Lächeln und stellt ein Glas Whisky mit Eis auf den Balkontisch. *Lunch in einer halben Stunde* formen ihre Lippen tonlos, bevor sie wieder nach drinnen huscht und die Tür hinter sich schließt. Obwohl ich sie gerade erst genießen durfte, erregen ihre so aufreizend vorgeführten Rundungen meinen Schwanz sofort aufs Neue. Ich bin jetzt schon seit Tagen mit ihr zusammen und habe in dieser Zeit bloß selten die Hände von ihrem Körper lassen können. So wohltuend das auch gewesen ist, mittlerweile beschleicht mich das Gefühl, nicht dort zu sein, wo ich sein sollte.

»Ihrer Meinung nach ist ihr also nicht zu trauen«, erklärt Mr. Black. »Haben Sie denn nicht gesehen, wie sie mich anschaut, Witte? Von ihr geht keine Bedrohung aus.«

Das Urteil ist reichlich unbekümmert. Hat er unter ihrer Beziehung nicht bislang die meiste Zeit leiden müssen? Seine Trauer war so schmerzvoll, dass ihn allein der Tunnelblick darauf, sich zu einem Menschen von bedeutendem Stellenwert zu entwickeln, zum Weitermachen antrieb. Eine solch überzeugende Ablenkung würde er nicht noch einmal haben. Wenn Lily ihm jetzt erneut das Herz bricht, überlebt er das nicht.

Ich begegne dem Blick von Danica, die gerade in der offenen Küche hantiert. Mit ihren verlockenden Kurven gleitet sie geschmeidig von einem Ort zum anderen, ein betörendes Geistwesen, dem eine weiße Schleppe aus hauchdünnem Stoff folgt und dessen wehendes Silberhaar wie ein glänzender Schleier ihre schlanken Schultern umspielt. Durch halb gesenkte Lider werfen mir ihre rassigen Augen einen einladenden Blick zu.

Gibt es etwas Berauschenderes, als von einer atemberaubend attraktiven Frau begehrt zu werden? Kann irgendein Mann unter diesen Umständen noch rational bleiben? Bevor ich Danica kennenlernte, hätte ich behauptet, dass den Verstand raubende Liebe und Begierde bloße Torheiten der Jugend sind. Ich selbst glaubte mich längst über solchen Unfug erhaben. Wie kann ich Mr. Black verurteilen, ihm schlaue Ratschläge erteilen, wenn ich in einer ganz ähnlichen Lage stecke?

»Ich erzähle Ihnen mal etwas über Lily«, fährt er in gereiztem Ton fort. »Damals erhielt ich eines Tages eine Nachricht von Ryan, in der er mich einlud, ihn abends zu besuchen. Wir hatten ein paar Wochen nichts mehr gemeinsam unternommen, da ich ihr lieber aus dem Weg gehen wollte. Ich ertrug die Vorstellung einfach nicht, die beiden zusammen zu sehen. Zumindest halb verliebt war sie in mich, davon war ich überzeugt, und es machte mich verrückt, dass sie bei ihm blieb, nur um mich auf Distanz zu halten. Sie tat alles dafür, mich in den Wahnsinn zu treiben, wollte mir vormachen, dass ich mir eine Reaktion bei ihr bloß einbilde, obwohl jeder sehen konnte, mit welcher Liebe sie mich anschaute. Und auch mit welcher Angst.«

Mit einem Schlag erscheint meine erste Begegnung mit ihr in den Straßen Manhattans in anderem Licht. Gründet ihre Angst womöglich eher in ihren Gefühlen *für* ihn als in ihrer Furcht *vor* ihm? Kann es so etwas geben?

»Das ist aber auch eine schwere Wahl für eine Frau«, murmele ich verwirrt. »Sie sind beide außergewöhnliche Männer.«

»Ich damals noch nicht«, widerspricht er mir. »Ryan war mit LanCorp schon ganz gut im Geschäft, aber bei mir war es noch reines Wunschdenken, die Überreste von Baharan aufzukaufen.« Er schweigt kurz, und nur ein schweres Seufzen ist zu hören. »Ich folgte seiner Einladung, weil mir seine Freundschaft fehlte, aber auch weil ich die Fotos von ihr sehen wollte, die bei ihm überall herumstanden. Derart verzehrte ich mich danach, sie zu sehen.«

Ich blicke zu Danica hinüber. Auch ich halte mich an Fotos von ihr, wenn wir uns nicht treffen können. Bisweilen reichen Erinnerungen allein einfach nicht aus, die Schmerzen einer Trennung zu lindern.

»Ich kam auf die Minute pünktlich«, erzählt er weiter. »Vielleicht sogar ein wenig zu früh. Der Türsteher kannte mich und wusste, dass ich komme. Also winkte er mich durch. Ich nahm den Fahrstuhl und fand die Eingangstür zu Ryans Wohnung bloß angelehnt. Ich ging hinein und wollte gerade etwas rufen, als ich Geräusche aus dem Schlafzimmer hörte.«

Der gequälte Ton in seiner Stimme setzt mir stark zu.

»Ich wäre besser wieder gegangen«, bemerkt er mit harter Stimme. »Stattdessen lief ich weiter zum Schlafzimmer. Ich konnte einfach nicht anders. Sie war da, lag direkt unter ihm. Sie hatten nicht einmal Zeit gefunden, sich auszuziehen. Er hatte die Hose heruntergezogen, sie ihr Kleid gerafft, und er war in ihr und stöhnte, als würde er den Verstand verlieren.« Er verstummte eine ganze Weile, dann fuhr er fort: »Sie sah mir direkt in die Augen, als ich in die Tür trat, und in ihrem Ausdruck lag nicht die geringste Überraschung. Ihre Hand drückte seinen Kopf so an ihre Schulter, dass er zur Seite gewandt war und mich nicht sehen konnte.«

»Mr. Black, ich glaube nicht …«

»Sie hatte es geplant, Witte. Die ganze Sache.«

Ich möchte nicht noch mehr hören. Es ist mein Job, mich in seine Lage zu versetzen, und mit Danica vor Augen fällt mir das viel zu leicht. Danica und ich sind beide alt genug und haben es nicht mehr nötig, unserer Beziehung ein Etikett zu verpassen. Ich bin zwar monogam, aber ich habe nie gefragt, ob sie mir gegenüber ebenso rücksichtsvoll ist. Sie ist eine heißblütige Frau, und ich habe häufig keine Zeit. Ich besuche sie nie unangekündigt, aber wenn ich es täte, bestünde durchaus die Möglichkeit, dass ich eine ähnliche Szene erleben würde wie mein Arbeitgeber. Bei der bloßen Vorstellung zerreißt es mich schon.

»Sie hatte sein Handy benutzt«, zischt er noch immer voller Wut. »Hatte die Uhrzeit festgesetzt. Am Empfang Bescheid gesagt. Die Tür angelehnt. Und mich dann mit ausdruckslosem Blick angestarrt, während er sie direkt vor meinen Augen fickte.«

Ich kann es mir bildlich vorstellen und trete angewidert von einem Fuß auf den anderen. Die Lily, von der er spricht, kenne ich nicht. Die Frau, die ihn mit solch leidenschaftlichem Verlangen und solcher Liebe anschaut, kann es jedenfalls nicht sein.

Allerdings könnte es die Lily sein, der ein Auftragskiller Blumen und romantische Grüße schickt.

»Ihr Ziel war, die Sache mit uns zu beenden, bevor wir angefangen hatten. Auch wenn wir uns wochenlang nicht gesehen hatten, fühlten wir uns nämlich nur noch stärker zueinander hingezogen. Es war alles bloß eine Frage der Zeit. Ryan hatte mir erzählt, dass die Leidenschaft in ihrer Beziehung immer mehr schwand. Sie hatten immer seltener Sex, verbrachten immer weniger Zeit zusammen. Meine Hoffnungen, dass sie bald zu mir kommen würde, sind daraufhin natürlich gestiegen, was das Ganze nur noch schlimmer machte.«

Ich höre, wie sein Schreibtischstuhl quietscht, als er das Gewicht verlagert. Instinktiv nehme ich die Gelegenheit wahr und nehme mir vor, Schmiermittel zu besorgen, da mir diese profane Überlegung erlaubt, ein wenig Abstand zu unserem Gespräch zu finden. Das Thema ist sowohl zu persönlich als auch zu schmerzhaft.

»Bis zu diesem Moment hatte ich geglaubt, ich wäre das Problem«, fährt er fort. »Ich wäre nicht gut genug, meine Perspektiven zu limitiert, um als Lebenspartner für sie zu taugen. Doch jetzt wurde mir klar, dass aus ihrer Sicht das genaue Gegenteil der Fall war. Aus irgendeinem Grund glaubte sie, ich wäre besser ohne sie dran, und sie war bereit, uns beide zu erniedrigen, nur um mich vor ihr zu schützen.«

Ich brauche ein paar Sekunden, mir eine taktvolle Antwort zu überlegen. »Nicht viele Männer würden unter diesen

Umständen zu dieser Schlussfolgerung kommen«, sage ich schließlich.

»Irgendwie wusste ich sogar in diesem Augenblick ganz genau, dass sie mich liebte«, erwidert er. »Sie inszenierte eine Szene, die zu meinem Wohle gedacht gewesen sein muss, Witte. Für sie war nichts damit zu gewinnen, außer selbst zugefügten Qualen. Sie begriff nicht, dass ich nur aufhören würde, sie zu begehren, wenn sie zuerst mich nicht mehr haben wollte. Solange sie mich liebte, musste ich einfach weitermachen. Verstehen Sie?«

»Teilweise, ja«, antworte ich vorsichtig. Ich erzähle ihm lieber nichts von meiner Mutmaßung, dass sie mithilfe der Szene sein Verlangen nach ihr auch ganz bewusst angespornt haben könnte. Und sich selbst hatte sie dabei in einige Gefahr gebracht – schließlich hat jeder Mensch seine Grenzen, und Mr. Blacks Temperament ist mitunter höchst explosiv. Würde Danica mir eine solch grausame, detailliert geplante Falle stellen, ich würde mit Sicherheit nichts mehr mit ihr zu tun haben wollen. Aber Lily durchschaut Kane Black vermutlich besser als jeder andere Mensch, mal ganz abgesehen davon, dass sie Psychologie studiert hat.

»Lily hat das nicht kapiert. Sie versuchte, *meine* Gefühle für *sie* zu ändern, weil ihre Liebe zu groß war, um dagegen anzukämpfen. Und für einen kurzen Augenblick gelang ihr das auch.« Seine Stimme ist jetzt scharf wie eine Rasierklinge, die in mich schneidet. »Ich habe nie solchen Hass empfunden. Weder vorher noch nachher. Am liebsten hätte ich Ryan umgebracht, ihn massakriert und sie erwürgt für die bestialische Gemeinheit, die sie mir angetan hatte. Ich wollte meine Hände um ihren Hals legen und zudrücken. Mit letzten Kräften konnte ich mich davon abhalten, die beiden auseinanderzureißen. Ich weiß noch, wie ich dachte, dass ihre Augen auch nicht toter sein könnten, wenn ich sie umbrachte. Gewehrt hätte sie sich nicht. Sie hätte still dagelegen, schön und grausam wie eine Rose, während ich sie erdrossele.«

Wer ist dieser Mann, der so nüchtern schildert, wie er die Frau, die er liebt, tötet? Ich kenne ihn ebenso wenig wie die Frau, die er beschreibt. Seine Frau würde sich niemals einfach der Gewalt ergeben. Ich habe ihr in die Augen gesehen und eine Frau erblickt, die stets bis zum letzten Atemzug kämpfen wird.

»Ihr Plan wäre fast aufgegangen. Ich dachte, wenn sie mich derart verzweifelt loswerden will, tue ich ihr eben den Gefallen. Also wandte ich mich zum Gehen. Hätte sie ihr Spiel unverändert weitergetrieben, bis ich verschwunden war, hätte ich wahrscheinlich für jeden, der mir über den Weg gelaufen wäre, eine große Gefahr dargestellt, denn ich hatte noch immer größte Lust, etwas zu zerstören. Aber sie ertrug es nicht, mich so gehen zu lassen, und gab diesen – wie soll ich sagen? – entsetzlichen Laut von sich. So ein gequälter Aufschrei. Er klingt mir noch heute in den Ohren.«

Er verstummt kurz, was mir Zeit gibt, es mir bildlich vorzustellen.

Nach einem tiefen Schnaufen fährt er fort: »Ryan geriet in Panik, weil er fürchtete, ihr wehgetan zu haben. Ich hörte noch, wie er sie anflehte, doch zu sagen, was los sei, während ich die Wohnung unbemerkt verließ und er nie etwas von meiner Anwesenheit erfahren hat. Sie machte noch in derselben Nacht Schluss mit ihm und brach ihm damit das Herz. Er hatte sogar schon einen Verlobungsring gekauft in der Hoffnung, dies würde beheben, was in ihrer Beziehung schieflief. Am Ende suchte er danach ausgerechnet bei mir Rückhalt. Ich fühlte mich echt wie der letzte Verräter. Da tröstete ich meinen besten Freund und verheimlichte ihm zur selben Zeit, dass ich die Ursache für all sein Leiden war.«

»Ein paar Entscheidungen sind zwar fragwürdig«, bemerke ich ernst, »aber hintergangen haben Sie ihn nicht.«

»All das ständige Vorlügen«, murmelt er. »Können Sie eine Liebe wie unsere begreifen, Witte? Meine Frau zu verlieren ist das Einzige, was ich niemals überleben würde, aber sie würde mich verlassen, um mir das Leben zu retten.«

Ich massiere mir den angespannten Nacken. Auf unbekannte Dinge können wir uns nicht vorbereiten. »Wenn sie an Ihrem Schutz interessiert ist, muss sie offenlegen, worin die Gefahr besteht.«

»Die Lage ist heute eine andere«, antwortet er. »*Sie* ist eine andere. Morgen früh werde ich mehr wissen.« Zorn schwingt in seinen Worten mit. So lange Zeit hatte er sich beherrschen müssen, doch damit ist es nun vorbei. »Morgen werden wir entscheiden, ob wir in die Stadt zurückkehren. Irgendein dämlicher Ganove in einem Bugatti wird uns jedenfalls nicht einfach so von hier vertreiben. Dieses Haus ist für mich unantastbar. Und ich gehe erst, wenn ich es will und für richtig halte.«

»Ich würde Ihnen dringend empfehlen, bis dahin das Haus nicht zu verlassen.«

»Wir gehen nirgends hin«, erklärt er knapp. »Wir haben viel zu besprechen. Wenn jemand es auf sie oder ihr Geld oder beides abgesehen hat, möchte ich das jetzt ein für alle Mal geklärt wissen. Ich habe zu hart daran gearbeitet, mir dieses Leben aufzubauen, und ich werde nichts davon abgeben.«

Irgendwie ist es erleichternd, über die Gegenwart – und mögliche künftige Entwicklungen – zu sprechen. Vergangenes kann ich nicht ändern, aber für die Gegenwart und die Zukunft kann ich Vorbereitungen treffen. »Wir wissen nicht, womit sie die letzten sechs Jahre oder die Zeit vor Ihrem Kennenlernen verbracht hat. Gewisse Lebensstile kann man nicht nach bloßem Gusto wechseln. Es gibt Situationen, in denen ist der einzige Ausweg, töten oder getötet werden.«

»Schon klar«, erwidert er ohne jedes Zögern in der Stimme, ohne jedes Bedauern. Er klingt gefasst und entschlossen. »Wie Sie sich aber auch denken können, kommt für mich davon nur eine Option infrage.«

38

LILY

»Das riecht ja köstlich hier!«, sage ich und gehe bis zur Kücheninsel. Du hast die Rosen entsorgt, und die Meeresluft hat gemeinsam mit dem, was immer du da kochst, deren unangenehmen Duft komplett vertrieben.

Mit nacktem Oberkörper und barfuß stehst du am Herd. Du trägst alte Jeans, die bequem sitzen und dennoch deine Körperformen akkurat nachzeichnen. Deine Rückenmuskeln spielen, während du in einem riesigen brodelnden Topf rührst. Dein Handy liegt auf der Arbeitsplatte neben der Löffelablage, aus der Öffnung des Reiskochers quillt Dampf, und die Surround-Sound-Anlage spielt Billy Joels *She's Always a Woman* – ein Song, von dem du einst meintest, er würde dich an mich erinnern.

»Es gibt Gumbo«, sagst du und kochst konzentriert weiter.

»Ich liebe Gumbo«, schwärme ich und lege eine Hand in gespielter Lässigkeit auf den Türknauf. Ich möchte gern verführerisch wirken. Und selbstsicher. Beides ist geheuchelt. »Aber solltest du nicht eine Schürze tragen?«

Die entspannte Häuslichkeit passt ausgezeichnet zu dir, entspricht deinem wahren Wesen. Lily zur Frau und die leiblichen

Genüsse eines richtigen Zuhauses, mehr hast du nie haben wollen.

»Und damit die Gelegenheit versäumen, dich mit meinem Körper zu locken?«, fragst du augenzwinkernd zurück und drehst dich so, dass du mich im Blick behalten kannst. Du bist schon wieder frisch rasiert.

In diesem Moment wirkst du heiter und gelassen, und dein strahlendes Lächeln erhellt den Raum. Es ist, als hättest du die Blumensendung vollkommen aus deinem Gedächtnis gelöscht. Mir fällt es nicht so leicht, diesen Tag zu vergessen. Ich weiß, ich bin die Hauptursache für all deine Sorgen, deinen Stress. Ein grausamer Trick des Schicksals hat mich jedoch auch zu deiner Zuflucht gemacht, zu dem Ort, der dir Geborgenheit schenkt.

»Ich fühle mich gelockt«, gestehe ich. Du hast meinen Körper darauf dressiert, deinen automatisch als Versprechen auf sinnliche Freuden zu begreifen, und die Sucht nach diesem Dopaminausstoß löst eine unverzügliche körperliche Reaktion aus. Auf allen Ebenen wird mir bewusst, was du mit mir machen kannst und wie gut du darin bist. Meine erregten Brustwarzen zeichnen sich deutlich unter dem schwarzen Satin meines Kleids ab. Durch deine saugenden Lippen sind sie empfindlich geworden, ebenso wie mein Mund und mein Geschlecht. Lange untrainiert gebliebene Muskeln schmerzen. Mir entgeht keineswegs, wie du mit deinem hedonistischen Streben nach sexueller Maßlosigkeit meinen Körper genau auf deine speziellen Bedürfnisse abrichtest.

Sobald du meine eindeutige Reaktion auf dich bemerkst, wirst du ganz still, dein prächtiger Körper angespannt und atemlos. Jeder gestraffte Muskel tritt wohldefiniert hervor und macht dich zu einem sinnlichen Kunstwerk. Dein Körper bereitet sich darauf vor, den Besteigungsakt zu vollbringen, nach dem ich mich dank deiner Abrichtung so verzehre.

»Ich dachte, du würdest vielleicht schon heute Abend lieber wieder ins Penthouse zurückkehren«, sage ich leise.

»Fürchtest du dich?«, fragst du und legst den langen Löffel aus der Hand.

»Nein.«

»Gut.« Du lehnst dich mit dem Rücken gegen die Arbeitsplatte und verschränkst die Arme vor der Brust, sodass deine mächtigen Bizepse und harten Brustmuskeln noch verführerischer zur Geltung kommen. Deine Jeans vermag die markante Erektion kaum noch zu bändigen. Der oberste Knopf ist geöffnet, damit die Hose möglichst tief auf der Hüfte sitzt. Ganz offensichtlich trägst du nichts darunter.

Du bist auf jeden Fall der *Sexiest Man Alive*, den ich in meinem Leben begegnet bin. Total verwegen und wahnsinnig verführerisch. Ich bin so dankbar, dass du mein bist und ich dich haben kann, wann immer ich dich brauche. Schon dein abtastender Blick ist eine Liebkosung – heißblütig, wertschätzend und besitzergreifend. Du schaust mich immer auf diese Art an, als wäre ich zugleich unvorstellbar wertvolle Kunst und prickelnde Pornografie.

Stehe ich dir klar vor Augen, oder vernebeln nostalgische Gefühle deinen Blick? Was wäre vorteilhafter für mich – akzeptiert zu werden, wie ich bin, oder durch die rosarote Brille des Gewesenen betrachtet zu werden?

Nervös wechsele ich von einem Bein aufs andere. Ich begehre

dich so sehr und muss dich jetzt unbedingt haben. Aber ich will noch so viel mehr von dir. Im Grunde alles. Und dieses unbefriedigte Verlangen treibt mich an, dich zu nehmen, wie immer ich dich bekommen kann, und das so oft wie nur möglich.

Du richtest dich auf, stellst den Herd aus und legst einen Deckel auf den Topf. »Würden wir nun wegfahren, wäre unsere letzte Erinnerung an unseren Aufenthalt diese verfluchte Blumensendung«, sagst du. »Ich erlaube nichts und niemandem zu beeinflussen, was uns dieser Ort bedeutet. Es besteht kein Grund wegzulaufen. Ich bin absolut in der Lage, dich zu beschützen.«

Deine leidenschaftliche Art bewegt mich auch jetzt wieder. Wer hätte gedacht, dass ausgerechnet eine Frau, der stets Verachtung für Liebe anerzogen worden war, einmal so völlig einem hoffnungslosen Romantiker verfällt?

Deinetwegen möchte ich mit solcher Macht ein besserer Mensch werden, dass ich mir ein Ausbleiben dieser Verwandlung gar nicht vorstellen kann. Eine Raupe wird zum Schmetterling. Eine Sünderin zur Heiligen.

Du pirschst dich an wie ein geschmeidiger Panther, groß und von fließender Anmut. Unwillkürlich weiche ich einen Schritt zurück, während das Adrenalin durch meine Adern rauscht.

»Ich fang dich«, warnst du mich leise.

»Ich laufe doch gar nicht fort«, erwidere ich mit rasendem Puls und recke herausfordernd das Kinn.

Deine Hände umschließen meine Oberarme, als würdest du, ungeachtet meiner Versicherung, damit rechnen, dass ich zu fliehen versuche. Dein Griff wird enger und löst sich wieder. Begierde glüht in deinen Augen, aber noch heller brennt darin wilder Zorn.

»Machst du das eigentlich mit Absicht?«, murmelst du und starrst auf meine Lippen. »Alles an dir erregt in mir den Wunsch zu ficken. Dein Aussehen, dein Blick, dein Geruch. Ich muss nur an dich denken, und schon habe ich einen Ständer. Die Wirkung, die du auslöst, ist zwanghaft, *Setareh.*«

Dein Daumen streicht über meine Unterlippe. Ich lecke über die Kuppe, dann nehme ich den Finger in den Mund. Während meine Zunge die schwielige Kuppe umspielt, wird mein Saugen intensiver. Du knurrst, presst dich an mich, und ich spüre, wie deine Erektion mit jeder kreisenden Bewegung meiner Zunge weiter wächst.

Ich lasse deinen Daumen frei, und dein Arm sinkt zur Seite. »Du bist verärgert«, sage ich. Es ist keine Frage.

»Ich war weit mehr als verärgert«, erwiderst du und lehnst deine Stirn an meine. »Sechs Jahre, *Setareh.* Sechs Jahre lang habe ich mich so nach dir gesehnt, dass ich schon glaubte, wahnsinnig zu werden. Und jetzt, kaum dass ich dich zurückhabe, bedroht dich jemand. Wut beschreibt da nicht einmal annähernd, was ich empfinde.«

Deine Liebe lässt nie nach. Ich muss an das riesige Foto an deiner Wand denken. Wie hast du dich selbst gequält, nur um Lily nahe zu bleiben.

Ich beuge mich tiefer und drücke einen Kuss über dein Herz. Irgendwie wird es mir gelingen, dir diesen Schmerz zu nehmen und mit Liebe zu ersetzen. Deine letzte Erinnerung an uns in diesem Haus soll aus purer Freude bestehen, selbst wenn der wollüstige Rausch den Verstand so stark betäubt, dass die Bilder später etwas verschwommen sein dürften. Angesichts all des Leids, das ich dir in der Zukunft zufügen werde, ist es das Mindeste, was ich tun kann.

Mein Mund wandert zum flachen braunen Hof deiner Brustwarze und küsst auch diese. Während meine Zunge über die feste Spitze huscht, öffnen meine Finger einen Metallknopf nach dem anderen.

Deine Jeans fällt zu Boden. Splitternackt steigst du aus ihr heraus und kickst sie zur Seite. Ich nehme deinen Penis in die Hände und verziehe den Mund zu einem Lächeln, als ich den heftigen Schauer sehe, der deinen mächtigen Körper erfasst. Es hat unleugbar etwas Machtvolles, Kontrolle über einen sonst so dominanten Mann wie dich zu spüren. Dich zwischen meinen Handflächen zu fühlen – so seidig weich, dick geschwollen und fiebrig heiß – ist unglaublich erregend.

So außergewöhnlich und wundervoll es ist, dich auf solch intime Weise zu berühren, so werde ich dabei dennoch das sonderbare Gefühl nicht los, mich hier einzumischen, wo ich nicht hingehöre. Ein beunruhigendes, schreckliches, verrückt machendes Gefühl. Ich möchte mir zwar gern einreden, dass die Dinge, die wir ignorieren, einfach irgendwann verschwinden werden, aber in Wahrheit ist mir klar, dass uns allein Offenheit frei machen kann.

Und trennen.

Ich streiche langsam von der Wurzel bis zur Eichel. Mittlerweile umfasse ich dich mit beiden Händen, eine über der anderen, doch die Spitze deines Penis überragt noch immer meinen Griff. Meine Hände massieren fester. Ich weiß genau, wie viel Druck du am liebsten hast, und dein zischendes Stöhnen bestätigt es mir. Meine Lippen streichen über deine Brust und finden deine andere Brustwarze.

Meine rechte Hand gleitet zwischen deine Beine, ergreift deinen schweren Hodensack und erlaubt meiner linken, ungehindert und schneller über deinen dickadrigen Schwanz zu fahren.

»So hart war ich noch nie«, presst du zwischen den Zähnen hervor.

»Nicht einmal bei unserem ersten Mal?«

»Jetzt will ich dich noch unbedingter«, sagst du, und deine Hüften beginnen, meinem Griff entgegenzuschwingen.

»Küss mich«, befehle ich, erschüttert von deinem Eingeständnis, dass niemand dich jemals mehr erregen konnte als ich. Du senkst den Kopf, und ich verschmelze atemlos mit deinen Lippen, aale mich in diesem honiggleichen Geschmack. Mein Griff wird fester, eben genug, um die Reibung zu erhöhen. Du hast nicht gelogen – du bist hart wie Stahl, zum Bersten angeschwollen mit Verlangen. Es ist berauschend. Du bist ein Mann, der jede haben könnte, der aber nur mich will, und wenn ich da bin und du mich jederzeit haben kannst, dann gelingt es nicht einmal dieser völligen Hingabe, deine Gier zu mindern.

Meine Zunge fährt deine geöffneten Lippen entlang, und ein tiefes Stöhnen dringt aus einer dunklen Ecke in deinem Innersten. Auch wenn mir bei deiner heftigen Reaktion schon ganz feucht zwischen den Beinen wird, gehört dieser Moment allein dir, genau wie du mir gehörst.

Ich möchte mir gern viel Zeit nehmen mit dir und diese

seltene Gelegenheit auskosten, mich vollkommen auf dein Vergnügen zu konzentrieren, aber du packst meine Handgelenke und zwingst mich, dich loszulassen. Bevor ich noch protestieren kann, wirbelst du uns beide herum und drückst mich gegen die kalte Glastür des Kühlschranks.

Dein Körper strahlt die animalische Hitze eines vor Lebenskraft berstenden Männchens aus. Nachts wärmst du so unser Bett. Wenn wir uns lieben, versengst du mir fast die Haut. Jetzt hältst du mich festgenagelt zwischen heiß und kalt. Bewegen kann ich nur noch meine Arme, und so kralle ich meine Hände in deine muskulösen Pobacken und ziehe dich noch enger an mich.

Wild spielen unsere Zungen miteinander. Deine Hände in meinen Haaren vergraben, umklammerst du meinen Kopf und fixierst mich. Mit einem tiefen, rauen Knurren übernimmst du das Kommando. Ein leichter Angstschauer durchläuft mich, obwohl die prickelnde Erregung nicht größer sein könnte. Deine begierige Lust ist köstlich und nicht frei von groben Zügen.

»Bitte …«, flehe ich, da mein Hunger nach dir zu groß wird.

Während du mein verzweifeltes Sehnen mit einem lustvollen Stöhnen beantwortest, rufen mir die meisterlichen Zärtlichkeiten deiner Zunge in Erinnerung, wie herrlich du damit mein Geschlecht zu verwöhnen verstehst.

Du schlägst die Hände in mein Kleid, ziehst es mir bis zur Taille hoch. Dann hockst du dich auf die Fersen und führst die Zunge sanft durch meine Spalte. Die direkte Stimulation ist genau, was ich brauche, und lässt mich heftig erzittern. Mit einer Hand hältst du weiter mein Kleid hoch, und mit der anderen packst du mein Bein in der Kniekehle und legst es dir über die Schulter, sodass ich mich deinem feinfühligen Züngeln über meiner Klitoris noch weiter öffne. Ich bin geschwollen und hochempfindsam, und du bist achtsam und teuflisch geschickt. Die breite Seite deiner Zunge leckt tief und beruhigend, während die straffe Spitze meinen Kitzler erregt. Aus Protest über die Leere ziehen sich meine inneren Muskeln zusammen, verlangen danach, dich in mir zu spüren.

»Kane …«

All deine hoch konzentrierte, angespannte Aufmerksamkeit gilt dem Zentrum meiner Lust, und unter deinem einzigartigen Können löse ich mich Faden für Faden auf. Du bist alles, was ich sehe oder höre oder fühle. Deine heiße Hand liegt flach auf meinem Po, um mein Geschlecht für deinen talentierten Mund, das sanfte Saugen, dein offenkundiges Vergnügen auszurichten.

Deine Zunge stößt in meinen Kanal, und meine Haut glüht auf. Ich atme schwer, meine Beine zittern. Die lockenden Schläge sind die Hölle. Es ist zu viel und dennoch nicht genug. Mir war nie bewusst gewesen, dass ich eine solche Begierde in mir habe, einen derartigen Heißhunger, und dass nur du ihn befriedigen kannst.

Mein Geschlecht zieht sich um deine stoßende Zunge zusammen, und dir entfährt ein rein animalischer Laut. Ich schnaufe protestierend, da du dich zurückziehst und aufrichtest, nachdem du mich auf beide Beine gestellt hast. Du leckst dir den Geschmack nach mir von den Lippen und strahlst mich begierig aus dunkel leuchtenden Augen an.

»Ich will an meinem Schwanz fühlen, wie du kommst«, erklärst du finster, beugst dich vor, um mich hinten an den Oberschenkeln zu packen und hochzuheben, sodass ich auf deinen Armen sitze. Du bist ein massiver, muskelbepackter Halt, und ich klammere mich an dich, so froh, dich spüren zu dürfen.

Du hebst mich höher, nimmst meine Brustwarze in den Mund und verwöhnst sie mit deiner Zunge durch den dünnen Seidenstoff.

Das enorme Lustgefühl ist schon beinahe schmerzhaft. Von der empfindsamen Spitze strahlt die Empfindung aus, und so ist dein rhythmisches Saugen noch viel weiter unten in meinem Körper deutlich zu spüren. Meine Finger graben sich in dein Haar. Dein Duft und dein kaum noch zu bändigendes Verlangen geilen mich weiter auf.

»Lass mich nicht warten«, keuche ich kurz vor dem Verrücktwerden, während du mich absenkst, um meinen Mund für einen unglaublich erotischen Kuss zu schließen.

Eine leichte Drehung meiner Hüften bringt meine Klitoris mit deinem mächtigen Ständer in Kontakt. Ich fange an, mich an diesem sensiblen Bündel mit wogenden Schwüngen zu reiben, massiere es auf und ab. Die grenzenlose Erregung hat mich schlüpfrig gemacht. Deine Selbstbeherrschung schwindet, und erste gequälte Laute dringen aus deiner Brust. Dennoch hältst du mich weiter fest in den Armen, lässt es zu, dass ich dich benutze. Ich allein kontrolliere nun die Geschwindigkeit, den Druck.

»Du machst mich fertig«, hauchst du und zupfst mit deinen Zähnen an meiner Unterlippe. »Du machst mich endgültig fertig.«

Ich spanne die Oberschenkel an und hebe die Hüften gerade weit genug, dass mein Geschlecht über deiner gewaltig angeschwollenen Eichel schwebt. Du bist so hart und ich so feucht, dass du problemlos in mich gleitest. Der berauschende Druck, mit dem dein Schwanz meine Scheide dehnt, macht mich schauern. Deine Finger bohren sich inzwischen so tief in meine Schenkel, dass sie blaue Flecke hinterlassen dürften.

Deine Hüften beginnen sich zu rühren, vollführen kurze, schräge Stöße, die Reibung erzeugen und dich immer tiefer treiben. Deine Bizepse wölben und entspannen sich, während du mein Gewicht trägst und meine Hüften in deine geschmeidigen, wuchtigen Stöße drehst. Du knurrst vor wilder Lust laut auf, wenn ich dich bis zur Wurzel nehme, und das Geräusch klingt so urwüchsig und erotisch, dass mein Innerstes sich vor Erregung zusammenzieht.

Dein Anblick raubt mir den Verstand. Überall zucken Muskeln unter schweißbedeckter gebräunter Haut. An deiner Brust rinnen Schweißperlen herunter, sammeln sich an deinen straff hervortretenden Bauchmuskeln und tropfen nach unten. Dein Penis, so lang und dick, so animalisch maskulin, fährt kraftvoll in und aus meinem Geschlecht. Du rammst dich in mich hinein, reibst die bullige Eichel über hochsensibles Nervengewebe. Mein Körper löst sich von meinem Verstand, ist allein noch dir zu Diensten.

Der Höhepunkt kündigt sich mit beängstigender Wucht an. Deine Hüften drehen sich bei jedem Stoß und jedem Rückzug mit dieser perfekt dosierten Dynamik. Dein wildes Rasen ist wie eine Feuersbrunst, als ob der Knall einer Peitsche dich antreiben würde, jeder harte, schnelle Stoß bekräftigt deinen Besitzanspruch. Dein rhythmisches Eindringen erzeugt ein unkontrollierbares Zittern. Mein ganzer Körper ist angespannt und siedend heiß. Das Blut rauscht mir in den Ohren.

Nichts anderes existiert. Es gibt nur dich, nur mich, nur unsere alles verschlingende Lust.

»Ich kann nicht«, warne ich dich verzweifelt, da das Begehren zu grenzenlos ist und ich fürchte, von meinen Empfindungen überwältigt zu werden. Der sich nähernde Höhepunkt scheint einfach zu gewaltig, eine brodelnd heiße Welle, die mich unter sich begraben wird. »Ich kann nicht … bitte.«

»Du kannst. Und du wirst.«

Du senkst mich noch ein Stück, sodass mein Gewicht auf den Schulterblättern liegt und meine Schenkel sich möglichst weit öffnen. Nun kannst du ungehindert wie entfesselt ficken, und im Hochgeschwindigkeitstakt zieht dein Schwanz sich bis zur Spitze zurück und taucht wieder ein bis zum Anschlag. Fasziniert verfolge ich, mit welcher Gewalt und Wucht dein Körper allein deiner blinden Fleischeslust gehorcht.

Ich schreie laut auf, als der Orgasmus mich davonreißt, schreie deinen Namen im quälenden Beben einer Erlösung, die endlos scheint. Du hörst nicht auf, verlängerst meine Lust, bis mein Innerstes erneut krampft und sich um dich spannt.

»O Gott, ja!«, fauchst du und wirfst den Kopf so weit zurück, dass die Sehnen in deinem Hals hervortreten. »Wie fest du mich presst.« Dein ganzer Körper ist hart vor Anspannung, jeder Muskel unter Volllast. Ein halb ersticktes Stöhnen dringt zwischen deinen Zähnen hervor, dann spüre ich, wie dein Sperma schießt. Du rammst deine Hüfte in mich, füllst mich an meinem tiefsten Punkt und gibst dabei Laute marternder Ekstase von dir.

Schließlich sackst du schwer gegen mich, doch das stört mich nicht. Ganz und gar nicht.

Ich presse die Lippen auf den hämmernden Puls in deinem Nacken.

»Alles in Ordnung?«, fragst du mit einer heiseren Stimme, die ich gar nicht kenne.

»Keine Ahnung, wie du hier auf mir gelandet bist«, hauche ich atemlos, »aber mir gefällt's.«

Dein raues Lachen ist das Schönste, was ich je gehört habe. »Ich weiß, dass ich dich erdrücke, aber meine Knie wurden weich, und ich wollte dich nicht loslassen«, erklärst du. »Einen Moment noch.«

Ich schlinge meine Arme um deinen Hals und schmiege mich an dich. »Lass dir Zeit.«

Nach einer Weile hast du wieder die Kraft, dich aufzurichten und mich vom Kühlschrank fortzutragen. Du bist noch immer hart in mir, und ich weiß aus Erfahrung, wie unermüdlich du sein kannst. Nur die animalische Gier hat sich ein wenig abgemildert, und deine dunklen Augen betrachten mich mit erschütternder Zuneigung. So oft sind wir abgelenkt von der brodelnden Chemie, die zwischen uns herrscht, von der unwiderstehlichen Gravitationskraft, die uns um den jeweils anderen kreisen lässt, und bloß in den seltenen Momenten der Sättigung nehmen wir die Verbundenheit wahr, die mittlerweile aus wechselseitiger Akzeptanz und Achtung zwischen uns gewachsen ist.

Meine Finger fahren durch deine schweißnassen Haare.

»Ich liebe dich«, sage ich. »An den Worten ändert sich nichts, an meinen Gefühlen schon. Ich liebe dich mit jeder Minute mehr. Ich liebe dich in diesem Moment mehr als heute Morgen oder gestern.«

Deine Kehle arbeitet schwer beim Schlucken, und deine Augen glänzen feucht. Das Schweigen wird immer länger, und ich glaube schon, du wirst gar nichts mehr sagen, was vollkommen in Ordnung ist. Ich brauche keine Worte, nur dich. Dann findest du deine Sprache wieder.

»Du liebst mich doch nur wegen meines Körpers«, stichelst du mit vor Rührung belegter Stimme.

»Na ja … Orgasmen verteilst du jedenfalls sehr großzügig.«

»Dann halt dich mal fest«, erklärst du mit schelmischem Grinsen.

Du gehst zur Treppe und steigst hinauf, als würde ich nichts wiegen. Ich hänge wie eine Klette an dir, und du läufst so energisch, dass ich bei jedem Schritt in dich ramme. Ich habe nicht die geringste Ahnung, wie es dir gelingt, uns miteinander verbunden zu halten. Dank deiner beruhigenden Körperkräfte fühlt es sich weder unsicher noch unbequem an. Dennoch muss ich bei unserer Ankunft im Schlafzimmer so schallend lachen, dass ich dich fast verloren hätte.

Du trägst mich zum Bett und legst mich auf den Rücken. Du bist nicht einmal außer Atem gekommen, was mir natürlich schmeichelt, denn eben bei deinem Orgasmus habe ich dich doch ganz schön aus der Puste gebracht.

»Du brauchst keine Angst zu haben«, sagst du zu meiner Überraschung und wischst mir die Haare aus dem Gesicht. »Wir sind hier sicher. Überwachungskameras decken das

Haus und die Umgebung ab, und die Bewegungsmelder werden rund um die Uhr im Auge behalten. Sicherheitsleute und Drohnen kontrollieren die Grundstücksgrenzen in regelmäßigen Abständen. Niemand nähert sich, ohne dass wir davon erfahren.«

»O Kane«, seufze ich und lege die Hand auf dein Herz. Wir können uns zwar verstecken, doch die Realität auszublenden, dürfte nicht so leichtfallen. Wenn wir es zulassen, wird die Welt zwischen uns kommen. Wir müssen einander stets über alles andere stellen, ohne Ausnahme. »Einen Ort können wir verteidigen«, gebe ich zu. »Aber du wirst nicht immer zu Hause bleiben. Irgendwann musst du raus, und an einem normalen Arbeitstag wird es diverse Augenblicke geben, in denen du ungeschützt bist. Ein Nadelstich auf dem Bürgersteig vor dem Crossfire. Gift, das man dir bei einem Geschäftsessen in den Drink schüttet. Selbst ein Scharfschütze aus großer Distanz direkt hier am Strand. Du kannst nicht wie ein Gefangener leben.«

»Könnte ich schon – solange ich mit dir in einer Zelle eingesperrt bin«, widersprichst du mir, und deine Stimme ist so düster wie dein Blick. »Aber wenn du mir erklären würdest, warum du so auf den Blumenstrauß reagiert hast, wüsste ich, worauf ich mich einstellen muss.«

Noch immer unter dir liegend, erstarre ich für den Bruchteil einer Sekunde überrascht, zwinge meinen Körper allerdings sofort wieder, sich zu entspannen. »Du sagst das so, als ob ich Bescheid wüsste«, bemerke ich.

Das verräterische Signal hat dir meine wahren Gedanken jedoch bereits offenbart. Ich vernachlässige meine Deckung dir gegenüber wirklich zu sehr, wofür du sorgst, indem du mich fortdauernd in einer für eine Frau äußerst schutzlosen Lage hältst. Selbst jetzt steckt dein dicker Penis noch tief in mir drin.

Hattest du das womöglich von Anfang an beabsichtigt? Ich wäre mehr als beeindruckt, solltest du körperliche Erregung derartig berechnend und ausdauernd steuern können.

»Ich bin verrückt nach dir, aber ich bin kein Idiot«, entgegnest du, und deine dunklen Augen härten zu schwarzen Diamanten aus.

»Das habe ich auch nie geglaubt.«

»Denkst du etwa, ich hätte vergessen, wie ich bei dir und Ryan reingeplatzt bin? Dass ich das jemals vergessen könnte? Schon bevor wir zusammen waren, hattest du ständig Angst vor jemandem, und da du dachtest, du würdest mich ebenfalls in Gefahr bringen, hast du nichts unversucht gelassen, um uns zu trennen.« Dein Mund bekommt einen grausamen Ausdruck. »Es wird Zeit, dass du mir den Grund dafür nennst.«

39

LILY

»Warum warst du um mich besorgt, aber nicht um Ryan?«, bohrst du weiter.

Ryan. Meine Vergangenheit passend zu ordnen wird immer eine tückische Angelegenheit bleiben. »Ihn habe ich nicht geliebt«, antworte ich tonlos.

»Offenkundig, und später kannst du mir auch erklären, was das in diesem Zusammenhang für eine Rolle spielt«, antwortest du und legst die Stirn in Falten. »Aber jetzt wüsste ich gern, wie der Mann zeitlich einzuordnen ist, der dir die Blumen geschickt hat. Bevor wir uns kennenlernten, oder nachdem du zu Ivy wurdest?«

Ich betrachte dich, während meine Gedanken rasen. Inzwischen wirkst du bedrohlich, hast nichts Sanftes, Anschmiegsamen oder Vernarrtes mehr an dir. Absonderlicherweise erregt mich die Gefahr.

Ich sammele mich für diesen Moment, den ich stets gefürchtet habe. »Hast du jemals nach deinem Vater gesucht?«

Deine Miene verfinstert sich weiter angesichts des vermeintlichen Themenwechsels. »Du bist jetzt an der Reihe damit, Fragen zu beantworten«, gibst du verärgert zurück.

»Was mit deinem Vater passiert ist, gehört zur Antwort, glaub mir.«

Du löst dich aus mir und legst dich auf den Rücken. Deine feucht schimmernde Erektion krümmt sich stolz Richtung Nabel. Ich schiebe mein Kleid herunter, rolle mich auf die Seite und schaue dich an. Nichts kühlt Verliebtheit so rasch ab wie der Gedanke an die Eltern.

»Wir fanden seinen Namen und seine Passnummer auf der Passagierliste eines Flugs nach Südamerika etwa zu der Zeit seines Verschwindens«, antwortest du, ohne den Blick von der Zimmerdecke abzuwenden.

Ich stütze den Kopf auf, um dich ansehen zu können. Die Sonne geht langsam unter und taucht den Raum in eine opulente Mischung aus warmen Farbtönen und kühler Dunkelheit. Auch deine herrlichen Züge liegen halb im Licht und halb im Schatten. Mir gefallen die Dämmerung und der Schutz, den sie mir bietet.

»Nach Cartagena, habe ich recht?«, frage ich. »Aber jemanden nach Kolumbien geschickt, um dort nach ihm zu suchen, hast du nicht, oder?«

Nun erstarrst du so abrupt wie ich zuvor. Dein Kopf schnellt zu mir, ich kann die Hitze spüren, die dein Körper plötzlich abstrahlt. »Woher weißt du, wohin er gegangen ist?«

Ich stehe auf und trete ans Fenster. Draußen liegt ein dunkler Schimmer über dem Sound, als wäre er aus Öl. So weit von dir entfernt und so feucht im Schoß, beginne ich zu frieren. Vor dem dämmrigen Himmel wird sich meine Silhouette abzeichnen, was seine Wirkung auf dich haben dürfte und mir womöglich einen Vorteil verschafft. Ich bin mir vollkommen darüber im Klaren, dass wir uns, obwohl wir uns eben erst geliebt haben, in diesem Moment so fremd sind wie nie seit unserer Ankunft im Strandhaus.

Ich hebe die Stimme, damit du mich gut verstehen kannst, aber behalte einen möglichst unaufgeregten Ton bei. Die Information ist auch ohne Dramatisierung schon grauenvoll genug. »Ich war dabei, als meine Mutter sich mit einem Mann traf, um ihren Namen von einer Passagierliste nach Kolumbien zu löschen. Sie war als No-Show aufgeführt, wollte jedoch, dass ihr Name komplett gelöscht und der Status ihres Mitreisenden von No-Show auf Boarded geändert wird. Ich weiß noch, wie ich dachte, was für ein spannend klingender Name Cartagena doch ist, diese Kombination von hart und weich. Du kennst ja mein Faible für Wörter. Und dann Paul Tierney – der Name ist hängen geblieben. Ich weiß nicht mehr, welchen falschen Namen meine Mutter damals benutzte, aber den von deinem Vater habe ich nie vergessen.«

Du hast später sowohl den Namen deines Vaters als auch den deines Stiefvaters abgelegt und dir selbst einen neuen ausgesucht: Black. Den hast du dann mir gegeben. Du begründest also ein neues Vermächtnis, frei von den Makeln der Vergangenheit, aber die Vergangenheit holt dich ein. Wirklich los werden wir sie nie.

Ich höre, wie hinter mir die Matratze quietscht. »Unsere Eltern kannten sich?«, fragst du ungläubig.

Eine erwartungsvolle Stille tritt ein, als würde das Haus vor der Entscheidung über diesen Abend und unsere Liebe den Atem anhalten.

»Sie bezahlte den Mann in bar«, fahre ich unbeirrt fort. »Es war ein riesiger Stapel Scheine. Ich konnte einfach nicht den Blick von dem Haufen Geld abwenden, der da vor uns auf dem Tisch lag. Wir waren so lange arm gewesen. Es war ein Schock, dass sie so viel Geld besaß, und vor allem, dass sie es einfach so fortgeben wollte. Ich weiß noch, wie ihre Hand zitterte, als sie das Bündel herausholte, aber ansonsten hat sie sich nichts anmerken lassen.«

Ich wühle eine Weile in meinem Kopf nach weiteren Erinnerungen, doch die Bilder wirken, als wären sie auf wabernde Nebelschwaden projiziert. Nur Bruchstücke und vage Ahnungen lassen sich ausmachen. Und dabei bin ich mir noch im Unklaren, ob ich nicht gewisse Schnipsel ausgeschmückt habe, um Lücken zu füllen. Es ist schon so lange her, und ich war ein Kind, das ganz auf seine Mutter fixiert war.

Du schweigst. Du kannst mir die Vergangenheit nicht abzwingen und meine Worte nicht einfach für unwahr halten, das begreifst du wohl. Es ist schrecklich, sich jemandem so umfassend zu öffnen, zu wissen, dass du nun die Dunkelheit kennst, die mich umfangen hält wie ein Liebhaber. Womöglich kommt es dir sogar entgegen. Vielleicht funktionieren wir bloß auf diese Weise – wenn ich die Lily auf der trüb angelaufenen Seite der Goldmünze bin. Ähnlich genug, um die Fantasie aufrechtzuerhalten, aber doch so verschieden, dass ihr Andenken unbeschädigt bleibt.

Allerdings war sie in Wahrheit gar nicht so ein Unschuldsengel, habe ich recht?

Du stehst vom Bett auf. Das Licht, das durch das Dachflächenfenster im Bad fällt, reicht aus, um deine große, muskulöse Gestalt im Fenster zu spiegeln. Unsere beiden Schatten scheinen jetzt unmittelbar nebeneinanderzustehen, obwohl uns in Wirklichkeit der ganze Raum und die Geheimnisse einer Lebensspanne trennen.

»In der Woche zuvor hatte sie ihre Koffer gepackt«, nehme ich den Faden wieder auf und drehe dabei mit dem Daumen den Ring an meinem Finger. »Da sie meine nicht gepackt hatte, war mir klar, dass sie ohne mich gehen würde. Und es war auch keineswegs ungewöhnlich für sie, mich allein zu lassen. Sobald ich alt genug war, um den Fernseher und die Mikrowelle zu bedienen, blieb sie manchmal die ganze Nacht fort. Als ich in die Mittelstufe kam, fing sie an, länger wegzubleiben. Sie gab mir ein wenig Geld, stellte Essen in den Kühlschrank und schärfte mir ein, jeden Tag in die Schule zu gehen, damit das Sekretariat keinen Anlass hatte, während ihrer Abwesenheit zu Hause anzurufen. Wenn ich jetzt so darüber nachdenke, frage ich mich, ob sie von der Reise nach Kolumbien überhaupt zurückkommen wollte. Du weißt ja selbst, wie viel dein Vater unterschlagen hatte. Wahrscheinlich dachte sie, endlich am Ziel ihrer Wünsche angekommen zu sein. Und für deinen Vater stand fest, dass er nicht nach Hause zurückkehren konnte, ohne im Gefängnis zu landen.«

Am Strand bewegt sich etwas. Ich senke den Blick und entdecke Bens Enkelsohn Robert von nebenan, der zu mir hinaufschaut. Ich verharre reglos, damit ich nur ein vager Umriss in der Dunkelheit bin. Ich erinnere mich an seine Behauptung, mich hier in den vergangenen sechs Jahren bisweilen gesehen zu haben. Ein verstörendes Déjà-vu-Gefühl überfällt mich, und einen Moment lang wird mir schwindlig.

Ich spüre mehr, als ich höre, wie du dich besorgt näherst, und strecke abwehrend die Hand aus. »Nein, mir geht's gut«, erkläre ich schnell. »Lass mich zu Ende erzählen.«

Ich könnte es nicht ertragen, jetzt von dir berührt zu werden. Ich bin irgendwo zwischen Kindheit und der Frau, die ich heute bin, gefangen, bin weder das eine noch das andere wirklich, wodurch ich unausstehlich und beängstigend verwundbar werde.

»Du glaubst, sie waren ein Liebespaar«, sagst du nun schon deutlich näher.

»Mit Liebe hatte das Ganze nichts zu tun, zumindest nicht vonseiten meiner Mutter«, erwidere ich. »Sie war gar nicht fähig, jemanden zu lieben. Meiner Ansicht nach betrachtete sie deinen Vater eher als Bankguthaben, während dein Vater in ihr vor allem die hinreißende Frau sah. Die Männer sind reihenweise ihretwegen durchgedreht, Kane. Sie konnte einen Mann mit einem Fingerschnipsen dazu bringen, jegliche Selbstkontrolle zu verlieren.«

»Das glaube ich gern.«

Ich sehe, wie Robert sich abwendet und weiter am Strand entlangläuft. »Du kannst dir gar nicht vorstellen, was für eine Frau sie war.«

Du umschlingst mich von hinten und reibst deine Schläfe an meiner. »Meinst du?«

»Ich bin nur ein fader Abklatsch von ihr.«

»Du überstrahlst alles, wenn ich dich berühre. Deine Augen leuchten, wenn du mich anschaust.«

Ich sei sicher bei dir, hast du gesagt. Die Geduld, mit der du auf die Antwort deiner Frage wartest, beweist das unwiderlegbar. Doch wenn ich dir schildere, wie unsere Leben anfingen, sich zu kreuzen, könnte ich aus der Haut fahren. Der Luftzug, der meinen Körper wie eine Liebkosung streichelt, macht mich fast verrückt.

»Wenn sie unfähig war zu lieben, kann sie unmöglich so schön gewesen sein wie du«, flüsterst du mir wohlig ins Ohr.

Bei dir Bestätigung zu finden, schenkt mir die emotionale Sicherheit, an die man mich stets lehrte, nicht zu glauben. In einem fernen Winkel meines Hirns kann ich hören, wie meine Mutter über meine hoffnungslose Sentimentalität, mein unstillbares Sehnen nach dir lästert. Die Melodie ihres Lachens hallt in meinem Innern. Ich sehe das herzlose Funkeln von Augen vor mir, die ebenso grün leuchten wie meine und in denen steht, dass alles sich genau so entwickelt, wie sie es erwartet hat. Sie hat alles vorhergesehen und überall ihre Finger im Spiel gehabt. Ihr entkommt niemand. Nichts kann sie überraschen, schon gar nicht ich.

Ungeachtet ihrer gnadenlosen Erziehung, hat die Liebe mich nichts ahnend erwischt. Sie trägt dein Gesicht, spricht mit deiner Stimme. Ich spüre sie, wenn deine Haut über meine streift. Du hast mich zu Fall gebracht. Und ich habe wieder eine Lektion gelernt. Doch bislang hat noch jede Lektion, die das Leben mir erteilte, bloß dazu geführt, dass ich meiner Mutter ähnlicher geworden bin.

»Es gibt eine Unmenge von Antworten, die ich gern von dir hätte«, sagst du und lehnst den Kopf an meinen. »Was aus meinem Vater geworden ist, gehört nicht dazu.«

Dein nackter Oberkörper an meinem entblößten Rücken glüht die Kälte fort, die mir in die Knochen gestiegen ist.

»Dein Vater hatte einen schwachen Punkt«, beginne ich, und jedes Wort verbrennt mir wie Säure die Kehle. »Und meine Mutter war womöglich die Einzige, die ihn auszunutzen vermochte. Es ist durchaus denkbar, dass dein Vater es sich noch mal anders überlegen wollte. Vielleicht ist ihm auf dem Weg zum Flughafen bewusst geworden, dass er dich und das Leben, das er sich aufgebaut hatte, nicht aufgeben wollte, aber meine Mutter war in diesem Moment schon viel zu nahe dran, sein Geld in die Finger zu bekommen, um ihm einen Rückzieher zu erlauben. Irgendwas lief jedenfalls schief, Kane, und keiner von beiden saß in diesem Flugzeug. Sie kam nach Hause mit dem Geld, und dein Vater wurde nie wieder gesehen.«

Der Druck deiner Arme erhöht sich. »Willst du mir die Sache etwa dadurch leichter machen, dass er womöglich gar nicht zurückkommen konnte?«, entgegnest du scharf. »Das ändert nichts an seinen zuvor getroffenen Entscheidungen, seine Familie zu verlassen, sein Lebenswerk zu zerstören, seinen Geschäftspartner übers Ohr zu hauen und zu ruinieren und seinen Angestellten die Lebensgrundlage zu nehmen … Und das alles wegen einer Frau, die unfähig ist, ihn zu lieben, aber willens und in der Lage, ihn umzubringen?«

Alles an dir – deine Haltung, dein Ton, deine Wortwahl – verrät abgrundtiefe Verachtung und Zorn. Dein Widerwille lodert so heftig in dir, dass er deinen Körper weiter aufheizt.

Ich lehne mich an dich, schmiege mein Rückgrat an deine harte Brust, schlinge die Arme über deine. Ich lege die Wange an deine Schulter, tue mein Bestes, dir das beruhigende Gefühl von Geborgenheit zu geben. »Deshalb hatte er es aber noch lange nicht verdient zu sterben«, bemerke ich dann.

»Das sage ich ja auch nicht«, erwiderst du. Dein Kinn ruht nun auf meinen Kopf. »Ich weiß genau, wie es sich anfühlt, eine Frau mehr als die Luft zum Atmen zu brauchen, aber er wird dennoch nie mein Mitgefühl haben, und ich werde ihm auch nie verzeihen. Ich bin dir verfallen, weil du mich liebst. Würdest du das nicht tun, wäre es doch vollkommen egal, wie sehr ich dich liebe, ich käme nie auf den Gedanken, mein Leben oder das eines anderen deinetwegen zu ruinieren.«

»Es tut mir leid, Kane.«

»Entschuldige dich nicht für ihn.«

»Ich entschuldige mich dafür, es dir nicht früher gesagt zu haben. Du hättest wissen sollen, dass meine Mutter meiner Ansicht nach deinen Vater umgebracht hat. Ich hatte nicht das Recht, dir diesen Verdacht vorzuenthalten, und ich tat es aus reiner Selbstsucht, weil ich Angst hatte, diese Vorgeschichte würde unsere Zukunft zerstören.«

Deine Brust weitet sich zu einem tiefen Ausatmen. »Wegen dieser Vorgeschichte hast du mich also ausfindig gemacht und ›gescoutet‹.«

»Du nennst mich dein Schicksal. Deine Bestimmung. Aber es fing gar nicht mit uns an – es fing mit ihnen an.«

»Die Taten meines Vaters haben dich zu mir geführt, *Setareh*. Wie sollte ich mir wünschen, alles hätte sich anders entwickelt, wenn unsere Ehe das Resultat ist?«

»Ich fände es verständlich, wenn du es dir wünschen würdest.«

»Tue ich aber nicht«, erklärst du entschieden und drehst mich zu dir. »Und das werde ich auch nie.«

Ich lege den Kopf in den Nacken und schaue hoch in dein atemberaubend schönes Gesicht. Die beiden Hälften von mir – die Frau, die meine Mutter immer aus mir machen wollte, und die Frau, die dich unsterblich liebt – ringen miteinander. »Ich habe nicht vor, das Verhalten meiner Mutter zu rechtfertigen, aber du musst etwas mehr über sie wissen, um den Rest zu verstehen.«

Du schweigst, und nach einer kurzen Pause fahre ich fort: »Sie verachtete Männer grundsätzlich. Ihrer Meinung nach waren sie durchweg von Natur aus schwach, unzuverlässig und über ihre Schwänze leicht lenkbar. Sie sagte das zwar immer mit einem Lachen, als würde sie es nicht ganz ernst meinen, aber später erkannte ich, wie abnorm sie tatsächlich war. Vermutlich war der Mord an deinem Vater nicht einmal geplant gewesen, allerdings bereitete er ihr offenbar so viel Vergnügen, dass sie auf den Geschmack kam. Er war ihr erstes Opfer, aber er war ganz sicher nicht ihr letztes.«

Bleischwer und eisig hängt mein Geständnis zwischen uns im Raum. Deine Pupillen weiten sich, deine gebräunte Haut wird blass. Dein ganzer Körper strafft sich wie die Sehne eines Bogens, und deine Finger bohren sich in meine Hüften.

Ich halte dich ebenso fest. Mit gespreizten Händen auf deinem Rücken presse ich uns aneinander, als ob ich so verhindern könnte, dich zu verlieren. »Eins ihrer Opfer führte einen Laden, der sich als Geldwaschanlage des organisierten Verbrechens entpuppte, weshalb das Geld, das sie ihm abknöpfte, in Wahrheit einem Gangster namens Val Laska gehörte. Es dürfte Val nicht die geringsten Probleme bereitet haben, die Spur zu meiner Mutter zurückzuverfolgen. Wer ihr einmal begegnet war, vergaß sie in der Regel nicht so schnell. Und sobald er sie traf, verfiel auch er, wie all die Männer vor ihm, ihrer blendenden Schönheit, und sie hatte den Herrscher an ihrer Seite gefunden. Val ergänzte sie perfekt und machte sie nur noch tödlicher.«

Ich stelle sie mir oft zusammen vor. Sie respektierten sich, wussten um die wahre Persönlichkeit des anderen und fürchteten einander. Diese Kombination ergab ein brandgefährliches Aphrodisiakum, dessen Mischung genau zu den beiden passte.

Und machen wir uns nichts vor, sind wir wirklich so anders?

»Vor der Zeit mit Val waren ihre Opfer stets brave Familienväter«, fahre ich fort. »Teil ihres Spiels war eben die Lust daran herauszufinden, ob ein Mann, der alles hat, so selbstsüchtig und gierig ist, unbedingt noch mehr zu wollen. Widerstanden sie der Versuchung, ließ sie sie leben. Wenn nicht, starben sie. Aber Val in die Hölle zu locken, ergab keinen Sinn – schließlich war er deren Herrscher: Menschenschmuggel. Prostitution Minderjähriger. Auftragsmord. Folter war da nur ein Hobby.«

»Klingt wie der Traumpartner«, bemerkst du zynisch, aber mit zornigem Unterton. »Wie hat es dich betroffen?«

»Eigentlich gar nicht«, antworte ich. »Meine Mutter zog bei ihm ein, ließ mich, wo ich war, und mein Leben ging weiter wie bisher, nur dass sie noch weniger Anteil daran hatte. Sie gab mir Geld, kam für Kleidung, Essen und die Miete auf. Ich war auf mich allein gestellt, was ich sowieso schon immer gewesen war. Erst als ich dann älter wurde und ihr ähnlich zu sehen begann, erwachte ihr Interesse an mir neu.«

Ich bemühe mich zwar, möglichst abgeklärt zu klingen und zu wirken, muss mich jedoch durch irgendetwas verraten haben. Mitgefühl tritt in deinen Blick, macht ihn milder. Keine Ahnung, warum ich das alles erzählen musste. Ich hätte deine Frage auch einfach mit einem Achselzucken abtun und es bei der Bemerkung belassen können, dass ich es ja offensichtlich ganz ordentlich überstanden habe. Eigentlich wollte ich dir nur verständlich machen, was es wirklich mit der Blumensendung auf sich hat. Aber irgendwie konnte ich meine Klappe nicht halten, und wenn ich jetzt abbreche, wirst du dir bloß unnütze Dinge ausmalen.

Vielleicht wollte ich insgeheim auch nur mehr erzählen.

Ich hebe den Kopf und führe das Ganze zu Ende: »Etwa zu der Zeit, als ich in die Pubertät kam, hörte sie auf, mich als eigenständige Person zu betrachten. Sie verstand mich nun eher als ihren Klon, eine neue, verbesserte Modellentwicklung, die ihr fantastisches Leben kopieren würde, nur ohne die Fehler.« Tränen brennen mir in den Augen. »Ich habe sie geliebt, Kane«, gestehe ich. »Ich werde sie immer lieben, trotz der Dinge, die sie dir, deiner Familie oder den vielen anderen angetan hat. Zu Anfang liebte ich sie, wie jedes Kind eben seine Mutter liebt, auch wenn sie nicht dafür geschaffen war, sich um jemanden zu kümmern, schon gar nicht um so einen kleinen Menschen. Später, als ich erwachsen war, habe ich dann den Wert ihrer Lektionen begriffen, und ich war ihr dankbar dafür. Sie hat mich stark gemacht, hat mich über das Verhalten der Leute aufgeklärt, vor allem der Männer. Daher bin ich nie naiv oder leichtgläubig gewesen. Ich bin nie in bedrohliche Situationen mit irgendwelchen Typen geraten.«

»Du musst dich für deine Empfindungen gegenüber deiner Mutter nicht schämen«, versicherst du mir.

»Sie schärfte mir ein, dass ich auf dieser Welt haben kann, was immer ich will, weshalb ich mich bei all meinen Zielen nie irgendwelchen Grenzen unterworfen habe. Leb, wie es dir gefällt, beschwor sie mich. Lass dich nicht von der Welt daran hindern. Sobald ich vor einer wichtigen Entscheidung stehe, höre ich ihre Stimme, die mir sagt, was ich tun soll, und ihr Rat – ganz gleich wie er auch lauten mag – verleiht mir stets Kraft.«

»Du bist nicht wie sie, Lily«, erklärst du und siehst mir fest in die Augen. Die Dunkelheit um uns nimmt zu.

»Meine besten Seiten schon. Und meine schlimmsten auch.«

»Ich liebe jede Seite an dir«, sagst du und fährst mit der Hand beruhigend mein Rückgrat herab, obwohl ich doch diejenige sein sollte, die dir die Sorgen abnimmt. »Ich sage es dir so oft, bis du es glaubst: Nichts kann etwas an meinen Gefühlen für dich ändern. Außerdem schenkst auch du anderen Kraft. Es ist eine besondere Gabe, die du hast.«

Ich hole tief Luft, atme langsam aus. Mein erschöpfter Körper schmiegt sich in deine Umarmung.

»Also, zu deinem Freund Val …«, fängst du an. »Massiger Typ, groß, glatzköpfig, mit einem Faible für protzige Autos?«

»Ja, das ist Val«, antworte ich, und eine böse Vorahnung beschleicht mich.

»Er hat die Blumen geschickt – höchstpersönlich«, berichtest du und streichst mir eine lose Haarsträhne hinter das Ohr. »Hat er es auf dich abgesehen? Auf das Geld? Oder auf beides?«

»Nein, auf dich. Du sollst sterben.«

Dein Körper erstarrt.

»Du musst begreifen, wie diese Menschen denken, Kane«, erkläre ich. »Nach außen hin schien ich alles erreicht zu haben, was meine Mutter sich erhofft hatte. Ich war unabhängig, behandelte Männer als Spielzeug und musste niemand gegenüber Rechenschaft ablegen. Dann verliebte ich mich in dich, und alles veränderte sich. Du warst der Auslöser dafür, also musst du verschwinden. Und meine Mutter mochte zwar von Liebe nicht die geringste Ahnung haben, aber sie wusste, dass deine Ermordung der krönende Abschluss meiner Ausbildung sein würde. Erst dann wäre ich wirklich mitleidlos.« Ich schließe die Augen und lege die Stirn auf deine Brust. »Wenn dir etwas zustößt, würde ich endlich, was ich in ihren Augen immer werden sollte – sie.«

Deine Lippen pressen sich hart auf meinen Scheitel. »Mir geschieht schon nichts.«

»Val wird die Wünsche meiner Mutter erfüllen«, erwidere ich. »Darin besteht die Botschaft der Blumensendung: Er hat es auf dich abgesehen. Denn er würde sie enttäuschen, wenn er zuließe, dass du mich haben kannst, und enttäuschen will er sie auf keinen Fall.«

Ich drehe mich ein wenig, um zu testen, ob du mich loslassen würdest, aber dein Griff wird fester und gibt mich nicht frei.

»Du darfst es nicht bedauern, dich in mich verliebt zu haben, *Setareh*. Ich würde fünf Minuten mit dir stets fünfzig Jahren mit einer anderen vorziehen.«

Aufgebracht stoße ich dich fort. »Verfluchte Scheiße, denk

doch gefälligst mal zuerst an dich, Kane!«, fahre ich dich an. »Zuallererst musst du dich selbst lieben. Du kannst das doch nicht einfach bloß hinnehmen! Du solltest erbost darüber sein, dass meine Selbstsucht dich in Lebensgefahr gebracht hat.«

»Spar dir den Mist«, gibst du mit hochgezogenen Brauen zurück. »Dafür bin ich nicht in Stimmung.«

»Für dich bin ich doch bloß eine ständige Herausforderung«, platzt mir der Kragen. »Etwas, dem du unablässig zu genügen versuchst, weil du deiner Meinung nach eigentlich keine Liebe verdienst. Dank deiner Eltern hältst du es nicht für möglich, dass dich jemand liebt, wirklich liebt. Wer bist du überhaupt, wenn du nicht der Mann bist, der versucht, Lily zu verdienen?«

»Fang nicht mit diesem verdammten Psychogeschwafel an!«, rufst du und wendest dich mit einer wegwerfenden Handbewegung ab.

Aber ich kann nicht. Du reagierst einfach nicht so, wie ich es von dir brauche. Wo bleibt der Abscheu? Die Wut? Die Angst? Wo ist das Wilde? »Es ist eine Art Co-Abhängigkeit«, mache ich weiter. »All unsere Eigenschaften verstärken negative Verhaltensmuster beim jeweils anderen, merkst du das denn nicht?«

»Fasst du mir jetzt den kompletten Lehrstoff eines deiner Psychologieseminare zusammen?«

»Du glaubst, wenn du meine Liebe verdient hast, wäre das deine Heilung, aber das Ganze ist zu einer Obsession geworden, die dich vielmehr zerstört.«

»Okay, also gut«, sagst du und drehst dich zu mir zurück. »Du willst streiten? Bitte schön! Ich bin sowieso schon angefressen genug über diesen blöden Blumenstrauß.« Du packst mich an den Armen und schüttelst mich hart. »Jeder Mensch ist ein wenig durchgeknallt. Du bist nie glücklicher gewesen als mit mir. Ohne dich wäre ich nie der geworden, der ich bin. Wen kümmert es da schon, ob deine Scheißverhaltensstörung irgendwas mit meiner Scheißverhaltensstörung macht, sodass was weiß ich für ein Mist sich verstärkt? Solange es funktioniert, braucht niemand eine Therapie.«

Wie ein Leichentuch hatte sich die Nacht herabgesenkt. Im Haus ist es still und ruhig, eine dunkle Wacht, die uns vor der Welt da draußen schützt. Du bist zum Schatten geworden, mit Augen, die funkeln wie Sterne.

»Hör auf!«, sagst du barsch und lässt mich los, um mein Gesicht in die Hände zu nehmen. »Hör sofort auf damit!«

Ich hatte gar nicht gemerkt, dass ich weine, bis deine Daumen mir die Tränen fortwischen. Du bedeckst mein Gesicht mit zärtlichen Küssen und murmelst Liebesschwüre und Worte voller Verständnis – Verständnis, das ich weder verdient habe noch überhaupt möchte. Ich halte deine Handgelenke umklammert und sauge diese Sturzflut an Zuneigung auf wie ein ausgedörrter Boden, denn du hast recht – wir funktionieren. Wir machen einander glücklich. Aber das ist nicht, was ich mir für dich vorgestellt habe. In dieser perfekten Welt, die wir uns vor ein paar Tagen ausgemalt hatten, würden wir niemanden verletzen, vor allem nicht uns gegenseitig.

»Wie viel von dem, was du mir erzählt hast, entspricht der Wahrheit?«, raunst du im irreführenden Säuselton eines Verliebten. »Eine ungefähre Prozentangabe genügt.«

Ich stoße die Hände gegen deine Brust, aber es fühlt sich an, als wollte ich eine Steinmauer bewegen. »Wie kannst du so etwas sagen?«

»Lügen ist für dich wie atmen«, antwortest du mit sarkastischem Grinsen. »Du musst nicht einmal darüber nachdenken.«

Das stimmt nicht. Ich denke viel darüber nach. »Vielleicht ist ja alles, was ich dir erzählt habe, eine Lüge«, stichele ich gekränkt.

»Oh, irgendetwas Wahres steckt bestimmt darin«, sagst du und streichst mit dem Daumen über meinen Wangenknochen. Dein Blick ruht auf meinem Mund, jenem Teil von mir, der den Schwindel ausspricht. Allerdings ist der heiße, lüsterne Ausdruck in deinen Augen unverändert.

Wir haben in vergangenen Leben bestimmt keine Erlösung gefunden. Irgendeinen Grund muss das Karma doch gehabt haben, gerade uns in einer grenzenlosen Liebe miteinander zu verbinden, die so vielen anderen einen schrecklich hohen Preis abverlangt.

»Wie kannst du mich lieben, wenn du mir nicht vertraust?«, frage ich bissig.

»Ich vertraue dir blind«, erwiderst du und lächelst nun eher nachsichtig. »Trotzdem kann mir doch klar sein, dass du mir nur selten die Wahrheit erzählt hast. Welchen Namen hat deine Mutter zuletzt benutzt?«

»Stephanie. Steph Laska. Und bevor du fragst – nein, ich weiß nicht, ob Val ein Spitzname oder eine Abkürzung ist.«

»Und wie heißt du? Wirklich Lily? Oder Ivy? Violet? Rose? Weder noch?«

Ich kneife kurz die Augen zusammen. Mein Hirn hat abrupt

seine Tätigkeit eingestellt. Das Schweigen wird ohrenbetäubend. Welche Leichen hast du denn noch ausgegraben?

Ach, mein Liebster, wie habe ich dich verdorben! Bist du tatsächlich wie ich geworden? Soll ich darüber traurig oder glücklich sein?

»Ist ja auch egal«, versicherst du mir und drückst deine Lippen lang auf meine Stirn, während deine Hände über meine nackten Arme reiben, um sie zu wärmen.

Wilde, freudige Hoffnung wühlt mein Innerstes auf. Du betrachtest mich noch immer mit solch unbändiger Liebe. Irgendwie, aus irgendeinem Grund, liebst du *mich* – die ganz und gar nicht perfekte Frau, die ich eigentlich bin.

»Wie starb deine Mutter?«, fragst du leise. »Hat Val sie umgebracht?«

Was wäre dabei, wenn ich lügen würde? Wer hätte schon einen Schaden davon, wenn ich es täte?

»*Setareh* … Sag, wie deine Mutter gestorben ist.«

»Nicht durch Val«, erkläre ich. »Ich war's. Ich habe sie umgebracht.«

40

AMY

Ich steige aus der Limousine und hätte fast würgen müssen, so panisch schießt der Widerwille in mir hoch. Am liebsten wäre ich schnurstracks in eine Bar gegangen oder hätte mich wieder ins Bett verkrochen und mir die Decke über den Kopf gezogen. Ich hasse es, dass bereits der pure Anblick des Crossfire genügt, um mich zu retraumatisieren. Alles, was mir früher Freude bereitete und mich mit Stolz erfüllte, hat Aliyah mir genommen und in Dinge verwandelt, die mich instinktiv abschrecken.

Ich streiche mir den Rock glatt und bleibe kurz auf dem Bürgersteig stehen, um mir selbst Mut zuzusprechen. Mein heutiges Outfit ist schon bedeutend mehr Lily. Tovah hat einen langen, fließenden schwarzen Rock mit zehenfreien Booties, einer eng anliegenden weißen Hemdbluse und einer knappen taillierten Lederweste kombiniert. Der Hemdkragen steht in einem tiefen V offen bis zu meinem Brustansatz, was Tovah für angemessen hält, da mein restlicher Körper komplett verdeckt bleibt und ich relativ kleine Brüste habe. Unterschiedlich lange Goldkettchen füllen die Lücke, bis hinab zu einer Kette, die über der Weste hängt. Dazu kommen dann noch goldene Ohrringe und »Blood Lily«-Lippenstift.

Den ganzen Abend und den halben Morgen habe ich mir den Kopf darüber zerbrochen, was ich anziehen soll. Nach meinem letzten Besuch zu Baharan zurückzukehren ist schon extrem hart. Einerseits hätte ich nichts gegen ein wenig Scheißmitgefühl nach allem, was Aliyah mir angetan hat, andererseits möchte ich auch gern so wirken, als wäre ich selbst in der Lage, mit ihrem ganzen Bullshit fertigzuwerden und meine Firma zu leiten. Etwas zu finden, das weich und hart entsprechend vereint, erfordert mehr Style, als ich zu besitzen scheine. Es wäre sehr viel einfacher gewesen, sich für Etuikleid und Ohrringe zu entscheiden. Ob ich nun den richtigen Ton getroffen habe oder nicht, der Soundtrack in meinem Kopf ist heute jedenfalls nicht Ariana Grande, sondern Creedence Clearwater Revival. Und das verdanke ich Lily, die mir deren *Greatest Hits* als Genesungswunsch nach meinem dentalen Albtraum zugeschickt hatte.

Da sie ja ebenfalls noch in der Genesungsphase ist und ich nicht als weniger aufmerksames Arschloch dastehen will, habe ich ihr auch ein Geschenk zukommen lassen – eine signierte Ausgabe von einem der Reißer, die Suzanne fabriziert hat. Ich wollte noch eine Flasche Wein dazutun, aber als ich Witte fragte, ob sie roten oder weißen bevorzuge, erzählte er mir, dass sie keinen Alkohol trinke, gar keinen.

»Hat sie eine Allergie oder so was?«, wollte ich wissen.

»Ich denke, eher eine gefestigte persönliche Präferenz«, antwortete er in diesem kurz angebundenen, hochnäsigen Ton. Er wollte mir nicht mal die Adresse geben, wohin Kane sich mit ihr verkrochen hat. Ein Bote kam, der das Buch abholte und zustellte. Witte hasst mich, doch das Gefühl beruht auf Gegenseitigkeit.

Ich will gerade ins Crossfire gehen, als ich Ryan Landon auf mich zukommen sehe. Ich bleibe stehen. Mit einem Becher Kaffee in der einen und einer ledernen schwarzen Aktentasche in der anderen Hand schlängelt er sich in seinem dunkelblauen Nadelstreifenanzug schnell durch den Menschenpulk, der an der Kreuzung auf Grün wartet. Er runzelt die Stirn, was für ihn ungewöhnlich ist und etwas bedeuten muss, denn in meinem ganzen Leben ist mir kein entspannterer Zeitgenosse über den Weg gelaufen.

Ich warte. Er schaut in meine Richtung, tief in Gedanken versunken, doch dann begegnen sich unsere Blicke, und er konzentriert sich auf mich. Eine ganze Weile später glätten sich seine Züge, und er lächelt. Wir treffen uns auf halbem Weg, und ich erwidere seine eingehende Begutachtung. Schon wahr, ihm fehlen dieses dramatische Etwas von Darius und die animalische Intensität, die von Kane ausgeht, aber ein toller Typ ist er trotzdem. Groß gewachsen, gut gebaut, mit verführerischem Lächeln und lässiger Selbstsicherheit.

»Amy«, grüßt er, als er mich erreicht, »einen kurzen Moment habe ich dich mit jemandem verwechselt, den ich mal kannte. Du siehst toll aus. Wie geht's denn so?«

»Super, danke«, schwärme ich, und tatsächlich geht es mir auch besser, da mir klar ist, dass er mich eine Sekunde für Lily gehalten haben muss. Mir wird ganz schwindlig. Doch es passt eben alles genau … die Haarfarbe, die Kleidung, der Lippenstift. Vor lauter Erregung bemühe ich mich sofort, auch dieselbe selbstbewusste Sinnlichkeit auszustrahlen, was Lily so meisterhaft beherrscht. »Du siehst aber auch umwerfend aus«, lege ich los. »Bist du auf dem Weg in die Zentrale?«

»Ja, Aliyah will etwas mit mir besprechen.«

»Besser mit dir als mit mir«, erwidere ich. »Kannst du sie nicht den ganzen Tag in Beschlag nehmen? Vielleicht sogar die ganze Woche? Den Rest meines Lebens?«

Sein Lachen klingt warm und voll. Ja, er ist definitiv ein toller Typ.

»Ihren Vormittag kann ich womöglich zum Großteil belegen, aber zum Mittagessen bin ich mit Angela verabredet«, antwortet er. »Sollen wir zusammen hoch?« Er begleitet mich, und wir bedanken uns bei einem Herrn, der uns die Tür aufhält. »Und was steht bei dir heute so auf dem Programm?«

»Ich muss den Kampagnenentwurf für ECRA+ prüfen, um zu gewährleisten, dass alles drin ist. Dann werde ich mir mal anschauen, ob wir Baharans Auftritt in den sozialen Medien nicht ein wenig auffrischen können. Wir verwenden nun schon seit Jahren die gleiche Bildsprache, die gleichen Schrifttypen, die gleichen Farben. Es wird Zeit, mal für neuen Schwung zu sorgen, insbesondere wenn eine große Markteinführung bevorsteht.«

Es fühlt sich gut an, über die Arbeit zu reden, selbst wenn ich im Augenblick nicht die geringste Ahnung habe. Ich trockne mir die feuchten Hände an meinem Rock. Das Mittel, das die Entgiftung der Leber unterstützen soll, wirkt anscheinend überhaupt nicht. Zum Glück habe ich noch ein paar Schmerztabletten übrig.

»Cross lässt Baharan den Hauptteil der Arbeit schultern«,

erklärt er leicht gereizt und hält vor dem Sicherheitsdesk, um sich anzumelden.

Ich fixiere den Guard herausfordernd, um zu sehen, ob er es wagt, auch mich um eine Anmeldung zu bitten. Er funkelt zurück, beißt sich aber wohlweislich auf die Zunge. Mit einem Mobilgerät macht er schnell ein Foto von Ryan und druckt einen Besucherpass aus, den er dann in eine Klarsichthülle mit Clip schiebt. »Bitte gut sichtbar tragen und beim Hinausgehen wieder abgeben.«

Ich verdrehe die Augen. »Er ist doch nicht blöd!«, werfe ich ein. »Wenn er nicht schon öfter hier gewesen wäre, stünde sein Name wohl kaum auf der Liste.«

»Schon gut, Amy«, sagt Ryan und lächelt dem Sicherheitsmann zu. »Vielen Dank.«

Wir passieren die Drehkreuze und warten auf den Fahrstuhl.

»Was diese Partnerschaft mit Cross betrifft«, beginne ich und merke sehr wohl, dass ich viel zu schnell rede, kann mich allerdings einfach nicht bremsen, »du weißt ja, dass das Aliyahs Ding ist, oder? Sie kontrolliert da alles.«

»Mag sein, aber Cross gibt über nichts die Kontrolle ab, es sei denn, es wäre für ihn von Vorteil. Mit ihm kann Aliyah es nicht aufnehmen. Das können die wenigsten.«

»Kannst du's?«

»Ich tu mein Bestes, und manchmal gewinne ich sogar«, antwortet er, und sein strahlendes Lächeln hat etwas Bösartiges, das bei mir ein leichtes Prickeln auslöst. Natürlich wäre LanCorp nicht so erfolgreich, wenn er nur nett und freundlich sein könnte, doch dass in ihm auch ein richtig gefährlicher Zug steckt, war mir bislang entgangen.

Wir wechseln zu dem Aufzug, der zuerst kommt. Die Kabine leert sich, wir steigen mit einigen anderen ein und landen am Ende zusammengedrängt in der hintersten Ecke. Jetzt spüre ich auch, wie durchtrainiert er ist. Der Arm, der an meinem lehnt, ist bretthart, und die wohldefinierten Muskeln zeichnen sich selbst durch den Sakkoärmel ab.

»Das ist unser Stockwerk«, sagt er, als wir die zehnte Etage erreichen, und die anderen treten zur Seite, damit wir aussteigen können.

Vor Aliyahs Büro trennen sich unsere Wege. Unwillkürlich werfe ich einen Blick zu Kanes Schreibtisch. Sein leerer Arbeitsplatz wirkt wie ein schwarzes Loch. Es fehlt die Energie, die sonst in der Luft schwirrt. Selbst mit geballter Kraft vermögen die Armands Kane nicht zu ersetzen. Er ist das Herz des Unternehmens, die treibende Kraft hinter allem. Kanes Leidenschaft reißt das ganze Team mit, und niemand entfacht den gleichen Schwung, wenn er nicht da ist.

Ich überlege, Darius kurz Hallo zu sagen, entscheide mich aber dagegen. Er weiß nicht einmal, dass ich heute zur Arbeit komme. Ich habe ihm einen Abschiedskuss gegeben, ihn aus der Tür gehen sehen und mich dann schnell fertig gemacht. Keine Ahnung, warum ich es ihm nicht gesagt habe. Wahrscheinlich wollte ich vermeiden, dass er es mir auszureden versucht oder mir einen Vortrag hält, wie ich seiner Mutter am besten aus dem Weg gehe.

Das ist das Problem bei Darius: Er will mir immer unbedingt jede Reiberei ersparen, es sei denn, sein Schwanz steckt gerade in mir. Eigentlich sollte ich mich deshalb wohlbehütet fühlen, aber ich komme mir bloß überflüssig vor. Amy, die

Über-Flüssige. Ich stoße ein klägliches Lachen aus, öffne die Tür zu meinem Büro und bleibe auf der Schwelle stehen.

Die bittere Wahrheit lautet, dass man mich darauf reduziert, die Dienste einer aufblasbaren Sexpuppe zu verrichten. Die halbe Zeit merke ich nicht einmal, wenn Darius mich vögelt, bis der Orgasmus mich aus dem Koma schreckt. Seit Jahren sage ich mir, dass ich mich verflucht glücklich schätzen kann, einen derart heißen Göttergatten mit so viel Lust am Sex mein Eigen nennen zu dürfen, aber in letzter Zeit … Ich weiß nicht. Irgendwas ist anders. Ich bin so unruhig. Voller Wut. Ich könnte einfach ständig aus der Haut fahren. Ich muss es tun, denn sonst ersticke ich.

Das Deckenlicht flackert auf, als ich den Raum betrete, und ich mache mich mit meinem neuen Reich vertraut. Das Büro ist sogar noch kleiner als mein ehemaliges. In die Eckräume würde man zur Not immerhin einen Kleinwagen bekommen, hier wäre es schon ein Wunder, wenn ein Fahrrad hineinpasste. Allerdings ist der Ausblick weniger verbaut als in dem Büro, das Hornsworth mir geklaut hat. Darius hatte meine alten Bücherschränke durch offene Glasregale ersetzt und so genug Raum für ein kleines Sofa und ein Tischchen in der Ecke geschaffen. Mein Schreibtisch ist zu einem kleinen verspiegelten Teil mit zierlichen Beinen und nur noch einer Schublade geschrumpft. Davor stehen zwei mit grauem Leder bezogene Besucherstühle. Und dann gibt es noch einen winzigen silbernen Barwagen mit verschiedenen Kristallkaraffen und den passenden Gläsern darauf. Meine Kehle ist plötzlich ganz trocken.

Über dem Barwagen hängt die Urkunde von meinem Uniabschluss, und Fotos von Darius und mir sind über die Regale verteilt. Die eisblauen Wände haben denselben Farbton wie mein samtbezogener Schreibtischsessel und das Sofa. Ich seufze. Der Ganze wirkt hübsch und feminin und entspricht in der Farbauswahl eher dem Geschmack von Darius als meinem. Ich nehme mir vor, ein paar Naturkristalle für die Regale zu kaufen. Wenn man den Barwagen und die Urkunde, die nur mich etwas angeht, rausschmeißt, sollte genügend Platz für ein schlankes, hohes und möglichst wildes Kunstwerk sein.

Mein Blick ruht auf den Karaffen, in denen flüssiges Vergessen verführerisch glitzert.

»Hey, wie geht's Ihnen?«

Beim Klang der vertrauten Stimme überfällt mich eine riesige Erleichterung. »Gott sei Dank, dass Sie noch da sind, Clarice!«, rufe ich und drehe mich um.

»Sie sehen umwerfend aus«, erwidert die kleine Blondine lächelnd. »Eine tolle Kombination! Ich wünschte, mir würden auch lange Röcke stehen.«

Mit ihren gut eins fünfzig passen Clarice Kindergrößen, dafür verfügt sie über die Energie von drei ausgewachsenen Männern. Sie war meine erste Festanstellung bei Social Creamery, und ich komme mir vollkommen bescheuert vor, nicht schon früher an sie gedacht zu haben.

»Wir haben Sie vermisst«, sagt sie.

Vermisst habe ich mich auch …

Ich erwische mich dabei, wie ich sie in die Arme schließe. Eigentlich ist das Anfassen von Leuten gar nicht so mein Ding, aber ich weiß noch, wie Lily mich an sich gedrückt hat und wie verblüffend kräftig diese so feingliedrigen Arme zupacken konnten. Ihr Parfum, das ich jetzt ebenfalls trage, duftet an ihrer Haut jedoch deutlich anders als an meiner. Als Clarice mich fest zurückdrückt, denke ich jedenfalls, dass ich diese Taktik öfter anwenden sollte. Umarmen ist sehr intim, hat aber auch etwas Aggressives.

»Tja, da bin ich wieder«, erkläre ich möglichst schwungvoll über den Kloß in meinem Hals hinweg. Da es keine Schublade in passender Größe gibt, lasse ich meine Handtasche auf den Schreibtisch fallen. So sorgfältig Darius beim Einrichten des Büros für mich auch vorgegangen ist, von dem, was eine Frau im Unterschied zu einem Mann so braucht, hat er keinen blassen Schimmer. »Als Erstes benötige ich die Zugangsdaten fürs Filesharing«, lege ich los. »Ich habe meine alten Passwörter probiert, hat aber alles nicht geklappt.«

»Besorge ich«, sagt sie eifrig.

Ich setze mich auf das Sofa und bedeute ihr, sich neben mich zu setzen. »Wer leitet denn die Ausrichtung der Marketingkampagnen?«, frage ich.

Clarice schließt die Tür. Sie trägt eine enge graue Hose, dazu eine navyblaue gepunktete Bluse und Ballerinas. Bei den Ohrringen gönnt sie sich einen kleinen Spaß und hat Hoops aus knallrotem Acryl genommen. »Aliyah«, antwortet sie. »Sofern man es Ausrichtung nennen kann, wenn man alles einfach nur genau so belässt, wie Sie es mal aufgebaut haben.«

»Ist mir auch aufgefallen. Wie läuft's denn mit der Markteinführung der neuen Kosmetikreihe?«

»Ganz annehmbar«, erklärt sie und nimmt Platz. »Eine

sichere Sache. Da wir Eva Cross und Rosana Armand mit an Bord haben, braucht es nicht viel, um Aufmerksamkeit zu erregen.«

»Alles in der Machart wie das, was Sie im Lead-up gepostet haben?«

»Ja.«

»Ich will ja nicht mäkeln, aber es wirkt schon ein wenig sehr … medizinisch«, wende ich ein und reibe mir über die Oberschenkel, da ich merke, dass meine Hände zu zittern beginnen.

»Das liegt daran, dass Aliyah ungeheuren Wert darauf legt, Baharans Beitrag zu den Rezepturen zu betonen«, erklärt sie und verdreht die Augen. »Cross steht als Marke für Luxus, Zügellosigkeit und Hedonismus, daher ist die Aufmachung stets exklusiv und atemberaubend. Aliyah fürchtet nun, so etwas könnte das Ganze wie ein Produkt von Cross Industries aussehen lassen, und Baharan – obwohl es für einen Großteil der Produktentwicklung verantwortlich ist – würde zu einer Art stiller Partner herabgestuft.«

»Verstehe«, sage ich. »Zeigen Sie doch mal, was wir bislang so haben.« Sie steht auf, und ich bezwinge mich, nicht zum Barwagen zu sehen.

Ich *brauche* nichts zu trinken, weil ich nämlich kein Alkoholproblem habe. Ich habe Gedächtnisprobleme, und das auch nur, weil ich mich nicht richtig ernähre, nicht genug Wasser trinke und nicht regelmäßig Sport treibe. Ich muss bloß diese reinigende Phase überstehen, und schon bin ich in der Lage, es mit allen aufzunehmen – inklusive den Armands.

Ein oder zwei Wochen Regenerierung, und mein Kopf ist

wieder klar. Die Rückkehr von Lily war eben enorm anstrengend. »Wie viele von uns sind denn noch übrig?«, frage ich Clarice.

»Drei«, antwortet sie mit der Hand auf dem Türknauf. »Mit Ihnen vier.«

»Drei?!« Verfluchte Scheiße. Wir hatten zwölf Vollzeitangestellte, als Baharan uns schluckte. »Was ist passiert?«

»Aliyah hat unser Team eben ziemlich schnell halbiert«, berichtet sie achselzuckend. »Und das nicht einmal zu Unrecht. Wir arbeiten ja inzwischen nur noch für Baharan, von daher …«

»Moment. Wie bitte?«

»So ist es«, sagt sie mit einem tiefen Seufzen und streicht sich den Pony aus der Stirn. Sie trägt die Haare jetzt kürzer, bloß noch bis auf Kinnhöhe und mit geschwungenen Spitzen. Es steht ihr gut. »Deshalb haben wir auch die Hälfte von denen verloren, die Aliyah nicht gefeuert hatte – ihnen fehlte der Reiz, mit Neukunden etwas zu entwickeln. Mittlerweile haben wir nicht mal mehr eine eigene Website, Amy.«

Mein Büro gerät ins Wanken. Einen Moment lang wird alles schwarz um mich herum. Das Blut rauscht in meinen Ohren. Mein Gott. Warum hat Darius nichts gesagt? Warum redet er davon, mir meine Firma zurückzuholen, wenn sie überhaupt nicht mehr existiert? Social Creamery managte die Accounts von Popstars, Profisportlern, Celebrities und Unternehmen. Unser Merkmal war Wachstum, wir reproduzierten authentische Auftritte für Jeden. Einzelnen. Kunden. Jedes. Mal. Neu.

Wie konnte man das alles so den Bach heruntergehen lassen?

»Hey«, ruft Clarice aus und kommt ein paar Schritt zurück, »ich dachte, Sie wollten das so! Dass wir uns auf das Familienunternehmen konzentrieren.«

»Das ist nicht meine Familie! Das sind gottverdammte Blutsauger, die allem den Lebenssaft rauben.« Ich ramme mir die durchgedrückten Finger gegen die Schläfe, wo schon den ganzen Morgen der Kopfschmerz stärker wird. »Scheiße! Ich habe mich von Aliyah herumschubsen und ausbooten lassen. Dieses dämliche Miststück! Sie konnte es einfach nicht ertragen, dass ich mir selbst etwas aufgebaut hatte, während sie sich in ihrem erbärmlichen Scheißleben immer bloß an die Erfolge der Männer angehängt hat.«

Clarice schließt schnell die Tür.

»Mir doch egal, ob sie mich hört«, sage ich und stehe auf. »Sollen mich ruhig alle hören. Ist schließlich die Wahrheit.«

»Sie wollen doch nicht, dass es wieder so eine Szene gibt.«

»Warum nicht?«, erwidere ich und bohre die Fingernägel in meine Handfläche. »Ich stehe kurz davor, den ganzen Laden kurz und klein zu schlagen. Ich bin … Könnten wir eine kurze Pause machen, ja?«

»Klar. Sicher. Kein Problem. Ich … äh, besorg dann mal diese Log-ins für Sie und die restlichen Sachen.«

»Danke«, sage ich und beäuge auf dem Weg zum Schreibtisch nachdenklich den Barwagen. Was zum Teufel soll das Ding in meinem Büro, wenn ich gar keine Kunden mehr empfange? Zu Hause darf ich keinen Alkohol haben, aber im Büro ist trinken erlaubt …?

»Hey … Amy?«

Ich schaue zu Clarice. Ihre braunen Augen blicken samtig sanft, ihr Kinn ist allerdings hart.

»Sie haben das schon mal geschafft«, erklärt sie. »Sie schaffen das auch ein zweites Mal.«

»Sicher doch«, gebe ich spöttisch zurück und wende mich kopfschüttelnd ab. Hinter mir höre ich die Tür ins Schloss fallen. Ich setze mich an meinen Schreibtisch und stelle fest, wie hart die Polsterung ist. Offenbar hatte niemand damit gerechnet, dass der Sessel tatsächlich benutzt wird.

Mein Blick wandert zur Wand, die Darius' Büro von meinem trennt. Der Zorn brodelt wie Lava in meinen Eingeweiden. Er hat mich in die Irre geführt, tatenlos zugesehen, wie mein Lebenswerk zerfällt, und nicht den Mumm aufgebracht, seiner Mutter die Stirn zu bieten. Sein Verhalten kotzt mich derart an, dass ich mit Grausen daran denke, wie er mich wenige Stunden zuvor noch angefasst hat. Was für ein Dreckskerl!

Wie bekomme ich den Karren wieder flott? Ich werde ganz von vorne anfangen müssen. Aber versuche ich das innerhalb von Baharan? Einerseits habe ich natürlich einen Anspruch darauf, mich der Mittel zu bedienen, die mir hier zur Verfügung stehen. Andererseits ist es hirnverbrannt, ein anderes Ergebnis zu erwarten, wenn man einfach nur denselben Fehler wiederholt. Das größte Problem ist, dass Baharan als mein letzter »Auftraggeber« ein hundsmiserables Beispiel dafür abgibt, welchen Schub mein Team dem Social-Media-Auftritt eines Unternehmens geben kann. Baharan im Netz ist statisch, altmodisch und vor allem – langweilig.

Aber … ich könnte mir genau das zunutze machen, indem ich es komplett überarbeite. Das gäbe mir ein aktuelles Musterbeispiel für eine grundlegende Modernisierung. Zusammen mit der Markteinführung der neuen Kosmetiklinie hätte ich zwei eindrucksvolle Belege, und das in vollkommen unterschiedlichen Bereichen. Allerdings würde ich Baharan damit helfen. Was ich nicht unbedingt möchte. Habe ich ihnen nicht schon genug gegeben? Aliyah hätte ich jedoch ein für alle Mal eines Besseren belehrt.

Die andere Möglichkeit wäre, den ganzen Scheiß stehen und liegen zu lassen und so schnell wie möglich zu verschwinden. Ich könnte behaupten, Social Creamery wäre so erfolgreich etabliert, dass ich es an Baharan verkauft hätte, um mich neuen Herausforderungen zu stellen. Ich könnte mir ein paar innovative Features und Apps zunutze machen. Die eigentliche Plattform ist immer bloß ein Baustein. Der wichtigste Faktor bleibt, die gewünschte Message zu erfassen und so weiterzuleiten, dass sie exakt die Zielgruppe erreicht. Das beherrsche ich nach wie vor. Bei allem anderen hilft mir Clarice.

Meine Handtasche fängt an zu brummen, und ich greife über den Schreibtisch, um mein Handy hervorzukramen. Das als Kontakt gespeicherte Gesicht vergisst man nicht so schnell, auch wenn es Jahre her ist, dass ich den Mann zuletzt gesehen habe. Er mag früher mal attraktiv gewesen sein, aber seine Züge sind stark verwittert. Sein Nasenbein steht schief nach dem einen oder anderen alten Bruch, der nicht richtig behandelt wurde. Der kahle Schädel betont die sehr dichten und tief sitzenden Augenbrauen noch zusätzlich. Die Lippen sind voll und fest, aber die dunklen Augen eisig und leer. Der Körper, der zu diesem Gesicht gehört, ist auf äußerst einschüchternde Weise mit Muskeln bepackt.

»Amy Armand«, melde ich mich.

»Ah …« Es entsteht eine Pause. »Ich wollte eigentlich mit Amy Searle sprechen«, erklärt eine tiefe Stimme mit osteuropäischem Akzent.

»Das war mein Mädchenname«, sage ich. »Inzwischen bin ich verheiratet. Wie schön, wieder einmal von Ihnen zu hören, Mr. Laska.«

41

AMY

»Wie läuft das Fitnesscenter?«, frage ich meinen ehemaligen Kunden in möglichst ungezwungenem Plauderton.

»Sie erinnern sich an mich«, antwortet Valon Laska erfreut.

Ich lehne mich zurück und wundere mich selbst darüber. Bei einem Mittagessen mit Laska bin ich nämlich Kane das erste Mal begegnet. Laska und ich hatten einen Tisch mit Blick auf den Eingang bekommen, und Kanes ungewöhnliche Größe hatte mich unwillkürlich aufschauen lassen, als er mit zwei anderen Herren in Businessanzügen durch die Tür kam und einen Tisch ganz in unserer Nähe erhielt. Er sah dermaßen gut aus, dass mein Herz kurz aussetzte, bevor es in rasendem Rhythmus wieder loslegte. Sein Blick fiel schon beim Eintreten sofort auf mich, und ich spürte ihn auf mir während des gesamten Essens. Ich war kaum noch in der Lage, mich auf mein Verkaufsgespräch mit Laska zu konzentrieren.

Noch am selben Nachmittag ging ich mit Kane hoch ins Penthouse, und die gemeinsam dort verbrachten Stunden führten letztlich zu dem hier: einem Büro bei Baharan Pharmaceuticals sowie der Entdeckung, dass all meine Geschäftsbeziehungen gekappt wurden, während ich zu Hause hockte und die perfekte Ehefrau zu spielen versuchte.

»Die Auslastung ist gleichbleibend hoch, seit Sie uns ausgeholfen haben«, erwidert er. »Derzeit bereitet mir ein Restaurant Probleme. Es sollte sehr viel besser laufen. Ich habe gehofft, Sie könnten mir noch einmal auf die gleiche Weise behilflich sein.«

Ich mache mir gar nichts vor, was Valon Laska betrifft. Wenn er ein Schild umhängen hätte, auf dem steht, dass er krumme Geschäfte der übelsten Sorte betreibt, würde das den ersten Eindruck lediglich bestätigen. Mir gegenüber war er zwar stets höflich und bisweilen sogar charmant, aber der vollkommen leblose Ausdruck in seinen Augen ließ bei mir gleich die Alarmglocken schrillen. Auch Kane konnte einen mit so leerem Blick anstieren, dass man fröstelte, doch bei ihm wusste ich von dem Feuer, das in ihm loderte. Laska dagegen strahlte die klirrende Kälte Sibiriens aus.

Dennoch war es leicht verdientes Geld gewesen, die Accounts des Fitnesscenters zu entstauben und aufzufrischen. Ein paar Fotoshooting-Termine und ein neues Logo, mehr brauchte es im Grunde nicht. In der Folge meldeten sich dann noch diverse Geschäftsleute aus seiner Branche, die ihre Auftritte ähnlich aufpoliert haben wollten. Clarice hatte damals schon kommentiert, wir würden für die legalen Operationen der Unterwelt langsam offenbar zur bevorzugten Adresse. Mir hat das ein wenig Sorgen bereitet, und so war ich regelrecht erleichtert, als die Sache mit Darius schnell ernst wurde und mir eine Neuausrichtung erlaubte. Jetzt allerdings … Na ja, jetzt sah alles ganz anders aus. So ein steter Strom an neuer

Kundschaft käme mir gerade sehr gelegen, da wäre es absolut egal, was die Auftraggeber hinter ihren Geschäftsfassaden zu verbergen haben.

Über Valon Laska hatte ich zu den Armands hingefunden, vielleicht kam ich über ihn wieder von ihnen fort.

»Ich würde mich freuen, wenn es zu einer erneuten Zusammenarbeit käme, Mr. Laska.«

Auf der Suche nach einem Notizblock öffne ich die einzige Schublade meines Schreibtischs, und meine Muskeln krampfen sich so plötzlich zusammen, dass mir der Atem stockt. Der Raum schrumpft zu einem grellen Lichtschlitz. Mein Puls wummert gegen mein Trommelfell. Meine Atmung setzt schnell und flach wieder ein.

Die Schublade ist voller Kondome.

Da fickt dieser Vollpfosten von Ehemann doch seine Sekretärin glatt in meinem Büro! Wie überaus bequem. Sich erst ein Gläschen genehmigen, um locker zu werden, und dann rammeln wie die Karnickel. Ich starre angewidert auf die Couch, auf der ich eben noch gesessen habe, und nehme mir vor, sie rauszuwerfen.

»Amy?«, fragt Mr. Laska nach. »Entschuldigen Sie, aber ich habe Ihren neuen Familiennamen nicht behalten.«

»Amy ist schon in Ordnung«, antworte ich. »Und ich muss mich entschuldigen: Ich kann einfach keinen Stift finden. Das Büro ist neu, hier liegt noch nichts da, wo es soll. Schicken Sie mir doch bitte den Link zur Website Ihres Restaurants. Dann schaue ich mir den derzeitigen Social-Media-Auftritt an und fahre anschließend mal vorbei, um mir ein Bild vor Ort zu machen.«

»Bringen Sie Ihren Mann mit und probieren Sie die Küche aus«, bietet er an. »Ich werde Ihren Namen beim Empfang hinterlassen. Alles auf Kosten des Hauses, versteht sich. Schließlich müssen Sie doch wissen, was sich mit Ihrer Hilfe besser verkaufen lassen soll.«

»Sehr freundlich, vielen Dank«, sage ich. Doch ich würde einen Teufel tun und ausgerechnet Darius mitnehmen. Clarice hat sich die Einladung verdient, weil sie hier die Stellung gehalten hat und dabei Aliyah ertragen musste. »Freut mich sehr, dass wir wieder etwas für Sie tun können, Mr. Laska«, fahre ich fort. »Ich werde ein Angebot erstellen und es Ihnen bis Ende nächster Woche zukommen lassen.«

»Dann bin ich mal gespannt. Auf Wiederhören.«

Ich werfe das Smartphone zurück in meine Handtasche und überlege, ob ich Alice den Berg Kondome auf den Schreibtisch kippen soll, bevor ich ihr die Fresse poliere. Oder besser noch, ich stürme zu Darius rein und schmeiße ihm die ganze Ladung ins Gesicht. Es ist schon lange überfällig, dass ich ihn zur Rede stelle.

Ich begreife es nur irgendwie nicht. Ich mache die Beine breit für ihn, wann immer er will. Warum genüge ich ihm nicht?

Es klopft energisch, die Tür geht auf, und Clarice kehrt zurück.

»Was für ein Timing, Sie werden es nicht glauben«, platze ich sofort heraus. »Valon Laska – der Typ mit dem Fitnesscenter in der Bronx – rief gerade wegen eines neuen Auftrags an.«

»Der Gangster?«, fragt sie erstaunt zurück.

Ich schließe die Schublade und sperre mit ihr einstweilen auch meinen wachsenden Zorn fort. Irgendwas in meinem Inneren scheint sich gelöst zu haben und klappert nun so heftig hin und her, dass mein ganzer Körper schlottert. Auf wackligen Beinen stehe ich auf und gehe vorsichtig zum Barwagen. »Das wissen wir nicht.«

»Schon klar«, erwidert sie mit vielsagendem Blick und lehnt sich gegen den Türrahmen. »Und was haben Sie ihm geantwortet?«

»Dass wir die Sache übernehmen. Möchten Sie was trinken?«

»Äh, sicher doch. Aber bloß einen Spritzer.«

Wie zum Teufel bringt Lily es fertig, bewusst stocknüchtern durchs Leben zu gehen? Ist doch absolut unmöglich, so was. Vielleicht kifft sie ja. Aber klar, solange Kane sie mit seinem göttlichen Schwanz von einem Orgasmus in den nächsten treibt, braucht sie wahrscheinlich gar keinen zusätzlichen Rausch.

Unsicher schenke ich mir einen Fingerbreit ein und lobe mich im Stillen für meine Zurückhaltung, dann gieße ich Clarice die gleiche Menge ein. Der Glasstopfen klirrt beim Verschließen laut gegen den Karaffenhals.

Die Schublade voller Kondome hat mich auf die Palme gebracht, jetzt brauche ich etwas zum Runterkommen. Und so ein kleiner Spritzer verstößt auch nicht gegen die Regel *Nichts vor fünf.* Außerdem gibt es einen Grund zu feiern. Das nutzlose Entgiftungszeug nehme ich dann nach diesem einen Glas.

»Wir brauchen eine eigene Website«, denke ich laut, »und

einen neuen Namen. Um Baharan und den Relaunch kümmere ich mich unabhängig davon. Sie müssen mir helfen. Können Sie sich vorstellen, zwei Jobs parallel zu erledigen? Wir bringen Social Creamery 2.0 zum Laufen, und dann kehren wir beide diesem Drecksloch hier den Rücken.«

Sie nimmt auf einem der Besucherstühle Platz und legt die Mappe, die sie mitgebracht hat, auf die Ecke des Schreibtischs. »Für neue Herausforderungen bin ich immer zu haben, das wissen Sie«, antwortet sie. »Aber dafür müsste ich mehr Gehalt bekommen. Können Sie mir die Doppelbelastung denn vergüten?«

»Klar doch, machen wir«, versichere ich ihr. Ich stelle ihr das Glas hin und setze mich wieder in meinen Sessel. Darius leitet die Finanzabteilung, und er wird mir schön jeden Wunsch erfüllen. Immerhin schuldet er mir etwas. »Wir brauchen noch ein paar Freie. Leute, die fürs Erste nicht vor Ort arbeiten müssen.«

»Wenn sie von überall aus arbeiten können, erweitert das den Kreis natürlich enorm.«

»Genau«, sage ich. »Ich werde die Jobs noch heute ausschreiben.« Ich zwinge mich, nur zu nippen, statt zu kippen, und seufze erleichtert auf, als das wohlvertraute Brennen diesen eisigen Ort in meinem Innern, der mich so zittern lässt, erwärmt. Es tut so gut, am liebsten würde ich ein randvolles Glas trinken. Aber das werde ich nicht. »Den ersten Kunden haben wir bereits, also müssen wir schnell ein neues Team zusammenbekommen.«

42

ALIYAH

»Ryan!«, rufe ich aus, als der attraktive junge Mann durch die Tür tritt. Mein Lächeln ist aufrichtig, denn nicht allein seine Ankunft bereitet mir Freude, sondern auch die Nachricht der Einlasskontrolle, dass Amy sich gerade in ihr Büro geschleppt hat. Das Mädchen ist hartnäckig, das muss man ihr lassen. Wollen wir doch mal sehen, ob sie ihr wahres Gesicht zeigt, wenn sie ein paar Gläser intus hat und Gelegenheit findet, ihre Schreibtischschublade zu öffnen. »Vielen Dank, dass du es einrichten konntest.«

»Kein Problem«, erklärt Ryan Landon, lässt sein bezauberndes Lächeln aufblitzen und stellt die Tasche vorsichtig auf dem Wandtischchen neben der Tür ab. Das herrliche cognacfarbene Leder ist durch den vielen Gebrauch charaktervoller und geschmeidig geworden. Kane benutzt das gleiche Modell in Schwarz und hat Ryan die Tasche geschenkt, als der die von Kane bewundert hatte. »Ich muss sowieso noch mit Kane reden. Ist er in einem Meeting?«

»Nein …«, antworte ich, kurz verwirrt über die Frage. »Hast du ihn schon lange nicht mehr gesprochen?«

»Vorgestern hatten wir das letzte Mal Kontakt«, berichtet

er und lässt sich auf einem der beiden Besucherstühle vor meinem Schreibtisch nieder, nachdem er Hose und Sakko bequemer zurechtgerückt hat. Entspannt und erkennbar unbesorgt trinkt er von seinem Coffee to go.

Ryan ist der Typ von Mann, den Frauen gern etwas genauer unter die Lupe nehmen. Groß und dunkel, angenehmes Äußeres und ein kraftvolles, selbstbeherrschtes Auftreten. Wie bei Kane hatte sich auch sein Vater wenig um die finanzielle Absicherung der Familie geschert. Der alte Landon hatte sein gesamtes Vermögen in das Ponzi-System von Geoffrey Cross gesteckt und alles verloren. Die gemeinsame Erfahrung, einen unzuverlässigen und törichten Egoisten zum Vater zu haben, schweißte Kane und Ryan später zusammen. Sie scheinen einander zu vertrauen, jedoch nur bis zu einem gewissen Grad und nie völlig, was nicht sonderlich überrascht, da beide in ihrer Jugend erleben – und bewältigen – mussten, welch verheerende Auswirkungen das Fehlverhalten eines Geschäftspartners auf so einem Niveau haben kann.

Sie haben es beide weit gebracht, allerdings auf unterschiedliche Art. Während Ryan inzwischen verheiratet ist, hat Kane als Witwer gelebt, weshalb sie zwar nicht mehr so viel Zeit miteinander verbringen, aber dennoch immer füreinander da zu sein scheinen. Manche Collegefreundschaften halten eben ein Leben lang, und das gilt offenbar auch für ihre.

»Hat er dir denn gesagt, er wäre im Büro?«, frage ich. Warum Kane sich in diesen turbulenten Zeiten nicht stärker auf seinen engsten Freund stützt, verstärkt meine Verwirrung noch.

»Wann ist er das nicht?«, fragt Ryan amüsiert zurück. »Er wohnt ja quasi hier. Was ist denn los?«

Ich versuche zu verbergen, wie fieberhaft mein Hirn arbeitet, und zupfe konzentriert an meiner weiten Palazzohose. Tagelang habe ich mich auf dieses Treffen vorbereitet, habe exakt geplant, wie ich das Gespräch auf Lilys Vergangenheit lenken und Ryan dann dazu bringen kann, mir bei der Schadensabwendung zu helfen. Jetzt bin ich eher auf der Hut, nicht zu viel zu erzählen. Mir ist schleierhaft, warum Kane seine Abwesenheit vom Büro ihm gegenüber nicht erwähnt hat. Vielleicht sind die beiden gar nicht mehr so eng miteinander. Sollte das der Fall sein, wie weit will ich ihn dann überhaupt einweihen?

»Aliyah?«

Ich straffe die Schultern und beschließe, mich neben Ryan in den zweiten Besucherstuhl zu setzen. Die richtige Platzierung ist alles, und für das, was nun kommt, soll er sich als Vertrauter fühlen.

»Du kennst Kane doch schon lange«, beginne ich.

»Kann man so sagen. Die Zeit auf der Columbia scheint bereits Ewigkeiten zurückzuliegen.«

»Kanntest du auch Lily?«

»Lily …«, wiederholt Ryan, und sein Blick wandert zur Seite. »Ja, ich kannte sie.«

»Gut?«

Er glättet eine unsichtbare Falte in seinem Hosenbein. »Sie war meine Freundin, als ich die beiden einander vorstellte«, antwortet er und wendet sich dabei wieder zu mir.

»Oh«, sage ich, obwohl es mich gar nicht überrascht. »Würde es dir etwas ausmachen, mir zu erzählen, warum ihr euch getrennt habt?«

Seine Augen mustern mich auf eine stechende Art, die für ihn höchst untypisch ist – zumindest aus meiner Erfahrung. »Warum willst du das wissen?«, fragt er zurück.

Ich überlege, wie ich offen reden kann, ohne mich zu verraten. Immerhin sind Ryan und Kane Freude, die einander vertrauen – oder von denen ich das einmal glaubte –, und mir gegenüber fühlt sich keiner von ihnen irgendwie verpflichtet. Wenn ich nicht sehr vorsichtig vorgehe, verscherze ich es mir mit beiden. »Sie übt einen gewaltigen Einfluss auf ihn aus. Wenn ich sie besser verstehen würde, fiele es mir bestimmt leichter, das Verhalten meines Sohnes nachvollziehen zu können.«

Er seufzt und erklärt: »Ich weiß zwar nicht, wie das helfen soll, aber … sie war diejenige, die Schluss gemacht hat.«

»Um mit Kane zusammen zu sein?«

»Nein, das denke ich nicht«, meint er, und seine Wangenknochen treten kurz hervor. »Ich weiß es nicht, um ehrlich zu sein. Unmittelbar nach unserer Trennung waren sie ganz sicher noch nicht zusammen, denn da hat er seine gesamte Freizeit mit mir verbracht. Er hat in dieser Phase praktisch ein paar Monate bei mir gewohnt. Ich konnte mich nur schwer damit abfinden, sie zu verlieren. Eine Weile versuchte ich meinen Kummer zu ertränken und mich mit ständig wechselnden Frauengeschichten zu betäuben. Kane habe ich zur moralischen Unterstützung überall mitgeschleppt.«

Er nimmt wieder einen Schluck Kaffee, und mir fällt auf, wie er mit dem Daumen seinen Ehering dreht. Mit finsterer Miene starrt er ins Leere und hängt seinen Gedanken nach.

»Ich wusste, dass er sie haben wollte«, sagt er schließlich leise. »Mir ist nicht entgangen, wie er sie bisweilen angeschaut hat. Es war offensichtlich, was er empfand. Er fing sogar an, Einladungen auszuschlagen, wenn wir etwas zu dritt unternehmen wollten. Andererseits hatte jeder, den ich kannte, eine Schwäche für sie. Da war er nicht der Einzige.«

»Störte dich das denn nie?«

»Was soll man da machen?«, antwortet er. »Wer so eine hinreißende, begehrenswerte Frau am Arm hat, darf sich nicht wundern, wenn andere Männer ebenfalls Interesse zeigen. Kane verhielt sich jedenfalls sehr respektvoll. Eigentlich tat er mir eher leid.«

»Tat er dir auch leid, als er sie später geheiratet hat?«, frage ich geradeheraus. Vielleicht liegt hier der Grund für ein Zerwürfnis. So oder so wäre es gut, Bescheid zu wissen.

»Davon habe ich erst erfahren, als sie schon tot war«, sagt er und fährt sich durch das gewellte Haar, dessen Farbe an dunkle Schokolade erinnert. »Bis er mir von ihrem tödlichen Unfall erzählte, habe ich weder etwas von der Hochzeit gewusst noch überhaupt davon, dass sie zusammen waren. Und da ich sie nie zusammen gesehen, ja, sie mir nicht einmal zusammen vorgestellt hatte, gab es auch diesbezüglich keine Gefühle, die mich beschäftigt hätten. Zudem wurde die Sache mit Angela damals ernst, also …«

Ich betrachte ihn aufmerksam. Er wirkt unruhig, und seine routinierte Antwort klingt, als hätte er immerhin oft genug über Lilys Tod nachgedacht, um eine wohlformulierte Erklärung parat zu haben. Allerdings ist mir nicht klar, was ich davon halten soll oder was sich damit anfangen lässt. Für Baharan wären Spannungen zwischen Kane und Ryan bestimmt nicht förderlich. Lily sorgt auch so schon für genug Ärger.

»Und es hat dir auch gar nichts ausgemacht, als du es erfuhrst?«, bohre ich nach.

»Doch, sicher«, gibt er zu. »Natürlich hat es das. Lily hatte mir schließlich mal viel bedeutet. Dabei fällt mir ein, dass ich Amy auf dem Weg hierher begegnet bin«, seine Stimme wird leiser, »und für eine Sekunde glaubte ich, Lily vor mir zu haben. Ich war total perplex.« Er nippt wieder an seinem Becher. »Ich habe wirklich schon lange nicht mehr an Lily denken müssen, und dann heute Vormittag gleich zweimal … Aber egal, ist nicht weiter wichtig.«

»Ich finde es höchst interessant«, widerspreche ich. Da steht Lily vor gar nicht so langer Zeit kurz davor, mit Ryan einen wohlhabenden und erfolgreichen CEO zu heiraten, entscheidet sich dann jedoch stattdessen lieber für Kane, der kaum Perspektiven und ansonsten nur einen Berg an unbeglichenen Studienkrediten zu bieten hatte. Das legt nahe, dass sie ihn tatsächlich geliebt hat und womöglich noch immer liebt. Es mag zynisch klingen, aber ich kann das einfach nicht glauben. Die Frau, die in Ramparts Ermittlungsakte detailliert beschrieben wird, tut nichts ohne Hintergedanken. Ich kann mir jedoch nicht leisten, Anspielungen oder offene Anschuldigungen zu machen, die womöglich den falschen Leuten zu Ohren kommen. Lieber bringe ich Ryan dazu, selbst die entsprechenden Schlüsse zu ziehen, und schaue mir an, was er unternimmt. »Kane arbeitet bereits seit zwei Monaten von zu Hause aus«, erkläre ich.

»Echt?«, entgegnet er sichtlich erstaunt. »Na ja, verdient

hat er sich eine solche Auszeit definitiv, obwohl Homeoffice in meinen Augen nicht unbedingt eine Pause bedeutet. Solltest du dir deshalb Sorgen machen, so kann ich dir versichern, dass er am Telefon ganz hervorragend klang, fast wie einst in alten Tagen. Er hat sogar gelacht und mich ein wenig aufgezogen. Wir sollten bald mal wieder zusammen ausgehen, meinte er. Das haben wir seit Ewigkeiten nicht mehr gemacht.«

Meine Kiefer malmen. Was sind Männer doch für Idioten! Ein hübsches Gesicht und eine tolle Figur genügen, um im Handumdrehen bei ihnen den gesunden Menschenverstand und jegliche Selbstschutzinstinkte lahmzulegen. Dass mein Sohn jetzt glücklicher wirken soll als in den Jahren zuvor, entfacht eine brennende Wut in mir. Ich empfinde Lily gegenüber nichts als Abscheu.

»Ein fester Sexualpartner hebt für gewöhnlich die Laune«, kann ich mir nicht verkneifen, höhnisch zu bemerken.

»Ach, hat es ihn endlich doch so richtig erwischt?«, fragt Ryan amüsiert. »Schön für ihn. Langsam habe ich mir bereits Sorgen um ihn gemacht. Ehrlich gesagt, hatte ich klammheimlich gehofft, all diese Berichte über den Sexiest Man Alive würden ihn ins Fadenkreuz einer unwiderstehlichen Frau bringen.«

Mit jedem Wort, das er sagt, sinkt die Temperatur im Raum, bis ich vor Kälte friere. Mein Top ist bauchfrei und mit den kurzen Puffärmeln so geschnitten, dass eine Schulter nackt bleibt. Mein Hals bleibt durch die hochgesteckten Haare ungewärmt. Ich spüre, wie die Gänsehaut sich ausbreitet. Fast rechne ich schon damit, meinen Atemhauch in der eisigen Luft zu sehen.

»Wenn ich so darüber nachdenke«, fährt Ryan fort und legt den Fuß auf sein Knie, »könnte ich ihm wegen Lily, selbst wenn ich wollte, gar nicht böse sein. Er hatte sie ja noch wesentlich kürzer als ich, und er hat bedeutend länger um sie getrauert.«

Er übertreibt es mit der Nachsicht, würde ich sagen. Nie und nimmer hat mein Sohn bloß *vergessen*, seinem besten Freund zu erzählen, dass seine Frau wiederaufgetaucht ist.

Ist Lily derart verschlagen? Isoliert sie Kane absichtlich von allen ihm nahestehenden Menschen, um ihre Macht über ihn zu stärken, bis sie die totale Kontrolle hat? Und mit Kane kontrolliert sie alle Finanzen und Baharan. Schon jetzt ist es ihr gelungen, ihn aus der Wohnung und von Witte fortzulocken. Was ihr nicht einmal besonders schwergefallen sein dürfte. Jahrelang schlief er unter ihrem Porträt und umgab sich mit Erinnerungen an sie, womit er natürlich den idealen Nährboden für eine noch größere Besessenheit schuf. Wie für seinen Vater und mich ist auch für Kane das Sexuelle wesenhaft, und er ist letztlich einfach zu lange solo geblieben, hat viel zu lange nur bei gelegentlichen One-Night-Stands mal Dampf abgelassen.

Hat sie ihn angefleht? *Bleib hier bei mir. Ich brauche dich.* Ist es ihr Vorschlag gewesen wegzufahren? *Lass uns irgendwo hinfahren, mein Liebster. Wo wir allein sind und alles so wird wie früher.*

Wie hätte Kane es ihr abschlagen können, wenn er seit Jahren komplett auf sie fixiert ist?

Juristisch betrachtet hat sie schon jetzt ein Anrecht auf die Hälfte seines Vermögens. Sollte sie schwanger werden, würde sie sich sogar noch mehr unter die Nägel reißen können.

Ein Baby. Wäre noch etwas Schrecklicheres überhaupt denkbar?

Es bewusst verhindern wird er ganz sicher nicht. Sie ist schließlich seine Frau. Wenn er sie vögelt, wird er nicht im Traum daran denken, ein Kondom zu benutzen, und demnach zu urteilen, wie er sie zuletzt ständig angestarrt hat, interessiert ihn derzeit kaum etwas anderes, als sie zu vögeln. Vielleicht ist doch *er* es gewesen, der vorschlug, abzuhauen und Witte nicht mitzunehmen, damit sie beim Dauerrammeln ungestörter sind. Wenn überhaupt, müsste sie also verhüten. Aber warum sollte sie das tun?

»Sonst alles klar?«, fragt Ryan.

Da er sowohl Kane als auch Lily so gut kennt, könnte Ryan der Einzige sein, der noch zu meinem Sohn durchdringt. Allerdings ist ebenso vorstellbar, dass Kane aus Eifersucht gerade nicht auf Ryan hört. Ich weiß nicht, was ich tun soll, welche Strategie die richtige ist.

»Aliyah?«

»Er ist mit ihr zusammen«, platze ich heraus. »Mit Lily, meine ich. Das bereitet mir schon Sorgen, was mir aber noch mehr Sorgen bereitet, ist die Tatsache, dass Kane sie dir gegenüber versteckt.«

»Wovon redest du?«, sagt er und setzt sich auf. Seine eben noch haselnussfarbenen Augen funkeln grünlich.

»Kane ist nicht mehr ins Büro gekommen, seit sie zurück ist. Er weicht ihr nicht …«

»Wem?«

»Lily!«

»Ausgeschlossen«, ruft er, der Rücken jetzt steif wie ein Brett. »Keine Ahnung, wie du …«

»Ich weiß«, werfe ich rasch ein und beuge mich vor. »Ich

wollte es zuerst ja auch nicht glauben. Die Situation ist absolut bizarr, und Kane ist …«

»Aliyah«, stößt er meinen Namen wie einen Peitschenhieb aus, »Lily ist tot.«

»Ist sie *nicht*. Noch ist unklar, was genau passiert ist. Sie leidet an einer Art Gedächtnisverlust und …«

»Wer erzählt so was?«, faucht Ryan und springt auf. »Kane?«

»Ja, natürlich. Er hat es uns allen erklärt.«

Er schüttelt den Kopf in schnellen, ruckartigen Bewegungen. »Er lügt euch an«, erklärt er. »Keine Ahnung, warum, aber er lügt. Ich rufe ihn an.«

Ich sehe, wie er sein Handy hervorholt, und springe ebenfalls auf. »Ryan, warte! Du solltest noch mehr erfahren, bevor du mit ihm redest. Es muss einen Grund haben, warum er sie vor dir verbirgt. Wir sollten erst …«

»Aliyah, ich weiß, dass er lügt!«, unterbricht er mich. Sein Gesicht ist bleich geworden. »Hier ist irgendwas oberfaul. Ich mache mir immer größere Sorgen um ihn. Er sollte die Trauer nicht so in sich hineinfressen. Das geht nun schon viel zu lange so. Und dann überall diese Lilien … Das ist krank. Er ist krank. Er ist *seit zwei Monaten* nicht hier gewesen? Hast du ihn denn gesehen? Mit ihm gesprochen?«

»Ich bin natürlich mal im Penthouse gewesen, um sie kennenzulernen«, antworte ich. Mein Herz rast so heftig, dass ich mich schwindlig und ganz benebelt fühle. »Und die beiden waren kurz hier, nur um …«

Er unterbricht mich mit ausgestrecktem Arm: »Du hast seine neue Freundin kennengelernt?«

»Lily!«, berichtige ich ihn. »Ryan, du hörst mir nicht zu. Lily ist zurück. Sie ist bei Kane.«

»So ein Schwachsinn!«, brüllt er, und das Blut schießt tiefrot in sein bleiches Gesicht zurück. »Lily. Ist. *Tot.* Ich war dabei, als Kane die Leiche identifizierte. Ich habe die Leiche selbst identifiziert. Sie war schließlich auch meine Freundin. Ich hätte sie überall wiedererkannt.«

»*Was?* Nein. Das kann nicht … Rosana hat Kane nach der Leiche gefragt. Er sagte, es habe keine gegeben. Die Küstenwache habe die Suche eingestellt und sie für *Auf See geblieben* erklärt.«

Er stellt den Becher auf meinem Schreibtisch ab, stützt sich mit beiden Händen auf die Kante und senkt den Kopf. »Ja, zuerst hat man sie nur für *Auf See geblieben* erklärt«, ringt er sich ab. »Dann tauchte ihre Leiche jedoch in einem Fischernetz auf. Es war …« Seine muskulösen Schultern arbeiten. »Es war ein paar Wochen später. Ein Arm fehlte, und ihre hübschen Züge waren bis zur Unkenntlichkeit zerstört. Aber die Größe stimmte, und die schlanke Figur, selbst nach all der Zeit im Wasser.«

»Wer immer das auch gewesen sein mag, da müsst ihr euch geirrt haben. Angesichts der Umstände …«

»Nein!«, fährt er dazwischen. »Sie war tätowiert. Sie hatte einen riesigen Phoenix auf dem Rücken. Nicht so ein Protzzeug, wie man es sich im Tattoostudio aus dem Katalog aussuchen kann. Ein Freund hat es speziell für sie entworfen. Teile davon waren auf der Leiche noch zu erkennen. Sie mit einer anderen zu verwechseln, ist absolut unmöglich.«

Ich fühle einen leichten Brechreiz und atme vorsichtig

durch den Mund. Ich sehe noch vor mir, wie Lily in ihrer schwarzen Hose und der schwarzen Corsage in der Bibliothek steht. Dank des Bobs war reichlich Haut zu sehen, und ich erinnere mich noch an das Tattoo. Einen Körperschmuck von diesem Ausmaß vergisst man nicht so schnell. Ich weiß noch, wie ich zum Bild über dem Kamin schaute und die Entsprechung erkannte. Die Frau bei uns in der Bibliothek hatte denselben Rücken wie Lily auf dem Foto.

»Sie hat dieses Tattoo«, bringe ich mit heiserer Stimme heraus. »Die Frau, die bei Kane ist.«

Ryans Kopf schnellt hoch und wirbelt zu mir herum. »Ich muss sie unbedingt sehen – von Angesicht zu Angesicht«, sagt er. »Es gibt keine, die so ist wie Lily. Selbst der beste plastische Chirurg auf der ganzen Welt könnte keine Doppelgängerin schaffen. Ich wüsste sofort Bescheid.« Seine Zähne knirschen hörbar. »Diese Frau muss jemand sein, der das Leid eines verzweifelten Mannes auszunutzen versucht.«

»Ja, genau«, stimme ich ihm zu und nicke immer wieder. »Sie ist gefährlich. Das war mir vom ersten Moment an klar, als ich sie sah.«

»Es muss doch einen Grund dafür geben, dass er sie vor mir versteckt, Aliyah. Er weiß genau, dass Lily tot ist. Und er weiß auch, dass ich es weiß. Sobald er mir von dieser Frau erzählt, bricht das gesamte Fantasiegebilde zusammen. Verleugnung ist Teil der Trauerarbeit. Die erste Stufe. Dass Kane die nach so langer Zeit noch immer nicht überwunden hat, ist ein echtes Alarmzeichen. Er braucht Hilfe.«

Während ich den galligen Geschmack in meinem Mund runterschlucke, bemühe ich mich vergeblich darum, aus alledem schlau zu werden. Ich habe dieses Foto von Lily bestimmt Hunderte Male betrachtet. Die Frau in Kanes Bibliothek hat ihr Gesicht. Ryan wird das erst begreifen, wenn er ihr selbst gegenübersteht. Die Ähnlichkeit ist mehr als nur frappierend, auch wenn unverkennbar ein paar Jahre dazwischenliegen.

Wem aber galten nun die Ermittlungen, die Giles Rampart durchgeführt hatte? Der Frau, die aus dem Atlantik gefischt wurde, oder der Frau, die derzeit mit meinem Sohn schläft?

Wir klopfen an Türen, stellen Fragen, bohren nach. Sie hatten ihr Foto herumgezeigt und sich darauf verlassen, dass die Leute ein so außergewöhnliches Gesicht nicht vergessen haben könnten. Die Geschichten zweier ähnlich atemberaubend aussehender Frauen zu verschmelzen, wäre also keine große Schwierigkeit.

Vielleicht war die Frau, die er vor sechs Jahren geheiratet hatte, ja genau die gewesen, die sie behauptete zu sein. Vielleicht war die Frau, die er vor Kurzem gefunden hat, genau die, der Ramparts Ermittlungen galten.

Sobald jetzt jemand Nachforschungen über ihre Vergangenheit anstellt, findet er heraus, dass sie gesucht wird. Je mehr Nachforschungen, desto mehr Menschen wissen Bescheid.

Wenn nun diese Frau entdeckt hatte, dass Kane nach ihr suchte, weil er sie für seine Frau hielt, und sie darin ihre Chance gewittert hätte? Ist es vorstellbar, dass die Leben zweier verschiedener Frauen derart miteinander verwoben sein könnten? Eine Waise die eine, eine meisterhafte Trickbetrügerin die andere?

Ryan nimmt wieder auf seinem Stuhl Platz. Er beugt sich vor, stützt die Ellbogen auf die Knie und fordert mich mit konzentrierter Miene auf: »Erzähl mir alles, von Anfang an.«

43

WITTE

Ich folge Mr. Black durch den Flur und bin erstaunt über die Veränderungen an ihm. Der Anzug ist zwar noch der, den er am Tag seiner Abreise aus der Stadt trug, der Mann darin jedoch nicht. Der Gentleman, der mit seiner Frau aus Greenwich zurückkehrte, ist … wie verjüngt. Er schreitet zügig und federnd aus, bewegt sich fließender als zuvor. Sein Haar ist etwas zu lang, aber dafür ist er so makellos glatt rasiert, als hätte ich selbst dafür gesorgt.

Bevor er in sein Arbeitszimmer abbiegt, wirft er noch einen Blick den Flur hinunter Richtung Wohnzimmer. Ich weiß, dass er nach Lily Ausschau hält. Auch wenn er sie von hier aus gar nicht sehen kann, möchte er instinktiv prüfen, ob alles in Ordnung ist. Vor dem Abstecher ins Strandhaus ertrug er es kaum, mit ihr im selben Raum zu sein. Jetzt fällt ihm die kürzeste Trennung von ihr schwer.

Als ich ins Penthouse zurückkehrte, um alles für ihre Ankunft vorzubereiten, lagerten in der Poststelle diverse Sendungen für sie – von Tiffany & Co, Hermès, Bergdorf's und anderen. Sie schaut sie gerade durch.

Mr. Black setzt sich hinter seinen Schreibtisch und bedeutet mir, einen der Besucherstühle zu nehmen. Nachdenklich wandert sein Blick über den Tisch – sein dunkler Computermonitor, die eingegangene Post, die ich geöffnet und auf der Schreibunterlage vorsortiert habe, der Fotorahmen mit Lilys Bild, den er auf das Gesicht gelegt hatte. Hier bleibt sein Blick kurz hängen, doch merkwürdigerweise stellt er es nicht wieder auf.

»Werden Sie das Strandhaus über den Sommer hinweg häufiger besuchen?«, frage ich. »Dann halte ich dort alles bereit.«

Er wirkt noch einen Moment in Gedanken verloren, dann schaut er mich an, und seine Augen werden klar. »Ja, lassen Sie es offen«, sagt er nickend.

Ich warte darauf, dass er eines der drängenden Themen anspricht, über die wir gestern Abend und heute Morgen am Telefon gesprochen haben. Allerdings hatte ich nicht einmal vierundzwanzig Stunden Zeit, um unsere Suche auszudehnen.

»Val Laska?«, fragt er. »Ich weiß, es ist früh, aber haben wir was?«

»Sein vollständiger Name lautet Valon Laska, und ich konnte ihn tatsächlich als den Mann identifizieren, der die Blumen geschickt hat. Mrs. Blacks Charakterisierung ist durchaus zutreffend. Der Mann ist ein Gangster, wobei Umfang und Schändlichkeit seiner Verbrechen eher nach einer noch schärferen Wortwahl verlangen. Das auf die Bekämpfung organisierter Kriminalität spezialisierte OCCB ermittelt seit Jahrzehnten gegen ihn, und auch jetzt laufen diverse Verfahren. Gelegentlich wurde er festgenommen, saß ein paar kurze Haftstrafen ab, scheint jedoch verdächtig viel Glück darin zu haben, schwerwiegendere Verurteilungen zu vermeiden.«

Mr. Black lehnt sich zurück, stützt die Ellbogen auf die Armlehnen und legt die Fingerspitzen aneinander. »Demnach hat sie zumindest bis zu einem gewissen Grad die Wahrheit erzählt.«

»Das Ganze ist ein Familienunternehmen«, fahre ich fort. »Beteiligt sind diverse Cousins, Neffen, Brüder und so weiter. Offizielle Dokumente über eine Eheschließung Laskas liegen nicht vor, ebenso ist nichts über eigene Kinder bekannt. Allerdings gibt es Gerüchte, dass er eine Frau hat, von der es heißt, sie sei noch skrupelloser als er.«

Ich entsperre mein Handy und lege es mit hell erleuchtetem Display auf die Schreibunterlage.

Sofort schwingt er in seinem Stuhl herum, beugt sich vor und studiert aufmerksam das Foto.

Die Aufnahme stammt von einem Observationsteam des OCCB. Allein seine schiere Größe macht Valon Laska unverwechselbar. Er ist ein echter Schrank.

Es ist Winter auf dem Bild. Die städtischen Räumfahrzeuge haben dreckige Eiswülste am Rand des Bürgersteigs aufgehäuft. Der dunkelgraue Himmel ist kalt und leblos wie ein Leichnam.

Laska tritt gerade auf die Straße, unmittelbar hinter einer Frau, die von dem dort wartenden Wagen halb verdeckt wird. Sie ist groß und hat glänzendes schwarzes Haar, das ihr in üppigen Wellen bis über die Taille reicht. Ein dicker Pelzmantel verbirgt ihre Figur, und auf dem Kopf trägt sie eine dazu passende Papacha. Trotz der großen Sonnenbrille sind die faszinierenden Züge, die ein Familiengeheimnis zu sein scheinen, unverkennbar. Ihre Haut ist hell wie Sahne, und der sinnliche Schwung ihres Munds wird von dem mörderisch roten Lippenstift noch unterstrichen.

Wortlos starrt mein Arbeitgeber das Foto an. In seinen weit geöffneten dunklen Augen liegt nichts als Schock und Entsetzen.

»Das OCCB wurde vor ein paar Monaten aufgelöst, daher hatte ich gar nicht damit gerechnet, so schnell etwas zu bekommen, aber mein Kontakt war in der Lage, diese Aufnahme zu liefern. Sie wurde vor einigen Jahren nur einen Block vom Crossfire entfernt gemacht.«

Er legt mein Handy vorsichtig ab, als wäre es höchst zerbrechlich, sinkt schwer gegen die Rückenlehne und schließt die Augen.

»In New York ist Laska seit Jahren nicht gesehen worden«, fahre ich fort. »Allgemein wurde angenommen, dass ein Konkurrent oder vielleicht sogar jemand aus seiner Organisation, der selbst an die Spitze wollte, ihn umgebracht haben könnte. Sein Wiederauftauchen vor sechs Monaten war für das NYPD eine äußerst unliebsame Überraschung. Von der Frau fehlt in der Stadt bislang noch jede Spur, aber laut meiner Kontakte muss sie irgendwo in der Nähe sein, da die beiden als unzertrennlich gelten. Den Verdacht, dass sie tot ist, hegt bei den Behörden niemand. Fürchtet Mrs. Black Racheakte oder Strafverfolgung wegen des Ablebens ihrer Mutter?«

»Nein. So wie ich die Familiendynamik verstehe, ging Steph Laska davon aus, dass die eigene Tochter in ihre Fußstapfen treten und sie letztlich töten würde. Laska begriff das offensichtlich und akzeptierte es.« Mr. Black trommelt ruhelos mit den Fingern auf der Armlehne. »Sie sprachen von einer möglichen Spur in einem Laden für gebrauchte Kleidung?«

»Wir haben das Verkaufspersonal befragt«, antworte ich. »Eine kurze Weile war Lily dort Stammkundin, hat stets in bar bezahlt – kleinere Beträge. Sie erwarb stets komplette Outfits. Wenn sie etwa Jeans kaufte, kamen gleich die passenden Schuhe, Oberbekleidung und Accessoires dazu, was genau dem Vorgehen entspricht, wie sie auch hier ihre Garderobe aktualisiert. Keiner der Angestellten hat sie allerdings innerhalb der letzten sechs Monate gesehen. Ein paar Monate besuchte sie den Laden regelmäßig, dann nicht mehr – vermutlich ganz einfach, weil sie ja jetzt bei Ihnen ist.«

Ich mustere meinen Arbeitgeber beunruhigt, verspüre Hilflosigkeit und Wut. All der Elan, mit dem er zurückgekehrt war, hat ihn verlassen. Sein Gesicht ist bleich, sein Mund so angespannt, dass Falten die Winkel einfassen, und die hochgezogenen Schultern wölben sich abwehrbereit.

»Sie erwähnten das Gespräch mit Mrs. Black hinsichtlich Ihrer Sicherheit«, ergänze ich in mitfühlendem Ton. »Hat Mrs. Black das so gesagt?«

»Ja.«

»Genau so?«

»Ja, wortwörtlich«, gibt er barsch zurück. In seiner Stimme schwingt eine gefährliche Mischung aus Frust, Verärgerung, Ungeduld und Verbitterung mit.

Meine Gedanken kreisen um das, was er mir erzählt hat. Geringfügige subkutane Injektion, Giftanschlag in der

Öffentlichkeit, das Projektil eines Scharfschützen – alles verdeckte Mordmethoden, die ausgefallene Mittel und eine spezielle Ausbildung erfordern, die für gewöhnliche Straßenkriminelle also eher unwahrscheinlich sein dürften.

»Ich finde es merkwürdig, dass sie ausgerechnet diese Szenarien entwirft«, erkläre ich offen, da er wachsam bleiben muss – was gar nicht so einfach ist, wenn die Liebe darauf drängt, alle Schutzmauern zu senken. »Ich hätte Warnungen erwartet, die weniger geheimdiensthaft klingen, sondern eher nach direkten Angriffen, etwa mit Messern oder Pistolen.«

»Sie liebt eben Spionagefilme«, erwidert er mit zärtlicher Verzweiflung, öffnet die Augen und schaut mich an. Seine Züge werden sanfter. »Bourne, Bond, Jack Ryan … solche Sachen.«

Das mag schon sein, aber die Frau, die wir als Lily kennen, neigt weder zu Übertreibungen noch zu Dramatisierungen. Sie wählt ihre Worte mit großer Sorgfalt, um die bestmögliche Wirkung zu erzielen. Wäre ich doch nur anwesend gewesen, als sie das sagte, dann hätte ich den Klang ihrer Stimme und den Ausdruck in ihren Augen deuten können. Ihre Verstellungskunst ist enorm und hat sich wahrscheinlich über ihr gesamtes Erwachsenenleben, wenn nicht noch länger, immer feiner ausgeprägt. Es ist unmöglich, ihre Absichten vorherzusagen, und das macht sie ganz besonders gefährlich.

»Warum haben wir noch nicht herausgefunden, wo sie sich verkrochen hatte?«, fragt Mr. Black, und der Anflug eines Lächelns ist wieder verschwunden. »Da sie keinen Koffer bei sich hatte, muss all die Kleidung, die sie gekauft hat, doch irgendwo sein.«

»Sie könnte sie nach dem Tragen sofort entsorgt haben«, sage ich und weiß, dass ich damit seine Frage nicht beantworte.

Er blickt mich durchdringend an.

»Vielleicht hat jemand ihre Wohnung ausgeräumt«, schlage ich vor. »Und die Räume sind längst neu vermietet.«

»Der Hausbesitzer oder der Verwalter«, ergänzt er sofort mit Nachdruck.

»Denkbar«, sage ich. Oder ein Freund, ein Komplize, ein Partner oder Liebhaber. Er weiß das, er ist ein scharfsinniger Mensch. Aber er ist wie besessen. Viel zu lange hat er sich selbst von Liebe und Freude abgeschottet, ist Tag für Tag mit dem Blick auf die Verkörperung von Schmerz und Verlust abends ins Bett gegangen und morgens wieder aufgestanden. Das Ausmaß seiner Einsamkeit und seiner Trauer haben ihn für genau die Richtige extrem anfällig gemacht.

Einer solch hochentzündlichen Chemie zwischen zwei Menschen begegnet man nur äußerst selten. Manche Paare wechseln ungeniert begierige Blicke. Andere scheuen sich nicht, ganz offen Zärtlichkeiten auszutauschen. Doch Paare, die schon eine erotische Aura ausstrahlen, wenn sie bloß die Nähe des anderen spüren, sind rar gesät. Gideon Cross und seine Frau Eva sind solch ein Paar, genau wie Mr. Black und Lily. Wie stark sich mein Arbeitgeber nach seiner Frau verzehrt, ist nicht zu übersehen. Sie verfügt über mindestens drei Geheimwaffen: Sie bringt ihn zum Lachen und verleiht ihm das Gefühl, geliebt zu werden und glücklich zu sein. Er ist vollkommen von ihr bezaubert – man könnte sogar sagen, von ihr verhext.

Sie verschleiert mehr, als sie offenbart, und Mr. Black lässt es geschehen, um zu bekommen, was er vor allem will: sie. Obwohl sie im Besitz all der Antworten ist, nach denen er sucht, wartet er ab, bis sie es für richtig hält, sie ihm mitzuteilen. Es ist fast so eine Art Katz-und-Maus-Spiel zwischen den beiden. Aber mit welchem Ausgang?

»Während ihrer Abwesenheit sind diverse Sendungen für sie eingetroffen, darunter eine, die ein Bote von einem Juwelier ganz in der Nähe ablieferte«, berichte ich und bedauere es zutiefst, noch mehr schlechte Nachrichten überbringen zu müssen. »Der Rechnung zufolge wurde der Betrag überwiesen. Allerdings liegt von keinem Konto eine Abbuchung oder Abhebung vor, die auf diesen Betrag oder dieses Geschäft lautet.«

Er verharrt einen Moment bewegungslos und bleckt dann die Zähne zu einem erschreckend finsteren Lächeln. »Sie hat Zugang zu anderen Konten«, folgert er mit leuchtenden Augen und lehnt sich weit zurück in seinem Stuhl. »Die Ausführungen des Nachlassanwalts über die LLC und deren Vermögenswerte entsprachen nicht den wenigen Informationen, die ich darüber hatte. Schon damals dachte ich mir, dass noch andere Konten existieren. Lily würde die Schlüssel zum Königreich nie einfach so weggeben, nicht einmal ihrem Ehemann.«

»Ich dachte, es wäre vielleicht ein Geschenk«, bemerke ich vorsichtig. »Wie die Blumen.«

Er wischt den Einwand mit einer Handbewegung weg. »Dann wäre sie längst zu uns gekommen und hätte uns davon erzählt. Nein, da draußen liegt irgendwo noch eine geheime

Kriegskasse, Witte, und ich habe ihr ein ausreichendes Gefühl von Sicherheit gegeben, um sie offenzulegen.«

Ich begreife weder seine Schlussfolgerung noch seine Reaktion. Diese grimmige Fröhlichkeit. Es wirkt fast wie … Habgier, was keinen Sinn ergibt. Ebenso wenig wie sein Vertrauen darauf, dass sie ein Geschenk von Laska sofort erwähnen würde, denn von ihren Täuschungen weiß oder ahnt er doch inzwischen in unzähligen Fällen.

Ich bin stets mit großer Aufmerksamkeit meiner Aufgabe nachgekommen, Mr. Black in Fragen der Entscheidungsfindung und Kontrollausübung zu fördern, denn der zentrale Punkt meiner Anstellung lautet nun einmal, ihm das Rüstzeug für ein erfolgreiches Leben inmitten der Geldelite dieser großartigen Stadt zu vermitteln.

Dennoch entscheide ich mich in diesem Augenblick dafür, den Informationsfluss hinsichtlich der Situation mit Lily künftig stärker zu filtern. Schließlich gehört es auch zu meinem Aufgabenbereich, die Sicherheit von Mr. Black zu gewährleisten. Dem werde ich nachkommen, notfalls auch ohne seine Einwilligung.

»Halten Sie mich weiter auf dem Laufenden, Witte«, sagt er, lehnt sich vor und beginnt, seine Post durchzugehen.

»Selbstverständlich«, erkläre ich und stehe auf. »Übrigens hat Mr. Landon zahlreiche Anläufe unternommen, Sie zu sprechen. Er muss sogar hier gewesen sein. Als er mich anrief, habe ich ihm geraten, es bei Ihnen auf dem Handy zu versuchen, aber er sagte, dort habe er Sie nicht erreichen können. Er klang recht aufgewühlt und hat sich nach Mrs. Black erkundigt.«

»Er hat mir ein paar Sprachnachrichten hinterlassen«, antwortet er, zerknüllt die Einladung zu einem Parteispendendinner und versenkt das Knäuel sauber durch den Basketballkorb in den Papierkorb. »Mir war klar, dass meine Mutter ihn früher oder später ansprechen würde. Hätte ich sie darum gebeten, es nicht zu tun, wäre sie bloß sofort zu ihm gerannt. Was haben Sie ihm gesagt?«

»Da Sie ihn offensichtlich nicht über Mrs. Black unterrichtet haben, vermied ich, in Bezug auf sie irgendetwas zu bestätigen oder zu dementieren, und empfahl ihm, sich mit Fragen zu Ihrem Privatleben am besten direkt an Sie zu wenden.«

»Sie sind der Beste, Witte«, sagt er nickend und atmet scharf aus. »Was würde ich bloß ohne Sie machen? Bleiben Sie einstweilen bei dieser Auskunft.«

Warum mein Arbeitgeber jedes Gespräch mit seinem engsten Freund vermeidet, weiß ich nicht. Vielleicht weil Mr. Landon früher mal mit Lily zusammen gewesen ist? Ist er eifersüchtig, oder weicht er ihm aus?

»Da wäre noch etwas …«

»Verflucht«, stößt er aus und wirft sich wieder gegen die Rückenlehne. »Wie sind wir nur wieder auf diesen Mist zu sprechen gekommen?«

Er schaut mich kurz herausfordernd an, dann lenkt er mit einem Stoßseufzer ein.

»Miss Erika Ferrari hat bereits zweimal unten in der Lobby nach Ihnen gefragt«, fahre ich fort. »Ich habe Julian gebeten, für mich nachzuschauen, ob sie es auch im Büro versucht hat, und auch dort ist sie bereits zweimal gewesen.«

Er fährt sich mit der Hand über das Gesicht. Es ist natürlich schon früher vorgekommen, dass eine Frau nach einer gemeinsam verbrachten Nacht noch mehr von ihm wollte. In der Vergangenheit begegnete er solchen Irritationen stets mit grausamer Gleichgültigkeit, und es oblag dann in der Regel mir, daraus entstehende unangenehme Klärungen zu übernehmen. Womöglich haben seine Empfindungen für Lily ihn in dieser Hinsicht ein wenig rücksichtsvoller werden lassen.

»Ich weiß nicht mal, wie ich sie erreichen kann«, knurrt er. »Oder was ich sagen sollte. Nein, das stimmt nicht. Ich müsste mich entschuldigen. In dem Punkt hat meine Frau mir den Kopf gewaschen.«

»Tatsächlich?«, sage ich. »Ja, das sieht ihr ähnlich. Für sie stehen Frauen in einer ständigen Schlacht, die Wachsamkeit und ausreichende Bewaffnung erfordert.«

»Das hat sie von ihrer Mutter, und ich diente dann später als Musterbeispiel dafür, wie zutreffend diese Einschätzung war. Ich kann Leute, die fremdgehen, nicht ausstehen. Ich habe mich damals nicht einmal bei Lily gemeldet, bis die Sache zwischen Ryan und Angela ernster wurde, und jetzt soll ich einer Frau, mit der ich geschlafen habe, erklären, dass ich damals verheiratet war und es heute noch bin und dass ich es zu schätzen wüsste, wenn sie mich oder meine Frau nicht weiter belästigen würde.«

»Ihre Situation ist halt außergewöhnlich. Mehr als die Wahrheit kann niemand von Ihnen verlangen.«

»Nicht einmal damit kann ich ja wohl dienen, oder?«, erwidert er mit einem lustlosen Lachen.

»Ich werde Sie wissen lassen, sollte Miss Ferrari neuerliche Kontaktversuche unternehmen. Und ich werde den Empfang und Julian bitten, gegebenenfalls ihre Telefonnummer zu notieren.«

Ich verlasse den Raum und mache mich auf den Weg in Richtung Küche, um mit den Vorbereitungen für das Abendessen zu beginnen. An der Tür zum Wohnzimmer bleibe ich stehen, weil ich sehe, wie Lacy, eins der Hausmädchen, aufmerksam ein Foto betrachtet. Sie schreckt schuldbewusst zusammen, als sie mich bemerkt. »Witte, Sie können einem aber Angst einjagen.«

»Verzeihung«, sage ich. »Sie waren so in Gedanken versunken.« Ich steige ebenfalls in den tiefer liegenden Wohnbereich hinab, als ich erkenne, dass eine Reihe von Fotos geschickt über den Raum verteilt wurde. Eins ziert ein Beistelltischchen, ein paar andere stehen auf den Bücherregalen, die den Kamin einrahmen.

»Die hat sie gerade aufgestellt«, erklärt sie überflüssigerweise.

Die unterschiedlichen Rahmen sind aus Sterlingsilber, Chagrinleder oder kostbarem Holz gefertigt, und jeder korrespondiert hervorragend zu den Einrichtungsgegenständen in seiner jeweiligen Umgebung. Offenbar gehörten diese Rahmen zu den Sendungen, die für Mrs. Black eingegangen waren, und ich registriere fasziniert, wie detailgenau sie sich an alles im Penthouse hatte erinnern können.

Ich lege die Hände hinter dem Rücken ineinander und studiere die Fotos. Alle zeigen Mr. und Mrs. Black zusammen in innigen Momenten voller Freude und Liebe. Sie belegen durchweg, wie verzaubert die beiden Menschen voneinander sind, und – was noch erstaunlicher ist – sie sind ausnahmslos neueren Datums. Von den älteren Fotos, die Mr. Black wie fast alle Zeugnisse ihrer gemeinsamen Vergangenheit im Strandhaus aufbewahrt, ist kein einziges darunter.

Der Raum wirkt nun vollkommen anders. Die wenigen, mit Bedacht hinzugefügten Gegenstände machen das Ganze plötzlich warm, persönlich und einladend. Es fühlt sich wie ein Zuhause an.

Ich verstehe, warum Lacy so gebannt ist. Wie erstarrt vor Verwunderung betrachten wir beide den Mann auf den Fotos. Noch nie habe ich meinen Arbeitgeber so vor Leben und Freude strotzend gesehen. Die Wandlung ist derart atemberaubend, dass ich beinahe geneigt bin, ebenso die Augen vor der Realität zu verschließen, wie er es gerade zu tun vorzieht.

Seit vielen Jahren wünsche ich ihm ein solches Glück. Dass er es ausgerechnet bei einer Frau findet, die ihm das Herz gebrochen und ihn in Lebensgefahr gebracht hat, macht mir indes zu schaffen. Und dass sie mir sympathisch ist, vergrößert den Zwiespalt nur noch.

Ein verstörendes Detail wäre da allerdings noch, zu dem er sich offenbar noch keine Gedanken gemacht hat, auch wenn ich mir nicht vorstellen kann, dass er es vergessen hat: Lily erkannte ihn, als sie ihn auf der Straße sah.

Seine Frau wusste, wer er war, erinnerte sich an ihn. Doch nach Hause gekommen war sie nicht.

44

AMY

Dieser Moment, wenn der eiskalte Wodka auf den Grund meines leeren Magens stößt, kommt einem Orgasmus gleich. Die Augen sind geschlossen, der Atem stockt, und die Zehen kringeln sich in meinen High Heels. Ich höre die Musik aus den Lautsprechern über Dutzende von Gesprächen hinweg, rieche den schwachen Duft von Knoblauch und Basilikum, nach Oregano und Thymian. Ich stöhne leise auf, als der Alkohol sich traumhaft heiß in meiner Blutbahn verteilt. Für einen viel zu kurzen Moment bin ich in einem Zustand absoluten Glücks.

»So gut?«

Ich öffne die Augen und sehe den grinsenden Barkeeper, der sich so weit über die Theke lehnt, dass sie keine echte Trennung mehr bildet. Es ist keineswegs der beste Wodka Martini, den ich je hatte. Zu viel Wermut, zu geizig bei den Oliven. Aber der junge Mann sieht nett aus und macht mir schöne Augen, also lächele ich zurück und sage: »So gut, ich nehme noch einen.«

»Harter Tag?«, fragt er, während er den geleerten Shaker in die Luft wirft und routiniert auffängt.

»Katastrophal«, lüge ich emphatisch, da ich die Regeln kenne. Ein Martini nach der Arbeit ist kein Problem. Zwei bedeuten entweder einen harten Tag oder etwas zu feiern. Bei drei Martinis ist das Lächeln des Barkeepers nur noch aufgesetzt, und bei vier Martinis lächeln sie gar nicht mehr und fragen, ob sie dir ein Taxi rufen sollen, das dich nach Hause bringt.

Wenn ich so überlege, warum ich hier im Restaurant bin, dürfte ich es heute wohl bis zum dritten schaffen.

»Kommt sofort«, sagt er mit einem Augenzwinkern. Sein Blick wandert zu einer Stelle über meiner Schulter, und ich sehe, wie er Stielaugen bekommt und seine Lippen sich zu einem stummen Pfiff zusammenziehen. Dann wird sein Lächeln breit genug, um ein kleines Grübchen zum Vorschein zu bringen, und der bewundernde Ausdruck, mit dem er mich gemustert hatte, springt für den neuen Gast noch eine Stufe höher.

Mein Rücken versteift sich, unmittelbar bevor sich, wie erwartet, eine Hand sanft auf meine Schulter legt.

»Hey«, sagt Lily mit ihrer gehauchten, mädchenhaften Stimme. »Sorry für die Verspätung, aber es war so viel Verkehr.«

Ich drehe den Kopf, als sie neben mich tritt. Sie trägt ein kurzes schwarzes Slipdress und einen prächtigen saphirblauen Kimono mit floralem Muster aus metallischem Stickgarn. Eine einzelne lange Perlenkette mit einem Knoten unterhalb ihrer Brüste baumelt ihr bis auf Hüfthöhe.

Sie breitet die Arme aus, um mich an sich zu drücken, und ich spüre, wie vor Angst das Adrenalin durch meine Brust schießt. Unsicher rutsche ich vom Hocker und wäre beinahe in sie gestolpert. Ihre Umarmung ist fest und keineswegs flüchtig, dennoch ist sie am Ende diejenige, die zuerst loslässt. Dafür hasse ich sie. Und wie der Barkeeper sie anschaut, dafür hasse ich sie auch, denn das ausgiebige Wiedererleben der Freuden, die Kanes einzigartiger Schwanz zu spenden vermag, lässt sie geradezu strahlen. Ich erkenne dieses Am-Morgen-danach-Leuchten genau, schließlich habe ich es bei all seinen Ausrangierten häufig genug gesehen.

Ob sich Lily an all die schmutzigen Details erinnert, die ich ihr erzählt habe, als sie im Koma lag?

»Du siehst toll aus!«, schwärmt sie und betrachtet mich freundschaftlich von Kopf bis Fuß. »Das Jäckchen ist hinreißend.«

»Danke«, antworte ich. Da ich nicht gewusst hatte, dass ich Lily nach der Arbeit auf einen Drink treffen würde, hatte ich mich nicht extra für die Begegnung angezogen. Während sie nun in lässigem Happy-Hour-Outfit aufläuft, trage ich noch Hose und Blazer. Glücklicherweise ist es eine Kombination, die Tovah ausgewählt hat, und Lily ist nicht die Erste, die mich zu dem kurzen grünen Samtblazer beglückwünscht.

»Ich liebe deinen Kimono«, sage ich, da es leider der Wahrheit entspricht und eine freundliche Erwiderung angebracht erscheint.

»Oh, vielen Dank«, antwortet sie und hängt ihre Handtasche an den Haken unter der Theke. »Ich auch. Er gehörte meiner Mutter.«

Ich besitze keine alten Sachen von meiner Mutter. Ich

glaube auch nicht, dass in ihrem Schrank irgendein Erbstück in der Art dieser schimmernden Seidenrobe hängt, die Lily gerade schmückt. Doch meine geliebte Schwägerin hat eben einfach alles. Schön, da war der Unfall, und die Erinnerungen an ein paar bescheuerte Jahre sind flöten gegangen, was auf Partys immer für ein paar Lacher gut sein mag, aber letzten Endes … ihr Leben ist einfach scheißperfekt.

»Was darf es denn sein, bezaubernde Lady?«, erkundigt sich der Barkeeper, während er einen neuen Martini neben meinen ersten stellt, den ich erst halb getrunken habe. »Mit zwei solchen Schönheiten ist mein Abend ja schon gerettet. Der Genpool in eurer Familie sorgt jedenfalls für höchst reizvolle Anblicke.«

Gegen meine Erwartung korrigiert Lily ihn nicht, um klarzustellen, dass wir einander lediglich ähneln, sondern dankt ihm nur und bestellt das Gleiche wie ich, bloß in besser – nämlich die versaute Variante mit lediglich einem Spritzer Wermut und extra Oliven.

Witte hat also gelogen, sie trinkt durchaus Alkohol. Warum? Um meine Geschenkidee zu ruinieren und ihre in besserem Licht dastehen zu lassen?

Ich lasse mir nichts anmerken und zwinge mich zu einem Lächeln. Das wird er büßen.

»Wird gemacht«, sagt der Barkeeper mit einem Augenzwinkern und klopft auf die Theke. Er ahnt nicht, dass sein Trinkgeld immer mehr schrumpft. Im Ernst, seine Martinis sind beschissen.

»Wie war dein Tag?«, fragt Lily und biegt ihren Körper, um mich anzusehen.

Ich zucke mit den Achseln und trinke noch einen Schluck. Am liebsten hätte ich das Glas hinuntergestürzt, aber ich zwinge mich dazu, es bei einem Nippen zu belassen. Im Büro halte ich mich an den Entzug, doch um fünf Uhr ertrage ich das Nüchternsein keine Minute länger. »Arbeit eben.«

Sie stützt einen Ellbogen auf die Theke, legt das Kinn in die Hand und wirkt elegant, leger und gespannt auf alles, was ich sagen werde. Wenn sie wüsste, was mir so alles durch den Kopf geht …

»Macht es dir etwas aus, mir mehr davon zu erzählen?«, lockt sie mich. »Kane zufolge hattest du eine eigene Agentur, die Social-Media-Auftritte managte und die du dann mit Baharan zusammengelegt hast, stimmt das?«

»Zusammengelegt wurde da nichts, bloß geschluckt«, stelle ich klar und betrachte sie aufmerksam, da ich mich frage, was sie im Schilde führt.

Sie wendet sich kurz dem Barkeeper zu, der ihren Drink serviert und ein Glas mit einem großen Teelicht zwischen uns stellt. Das italienische Restaurant liegt an der Ecke direkt gegenüber vom Crossfire und ist an seinen drei Außenseiten voll verglast. Mittags scheint die Sonne so hell hinein, dass man Jalousien braucht, aber jetzt gegen Abend funkeln auf allen Tischen kleine Windlichter. Während Lily damit beschäftigt ist, für den wartenden Barkeeper ihren Martini zu kosten, nutze ich die Gelegenheit, um mein erstes Glas zu leeren und beiseitezuschieben.

Ich kaue an meiner einsamen Olive, als sie über den Rand ihres Glases wieder zu mir schaut.

»Kane hat mir den Entwurf für die Werbekampagne zur

Einführung von ECRA+ gezeigt«, sagt sie. »Wirklich sehr eindrucksvoll.«

»Danke«, antworte ich und versuche, nicht genervt zu klingen. Was zum Teufel versteht sie schon davon! »Meiner Ansicht nach zu nullachtfünfzehn. Ich überarbeite ihn gerade.«

»Was stört dich denn daran?«, fragt Lily mit aufrichtig wirkendem Interesse.

»Einfach alles. Die Farben, die Bildsprache, die Message. Bloß mit Verpackung, Labordaten und den makellosen Gesichtern von Rosana und Eva kann man heute im Celebrity-Beautymarkt nicht mehr punkten, aber genau darauf legen sie ihren Fokus.« Erleichtert verfolge ich, wie der Barkeeper mein leeres Glas abräumt. Es sieht viel besser aus, nur ein Getränk vor sich stehen zu haben.

»Und wie würdest du das ändern?«

Ich verdränge meinen Ärger über ihre ständige Fragerei. Eigentlich rede ich ganz gern über meine Arbeit, auch wenn mir ein anderer Gesprächspartner lieber wäre. Doch wenn ich jetzt einen Haufen ihrer Fragen beantworte, dann gehe ich davon aus, dass sie danach dasselbe tun wird.

»Indem wir das Produkt in der normalen Arbeitswelt zeigen, allen möglichen Leuten, und dabei betonen, welche dermatologischen Fortschritte wir gemacht haben. Echte, unverfälschte Fotos und Videos mitten aus dem Leben.« Ich nehme noch einen Schluck. Sie wäre wirklich grauenhaft als Markenbotschafterin. »Es geht nicht darum, das Rad neu zu erfinden, sondern den Menschen zu erzählen, was sie tatsächlich wissen möchten: Dieses Produkt ist nicht bloß schöne Verpackung und wird nicht bloß von Influencerinnen benutzt, deren Fan sie sind. Dieses Produkt zu diesem Preis ist schlicht ein Superdeal.«

»Ich kann kaum erwarten, den Entwurf zu sehen«, sagt sie mit herzlichem Lächeln.

Inzwischen habe ich mir genug Mut angetrunken und frage: »Was kümmert dich das?«

Sie lehnt sich gegen die Theke und kreuzt die Beine, die in ihrem Minikleid endlos lang wirken. Eine so bleiche Haut sollte eigentlich unangenehm grell wirken, aber sie sieht einfach nur bezaubernd aus, als wäre sie in ständiges Mondlicht gehüllt.

»Ich denke, wir könnten einander nützlich sein.«

Ich runzle die Stirn. Außer einem Job als Stuntdouble für Kanes Matratzengymnastik wüsste ich nichts Verlockendes, was sie mir anbieten könnte. »Wie das?«

»Hat Kane euch jemals erzählt, was ich tue?«

Ich schüttele bloß den Kopf, da es diplomatischer ist, als laut auszusprechen, dass sie eben einfach bequemes Fickmaterial ist.

»Ich treffe Leute«, erklärt sie. »Wenn sie mir gefallen und sie einen Traum haben, den ich zu Geld machen kann, dann helfe ich ihnen, die Sache auf die Beine zu stellen.«

»Ein Business Angel«, sage ich gedehnt. Hält sie mich für blöd?

»Genau. Wenn man ein gutes Auge für die richtigen Kandidaten hat, kann das äußerst lukrativ sein. Wie du weißt, brauchen Start-ups unter anderem oft Hilfe dabei, wie sie sich in den sozialen Medien am besten platzieren und vermarkten. Diese Aufträge könnte ich an dich weiterleiten. Du würdest ihnen bei der Optimierung ihres Markenimages und Online-auftritts helfen, und sie hätten ein Problem weniger, um das sie sich kümmern müssen.«

»Und was springt für dich dabei raus?«, frage ich misstrauisch.

»Zehn Prozent Vermittlungsgebühr basierend auf dem Auftragsbudget des ersten Jahres.«

»Nur zehn Prozent?«

Sie streicht sich lächelnd die Haare hinters Ohr und sagt: »Du darfst nicht vergessen, dass ich ja auch aufseiten des Vertragspartners verdiene, wenn durch dessen Wachstum die Profite meines Investments steigen.«

Seit unserer ersten Begegnung sind ihre Haare deutlich länger geworden und reichen ihr nun bis zu den Schultern. Sie trägt atemberaubend schöne Ohrhänger, die mit Saphiren und Diamanten bestückt sind. Die Steine funkeln unglaublich intensiv, fangen noch den winzigsten Lichtstrahl ein.

»Nicht zu vergessen die dritte Ebene«, ergänze ich und nehme noch einen Schluck, während ich mit dem Fuß auf die Leiste klopfe, die um die gesamte Theke läuft. »Baharan würde an den Verträgen ebenfalls verdienen, und daran bist du ja auch beteiligt.«

Zu meiner Freude schwächt sich ihr Lächeln irgendwie ab, was sofort meine Neugier erregt.

»Ja«, stimmt sie mir zögernd zu. »Dem ist wohl so.«

Ich überlege, ob ich etwas sagen soll. Aber warum nicht gleich die Katze aus dem Sack lassen? Seit Tagen zerbreche ich mir den Kopf, wäge ab, ob ich noch mal ganz von vorne anfangen will. Bei Baharan zu bleiben würde bedeuten, dass all mein Einsatz und mein Talent nur Kane und Lily reicher machen. Das macht mir die Entscheidung leicht: Ich haue ab.

»Tja«, beginne ich, »du bist die Erste, die es erfährt: Ich werde Baharan verlassen und eine eigene Firma gründen.«

Lily hebt zwar die Augenbrauen, scheint jedoch nicht wirklich überrascht. »Eine eigene Firma«, sagt sie. »Ein mutiger Schritt.«

»Ich lasse Baharan nicht hängen, dass das klar ist«, füge ich schnell hinzu. »Was wir hier in der Mache haben, ist schon okay, aber eben nichts Besonderes. Und bevor ich zu neuen Ufern aufbreche, werde ich das noch in Ordnung bringen.«

»Aber warum willst du Social Creamery aufgeben?«, wirft sie ein. »All die geleistete Arbeit, der Ruf der Marke, die bisherigen Kunden.«

Ich fahre mit dem Finger über den Glasrand und frage mich, ob sie es vielleicht darauf abgesehen hatte: mir demonstrativ vor Augen zu führen, wie idiotisch es gewesen war, diese Verträge zu unterschreiben und mein Unternehmen quasi zu überschreiben. »Weißt du etwa nicht, wie solche Übernahmen laufen?«

Sie zuckt mit den Achseln, und der Kimono rutscht über ihre Schulter. Die verführerische Bewegung gelingt derart perfekt, dass sie das Ganze bestimmt geübt haben muss. »Doch, natürlich«, antwortet sie. »Aber ich habe deine Übereinkunft mit Baharan gelesen. Ich sehe da nichts, was dich daran hindern könnte, von der Ausstiegsklausel Gebrauch zu machen. Nein, das stimmt nicht ganz. Ich verstehe, dass ein radikaler Bruch verlockend wirken muss. Mit Aliyah zusammenzuarbeiten, ist sicherlich kein Honigschlecken gewesen, könnte ich mir vorstellen.«

Ich setze mich aufrecht hin und zwinge mich dazu, den Griff um mein Glas zu lockern, bevor ich noch den Stiel abbreche. »Was meinst du damit?«, bohre ich nach.

»Womit genau?«, fragt sie zurück. Das Lächeln erstirbt auf ihren Lippen.

»Mit dieser blöden Ausstiegsklausel, was sonst?«, zische ich und lasse das Glas lieber ganz los, weil ich große Lust verspüre, ihr den Inhalt ins Gesicht zu schleudern.

Der fragende Ausdruck weicht einem der Verwunderung. »Amy, kennst du etwa nicht die Einzelheiten deines Vertrags mit Baharan?«, fragt sie behutsam, als wäre ich eine Bombe, die jeden Moment in die Luft gehen könnte, und genau so fühle ich mich auch.

Ich wende den Blick ab und sehe zu meiner unangenehmen Überraschung Hornsworth, dieses büroklauende Arschloch, mit einer Frau zusammensitzen, die viel zu hübsch für ihn ist. Angeekelt schaue ich weg und erschrecke sofort wieder, als ich an einem anderen Tisch Rogelio entdecke, den Sicherheitschef von Baharan. Dessen Trinkkumpan trägt denselben militärischen Bürstenhaarschnitt wie er. Wahrscheinlich irgendein weiterer Angestellter von Baharan. Und dann isst etwas weiter noch eine der jungen Buchhalterinnen mit drei Freundinnen zu Abend.

Ich zügele mein Temperament. Um Gottes willen, auf keinen Fall darf Aliyah zu Ohren kommen, dass ich erneut in aller Öffentlichkeit die Fassung verloren habe!

»Ist schon eine Weile her«, erkläre ich, nachdem ich einen

Schluck genommen und tief durchgeatmet habe. »Und damals habe ich nicht damit gerechnet, jemals nicht Teil des Familienunternehmens sein zu wollen.«

Lily nippt ebenfalls an ihrem Martini und scheint es nicht eilig damit zu haben, mich aufzuklären.

»Du hast bis vierundzwanzig Monate nach Unterzeichnung die Option, die Rechte an Social Creamery zurückzufordern, sollte die Agentur nicht länger als selbstständige Einheit Bestand haben«, erläutert sie. »Eine höchst ungewöhnliche Klausel, wirklich sehr interessant, aber für dich durchaus vorteilhaft. Vermutlich haben deine Rechtsberater sie eingebaut, um dich damit abzusichern. Oder könnte Darius darauf gepocht haben?«

Ich spüre, wie mir die Farbe aus dem Gesicht weicht. Der Raum dreht sich wie ein Karussell. Es ist, als hätte ich die vier Martinis bereits getrunken und wäre schon beim fünften.

»Amy«, sagt Lily besorgt und legt die Hand auf meinen Unterarm, »alles in Ordnung?«

»Mir geht's gut!«, erwidere ich barsch und schüttele ihre Hand ab. Ich hatte überhaupt keine Rechtsberater. Bloß Darius. Warum sollte ich meinem eigenen Ehemann nicht vertrauen?

»Lass mich dir helfen.«

»Und was bringt dir das?«, fauche ich und schnelle auf dem Hocker herum, sodass ich ihr nun Aug in Aug gegenübersitze.

»Wir sind eine Familie«, erklärt sie schlicht. »Als Schwägerin bist du doch wie meine angeheiratete Schwester. Und ich habe keine anderen Geschwister. Keine Cousinen, keine

Tanten, keine Großeltern. Ich habe Kane und hoffentlich dich.«

Wir sind eine Familie. Ich weiß noch, wie Kane etwas Ähnliches sagte. *Manchmal tut es gut, eine Verwandte an seiner Seite zu wissen.* Vollkommener Schwachsinn! Was hat einer von denen mir schon jemals Gutes getan? Hatten sie mir je einen Vorzug eingeräumt oder mir den Rücken gestärkt? Und nun bildet Lily sich ein, sie könnte mir bei einem gemeinsamen Glas aus lauter Spaß mal so nebenher das Hirn vernebeln.

»Familie«, wiederhole ich und verziehe angewidert den Mund. »Hat Kane dir erzählt, dass er mich gevögelt hat? Zwölf Stunden am Stück, meiner Schätzung nach. Das Zeitempfinden verschwimmt ein wenig, wenn man nonstop in Orgasmen gefangen ist. Macht das uns jetzt zu einer Familie, in der Inzest herrscht?«

Mein Wutausbruch lässt sie unberührt. »Ja, das hat er mir erzählt«, erklärt sie kühl.

Am liebsten würde ich sie bei den Haaren packen und ihr Gesicht auf die Theke knallen.

»Es tut mir leid«, fährt sie fort und schaut mich direkt an, damit ich sehe, wie aufrichtig sie es meint. »Und du hast alles Recht, mir Vorwürfe zu machen. Ich möchte dir gern helfen, weil du eine Frau bist, die Macht eingebüßt hat, und das ist bedrohlich. Ich möchte dir gern helfen, weil ich etwas wiedergutmachen will. Kane hat dich meinetwegen verletzt. Er ist zwar ein erwachsener Mann, der selbst für seine Fehler einstehen kann, dennoch bedauere ich den Schmerz, den er durchleiden musste, und wie dieser Schmerz auch dich betroffen hat.«

»Na, wunderbar«, gebe ich zurück. »Genau, was mir gerade noch gefehlt hat. Dein gottverdammtes Mitleid.« Ich nehme einen großen Schluck, koste das Brennen in der Magengrube aus und gestikuliere nach dem nächsten Glas.

»Dann lehne mein Mitleid ab«, sagt sie. »Aber nimm meine Hilfe an. Ich mache dir ein anderes Angebot. Statt eine Vermittlungsgebühr zu berechnen, investiere ich direkt in Social Creamery. Oder ich biete dir einen Kredit an.«

»Einen Scheißkredit bekomme ich auch so!«

Sie trinkt und lässt mich dabei keine Sekunde lang aus den Augen.

»Hat Kane dich dazu angestiftet?«, frage ich und versuche, ruhiger zu werden. Sie hat sich und diese Unterhaltung vollkommen im Griff, und je wütender ich werde, desto mehr erwecke ich den Eindruck, ihr nicht gewachsen zu sein. »Oder ist das alles auf deinem Mist gewachsen? Damit ich nicht mehr länger im Büro herumhänge und Kane mir nicht mehr täglich über den Weg läuft? Erscheint er deshalb nicht mehr persönlich in der Zentrale?«

»Mich kümmert es nicht, wenn Kane von Frauen umgeben ist«, antwortet sie. »Und das meine ich nicht abwertend. Es ist ganz einfach die Wahrheit. Wenn wir beide nicht am selben Strang ziehen, profitiert davon allein Aliyah. Ich bin nicht deine Feindin, Amy. Oder deine Rivalin. Wir können einander helfen und beide am Ende als Gewinnerinnen dastehen. Mehr behaupte ich gar nicht. Wenn es sich dabei ergibt, dass wir zu Freundinnen oder Verbündeten werden, so würde mir auch das gefallen.«

Eine Stimme in meinem Kopf sagt mir, dass sie recht hat,

dass ich jemanden an meiner Seite gut gebrauchen kann. Und eine ordentliche Finanzspritze käme mir zweifellos gelegen. Ich bin mir nicht mehr so sicher, was ich von Darius halten soll. Wenn wir zusammen sind, weiß ich genau, dass er mich liebt. Aber dann ist da noch all dieser andere Scheiß. Sollte er tatsächlich keine Ahnung von der Ausstiegsklausel haben? Versucht er die ganze Zeit bloß, mich hinzuhalten? Wieso?

Lilys Auftreten hat sich fast unmerklich geändert. Ich kann es nicht genau beschreiben, doch es wirkt, als wäre sie jetzt in ihrem Element. Selbstsicher, machtbewusst, sexy. Mir wird klar, warum Kane so verrückt nach ihr ist, und ich begreife auch, warum ich ihn nie wiederhaben werde. Zumindest nicht, solange sie am Leben ist …

»Entschuldige meine … Grobheit«, sage ich knapp, wohl wissend, dass die Lily-Masche den größten Erfolg verspricht. Selbstsicher, machtbewusst und sexy bin ich schließlich auch. Ich straffe die Schultern und bringe ein Lächeln zustande, als der Barkeeper mein leeres Glas nimmt und durch ein neues ersetzt. Er lächelt nicht und meidet sogar jeden Blickkontakt. »Ich hatte ein paar harte Tage«, füge ich an. »Und das ist reichlich viel Input, den ich erst einmal verdauen muss.«

»Kein Problem«, versichert sie mir und tut das Ganze mit einer entspannten Handbewegung ab. Der Edelstein, den sie von Kane hat, gerät ins Licht, und ich erkenne, dass er dunkelrot wie ein menschliches Herz ist. »Du musst dich nicht entschuldigen. Vertrauen will verdient sein, und ich würde mich freuen, wenn ich deins irgendwann verdiene.«

Ich stelle mir vor, wie ich ihr Herz in meiner Hand halte und es stark und entschlossen schlägt, ohne jede Angst und

Unsicherheit. Dann schließe ich meine Finger, spüre, wie das elastische Gewebe unter dem Druck nachgibt, und heißes Blut im Farbton ihres Lippenstifts läuft mir den Unterarm herab, bis es von meinem Ellbogen tropft.

So köstlich diese Traumvorstellung auch ist, mein Puls rast, und irgendwo im hintersten Teil meines Hirns arbeitet es panisch. Ich muss unbedingt den Vertrag einsehen, muss wissen, was drinsteht. Ich schlecke mir einen eisigen Tropfen Wodka von den Lippen. Wie schön, dass ich den Wermut nicht einmal mehr schmecke!

»Wie spät ist es?«, frage ich.

»Kurz vor sieben.«

»Oh, ich muss los!«, rufe ich aus. Das ist nicht einmal gelogen, denn ich kann hier einfach keine Minute länger sitzen und Small Talk machen und mir dabei unzulänglich und bloßgestellt vorkommen. Wie ein Volldepp. Ich muss etwas tun, die Kontrolle übernehmen.

Ich muss Lily sein.

Ich gleite vom Hocker, greife nach meinem Martini und stürze ihn hinunter. »Sorry, dass ich jetzt so überstürzt losmuss«, sage ich. »Aber ich hatte gar nicht gemerkt, wie spät es schon ist.«

»Vielleicht können wir das demnächst ja mal wiederholen«, erwidert Lily, deren Lächeln nun ein wenig halbherziger wirkt. »Und nicht über Geschäftliches reden.«

»Würde mich freuen«, heuchele ich und beuge mich vor, um sie auf die Wange zu küssen. Ich verharre mit den Lippen einen Hauch zu lange an ihrer Haut, da sie so gut riecht. Ob sie wohl bemerkt hat, dass ich das gleiche Parfüm benutze?

Und ob sie ihre langen Haare vermisst und mich um meine beneidet? Ihre Haut fühlt sich samtig weich an. Als ich mich löse, bleibt an ihrer Wange ein Abdruck zurück, der im gleichen Farbton leuchtet wie ihr Mund.

»Bye!«, rufe ich, werfe ein paar Scheine auf die Theke und stürme hinaus, als hätte ich es eilig. Am Bordstein strecke ich den Arm aus, und prompt kreuzt ein Taxi rücksichtslos über die Fahrspuren, um zu mir zu kommen. Ich steige ein und suche in meinem Handy nach Ramins Adresse. Als Baharans Chefjurist wird er an den Vertrag herankommen, sofern er nicht schon aus dem Stegreif weiß, was drinsteht. Bis ich dem Fahrer unser Ziel nennen kann, hat er sich bereits wieder in den Verkehr eingereiht.

Ramin wohnt im angesagten Meatpacking District in einem dreigeschossigen Backsteinbau, der früher einmal ein Lagerhaus gewesen war. Ich schaue mich ungläubig nach der Hausnummer um, als der Taxifahrer anhält und sagt, wir seien da. Ramins Büro ist ganz in Chrom und dunklen, maskulinen Tönen gehalten – Rostfarben, Moosgrün, Navyblau –, daher hatte ich mit etwas Modernem, Elegantem gerechnet. Die Fassade hier sieht eher nach Industriegebäude aus, mit großen Klappfenstern, die in den meisten Wohnungen offen stehen.

Auf dem Bürgersteig warte ich einen Moment, um das Gleichgewicht zu finden und mir die Haare mit einer Klammer hochzustecken, da mir der Nacken glüht. Wie immer um diese Zeit war furchtbar viel Verkehr gewesen. Nicht zu fassen, dass man im Auto für zweieinhalb Meilen eine halbe Ewigkeit brauchen kann. Es hatte so lange gedauert, dass die Wirkung des Alkohols jetzt so richtig einsetzte. Allerdings drohte zugleich auch das beschwingte Hochgefühl jeden Augenblick zu kippen. Ich brauche etwas zu trinken.

Sobald ich den Eingang ansteuere, eilt der Doorman herbei und hält mir die Tür auf. »Hey, Lily«, grüßt er freundlich. »Wie geht's denn so?«

Ich bin verwundert darüber, dass er mich mit dem falschen Namen anspricht, und dann auch noch ausgerechnet mit dem von Lily. »Mein Name ist Amy, … Dev«, antworte ich mit Blick auf sein Namensschild. »Würden Sie bitte Ramin Ar…«

»Weiß bereits Bescheid«, wirft er schnell ein und mustert mich seltsam. »Er erwartet Sie.«

Meine trockenen Augen brennen so, dass ich sie zusammenpresse, muss sie aber schnell wieder öffnen, da ich mich ein wenig unsicher auf meinen High Heels fühle. Warum zum Teufel muss Lily auch unbedingt so verdammt groß sein?

Ich marschiere in die Lobby, von der jedoch zu beiden Seiten Gänge mit unterschiedlichen Fahrstuhlreihen abgehen. »Äh … rechts oder links?«

Das breite Grinsen auf Devs Gesichts ist verschwunden. »Links«, antwortet er stirnrunzelnd.

»In Ordnung …«, erkläre ich mit einem kurzen Wink und biege nach links ab. Auf meinem Handy überprüfe ich noch mal Stockwerk und Wohnungsnummer.

Der Fahrstuhl ähnelt eher einem Lastenaufzug als einem für Bewohner und Gäste. Da auch der Schreibtisch des Türstehers ganz nach Industrial Style aussieht, entspricht das offenbar dem Designkonzept. Aus dem Aufzug trete ich wenig später in einen Flur, dessen Betonboden in Steinoptik ausgeführt wurde. Meine Absätze knallen darauf wie Pistolenschüsse. Nachdem ich mindestens eine Minute brauchte, um herauszufinden, ob ich nach links oder rechts muss, stehe ich endlich vor Ramins Tür.

Bevor ich noch klingeln kann, schwingt die Tür auf.

»Hey«, begrüßt mich Ramin in demonstrativ offen stehenden Jeans, die das Haar auf seinem Unterleib sichtbar werden lassen. »Ich habe mir bereits Sorgen gemacht.«

»Hä?«

Er tritt dicht an mich heran, schlingt, während ich noch viel zu verblüfft bin, um ihn abzuwehren, einen Arm um meine Taille, drückt mich an sich und legt seine Lippen auf meine. Vor Schreck wie erstarrt stehe ich da und lasse es in meiner Verwirrung geschehen, dass er mich wie selbstverständlich küsst. Tief schlängelt sich seine Zunge in meinen Mund, als würde er ihm gehören. Er stöhnt leise, und an meinen Brüsten spüre ich das sanfte Zittern seines Oberkörpers.

»Es ist schon fast zwei Wochen her«, beschwert er sich und legt seine Stirn an meine.

»Nimm gefälligst deine Finger weg!«, schnaufe ich wütend. Wenn ich es mir recht überlege, ist er in letzter Zeit so merkwürdig gewesen. Ständig hat er in mein Büro geschaut und gefragt, wie es denn läuft. Jeden. Verfluchten. Tag.

Er zieht mich in die Wohnung und schließt die Tür. »Was habe ich dir eigentlich getan, dass du so angefressen bist?«, fragt er. »Ich habe nämlich nicht die geringste Ahnung und bin es leid, dauernd die kalte Schulter gezeigt zu bekommen.«

Ich gehe weiter und trete in ein riesiges Loft mit Kippfensterfronten zu drei Seiten. Offenbar hat er zwei Wohnungen gekauft und zusammengelegt. Von meiner Stelle aus kann ich bis zu seinem Bett am entgegengesetzten Ende des Raums blicken. Davor sind Esstisch und Küche und, abgetrennt durch eine Hi-Fi/TV-Konsole, der mit einem Teppich ausgelegte Wohnbereich samt großzügiger Wohnlandschaft.

Auf dem Couchtisch flackern Kerzen, und neben einer auf Eis liegenden Weinflasche stehen zwei Gläser.

Ich wirbele herum und will die Sache hinter mich bringen, bevor sein neuestes Flittchen auftaucht. »Ich halte dich nicht lange auf.«

»Ist das alles, was du mir zu sagen hast?«, fragt er mit zusammengekniffenen Augen. »Du kommst nicht vorbei. Du rufst nicht an. Ich kann nur hier herumhocken und mir vorstellen, wie mein Bruder dich vögelt, und wenn du dann endlich erscheinst, willst du auch schon wieder weg?«

Bei mir verzerren sich vor Verwirrung sämtliche Gesichtszüge. »Bist du irgendwie high, oder was ist los?«

»Ich wünschte, es wäre so«, erwidert er und geht in die Küche.

Ich folge ihm. Er nimmt ein Glas aus dem Regal, holt eine Flasche Wodka aus dem Kühlschrank und schüttet sich ein. Mir bietet er nichts an.

»Keine Ahnung, wie lange ich das noch durchhalte«, erklärt er erschöpft, lehnt sich gegen die Kücheninsel und schlägt einen Fuß über den anderen.

Ich bin kein Unschuldslamm. Ich habe mit dem Mann schon geschlafen und weiß daher, was es heißt, unter ihm zu liegen. Ramin fickt, als ginge es darum, einen Porno zu drehen. Ich kann nicht leugnen, dass es auf seine Weise ganz erregend ist. Und gut aussehend ist er auch, das muss man ihm lassen. Attraktiver als Darius, aber kein Vergleich zu Kane. Vom Körperbau her ein wenig stämmiger und mit kompakteren Muskeln. Die Haare hängen ihm in einer flotten Tolle bis in die Stirn, und seine Wangen verdunkelt normalerweise ein Dreitagebart.

Er schiebt eine Hand in den offenen Hosenschlitz seiner Jeans und legt seinen Schwanz mit einer provokativ streichenden Bewegung richtig. »Bist du nur vorbeigekommen, um zu glotzen?«

»Verdammt nochmal«, platzt es aus mir heraus. Ich wende mich ab und lasse den Blick erneut durch seine Wohnung wandern, obwohl mich in Wahrheit bloß sein Drink interessiert. Durch die offenen Fenster dringen die Geräusche der abendlichen Stadt. Der Klangteppich übt eine beinahe triebhafte Wirkung aus. Er macht mich kribbelig. »Du hast doch den Übernahmevertrag für Social Creamery aufgesetzt, oder?«, frage ich. »Oder ist jemand anderes aus der Rechtsabteilung dafür zuständig gewesen?«

Da er nicht sofort antwortet, drehe ich mich wieder zu ihm um. Er richtet sich auf und stellt sein Glas ab. Von der herausfordernden Lässigkeit keine Spur mehr.

»Den habe ich aufgesetzt«, erklärt er misstrauisch. »Warum?«

Ich stemme die Hände in die Hüften, gerate in meinen High Heels prompt ein wenig ins Wanken und streife die Schuhe ab, obwohl mir vollkommen klar ist, dass es noch unbequemer sein wird, sie später wieder anzuziehen. Ramins Augen verdunkeln sich.

»Lily hat mir erzählt, dass es eine Ausstiegsklausel gibt«, erkläre ich.

»Lily hat den Vertrag gelesen?« Mit argwöhnischem Blick kommt er auf mich zu.

»Ganz offensichtlich«, entgegne ich genervt. »Stimmt es, was sie sagt?«

»Dann gibt Kane ihr also Zugang zu allem«, fährt er fort und nähert sich barfuß mit fließenden, eleganten Bewegungen.

Ich komme mir klein und verletzlich vor und wünschte, ich hätte meine Schuhe angelassen. »Du hast meine Frage nicht beantwortet.«

»Du kennst die Antwort doch genau.«

»Einen Scheißdreck kenne ich!«

»Darüber haben wir mindestens ein Dutzend Mal gesprochen«, schießt er zurück, und sein Gesicht wird rot vor Wut. »Seit über einem Jahr rede ich auf dich ein, du sollst aussteigen.«

Ein eisiger Nebel wabert bedrohlich von allen Seiten auf mich zu, und eine ganze Weile starre ich ihn nur reglos an. Meine Zunge fühlt sich dick und ausgetrocknet an. Mein Herz hämmert gegen den Brustkorb. Als Ramin kurz vor mir ist, schlängele ich mich an ihm vorbei und gehe zur Kücheninsel, wo ich einen großen Schluck aus seinem Glas nehme. Das eiskalte Brennen rinnt meine Kehle hinab, und ich stütze mich mit beiden Händen auf die Kücheninsel. Mir ist schlecht. Ich habe seit dem Mittag nichts gegessen. In meinem Gaumen kann ich schon Gallensaft schmecken, der mir in den Mund zu steigen droht.

Ich zucke nicht einmal zusammen, als Ramin mich von hinten umschlingt. »Du hast mir gefehlt, Babe«, haucht er und schmiegt Nase und Mund in meine Haare. »Womit auch immer ich dich verärgert habe, es tut mir leid.«

Plötzlich wird mir klar, dass sie mich gemeinsam in den Wahnsinn treiben wollen.

Alle sind daran beteiligt: Kane, Aliyah, Darius, Ramin. Vielleicht sogar Clarice. Immerhin hält sie inzwischen bereits einige Jahre bei Baharan treu und brav die Stellung. Ob Lily auch mitmacht? Sie ist die Einzige, die mir die Wahrheit gesagt hat. Aber vielleicht stimmt auch das nicht.

Warum? Zu welchem Zweck? Welches Ziel verfolgen sie?

Eine andere Möglichkeit kommt mir in den Sinn, die mir den Atem stocken lässt. Was, wenn auch Lily zu ihren Opfern zählt? Vielleicht hatte Kane dafür gesorgt, dass sie irre geworden ist. Hatte er ihr so lange den Verstand verwirrt, bis sie eine dissoziative Amnesie erlitt? Womöglich nicht allein dank seiner meisterlichen Fähigkeiten, bei anderen den reizbarsten Nerv zu treffen, sondern vielleicht zusätzlich mithilfe irgendwelcher chemischen Substanzen aus der Rezeptsammlung seines Alten, die er in irgendeinem verstaubten Schuhkarton gefunden hatte.

Vielleicht nehme ich ja unfreiwillig an der klinischen Versuchsreihe für ein neues Medikament teil. Irgendwas, das mit dem Gehirn zusammenhängt. Alzheimer. Demenz. Schizophrenie. Wenn ich ihnen nun bloß als Versuchskaninchen diene?

Wie hat sie es heute rausgeschafft? Sie müssen es so gewollt haben. Vielleicht testen sie, ob ich zu fliehen versuche. Ich muss sehr vorsichtig sein, bevor ich Genaueres weiß.

Ramins Hände kennen längst keine Grenzen mehr, kneten meine Brüste, reiben mir zwischen den Beinen. Er befindet sich wieder im Pornostar-Modus. Sein Schwanz ist knüppelhart. Er ist besessen davon, mich zu ficken. Er muss jetzt spüren, wie meine heiße kleine Möse sich um seinen Schwanz spannt. Er kann es gar nicht erwarten, seine volle Ladung in mich zu spritzen.

Perverserweise sind die Brustwarzen, die er so gründlich bearbeitet, zu harten kleinen Spitzen geschwollen, und zwischen meinen Beinen breitet sich ein wärmendes Prickeln aus. Ich denke nicht weiter darüber nach, auch nicht darüber, warum Ramin so gut riecht. Wie kommt es, dass bei den Armands alle Männer diesen ungeheuer verführerischen maskulinen Duft ausstrahlen? Ein weiterer teuflischer Erfolg der Forschungsabteilung von Baharan? Irgendeine Art von Aroma-K.-o.-Tropfen? Meine Augenlider und Beine werden schwer.

Sie dürfen nicht merken, dass ich ihnen auf die Schliche gekommen bin. Ich muss so lange mitspielen, bis ich genügend zusammenhabe, um sie alle fertigzumachen. Deshalb vollführe ich eine geschmeidige Drehung um die eigene Achse, schließe die Augen und lasse mich von Ramin mit brutaler Leidenschaft küssen.

45

ALIYAH

»Danke«, sage ich zu dem livrierten Angestellten, der mich zu einer kleinen Sesselgruppe zwischen zwei Rundbogenfenstern geführt hat. Schwere rote Vorhänge mit Goldquasten rahmen den Ausblick auf die Stadt ein, während Gardinen für Ungestörtheit sorgen. Selbst am Mittag erhellen die vielen Lichter der mächtigen Kristallleuchter den riesigen Raum. Stuckornamente und Zierleisten schmücken Wände, Fenster, Decke und Türrahmen. Alles strahlt Alter, Reichtum und Prestige aus.

Der Privatklub ist schon seit der Mitte des 19. Jahrhunderts eine feste Institution. In einer Stadt mit über neun Millionen Einwohnern dürfen sich nicht einmal tausend zu seinen Mitgliedern zählen. Höchstwahrscheinlich werde ich diese Räume nie wieder betreten, und es verwundert und bestürzt mich, dass Lily mit ihrer gefälschten Identität derart problemlos Zutritt in einen solch edlen Zirkel erhält. Wer sie wohl als Gast eingeladen hat?

Um mich herum bemerke ich diverse Leute, die ich bislang nur aus Filmen oder den Nachrichten kannte. Ich bemühe mich darum, die gleiche Ungezwungenheit und Lässigkeit an den Tag zu legen, doch die Wut simmert in meinen Adern, und mein Rücken bleibt vor Anspannung durchgedrückt. Ich achte zwar stets auf die richtige Kleidung, aber da ich wusste, dass ich Lily treffen würde, habe ich heute besonders viel Sorgfalt darauf verwandt. Ein weißer Jumpsuit mit Gürtel, weit geschnittenen Beinen und halblangen Ärmeln. Das eng anliegende Oberteil betont mit seinen Rüschen meine Brüste und sitzt vorn genau am Schlüsselbein, während der Rücken bis zur Taille ausgeschnitten ist. Stilvoll, elegant und sexy. Ich kann mit jeder der hier anwesenden Frauen mithalten.

Der Kellner kommt. Ich bestelle ein Champagnergedeck für zwei und schaue auf die Uhr. Noch drei Minuten, und Lily ist zu spät.

Wenn es nach mir gegangen wäre, hätten wir uns in meinem Büro getroffen. Vertrautes Terrain eignet sich am besten für die Schlacht und birgt einen taktischen Vorteil. Aber dann würde Kane davon erfahren, und mit beiden möchte ich es im Moment nicht aufnehmen. Noch nicht. Zuerst werde ich ihr auf den Zahn fühlen, allein. Um ihr zu zeigen, mit wem sie es hier zu tun bekommt. Meine zweite Wahl wäre gewesen, sich auf neutralem Boden in einem Hotel zu treffen, doch sie nannte mir stattdessen diese Adresse. Ich wusste nicht einmal, was mich erwartet, bis ich hier eingetroffen bin.

Aufgeregtes Getuschel lenkt meine Aufmerksamkeit zum Eingangsbereich, wo Lily gerade den Raum betritt. Der livrierte Klubdiener unterhält sich lächelnd mit ihr, und trotz ihres zielstrebigen Schritts hört sie ihm aufmerksam zu.

Ein roter Seidenrock liegt von Taille bis zu den Schienbeinen locker an und weitet sich an den Knöcheln. Dazu hat sie eines von Kanes weißen Anzughemden angezogen, die Schöße über Kreuz geschlagen und die Enden im Rücken zusammengeknotet. Rubine baumeln ihr an den Ohren, hängen ihr um Hals und Handgelenk, aber dennoch wirkt es nicht übertrieben. Es ist ein Tageslook, wie ihn nur wenige Frauen tragen können.

»Hier ist sie«, erklärt der Klubdiener überflüssigerweise und streckt den Arm aus, als wollte er mich präsentieren.

»Sehr schöner Platz«, sagt sie. »Vielen Dank.«

Ich hatte diese Stimme schon vergessen. Wenn man sie sieht, rechnet man eigentlich damit, dass sie rauchig wie ein Nachtklubstar spricht, nicht wie eine piepsige Cartoonfigur. Doch wenn sie eine Weile redet, merkt man, dass die Stimme nicht nur zu ihr passt, sondern auch einen gefährlich sinnlichen Ton annehmen kann. Auf eine Raubkatze wie Kane wirkt sie verlockend wie Katzenminze, und er würde alles tun und alles glauben, um sich in ihr zu wälzen.

»Schön, Sie wieder mal bei uns begrüßen zu dürfen, Lily«, verabschiedet sich der Klubdiener mit einer leichten Verbeugung.

»Ich freue mich auch, Ari.«

Sie setzt sich auf den Sessel mir gegenüber, legt eine rote Ledermappe auf den Tisch und schlägt die Beine übereinander. »Ah, ist das schön, mal draußen in der Stadt zu sein!«, schwärmt sie. »Ich liebe das Penthouse zwar sehr, aber manchmal braucht man einfach auch ein wenig Freiraum.«

»Bist du zum ersten Mal ohne Kane unterwegs?«

»Ja«, gesteht sie lachend. »Allerdings sind wir zusammen gekommen. Er trifft sich zum Mittagessen mit Gideon Cross.«

Cross, natürlich. Es erklärt jedoch nicht, warum der Klubdiener sie so gut zu kennen schien. Außerdem bin ich offenbar die Einzige, die dieses Treffen vor Kane zu verheimlichen versucht hat. Dann hätten wir uns auch gleich bei Baharan verabreden können. Für mich wäre das die günstigere Variante gewesen.

Zwei Kellner bringen gemeinsam den Sektkübel mit dem Champagner und dazu zwei zierliche Sektflöten. Lily bestellt Mineralwasser mit Zitrone.

»Ich dachte, wir stoßen auf deine Rückkehr an«, sage ich freundlich und verberge meinen Ärger. Sie ist ein widerspenstiges Stück und scheint fest entschlossen, immer das genaue Gegenteil zu tun von dem, was ich möchte.

»Ich trinke keinen Alkohol«, erklärt sie mit einem solch lieblichen Lächeln, dass es mir Zahnschmerzen verursacht.

Ich lasse den Champagner mit einem Wink zurückgehen und bestelle stattdessen eine Tasse Flat White.

Sobald wir allein sind, gehe ich gleich zum Angriff über, um das Überraschungsmoment auszunutzen. »Kennt Kane eigentlich deinen echten Namen?«, frage ich.

»Was macht einen Namen schon echt?«, antwortet sie und lächelt unbekümmert.

Ich schürze die Lippen. Nicht einmal geblinzelt hat sie.

»Ich finde es merkwürdig«, bohre ich nach, »dass es dir nichts ausmacht, im intimsten Moment von dem Mann, den du liebst, mit anderem Namen angeredet zu werden.«

»Habe ich dir gegenüber jemals davon gesprochen, dass ich ihn liebe?«, fragt sie verwundert. »Wenn ich mich recht erinnere, haben wir beide bislang allenfalls ein halbes Dutzend Worte gewechselt, und um Kane ging es dabei nie.«

»Du magst es, diese Spielchen zu spielen, oder?«, erwidere ich und straffe unwillkürlich den Rücken.

»Das tue ich«, gibt sie zu und lässt ihr Bein pendeln. »Und ich bin verdammt gut darin. Vielleicht solltest du dir besser eine andere Gegnerin suchen.«

Ihr Wasser und mein Kaffee werden gebracht, und sie schenkt dem Kellner ein strahlendes Lächeln.

»Was willst du?«, frage ich. »Wie viel willst du?«

Sie legt einen Unterarm auf das Knie und beugt sich vor. Ihre smaragdgrünen Augen leuchten durchdringend wie Laser. Nicht zum ersten Mal fällt mir auf, wie kühl und berechnend sie blicken kann. Kane bemerkt das nicht, denn bei ihm achtet sie stets auf die feurige Leidenschaft im Ausdruck. Natürlich ist es gut möglich, dass sie die nicht einmal heucheln muss. Frauen können dieser überbordenden Sexualität, die Kane ausstrahlt, genau wie es früher sein Vater getan hat, einfach nicht widerstehen.

»Die Frage lautet doch wohl eher, was *du* willst, Aliyah.«

»Meinen Sohn, meine Familie und mein Geschäft beschützen.«

»So ehrenwert sind deine Motive doch überhaupt nicht«, widerspricht sie mir. »Du hattest Kane bloß besser im Griff, als er noch halb tot vor Trauer war und es für ihn außer Baharan nichts von Wert im Leben gab. Du willst, dass ich verschwinde, weil du hoffst, er wäre dann wieder der nützliche Workaholic. Aber er ist durch meine Rückkehr ein anderer geworden. An der Tatsache kommst du nicht vorbei.«

Ich greife nach der edlen Untertasse mit meinem Kaffee. »Bildest du dir im Ernst ein, so viel Macht zu besitzen, dass du

Kane manipulieren kannst?«, entgegne ich. »Bloß weil sein Schmerz über den Verlust einer anderen ihn derart verzweifeln ließ und du ihm das Hirn mit Sex vernebelt hast? Auf Dauer wird das nicht funktionieren. Irgendwann wirst du es satt sein, diese Rolle zu spielen, und er wird dich satthaben.«

»Einer anderen?«, fragt sie mit erstaunter Miene zurück.

»Ich weiß über deine diversen Identitäten Bescheid. Ich weiß, dass das Geld nicht aus legalen Quellen stammt. Ich weiß, dass du nicht Lily bist, denn deren Leichnam hat die Küstenwache aus dem Meer gefischt. Du ziehst hier einen verblüffend ausgefeilten Schwindel ab, aber dir sind Fehler unterlaufen.«

Ihre Nasenflügel beben, da sie offenbar tief ausatmen muss. Sie lehnt sich zurück und macht es sich in dem Polstersessel bequem. Winzige verräterische Zeichen, aber gleichwohl ein Rückzug. Jetzt ist sie keineswegs mehr so selbstsicher, registriere ich zufrieden.

»Du hast es auf sein Geld abgesehen«, setze ich nach, da die erste Salve so wirkungsvoll gewesen ist. »Und du nimmst an, dir zumindest einen Teil davon unter den Nagel reißen zu können. Aber du hast Kanes Freunde vergessen, von denen viele Lily sehr gut kannten. Außerdem werden der Verwaltungsrat und die Anteilseigner von Baharan sicherstellen, dass du ihnen nicht die Bilanz versaust. Und Gideon Cross darf man nie unterschätzen. Er ist schon beinahe krankhaft empfindlich, was schlechte Presse betrifft. Je länger du diese Farce aufrechterhältst, desto stärker werden die Anleger darauf drängen, dass es zu einem Ende kommt.«

»Liebst du deinen Sohn?«, fragt sie und beginnt wieder, mit dem Bein zu wippen.

»Natürlich.«

»Dann verrate mir doch, warum er so schrecklich einsam war, als ich ihn im College kennenlernte. Warum er seine Geburtstage allein feiern musste. Warum keiner von euch jemals zu einem seiner Spiele gekommen ist.«

Meine Kiefer verkrampfen sich. Unglaublich, dass er ihr solche Dinge erzählt hat. Sexverrücktheit ist eine Sache, aber wenn er hier eine echte emotionale Bindung eingegangen ist, wäre das eine andere Nummer. »Ich muss mich dir gegenüber nicht rechtfertigen«, erwidere ich.

»Du möchtest Antworten von mir haben«, sagt sie und beugt sich so abrupt vor, dass ich mich körperlich bedroht fühle. »Eine davon lautet: Du bist dafür verantwortlich, dass er so besessen von mir ist. Du hast alle Verbindungen zu ihm gekappt, als es dir in den Kram passte. Du hast ihn alleingelassen, ohne jede Orientierung, genau wie Paul es zuvor getan hatte. Wo Eltern für ihre Kinder da sein sollten, hast du gefehlt. Deshalb ist es heute, wie es ist. Ich vervollständige ihn.«

»Oh, absurder geht's nicht?«, erwidere ich lachend, aber es klingt keineswegs belustigt. »Kane war erwachsen, als er von zu Hause auszog, und ich hatte alle Hände voll zu tun mit seinen Brüdern und Rosana. Und er war immer überall beliebt, was nicht überraschen konnte. Schon in der siebten, achten Klasse liefen ihm die Mädchen scharenweise hinterher, und als sein Sexualtrieb dann so richtig in Schwung kam, gab es kein Halten mehr. Ich könnte dir nicht mal sagen, wie oft ich ihn in seinem Zimmer mit einem Mädchen erwischt habe. Warum sollte er seinen Geburtstag also mit nervenden kleinen Geschwistern verbringen, wenn er stattdessen einen geblasen bekommen konnte? Warum nach dem Spiel ein Abendessen mit der angereisten Familie durchleiden, wenn reihenweise Mädchen darauf warteten, zur Feier des Tages die Beine für ihn breit zu machen?«

»Als ein menschliches Wesen mit Gefühlen siehst du ihn gar nicht, was?«, gibt sie zurück, und ihr Lächeln bekommt eine eisige Note. »Liegt es daran, dass er ein Mann ist, oder daran, dass du sonst nicht mehr in den Spiegel schauen könntest? Die Entschuldigung ist jedenfalls nicht nur erbärmlich, sie widerspricht auch deiner Logik über meine Absichten. Alle Frauen stehen Schlange, um mit ihm in die Kiste zu steigen, bloß ich bin nur hinter seinem Geld her? Ist es dir nie in den Sinn gekommen, dass mein Interesse allein *ihm* gilt? Nur weil dir Geld wichtiger ist als Kane, kannst du dir nicht vorstellen, dass ich in dieser Hinsicht anders empfinde.«

»Du begehst erneut einen Fehler, indem du glaubst, ich wüsste nicht Bescheid«, sage ich. Ohne den Blick von ihr abzuwenden, stelle ich behutsam meine Tasse ab und stehe auf. »An deiner Stelle würde ich mir lieber einen Abfindungsbetrag überlegen, der dich über Wasser hält, bis du ein dankbareres Opfer als Kane findest. Du hast dich zu einer begehrenswerten Frau gestylt. Es dürfte dir nicht schwerfallen, dir einen anderen zu angeln.«

»Und an deiner Stelle würde ich lieber mit mir gemeinsam dafür sorgen, dass Kane glücklich wird.«

Ich spüre, wie ich eine Gänsehaut bekomme, packe meine Handtasche und trete vor den Tisch. Die Luft auf meinem nackten Rücken, die sich sonst so sinnlich anfühlt, hat jetzt etwas fast Gespensterhaftes.

Neben ihrem Sessel halte ich an. »Ich plane übrigens eine Willkommensparty für dich, zu der ich alle von Kanes und Lilys Freunden einladen werde. Dazu noch die Freunde von Sage, Daisy und all den anderen blumigen Namen, die du dir so gegeben hast. Es wird bestimmt ein toller Abend. Vielleicht rufst du am besten deine Stylistin an und kaufst dir ein neues Kleid. Die Einladung kommt demnächst. Danke für den Kaffee.«

Ich lächle zufrieden, als ich mich zum Gehen wende, zittere aber auch am ganzen Körper.

»Aliyah.«

Es braucht all meine Willensstärke, mich mit dem nötigen Selbstbewusstsein noch einmal zu ihr umzudrehen. Fragend hebe ich die Brauen.

Der Wandel an ihr ist minimal. Auf den ersten Blick wirkt sie absolut ruhig. Ein geheimnisvolles Lächeln umspielt schwach ihre Lippen, als wären wir zwei eng Vertraute die sich gerade über nur uns Bewusstes amüsierten. Doch ihre Ausstrahlung hat sich geändert. Selbst aus zwei, drei Schritten Entfernung kann ich diese eisige Kälte spüren. Ihre Augen, die sonst strahlend wie zwei Smaragde funkeln, haben all ihr Feuer verloren und schauen mich seelenlos an. Sie ist auf eine andere Weise gefährlich, als ich es ihr bis dahin zugetraut hatte.

»Vergiss nicht, deine Freunde aus der Baubranche in Seattle einzuladen«, sagt sie mit sanfter Stimme. »Ich bin sicher, Kane würde sie liebend gern kennenlernen.«

Ich starre sie an. Keine Ahnung, wie lange ich so mit gefrorenem Lächeln und erstarrtem Körper stehen bleibe. Ich habe

Angst. In meinem tiefsten Innern, an Orten, von denen ich am liebsten gar nichts wissen möchte.

Ich schaffe es in die kreuzförmige Eingangshalle mit ihrer Kassettenkuppel und den beiden symmetrisch geschwungenen Treppenaufgängen. Irgendwo in diesem Gebäude speist mein Sohn gerade mit einem sehr mächtigen Mann. Kane strotzt womöglich vor Elan und der befriedigenden Gewissheit, dass zu Hause eine atemberaubende Frau nur darauf wartet, ihn alle Formen von Stress und Anspannung vergessen zu lassen. Womöglich steht ihm die Nacht schon vor Augen, ohne dass er ahnt, mit was für einer Schlange er sein Bett teilt.

Ich nehme ein reinweißes Kopftuch aus der Handtasche und binde es mir mit routinierten Bewegungen schnell um, bevor ich auf die Straße trete. Kurz spiele ich mit dem Gedanken, ein Taxi zu rufen, aber dann sage ich mir, dass ich nun etwas Stärkeres als Koffein brauche. Ein Stück weiter sehe ich ein Restaurant mit Bar und laufe darauf zu. Es wird jetzt Tag für Tag wärmer und die Luft schwüler. Die Sonne steht hoch am Himmel und scheint so grell, dass ich es bedauere, keine Sonnenbrille mitgenommen zu haben. Erleichtert schlüpfe ich in das angenehm kühle Restaurant und bleibe einen Moment stehen, bis meine Augen sich an das veränderte Licht gewöhnt haben.

»Hallo«, begrüßt mich eine junge Frau im unvermeidlichen kleinen Schwarzen. »Haben Sie reserviert?«

»Ich wollte bloß etwas trinken«, sage ich mit Blick zur Bar.

»Im Barbereich ist freie Sitzwahl«, erklärt sie, aber da bin ich bereits weitergegangen. Ich nehme auf einem der Barhocker

Platz und schiebe das Kopftuch zurück. Die Sache hat mich stärker mitgenommen, als ich es mir eingestehen will. Sobald ich zurück im Büro bin, werde ich Darius zu einem Krisentreffen einbestellen und anschließend Ryan anrufen. Das mit der Party hatte ich frei erfunden, weil ich einfach nicht ertragen konnte, mich wie ein geprügelter Hund aus dem Raum zu schleichen. Auch von einer Frau, die zu clever ist, um irgendetwas Verwendbares preiszugeben, und zu gefährlich, als dass ich allein mit ihr fertigwürde, lasse ich mich nicht einfach so einschüchtern.

Ich entscheide mich für ein Glas Pinot Noir. Weißwein wäre zwar klüger, wenn ich den Mittag noch genießen möchte, aber ein Roter scheint mir in diesem Moment die würdevollere Wahl. Ich nehme einen Schluck und seufze.

Hinter der Theke läuft ein Fernseher, der zwar stumm gestellt ist, dessen eingeblendete Untertitel für Hörgeschädigte aber alle nötigen Erklärungen liefern. Ich schaue mich um und bemerke, dass die meisten Tische in der Bar leer sind, während nebenan im Restaurant reger Betrieb herrscht und ständig die Türglocke klingelt.

»Habe ich doch richtig gesehen.«

Beim Klang dieser Stimme versteift sich mein Rückgrat, dringen mir Schweißperlen aus Kopfhaut und Handflächen. Mein Herz wummert dröhnend, und der abrupte Schwall an Panik und Angst macht mich ganz schummrig. Ich drehe mich auf dem Hocker und bete, dass ich mich irre, dass alles nur dem Ärger und der Verwirrung geschuldet ist.

Das kann unmöglich Pauls Geschäftspartner sein. Das kann einfach nicht sein.

Hundertachtzig Grad später blicke ich in das Gesicht meiner schlimmsten Albträume. Mir wird schlecht.

Dieses wissende Grinsen, mit dem Alex Gallagher mich anzüglich mustert, verursacht mir eine Gänsehaut. »Die blond gefärbten Haare haben mich kurz irritiert, aber dieser Körper …« Er benetzt die Lippen. »Diesen Körper kenne ich nur allzu gut.«

Mein Mund ist wie ausgetrocknet. Ich würde gern schreien, doch mir fehlt der Speichel. Er traktiert mich mit Absicht. Meine angewiderte Reaktion erregt ihn bloß. Je mehr er mich quälen und erniedrigen kann, desto mehr Spaß bereitet es ihm.

Ich nehme noch einen Schluck. Meine Hand zittert so stark, dass der Wein im Glas schwappt. »Scher dich fort!«, fauche ich, sobald die kühle Flüssigkeit meine Zunge gelöst hat.

Pauls ehemaliger Partner lächelt bloß und greift nach einer Haarsträhne von mir. Mit einer ruckartigen Schulterbewegung verhindere ich die Berührung. »Fass mich nicht an!«

»Ah … sei doch nicht so!«, sagt er. »Wir sind doch alte Freunde.«

Er beugt sich vor, und bei seinem Geruch zieht sich mein Körper vor Ekel sofort krampfartig zusammen. All die Bilder, die ich an diesem tiefen, finsteren Ort weggeschlossen hatte, stürzen plötzlich hervor. Lily hat den Deckel gelöst, nun reißt Alex ihn mit seiner Stimme, seinem Geruch und seinem hämischen Grinsen weit auf.

Unser Hass beruht auf Gegenseitigkeit. Er keimte auf, nachdem Paul die Partnerschaft mit ihm einging. Zuerst war ich noch voller Begeisterung. Die beiden bildeten ein tolles Team, waren gleichermaßen attraktiv und charismatisch, hochintelligent und ehrgeizig. Gemeinsam würden sie die Branche aufmischen, und die Zukunft wirkte für uns alle enorm vielversprechend. Ingrid, die Frau von Alex, und ich verbrachten all unsere freie Zeit zusammen und kümmerten uns um den unterhaltsamen Teil. Sie war eine klassische blonde Schönheit und ihre Tochter ein Rauschgoldengel. Wir stellten uns damals sogar vor, Kane und Astrid würden später einmal ein Paar werden.

Dann begannen sich die Dinge zu ändern. Paul fand mehr Beachtung. Ich dachte, es würde womöglich wie bei Kane schlicht an seiner auffälligen Körpergröße liegen, aber Paul strahlte auch mehr Selbstzufriedenheit aus, war uneitel und konnte selbstironisch sein. Er trat nicht so aggressiv auf wie Alex, war lockerer und amüsanter. Mit der Zeit erhielt er immer häufiger persönliche Einladungen, die sein Partner nicht bekam. Bei Geschäftstreffen schauten die Leute lieber ihn an und warfen Alex nur kurze Seitenblicke zu.

Nach ein paar Jahren Partnerschaft fingen auf einmal die deplatzierten Bemerkungen an.

Brünette habe ich immer schon bevorzugt.

Ich mag Frauen mit Kurven.

Du hast schöne Lippen. Ich wette, Paul steht darauf, wenn die sich um seinen Schwanz schmiegen.

Dann kam das Grapschen. Die Hand unter dem Tisch auf meinem Knie oder das gar nicht so beiläufige Vorbeistreichen an meinem Hintern oder meinen Brüsten. Ich musste stets darauf achten, an Pauls oder Ingrids Seite zu bleiben, um nicht allein mit ihm zu sein.

Ich wusste nicht, wie ich Paul die Sache erklären sollte. Es beruhte nicht einfach darauf, dass er sich sexuell angezogen fühlte oder einem niederen Trieb nicht widerstehen konnte, es war vielmehr ein toxisches Gemisch aus Missgunst und Wut, das Alex sich nicht traute, direkt an Paul auszulassen. Ich diente ihm dabei bloß als Ersatzopfer.

Und als Paul mich dann im Stich ließ, allein und wegen Kane weitgehend machtlos, hatte ich für den Markennamen Baharan und die Patente, für die bislang Paul verantwortlich gewesen war, keine Gegenleistung zu bieten. Doch der frisch geschiedene und pleitegegangene Alex fand Wege, mich für all die Kränkungen zahlen zu lassen, die ihm seiner Meinung nach widerfahren waren.

Dafür zahle ich noch heute. Und werde es für den Rest meines Lebens tun.

Seine Hand legt sich auf meinen Unterarm, und mein ganzer Körper revoltiert reflexartig. Mit großer Heftigkeit reiße ich den Arm hoch. Das Weinglas in meiner Hand fällt um, zerbricht auf der Theke und setzt einen breiten Strom aus blutrotem Wein frei.

Wilder Zorn schießt in einer gleißenden Woge durch meinen Kopf, während mein Körper ganz seinem eigenen Willen folgt. Ein grauenhafter Schrei, der nichts Menschliches an sich hat, gellt auf.

Schmerz jagt mir durch Finger und Handfläche. Instinktiv schnellt meine Hand von der Ursache zurück.

Und ich starre entsetzt auf das zerbrochene Weinglas, dessen Fuß aus dem Schoß von Alex Gallagher ragt.

46

LILY

Ich wache vor dir auf und bleibe still liegen, um dich im Schlaf zu betrachten.

Du hast einen Arm über deinen Kopf geworfen, der andere liegt quer über deinen ausdefinierten Bauchmuskeln. Das Bettlaken hängt an deinen Hüften und ist so um deine Oberschenkel geschlungen, dass deine langen Beine im Freien liegen. Die zerknüllte Bettdecke türmt sich zwischen uns. Du brauchst nachts Kühle, da du selbst vor Hitze glühst. Ich brauche Wärme und ziehe deshalb die dicke Decke über mich.

Du bietest wie immer einen äußerst verlockenden Anblick.

In dieser Haltung habe ich dich auch schon fotografiert. Wie hätte ich widerstehen können? Selbst so reglos ausgestreckt, wirkst du noch sexy und kraftstrotzend. Dein Körper ist meisterhaft ausgeformt, bis ins kleinste Detail perfekt gestaltet. Ich weiß gar nicht, wie ich deine Urgewalt unbeschadet überstehe, wenn die Lust so unerbittlich von dir Besitz ergreift.

Du hast einmal gesagt, dass es sich wie Sterben anfühlt, wenn wir uns lieben, und wahrscheinlich entspricht das sogar der Wahrheit. Vielleicht überstehe ich deine Liebe überhaupt nicht. Vielleicht werde ich nur wie ein Phoenix immer aufs Neue wiedergeboren.

La petite mort, mein Liebster. Deinen Worten entsprechend werde ich meinen letzten Atem hoffentlich dereinst in deinen Armen aushauchen.

Heute steht uns ein bedeutender Tag bevor. Bislang sind wir noch nie so weit voneinander getrennt gewesen wie gestern, als du im selben Gebäude auf einem anderen Stockwerk zu Mittag gegessen hast. Heute wirst du zum Arbeiten ins Büro gehen, und zum ersten Mal, seit ich aus dem Koma erwacht bin, werde ich dich nicht in meiner Nähe wissen. Wir haben uns beide ohne jede Absprache die Zeitrechnung *vor dem Erwachen* und *nach dem Erwachen* zu eigen gemacht. Von irgendeinem Moment an hast du dich nur auf das Danach konzentriert. Aber was das Davor angeht, verbirgst du vor mir auch noch Dinge, habe ich recht?

Mir war klar, dass ein Mittagessen mit Gideon Cross genügen würde, um dich wieder zurück in die Welt des Big Business zu ziehen, der du dich zu ungeniert entzogen hattest. Der Jagdinstinkt liegt dir im Blut; dieser Drang, ein Ziel unbeirrbar zu verfolgen und zu erreichen. Dein Wissen um dein Potenzial ist allenfalls rudimentär. Mir wird es hoffentlich gelingen, dir all deine Facetten bewusst zu machen, sodass du deine innere Schönheit zu schätzen lernst und dich selbst am Ende ebenso sehr lieben kannst, wie du mich liebst.

Deine Atmung verändert sich. Das regelmäßige Tempo mündet in einem schnellen, tiefen Schnaufen. Ich schließe die Augen und tue, als würde ich schlafen, während du dich streckst und zu mir umdrehst. Ich spüre deinen Blick auf mir und höre dich seufzen. In manchen Nächten ist dein Schlaf unruhig, und wenn du dann auf mich gleitest und mich liebst, hat es etwas Verzweifeltes. Verfolgen die Jahre, die du allein warst, dich in deinen Träumen? Ich weiß nicht, wie ich diesen Schmerz von dir nehmen kann.

Du steigst aus dem Bett, und ich höre das leise Tapsen deiner Fußsohlen auf dem Weg in mein Bad. Dein Schlafzimmer mit dem Porträt von Lily hast du aufgegeben und schläfst nun jede Nacht bei mir. Im Bad stehen deine Toilettenartikel am zweiten Waschbecken. Deine Kleidung bewahrst du zum Großteil noch drüben auf, aber ein paar Dinge hängen inzwischen auch in einer Ecke meines Ankleideraums. Mir gefällt es, unsere Sachen zusammen zu sehen.

Mein Raum riecht jetzt nach uns beiden. Ich hoffe, wir finden irgendwann Gelegenheit, den Privatbereich so umzugestalten, dass ein Raum eindeutig als unser gemeinsames Reich erkennbar ist. Ich hoffe auf so vieles. Und mit jedem Tag, der vergeht, hoffe ich auf mehr.

Doch all diese Möglichkeiten werden sich nur eröffnen, wenn ich heute Erfolg habe.

Ich rolle mich zur Seite und stecke mir ein Pfefferminz in den Mund. Im Bad läuft Wasser ins Waschbecken. Was mag dir in diesen Momenten durch den Kopf gehen, wenn du dich darauf vorbereitest, mit mir zu schlafen? Wie gern würde ich deine Gedanken lesen. Vom Rasieren bekommst du jedenfalls nicht deine Erektion.

Das Wasserrauschen hört auf, und meine Brustwarzen schwellen an. Zwischen meinen Beinen wird es feucht vor

Verlangen. Du hast mich gut abgerichtet. Mittlerweile ist meine innere Uhr präzise nach deinen Wünschen getaktet. Ich kugele mich wieder ein, als du splitternackt und mit erigiertem Penis zurückkehrst. Lächelnd spüre ich, wie du das Laken hebst und darunterschlüpfst.

»Hey«, hauchst du und erwiderst mein Lächeln, während dein Arm sich unter mich schiebt und mich in die Mitte der Matratze rückt. Du legst deinen Körper über meinen, deine Haut ist kühl, dein Schwanz glühend heiß. Auf deinen feuchten Wangen kratzt kein einziger Bartstoppel.

Dein Mund schließt sich über meinem, und ich gebe mich der berauschenden Sinnlichkeit deines Kusses hin.

Eine Stunde später fällst du schweißgebadet und keuchend neben mir auf den Rücken. Mein Körper prickelt und bebt bis in die Fuß- und Fingerspitzen. Mein triefend nasses Geschlecht zeugt von der Intensität deines Höhepunkts. Die Sonnenstrahlen, die inzwischen durch die große Fensterfront ins Badezimmer strömen, erfüllen den Raum mit reichlich Licht.

Du tastest nach meiner Hand und verschränkst unsere Finger. »Ich habe es gar nicht eilig damit, wieder ins Büro zu kommen«, sagst du. »Von hier aus kann ich auch alles ganz prima erledigen.«

Ich schaue dich an. In deinem Blick liegen Besorgnis und so viel Liebe, dass es mir den Atem raubt. Ich kann viele Dinge vor dir verbergen, bloß mich selbst nicht. Du durchschaust mich zu gut, spürst meine Gefühle zu genau. Auch meine Unruhe dürfte dir nicht entgangen sein. Es ärgert mich zwar, angesichts der kommenden Stunden so nervös zu sein, aber mir ist auch klar, dass es falsch wäre, allzu gelassen zu sein. Diese unterschwellige Furcht hält mich wachsam und unterscheidet mich von meiner Mutter.

Ich führe unsere Hände zu meinem Mund und küsse deine Knöchel. »Mir ist nur wichtig, dass du aufpasst«, sage ich. »Sei bitte übervorsichtig, selbst wenn du dir dabei albern vorkommst. Tu es für mich.«

Du streichst mir eine feuchte Haarsträhne von der Wange, küsst mich zärtlich und antwortest: »Ich tue alles für dich, ob albern oder nicht.«

»Danke.«

»Ich kümmere mich um unser Val-Laska-Problem«, fügst du hinzu. »Ich habe einen Haufen Leute darauf angesetzt. Und das NYPD ist ihm auch auf den Fersen.«

»Ich weiß.«

»Alles okay?«, fragst du, und dein amüsiertes Grinsen wirkt ungeheuer selbstsicher und extrem sexy. »Ehrlich?«

»Ich hatte gerade drei Orgasmen, Kane«, erwidere ich trocken. »Ich bin mehr als okay. Nun geh schon. Mach dich fertig. Ich hätte da womöglich noch eine Überraschung für dich, bevor du hinausziehst, um die Welt zu erobern.«

»Gib mir einen Tipp«, sagst du mit aufgerissenen Augen.

»Nein. Mach vorwärts, wenn du es herausfinden willst.«

Du stößt einen theatralisch tiefen Seufzer aus und stehst auf. »Habe ich dich jemals so auf die Folter gespannt?«, beschwerst du dich.

»Wann immer du konntest«, entgegne ich lachend. »Und das weißt du genau!«

Rücksichtsvoll gehst du bei dir duschen, damit ich mich

ungestört in meinem Bad fertig machen kann. Ich föhne mir die Haare und schminke mich.

Eigentlich sollte ich mich anziehen, aber ich habe keine Lust, mich sofort wieder umziehen zu müssen, sobald du fort bist. Also bleibe ich einfach im Kimono. Es gibt noch so viel zu tun, und jeder Schritt steckt voller Risiken. Ich werde heute mein Potenzial bis zum allerletzten Rest ausschöpfen müssen. Ich werde all die Hoffnungen erfüllen müssen, die meine Mutter je in mich gesetzt hat.

Das nächste Mal sehe ich dich als Reflexion in meinem Frisierspiegel. Witte hat dir die Haare gestutzt, allerdings eher auf die Länge, wie du sie im College getragen hast und nicht so kurz, wie sie waren, als ich im Krankenhaus aus dem Koma erwachte. Der edle Stoff deines dunkelblauen Dreiteilers schimmert schwach. Der Farbton ist wunderschön, so eine Art Mitternacht-Saphirblau, und du hast dazu ein perlgraues Hemd mit gleichfarbiger Krawatte gewählt. Die Lilien auf deinen Manschettenknöpfen schnüren mir kurz das Herz zu.

Ich bin so fasziniert von deiner weltmännischen Attraktivität, dass ich völlig vergesse, womit ich gerade beschäftigt war, bis du mir die silberne Haarbürste aus den schlaffen Fingern nimmst. Du nimmst auch die zweite Bürste vom Frisiertisch und machst beidhändig in einem entspannten Rhythmus da weiter, wo ich aufgehört habe.

Behutsam fährst du mir mit den Wildschweinborsten durch das Haar, und ich schließe die Augen. Bei meinem Bob ist es natürlich nicht das Gleiche, oder? Im Grunde sind zwei Bürsten dafür gar nicht nötig, aber du nimmst dennoch zwei, und du beherrschst die Technik hervorragend.

»Ich bedauere wirklich alle anderen Frauen auf der Welt«, sage ich. »Sie wollen dich, aber sie werden dich nie bekommen.«

»Du versuchst bloß, mich hinzuhalten«, erwiderst du leise in amüsiertem Ton.

»Noch nie etwas von Belohnungsaufschub gehört?«

»Doch, aber ich mag ihn nicht.«

»Wie man sieht. Lass uns frühstücken und dann …«

»Gleich reißt mir der Geduldsfaden, *Setareh*«, unterbrichst du mich und stellst das Bürsten ein.

So habe ich dich noch nie gesehen. Ungeduldig und erwartungsvoll wie ein Kind an Weihnachten. Es ist köstlich.

Lachend beschließe ich, dich nicht länger auf die Folter zu spannen. Es ist viel zu wichtig, dich glücklich zu wissen. Ich stehe auf und gehe zum Nachttisch. Du stehst unmittelbar hinter mir, als ich mich mit der aufklappbaren Lederschatulle umdrehe. »Du bist furchtbar«, erkläre ich und muss wieder lachen.

»Das klang vor einer Stunde aber noch anders«, sagst du mit einem selbstgefälligen Grinsen und nimmst das Geschenk entgegen.

»Vor einer Stunde habe ich gar nichts gesagt.«

»Ich kann dein Stöhnen übersetzen«, konterst du und öffnest die Schachtel. Dein Kopf neigt sich leicht zur Seite. Vorsichtig hebst du die antike Taschenuhr und die Kette heraus.

Ich nehme dir die Box ab, damit du den Deckel aufklappen kannst.

Ganz leise liest du die Inschrift vor: »Jede Sekunde, die ich dir schulde, und mehr.«

Ich frage mich, ob du noch weißt, was du im Strandhaus zu mir gesagt hast. An deinem schweren Schlucken erkenne ich, dass du es weißt. Du schließt den Deckel, und dein Daumen streicht über die Gravur, die auf Vorder- und Rückseite den Mond und einen Himmel voller Sterne zeigt. Keine Lilien mehr. Deine Hand schließt sich um die Uhr.

»Vielen Dank«, sagst du mit heiserer Stimme. »Ich werde gut darauf aufpassen.«

Du ziehst mich an dich und küsst mich lange.

Beim Frühstück zeigst du Witte die Uhr. »Ein erlesenes Stück und ein ganz reizendes Geschenk«, sagt er und lächelt mich an, als würde er selbst sich darüber freuen.

Mit deiner Erlaubnis befestigt er den Anhänger in einem Knopfloch deiner Weste und versenkt die Uhr daneben in der kleinen Tasche. Ich bin natürlich nicht objektiv, aber ich finde vor allem die Kette daran ausgesprochen sexy.

Als es Zeit wird für dich, begleite ich dich noch zur Tür und gebe dir einen Abschiedskuss. Du merkst, wie schwer es mir fällt, und wartest noch einen Moment.

»Du machst es mir nicht leicht zu gehen, *Setareh*«, sagst du und musterst mich fragend. Ohne High Heels bin ich einen Kopf kleiner, sodass du fast überlebensgroß wirkst.

»Entschuldige, das wollte ich nicht«, versichere ich dir und ergreife deine Handgelenke. »Ich komme zurecht, versprochen! Ich habe Witte, und ich habe unendlich viel zu erledigen. Die Zeit wird wie im Flug vergehen, bis du wieder zu Hause bist.«

Du betrachtest mich weiter unschlüssig.

»Wie wär's mit einem Film nach dem Abendessen?«, schlage ich vor. »Mal sehen, wie lange wir der Handlung folgen können, bevor wir zu abgelenkt sind, weil wir rumknutschen wie die Teenager.«

»Darauf freue ich mich bereits jetzt«, antwortest du mit einem Lächeln, das nicht bis zu deinen Augen vordringt.

Ich stelle mich auf die Fußspitzen und gebe dir einen Kuss. »Nun hau schon ab, bevor ich dich gar nicht mehr weglasse. Und immer schön vorsichtig sein, Augen und Ohren offen halten! Du trägst mein Herz mit dir herum. Lass es nicht kaputtgehen!«

»Dasselbe musst du mir auch versprechen.«

Ich schaue dir nach, bis der Fahrstuhl dich verschluckt. Die beiden Sicherheitsleute links und rechts der Eingangstür erwidern meinen Blick, und ich nicke jedem kurz zu. Dann schließe ich die Wohnungstür und lehne mich erschöpft dagegen.

Witte tritt aus der Küche in den Flur und bleibt stehen, als er mich sieht. Die Zeit, die er während unseres Aufenthalts in Connecticut für sich verbringen konnte, scheint ihm gutgetan zu haben. Er wirkt schwungvoll und erfrischt. Unwillkürlich frage ich mich, wie lange er wohl noch bei uns bleiben wird. Da du nun eine Frau hast, die sich um dich kümmert, könnte ich mir vorstellen, dass er mit dem Gedanken spielt, sich neue Herausforderungen zu suchen. Hoffentlich tut er es nicht. Hoffentlich bleibt er uns noch lange Jahre treu. Er liebt dich sehr, und von solchen Menschen sollte es in deinem Leben so viele wie möglich geben.

»Kann ich Ihnen etwas bringen?«, erkundigt er sich zuvorkommend. »Einen Tee vielleicht? Oder Saft? Noch einen Kaffee?«

»Nein danke«, winke ich ab und straffe den Rücken. Es ist einfacher für mich, nun, da du nicht mehr da bist. »Alles wunderbar.«

»Ich gehe nachher auf den Markt, um ein paar Sachen fürs Abendessen und für morgen früh zu holen. Hätten Sie nicht Lust, mich zu begleiten? Es wäre von Vorteil zu wissen, was Sie so mögen.«

»Das machen Sie schon jetzt perfekt. Bislang hat mir alles hervorragend geschmeckt, was Sie zubereitet haben. Sie hätten einen Michelin-Stern verdient.« Da Witte ein Gewohnheitsmensch ist und ich eine sehr genaue Beobachterin bin, kenne ich seinen Tagesablauf natürlich schon, dennoch frage ich: »Wie oft gehen Sie eigentlich auf den Markt?«

»In manchen Wochen täglich, in manchen nur ein- oder zweimal.«

»Mal ganz in Ruhe draußen über den Markt zu bummeln, klingt überaus verlockend, aber meine Stylistin kommt gleich vorbei«, erkläre ich und entferne mich vom Eingang. »Sie bringt mir noch ein paar Sachen. Aber wenn Sie das nächste Mal gehen, begleite ich Sie gern auf dem … Ausflug.«

»Abgemacht«, sagt er und lächelt über meine Wortwahl.

»Könnten Sie bitte noch die Kosmetikerin, die schon mal hier war, anrufen und nachfragen, ob sie mich heute irgendwann dazwischenschieben kann?«

»Mit dem größten Vergnügen.«

Ich gehe den Flur hinunter zu meinem Zimmer und beobachte mich dabei in den verspiegelten Wänden.

Die Hausmädchen haben bereits das Bett frisch bezogen. Was sie wohl inzwischen von dir halten? Erst jahrelang der einsame Witwer, der allenfalls gelegentlich einen One-Night-Stand hat, und nun ständig Spuren auf den Laken, die eindeutig bezeugen, dass der Mann es mehrmals am Tag mit seiner Frau treibt. Wahrscheinlich hält die Überraschung sich angesichts deines ungeheuren Sex-Appeals aber in Grenzen. Außerdem sind Hausangestellte gewöhnt, dauernd intime Dinge mitzubekommen. Letztlich bleibt ihnen nichts verborgen.

Wittes Klopfen lässt nicht lange auf sich warten.

»Ja, Witte?«

»Der Kosmetikerin – ihr Name ist Salma – hat eben eine Kundin abgesagt, und sie lässt fragen, ob es Ihnen recht ist, wenn sie sofort kommt, oder ob Ihnen ein anderer Tag lieber ist.«

»Nein, heute Morgen ist ideal«, antworte ich mit gespielter Begeisterung. »Eine kleine Aufmunterung, bevor ich wieder loslege.«

Er lächelt und nickt.

Beim nächsten Klopfen trägt Witte einen Berg Kleidersäcke und Einkaufstaschen und betritt den Raum hinter Tovah, bei der mich erneut verblüfft, wie in einer so kleinen Person derart gigantisch viel Energie stecken kann.

»Guten Morgen, Lily!«, ruft sie mit strahlendem Lächeln. »Wie geht's, wie steht's? Ah, ich liebe diesen Kimono! So elegant und zugleich so sexy.« Ihre langen schokoladenbraunen Locken hat sie zu einem komplizierten Geflecht aus Zöpfen und Schnecken hochgesteckt. Das Wickelkleid mit dem Giraffenmuster ist ärmellos, und die Absätze ihrer Schuhe sind verboten hoch.

»Danke, Sie sehen aber auch ganz schön elegant und sexy

aus«, erwidere ich und schenke Witte, der mit seinen Lasten meinen Ankleideraum ansteuert, ein dankbares Lächeln.

»Ich habe all das extra für Sie zurückgehalten, bis Sie wieder in der Stadt sind«, legt Tovah erneut los und wirft ihre Handtasche auf den Sessel, von dem aus du mir immer beim Schlafen zugesehen hast. »Jetzt erzählen Sie schon! Wie war's? Bestimmt haben Sie bei einem Drink mit Schirmchen auf das türkisblaue Meer geschaut und sich bestens erholt.«

»Klingt bezaubernd«, stimme ich ihr zu. »Und Sie liegen fast richtig. Wir waren tatsächlich am Strand, aber ohne Schirmchen. Zählt das auch?«

»Strand zählt immer, ob mit oder ohne Schirmchen.«

Witte kommt zurück und bleibt in der Tür zum Flur kurz stehen. »Ich werde nun die Einkäufe erledigen«, sagt er. »Ich habe am Empfang Bescheid gegeben, dass Salma kommt, und Lacy wird ihr öffnen. Zu Mittag habe ich drei Portionen Geflügelsalat zubereitet, die Sie im Kühlschrank finden, wenn Sie Lust darauf haben. Ich schätze, dass ich gegen drei wieder da bin.«

»Sie denken aber auch an alles, Witte«, sage ich. »Haben Sie vielen Dank.«

»Wo bekomme ich einen Witte?«, fragt Tovah und stemmt die Hände in die Hüften, während er sich zum Gehen wendet.

»Da müssen Sie Kane fragen«, erkläre ich.

Die Tür fällt ins Schloss, womit wir ungestört sind und zum Du wechseln können, und sofort schenken wir uns das Dauerlächeln.

»Wir haben alle darüber diskutiert«, erzählt sie und seufzt tief. »Und wir halten den Zeitpunkt für nicht günstig.«

»Der Zeitpunkt ist günstig.«

»Das alles ist doch sehr überstürzt.«

»Nichts ist überstürzt«, widerspreche ich und gehe in den Ankleideraum. »Das Ganze ist seit Jahren durchgeplant. Wir könnten es im Schlaf durchziehen.«

»Du bist vor Kurzem erst angefahren worden!«, beharrt Tovah und folgt mir nach nebenan. »Unter höchst verdächtigen Umständen. Herrgott, du hast im Koma gelegen!«

»Was ich nicht vergessen habe«, gebe ich zurück, öffne den Kleidersack und begutachte das Ensemble darin. »Das ist echt gut.«

»Natürlich ist es das. Ich versteh mich auf meinen Job.«

»Ich schaffe das«, beruhige ich Tovah, als ich sehe, wie sie auf der Unterlippe kaut. »*Wir* schaffen das. Wenn man Dinge so ewig lange vorbereitet und es dann endlich losgeht, ist es vollkommen normal, nervös zu sein. Mir war heute Morgen auch ein wenig unbehaglich zumute.«

»Siehst du, ein Zeichen!«, ruft sie und wirft die Hände in die Luft. »Du solltest warten. Klären wir erst noch mal alles ab und versichern uns, dass du zu hundert Prozent fit bist!«

»Wir haben schon lange genug gewartet«, entgegne ich. »Aliyah wird Ärger verursachen. Wir müssen es hinter uns bringen, bevor sie etwas unternimmt, das uns alles versaut.«

An der Schlafzimmertür wird wieder geklopft. »Hey, er ist weg«, ist Lacys Stimme zu hören.

Ich kehre mit Tovah ins Schlafzimmer zurück.

»Und Salma ist gekommen«, fügt Lacy hinzu und tritt zur Seite.

Die kurvenreiche Brünette in Jeans und einem kunstvoll

zerrissenen Band-T-Shirt, das sie an der Hüfte verknotet hat, zieht einen Hartschalenkoffer in Babyrosa hinter sich her. Ihr Gesicht ist mit raffiniertem Cat-Eye-Lidstrich und vollendet geschwungenen Brauen meisterhaft geschminkt.

»Ist Witte auch wirklich weg?«, frage ich.

»Im Wagen aus der Tiefgarage gerauscht und alles«, bestätigt Lacy.

Salma starrt mich an und meint entgeistert: »Du hast ja dein Gesicht schon gemacht!«

»Nur angefangen«, versichere ich ihr. »Und ich brauche Hilfe mit der Perücke. Beim letzten Mal habe ich viel zu viel Kleber verwendet und mir beim Abnehmen fast die Kopfhaut mit abgerissen.«

Sie schüttelt mit verärgerter Miene den Kopf.

»Hey, schau mich nicht so an«, protestiere ich. »Hätte ich mich nicht geschminkt, wäre Kane zu Hause geblieben, weil er geglaubt hätte, irgendwas würde nicht stimmen. Ich wollte ihn also bloß überzeugen zu gehen, was ja auch funktioniert hat.«

»Er macht alles nur noch komplizierter«, erwidert sie und stößt leise einen spanischen Fluch aus.

»Ich weiß.«

Lacy lehnt sich gegen die Türrahmen. Sie trägt eine graue Hausmädchenuniform und hat ihre roten Haare im Nacken zu einem Dutt zusammengesteckt. »Wir halten es nicht für den richtigen Zeitpunkt«, erklärt sie, nachdem sie eine riesige Kaugummiblase zum Platzen gebracht hat.

»Habe ich schon gehört«, erwidere ich knapp und verschwinde im Ankleideraum, um die Perücke zu holen. Als ich zurückkehre, starren alle drei Frauen mich an. Ich bleibe stehen und schenke ihnen die Aufmerksamkeit, nach der sie verlangen. »Was glaubt ihr wohl, wie viele Chancen wir bekommen?«, frage ich.

»Eine andere bestimmt noch«, entgegnet Salma mit trotzig vorgeschobenem Kinn.

»Aliyah bereitet ihr schon Stress«, erklärt Tovah und verschränkt die Arme vor der Brust.

»Scheiß auf Aliyah!«, faucht Lacy. »Ich konnte das Miststück noch nie leiden. Wenn sie gerade mal nicht versucht, Witte ins nächstbeste Bett zu zerren, behandelt sie Bea und mich wie den letzten Dreck.«

»Wie geht's Bea?«, erkundige ich mich.

Lacy runzelt verlegen die Nase. »Ganz okay«, sagt sie. »Ich habe heute Morgen mit ihr gesprochen. Es tat mir wirklich leid, dass ich ihr gestern das Zeug in den Tee schütten musste. Sie hat offenbar die ganze Nacht auf dem Klo zugebracht.«

»Die Magenprobleme werden sich bis zum Abend gelegt haben«, beruhige ich sie. »Wenn wir sie nicht noch einmal aus dem Verkehr ziehen wollen, müssen wir jetzt aber wirklich an die Arbeit gehen. Uns bleibt nicht mehr viel Zeit.«

Mit entschlossenen Mienen machen wir uns an die Umsetzung des Plans.

Um elf Uhr hat die Frau im Spiegel das Gesicht meiner Mutter. Wangenknochen und Kiefer treten markanter hervor. Der wuchtigere Einsatz von Lidschatten lässt die Augen tiefer liegen. Schwarze Haare baumeln in einem dicken Zopf meinen Rücken herab.

Dazu noch hier und da ein wenig Make-up, und schon habe ich mich in ihr perfektes Ebenbild verwandelt.

Eine große dunkle Gestalt, die hinter mir in der offenen Tür zum Flur steht, erregt meine Aufmerksamkeit. »Hey, du bist früh dran«, begrüße ich sie.

Rogelio macht einen besorgten Eindruck und mustert mich aufmerksam, während er in den Raum tritt. Statt des bei Baharan üblichen dunklen Anzugs trägt er nun Jeans und ein Yankee-Trikot. Seine Wangen sind unrasiert, sein Bürstenschnitt ist mit glänzender Pomade zurückgekämmt, und um seinen Hals hängt eine klobige Goldkette. Allein sein nüchtern wachsamer Blick würde ihn von jedem x-beliebigen Typen auf der Straße unterscheiden. »Mir gefällt die Sache nicht«, erklärt er. »Fühlt sich irgendwie falsch an.«

»Jetzt auch noch du?«, frage ich leise. Seine Meinung ist mir stets wichtig gewesen. Wir sind schon sehr lange zusammen.

»Du bist unglaublich schön, *querida*«, sagt er und legt eine Hand auf meine Schulter.

»Als ob sie das nicht wüsste«, wirft Salma ein und verdreht die Augen, während sie sorgfältig ihren Schminkkoffer packt.

»*Sie* ist unglaublich schön«, stelle ich klar. »Mein Gesicht ist das nicht.« Ich bemerke den besorgten Ausdruck in den Mienen meines Teams. »Ihr müsst mir alle vertrauen.«

Rogelio erkennt, wie fest entschlossen ich bin, und seufzt laut auf. »Also schön«, gibt er nach. »Du bist der Boss.«

Ich drehe mich im Frisierstuhl um und schaue zu ihm hoch. »Es würde mir Zeit sparen, wenn du den Schmuck aus dem Safe holen könntest«, bitte ich. »Kommst du an dem Fingerabdruckscanner vorbei?«

»Sicher. Meine Männer haben das Ding eingebaut.«

»Ich werde ihm helfen«, erklärt Tovah. Die beiden machen sich auf den Weg.

Aus den Augenwinkeln bemerke ich eine Bewegung auf der anderen Seite des Raums. Von einer Lilie Blacklist ist aus unerklärlichem Grund eine bildschöne Blüte abgebrochen. Sie liegt unter dem Strauß auf dem Ankleidetisch, ihr Kelch genau auf mich gerichtet. Der grell orangerote Pollenstaub hat sich wie Blutspritzer über die glänzende Oberfläche verteilt. Ein dumpfer Knall am Fenster lässt mich zusammenschrecken. Salma flucht. An der Scheibe schlägt ein Vogel verzweifelt mit den Flügeln, sucht mit den Krallen nach Halt und rutscht dann nach unten weg.

»Heilige Mutter Gottes«, murmelt Salma und bekreuzigt sich.

Mir läuft ein Schauer über den Rücken.

»Geh und hilf Lacy!«, fordere ich sie rasch auf.

Sie presst eine Hand auf den Bauch, und für einen Moment ist das dort eintätowierte PANTERA nicht zu sehen. »Du bist meine Familie«, sagt sie. »Sollte dir irgendwas passieren, werde ich deinen Geist im Jenseits jagen, sobald ich tot bin, und ihn windelweich prügeln.«

Wir umarmen uns fest. Sie duftet nach Erdbeeren und Sekt. Ich höre sie schniefen, als sie mit schnellen Schritten das Zimmer verlässt.

Fast im selben Augenblick kehren Tovah und Rogelio zurück. »Wir wären so weit«, verkündet sie und tätschelt die Seite der bauchigen blauen Umhängetasche in ihrer Hand.

»Dann werde ich mich mal anziehen«, sage ich.

Sie reicht Rogelio die Tasche und folgt mir.

»Das schaffe ich auch alleine«, wehre ich ab.

»Aber nicht heute«, kontert sie. »Wenn heute etwas schiefläuft, wird nicht deine Kleidung daran schuld sein.«

Als wir fertig sind, betrachte ich mich im Spiegel. Die graue Hose mit dem navyblauen Streifen an der Seite ist weit geschnitten und hält nur dank der Hilfe eines schmalen schwarzen Ledergürtels. Die langärmlige durchgeknöpfte Bluse hat ein helleres Blaugrau und über der linken Brusttasche einen Aufnäher mit dem Bild eines Adlerkopfs. Auch dieses Teil ist viel zu groß, obwohl ich darunter eine Brustplatte aus Silikon trage, die mir den Anschein einer üppigeren Oberweite verleiht. Selbst mein Hintern ist aufgepolstert, und ich frage mich, wie ich im Auto darauf sitzen kann.

»In der Tasche findest du Kappe und Sonnenbrille«, erklärt sie. »Aufsetzen und nicht abnehmen!«

»Verstanden.«

Sie packt meine Unterarme. Meine bequemen schwarzen Laufschuhe sind so flach und ihre mörderischen High Heels so hoch, dass Tovah mir beinahe bis auf Augenhöhe reicht. »Ich erwarte, dass du dich meldest, sobald du in Sicherheit bist.«

»Versprochen«, sage ich. »Hör auf, dir Sorgen zu machen!«

Ihr ausdrucksstarker Mund zuckt, und mir ist klar, dass sie dagegen ankämpft, noch mehr einzuwenden. »In Ordnung«, erklärt sie endlich. »Also gut.«

Ich folge ihr aus dem Ankleideraum, halte aber auf der Schwelle inne, während sie im Flur verschwindet. Rogelio läuft im Zimmer auf und ab. Er bewegt sich wie jemand, der seinen Körper gelehrt hat, als Waffe zu funktionieren.

Ich verschränke die Arme vor der Brust, lehne mich an den Rahmen und beobachte ihn.

»Du siehst bescheuert aus«, sagt er.

»Ich fühle mich auch bescheuert.«

Er bleibt stehen und starrt mir eine Weile unverwandt in die Augen. Dann schnappt er die Tasche vom Bett und fragt: »Bereit?«

»Und wie.«

47

LILY

Lacy wartet an der Wohnungstür und dreht nervös einen Staubwedel in ihren Händen. »Wir sehen uns dann später«, sagt sie, als ich mit Rogelio komme.

»In der Zwischenzeit kannst du dir ja schon mal überlegen, was du als Nächstes tun möchtest«, erwidere ich und gebe ihr einen Kuss auf die Wange. »Gibt es denn einen Ort, an den du schon immer einmal reisen wolltest?«

»Gleich mehrere. Davon habe ich einen ganzen Ordner voll.«

»Dachte ich mir«, sage ich grinsend. »Bin schon gespannt drauf.«

Rogelio hält mir die Tür auf, und wir treten hinaus zum Fahrstuhl. Im Vorraum spricht er die beiden Sicherheitsmänner an, die dort Dienst tun. »Kümmert euch um die Videoaufzeichnung«, trägt er ihnen auf. »Ich war nie hier. Sie war nie fort.«

Sie nicken, und einer macht sich auf den Weg zum Sicherheitsraum.

»Steck den Zopf ins Hemd!«, meint er zu mir und mustert mich noch einmal. »Und zieh die Kappe auf!«

Ich tue, was er sagt. »Besser?«

»Eigentlich nicht«, antwortet er und drückt den Knopf für den Fahrstuhl. »Ich wünschte, du würdest mich das erledigen lassen.«

»Kein anderer käme da lebend raus.«

Er sagt keinen Ton mehr, bis wir in einem gemieteten Van mit falschen Nummernschildern die Tiefgarage verlassen. Der Wagen, der mich angefahren hatte, war ebenfalls mit ausgetauschten Kennzeichen unterwegs gewesen. Aber das ist natürlich purer Zufall. Mehr steckt da ganz sicher nicht dahinter.

»Hier noch mal der Stand der Dinge«, beginnt Rogelio in ernstem Ton, ohne den Blick von der Straße abzuwenden. »Der Tisch zum Mittagessen ist für halb eins reserviert. Laska hat Amy in einer Textnachricht um Bestätigung gebeten. Diese Nachricht landete auf dem Klon, und ich habe in ihrem Namen zugesagt. Clarice habe ich erzählt, ich hätte ein Essen für zwei in einem Restaurant gewonnen, das ungefähr in der Richtung des Treffens liegt. Angeblich läuft der Gutschein heute ab, und ich kann nicht hin, also geht sie mit Amy. Mein Tracker auf Amys Handy wird mir verraten, ob sie sich daran halten. Sollte Amy beobachtet werden, macht es für maximal eine halbe Stunde den Eindruck, als wäre sie auf dem richtigen Weg. Das verschafft uns ein wenig Zeit – allerdings nicht viel.«

Um auch außerhalb der Zentrale auf die Datenbank von Baharan zugreifen zu können, muss auf jedem Endgerät eine firmeneigene Sicherheitssoftware installiert werden. Bei allen Armands hat Rogelio selbst die Installation besorgt, und seitdem bekommen wir alles mit. Auf diesem Weg haben wir auch von Vals Kontaktaufnahme erfahren und unsere Chance gewittert.

Jahrelang jagten wir ihm hinterher, und am Ende war er es, der zu uns kam.

»Im Restaurant habe ich einen Mann vor Ort«, fährt er fort. »Er präpariert das Wasserglas außen so, dass es Laska idealerweise aus der Hand rutscht und ihm Wasser über die Kleidung spritzt. Für den Fall, dass das nicht funktioniert, ist dem Schmiermittel ein Farbstoff zugesetzt, der an den Fingern Flecken hinterlässt. Deinen Angaben zufolge achtet Laska penibel auf sein Aussehen. Ihm wird es also in beiden möglichen Fällen nicht genügen, nur eine Serviette zu benutzen. Sobald ich dir das Startzeichen durchgebe, marschierst du los. Die Toiletten sind Einzelkabinen für Männer und Frauen. Alle Riegel sind manipuliert. Einmal fest mit der Hüfte gegen die Tür rammen, und du bist drin. Dann heißt es du und Laska, eins gegen eins.«

Ich nicke. »Val wird Begleitschutz um das Restaurant herum postiert haben«, warne ich. »Sollte einem von denen etwas an dir oder deinem Mann vor Ort auffallen …«

»Ich weiß, was ich tue«, unterbricht er mich. »Genau wie meine Leute. Du bist diejenige, die hier eigentlich nicht hingehört.«

»Ich vermassele es schon nicht.«

Ich starre aus dem Fenster, lasse mir noch einmal durch den Kopf gehen, wo ich bin und was ich vorhabe. Auf dem Bürgersteig laufen Schulkinder in einer langen Kolonne ihrer Lehrerin hinterher. Ein Pärchen knutscht an einen Baum gelehnt. Ein Lieferant schreit wütend den Fahrer eines in zweiter Reihe stehenden Wagens an. Es erscheint alles so unwirklich. Die sonnenbeschienene Stadt mit ihrem pulsierenden Leben kommt mir vor wie das Fantasiegebilde eines Albtraums. Die verhöhnende Aussicht auf eine Normalität, die als Kontrast dient, um das Grauen der Realität noch zu vertiefen.

Ich schaue auf meinen Ehering, den ich mich nicht abzunehmen traue. »Wir sind das alles doch bereits zigmal durchgegangen«, schiebe ich nach und drehe den Stein so, dass er in meiner Handfläche verborgen bleibt.

»Deine Versessenheit beeinträchtigt deine Konzentration. Wenn er dich angreift, bist du nicht …«

»Das wird er nicht.«

Rogelio schlägt mit der Hand gegen das Lenkrad und schreit: »Woher willst du das wissen? Schon den Autounfall hast du als bloßen Zufall abgetan, was sonst keiner von uns glaubt. Und trainiert haben wir seit Wochen nicht mehr, weil du so lange gebraucht hast, um überhaupt wieder gesund zu werden. Jahrelang haben wir gewartet und geplant, und jetzt willst du dich nicht mal ordentlich vorbereiten!«

»Weil das auch ihm Gelegenheit geben würde, sich besser vorzubereiten«, entgegne ich ruhig. »Glaubst du etwa, der Zeitpunkt seiner Rückkehr in die Stadt sei reiner Zufall? Oder dass er ausgerechnet Amy engagiert hat? Damals und jetzt erneut? Glaubst du wirklich, er hätte sich ohne Hintergedanken mit ihr in einem Restaurant verabredet, das ihm gar nicht gehört? Hier geht's um irgendwas richtig Großes.«

»Was du nicht sagst! Trotzdem bleibt es zu riskant.«

»Riskant ist es immer«, gebe ich zurück, lasse mich gegen die Rückenlehne fallen und presse die Hand auf meine Stirn. »Weißt du eigentlich, wie verteufelt hart es ist, dass *ihr alle* an diesem Tag unbedingt kalte Füße bekommen müsst? Warum gerade heute? Dass ihr mich nervös macht, wenn ich hoch konzentriert sein sollte, ist im Moment das Einzige, was unsere Chancen mindert!«

»Es geht nicht allein um heute«, erklärt Rogelio, parkt am Bürgersteig und schaltet den Motor aus. Er legt den Sicherheitsgurt ab und dreht sich zu mir um. Sein zusammengekniffener Mund ist hart, sein Blick flehend. »Wir reden seit Monaten darüber.«

»Hinter meinem Rücken?«

»Du warst ja nicht gerade leicht zu erreichen!«, schießt er zurück. »Wir sind nicht mehr diese Waisenkinder, die du damals aufgespürt hast. Wir haben uns geändert – *du selbst* hast dafür gesorgt. Es gab eine Zeit, da brauchten wir die Vorstellung, uns an deiner Mutter und Laska zu rächen, weil sie uns antrieb weiterzumachen. Aber dann hast du uns dabei geholfen, unsere eigenen Talente zu entdecken, hast uns ermöglicht, diese Fähigkeiten auszubilden, damit wir sie professionell nutzen können. Du hast uns eine neue Familie gegeben, denn jetzt haben wir einander. Vielleicht ist das ja schon genug, *querida*. Vielleicht besteht die größte Rache darin, dass wir alle trotzdem etwas aus uns gemacht haben.«

Ich betrachte ihn lange, lasse seine Worte einwirken. »Ich wünschte, ihr hättet früher etwas gesagt«, antworte ich schließlich. »Dann hätte ich euch nicht in diese Situation gebracht.«

»So ein Schwachsinn!«, brüllt er und rüttelt mit beiden Händen am Lenkrad. »Manchmal könnte ich dich wirklich würgen. Du weißt genau, dass wir dich das nie allein durchziehen lassen würden. Ich will dir hier bloß klarmachen – *unseretwegen* musst du das nicht tun. Du schuldest uns nichts. Was deine Mutter und Laska unseren Familien angetan haben … das ist nicht deine Schuld.«

Ich nicke und hole einen Lippenstift heraus, der so hautfarben ist, dass er die Lippen fast verschwinden lässt. »Wir müssen unbedingt einen Familienabend organisieren, wenn das hier vorbei ist«, schlage ich vor. »Damit jeder sich das alles mal von der Seele reden kann.«

»Du machst also trotzdem weiter.«

»Ich muss Kane retten«, erkläre ich schlicht. »Ich muss es versuchen.«

»Abgemacht«, sagt er und streckt die Hand aus. Sein Handschlag ist fest. »Die Limousine wird unmittelbar vor dem Lokal auf dich warten.«

»Verstanden.«

Er reicht mir eine kleine Schachtel aus der Mittelkonsole. »Das ist dein Ohrhörer. Ich sage dir, wann du loslaufen sollst. Bis dahin bleibst du hinten drin. Und setz die verdammte Sonnenbrille auf!«

Rogelio nimmt eine Gucci-Baseballkappe aus dem Seitenfach und streift sie über. Er kontrolliert den Verkehr, öffnet die Tür und springt hinaus. Ich klettere in den Rückraum des Vans und verfolge, wie er die Straße hinuntergeht und um die Ecke biegt. Dann schiebe ich mir die Brille auf die Nase und ziehe die blauen Einweghandschuhe an.

»Einer draußen an der Tür«, murmelt seine Stimme in mein Ohr. »Zwei Undercover-Cops auf der anderen Straßenseite.«

Ich nicke instinktiv und muss über diese unsinnige Reaktion selbst lachen. Im Van wird es bereits heiß. Die Silikonprothese macht alles nur noch schlimmer. Schweißperlen bilden sich auf meiner Haut, vereinen sich zu kleinen Rinnsalen. Mein Make-up fühlt sich schmierig an, vermutlich dürfte es ebenfalls bald zu laufen beginnen.

Ich richte alle Gedanken auf die Hitze, das nervige Jucken der Haut. Ich darf nicht an dich denken, darf nicht riskieren, einen Plan infrage zu stellen, in dem die Arbeit von Jahren steckt. Er mag nicht funktionieren, und das nehme ich in Kauf. Aber ich muss es versuchen. Für dich. Für uns.

»Geh!«

Das Wort ist bloß leise gezischt, klingt jedoch wie ein Schrei. Ich höre es sogar über meinen keuchenden Atem und das rasende Pochen meines Herzens hinweg. Ich achte darauf, dass niemand mich beobachtet, steige rasch aus und ziehe die Schiebetür wieder zu. Sobald die schwere blaue Tasche richtig an meiner Schulter hängt, folge ich dem Weg, den Rogelio eingeschlagen hat. Die Schultern ein wenig nach vorn gedreht, als wäre mir meine Größe schon ein ganzes Leben lang peinlich, schreite ich zügig und zielstrebig aus. Ich habe den Eindruck, dass die Leute mir in meiner Briefträgeruniform schneller Platz machen. Sie sind nicht unbedingt freundlicher, scheinen aber der Ansicht, dass man einem Postboten lieber kampflos freie Bahn lässt.

Vor dem Restaurant kommen noch zwei Geschäfte, in denen

ich jeweils ein mit Gummiband zusammengehaltenes Bündel Werbepost abgebe. In dem Papierwarengeschäft fragt eine Dame, ob sich der Umfang dieses Mülls nicht irgendwie reduzieren ließe. Ich rate ihr, das ganze Bündel einfach in ihre Recyclingtonne zu schmeißen.

Als ich wieder nach draußen trete, blendet mich die Sonne sogar durch die riesigen, dunklen Gläser meiner Sonnenbrille. Ich kann weder Vals Bodyguard entdecken noch irgendwelche Cops. An den Tischen auf dem Bürgersteig gegenüber sind die Menschen, die beim Mittagessen sitzen, in angeregte Unterhaltungen vertieft. Wer nicht redet, schaut auf sein Handy.

Die Glocke an der Restauranttür kündigt mein Eintreten an. Das dicke Bündel mit Werbeprospekten und Coupons halte ich bereits in der Hand. Vor mir sehe ich den breiten Rücken von Val, der in einem Gang verschwindet.

»Danke«, sagt die Frau am Empfang, nimmt die Post entgegen und stopft sie unter ihr Pult. Die freundliche Brünette ist fast so klein wie Tovah, aber kurviger.

»Dürfte ich mal Ihre Toilette benutzen?«, frage ich und schiebe den Unterkiefer nach vorn, was meinem Gesicht ein kantigeres Aussehen verleiht und meine Stimme tiefer klingen lässt.

»Klar doch. Einfach geradeaus durch. Möchten Sie eine Flasche Wasser zum Mitnehmen?«

Mit einer so aufmerksamen Geste habe ich nicht gerechnet. »Nicht nötig, trotzdem vielen Dank«, sage ich rasch.

Die Küche liegt hinter der rückseitigen Wand, daher ist das Restaurant nicht besonders tief, aber breit. Der Steinboden ist schon beinahe antik, und an den Sitznischen fallen die mit vielen Schnörkeln verzierten Gittertrennwände auf, an denen man außen Jacken und Taschen aufhängen kann.

Mehr registriere ich nicht, da ich in betont geschäftiger Eile nach hinten durchgehe. Ich möchte mich auch nicht neugierig nach etwas oder jemandem umsehen. Rogelio bemerke ich nirgends, bin mir jedoch sicher, dass er irgendwo in der Nähe ist. Keine Ahnung, wer vom Personal zu seinen Leuten gehört. Im Flur vor den Toiletten nehme ich Sonnenbrille und Kappe ab und verstaue sie in der Posttasche. Schnell checkt meine Hand noch einmal den Inhalt und ertastet die schwere Samtrolle mit dem kostbaren Schmuck.

»Von dir aus in der zweiten Kabine«, informiert Rogelio mich. »Warte auf das Ablenkungsmanöver.«

Ich gehe an der ersten Tür vorbei und verlangsame meinen Schritt. Insgesamt gibt es drei Kabinen, dann kommt der Durchgang zur Küche. Hinter mir hört man einen Zusammenprall, gefolgt von zersplitterndem Glas. Zeitgleich mit dem allgemeinen Aufschrei werfe ich die Hüfte gegen die zweite Tür, spüre, wie sie nachgibt, und taumele hinein.

Der Rest ist ein Abspulen eintrainierter Bewegungen, das wie im Unbewussten abläuft. Ich mache mir den Trägheitseffekt zunutze und stürme vor. Trotz seiner Masse bewegt sich Val wie ein Ninja. Blitzschnell spannt sich sein Körper und ist bereit zuzuschlagen. Dann sieht er mein Gesicht und zögert. Erfreutes Wiedererkennen spiegelt sich einen Wimpernschlag lang in seinen Zügen.

Ich spare mir die Mühe, das Messer herauszuziehen. Mit aller Kraft ramme ich es ihm direkt durch die Tasche in die

Brust. Der rasiermesserscharfe Dolch durchdringt mühelos die Stoffschichten seiner Kleidung, bevor Fleisch und Muskeln für Widerstand sorgen und die Klinge schließlich auf Knochen trifft.

Ich habe diesen Stoß an so vielen toten Schweinen geübt, dass ich genau weiß, wie viel Kraft dafür aufgebracht werden muss. Aber dieses Ziel lebt, keucht und verströmt heißes, klebriges Blut … und darauf bin ich nicht vorbereitet. Den Tod habe ich nicht geübt.

Ich versuche ihn sanft auf dem Boden abzusetzen, doch er ist viel zu schwer und zieht mich fast mit nach unten. Sobald er mit ausgestreckten Beinen auf den Fliesen hockt, springe ich zurück und verriegele die Tür. Eigentlich sollte Val tot sein. Wenn ich richtig gezielt habe, ist das Messer direkt in sein Herz gefahren. Aber er atmet noch schwach, und ein Lächeln spielt um seine Lippen.

»Ich durfte nicht zulassen, dass du ihn umbringst«, sage ich und beuge mich hinab. Das dauert alles viel zu lange. Ich muss das Messer herausziehen, damit er schneller verblutet. Er ist reich geworden mit der Ausbeutung von Frauen und Kindern – je jünger, je besser. Er hat so viele Leben zerstört und wollte dir jetzt auch deines nehmen. Dieser Mann verdient weder Mitleid noch Zögerlichkeit. »Ich hatte nicht vor, mich in ihn zu verlieben, aber ich tat es eben.«

Er gluckst lachend, und Blut läuft aus seinem Mundwinkel. Es ist grässlich. Wie in einem Horrorfilm.

»Das Boot«, röchelt er und bildet dabei eine tiefrote Speichelblase, die in winzige Spitzer zerplatzt. »Finde es.«

»Was? Val … was hast du gesagt?«

»Deine Mutter«, presst er hervor und grinst mit blutverschmierten Zähnen, »wird … stolz auf dich sein.«

»Grüß sie von mir«, knurre ich. »Wenn ihr euch in der Hölle wiederseht.«

Aber er gluckst nur erneut, und das kurze Aufflackern in seinen Augen jagt mir einen Schrecken ein.

Fragend starre ich ihn an, doch seine Augen verlieren ihren Fokus, trüben sich bis zur Leblosigkeit. Im nächsten Moment verpestet bereits der beizende Ammoniakgeruch nach Urin und der noch abstoßendere Gestank nach Kot die Luft.

Ich reiße ihm mit beiden Händen das Messer aus der Brust und befreie damit auch die Posttasche. Der Blutfleck auf seinem weißen Designerhemd breitet sich rasch aus. Ich stelle die Tasche auf den Boden, öffne sie weit und werfe die blauen Einweghandschuhe hinein. Während ich mit den Zehen meine Schuhe abstreife, löse ich den Gürtel und den Schnappverschluss, der den künstlichen Hintern hält. Es folgen Hemd und Brustplatte, sodass ich bloß noch in meinem durchschwitzten Body dastehe. In Sekundenschnelle habe ich das Wickelkleid aus knallroter Seide übergeworfen.

»Für den Fall, dass du noch lebst, beeil dich gefälligst ein bisschen!«, zischt Rogelio in mein Ohr. »Und steck sein Handy ein!«

Ich reibe mir mit einem Papiertaschentuch den nudefarbenen Lippenstift ab und werfe es in die Tasche. Mit zitternden Fingern trage ich stattdessen ein glänzendes Rot auf, entflechte den Zopf und schlüpfe dabei in High Heels. Das Anlegen des Schmucks bereitet mir Probleme, und ich gerate kurz in Panik, als mir ein Ohrring ins Waschbecken fällt.

Zum Glück hat Tovah eine unkomplizierte Auswahl getroffen: Ohrhaken, lange Halskette, die sich über den Kopf streifen lässt, und Armreif.

Ich schaue in den Spiegel. Die Zopfspuren in der Frisur hätte meine Mutter natürlich nie toleriert. Außerdem schimmert meine Haut vor Schweiß, mein Lippenstift verläuft, und mein Kleid hat durch den Dolch ein Loch. Ich hole tief Luft und atme langsam wieder aus. Vals Handy verschwindet in einer Handtasche, die den gleichen Rotton wie mein Kleid hat. Ich lasse die blaue Tasche auf dem Boden zurück und trete aus der Kabine.

Ein Mann mit einem Besen kommt vorbei und jagt mir einen Riesenschreck ein. Dann deutet er mit einer Kopfbewegung Richtung Ausgang, und ich begreife, dass er zu Rogelio gehört. Im Weggehen höre ich, wie hinter mir die Toilettentür geöffnet wird. Der Mann wird die Briefträgertasche entsorgen. Val bleibt so dort liegen, bis jemand die Leiche entdeckt. Lange dauern wird das nicht.

»Könntest du dich bitte endlich von hier verpissen!«, knurrt Rogelio.

Ich straffe meine Schultern und stolziere aus dem Restaurant, wie Mutter es getan hätte: als wäre ich die schönste Frau, die je auf dieser Erde gewandelt ist. Als wäre die ganze Welt mir untertan und nur relevant, wem ich gewillt bin, meine Aufmerksamkeit zu gewähren.

Ich spüre die Blicke von Vals Leuten, als ich das Restaurant durchquere. Draußen auf dem Bürgersteig ziehe ich noch mehr Blicke auf mich. Eine schwarze Limousine hält am Bordstein, und die Fondtür wird von innen aufgestoßen. Ich steige ein und habe nicht einmal Zeit, die Tür zu schließen, da die abrupte Beschleunigung des Wagens das von allein erledigt.

Neben mir sitzt Tovah und mustert mich gespannt. »Ich konnte einfach nicht warten«, sagt sie.

»Das sehe ich«, antworte ich und schalte Vals Handy aus, damit es nicht geortet werden kann.

»Alles geklappt?«

»Ja.«

»O Gott«, stöhnt sie auf und versinkt in ihrem Sitz. Ihre Wangen sind blass, sie wirkt wie benommen. »O Gott. Endlich ist der widerliche Bastard tot.«

Sie ergreift meine Hand und drückt sie fest. Ich weiß, welche Bedeutung das für sie hat. Eigentlich machte der Tod ihres Vaters erst den Weg dafür frei, dass meine Mutter mit Val zusammenkommen konnte, dennoch hat sie das Gefühl, als wäre der Gerechtigkeit ein wenig Genüge getan worden. Wir sind eine Familie, wie Rogelio gesagt hat, verbunden durch unfassbare Gemeinsamkeiten und durch das brennende Verlangen nach Rache, wenn nicht gar Gerechtigkeit.

Tovahs Vater bestand den perversen Gewissenstest meiner Mutter nicht. Lacys Mutter wurde von Val gefoltert und anschließend einer Massenvergewaltigung ausgesetzt wegen eines Ex-Freunds, den sie seit über einem Jahr nicht gesehen hatte. Salmas Bruder hatte das Pech, dass meine Mutter ein Auge auf ihn warf. Rogelio verlor seine Schwester an Vals organisierten Frauenhandel.

»Ich gebe den anderen Bescheid«, sagt Tovah.

Außerhalb New Yorks leben noch mehr von uns. Schrecklich

vielen Familien wurde Valon und Stephanie Laskas unstillbare Gier nach Reichtum und Tod zum Verhängnis.

Lacy gab uns den Spitznamen The Avengers. Jeder Einzelne im Team hat seinen Teil zu unserem heutigen Erfolg beigetragen. Wenn dies doch bloß ein Comicbuch wäre, wo wir die Handlung entwickeln und den Ausgang selbst festlegen könnten. So viel Zeit, Kraft und Opfer hat es gekostet. So viele Leben, die nicht weitergelebt wurden. Alles nur, um einen einzigen gewissenlosen Mann zur Strecke zu bringen.

An Val gab es nichts, das für ihn gesprochen hätte. Dass ich einen Hauch von Trauer für ihn empfinde, beweist lediglich, wie verdorben ich innerlich doch bin. Er hat mir auf seine verdrehte Art weitergeholfen, als ich sonst niemanden hatte. Er tat das nicht aus Zuneigung, und die Ergebnisse waren nicht zu meinem eigenen Besten, aber zumindest war da was.

Ich schaue aus dem Fenster. Tovah scheint es warm im Auto zu sein, ich dagegen friere. Ich beiße fest auf die Zähne, um sie vom Klappern abzuhalten, reibe mir mit den Händen über die Arme, doch es nützt nichts. Schließlich lehne ich den Kopf ans Polster und schließe die Augen. Das Adrenalin, das mir in der Kabine so viel Kraft verlieh, ist aus dem System verschwunden. Ich fühle mich erschöpft, Arme und Beine schlapp, die Augenlider schwer.

»Na los. Dann setzen wir dich mal da rein, damit dir warm wird.«

Ich blinzele und stelle fest, dass ich nackt in meinem Badezimmer stehe. Dampfend heißes Wasser läuft in die extratiefe Wanne. Tovah stützt mich auf der einen Seite, Lacy auf der anderen. Mein Körper zuckt, als hätte ihm ein Defibrillator einen Stromstoß verpasst, und die beiden kleineren Frauen schreien auf und haben Mühe, mich aufrecht zu halten.

»Fuck«, höre ich Rogelio sagen, gefolgt von den Schritten seiner Boots auf dem gemaserten Marmorboden. »Eigentlich wollte ich das vermeiden, um dein Schamgefühl nicht zu verletzen, *querida.* Aber wenn du hier hinknallst und dich verletzt, dreht Black sofort durch.«

Ich merke, dass mir zusammen mit der Zeit auch die Erinnerung an die letzten Fluchtpunkte fehlt. Ich weiß nur noch, wie wir davonrasten, aber der Plan sah vor, erst Fahrzeug und Kleidung zu wechseln, bevor wir ins Penthouse zurückkehrten. Alles war fest vorbereitet. Irgendwo auf diesem Weg muss mein Kopf sich ausgeblendet haben.

Lacy weicht zur Seite. Rogelio hebt mich hoch und trägt mich zur Wanne. Das Wasser fühlt sich an meinen eiskalten Füßen an, als wäre es kochend heiß, und ich fauche unwillig, doch er taucht meinen Körper immer tiefer hinein. Meine Haut nimmt im Wasser rasch einen rosigen Ton an. Der aufsteigende Dampf duftet nach Azaleen.

Rogelio schaut mir aufmerksam in die Augen. »Du hast einen Schock«, sagt er. »Du bleibst jetzt gefälligst in diesem heißen Wasser sitzen, während Salma dir die Perücke abnimmt und all das Zeug aus dem Gesicht wischt. Trink einen Schluck starken Kaffee. Ich würde ja einen Schuss Cognac hinzugeben, aber ich weiß, dass du das sowieso nicht machst. Einen besseren Zeitpunkt, mit dem Schnapstrinken anzufangen, findest du allerdings nie.«

Ich packe sein Handgelenk, als er sich wieder aufrichten will. »Sind alle okay?«, frage ich.

»Allen geht's gut.«

Ich setze mich auf und schlinge die Arme um meine Knie. Salma kommt mit ihrem Trolley ins Bad.

»Ich wurde befragt«, erklärt er, geht ein paar Schritte fort und wendet mir diskret den Rücken zu. »Reine Routine. Die Undercover-Jungs haben mich die ganze Zeit durch das Fenster im Blick gehabt und konnten sehen, dass ich mit meinem Handy beschäftigt war, daher dürfte es das wohl für mich gewesen sein. Jetzt werden sie noch das Personal im Restaurant befragen und womöglich meinen Mann dort unter die Lupe nehmen, aber der fegte im Moment des Anschlags ja gerade vor aller Augen die Scherben zusammen.«

Ich atme erleichtert auf. Die Badewanne steht parallel zum Fenster, und ich lege meine Wange auf die Knie, um den Central Park und Harlem in der Ferne zu betrachten. Millionen von Menschen gehen ganz normal ihrer Tagesbeschäftigung nach und haben nicht die leiseste Ahnung, dass ich eben einen Mann umgebracht habe.

»So weit läuft alles genau nach Plan«, versichert er mir. »Meinem Kontakt im NYPD zufolge konzentriert sich ihr Verdacht auf deine Mutter, da das Undercover-Team sie am helllichten Tag mit eigenen Augen aus dem Restaurant schlendern sah. Wir sind bereits in Laskas Cloud-Back-up und löschen alles, was dich mit ihm in Verbindung bringen könnte. Bislang wissen die Behörden nicht, dass Steph Laska eine Tochter hatte, und dabei bleibt es besser auch. Sollte jemand etwas bemerken, findet er heraus, dass die IP-Adresse dem NYPD gehört, was natürlich völlig unverdächtig ist.«

»Du denkst aber auch an alles.«

»So lautet meine Jobbeschreibung. Hör mal … Ich bin wirklich stolz auf dich. Vielen Dank für das, was du für uns alles getan hast. Wir reden später weiter. Aliyah bringt seit gestern mein Telefon zum Glühen. Es wäre besser gewesen, du hättest ihre Baufreunde in Seattle nicht erwähnt – sie wird sich fragen, wie du an die Info herangekommen bist. Ich muss mich also an die Arbeit machen und alle Spuren verwischen.«

»Den Kopf nach hinten kippen!«, befiehlt Salma und schüttelt die Spraydose mit Klebstofflöser.

»Rogelio!«, rufe ich. Da mein Nacken auf dem Badewannenrand ruht, blicke ich zwangsläufig zur Decke. Die Maserung des Marmors in der Ecke über dem Waschbecken ähnelt einer Spinnwebe. »Ich muss wissen, ob sich in Vals Cloud etwas über ein Boot befindet. Fotos, eine Erwähnung … irgendwas.«

»Augen schließen!«, kommandiert Salma.

»Was für eine Art von Boot? Eine Jacht?«

»Wahrscheinlich ein kleines Boot, ein Segelboot«, antworte ich, und plötzlich kommt selbst das heiße Wasser nicht gegen die eisige Kälte an. Ein Schauer durchläuft mich. »Er sagte zu mir, ich solle das Boot finden.«

»*Dein* Boot?«, fragt er scharf.

»Keine Ahnung. Vielleicht.«

»Bloß der Spruch eines kranken Hirns. Ein Wrack findet man nur, wenn man auf den Boden des Ozeans taucht.«

»In dem Zustand, in dem er war, macht man keine dämlichen Sprüche.«

»Schon gut«, lenkt er in knappem Ton ein. »Wir achten drauf.«

»Noch etwas … Es könnte sein, dass sie noch lebt.«

»Wer?«

»Du weißt, wer«, erwidere ich müde. »Als Val mich sah, glaubte er für den Bruchteil einer Sekunde tatsächlich, dass sie es ist. Er wirkte nicht im Mindesten überrascht.«

»Das kannst du doch gar nicht wissen!«, widerspricht mir Rogelio. »Du stürmst mit einem Messer auf ihn zu. In diesem Moment läuft alles instinktiv ab, bei ihm wie bei dir. Ein Gesichtsausdruck besagt da gar nichts.«

»Er sagte, sie wird stolz auf mich sein. Nicht, dass sie stolz auf mich *gewesen wäre*, sondern dass sie es *sein wird*.«

»Das hat gar nichts zu bedeuten«, meint auch Salma, während sie das Spray in den Haaransatz massiert.

»Er lag auf dem Boden einer Toilette mit einem Messer im Herz«, fährt Rogelio fort. »Dass er noch ein paar Worte herausbrachte, zeigt bloß, was für ein zäher Brocken der Kerl war. Er lag im Sterben und brabbelte vor sich hin. Mal ganz abgesehen davon, dass du unter Schock standst. Was du in diesem Augenblick gedacht oder gefühlt hast, woran du dich erinnern kannst oder nicht … das alles wirbelt gerade wild in deinem Kopf herum. Denk nur daran, wie unzuverlässig die Aussagen von Augenzeugen gewöhnlich sind.«

»Vergiss, was ich gesehen habe!«, erkläre ich. »Halte dich an das, was ich gespürt habe! Okay?«

»Sie kann unmöglich noch am Leben sein, *querida*! Ich weiß, dir wäre es lieber, du hättest ihren Leichnam beerdigen können, aber sie ist meilenweit draußen auf See mitten in einem Unwetter über Bord gegangen. Die Chancen, dass sie das überlebt haben könnte, sind minimal.«

»Ich habe überlebt.«

»Du hattest aber auch keine Kugel in der Brust!«

»Rogelio, bitte.«

Er atmet schwer aus. »Wenn Laska mit deiner Mutter Kontakt hatte, gibt es dafür Spuren auf seinem Handy«, sagt er nüchtern. »Wenn etwas da ist, finden wir es.«

»Sie benutzt diverse Decknamen«, gebe ich zu bedenken. »Sie könnte sogar einen Männernamen verwenden. Womöglich kommunizieren sie und Val in einem Code oder …«

»Ich weiß, wonach ich Ausschau halten muss. Wenn ich auf etwas stoße, lasse ich es dich wissen. Der Schmuck ist übrigens wieder im Safe.«

»Ich danke dir.«

Ich höre, wie er weggeht, und wenig später, wie sich die leiseren Schritte von Tovah nähern. Salma zerrt noch immer schmerzhaft an meiner Kopfhaut.

Als Witte mit einem Gitterwagen voller Einkäufe zurückkommt, sitzen wir zu dritt am Küchentisch und essen Geflügelsalat. Lacy ist zum Arbeiten ins andere Ende der Wohnung verschwunden, sobald der Sicherheitsdienst uns Wittes Ankunft ankündigte. Tovah, Salma und ich lesen auf einem Tablet einen Klatsch-Blog und lachen über ein Foto von Tom Hiddleston in einem Tanktop mit dem Aufdruck *I love T.S.* – also seine Freundin Taylor Swift.

»Würde Kane so etwas auch für dich anziehen?«, will Tovah wissen.

»Niemals«, erkläre ich kategorisch.

Wir lachen alle drei, Witte lächelt, und ich komme mir vor wie in einer Sitcom-Version meines Lebens. Nichts fühlt sich echt an. Der Salat, der Tovah und Salma in Verzückung bringt, schmeckt für mich wie feuchte Pappe. Mein Magen rebelliert dagegen, irgendetwas in sich aufzunehmen, doch ich zwinge ihn zu gehorchen. Ich kann meinen Körper dazu bringen, viele Dinge zu tun, die er instinktiv lieber nicht tun würde.

»Ich habe auf dem Markt herrlich reife Erdbeeren entdeckt«, erzählt Witte. »Wenn noch jemand Platz für einen Nachtisch hat, könnte ich sie mit frischer Schlagsahne anrichten.«

»Klingt unwiderstehlich«, behaupte ich.

»Haben Sie nicht vielleicht einen Bruder, Witte?«, fragt Tovah. »Bitte, sagen Sie Ja.«

»Oder einen Sohn?«, witzelt Salma.

Es ist alles so grauenhaft, so beängstigend normal. Ich spiele meine Rolle und rede mir ein, dass ich getan habe, was notwendig war, um dieses ungeplante Leben mit dir weiterführen zu können.

Als du heimkommst, warte ich schon an der Tür. Sobald sie aufschwingt und du über die Schwelle trittst, stürze ich mich auf dich, wie ich mich auf Val gestürzt habe – mit all meiner Kraft. Du gerätst kurz ins Wanken, lässt deine Aktentasche fallen und schließt mich in die Arme. Meine Füße verlassen den Boden.

»Wow … was für ein überwältigender Grund, nach Hause zu kommen, *Setareh*!«, sagst du und schenkst mir erst ein jungenhaftes Grinsen und dann einen langen, sinnlichen Kuss. »Du hast mir auch wahnsinnig gefehlt. Fast wäre ich durchgedreht.«

Und während ich dich so in den Armen halte, denke ich, dass das all das Geschehene wert gewesen ist. Ich hoffe, das Schlimmste ist vorbei. Ich fürchte aber auch, dass es erst noch kommt.

48

WITTE

Unter dem Penthouse glitzert Manhattan weit um den Tower herum wie Brillanten auf schwarzem Samt. Ein Gewitter zieht auf. Das Hochhaus, in dem wir wohnen, wankt knarzend in den immer heftigeren Böen. Erste Regentropfen klatschen gegen die Fenster und bleiben wie Tränen an den Scheiben hängen. In der Ferne sind Blitze zu sehen. Die grellen Entladungen erhellen in ihrer zerstörerischen Schönheit für Sekunden das aufgewühlte Wolkenmeer, bevor es erneut in stockfinsterem Schwarz versinkt.

Mein Arbeitgeber sitzt an seinem Schreibtisch und betrachtet den Bildschirm meines Handys. Er ist frisch geduscht und trägt nun eine schwarze Seidenhose und einen dazu passenden Morgenmantel, der um die Taille zugebunden ist. Seine Haare sind noch feucht.

Mit der Hand über dem Mund ist er in Gedanken vertieft. Eine breite Falte läuft quer über seine Stirn.

Ich frage mich, ob er das Gleiche sieht wie ich. Die Frau, die Valon Laskas Leiche auf dem blutverschmierten Boden einer Kneipentoilette zurückließ, hat ihre Handtasche unter den rechten Arm geklemmt. Auf früheren Fotos hält Stephanie

Laska stets alles unter ihrem linken Arm. Zieht man die Vorlieben von Rechts- und Linkshändern in Betracht sowie die natürliche Neigung, eher den stärkeren Arm unbelastet zu lassen, so ist der Unterschied keineswegs unbedeutend.

Lily ist Linkshänderin.

»Ich werde morgen mit ihr über seinen Tod reden«, erklärt Mr. Black, steht auf und reicht mir das Handy zurück.

Ich warte darauf, dass er fortfährt, aber er tritt nur wortlos hinter seinem Schreibtisch hervor, bleibt zur Tür gewandt neben mir stehen und legt eine Hand auf meine Schulter.

»Sie wirkt angeschlagen«, erklärt er. »Das habe ich schon heute Morgen bemerkt und deshalb sogar in Betracht gezogen, zu Hause zu bleiben. Ich möchte im Moment jeden Ärger vermeiden, weil sie das bloß unnötig aufregen würde. Sprechen wir das Thema also lieber morgen früh an, okay? Es eilt ja nicht.«

»Selbstverständlich«, antworte ich, obwohl ich nichts von dieser Angegriffenheit an ihr bemerkt habe. Unmittelbar nach seinem Weggang wirkte sie ein wenig betrübt, aber dann kamen Tovah und Salma und hoben ihre Stimmung sofort wieder. Was für ein Glück, dass die beiden gerade Zeit hatten, als Lily eine Ablenkung so dringend brauchte!

Warum eine Frau, die für ihren großen Freundeskreis bekannt ist, ihre Zeit lieber mit zwei Fremden verbringt, bleibt allerdings rätselhaft.

Ich muss jedenfalls Lacy noch einmal dafür danken, dass sie mir die beiden Frauen empfohlen hat. In den wenigen Jahren, die sie inzwischen bei uns ist, hat Lacy sich als Bereicherung dieses Haushalts erwiesen, und das weit über den Rahmen ihrer Pflichten in meinem Team hinaus.

In der Tür hält mein Arbeitgeber noch einmal inne. »Gideon Cross hat mir einen Psychologen empfohlen, einen gewissen Dr. Lyle Petersen«, sagt er. »Würden Sie bitte mal nachsehen, was Sie über ihn herausfinden können?«

»Selbstverständlich.«

Er geht zu seiner Frau, und ich drehe meine letzte abendliche Runde. Im Penthouse ist es dunkel und still. Draußen heult der Wind durch die zur Druckentlastung offen gelassenen Etagen des Towers, und das Wetterleuchten der Blitze schimmert durch die Wolken. Der Regen ist mittlerweile heftiger geworden und prasselt gegen die Scheiben.

Von der Ablage neben dem Fahrstuhl hole ich das Wäschepaket herein, das aus der Reinigung zurückgekommen ist, und nicke dabei den beiden Sicherheitsleuten zu, die noch immer den Kaffee trinken, den ich ihnen vor einer Weile gebracht habe. Wird mein Arbeitgeber für diese Schutzmaßnahme jetzt keine Notwendigkeit mehr sehen? Vielleicht kann ich ihn ja davon überzeugen, einstweilen nichts daran zu ändern. Zwar ist mir selbst weiterhin unklar, ob die Gefahr eher von drinnen oder von draußen droht, aber Vorsicht ist das älteste Kind der Weisheit, wie Victor Hugo einst schrieb.

Ich kehre durch den verspiegelten Flur zurück in den privaten Flügel von Mr. Blacks Wohnung, den er nun mit einer Ehefrau teilt, von der wir glaubten, sie wäre auf immer für ihn verloren. In der Tür zu seinem früheren Schlafzimmer bleibe ich stehen und lasse die Leere auf mich wirken. Obwohl wir den Raum, wie das gesamte Penthouse, täglich sauber machen und lüften, wirkt er irgendwie verstaubt. Wahrscheinlich, weil ihn nie echtes Leben erfüllt hat. Dies war stets ein Ort des Stillstands, des hoffnungslosen Sehnens.

Lily lockt von ihrem Platz an der Wand, eine betörende Sirene, die ihren Mann in einer ewigen Pose zu sich ruft. Eine Frau, die nicht altert und sich nicht wandelt, die nicht lebt und auch nicht stirbt.

Ich starre sie an. Einmal mehr kann ich mich dem Bann des Porträts nicht entziehen. Sie bleibt ein Mysterium, so tief und weit wie das Meer, ein Puzzle, das bislang keiner zu lösen vermochte. Eine Flut von Fragen nagt an mir und lässt mir keine Ruhe.

Ich sortiere die Kleidung in die Garderobe von Mr. Black, richte die Schuhe gerade aus und korrigiere ein paar schief hängende Krawatten. Die Gewitterfront zieht vom Atlantik landeinwärts, und die Blitze zucken in immer schnellerer Folge. Ich höre Stimmen und nähere mich unwillkürlich der offen stehenden Wohnzimmertür.

Drinnen läuft der Fernseher, und zahllose Spiegelflächen reflektieren seinen Lichtschein. Mr. Black und die Frau, deren Namen wir nicht wissen, liegen auf der Couch. Er hat es sich mit dem Rücken gegen eine Ecke der Wohnlandschaft bequem gemacht, sie lehnt an seinem nackten Oberkörper. Ihre Aufmerksamkeit gilt einer höchst unrealistischen Verfolgungsjagd, bei der sich in schwarzes Leder gehüllte Motorradfahrer auf einer dicht befahrenen Schnellstraße eine wilde Schießerei liefern. Er hält sie umschlungen, und sie streichelt zärtlich seinen Arm. Ihre langen, schlanken Beine stecken unter einer Wohndecke, er hat seinen Morgenmantel auf ein Seitenteil geworfen. Seine Hosenbeine sind ihm bis über die Waden gerutscht.

Ein Blitz zuckt auf, spiegelt sich unzählige Male in einer Explosion aus Licht. Kurz darauf knallt ein Donner so laut, dass ich zusammenzucke. Alles vibriert.

Sie schnappt nach Luft, und er schließt sie lachend fester in den Arm. Sie wendet sich zu ihm, schaut ihn lange an und lächelt. Der nächste Blitz illuminiert zwei Liebende in einem Augenblick innigster Verbundenheit.

Es gab eine Zeit, da habe ich mir ausgemalt, was für eine mitreißende Naturgewalt Mr. Black erst gemeinsam mit seiner Frau gewesen sein muss. Hier, inmitten des heulenden Sturms und des ächzenden Towers, stelle ich fest, wie falsch diese Annahme gewesen ist. Gemeinsam sind die beiden fest verankert und mit sich zufrieden, sind nicht der Wirbelsturm, sondern dessen Auge. Während um sie herum Verwüstung und Chaos herrschen, schenken sie einander Geborgenheit.

Geräuschlos ziehe ich mich zurück.

Mein Arbeitgeber hat recht – morgen und die Tage danach ist früh genug, um die verborgenen Geheimnisse ans Licht zu bringen.

DANKSAGUNG

So Close zum Leben zu erwecken, war ein hartes Stück Arbeit, und ohne meine Lektorinnen Maxine Hitchcock, Hilary Sares und Clare Bowron hätte ich es nie geschafft. Danke auch an meine Agentin Kimberly Whalen von The Whalen Agency für ihr Feedback zu zahlreichen Frühfassungen.

Tom Weldon und Louise Moore bin ich ebenfalls sehr dankbar für ihre Unterstützung. Es war stets ein großes Vergnügen, von Michael Joseph verlegt zu werden, und ich danke allen im Verlag, die meine Bücher mit so viel Sorgfalt betreut haben.

Ein herzliches Dankeschön auch an meine Herausgeberinnen bei Brilliance Audio, Sheryl Zajechowski und Liz Pearsons, und die wundervollen Teams bei Heyne, J'ai lu, Swiat Ksiazki, Harper Holland, Politikens und Kaewkarn.

Die eindrucksvolle Covergestaltung besorgte Frauke Spanuth von Croco Designs. Ich schätze mich ungeheuer glücklich, seit nunmehr beinahe zwei Jahrzehnten mit einer solch hervorragenden Künstlerin bei der Realisierung meiner Romane arbeiten zu dürfen. Sie hat für den Buchumschlag der wunderbaren UK/Commonwealth-Ausgabe meine Geschichte auf perfekte Weise visuell umgesetzt.

Viele belastende Dinge machen den Figuren in *So Close* zu schaffen: frühere Entscheidungen, charakterliche Schwächen und psychische Erkrankungen, um nur ein paar zu nennen. Außerdem liegt über vielem der große Schatten von Rebecca de Winter. Daphne du Mauriers *Rebecca* hat in mir ein tieferes Verständnis für mit Makeln behaftete Frauenfiguren geweckt und dafür, auf welch hoffnungs- und unheilvolle Weisen eine Ehe das eigene Selbstempfinden verändern kann.

Auf privater Ebene hätte ich all die holprigen Phasen niemals ohne die Ermunterung durch meine Kinder gemeistert: Justin, Jack und Shanna. Und auch nicht ohne die Unterstützung meiner besten Freundinnen: Karin Tabke, Christine Green und Tina Route.

Zum Schluss ein großer Dank an all meine Leserinnen und Leser, die mir treu dabei folgen, wie ich zwischen den Genres hin- und herspringe und mit neuen Erzählformen experimentiere. Ich bin eine Autorin, die es liebt, immer wieder Neues auszuprobieren, sich weiterzuentwickeln und sich selbst stets dazu anzutreiben, es noch ein wenig besser zu machen, den Plot und die Figuren noch ein wenig überzeugender zu zeichnen. Ich bin sehr dankbar für ein Publikum, das bereit ist, mich auf dieser Reise zu begleiten. Ihre Loyalität ist ein kostbares Geschenk. Haben Sie alle herzlichen Dank für diesen Rückhalt!